Colin Harrison:
Manhattan, nachts

COLIN HARRISON

Manhattan, nachts

Roman

Aus dem Amerikanischen
von Regina Hilbertz und Barbara Wolter

Lichtenberg

Titel der Originalausgabe: »Manhattan Nocturne«
Originalverlag: Crown Publishers

Die Folie des Schutzumschlages sowie die Einschweißfolie sind PE-Folien und biologisch abbaubar.
Dieses Buch wurde auf chlor- und säurefreiem Papier gedruckt.

Umschlaggestaltung: Jorge Schmidt, München
Umschlagfoto: René Groebli, Verlag Niggli AG
Satz: Ventura Publisher im Verlag
Druck und Bindung: Clausen und Bosse, Leck
Printed in Germany
ISBN 3-7852-8104-8

5 4 3 2 1

Für Lewis

Die Nacht ist der Korridor der Geschichte, nicht der Geschichte berühmter Personen oder bedeutender Ereignisse, sondern einer Geschichte der Außenseiter, der Ignorierten, der Unterdrückten, der Menschen, die keine Anerkennung finden; einer Geschichte des Lasters, des Irrtums, der Verwirrung, der Furcht, der unerfüllten Bedürfnisse; einer Geschichte von Berauschung, von Prahlerei, von Wahn, von Ausschweifung, von Delirium. Sie entblößt die Stadt ihrer Tünche aus Fortschritt, Modernität und Zivilisiertheit und enthüllt die Wildnis. In New York City ist es eine kulturell angepaßte Wildnis, die all die Verbrechen vergangener Nächte in ihrer Gesamtsumme enthält ... und sie ist wahrlich keine Illusion. In Wahrheit ist der Tag die Schimäre, die nur vorgibt, New York sei ein Irgendwo, vielleicht mit größeren Gebäuden, aber ganz genauso vom Arbeitsalltag bestimmt, mit einer Bevölkerung, die ihren Geschäften nachgeht und dann zu Bett geht, eine großartige Maschine, die zum Wohle der Welt dahinsummt. Die Nacht entlarvt dies als bloße Pantomime. In den Straßen kommt bei Nacht alles zuvor Verborgene zum Vorschein, ist jeder den Regeln des Zufalls unterworfen, ist jeder potentiell sowohl Mörder wie Opfer, hat jeder Angst, ganz genauso, wie ein jeder oder eine jede, die oder der es sich in den Kopf setzt, in anderen Furcht hervorrufen kann. Nachts ist jeder Mensch nackt.

LUC SANTE, *Low Life*

Ich verkaufe Gewaltorgien, Skandale, Mord und Verderben. O ja, bei Gott, ich tu's, ich verkaufe Tragödien, Racheakte, Chaos und Verhängnis. Ich verkaufe die Misere der Armen und die Selbstgefälligkeit der Reichen. Kinder, die aus dem Fenster fallen, brennende Untergrundbahnen, Vergewaltiger, die ins Dunkel entkommen. Ich verkaufe Zorn und Wiedergutmachung. Ich verkaufe das muskelbepackte Heldentum von Feuerwehrmännern und die keuchende Habgier von Gangsterbossen. Den Gestank von Abfall, das Klimpern von Gold. Ich verkaufe Schwarz an Weiß, Weiß an Schwarz. An Demokraten und Republikaner und Anbeter individueller Freiheit, an Muslime und Transvestiten und Hausbesetzer im Südosten der Stadt. Ich habe John Gotti und O. J. Simpson und die Bombenattentäter vom World Trade Center verkauft, und ich werde auch den Nächstbesten verkaufen, der mir über den Weg läuft. Ich verkaufe Unwahrheit und das, was als Wahrheit durchgeht, und jede dazwischenliegende Schattierung. Ich verkaufe die Neugeborenen und die Toten. Ich verkaufe den Leuten von New York City ihre erbärmliche, großartige Stadt zurück. Ich verkaufe Zeitungen.

Der Bürgermeister liest mich zum Frühstück, und die Börsenmakler im Zug von New Jersey stadteinwärts werfen einen Blick auf mich, und ebenso tun es die italienischen ehemaligen Hafenarbeiter, die auf den Eingangsstufen ihrer Reihenhäuser in Brooklyn hocken und an ihren nicht angezündeten Zigarren kauen, wie auch die Krankenschwestern im Bus von Harlem runter zum Lenox Hill Hospital. Die Leute vom Fernsehen lesen mich und klauen manchmal die Story. Und der Pakistani, der beim Madison Square Garden in seinem Taxi sitzt und einfach alles liest, weil er unbedingt hinter das Geheimnis von Amerika kommen will. Und ebenso die jungen Anwälte in ihrer Mittagspause, nachdem sie die Anzeigen mit den Anpreisungen der Stripteasebars überflogen haben. Und die Portiers in den Wohngebäuden an der East Side, die von den Seiten aufblicken, wenn die Profifrauen jeden Morgen an ihnen vorbeistürzen und frisch entschlossen ihrer Zukunft entgegeneilen. Und die Cops – die Cops lesen mich alle, um zu sehen, ob ich's richtig hinbekommen habe.

Dreimal die Woche erscheint meine Kolumnne, häufig mit einem Aufreißer auf der Titelseite: SIE STARB AUS LIEBE – PORTER WREN, SEITE 5; PORTER WREN SPRICHT MIT MUTTER DES MÖRDERS – SEITE 5; SÄUGLING ZU EISBLOCK GEFROREN – PORTER WREN, SEITE 5. Es ist ein wundervoller Job. Sehr angenehm. Viele zufriedene Leute in meiner speziellen Branche. Ich rede mit Kriminalbeamten und Angehörigen der Opfer, mit widerwilligen Zeugen und jedem x-beliebigen, der zufällig gerade zugegen war, als die schlechte Nachricht eintraf. Ich fordere sie auf, mir zu erzählen, was sie gesehen oder was sie gehört haben oder was sie sich vorgestellt haben. In der Mitte meiner Kolumne ist ein Kasten mit meinem Namen und einem längst nicht mehr aktuellen Poträtfoto von mir – sauber rasiert, voll billiger Zuversicht mit Anzug und Krawatte, die eine Augenbraue mit einer gewissen Ironie hochgezogen. Ich erwecke darauf den Anschein, ein echter Trottel zu sein. Der Chefredakteur entschied sich für das Bild mit den Worten, ich sähe wie »ein ganz normaler Typ« aus. Was auch zutrifft. Haarschnitt, Gesicht, Krawatte, Schuhe – alles ganz normal. Und ganz normale Gelüste, obwohl es immer meine Gelüste waren, die mich in Schwierigkeiten gebracht haben. Mein Leben jedoch entspricht nicht der Norm; ich erhalte mitten in der Nacht Anrufe, ziehe mich dann im Dunkeln an und lasse meine schlafende Frau und die Kinder in ihren Betten zurück, um dorthin zu gehen, wo immer es passiert ist: zu dem Wagen, der Bar, der Straße, dem Nachtklub, dem Geschäft, der Wohnung, der Eingangshalle, zu dem Park, dem Tunnel, der Brücke, dem Spezialitätenladen, der Ecke, dem Verladedock, der Peepshow, dem Dach hoch oben, der Gasse unten, zu dem Büro, dem Keller, dem Friseursalon, dem fern der Rennbahn etablierten Wettsalon, dem Massagesalon, der Crackhöhle, der Schule, der Kirche. Dort mustere ich die erschlafften Mienen von Männern, Frauen und Kindern, die es eigentlich hätten besser wissen müssen oder auch nicht. Und wenn ich mich dann nach meiner Rückkehr bücke, um meinen beiden Kindern einen Gutenmorgenkuß zu geben, und sie in meinen Armen zappeln, kann ich mich des Gedankens nicht erwehren, daß ich nun den Abgang einer Menschenseele von der Lebensbühne während dieser Nacht in das Amüsement einer anderen Menschenseele verwandeln werde. Und genau das ist es, was das idiotische Foto von mir in Aussicht stellt: *Ich habe wieder eine verrückte Geschichte für dich auf Lager, mein Freund. Mal sehen, ob du sie diesmal glauben kannst.*

Es gibt allerdings gewisse Begebenheiten, die ich in meiner Kolumne nicht preisgeben kann. Die entscheidende Auskunft ist zweifelhaften Ursprungs oder unvollständig, oder eine der anderen Zeitungen oder Fernsehgesellschaften war schon vorher da. Oder die Story ist langweilig. Oder überholt. Oder: *Verpiß dich, Mr. Reporter. Wenn ich dich hier noch mal zu sehen krieg, schieß ich dir deine Scheißeier ab.* Oder es geht um einen Freund von mir. Oder jemand hat Beziehungen zu höchsten Stellen im Bürgermeisteramt oder bei der Polizei: *Also, hörn Sie mal, Wren, wissen Sie, diese Sache da – wie ich gehört hab, hat Ihnen da so ein Typ was weisgemacht, irgend so ein völlig beknacktes, beschissenes Märchen.* Oder die Story ist so kompliziert, daß sich der Zusammenhang nicht vereinfachen, sich nicht in eine Kolumne von fünfundsiebzig Zentimeter Länge pressen läßt. Die Leser der Zeitung wollen bloß eine rasche Dosis Neuigkeiten und Prominentenklatsch und dann weiter zum Sportteil, zu den Autoanzeigen, der Börsenseite. Sie haben keine Zeit dafür, daß ich das menschliche Herz zerlege, fein säuberlich die eine Motivation von der anderen trenne. Sie erwarten ein Konsumgut aus billiger Tinte und billigem Nervenkitzel, und das kriegen sie auch.

Es gibt natürlich noch eine ganz bestimmte Art von Story, die ich nicht in der Zeitung bringen kann: eine Geschichte, die mit mir selbst zu tun hat. Ich meine, die wirklich mit mir zu tun hat. Meine Leser fänden das sonderbar; für sie bin ich lediglich eine Stimme, eine Geisteshaltung, ein Kerl, der Fragen stellt. Der festgelegte Gesichtsausdruck auf meinem kleinen Schwarzweißfoto ist unkompliziert, eine glatte Maske der Selbstsicherheit und Pfiffigkeit – nicht aber ein Gesicht, das abwechselnd überrascht ist, von Lust gepackt, vor Vergnügen entspannt, von Panik ergriffen, wutentbrannt und zuletzt dann – immer zuletzt – von Reue zerfurcht.

Wie nimmt irgendeine verhängnisvolle Geschichte ihren Anfang? Dann, wenn du es am wenigsten erwartest, wenn du woanders hinschaust, an andere Probleme denkst, an die ganz normalen Probleme. Damals, letzten Januar, lag die Innenstadt unter schmutzigen Schneewehen begraben, die Laster der Müllabfuhr ächzten durch die Straßen voller Schneematsch, und die Leute besorgten sich Flugtickets nach Puerto Rico, Bermuda oder sonstwohin, um der Kälte in ihren Knochen, dem Hunger des Lebens von Manhattan zu entrinnen. Es war ein Montag, und meine Kolumne war für die nächste Morgenausgabe der Zeitung fällig. Ich mußte mich auf Trab bringen, um die Story wie einer der Knicks-Spielmacher aus zehn Metern Entfernung hinzuhauen. Ich kaue im allgemeinen eine Menge Bubblegum, trinke literweise Coca-Cola und versuche die Schmerzen in meinen Händen, die vom jahrelangen Tippen angegriffen sind, nicht zu beachten. Bei diesem Spiel mußt du dich ständig neu beweisen, dir ständig Zugang zu den wichtigsten Spielern verschaffen, ständig den Leuten vom Fernsehen zuvorkommen, ständig zeigen, daß du etwas hast, was die üblichen Reporter nicht zu bieten haben, insbesondere, da viele von ihnen selbst eine eigene Kolumne haben wollen und glauben, sie könnten es besser. (Mit ging es jedenfalls so, als ich ein junger Reporter war.) Ein Typ wie Jimmy Breslin, der sitzt fest im Sattel, der braucht sich keine Sorgen mehr zu machen. Ich dagegen bin generell nervös und erachte gar nichts als selbstverständlich. Mit achtunddreißig bin ich alt genug, an der Spitze zu sein, und jung genug, um alles zu verpfuschen. Meine Grundregel, für das Leben ebenso wie für den Beruf, lautet: Laß die Finger von Sachen, die nur schiefgehen können. Das ist ein guter Rat, und ich wünschte, ich würde ihn häufiger befolgen.

Alles, was ich hier zu erzählen habe, fing später an eben jenem Abend an, so daß ich ebensogut gleich dort beginnen könnte – an einem Schauplatz von Reichtum und gesellschaftlichem Rang, von Smokings und Zehntausend-Dollar-Armbanduhren. Einem Treffpunkt attraktiver Leute, die sich ein Vergnügen daraus machen, die neuesten Bemerkungen des Präsidenten der Federal Reserve Bank oder die internen Schachzüge in der Nachrichtenabteilung der Fernsehanstalt ABC durchzuhecheln. Diese Versammlung lag jedoch Welten von meinen üblichen Jagdgründen entfernt. Ich maloche zum größten Teil in den tristesten und gewalttätigsten Vierteln von New York. In Gegenden, wo Arbeiter ihre Elektrizitätsrechnungen aufmachen und minutenlang trostlos anstarren, dort, wo man den Kauf einer Gemeindeschuluniform mit großer Hoffnung vollzieht. Wo kleine Kinder zu einer Ansammlung erschreckender Narben auf ihrem Körper gelangen. Wo die jungen Kerle Spielzeugpistolen tragen, die echt aussehen, und echte Pistolen, die wie Spielzeug angestrichen sind. Wo die Menschen Vitalität, aber keine Aussichten haben, Ehrgeiz, aber keine förderlichen Umstände. Sie sind arm, und sie leiden mächtig darunter. Mit diesen Menschen also fange ich an, um zu zeigen, wo ich an jenem Tag angefangen habe, um zu erläutern, weshalb ich mich den gesellschaftlichen Frivolitäten später am Abend aus einer gewissen Entfremdung und Erschöpfung heraus näherte, mit der Bereitschaft, zuviel zu trinken – mit, wenn ich ehrlich bin, einer Neigung, mich von einer fremden und wunderschönen Frau, so banal und idiotisch das auch klingen mag, umgarnen und auf die Folter spannen zu lassen.

Ich war gerade dabei, das Telefon auf meinem Schreibtisch in dem Zeitungsgebäude an der East Side zu traktieren. Es war kurz nach ein Uhr mittags, und viele Reporter waren noch nicht im Haus. Als ich noch jünger war, interessierten mich die Rivalitäten und Intrigen der Nachrichtenzentrale, mittlerweile aber kamen sie mir kleinlich und banal vor; alle Organisationen – Zeitungsbelegschaften, Profi-Footballteams, was auch immer – pulsieren in einem klaren Grundrhythmus von Formation und Zerfall, Formation und Zerfall; die Gesichter ändern sich, die Entscheidungsträger marschieren ein und wieder ab, doch der Rhythmus bleibt bestehen. In dreizehn Jahren als Boulevardblattreporter, einer Ewigkeit, habe ich Übernahmemanöver und Aussperrungen, Gewerkschaftsstreiks und drei Besitzer miterlebt. Mein Ziel war es geworden, einfach nur meine Arbeit zu machen, und war diese Zielrichtung auch eher dürftig, so basierte sie doch zumindest auf zwei hart errungenen Einsichten: Die erste war, daß meine Arbeit abgesehen von der Existenzabsicherung meiner Familie keine nützliche Funktion hatte. Wie konnte ich schon glauben, daß das, was ich machte, irgendwelche Bedeutung hatte? Niemand lernte wirklich etwas daraus, niemand war klüger, niemand war gerettet. Spielen Zeitungen denn überhaupt noch eine Rolle? Meine zweite Einsicht war, daß der heruntergekommene Schauplatz, den wir mit amerikanischer Großstadtkultur gleichsetzen, in Wahrheit nur eine andere Form der Natur selbst war: ohne Moral, unberechenbar, dröhnend, wuchernd, hektisch, erschreckend. Ein Ort, an dem Menschen den gleichen sinnlosen Tod erleiden, wie es die Schildkröten und Finken getan haben, von denen Charles Darwin berichtet. Ein gerastertes Schlachtfeld, auf dem ich mit meinem Papier und Stift an der Peripherie stand, dem Feuern der Kanone folgte, dem Blitz und dem Knall, und festhielt, wer fiel, wie sie sich aufbäumten und wann sie starben. Es gab einmal eine Zeit, zu der ich noch bestrebt war, meine begrenzten Fähigkeiten dazu einzusetzen, die Geschichten jener Menschen zu erzählen, die zu Unrecht litten oder die sich jener Machtbefugnisse nicht würdig erwiesen, welche ihnen die Öffentlichkeit übertragen hatte, aber diese Ziele hatte man mir ausgetrieben (wie auch ganz allgemein den amerikanischen Nachrichtenmedien, die nun, da das zwanzigste Jahrhundert allmählich zur Neige geht, ihre eigene lärmende Bedeutungslosigkeit zu spüren scheinen, ihren unterwürfigen Kniefall vor einem heidnischen Prominentenkult). Oder vielleicht war meine Einstellung der brüchige Zynismus eines Mannes, dessen Sinne stumpf geworden und verschlissen waren und der nicht mehr dankbar für all das war, was er besaß. Ja. Ich war, das sehe ich jetzt, ein Arschloch, das sich auf ein riskantes Spiel einlassen wollte.

Ich war außerdem ein Typ, der eine Idee für seine Kolumne brauchte, und nach der Mittagspause bekam ich endlich einen Anruf von einer meiner Kontaktpersonen – einer an der Schaltstelle des Emergency Medical Service arbeitenden Jamaikanerin, die der Auffasssung war, ich sollte einzig und allein über die gefährdeten Kinder der Stadt schreiben. Mit einem Schnaufen in der Stimme gab sie mir die Einzelheiten durch: »Verstehn Sie? Der Herrgott, der bringt immer noch Wunder zustande! Also die Lady, die den Notruf macht, sagt, sie hat noch nie ’nen Mann so was tun sehn …« Ich hörte zu, stellte dann ein paar Fragen, unter anderem, ob sie schon irgendeinen Fernsehsender benachrichtigt habe. Hatte sie nicht. Man bekommt ein Gefühl dafür, daß dies jetzt genau die richtige Story ist, und so war es auch, eine Routineangelegenheit, Schießerei, Feuer, jedoch mit einer traurigen Besonderheit, genug, um daraus einen Spaltentext für den nächsten Tag zu filtern. Meine Qualitätsansprüche sind nicht hoch – ich produziere schließlich keine Kunst –, aber die Story muß etwas an sich haben, einen Dreh, einen kleinen Kick ins Herz.

Also machte ich mich in meinem Arbeitsauto, einem schwarzen Chrysler Imperial, auf den Weg nach Brooklyn. Vor Jahren, noch ganz am Anfang, fuhr ich ein altes, frisch lackiertes Polizeiauto, das eine schwerere Federung und einen größeren Motor hatte. Danach hatte ich einen kleinen Ford, um auf Parkplätzen leicht manövrieren zu können, doch eines Nachts fuhr ein Dreißigtonner-Müllabfuhrlaster der Mafia in Queens bei Rot auf das Vorderteil meines Wagens zu und darüber hinweg. Der Fahrer sprang mit erhobenen Armen kampfbereit aus dem Laster, und als ihm klar wurde, daß ich keine Anstalten machte, aus dem Wrack herauszukommen, zog er eine Schaufel von dem Müllwagen herunter und fing an, wütend auf meine Tür einzudreschen. Immerhin hat mir das eine Kolumnenstory gebracht, aber kleinere Wagen sind seither tabu für mich. Lisa und die

Kinder benutzen den Chrysler nicht, sind auch nie darin zu sehen. Sie fährt einen Volvo – auf Leasingbasis, damit ich rasch den Wagen wechseln kann, was ich damals als Klausel in den Vertrag mit der Mietagentur eingefügt habe. Wir sind vor einiger Zeit zu dem Schluß gekommen, daß wir gewisse unauffällige Sicherheitsvorkehrungen treffen müssen – eine elektronische Alarmanlage zu Hause, eine Geheimnummer fürs Telefon. Die Schule, in die unsere Tochter geht, führt unsere Adresse nicht im Elternverzeichnis, und wir haben der Lehrerin ein Foto von Josephine, der Frau, die auf die Kinder aufpaßt, gegeben, für den Fall irgendwelcher Fragen an den Nachmittagen, an denen sie unsere Tochter abholt. Ich habe zwei extra Telefonleitungen zum Haus hin, mit einer Vorrichtung, die jedesmal, wenn ein Anruf hereinkommt oder hinausgeht, ausgelöst wird und jede Nummer aufzeichnet. Die Zeitung hat werktags eine Tagesauflage von 792 000 und sonntags von über einer Million, also gibt es da draußen Leser mit ihren eigenen Geschichten. Zornige Leser. Leser, die behaupten, sie wüßten, was in Wirklichkeit abläuft, was auch manchmal stimmt: daß bestimmte Bullen Drogen kaufen, wo die Leiche liegt, was der Schuldirektor mit den Mädchen der achten Klasse treibt. Anrufe heimlicher Informanten. Oder manchmal eine Beschwerde: »Ich sehe hier, daß Sie versäumt haben, die Rasse des Angeklagten zu erwähnen! Was – Sie mögen Nigger?« Die Leute denken sich, ich könnte etwas für sie tun. Vielleicht kann ich das ja auch, aber nur, wenn meine Bedingungen gelten. Die Familie Wren hat keine Privatadresse. Unsere gesamte Post wird an die Zeitung ausgeliefert, wo sie durch den Postraum läuft. Alles, was irgendwie auffällt – eine große Schachtel, ein tropfender Umschlag, was immer –, nehmen sich die Männer in der Sicherheitsabteilung vor. Ich habe schon ebenso bedrohliche wie merkwürdig rührende Gegenstände zugesandt bekommen: Revolver, Patronen, eine Schokoladentorte, ein Kondom voller Hundezähne (dessen Bedeutung mir entging), eine feuchte Damentasche mit Babybildern darin, den üblichen toten Fisch, einen Stapel chinesischer Banknoten, einen goldenen Ehering mit dem Namen eines Toten auf der Innenseite eingraviert, den abgeschnittenen Kopf eines Hühnchens, die verschiedensten pornographischen Fotos und Utensilien (am bemerkenswertesten war ein enormer, doppelköpfiger Dildo), meine Kolumne (völlig zerfetzt, ausgeschwärzt oder mit Schimpfwörtern übersät), einen Beutel Blut (von einem Schwein, laut Aussage der Polizei) und bei drei Gelegenheiten die Bibel. Vermutlich sollte ich mittlerweile eine gewisse Kaltblütigkeit gegenüber diesen Dingen aufbringen, aber es gelingt mir nicht. Tief im Inneren bin ich bloß ein einfacher Junge vom Land. Ich habe immer schon leicht Angst bekommen. Deswegen treffe ich auch so viele Vorsichtsmaßnahmen, wie sie mir nur in den Sinn kommen. Vielleicht sind sie ja unnötig, aber andererseits sind sie es vielleicht eben doch nicht. New York City ist eine gefährliche Gegend.

Und genau durch diese Gegend fuhr ich zwanzig Minuten später – vorbei an den windschiefen Backsteinhäusern, an den jungen Mädchen mit ihren Kinderwagen, den Schankstuben, Zeitungskiosken und Blumenläden, den weggeworfenen und im Schnee festgefrorenen Weihnachtsbäumen, vorbei an den jeden Schritt fürchtenden alten Frauen mit ihren Lebensmitteltüten. Ich steuerte auf die Brownsville Houses zu, einen gutgemeinten Akt architektonischer Barbarei aus den vierziger Jahren, die auf Betreiben einiger weißer New Yorker entstanden, welche der Ansicht waren, arme Schwarze aus dem Süden würden wohl gerne in platten, gesichtslosen Mietshäusern mit Wänden aus Zementhohlziegeln und Türen aus Wellblech leben. Diese Siedlungshäuser lagen ein paar Blocks von der New York Avenue East entfernt, und ich näherte mich behutsam, stets ein Auge auf die Schlaglöcher gerichtet. Die Sonne schien, die Temperatur lag um den Nullpunkt. Ein paar halbwüchsige Jungen auf einer Veranda (die eigentlich in der Schule hätten sein sollen, aber vermutlich eher in Sicherheit waren, solange sie schwänzten) nahmen meinen Wagen in Augenschein. Als er noch neu war, hielten die Kids lieber Abstand, da sie davon ausgingen, ein schwarzer Imperial könne einzig und allein einem Kriminalbeamten oder einem Politiker gehören. Inzwischen aber war das Auto gerammt und demoliert und zur Seite geschleudert und abgeschleppt worden; es war mit Graffiti besprüht, aufgebrochen, angepinkelt und gewaltsam um seine Stoßstange gebracht worden. Wurde aber nur zweimal gestohlen. Ich versuchte das Interesse daran gering zu halten, indem ich auf den Vorder- und Hintersitzen eine Menge Müll herumliegen ließ – leere Coca-Cola-Flaschen, Verpackungen von irgenwelchem Essen, zerknüllte Seiten von Notizblöcken, Straßenkarten der Stadt. Eine Zeitlang benutzte ich ein extra Blockadeschloß am Lenkrad, aber die Kids sprühten Freon darauf, wodurch der Stahl gefror, und zerschlugen es dann mit einem Hammer. Vermutlich hätte ich mir auch was Hübscheres zulegen können, vielleicht einen Nissan Sentra, aber der wäre innerhalb von drei Tagen auf einem Containerschiff nach Hongkong gelandet.

Ich gelangte zu den Brownsville Houses. Es waren sechsgeschossige Backsteinbauten, die einander aufs Haar glichen, und über den schlingenförmigen Krakeln und stilisierten Drohungen und den mit *RIP*, dem Kürzel für *»Ruhe in Frieden«*, versehenen Spitznamen erhob sich ein Fenster über dem anderen mit Gittern davor – um die Kleinen am Hinunterstürzen und die Verbrecher am Einsteigen zu hindern. Rapmusik dröhnte aus allen Richtungen ins Freie, übertönt von dem Geräusch bellender Hunde, die über den Schneematsch hinweg andere Hunde in anderen Gebäuden anbellten. An anderer Stelle hingen Matratzen wie Zungen heraus, oder die Fenster waren mit alten Weihnachtslichtern geschmückt – die einen Lämpchen an, die anderen aus –, mit weiteren Graffiti oder modernden Blumenkästen, oder sie waren mit Wäscheleinen bespannt, von denen Socken oder Unterhöschen oder Babyschlafanzüge flatterten. Die Szene war bizarr und düster und in keinerlei Weise ungewöhnlich.

Dann entdeckte ich die Polizei und die Feuerwehrleute und die jungen Typen auf Fahrrädern. Die Jugendlichen sind's, die einem verraten, ob die Szene noch heiß ist – sie verlieren schnell das Interesse, besonders wenn das vergossene Blut nicht so gut ist wie das, was sie in der Glotze zu sehen bekommen, und wenn sie sich bereits auf Geplänkel einlassen, zu streiten und miteinander zu raufen beginnen, dann fängt die Situation an kalt zu werden, dann sind die Leichen schon weg und Zeugen schwer zu finden. Diese Szene hier sah ganz danach aus, als ob sie nur noch etwa zehn Minuten zu bieten hatte. Ich bahnte mir einen Weg, um an die Story ranzukommen, und war froh, keine Fernsehwagen im Umkreis vorzufinden. Die regulären Cops erkennen mich normalerweise nicht, aber wenn jemand umgebracht worden ist, erscheint bald ein Beamter von der Mordkommission am Tatort, und häufig haben wir schon zuvor ein paar Worte gewechselt. (Ich sollte gleich hier am Anfang eingestehen, daß ich nun schon seit geraumer Zeit mit den Cops näher verbandelt bin – einer der stellvertretenden Polizeipräsidenten unter Bürgermeister Giuliani, Hal Fitzgerald, ist der Taufpate meiner Tochter, was einerseits gut, aber auch nicht gut ist: Man fängt an, sich gegenseitig Gefälligkeiten zu erweisen, vergißt, auf welcher Seite man steht, man vergißt, daß man in gegnerischen Mannschaften spielt. Das war noch so'ne Sache, von der ich die Finger nicht gelassen habe, obwohl sie nur schiefgehen konnte.) Der zuständige Captain, ein großer Kerl mit roten Haaren, berichtete mir, was geschehen war: Ein junger Vater, der im dritten Stock in einem der Gebäude lebte, hatte seine Kokainrechnung nicht beglichen; ein paar nette Leute waren gewaltsam in seine Wohnung eingedrungen, um ihn einzuschüchtern oder auch zusammenzuschlagen – was genau, war nicht eindeutig –, und hatten zu guter Letzt die Bude in Brand gesteckt. Der Captain gab den Vorfall ordnungsgemäß wieder, während sein Blick auf den Backsteinhorizont gerichtet war und er, so schien es, an alles mögliche andere dachte, seine Kinder, seine Frau, sein Boot – alles, bloß nicht an wiederum einen Fall dessen, was die Bullen manchmal ein »Totschlagvergehen« nennen. Haben Sie sonst noch irgendwas? fragte ich. Vielleicht hat es ja eine Schlägerei gegeben, meinte er achselzuckend, oder eine der Kugeln hat den Gasherd getroffen. Oder vielleicht haben die beiden Pistolenhelden das Feuer absichtlich gelegt – die Einzelheiten lägen soweit noch nicht vor, da die Freundin einen Schock habe und ins Krankenhaus gebracht worden sei, und von den drei übrigen Erwachsenen, die gesehen hätten, was passiert sei, seien zwei nicht aufzufinden (inzwischen wahrscheinlich in einer Bar in einem anderen New Yorker Bezirk damit beschäftigt, nervös ein paar

zu trinken), und der dritte sei tot. Sicher sei dagegen der Umstand, daß die Täter nach Verlassen der Wohnung noch einen alten Bettkasten zwischen die blaue Metallwohnungstür und die Korridorwand geklemmt hätten. Die Tür sei nach außen aufgegangen, was gegen alle einschlägigen Vorschriften der New Yorker Bauverordnung für Sozialwohnungen verstoße, und infolgedessen habe die Frau in ihrer brennenden Wohnung mit ihrem Baby und einem Freund mit schlimmen Schußwunden in der Falle gesessen.
Ich ging in den allgemein zugänglichen Bereich des Wohnkomplexes und schnüffelte so lange herum, bis ich schließlich eine der Nachbarinnen auftrieb, eine Frau von Ende Zwanzig in einem schwarzen Wintermantel. Sie wohnte dem betroffenen Apartment gegenüber. Das Interview werde nicht lange dauern, nur ein paar Fragen. Damit die Leute auch erfahren, was passiert ist, sage ich normalerweise und kritzle dabei etwas in mein Notizbuch (nur selten benutze ich ein Aufnahmegerät – es schüchtert die Leute bloß ein und bringt sie zum Schweigen, und außerdem behalte ich die guten Aussagen immer im Gedächtnis – die bleiben einem im Ohr haften). Die Frau hielt einen Säugling in einem Winteroverall an ihrer Schulter, ein Baby, das diesem Mann, der so eine komische Farbe hatte, größtes Interesse entgegenbrachte. Die schwarzen Augen in dem winzigen braunen Gesicht musterten meine, und für einen Augenblick war die Welt wieder in Ordnung. Dann fragte ich die Frau, was sie denn beobachtet habe. Also, ich war ja gar nicht darauf gefaßt, daß überhaupt was passiert, erklärte sie, weil's noch Vormittag war, und solche Sachen passieren normalerweise nicht am Vormittag, da schlafen doch noch alle. Sie hatte ein attraktives Gesicht mit stark ausgeprägten Zügen, doch als sie ihren Blick zu der Wohnung hinauf richtete, deren Fensterscheiben die Axtschläge der Feuerwehrmänner von innen zerschlagen hatten, sah ich, daß die Augen der Frau entzündet und müde waren. Das Feuer hatte die Backsteinfassade des Gebäudes mit Schlieren überzogen, und die Feuerwehrleute hatten verkohlte Haushaltsgegenstände aus dem Fenster geworfen: einen Küchentisch, Decken, ein paar Stühle, Kleider, ein Babybett, einen Fernsehapparat, eine

Sprungfedermatratze. So, wie sie im Schnee aufgeprallt waren, sahen die rußgeschwärzten Trümmer nun wie einige der Installationen aus, die in den Galerien von Soho dargeboten werden: eines Künstlers pessimistische Aussage über dieses undefinierbare Zeitalter, in dem wir jetzt leben – welches auch immer es sein mag.
Kannten Sie die betroffene Familie? fragte ich die Frau. Ja, ich bin doch hundertmal in dieser Wohnung gewesen. Wie haben Sie erfahren, was passiert ist? Das hat mir gar nicht erst irgendwer zu erzählen brauchen, weil ich das Ganze selbst gesehen habe. Ich war gerade beim Abwaschen, und da hab ich den Rauch gesehen und wie alles zum Fenster rauskommt, und ich hab mir gesagt, das sieht aber gar nicht gut aus, sieht so aus, als ob's bei Benita wäre. Dann hab ich den Notarzt gerufen und bin hinuntergelaufen. Die Frau warf mir einen Blick zu. Sie hatte mir noch mehr zu sagen, und ich wartete ab. Ich übe normalerweise keinen Druck aus. Die Leute sagen schon, was sie zu sagen haben. Wenn sie jedoch steckenbleiben, kann man zur zeitlichen Abfolge zurückkehren. Um wieviel Uhr war das? fragte ich. Fast zwölf Uhr mittags. Nun gut, Sie haben also das Geschirr gespült; was haben Sie gemacht, als Sie den Rauch gesehen haben, waren Sie überrascht? Ich war sogar so überrascht, daß mir ein Teller runtergefallen ist. Was ist passiert, als Sie dann nach draußen gegangen sind? Ich hab zu dem Fenster raufgeschaut und gedacht, hoffentlich schafft es bloß die Feuerwehr, möglichst bald herzukommen, und dann, wie ich so hochschaue, sehe ich Demetrius, wie er durchs Fenster gesprungen kommt. Er ist in Flammen, brennt überall am Hemd und an den Haaren und den Hosen, und er hält Benitas Kind fest, äh, Vernon, der ist erst vier Monate alt, und dann *fällt* Demetrius, er fällt einfach und fällt und *fällt*, und ich kann erkennen, daß er gleich auf das Baby *drauf*fällt, und da habe ich mir deswegen Sorgen gemacht, und dann, kurz bevor Demetrius landet, macht er so, ja so eine kleine Art *Salto*, und er landet auf dem Rücken und hält das Baby *hoch*, also, das hab ich deutlich gesehen, daß er das extra getan hat, damit das Baby heil bleibt. Also, wissen Sie, so, als wär's das letzte, was Demetrius je in seinem Leben getan hat, daß er so einen kleinen Salto

macht und das Baby hochhält, denn dadurch ist Demetrius auf dem Rücken gelandet, ganz genau *so* – und an diesem Punkt schlug die Frau mit ihrer schwarzen Hand flach und hart auf die andere –, und er lag total still da, und ich renn also hin und heb Vernon hoch, weil ich sehe, Demetrius, *der* schafft es nicht, und ich schau mir das Baby *ganz* genau an, und dann dank ich dem Herrn, daß Vernon sich nichts getan hat. Bloß 'n bißchen durcheinander, sonst nichts. Der weint nur so 'n bißchen, und ich nehm ihn aufn Arm. Aber Demetrius hat *schlimm* ausgesehn. Das Blut ist ihm aus den Ohren gelaufen, und dann hab ich gesehen, wie ihn diese Mistkerle mit Schüssen zugerichtet haben. Und dann hoff ich bloß noch, daß Benita, daß *die* jetzt nicht auch noch runtergesprungen kommt …

Die Frau verstummte und blickte weg, zurück zu dem Fenster. Sie verlagerte ihr Baby und gab dem Bündel einen Klaps auf den Hintern. Sonst noch was? fragte ich. Nee – nich. Ich wartete noch eine Weile und schaute ihr in die Augen. Vielen Dank, daß Sie sich die Zeit genommen haben, sagte ich. Die Frau nickte bloß. Sie war nicht geschockt oder am Boden zerstört, jedenfalls nicht dem Anschein nach. Solche Ereignisse verstießen nicht gegen ihre Ansichten über die Beschaffenheit des Universums, sie waren lediglich ein weiterer Beweis dafür.

Ich sehe viele solcher Dinge, um ehrlich zu sein, und ich hatte nicht die Zeit, herumzustehen und mich von den Brutalitäten des Großstadtlebens aus der Fassung bringen zu lassen; der Bericht war bis spätestens 17 Uhr 30 in den Computerdateien der Zeitung fällig – in etwa drei Stunden. Ich hatte, was ich brauchte, und machte mich gerade auf den Weg zurück zum Wagen, während ich bereits den Anfang der Story im Geist verfaßte – als der Bieper gegen mein Bein schrillte. »Melde dich bei der Kleinen«, hieß das. Es war Lisa, die vom St. Vincent Hospital aus anrief, wo sie als Chirurgin arbeitet. Viele Reporter tragen Handys mit sich herum, aber ich kann diese Dinger nicht ausstehen; sie fesseln einen an anderer Leute Zeitpläne und können einen im ungünstigsten Moment unterbrechen, können Interviews zunichte machen. Ich ging um die Ecke zu einem kleinen dominikanischen Mittagslokal, und als die Glocke am Eingang klingelte, drehten sich ein paar der Stammgäste um, und ein Junge von vielleicht achtzehn machte sich geschickt durch den Hinterausgang davon, nur für den Fall, daß ich jemand war, vor dem er sich in acht nehmen mußte. Die sehen einen großen Weißen, der keine Angst hat, irgendwo aufzutauchen, und denken, ich bin vielleicht 'n Bulle. An der Wand war ein öffentliches Telefon befestigt.

»Du mußt heute abend zu dieser Cocktailparty«, rief mir Lisa ins Gedächtnis zurück. »Ich hab dir deinen Smoking in den Kofferraum gelegt.«

Die alljährliche Party, die Hobbs, der Milliardär aus Australien, dem die Zeitung gehörte, veranstaltete. Als einer der Kolumnisten war meine Anwesenheit eine Pflichtübung. Wenn er der Zirkus war, dann war ich einer der abgerichteten Affen mit einem engen roten schmalen Halsband.

»Ich kann nicht hin«, sagte ich.

»Du hast gestern gesagt, du mußt hin.«

»Bist du dir sicher, daß es heute abend ist?« Ich warf, besorgt wegen des Zeitdrucks, einen Blick auf meine Uhr.

»Du hast halb sieben gesagt.«

»Alle Leute vom Management kommen hin und kriechen Hobbs in den Hintern.«

»Was soll ich dir denn da sagen?« erwiderte sie geduldig. »Du hast mir doch gesagt, daß du hin mußt.«

»Geht's den Kindern gut?«

»Sally ist zum Spielen verabredet. Bist du gerade in der Bronx oben?«

»Brooklyn. Ein Feuer. Ein Mann ist mit einem Baby aus dem Fenster gesprungen.« Ich bemerkte, daß die Stammgäste mich beobachteten. *He da, weißer Wichser, was fällt dir ein, mein Gebührentelefon mit deinem weißen Bubigesabber zu bespucken?* »Wie auch immer, ich sehe dich dann heute abend.«

»Spät oder früh?« fragte Lisa.

»Früh.«

»Wenn du früh genug heimkommst, dann gibt's eine Chance«, sagte sie.
»Ach ja? Eine Chance wozu?«
»Eine Chance, daß du mich rumkriegst.«
»Klingt gut.«
»Oh, gut ist es bestimmt.«
»Woher weißt du das?«
»Ich weiß es halt«, sagte Lisa.
»Wieso?«
»Gewisse Zeugenaussagen sind ins Protokoll aufgenommen worden.«
»Von wem stammt die letzte?« fragte ich.
»Ach, von irgend so einem komischen Mann.«
»War er gut? Hat er dein Boot zum Schwimmen gebracht?«
»Nach elf vertust du deine Chance«, erklärte sie. »Fahr vorsichtig, ja?«
»Mach ich.« Ich wollte gerade aufhängen.
»Nein! Warte! Porter?«
»Was ist denn?«
»Hat das Baby überlebt?« fragte Lisa beunruhigt. »Das Baby, das aus dem Fenster gefallen ist?«
»Willst du das wirklich wissen?«
»Du bist fürchterlich! Hat das Baby überlebt?«
Ich gab ihr die Antwort, und dann war ich zur Tür raus.

Im West Village gibt es an einer der alten schmalen Straßen (an welcher genau, werde ich nicht preisgeben), die mit dreigeschossigen Backsteinreihenhäusern aus Bundesmitteln gesäumt sind, eine Mauer. Eine ganz bestimmte Mauer, die, in der Mitte des Blocks gelegen und etwa neun Meter lang, zwei Häuser miteinander verbindet. Sie besteht aus glasierten Ziegeln und ist gut an die viereinhalb Meter hoch. Das Mauerwerk selbst ist von einem uralten, schwarzen Zaun aus Schmiedeeisen gekrönt, der sich anmutig nach außen neigt und den man unmöglich durch Klettern überwinden kann. Oberhalb dieses Zauns und an vielen Stellen mit ihm verwachsen recken sich die kräftigen Zweige eines Ailanthus oder Götterbaums, einer unkrautähnlichen, rasch wachsenden Plage von einer Pflanze, die sich gern auf den leeren Grundstücken der Stadt breitmacht, einer Pflanze, die sich in jede beliebige Form krümmt, nur um zu überleben. Sie müßte schon an einer Krankheit eingehen oder aber bis auf die Wurzeln ausgerottet werden. Dieser spezielle Götterbaum ist so hartnäckig in seinem Drang zum Sonnenlicht, daß er sich mit der Mauer und dem Zaun verschworen zu haben scheint, die Menschen fernzuhalten.

Ich habe nicht wenig Zeit damit verbracht, mit verschränkten Armen auf der gegenüberliegenden Straßenseite zu stehen und erst den Baum und sein Gewirr aus Zweigen, dann den Zaun und schließlich die Ziegelmauer zu betrachten. Bis letzten Winter vermittelte mir die Überprüfung der Mauer eine gewisse Genugtuung. Die Mauer ist praktisch undurchdringlich, und das ist wichtig, denn sie enthält einen schmalen Eingang, den ein Tor verschließt – nicht etwa das übliche Rechteck aus vertikalen Eisenstäben, sondern eine massive Stahlplattentür, die bis auf gut einen halben Zentimeter ganz zu dem gepflasterten Gehsteig hinunterreicht. Man könnte mit einiger Anstrengung eine Tageszeitung unter diesem Tor durchschieben, aber eine Sonntagsausgabe würde man nicht hindurchbekommen. Das Tor ist eine exakte Kopie eines anderen, das dort über ein Jahrhundert lang gehangen hatte – Eisen, vor Alter brüchig, hier und da rostig, fünfzehnmal mit schwarzer Farbe überstrichen. Ich beauftragte einen sechzigjährigen russischen Schweißer aus Brooklyn damit, die Tür aus Stahl nachzubauen. Anschließend rissen wir zu zweit das alte Tor mitsamt den Angeln und allem heraus, setzten das neue an seiner Stelle ein und strichen noch die Fugen frisch zu. Ich weiß noch, wie zufrieden ich bei dem Gedanken war, daß es verdammt schwierig sein würde, hindurchzugelangen – man müßte schon einen Vorschlaghammer und eine Metallsäge haben, müßte mit einem schweren Laster rückwärts darauf zufahren, ein paar Ketten daran befestigen und dann ganz langsam anfahren.

Wirklich wichtig aber ist, wohin das Tor führt. Jenseits des Tors windet sich verblüffenderweise ein enger, gewölbter Tunnel vom Bürgersteig aus zwanzig Meter nach hinten. Mal aufwärts, mal abwärts, führt der Tunnel an den Rückseiten der Grundsteinmauern dreier Häuser vorbei, die aus den dreißiger Jahren des letzten Jahrhunderts stammen und alle mit dem Haupteingang zur Straße liegen. Diese Anordnung hat man eigens in dem ursprünglichen Vertrag für jedes dieser Grundstücke beurkundet, und sie stellt, laut der Auskunft meines auf Immobilien spezialisierten Anwalts, durchaus eine Anomalie in den Grundbesitz- und Baubestimmungen von New York City dar. Die meisten Wohngrundstücke werden natürlich aus der Vogelperspektive gesehen, festgelegt oder begutachtet, definieren sich also, ob Land oder Gebäude, im Sinne von Länge und Breite. Nicht aber, was den Tunnel betrifft. Aus juristischer Sicht ist er dreidimensional, »ein gewölbter Durchgang in Höhe von fünf Fuß und neun Zoll«, wie in der Originalurkunde steht, »mit einer leichten Abweichung in seinem Verlauf gen Westen«. Es ist ein stiller und geheimnisvoller unterirdischer Weg, und an Abenden, wenn wenig Verkehr herrscht, kann man Wasser durch die Abflußrohre der Nachbargebäude heruntergurgeln hören oder wie jemand in einem der oberen Räume Klavier spielt. Oder die undeutlichen Laute eines Gesprächs. Daher läßt der Tunnel tatsächlich das Gefühl einer dunklen Nabelschnur aufkommen, die ganz nah am Leben Fremder vorbeiführt, bevor sie am anderen Ende in ein unregelmäßiges Grundstück von sechseinhalb mal gut zweiundzwanzig Metern einmündet, in das meine Frau und ich uns vom Fleck weg verliebten – hier also, gar nicht weit entfernt von der Stelle, wo die Zwillingstürme des World Trade Center zum Himmel ragen, liegt das, was wir voller Erstaunen zu sehen bekamen: ein kleines Farmhaus aus Holz.
Da stand es, wenn auch mit vermoderten Fensterbänken, termitenbefallenem Gebälk und einem absackenden Dach aus Zedernholzschindeln – ein Überbleibsel aus einem vergangenen Zeitalter Manhattans, erbaut im Jahre 1770, als die Insel im Süden noch ein Hafen für englische Kaufleute war und im Norden eine Landschaft aus Was-

serläufen, ungepflasterten Wegen und Farmen im Besitz von Holländern und sogar ein paar Quäkern. Die Zimmerdecken des Hauses waren niedrig und die Fenster aus dem Lot geraten, die Originalscheiben mit ihrem von Blasen durchzogenen Glas ratterten bei Sturm in den alten Rahmen, doch aus irgendeinem Grund hatte man das Gebäude nie abgerissen, vielleicht weil die Kunsttischlerarbeiten aus Nußbaumholz zu schön waren, vielleicht auch wegen eines eigensinnigen Besitzers, aufgrund von Familienstreitigkeiten oder aus purem Zufall – die Gründe waren nicht mehr auszumachen. Uns war das egal. Wir wollten es haben, und ebenso den kleinen Flecken Grün an der Vorderseite, zu dem sogar ein knorriges Apfelbäumchen gehörte. An jedem anderen Ort wäre solch ein Haus nichts Besonderes gewesen; in Manhattan war es das reine Wunder.

Lisa und ich waren damals Anfang Dreißig und erst seit wenigen Jahren verheiratet. Das Haus war enorm teuer, aber Lisa, die als Chirurgin auf Hände spezialisiert ist, war eines Tages mit fassungsloser Miene nach Hause gekommen und hatte mir berichtet, der Daumenspezialist Nummer eins der Stadt, ein arroganter Meister von Ende Fünfzig, habe sie aufgefordert, doch in seine Praxis mit einzusteigen. Sein Angebot hatte eine gewisse Dringlichkeit an sich; nach seiner dritten Eheschließung hatte der gute Doktor seine kinderlose vierzigjährige Frau geschwängert, da er wohl wußte, daß sie das Stadium der Verzweiflung erreicht hatte, nicht aber, daß sie heimlich Fruchtbarkeitspillen eingenommen hatte. Ergo: Dreierlei winzige, gleichwohl kräftige Herzschläge auf dem Ultraschall. Die Aussicht auf so viel neues Leben hatte den Mann fast zu Tode erschreckt; wie viele der ergrauten Supererfolgstypen der Stadt war er mit einem Mal an einem Punkt angelangt, an dem er eine junge Person zu seiner Entlastung benötigte. Und dafür war er bereit zu zahlen – ganz erheblich zu zahlen. Er wußte, daß Lisa sicher in absehbarer Zeit selbst Kinder haben wollte, aber das spielte keine Rolle, er vertraute ihrem Können und ihrer jugendfrischen Ausdauer. »Was soll ich denn mit dem ganzen Geld anfangen?« war es aus Lisa herausgebrochen. Und da hielt ihr der ältere Chirurg einen väterlichen, möglicherweise aber unzutreffenden Vortrag über die gigantischen Ausmaße der Bundesverschuldung und die unweigerliche Notwendigkeit, daß die Regierung Geld drucken müsse. »Kaufen Sie so viele Immobilien, wie Sie nur können«, riet er ihr.

Wie zum Beispiel ein Farmhaus in New York City. Nachdem wir zur Veranda hinauf und durch den Vordereingang spaziert waren, musterten wir das Schlafzimmer und versuchten uns dabei auszumalen, wie wir hier in diesem Zimmer, das zu jenem Zeitpunkt nur ein kleiner leerer Raum mit staubigem Boden und muffiger Luft war, schlafen und aufwachen würden. Der Verkäufer hatte dafür gesorgt, daß die alten Stuckwände frisch verputzt und gestrichen worden waren. Wir standen auf den breiten Kiefernbohlen und dachten an das uns unbekannte Leben, das sich in diesem Raum abgespielt hatte, an die Stimmen des Gelächters, des sexuellen Vergnügens und des Zorns, an die Säuglinge und Kinder, das Leiden und den Tod.

Es war dieses winzig kleine Haus mit seinen drei engen Schlafzimmern, das bewirkt hatte, daß ich ehrlich blieb, oder zumindest bildete ich mir das ein, da es mich daran erinnerte, daß es die Stadt schon seit langer Zeit gab und daß sie noch lange Zeit nach meinem Tod fortbestehen würde. Meine Kinder könnten ebensogut in einer Wohnung an der Upper West Side aufwachsen, mit einem uniformierten Wachmann, Lebensmittel, Reinigung und Videokassetten, alles liefe auf Bestellung, und an sich war daran nichts auszusetzen, aber etwas an unserem Apfelbaumhaus war denkwürdig, und ich wußte, daß Sally und Tommy bereits den krummen gepflasterten Durchgang, das durchhängende Dach und die niedrigen Deckenbalken ins Herz geschlossen hatten. (Hier hatten natürlich auch schon andere Kinder gewohnt; meine Frau fand hundert Jahre alte Knöpfe, die zwischen die Bodendielen gefallen waren, winzige, im Garten vergrabene Zinnsoldaten und, beim gemeinsamen Renovieren der Küche, den Plastikkopf einer Barbiepuppe, dem Stil der Frisur nach zu schließen wohl aus dem Jahr 1965.) Wenn meine Kinder einmal erwachsen sein würden, so hoffte ich, würden sie verstehen, daß das Heim ihrer Kindheit etwas Bemerkenswertes war. Vor allem aber wollte ich, daß ihnen bewußt war, daß sie geliebt wurden, und daß dieses Bewußtsein auf der feinstofflichen Ebene zu einem Teil ihres Wesens wurde. Bei Erwachsenen, finde ich, kann man stets erkennen, wer von ihnen als Kind geliebt wurde und wer nicht; es ist an ihren Augen, an ihrer Gangart und ihrer Sprechweise ablesbar. Es herrscht eine gewisse brutale Klarheit. Man kann es nahezu riechen.

Wieder in der Redaktion, schlüpfte ich an der Wand des langen rechteckigen Nachrichtenraums entlang, trug meine Schachtel mit dem Smoking am Büro des Chefredakteurs vorbei, vorbei an diversen, leise und verdrossen miteinander redenden Ränkeschmieden, vorbei an den Leuten vom Sport, die gerade ihr Nachmittagsfrühstück verzehrten, vorbei an der hell erleuchteten Höhle der Gesellschaftskolumnistin. Sie war soeben dabei, durch ein elektronisches Adressenverzeichnis zu surfen, während sie telefonierte. Ausladende Frisur, ausladende Gebärden, die neueste Lieferung an aufgeblähtem Tratsch – E-Mail-Ausdrucke, Pressemitteilungen, Werbevideos, Filmposter – in ihrem Posteingangskasten aufgetürmt. Sie hat zwei Assistenten, beides junge Männer von postmodernem Geschlechtszuschnitt, die nur allzugern Nacht für Nacht durch ein halbes Dutzend Klubs schleichen, das Handy in der Tasche, den Rausschmeißern an der Tür Trinkgeld zustecken und nach leicht verderblichen Krümeln aus der Promi-Gerüchteküche stöbern. Und schließlich mein eigenes Büro, das nicht so sehr einem Raum ähnelt, in dem ein Mann jeden Tag arbeitet, sondern eher einem Experiment zum Thema Chaos; Schreibtisch, Telefon und Computer eingekreist von lauter alten Papieren und Kaffeetassen.

Demetrius Smith, der tote junge Mann aus den Brownsville Houses, war laut der Aussage seiner Schwester, die ich in North Carolina erreichte, in der Highschool Mitglied der Turnriege gewesen. War im Besitz aller nur möglichen Trophäen und eines Collegestipendiums, das er nicht in Anspruch nahm. Diese hübsche kleine Tatsache konnte man zur melodramatischen Vertiefung ausschlachten, und nach ein paar weiteren Anrufen bekam ich den Turnlehrer des jungen Mannes an den Apparat. Nein, Demetrius hatte nicht die geringste Begabung, bellte der Trainer, ganz gewiß kein Stipendium – wer hat Ihnen denn das erzählt? Tut mir leid, daß er umgekommen ist, aber er war wirklich kein begnadeter Turner. Zuviel Höhenangst, soweit ich weiß.

Das war ein ganz neuer Dreh, aber für Zeitungskolumnen zuständige Lohnschreiber vermögen Ironie wie Telefondraht zu verarbeiten. Ich wob den Trainer in den Text ein, wie auch die Tatsache, daß sich nach offiziellen statistischen Angaben das Durchschnittsjahreseinkommen pro Haushalt in den Brownsville Houses auf 10 845 Dollar belief; doch inzwischen war es 17 Uhr 27. Der für die City zuständige Redakteur hastete aus Sorge um seinen Leitartikel in der Gegend herum, früher oder später würde er mich jedoch ins Visier nehmen. Ich schickte den Text zur Lokalredaktion hinüber, warf noch einen Blick in meine Post und sortierte die Rechnungen aus, bevor ich die Tür schloß und den Leihsmoking anzog. Offensichtlich gaben viele Ausleiher ihre Größen falsch an: Der Bund war – ähnlich wie meine soeben vollendete Kolumnenstory – mit ein bißchen Elastizität versehen.

Dann nichts wie weg. Tschüs und viel Glück – und selbst wenn der Präsident dem Attentat eines Filmstars zum Opfer fallen sollte, rühr ja nicht meine Kolumne an. Verschiedene andere Reporter waren dabei, ihre Sachen zusammenzupacken, und die Redakteure der Nachtschicht waren eingetroffen, um das Hackfleisch für das Mahl des kommenden Tages durch den Fleischwolf zu drehen. Ich lief, ohne viele Worte zu machen, an ihnen allen vorbei. Wir kommen auf die übliche Art und Weise miteinander aus. Einige der älteren Reporter haben, wie mir wohl bewußt ist, einen gewissen Haß auf mich, weil meine Berichte nicht noch im letzten Moment rausgeschmissen werden und ich außerdem wesentlich mehr Geld verdiene als sie. Ich habe in der Tat meinen Vertrag mit den Chefs der Zeitung ausgehandelt, während die normalen Angestellten an das gebunden sind, was immer die Zeitungsgewerkschaft bei ihren letzten Tarifverhandlungen an magerem Resultat herausgefochten hat.

Als ich dann draußen auf dem Gehsteig meinen Mantel gegen die Kälte zuknöpfte, erwog ich für einen Augenblick, die Party sausen zu lassen, einfach nur zum Abendessen mit den Kindern heimzufahren, zuzuschauen, wie sie die Makkaroni auf den Boden werfen. Ich hätte es tun sollen. *Ja, du Arschgeige,* sage ich mir jetzt, *du hättest geradewegs nach Hause fahren sollen.* Statt dessen gelangte ich zu meinem Wagen und kroch durch den Stoßverkehr Richtung Norden. Die Abenddämmerung war vorbei, und ich mußte die Straßen im Auge behalten; so gut kenne ich mich nicht in der Stadt aus, daß ich beim Fahren nicht aufpassen müßte. Wie ich schon sagte, ich bin nicht hier in der Stadt aufgewachsen, und für einen Reporter ist das ein Nachteil. Alle bedeutenden Kolumnisten von New York stammen aus diesen Straßen, unter anderem Jimmy Breslin und Pete Hamill. Ich mußte dagegen erst die Tatsache überwinden, daß ich fast fünfhundert Kilometer nördlich der Stadt aufgezogen wurde, fast schon in Kanada, in einem Farmhaus auf vier Hektar Land, unter einem weiten Himmel. Des Winters dehnte sich die eisige Fläche des Lake Champlain vor mir aus, und ich verbrachte häufig Stunden in dem kleinen Verschlag, den mein Vater im Schlepptau seines Kleinlasters zum Fischen auf das Eis zog. An anderen Tagen pflegten meine Freunde und ich durch die Birken und Kiefern dorthin zu streifen, wo die Eisenbahngleise am Ufer entlangliefen, und auf den Nachmittagszug zu warten, der von Montreal gen Süden New York ansteuerte; wenn er dann daherkam, gigantisch und furchteinflößend, und seitlich der Schnee aufstob, standen wir auf einen Schlag da, Zehnjährige in Wintermänteln und Stiefeln, und feuerten ein gutes Dutzend Schneebälle pro Mann ab, wobei wir auf die vorbeiflitzenden Gesichter in den Fenstern zielten, sicherlich reiche und bedeutende Persönlichkeiten, wie wir uns ausmalten. Das war 1969 oder 1970. Meine Kindheit war unbestreitbar vom Kleinstadtleben geprägt, durchdrungen von einer gewissen glücklichen Unschuld, die mich später auf alles zutreiben ließ, was erhaben und wundervoll, alles, was hektisch und dekadent an New York City ist, wo bei der Vielfalt der Möglichkeiten das Seltsame nicht etwa am Normalen, sondern an dem gemessen wird, was noch seltsamer ist. Ich habe schon Bettler mit Aids gesehen, die Schilder mit ihrem derzeitigen T-Helferzellen-Blutwert hochhielten, oder einen nackten Mann, der sich mit dem Fahrrad mitten durch den Gegenverkehr auf dem Broadway schlängelte. Ich habe schon erlebt, wie sich Elektromechaniker von Con Ed bei Kanalarbeiten Pavarotti anhörten. Ich habe Kriminalbeamte dabei beobachtet, wie ihnen die Pommes frites aus dem Mund hingen, während sie gleichzeitig an den Zehen von Leichen wackelten, um den Zeitpunkt des Todes abzuschätzen. Ich bekam einmal eine kugelrunde Frau zu Gesicht, die im Central Park die Bäume abküßte, und ich habe gesehen, wie ein Milliardär sein Toupet zurechtrückte.

Und wie merkwürdig, daß ich dann, nachdem ich den Wagen in einer Parkgarage abgestellt und die restlichen paar Straßen bis zu der Veranstaltung zu Fuß hinter mich gebracht hatte, Zeuge eines weiteren Vorfalls wurde, wie ich ihn so noch nie erlebt hatte. Dies war nicht gerade ein Omen für all das, was folgen sollte, aber wohl doch wert, als Sinnbild für die schiere Wucht menschlichen Verlangens im Gedächtnis zu bleiben.

Ja, gehen wir davon aus, daß dieses Bild von Bedeutung ist: Es war ein dunkler Häuserblock, an der Neunundsiebzigsten oder Achtzigsten Straße, glaube ich, und dem großen Schuttcontainer nach zu schließen, der am Bordstein aufragte, fanden im Inneren eines der Mietshäuser zur Zeit irgendwelche Renovierungsarbeiten statt. In der Kälte wurde mir plötzlich klar, daß da oben auf den Trümmern zwei Gestalten in dem Container waren, sich bewegten und irgendwie kämpften. Eine tätliche Auseinandersetzung? Ich näherte mich vorsichtig, und im selben Moment, da ich die abgetragenen Mäntel und wilden, verfilzten Mähnen der Obdachlosen erkannte, wurde mir auch der Rhythmus – das Zustoßen im Takt – der oberen Gestalt klar. Sie waren am Ficken. Voller Inbrunst. Zwei Obdachlose in der Kälte. Jemand hatte eine alte Matratze in den Container geworfen, und dort oben auf einem Berg von herausgerissenen Latten und Rohren und Deckenverputzstücken, zweieinhalb Meter über der Straße, trieben sie es. Die Frau, die ihre schweren Lagen aus Mänteln und Kleidern hochgerafft hatte, schlug dem Mann mit der Faust auf seinen nackten Hintern, und eine Weile lang befürchtete ich schon, sie werde vergewaltigt. Doch sie stieß vor Lust laute, heisere Schreie aus und schlug ihn wieder und wieder, so daß ich begriff, daß ihre schweren Schläge als eine Art Reaktion erfolgten, um den Mann dazu anzutreiben, doch schleunigst in sie zurückzukehren, und ihm Mut zu machen, sich doch möglichst kraftvoll ins Zeug zu legen. Fröhlicher Perverser, der ich bin, hielt ich mich etwa einen Meter weit entfernt noch für geraume Zeit auf. Sie bemerkten es nicht. Ich schaute eine ganze Weile zu, bevor ich mich schließlich wieder durch die Schatten der Straße in Bewegung setzte.

Eine Minute später stand ich im Inneren eines luxuriösen Wohngebäudes und reichte meinen Mantel einem älteren Garderobier, der sich behutsam den Pelzen der Damen widmete. Ein Liftführer, in einer grünen Weste, brachte mich nach oben.

»Große Party?« fragte ich.

Aber er brauchte gar nicht zu antworten; ich konnte die Musik und das Stimmengetöse schon vernehmen, bevor sich die Türen des Aufzugs öffneten. Und dann war ich also da, mitten in einer warmen Menschenmenge, mitten unter den geschminkten Lippen und von Fältchen gesäumten Augen, den Zähnen und Zigaretten und teuren Brillen und frisch geschnittenen Haaren und plappernden, vom Gespräch glühenden rosa Zungen, mitten unter all diesen laut sich unterhaltenden, von enormem verschwörerischem Appetit auf die Verheißungen des Lebens angeregten Leuten. Wenn man auf einer großen Party in Manhattan erscheint, weiß man auf der Stelle, ob man zu der versammelten Menge gehört oder nicht, ob man einer der lächelnden Stutzer ist, die ihren Drink halten und die Augen lässig über den Raum schweifen lassen. Ich war es jedenfalls nicht. Aber schließlich habe ich mich noch nie in der Gesellschaft irgendeiner Menschenmenge wohlgefühlt – ich stehe immer außerhalb und beobachte nur, noch immer der Junge vom Lande aus dem Norden des Staats New York, der mitten auf einem zugefrorenen See stundenlang in einer kalten Hütte hockte und auf ein Loch im Eis starrte. (Der plötzliche gewaltsame Ruck, das Hand-über-Hand-Heraufziehen des sich windenden Wesens aus der dunklen, kalten Tiefe.)

Es war eine dieser spektakulären Wohnungen, die Hobbs gehörten. Oder vielleicht war sie auch im Besitz seiner Dachgesellschaft – solche Unterscheidungen waren ohne Belang; das Apartment war eine Riesenhöhle aus Seidenwänden mit einer vergoldeten, zwölf Meter hohen Decke und ungefähr fünf Dutzend gepolsterten Stilmöbeln und vielen englischen Gemälden an den Wänden (von einem Berater ausgesucht und lastwagenweise eingekauft), mit vier offenen Bars, deren sich je drei Barmixer annahmen – und nicht etwa bloß arbeitslose, auf neue Kontakte erpichte Schauspieler, sondern herablassende Profis, die sich immerhin merken konnten, welchen Drink man eine Stunde zuvor gehabt hatte. Ein Balkon überblickte den Hauptsaal, und dort hielt ein Sextett mit einem Klavier die Hintergrundmusik flott in Gang. Fast ein Dutzend Fotografen waren an der Arbeit, darunter mehrere, die sich selbst als prominent erachteten. Weitere Zimmer öffneten sich, so auch eines mit Tabletts voller Aufschnitt und Käse, voller Obst, Gemüse und Bergen kleiner Leckereien aus Schokolade, und andere, in denen die Sofas niedriger waren und die Lichter gedämpfter, Räume von intimem Versprechen.

Hobbs war in der Stadt. Das genau war der Zweck der Festveranstaltung: einen jeden daran zu erinnern, daß er quicklebendig war, daß er nicht nur einfach ein einzelner Mann, sondern ein Konzept war, ein Imperium, er für sich allein eine ganze Welt. Jeden Winter jagte er durch Manhattan, um seine diversen Besitztümer zu inspizieren, inklusive seiner Boulevardzeitung, und er traf mit dem zu erwartenden Gefolge ein. Aber nicht das war es, was die Leute in Erinnerung behielten, wenn er wieder weg war – sie erinnerten sich an genau das, woran sie sich seiner Absicht nach erinnern sollten, nämlich daß er eine verdammte Partyorgie zuwege brachte. Er versetzte die Dinge in Wallung. Es *passierte* etwas. Die Leute machten Geschäfte, sie trafen Prominente, sie rauschten unverhofft mit irgendeiner Person in die Nacht hinaus ab. Sie betranken sich und sagten das Falsche zur richtigen Person. Treffliche Beleidigungen und noch trefflichere Verleumdungen. Oder sie gaben lauthals viele schockierende oder scharfsinnige Äußerungen von sich und hofften, jemand möge sie hören. Das alles war sehr aufregend, und sollte sich in der Klatschspalte des nächsten Tages herausstellen, die ganze Festveranstaltung sei *vulgär* gewesen, dann um so besser.

Hobbs war in den Sechzigern, doch das bedeutete nicht, daß er den Schauplatz nur mit teuer gewandeten wandelnden Wermutstropfen schmückte (die alten, aber weniger bedeutenden Millionäre mit ihrer optimistischen Wintersonnenbräune, die Frauen mit ihren knochigen Handgelenken und lebensecht wirkenden Zähnen, Frauen, die praktisch an nichts mehr außer an die Unabdingbarkeit der Hausangestellten und der täglichen Östrogenpillen glaubten); nein, sein Büro in Manhattan sorgte für eine wahrhaft lebenslustige Schar von Gästen – da waren Joe Montana, der um die Schultern herum schmaler wirkte, als man annehmen mochte, und da waren auch Gregory Hines, inzwischen etwas ergraut, und einige der Nachrichtenstars lokaler Fernsehsender, und da war sogar der Finanzier Felix Rohatyn in seiner rundlichen Bibergestalt, der sich gerade mit einem der neuen Zauberer virtueller Welten unterhielt, außerdem Frank und Kathie Lee Gifford und dann der Mann, den man gerade wegen eines 400-Millionen-Dollar-Wertpapierschwindels verklagt hatte, und der Schönheitschirurg, der Dolly Partons Busen mit solch tadelloser Fachkenntnis wieder frisch aufblähte, und nicht weit von ihnen entfernt stand die berühmte Eiskunstläuferin, deren Name mir nicht einfiel, zusammen mit einem jungen schwarzen männlichen Model, dessen Gesicht neuerdings an sämtlichen Bushaltestellen zu bewundern war. Viele der Frauen waren wunderhübsch und schienen mir irgendwie vertraut, vielleicht Schauspielerinnen aus dem Fernsehen. Dann tauchte soeben aus dem Lift eine ansehnliche Truppe von Time Warner auf, das neueste Regime an Killertypen, die in ihren gewichtigen Krawatten den Eindruck von Wut und Ehrgeiz vermittelten, und da war George Plimpton, der von einem Trio sehr langbeiniger Frauen, die nur Tänzerinnen in einer Broadwayshow sein konnten, nicht erkannt wurde, während sie wiederum anerkennend von Senator Moynihan beäugt wurden, wie mir auffiel. Es ging immer so weiter. Der fette kleine Typ von der *Times*, der seinen Witz wie einen sprechenden Papagei mit sich herumtrug. Der berühmte italienische Fotojournalist, der all diese entsetzlichen Bilder aus Sarajevo herausholte. Er hatte eine Narbe auf der Stirn, die den Frauen schrecklich attraktiv erschien. Sie diskutierten gerade über einen der mächtigen Ölscheichs, der dem Hörensagen nach einen sorgfältig ausgesuchten jungen Mann rund um die Uhr bei sich hatte, als potentiellen Spender jeglichen Organs – Herz, Lunge, Niere –, das der Scheich womöglich überraschend benötigen könnte. Und dort, in einem Anzug, aber ohne Schlips, stand, ohne die lange Aschenkrone seiner Zigarette zu beachten, das Ein-Buch-Wunderwesen, der berühmte und einst vielversprechende Romanautor, der sich zehn Jahre zuvor mit seiner gewitzt-gekonnten Behandlung des Zeitgeistes einen Namen gemacht hatte und der inzwischen, zumeist mit anderen verblichenen literarischen Leuchten, in den Hamptons Softball spielte. Er schien sich die Haare zu färben, und die Frauen ignorierten ihn. Ich entdeckte tatsächlich auch James Earl Jones, der in einem wunderschönen blauen Anzug besser als irgend jemand sonst aussah, und er lauschte soeben Mario Cuomo, der kleinwüchsiger ist, als man erwarten würde, während dieser wiederum sich selbst lauschte, und da waren noch viele andere Leute, vielleicht alles in allem vierhundert, ohne die herumflitzenden PR-Leute zu zählen, die den Fotografen Anweisungen gaben, Gruppenschnappschüsse arrangierten, lächelten und lächelten und noch ein *Lä*-hallo!-*cheln* zur Schau stellten, bis ihnen das Wasser in die Augenwinkel stieg, und die das Gerede in Gang hielten, darauf herumritten und dabei lächelten und nickten und erklärten: *Ja, ja! Alle Welt redet davon!*, wobei das *davon* munter undefinierbar blieb. Und dort, mitten auf einem riesigen Sofa, thronte der bedeutende Mann, Hobbs, höchstpersönlich und beförderte soeben einen Hering mit seinen geschwollenen Fingern in hohem Bogen auf seine immerwährend-speichelbenetzten, niemals-befriedigten Lippen zu. Als der ölige tote Fisch näherkam, hoben sich zunächst die buschigen Augenbrauen, als seien sie Teil eines komplexen Mechanismus, der an-

schließend Hobbs' Schlund weit aufriß, um gelbe, eng zusammenstehende Zähne zu offenbaren, die wie bei einem Pferd zu lang wirkten, zugleich aber von jahrzehntelangem Kauen abgenutzten Stumpen glichen, und dann ein weiteres Schreckensbild: seine dicke graue Zunge – verboten massig, von Giften aufgequollen, lag sie schwer auf seiner Unterlippe.
Er war als Mann unmoralischer Gerissenheit bekannt, aber das bedeutete lediglich, daß er billig einkaufte und teuer verkaufte. Jede Stadtzeitung ist von ihrer Regionalwerbung abhängig, und es ging das Gerücht um, daß Hobbs die Zeitung ursprünglich gar nicht kaufen wollte, sondern wegen anderer Geschäfte in New York gewesen war und bemerkt hatte, daß das größte Boulevardblatt der Stadt tief in den roten Zahlen steckte. Ihm waren außerdem auch – und das war kein Zufall – die leeren Hotels und die fallenden Preise der Wolkenkratzer aufgefallen. Er war ein Mann vieler Großstädte (London, Melbourne, Frankfurt), und nachdem er auf dem ganzen Globus Zeuge des immer neuen Aufschwungs und Verfalls in den Metropolen geworden war, hatte er eine Art verkürzte Methode für die Entscheidung entwickelt, wann es angeraten war, eine Zeitung aufzukaufen – er horchte darauf, ob die Reichen zu jammern anfingen. Der damalige Eigentümer der Zeitung, ein Immobilienmakler, sah sich dem Ruin ausgesetzt, als die Flut japanischer Dollarnoten aus New York zurückwich. Er wollte aussteigen und hatte begonnen, den Geldhahn abzudrehen; es wurde schließlich so schlimm, daß jeden Abend eine Sekretärin herumging, um auf den Schreibtischen der Reporter liegengelassene Bleistifte zur Wiederbenutzung am folgenden Tag einzusammeln. Ohne jede Vorwarnung war Hobbs dann einer Fata Morgana gleich auf der Bildfläche erschienen; das Angebot war sehr, sehr niedrig, aber es kam in bar – nicht etwa als Mischpaket aus Schuldverschreibungen und Börsentransaktionen. Der Immobilienmakler protestierte beleidigt, ihm gehe es doch um das Gemeinwohl; nie und nimmer würde er eine bedeutende New Yorker Einrichtung an solch einen Halunken verschleudern – alle wüßten schließlich, was für abstoßenden Dreck Hobbs in seinen Londoner Zeitungen veröffent-

liche. Im Gegensatz dazu war der ehrbare Makler das reine Parkdenkmal, und eine Zeitlang genoß er diese neue Version seiner selbst und tauchte im Fernsehen und bei Symposien im Publizistikinstitut der Columbia University auf, wo er das ganze Ausmaß und die Schönheit seiner ethischen Überzeugungen zum besten gab. Drei Wochen später nahm er Hobbs' Angebot an und war verschwunden. Hobbs erschien auf der Szene, geriet brutal mit den Gewerkschaften aneinander und drohte, die Zeitung abzuschaffen. Das schien unmöglich zu sein, wenn man bedachte, daß er das Blatt gerade erst erworben hatte, doch dann wiesen verschiedene Beobachter darauf hin, daß das Zeitungsgebäude sich in bester Lage an der East Side befand; bei einem positiven Markttrend mochte das Gebäude fast so viel wie der gesamte Kaufpreis für die Zeitung wert sein. Das verschreckte die Gewerkschaften. Der Bürgermeister warf sein Gewicht in die Waagschale, doch Hobbs beeindruckte das offenbar nicht. Er blieb in London, während seine Abgesandten verhandelten, und letzten Endes gingen die Gewerkschaften in die Knie. Hobbs senkte die Kosten, kaufte einen neuen Bestand an Lieferwagen für die Fahrer und sah sich dann dem nächsten Wirtschaftsaufschwung gegenüber.

Inzwischen trug die Zeitung zum Reichtum von Hobbs' Dachgesellschaft bei und versah ihn mit den Mitteln zum Erwerb weiterer Objekte; oder vielleicht war es auch *nicht* der Fall, und er behielt das Blatt nur zu dem Zweck, die Politiker je nach Bedarf auf seine Linie zu knüppeln. So oder so hatte sich wieder einmal sein Genie bestätigt. Ich beobachtete ihn mit etwa der Neugier eines Zoologen, wie er sabbernd einem schlanken jungen Ding etwas zunuschelte, das wohl kaum Unterhosen unter dem Kleid anhaben konnte, so verführerisch, wie es vor ihm vorbeistolzierte; dann wabbelte der große, weiche Kehllappen unter Hobbs' ungeheurem Kinn – genaugenommen ein Kuheuter aus Fleisch – vor Vergnügen über seine eigene Witzelei, und über seinen hellgrünen Augen hoben und senkten sich die buschigen Augenbrauen ein zweites Mal, als seien sie an einem Faden befestigt, während zerkaute Heringsstücke vorübergehend auf dem Vorsprung seiner Lippe aufschäumten, bevor dieselbe geschwollene

Zunge sie wieder wegwischte. Anschließend öffnete sich der Mund reflexartig von neuem, gerade rechtzeitig, um ein neues Stück glänzenden Herings aufzunehmen, das darauf zu geschoben wurde.
Eine Frau, so um die Fünfzig, mit einer perfekten, einem Helm ähnelnden Frisur lächelte mich an. »Porter Wren, habe ich recht?« sagte sie mit einem gekünstelten britischen Akzent, während von dem Balkon über uns träumerisch das Klavier erklang.
»Ja.«
Sie griff nach meinem Arm. »Sie müssen eben mitkommen, auf ein paar Worte mit – er möchte Sie doch wirklich gern kennenlernen.«
Sie zog mich zu der Traube leitender Angestellter hinüber, die das Sofa des Australiers umringten. Er war so beleibt, daß er sich nicht längere Zeit hintereinander auf den Beinen halten konnte. Man vermochte sich nur maßgeschneiderte Unterhemden vorzustellen, den Halsumfang von siebzig Zentimetern. Massen weicher Fleischwülste, die sich aneinander reiben. Fußgelenke vom Umfang einer großen Kaffeedose. Man übergab mich nun einem jungen Mann mit so säuerlicher Miene, als lutsche er gerade an einer Zitrone, der erklärte: »Ja, ja, selbstverständlich, ja …«, und ruckartig bugsierte er mich durch die Menschenmenge im Umkreis des Mannes und schob mich nach vorn, so daß ich mit einem Mal auf diese Monstrosität in Seide, auf diese immensen Finger hinabblickte.
»Sir, Porter Wren, Sir, der die Kolumne schreibt …?«
Seine Augen rollten pflichtgemäß nach oben in meine Richtung, und er öffnete den breiten, feuchten Mund zu etwas, was an ein Äh-hmmm heranreichte, nickte zweimal vage, als erschöpfe ihn sein eigenes Desinteresse, und ließ dann seinen Blick abschweifen, zu irgendeiner anderen Abwechslung hin. Hier war ein Mann, der so reich und mächtig war, daß er nicht mehr zu sprechen brauchte. Ich zermarterte mir das Hirn, um für ihn zu arbeiten. Doch egal – meine Mühen waren bloße Fusseln in seiner Hosentasche. Falls ich den Job nicht machen wollte, gab es tausend andere Männer und Frauen, die schon hinter mir in der Schlange standen. Im nächsten Moment spürte ich einen höflichen Druck an meinem Ellenbogen, und der Zitro-

nenlutscher dirigierte mich von der Couch weg. Na also. Ich war abgehakt.
Jetzt war ich soweit, mich hinzusetzen, die Party an mir vorbeitreiben zu lassen und die erforderliche Anzahl an Minuten hinter mich zu bringen. Da war noch die Frage, die ich mir überlegen mußte: Trinken oder nicht trinken, und Gin oder Wodka oder Rum, und bis zu welchem Grad, und zu welchem Zweck genau, und warum zum Teufel eigentlich auch nicht? Hinter mir, auf einem riesigen Empiresofa, das in die andere Richtung wies, saßen zwei Frauen, die die Köpfe zusammensteckten, sich unterhielten, Zigaretten rauchten und eine Flasche Wein genossen, die sie von der Bar ergattert hatten. Es gelang mir, den Kopf so zu drehen, daß ich sie gut ins Blickfeld bekam; sie waren die Art hübscher, unverheirateter Frauen, die, etwa achtunddreißig Jahre alt und durch den Mangel an potentiellen Ehemännern abgestumpft, beschließen, die absehbare Zukunft in irgendwelchen Büros, Fitneßklubs und Kaufhäusern, auf Cocktailempfängen und in den Betten verheirateter Männer zu verbringen. Solche Frauen schieben mit nie versiegender Energie an der Peripherie ihrer Karrieren Wache. Ich habe den Verdacht, daß sie einsam sind und diesen Umstand bei entsprechender Gelegenheit auch zugeben würden. Sonntagmorgens sieht man sie gewöhnlich nicht in der Kirche (genausowenig wie mich), sondern im Freien, wo sie einen großen Hund an einem dicken Halsband spazieren führen – irgendein großgewachsenes und wunderschönes Rassetier, das als Junges einige tausend Dollar gekostet hat und stets, ausnahmslos, ein Männchen ist, das hechelnd und schnüffelnd die Straße entlangstrolcht, pinkelt und lächelt, so wie Hunde eben lächeln. Ich wollte mich gerade zu einem Gespräch mit dem Fotojournalisten in Bewegung setzen, als ich eine der Frauen sagen hörte: »Da ist eigentlich gar keiner hier.«
»Du hast doch aber Peter Jennings gesehen. Ich hab gehört, daß sie ihm jeden Abend die Schläfen braun pinseln.«
»Ja, in Wirklichkeit ist er viel kahler.«
»Ich hab letzte Woche JFK Junior gesehen, hab ich das schon erzählt?«

»Nein!« kreischte die Frau auf.
»Direkt mir gegenüber.«
»Wie sah er denn aus?«
»Er sonnt sich zuviel. So 'n bißchen wie der Kerl, von dem ich dir erzählt hab, dieser Kerl, den ich neulich ...«
»Der Kerl mit der großen Warze?«
»Nein, der andere, der's nicht gebracht hat ...«
»Mr. Schlappi?«
»Genau. Und erst dreißig Jahre alt.« Sie seufzte. »Ich nehme mal an, es lag an dieser Wunderdroge Prozac.«
In diesem Augenblick bemerkte ich eine blonde Frau in einem weißen Abendkleid. Ich starrte freimütig hin. (Meine Frau ist eine attraktive Frau, eine wunderhübsche Frau. Aber ich schaue auch andere Frauen an, ich schaue sie mir genau und sorgfältig und ohne große Gewissensbisse an; meine Wollust ist ein billiges und bereitwilliges Ding, das wie eine Hand über Frauen streicht, auf jede neue feuchte Chance abfährt, und je mehr ich dieses Verlangen an welche zufällig gerade vorbeispazierende Person auch immer verschwende, desto mehr gibt es unbegreiflicherweise davon.) Die Frau in Weiß nippte an einem Weinglas und hielt die Finger eines großgewachsenen, in einen Anzug gekleideten Mannes, der allerhöchstens dreißig war; ich schätzte ihn als vielversprechenden Jungmanager ein, einen dieser Überflieger – er hatte diese gewisse Ausstrahlung an sich: Er sah gut aus und war in Form, hatte breite Schultern und fühlte sich in der Gesellschaft von mehreren anderen, zum Teil auch älteren Konzernkollegen wohl. Mir war bewußt, daß auf der Party auch eine Menge Finanzleute waren, deren Aufgabe es war, große Geldsummen in Bewegung zu halten. Die Frau machte den Eindruck einer typischen Managerfrau: Sie begrüßte die anderen Männer mit Charme und der gebührenden Achtung, und sie lachte genau an der richtigen Stelle, während sich das Licht in der Perlenkette um ihren Hals, in irgend etwas Glänzendem an ihrem Handgelenk verfing. Ihr Begleiter, fiel mir auf, schien das Geschick, mit dem sie sich verhielt, gar nicht zu schätzen. Statt dessen witzelte und lächelte und nickte er zusammen

mit den anderen. Sie mag sehr wohl die schönste Frau im ganzen Saal gewesen sein – gewiß keine geringe Errungenschaft –, und doch konnte ich sehen, daß sie lediglich Beiwerk zur Anwesenheit des Mannes an ihrer Seite war. Sofort erkannte ich ihn, erfaßte seine Seele: Es gibt ein Stadium im Leben von Männern, in dem sie begreifen, daß sie unwiderruflich die Schwelle zum Mannesalter überschritten haben. Dabei geht es nicht etwa um Männlichkeit; es hat eher etwas mit der Wahrnehmung von Zeit zu tun – daß sie auf brutale Weise verstreicht. (Ein Interesse an Gärten und Kindern stellt sich daraufhin häufig ein.) Eine logische Folge dieser Wahrnehmung ist, daß man Männer sieht, die irgendwie noch immer kleine Jungen sind, Männer, die noch keine Enttäuschungen oder tiefe Narben wegstecken mußten, doch auch ihre Zeit kommt irgendwann. Und genau das traf auf den Mann neben der Frau in dem weißen Gewand zu.

Aufs neue drangen die Stimmen hinter mir, durch Hunderte von Gesprächensfetzen und die Musik hindurch, zu mir vor. Ich neigte den Kopf nach hinten, die Augen auf die Zimmerdecke gerichtet, um besser zu verstehen: »… und sie hat erzählt, daß sie gerade dort an der Ampel hielt, an der Ecke Broadway und Houston Street, und da hing plötzlich dieser schwarze Gummiwischermann über ihrer Windschutzscheibe, und das war letzten August, weißt du, er hatte nicht mal ein Hemd an …«

»Nein!«

»Doch!« ertönte schrill die Stimme. »Und seine Brust und die *Brustwarzen* waren gegen die *nasse* Windschutzscheibe gepreßt.«

»Das glaub ich einfach nicht«, schnaufte die andere aufgeregt. »Das *kann* ich nicht glauben!«

»Und sie hat ihm so zugeschaut – ich meine, da ist sie auf die Idee gekommen.«

»Nein! Erzähl mir bloß so was nicht!«

»Sie hat einfach die *Wagentür* aufgemacht und gesagt, er soll reinkommen!«

»Das ist ja schockierend!«

»Ich hab zu ihr gesagt; ›Alice, wie kannst du nur so was fertigbringen? Er könnte doch vielleicht ...‹«

»Sie hat ihn einfach reingeholt?«

»Sie ist langsam am Durchdrehen. Ich meine, na ja, sie ist nicht gerade 'ne Schönheit, aber ...«

Ich neigte den Kopf wieder nach vorn, ließ die Augen zum anderen Ende des Zimmers zurückwandern, und da fiel mein Blick auf die Frau in dem weißen Abendkleid, die genau in meine Richtung schaute. Sie lächelte ihren Freund oder Ehemann an, äußerte ein paar Worte der Entschuldigung, und dann kam sie zu meiner großen Verwunderung direkt auf mich zu, das Weinglas in der Hand. Ihr Gesicht war um nichts weniger schön, als es sich nun näherte, aber ich konnte eine gewisse Entschlossenheit in ihren Gesichtszügen erkennen. Dunkle Augenbrauen, blondes, hochgestecktes Haar. Die Perlenkette. Ihre Brüste bewegten sich schwer gegen den seidenen Stoff ihres Kleides, das, wie ich jetzt erkennen konnte, nicht weiß, sondern im Farbton von Pfirsichfleisch gehalten war, was noch verlockender aussah. Es schien unmöglich, daß sie herkam, um mit mir zu reden, aber während sie sich näherte, lächelte sie ein wenig, um zu zeigen, daß sie wußte, wer ich war, und setzte sich dann neben mich, schlug die Beine übereinander und wandte sich mir zu.

»Ihr Foto, Mr. Wren«, sagte sie mit einer klangvollen, rauhen Stimme, »ist miserabel, wissen Sie das?«

Ich schaute ihr ins Gesicht. »Das Foto, das zu meiner Kolumne gehört?«

Sie nickte. Ihre Augen waren blau. »Ihr Hals wirkt zu mager darauf.«

»Nun ja, es ist schon ein paar Jahre alt, aus den schwindenden Zeiten meiner Jugend.«

»Die sollten ein neues machen«, erklärte sie.

Ich nickte in stillem Dank.

»Ich lese von Zeit zu Zeit Ihre Kolumne«, sagte sie.

»Ah ja.« Sie saß so nahe bei mir, daß ich meinte, erraten zu können, wo genau sie sich mit Parfum betupft hatte.

»Aber ich muß Ihnen sagen« – sie runzelte die Stirn – »sie *gefällt* mir

nicht besonders. Ich meine, sie ist ja sehr gut geschrieben und alles« – sie machte eine kleine, aber elegante, wegwerfende Geste mit den Fingern – »aber ich könnte mir vorstellen, daß Sie viel lieber irgendwo sonst als an einem dieser Orte wären, wo etwas Schreckliches passiert. Sie müssen doch viele schreckliche Dinge *sehen,* oder nicht?«
Diese Frage hat man mir schon früher gestellt, und gewöhnlich hat sie einen Unterton von Frivolität an sich, als sei es nun meine Aufgabe, dem Zuhörer die Großstadtgreuel auf dieselbe Weise aufzuzählen, wie man den Eisbären im Zoo des Central Park beigebracht hat, mit riesigen Plastikspielsachen herumzualbern. Aber schließlich leben wir in einer Zeit, in der alles Grauen in Unterhaltungsware umfunktioniert wird. Iß dein Abendessen und schau dabei zu, wie die Bomben fallen, wie der Flüchtling live im Fernsehen zur Strecke gebracht wird, wie der authentische Mörder authentisch drauflosschnattert.
»Ja, sicher hab ich schon so manches gesehen«, sagte ich, um ihr entgegenzukommen, und kippte den Rest meines Drinks hinter die Binde. »Aber wenn Sie meine Kolumne lesen, dann haben Sie ja eine Vorstellung davon.«
»Ja, natürlich.« Ihre Stimme klang verhalten ungeduldig. »Ich wollte Sie aber fragen, wie Sie einige der Sachen herausfinden, die Sie rausfinden.«
Ich zuckte zur Antwort mit den Achseln.
»Ich meine, Sie *bringen* doch die Leute dazu, Ihnen Dinge zu erzählen.«
»Ganz richtig, ja.«
»Wie denn?«
Ich blickte sie an. »Normalerweise wollen sie's mir erzählen. Oder vielleicht wollen sie's auch nicht mir, sondern irgendwem erzählen.«
Sie dachte darüber nach.
»Stört es Sie, wenn ich frage, wie Sie heißen?«
»Verzeihn Sie. Caroline Crowley.«
Ihre Augen schienen in meinen nach etwas zu forschen, nicht gerade

nach einem Funken des Erkennens, aber doch eines gewissen Bewußtseins, daß ihr Beschluß, mir ihren Namen zu nennen, von Bedeutung war.

»Was …« Ich verstummte.

»Ja?« Sie war eindeutig amüsiert.

»Was hat Sie zu der Party geführt?«

Wieder eine schwungvolle Handbewegung. »Die Bank, bei der mein Verlobter arbeitet, hat irgendwelche Geschäfte mit dem großen Unternehmen laufen, dem auch, wenn ich's richtig verstehe, Ihre Zeitung gehört. Irgend so was.«

Ich spähte zu ihrem Verlobten hinüber. Wiederum hatte er etwas von diesem Jugendlichen an sich; vielleicht lag es an der Schlankheit seines Halses oder an der Art, wie er kräftig, voller Selbstvertrauen, im Kreis seiner Managerkumpel nickte. Ich stellte mir die Frage, ob diese Caroline Crowley nicht ein wenig älter war als er. Andererseits sind Frauen von Ende Zwanzig im allgemeinen lebensklüger als die Männer in demselben Alter, und so mochte es schlicht damit zusammenhängen, daß ihr Verhalten reifer wirkte. Aber da gab es noch etwas anderes. Wenn sie tatsächlich nicht älter war, so schien man sie doch älter *gemacht* zu haben.

»… oh, ich möchte Ihre Zeitung durchaus nicht in ein schlechtes Licht rücken«, sagte sie gerade und wippte dabei mit einem ihrer übereinandergeschlagenen Beine vor und zurück. »Es ist wirklich eine wunderbare Zeitung. Ich mag irgendwie diese … Anmutung eines Boulevardblattes. Ich meine, ich lese natürlich die *Times* wegen der nationalen und internationalen Nachrichten, aber Ihre Zeitung lese ich aus einem anderen Grund – sozusagen, um das echte Stadtleben mitzukriegen, verstehn Sie? Den Kern der Dinge. Das kriegt man nicht in der *Times*.« Sie warf einen Blick zu ihrem Verlobten hinüber, der offenbar gerade eine Geschichte im Zusammenhang mit Tennis erzählte, denn er vollführte, einem Pantomimen gleich, eine Vorhandbewegung.

»Ihr Verlobter spielt Tennis.«

»Charlie?« fragte sie. »Ja. Kann ich Sie noch etwas anderes fragen?«

»Natürlich.«
»Finden Sie nicht, daß das, was Sie tun, mittlerweile schon ein bißchen berechenbar ist?«
Ich musterte sie eindringlich. Wir hielten Zwiesprache, aber die hatte mit dem, was gesagt wurde, nicht viel zu tun.
»Ich meine, es ist doch immer wieder das gleiche, finden Sie nicht?« fragte sie und zog dabei die dunklen Augenbrauen hoch. »Irgendeiner armen traurigen Seele stößt irgendwas Trauriges zu, und es passiert aus den üblichen, simplen Gründen, und dann tauchen Sie auf, um sich alle Aussagen richtig zu notieren oder was sonst den Reportern wichtig erscheint, und dann am nächsten Tag geht's so ziemlich wieder genauso von vorne los, richtig?«
»Ich finde die Geschichten interessant.« Ich nahm einen Schluck von meinem Drink.
»Aber ich hab gehört, daß Sie früher mal dieser große Reporter mit Spürnase waren, einer, der wirklich *ermittelt,* und daß Sie solche Berichte verfaßt haben, in denen Sie tatsächlich die finstere, schmutzige, widerliche Vergangenheit von irgendwem unter die Lupe genommen haben, von einem Politiker oder so, und dann etwas Wichtiges rausgefunden haben, ein wichtiges Ermittlungsergebnis ...«
»Soll das eigentlich eine ernsthafte Unterhaltung sein?«
»Nun ja«, erwiderte sie mit leiser, koketter Stimme, »falls ich jetzt taktlos bin, dann bloß deswegen, weil ich finde, daß taktlose Fragen oft am effektivsten sind.«
»Sie mögen taktlose Fragen?«
»Mm-hmm.«
Ich spürte, wie der Alkohol mein Hirn langsam zum Dröhnen brachte. »Dann könnte ich genausogut Sie fragen, warum Sie um Himmels willen vorhaben, einen so ganz offensichtlich aufrechten, intelligenten, gutaussehenden, gesunden und bald schon von großem Erfolg gesegneten jungen Mann wie Ihren Verlobten zu heiraten, wenn Sie sich doch jeden beliebigen, nichtsnutzigen, dahergelaufenen Psychopathen erwählen könnten, einen mit pelzig belegten Zähnen, gelben T-Shirts, ohne Geld auf der Bank und das Hirn mit lauter pornogra-

phischen Unmöglichkeiten vollgestopft, der aber trotzdem ein interessanterer Gesprächspartner und besser im Bett sein könnte.«
Sie wich überrascht zurück, ihr hübscher Mund stand offen.
»Ja« – ich nickte – »das ist eine taktlose Frage. Vielleicht frage ich Sie noch was. Vielleicht frage ich Sie ja, wie lange ich eigentlich noch so tun soll, als ob so ein Flirt, ein Gespräch, wie wir's gerade führen, kein Ergebnis, keinen Zweck verfolgt. Frauen, die so wie Sie aussehen, gehen nicht einfach bei 'ner Party auf wildfremde Männer zu und beleidigen sie erst, was ihr Aussehen, und dann, was ihren Broterwerb angeht, und das unter dem Schutz ihrer eigenen charmanten Liebenswürdigkeit und in Anwesenheit eines Verlobten. Jedenfalls nicht ohne guten Grund, richtig?«
Sie blickte auf ihren Schoß hinunter.
»Hören Sie«, fuhr ich mit nun sanfterer Stimme fort, »ich will damit nur sagen, falls Sie Spaß haben wollen, falls Sie sich hier auf etwas einlassen wollen, auf irgendein echtes Gespräch, nicht das übliche Partygeschwätz, wunderbar. Dafür bin ich zu haben. Ich setze mich den ganzen Tag mit Leuten, die Mist verzapfen, auseinander, und mit großem Interesse, könnte ich noch ergänzen, aber ich bin hier in meiner Freizeit, also tun Sie mir den Gefallen – kommen Sie zur Sache, okay? Kommen Sie zu dem, was immer Sie eigentlich von mir wollen.«
Daraufhin blickte sie auf, mir direkt in die Augen. Ich hatte sie nicht im mindesten eingeschüchtert. Vielleicht durchzog sogar eine Spur von Belustigung ihre Augen. »Also im Grunde hatte ich die Hoffnung, über etwas Wichtiges mit Ihnen zu sprechen«, erklärte sie nun mit einer ganz anderen Stimme – einer ruhigen, klaren Stimme.
»Was denn?«
»Das ist kompliziert ... ich meine, das dauert eine Weile.«
»Ich verstehe.« Aber natürlich verstand ich gar nichts.
»Können wir darüber reden?« fragte sie.
»Na klar.«
»Heute abend?«
»Meinen Sie das im Ernst?«

Sie nickte. »Wir könnten jetzt sofort aufbrechen.«
»Und wohin würden wir dann gehen?«
»In meine Wohnung, ungefähr fünfzehn Blocks von hier.« Sie starrte mich an. »Charlie würde nicht mitkommen.«
Ihre Augen, wurde mir bewußt, waren so dunkelblau wie ein US-Briefkasten. »Ich weiß nicht recht, Caroline Crowley, vielleicht sollte man mich lieber nicht mit Ihnen alleine lassen.«
Sie berührte die Perlen mit einem Finger und lächelte in sich hinein. Das Jungmädchengetue war vorbei, und sie schaute, ohne mit den Wimpern zu zucken, zu mir hoch. »Soll ich das so verstehen«, fragte sie heiser, »daß wir Ihre Tugend in Schutz nehmen, nicht meine?«
»Ja. Ganz genau.«
Doch hier ging es nicht um Sex, sagte ich mir. Sie hatte etwas anderes im Sinn. Und vielleicht eignete es sich ja für eine Story. Ich weiß aus Erfahrung, daß man sich günstigen Gelegenheiten aussetzen muß, wenn man die guten Geschichten zu fassen bekommen will. Ich sagte ihr, ich bräuchte noch ein paar Minuten, suchte mir dann ein Telefon und rief Lisa an. Ich wußte, daß es schon so spät war, daß sie möglicherweise den Apparat leise gestellt hatte, um die Kinder in unserem kleinen Haus nicht zu wecken. Der Anrufbeantworter meldete sich. Ich murmelte etwas von der Art in den Hörer, daß ich auf ein paar Leute gestoßen sei und wir noch etwas trinken gehen wollten. War das eine Lüge? Ja, in gewisser Weise schon. Ich hatte nichts getan, dessen ich mich hätte schuldig fühlen müssen, noch hatte ich Entsprechendes vor, aber meine Lüge erschien mir einfacher, als zu erklären, daß ich im Begriff war, die Veranstaltung mit irgendeiner Frau in einem pfirsichfarbenen Abendkleid zu verlassen, die ich eben erst kennengelernt hatte. Also sagte ich, ich ginge noch einen trinken. Meine Frau ist an so etwas gewöhnt – es gehört zweifellos zum Job – und erwartet letzten Endes lediglich, daß ich meine Unterwäsche anbehalte und dann wieder zu Hause bin, wenn die Kleinen morgens in unser Bett steigen – so gegen halb sechs oder sechs. Sally und Tommy stolpern dann verschlafen in unser Zimmer, kriechen unter die Decken und schieben sich zwischen uns, schlafen danach

manchmal wieder ein, mit dem süßen Geruch ihres Atems, häufiger aber werfen sie sich herum, und allen bleibt nichts anderes übrig, als aufzuwachen. Oder ich schlafe wieder ein – immer nur unruhig und oberflächlich –, und Sally liegt wach da, denkt über etwas nach, rollt sich dann zu mir herüber und fragt mich direkt in mein Ohr hinein so etwas wie: »Daddy, hat LaTisha eigentlich Haare unten am Po?« LaTisha ist Josephines Tochter, ein verdrießliches schwarzes Mädchen von fünfzehn Jahren, beinahe einen Meter achtzig groß. Ich kann mir gut vorstellen, daß sie Haare »unten am Po« hat, wie Sally es bezeichnet, und ich hege kaum Zweifel, daß sich schon der eine oder andere Freund diesem Gebiet gründlich gewidmet hat. Und dann zwinge ich mich, die Augen aufzuschlagen, und da, um sechs Uhr zwei oder zu welcher Zeit auch immer, ist also meine dreieinhalbjährige Tochter und schaut mit ihren klaren, hellwachen Augen zu, wie sich ihr unrasierter Daddy aus dem Grab des Schlafes erhebt (vielleicht sieht sie die schweren Lider meiner Augen, die grauen Stellen in meinen Bartstoppeln, vielleicht kann sie bereits intuitiv erfassen, daß ich dem Tod näher bin als sie). Ihr Gesicht so vor mir zu sehen, ganz nahe an meinem, ist das Süßeste auf der Welt. Und dann kommt ihr Bruder in seinem flauschigen einteiligen gelben Schlafanzug an, achtzehn Monate alt und schon jetzt in seinen Penis verliebt, ein Vergewaltiger von Teddybären, und grinst spitzbübisch übers runde Gesicht, während er sich auf mich draufwirft. Schließlich habe ich sie alle beide im Arm und stoße knurrende Monstergeräusche aus, die den beiden ein bißchen Angst einjagen und sie zugleich glücklich machen, während meine Frau klammheimlich die Chance nützt, ins Bad zu gehen. Für solche Augenblicke würde ich alles hergeben, sogar mein Leben.
Und *trotzdem*. Trotzdem, als ich wieder einhängte und zu dem brausenden Lärm und der Musik des Festes zurückkehrte, als ich Caroline Crowley sah, wie sie dort zu ihrem Vorteil unter einer Leuchte stand, den Garderobenzettel in der Hand und zum Gehen bereit, war ich an etwas völlig anderem interessiert. Nicht, daß ich etwa nicht ich selbst gewesen wäre – o nein, ich war ich selbst, ich war mein ande-

res Ich, das Ich nämlich, das den Wunsch hegt, einen geheimen Dialog mit allem, was an der menschlichen Natur von Übel ist, aufrechtzuerhalten. Manche Männer kämpfen nicht gegen diesen Teil ihres Wesens an. Sie scheinen von einer gewissen Gnade gesegnet zu sein. Sie sind glücklich. Oder vielmehr: Sie sind zufrieden. Sie schwingen Tennisschläger im Sonnenlicht, sorgen regelmäßig für den Ölwechsel und lachen, wenn das Publikum lacht. Sie erkennen Grenzen an. Sie sind nicht interessiert, was womöglich aus dem dunklen, kalten Abgrund menschlicher Befähigung auftauchen könnte.

Der Rücksitz des Taxis war ein intimer Raum, ein Schutz vor der Kälte der Nacht, als wir uns beide dort in unsere Mäntel kauerten. Caroline blickte nach vorn, fast so, als wäre ich nicht zugegen gewesen, und gab dem Fahrer schroffe Anweisungen. Dann holte sie aus ihrer Handtasche einen Beutel und ein kleines Päckchen Zigarettenpapier hervor, nahm ein Papier heraus und drückte ein Häufchen Tabak hinein. Sie verteilte ihn auf die ganze Länge des Papierchens und rollte es sodann zu einer gleichmäßigen Röhre zusammen. Sie leckte an den letzten paar Millimetern des Papierstreifens und verschloß ihn mit einem raschen Gleiten ihrer Fingerspitze.

»Garantiert benutzen Sie Streichhölzer aus Holz«, bemerkte ich.

»Was für ein schlauer Mensch Sie doch sind.«

Sie kramte eine Streichholzschachtel aus ihrer Handtasche hervor, nahm ein Hölzchen heraus und stopfte mit dem hölzernen Ende den Tabak an einem Ende der Zigarette zurecht. Das würde die Spitze zum Rauchen sein. Sie blickte mich an, und die Lichter außerhalb des Taxis zogen wie Irrlichter über ihre blauen Augen. »Kleine Mädchen mögen keinen Tabak zwischen ihren Zähnen.«

»Vermutlich nicht.«

Sie öffnete das Fenster auf ihrer Seite einen Spaltbreit, bevor sie die Zigarette anzündete. Mir wurde bewußt, daß ihre Stimme klar und gleichmäßig war, unbeeinträchtigt von den verzogenen Vokalen und dem nasalen hektischen Genuschel, das ich den ganzen Tag über zu hören bekam; dieser Umstand, wie auch ihre Angewohnheit, Zigaretten selbst zu drehen, legten nahe, daß sie ursprünglich nicht aus dieser Stadt oder überhaupt von der Ostküste kam. Doch bevor ich weiter darüber nachdenken konnte, waren wir bei einem Wohnhaus an der East 66th Street, gleich hinter der Fifth Avenue, vorgefahren, und sie beugte sich über den Sitz vor, um zu zahlen. Der Wachmann am Hauseingang, der mit seinen Messingknöpfen und Epauletten wie Napoleon Bonaparte aussah, lächelte sie vertraulich an und bedachte mich mit einem finsteren Blick. Ich folgte Caroline durch das Marmorfoyer. Sie machte weit ausholende Schritte, fiel mir auf. Wir betraten die kleine Kabine des mit Messing beschlagenen Mahagoniaufzugs.

»Ich kann Partys eigentlich nicht ausstehen«, sagte Caroline, während sie, die Zigarette im Mund, ihren Pelz aufknöpfte.

Der Lift öffnete sich, und wir betraten einen kleinen Flur mit einer glänzenden schwarzen Tür. Auf dem gekachelten Boden standen ein Paar Cowboystiefel; mehrere Regenschirme hingen ordentlich an einem Messinghaken.

»Da wären wir also«, stellte Caroline fest und schloß die Tür auf.

Innen Perserteppiche auf dem Boden, weiße Wände, ein paar Kunstgegenstände, die mich nicht weiter interessierten, ein riesengroßes Fenster, das den Blick nach Westen auf die Skyline von Manhattan freigab. Hier war offenbar von professioneller Hand saubergemacht worden, aber ich sah mich nicht dem ganz großen Geld gegenüber – nicht vierzig, fünfzig oder gar hundert Millionen.

»Plaudern wir jetzt höflich miteinander«, fragte ich, »oder kommen wir gleich zur Sache?«

»Wir kommen gleich zur Sache. Ich will Sie hier haben.« Sie deutete auf einen übermäßig gepolsterten Lesesessel, und als ich Platz nahm, machte sie eine Stehlampe an, die so hell aufleuchtete, daß Carolines Gewand sogar noch durchsichtiger wirkte.

»Bevor wir mit dem, was immer wir vorhaben, anfangen …«

»Ja?«

»Sie sind also auf der Party erschienen und haben mich gesehen und spontan den Beschluß gefaßt, mich in ein Gespräch zu verwickeln, weil Sie sich gedacht haben, wenn ich schon so ein neugieriger Idiot bin, bin ich auch bestimmt bereit, mir anzuhören, was immer ich jetzt gleich zu hören kriege?«

»Ja.« Sie beobachtete mich.

»Aha.«

»Ich glaube an Spontaneität.« Sie stand da, und das Licht fiel auf ihren Kopf, ihre Schultern und Brüste.

»Dann erzählen Sie mir jetzt lieber, was Sie zu erzählen haben.«

»Schon recht. Aber vor dem Erzählen kommt erst die Vorführung.«

»Ich bekomme also was vorgeführt?«

Mit dem Rücken zu mir gewandt, ging sie langsam in Richtung offener Kamin. »Wollen Sie denn nichts zu sehen bekommen?«

»Aber ich bin ganz heiß darauf.«

»Gut. Das heißt, daß Sie völlig aufmerksam sind, auch wenn Sie noch vor kurzem getrunken haben.« Sie nahm zwei hellbeige große Kuverts vom Kaminsims und hielt sie vor sich hin. Dann warf sie einen Blick zum Fenster hinüber. Vor ihr erstreckte sich das verschneite dunkle Rechteck des Parks, und dahinter glommen die Lichter der West Side. »Sie wissen also nichts über mich, stimmt's?« verkündete sie der Nacht in ihrem Blickfeld ebenso wie mir.

»Nichts«, bestätigte ich. »Sie sind etwa achtundzwanzig, Sie haben ein paar Millionen Dollar, Sie tragen auf Partys hübsche, pfirsichfarbene Gewänder, Sie mögen mein Bild in der Zeitung nicht, Ihr Verlobter spielt Tennis und weiß so gut wie nichts von Leid und Kummer, und Napoleon Bonaparte, Ihr Türsteher, wird froh angesichts Ihrer Existenz, nicht aber angesichts meiner. Darüber hinaus nichts.«

»Es muß ja irre Spaß machen, so schlau wie Sie zu sein.«

»He«, ließ ich sie wissen, »ich bin schließlich hier.«

Sie schwieg, und einen Augenblick lang fragte ich mich, ob dieser ganze merkwürdige Austausch nicht jeden Moment in sich zusammenbrechen würde; wenn es soweit kam, würde ich mir unten ein Taxi angeln, die ganze Sache zu vergessen suchen und den Taxibeleg auf meine monatliche Spesenrechnung setzen. Doch dann entfernte sie sich vom Fenster und reichte mir die beiden Umschläge. Ich wählte erst den dünneren aus und legte den anderen beiseite. Ich band die rote Schnur auf, mit der die Klappe befestigt war, und schüttelte an die zwei Dutzend Farbfotos von zwanzig mal fünfundzwanzig Zentimeter Größe heraus. Das erste zeigte dem Anschein nach den Körper eines Mannes in schmutziger Kleidung, der mit dem Gesicht nach unten im Schutt lag. Ich blätterte durch einige weitere Bilder, die man je nachdem aus drei, anderthalb, gut einem halben Meter und – unglücklicherweise – aus nur dreißig Zentimetern Entfernung aufgenommen hatte.

»Okay.« Ich hustete. »Darum geht es also bei unserem Gespräch.«

»Ja, das ist es, womit wir anfangen.«

»Das ist es, womit wir anfangen?«

»Ja.« Sie stand über mir, und ich konnte sie riechen. »Noch einen Drink?«

»Warum nicht?« murmelte ich.

»War das Scotch oder Wodka?«

»Gin.«

Zurück zu den Farbfotos: Der Schaden, den der Körper genommen hatte, war total; es sah aus, als wäre nahezu jeder größere Knochen zertrümmert worden, einschließlich des Schädels, der einem Kürbis glich, den man den Winter über vorn auf der Veranda hatte liegen lassen. Eine Aufnahme zeigte, was von dem Gesicht noch übrig war: ein halb offenes Auge, das, blind für seine eigene dahinsickernde Verwesung, in die Ewigkeit starrte. Auch die Fäulnisstreifen am Körper kamen dort, wo das Hemd hochgezogen war, zum Vorschein. Eines der Fotos zeigte eine große Fläche verstümmelten Fleisches, die man unmöglich zuordnen konnte. Das Foto trug die Aufschrift: RUMPF, VORDERSEITE. Das nächste war eine Nahaufnahme von einem angeknabberten Handgelenk. Ich blätterte die Bilder rasch durch; ich hatte schon reichlich Beispiele von Menschenschlächterei nach vollbrachter Tat gesehen, aber die meisten davon rührten von Schußwaffen und Messern her. Das hier war schlimmer, das Resultat brachialer Gewalt. Ich schob die Bilder in den Umschlag zurück. Jemand war

eines unwürdigen Todes gestorben: ein mit Schutt übersätes Grundstück, eine Leiche, die Attraktion für Fliegen.
»Um Ihnen durch die Pforten der Hölle zu helfen.« Caroline servierte einen Drink auf einem Silbertablett. Ich nahm das Glas und nippte daran. Sie stand über mir und rauchte eine weitere selbstgedrehte Zigarette. »Schaun Sie sich das nächste Kuvert an.«
Ich folgte der Aufforderung. In dem Umschlag steckte das vollständige Exemplar eines Polizeiprotokolls zu einem unaufgeklärten Todesfall auf einem Grundstück an der East 11th Street, Nummer 537, im Neunten Revier, der für die Lower East Side zuständigen Dienststelle des Präsidiums. Solche Akten hatte ich gelegentlich schon früher zu Gesicht bekommen, wenngleich die Kriminalbeamten, die sie mir gezeigt hatten, niemals zugegeben hätten, einem Reporter zu helfen. Ich überflog ein oder zwei Seiten. Es waren die Polizeiunterlagen, die zu den Fotos gehörten: Der in Verwesung begriffene Körper eines jungen weißen Mannes war am Morgen des 15. August im Trümmerfeld eines zum Abriß bestimmten Gebäudes gefunden worden, am fünften Tag der Abrißarbeiten. Es war ein alter Fall – ungefähr siebzehn Monate waren seither vergangen.
Ich nahm erneut einen Schluck von meinem Drink. »Ein bißchen spritzig mit dem Tonicwater und Eis, wie ich sehe.«
»Ich will Sie betrunken machen«, antwortete Caroline hinter meinem Rücken, »damit ich feststellen kann, ob Sie ein Tölpel sind oder nicht.«
»Sie könnten ganz schön in Schwierigkeiten geraten, weil Sie diese Unterlagen haben.«
»Das weiß ich.«
»Kriminalbeamte lassen nicht mal andere Polizisten solches Zeug sehen.«
»Ja«, erwiderte sie. »Das weiß ich ebenfalls.«
Ich las weiter. Ein Bulldozer hatte den Körper einmal oder möglicherweise zweimal erfaßt, bevor der Fahrer darauf aufmerksam wurde; ein Teil des Fleisches auf Brustkorb und Magen war von den Stahlwalzen abgerissen worden. Aus der Leichenblässe im Rückenbereich

war klar abzuleiten, daß der Mann mit dem Gesicht nach oben gestorben war, und nicht zum Boden gewandt, wie man die Leiche aufgefunden hatte. Aber die Kriminalbeamten konnten nicht feststellen, ob der Körper schon vor dem Abriß innerhalb des Gebäudes gelegen hatte und dann während der Arbeiten hinuntergestürzt war oder ob der Mann an anderer Stelle getötet und seine Leiche dann in den Trümmern versteckt worden war. Falls die Leiche in dem leeren Gebäude gewesen war, folgerte ich, dann hätte der Mann auch einem Zufall zum Opfer gefallen sein können – sagen wir, einer Überdosis Drogen. Die andere Möglichkeit – daß jemand nach Beginn der Abbrucharbeiten die Leiche in den Trümmern deponiert hatte – würde bedeuten, daß es vermutlich Mord war: Es war schließlich unmöglich, erst eine Grube zu graben, sich das Leben zu nehmen und sich dann selbst zusammen mit Bruchstücken von Ziegeln und Zement zu vergraben. Andererseits, korrigierte ich mich selbst, war es theoretisch auch möglich, daß ein Mann Selbstmord beging oder versehentlich getötet wurde und dann jemand anderes ihn unter den Trümmern vergrub, aus welchem Grund auch immer verrückte Leute in New York City nun mal verrückte Dinge anstellen.

Der Tote, fuhr der Bericht fort, habe ein blaues T-Shirt, mit alter Farbe bekleckerte Bluejeans, Unterwäsche und rote Socken getragen. Der Inhalt der Hosentaschen umfasse weniger als einen Dollar an Münzgeld, eine U-Bahn-Münze und eine Packung Marlboro-Zigaretten. Die Brusttasche des T-Shirts habe ein Bruchstück aus grünem Stein enthalten, das ein von der Polizei zu Rate gezogener Antiquitätenhändler leicht als Jade identifiziert habe; offenbar sei es von einer gemeißelten Statuette abgebrochen worden. Es passe nicht zu irgendeiner Figur, die in letzter Zeit, soweit bekannt, in New York City verkauft oder gestohlen worden sei. Außerdem habe man weder Papiere noch eine Brieftasche oder andere persönliche Habseligkeiten an dem Toten oder in seiner Nähe gefunden.

Verschiedene Fachausdrücke beschrieben den Zustand der Leiche. Laut diktiertem Bericht des Gerichtsmediziners hatte sich das Gewebe schon so weit zersetzt und zudem unter Sekundärschäden durch den Bulldozer so gelitten, daß es unmöglich war, die exakte Todesursache festzustellen. Doch einige Ursachen könne man ausschließen: Der Tod sei nicht infolge einer Überdosis eingetreten. Oder aufgrund von Schußverletzungen; ein Röntgenbild zeige keine Patronen im Körper des Toten oder in dem, was davon noch übrig sei. Der Pathologe hielt weiterhin fest, daß es den Anschein habe, als habe der Hals einen Messerstich erlitten, doch zu diesem Punkt äußerte er sich »nur unter großem Vorbehalt«, nicht nur wegen des Schadens durch den Bulldozer, sondern auch, weil es Anzeichen dafür gab, daß sich schon Ratten an der Leiche zu schaffen gemacht hatten, ein häufiges Phänomen bei Leichen, die im Freien liegen. Das Fehlen der Hand zum Beispiel könne durchaus auf Ratten zurückzuführen sein, fügte der Leichenbeschauer hinzu. »Auf die Aktivität von Ratten wiesen auch die allgemein auftretende postmortale Streifenbildung und dreikantige Bißspuren hin«, stand in dem Bericht. Das Ausmaß des Gewebeschadens am Körper durch den Bulldozer veranlaßte den Gerichtsmediziner zu einer ausgiebigen Darlegung von Menge und Stadium der Insektenaktivitäten in den weichen Höhlen des toten Körpers. Das Vorhandensein von *Diptera pupae*, Zweiflüglerpuppen, und einheimischen Käfern lasse vermuten, daß die Verwesung innerhalb eines Zeitraums von sieben bis zehn Tagen vor dem Fund der Leiche eingesetzt habe. Tiefer Madenbefall von Mund, Eustachischen Röhren und Anus sprächen ebenfalls für einen Beginn des Verwesungsprozesses in diesem Zeitraum. Der Bericht trug Stempel und Unterschrift des untersuchenden Amtsarztes.

Ich las weiter. Ich war zugedröhnt und vermochte jetzt alles und jedes zu lesen. Der Bericht holte weit aus, was die Fragen der Kriminalbeamten zur Absicherung der Abrißstelle betraf. Das Abbruchunternehmen Jack-E Demolition Co. aus Queens hatte an der Vorder- sowie an der Rückseite des Gebäudes eine über fünf Meter hohe Schutzvorrichtung aus Sperrholz und schweren Holzplanken am Gehsteig errichtet, wie es die Bestimmungen der Stadt verlangten, und dann darüber eine doppelte Spirale Draht mit rasiermesserscharfen, besonders langen Stacheln gewunden. Der Zugang zu beiden Türen des Vordereingangs war nur über ein Tor in der Vorderwand dieses Verschlags möglich. Zugang zur Hinterseite des Grundstücks erhielt man durch einen Abschnitt in der Schutzwand, der losgekettet wurde, um schweres Gerät hereinzulassen. Weder die Schutzverschläge vorne wie hinten samt Stacheldraht noch irgendwelche Ketten und Schlösser an den Öffnungen zeigten Anzeichen von Beschädigung. Ein jeder, der die Absicht hatte, die Leiche auf das Grundstück zu befördern, hätte sie über den scharfen Stacheldraht am hinteren Ende wuchten müssen, was angesichts der Schwierigkeit und Durchschaubarkeit eines solchen Unterfangens unwahrscheinlich erschien.

Wie also gelangte die Leiche auf das Grundstück? Es war nicht möglich, daß man sie von einem benachbarten Dach aus hinuntergeworfen hatte, da die Leiche mitten auf dem Grundstück lag, gut zehn Meter vom Rand entfernt. Um diese Distanz zu überwinden, hätte man den Körper schon mit einer Kanone abfeuern müssen. Und selbst wenn man ihn auf irgendeine Art und Weise von dem einen direkt angrenzenden Dach hinübergeschleudert hätte, würde das noch nicht erklären, wie es kam, daß die Leiche unter dem Schutt begraben wurde.

Also ließ die Beweislage darauf schließen, daß die Leiche schon vor dem Abriß in dem Gebäude gelegen hatte. Doch diese Erklärung erzeugte ihre eigenen Ungereimtheiten. War es denkbar, daß jemand die Türen – erst die zu dem Verschlag am Gehweg und dann die doppelten Eingangstüren zu dem Gebäude selbst – aufgeschlossen hatte? Der koreanische Eigentümer des Hauses hatte keinen blassen Schimmer, wie jemand in das Gebäude hätte gelangen können. Da er das Grundstück erst kurz zuvor erworben hatte, mit der Absicht, das Haus niederreißen zu lassen, hatte er sich nie die Mühe gemacht, sich im einzelnen damit zu befassen. Aber ja doch, Schlüssel zu dem Gebäude besitze er – er hatte neue Schlösser einbauen lassen –, und er habe sie dem zuständigen Manager der Abbruchfirma gegeben, der seinerseits behauptete, jeden einzelnen der letzten sechs Abende zu Hause in Fort Lee, New Jersey, mit den Schlüsseln in der Hosentasche verbracht zu haben, und zwar in der munteren Gesellschaft von abwechselnd seinen Kegelkumpanen, seiner Pokerrunde und seinem Volleyballteam – Angaben, die der Nachprüfung standhielten. Habe er denn die Schlüssel nachmachen lassen? Nein. Oder die Schlüssel irgendeiner Person ausgehändigt? Nie und nimmer, mein Freund. Wir haben Abbruchgerät im Wert von einer halben Million Piepen da drin stehen.

Überdies war das Gebäude im Vorjahr gegen Hausbesetzer aus der Nachbarschaft abgesichert worden, indem man sämtliche tiefer liegenden Fenster mit Zementblöcken zugemauert hatte. Es lag kein Bericht darüber vor, daß sie aufgebrochen worden waren. Um in das Gebäude zu gelangen, hatte es der Erlaubnis durch den Besitzer bedurft, und die einzigen Personen, die Zulaß erhalten hatten, waren von den verschiedenen Versorgungs- und Dienstleistungsbetrieben gekommen, um Wasser, Gas und Elektrizität abzustellen. Soweit bekannt war, hatte sich als letzter noch der Vorarbeiter des Abbruchunternehmens in dem Gebäude aufgehalten, als er am Morgen vor Beginn der Abrißarbeiten ein letztes Mal das ganze Gebäude überprüfte. Habe er denn gründlich einen Raum nach dem anderen inspiziert? fragten ihn die Kriminalbeamten. Nein, er habe bloß einen Blick in den Keller und die Erdgeschoßräume geworfen. Es sei jedoch, erklärte er, unmöglich gewesen, in die höheren Stockwerke zu gelangen, weil der Aufzug außer Betrieb und die Brandschutztüren zum Treppenhaus abgeschlossen gewesen seien.

Das Dach, fiel mir ein.

Die Kriminalbeamten hatten sich über das Dach erkundigt. Vielleicht hatte der nunmehr Verstorbene ja über das Gebäude Nummer 535, das einzige direkt angrenzende Haus, Zugang zu dem Dach von Nummer 537 erlangt, war dann dort oben gestorben oder vielleicht auch ermordet worden, und der Täter war anschließend über das Nachbargebäude geflüchtet. Der Hausmeister von Nummer 535 konnte sich jedoch an niemanden erinnern, der in seinem Gebäude ein oder aus gegangen wäre und den er nicht gekannt hätte, und obendrein sei der Zugang zum Dach sorgfältig verschlossen gewesen, damit keine Kinder hinaufgelangten. Und nur er besitze den Schlüssel.

Selbst wenn die Leiche vor Aufnahme der Abbrucharbeiten irgendwie den Weg auf das Dach von Haus 573 gefunden hätte, bestünde noch das schwierige Problem mit dem Rattenbefall, hatte der Kriminalbeamte vermerkt. Die Leiche sei allem Anschein nach schon seit Eintritt des Todes, also mindestens eine Woche lang, von Ratten heimgesucht worden, und Ratten lebten im Sommer nicht auf Gebäudedächern – zuviel Sonne und Hitze, nicht genug Wasser. Und Tauben fräßen kein Aas. Es stimme zwar, daß manchmal Krähen in der Stadt gesichtet würden, aber Krähen nagten nicht an Fleisch, sie pickten bösartig danach und zerrten es dann in Streifen los, so daß ein deutlich unterschiedliches Muster der Verstümmelung entstehe. Darüber hinaus seien die Augen nicht herausgehackt worden. Diese Informationen wiesen offenbar darauf hin, daß die Leiche nicht oben auf dem Abrißgebäude gelegen habe, was möglicherweise bedeuten könne, daß sie tatsächlich auf dem Grundstück vergraben worden sei, was wiederum angesichts der bereits gewonnenen Erkenntnisse bedeute, daß die Kriminalbeamten sich in einer unentrinnbaren Sackgasse wiederfänden.

Ein anderer Absatz in der Akte wies darauf hin, daß die Rasse des Toten und die nur bedingt möglichen Rückschlüsse auf seine Größe und sein Gewicht genau auf eine Vermißtenanzeige paßten, die sieben Tage zuvor die Ehefrau des Verstorbenen eingereicht habe, am 8. August, zwei Tage, nachdem er zuletzt gesehen worden sei. Die Anzeige habe man im Neunzehnten Polizeirevier zu Protokoll genommen, also in der Upper East Side, im Nordosten Manhattans. Wie weiterhin berichtet wurde, identifizierte die Ehefrau die Kleidung und den Ehering, der, mit einiger Schwierigkeit, von der linken Hand des Toten entfernt worden sei. Man zeigte ihr auch ein Foto der in der Leistengegend des Verstorbenen gefundenen Tätowierung. Auch diese erkannte sie wieder. Man zeigte ihr das Jadefragment. Sie konnte es nicht zuordnen. Dann habe man ihr die Leiche gezeigt. Es gebe keinen Zweifel, was die Identität angehe; es sei ein gewisser Simon

Crowley, achtundzwanzig Jahre alt, aus der East 66th Street, Hausnummer 4.
Ich kannte diesen Namen. »Sie sind Simon Crowleys Witwe?«
»Ja.«
»Dieser junge Mann, der Filme gedreht hat?«
Sie nickte.
»Du lieber Himmel.« Ich hatte keine Kolumne darüber verfaßt, weil ich damals gerade bis über die Ohren in einem Text über Drogendealer in Harlem steckte. »Sie waren mit Simon Crowley verheiratet?«
»Ja.«
Der berühmte junge Filmemacher. »Ich hatte keine Ahnung.«
Caroline ließ sich in dem Sessel mir gegenüber nieder.
»Wie haben Sie das aufgetrieben?« fragte ich.
»Ich habe eine Menge Geld an einen Mann gezahlt, der erklärt hat, ein Privatdetektiv zu sein. Er sagte, er sei früher bei der Kripo gewesen und könne an Akten rankommen, er kenne sich da aus.«
»Sie sind eine findige Frau.«
»Ja.« Sie blinzelte bei dem Gedanken daran. »Haben Sie jemals einen seiner Filme gesehen?« fragte sie.
»Nein. Ich habe fast nie Gelegenheit, ins Kino zu gehen.«
»Aber Sie haben schon von ihm gehört?«
»Klar doch. Ich weiß, daß er so ein Art ausgefallener Filmemacher war und unter üblen Umständen gestorben ist.«
Sie nickte irritiert.
»Tut mir leid«, erklärte ich. »Ich schaffe es nicht, bei all den Hollywoodstars auf dem laufenden zu bleiben, ich meine, bei Leuten wie diesem Typ River Phoenix und Kurt Cobain ...«
»Simon war kein sogenannter Hollywoodstar.«
»Stimmt.«
»Aber Sie wissen, wer Simon war, Sie können ermessen, wer er war?«
Siebzehn Monate zuvor, als Simon Crowley ums Leben kam, hatte ich wie besessen in der Zeitung gearbeitet und litt an ernsthaftem Schlafmangel, weil Tommy gerade zur Welt gekommen war und wir zwei

Kleinkinder hatten, die uns die ganze Nacht über wachhielten. So konnte ich also nicht ermessen, wer Simon Crowley wirklich war, nicht jedenfalls so, wie es sich seine schöne Witwe wünschte, und das sah sie mir an.

»Einen Moment mal.« Sie verließ das Zimmer und kehrte mit einem riesigen Sammelalbum zurück, fünfzehn Zentimeter dick. »Die hier füllen bestimmt Ihre Wissenslücke.«

Jemand hatte jeden Zeitschriften- und Zeitungsartikel aufgehoben. Ja, hier war alles versammelt. Simon Crowley, wurde mir vor Augen geführt, war ein bedeutender junger New Yorker Regisseur gewesen. Dank mehrerer innovativer, kostengünstiger Filme, die sich zu Kultfilmen gemausert hatten, war er aus der Anonymität heraus zum Erfolg gelangt und dann vom Establishment der Hollywood-Moguln entdeckt worden. Ich überflog die Berichte, und dabei fielen mir bestimmte Sprachmuster auf – Ausbrüche atemloser Bewunderung, Kommentare in Form von Glaubensbekenntnissen, Perlen an mißratenen Einsichten. Wie töricht ist eigentlich die amerikanische Zeitschriftenbranche, wie hilflos unterwürfig? Doch ich las weiter. Simon Crowleys erster Film, *Guter Service*, ganze vierundvierzig Minuten lang, war auf unbelichteten Filmresten gedreht worden – Ausschuß also –, die andere Filmemacher weggeworfen oder verkauft hatten. Mit Hilfe von Volontären als Schauspielern und Technikern hatte Crowley als Drehbuchautor und Regisseur die Geschichte eines jungen Hilfskellners in einem Nobelrestaurant dargestellt, der in den Bann einer älteren Frau gerät, die zu den Stammgästen des Lokals gehört. Die Frau, etwa vierzig, vermögend, noch von einem gewissen starken Verlangen im Gesicht geprägt, bemerkt endlich die übertriebene Aufmerksamkeit des Hilfskellners und läßt ihn in dem Glauben, er sei im Begriff, sie zu verführen, bis schließlich in der letzten Szene – ich übersprang den Rest. Simon Crowleys Werk war, darin stimmten die Artikel überein, von Charakteren geprägt, die in den Randzonen der Großstadt lebten, die das urbane Noir bewohnten. Crowley selbst war in Queens aufgewachsen, als einziger Sohn eines älteren Ehepaars aus der Arbeiterschicht. Der Vater reparierte Fahrstühle, die Mutter arbeitete ehrenamtlich in einer katholischen Schule, beide führten ein bescheidenes Leben der Gewohnheit und Hingabe. Die Mutter starb früh. Der Vater war pflichtbewußt. Simon war ein seltsamer und widerspenstiger Junge gewesen, hochintelligent, aber von allen Schulfächern bis auf Kunst gelangweilt; als Teenager schloß er sich der Undergroundszene an, arbeitete dann als Hilfskellner in diversen Restaurants, während er die Filmhochschule der New York University besuchte. Sein zweiter Film, *Mr. Lu*, wurde von einem Agenten der mächtigsten Talentmühle Hollywoods auf einem der Filmfestivals entdeckt, und so kletterte Simon Stufe um Stufe die Leiter des Ruhms empor. Die Schwarzweißfotos von Annie Leibovitz in *Vanity Fair* enthüllten seinen kleinen Wuchs, seine magere, eingefallene Erscheinung mit der geradezu schwindsüchtig wirkenden Körperhaltung, so als habe er seit dem achten Lebensalter Zigaretten geraucht (was laut Artikel auch zutraf), und dann unter einer schwarzen Haarmähne und schwarzen Augenbrauen ein Gesicht, das einen anscheinend dazu herausforderte, doch seine Häßlichkeit mal zu beschreiben. Nicht, daß er deformiert ausgesehen hätte; seine Gesichtszüge wirkten vielmehr übersteigert und schlecht aufeinander abgestimmt, so als hätte man sie aus drei oder vier Halloween-Gummimasken ausgeschnitten, wie es sie beim Köstumverleih gab. Die Wirkung war ein Gesicht, das grotesk, zugleich aber sehr sinnlich war. »Mehrere Stunden nach Beginn des Interviews«, stand in einem Artikel des *GQ* geschrieben, »kam ich zu der Erkenntnis, daß Simon Crowley nicht lächelt – oder jedenfalls nicht so wie die meisten Menschen. Sein Grinsen, wenn es sich denn einmal zeigt, bezieht sich gewöhnlich auf die traurigen Illusionen, die sich irgendein anderer Mensch macht; sein Mund – eine Art dunkle klaffende Wunde – fliegt auf und entblößt viele unglückselige Zähne. Als nächstes ein zynisches, schabendes Gelächter. Dann schnappt der Mund wieder hart zu, und Crowley starrt einen mit unerschütterlicher Konzentration an. Die Wirkung ist so beabsichtigt wie beunruhigend. Er ist nicht gerade ein besonders netter Mensch, und es ist ihm völlig egal, ob man das mitbekommt. Bei seiner Jagd auf großartige Filme, eine

Frau nach der anderen und Zigaretten – in etwa dieser Reihenfolge – ist Nettigkeit irrelevant und Manieren maskieren nur den verzweifelten Existenzkampf. Man mag zu dem Schluß kommen, daß Crowleys Überheblichkeit noch nicht der Anpassung durch die Enttäuschungen und das Leid des Lebens unterlag, doch schließlich hätte ein demütiger, selbstloser Mensch nicht die herausragenden Filme zustande gebracht, die Crowley geschaffen hat.«

Ich blickte auf. Carolines Augen ruhten auf mir.

»Machen Sie weiter«, sagte sie.

Also las ich weiter: Trotz der Tatsache, daß Crowley es inzwischen gewohnt war, in der Gesellschaft von Stars und Hollywoodagenten zu Abend zu essen, so berichtete ein weiterer Ausschnitt, blieb er doch weiterhin berüchtigt für seine »Exkursionen« in das Nachtleben der Stadt und behielt ein kleines vertrautes Gefolge von Kumpanen bei, mit denen er seine ausschweifenden Streifzüge unternahm, darunter offensichtlich auch ein vorzeitig, auf Bewährung, aus der Haft entlassener Mörder sowie der zügellose Sohn eines Milliardärs. Nach seinen nächtlichen Stippvisiten wurde Crowley manchmal bewußtlos aufgefunden – in einer abgesperrten Limousine, nackt auf dem italienischen Marmorboden im Foyer eines Wohnhauses und so fort. Schauspielerinnen rissen sich darum, in seinen Filmen aufzutreten, sogar solche, die öffentlich bekundeten, »arschlöchrige Macho-Regisseure« ließen sie völlig kalt. Crowleys dritter Film mit großem Budget kostete dreißig Prozent mehr, als ursprünglich geplant, und es gab Gerüchte über tätliche Auseinandersetzungen bei den Dreharbeiten und über Studiomanager, die ihn beim Lunch heruntergeputzt hätten. Den Berichten zufolge hatte er zurückgeschrien, er fürchte sich vor keinem von ihnen, zum Beweis seiner Entschlossenheit ein Steakmesser ergriffen und sich am Unterarm einen sieben Zentimeter langen Schnitt zugefügt, der später mit zwanzig Stichen genäht werden mußte und die schockierten Manager offenbar zum Einlenken bewegte. Sein Star, die ausgesprochen junge und äußerst hinreißende Juliet Tormana, die schon die alten Junggesellen von Hollywood (inklusive des neuerdings verheirateten Warren Beatty) in

Versuchung geführt hatte, erklärte, sie schlafe mit Crowley und der Sex mit ihm sei »der beste, den ich je hatte«. Und so weiter. Die üblichen großen Töne, das übliche Gefasel der Promiszene. Als *Die Zeit ohne Rückkehr* auf neunhundert Kinoleinwänden im ganzen Land zu laufen begann, wurde es ein gigantischer Hit, spielte in der ersten Woche 24 Millionen Dollar ein – eine bis dato unerhörte Summe für einen »ernsten« Film –, und das Werk wurde von Kritikern als ein wertvolles, herausforderndes Porträt Amerikas im Fin de siècle gepriesen, als »kraß, riesig und höchst beunruhigend«. Es wurde für drei Academy Awards nominiert und gewann einen für das beste Drehbuch, und das hatte Crowley selbst verfaßt. Er wurde in jedem Lokal Hollywoods und New Yorks gesichtet. Er wurde verhaftet, weil er in einem Café von Brentwood einen Streit mit Jack Nicholson vom Zaun gebrochen hatte, ihn vor anderen Leuten »einen alten Sack Scheiße mit ein oder zwei billigen Schauspielertricks« genannt hatte. Er verkündete, Spike Lee sei »ein unbedeutendes Talent, ein schwarzer Regisseur zum Herzeigen mit einem Werk, von dem jeder weiß, daß es mittelmäßig ist«. Kathleen Turner, erklärte er, sei nur noch »fett und boshaft, mit dem fetten und boshaften kleinen Kinn einer lausigen Schauspielerin, die nicht mal ein Flittchen darstellen kann, also weshalb sollte ich Lust haben, sie vor die Kamera zu holen?« Und Quentin Tarantino, verkündete er, produziere nur Comicstrips.

Und so weiter. Ich schob den Sammelband zur Seite und blickte auf.

»Sie haben es nie aufgeklärt«, sagte Caroline.

»Ich glaube, das weiß ich noch.«

»Die haben nie irgendwen festgenommen, nichts.«

»Sie werden sich vermutlich schon ordentlich Mühe gegeben haben.« Zweifellos hatte Crowleys Tod jede nur erdenkliche Aufmerksamkeit von offizieller Seite erfahren, wenn man an all die Spekulationen in den Medien dachte. Der Tod eines Prominenten innerhalb der amerikanischen Kulturszene ist, solange er noch im Bewußtsein des Landes flimmert, ein Gebrauchsgut von erheblichem Geldwert.

Caroline brachte mir einen neuen Drink, und obwohl ich ihn nicht wollte, nahm ich ihn. Jetzt, so vermutete ich, waren wir dort, wo sie uns haben wollte.

»Das sollte ich mir also angucken?« fragte ich.

»Nein, nicht wirklich.«

»Nein?«

Sie schüttelte den Kopf.

»Das kapier ich nicht.«

»Es ist das, was Sie zuerst anschauen mußten, bevor ich Ihnen das zeige, von dem ich will, daß Sie's sich ansehen.«

»Bin ich reingelegt worden?«

Sie lächelte. »Nein, eigentlich nicht. Das wird schon noch alles mit der Zeit einen Sinn ergeben.«

»Soll ich das ansehen, von dem Sie tatsächlich wollen, daß ich es sehe?«

»Ich will, daß Sie es sehen, aber nicht mehr heute abend. Morgen, oder am Tag danach?«

Ihre Antwort hatte etwas Selbstsüchtiges an sich, als hätte ich nicht schon meine Zeit für meinen Job und meine Familie verplant oder als wäre Caroline von solcher Schönheit, daß ich meine Verpflichtungen in beiderlei Hinsicht einfach vernachlässigen würde, um das Leben ihres verstorbenen Ehemanns zu studieren, was sich allerdings, je länger ich darüber nachdachte, womöglich als wahr herausstellen mochte, solange sie selbst anwesend war. »Was wollen Sie?« fragte ich. »Wollen Sie, daß ich eine Story über Ihren toten Ehemann schreibe? Es ist doch schon alles über ihn geschrieben worden.«

Caroline seufzte. »Nein.«

»Was dann? Die Polizei kann die Sache offenbar nicht aufklären.«

»Ja«, erwiderte sie ruhig. »Das weiß ich alles, Porter.«

Sie schien in Schwermut zu versinken, und mir wurde bewußt, daß ich sie gar nicht danach gefragt hatte, was es denn für sie bedeute, daß ihr Mann ermordet, ihr Leben auf so brutale Weise durcheinandergebracht worden war.

»Wie lange kannten Sie ihn?« Meine Stimme klang nun belegt, blöde vom Alkohol.

»Wir waren nur ungefähr sechs Monate zusammen.«
»Sie haben schnell geheiratet?«
»Ja. Sehr schnell. Er war eben so …« Behutsam klappte sie das schwere Album zu. »Und ich war genauso.«

Die Minuten verstrichen mit einer merkwürdigen Anmutung von Luxus. Wir schwiegen. Caroline drehte sich drei Zigaretten, legte zwei davon auf den niedrigen Glastisch und lehnte sich dann zurück, um die dritte zu rauchen. Ich bahnte mir den Weg in ihre Küche, um ein paar Eiswürfel zu besorgen, und wurde mir urplötzlich der weißen Nacktheit der Anrichten und Einbauschränke und Küchengeräte bewußt. Nicht, daß ich unbedingt ein Bild von Carolines verstorbenem Mann irgendwo erwartet hätte, aber da war einfach gar nichts zu sehen, keine Telefonnummern von Verwandten oder Freunden am Kühlschrank, keine Bleistifte in einem Glas, Post in einem Stapel, abgegriffene Kochbücher oder Meeresmuscheln vom Sommer zuvor. Erst auf dem Rückweg ins Wohnzimmer begriff ich dann, daß die gesamte Wohnung steril war. Wie eine Hotelsuite, wenn auch wesentlich geschmackvoller, hatte sie keinen Charakter, offenbarte nichts vom Wesen ihrer Bewohnerin. Wenn Menschen lange in der City gelebt haben, drückt ihre persönliche Geschichte auch ihren Behausungen einen Stempel auf; das trifft nicht nur auf die Armen, sondern genauso auf die Reichen zu, vielleicht sogar ganz besonders auf die Reichen, da sie typischerweise daran interessiert sind, ihre eigenen Errungenschaften zu dokumentieren. Als Reporter war ich schon bei vielen wohlhabenden Menschen zu Hause; falls die Wohnzimmer lediglich guten Geschmack und eine Abneigung gegen Krimskrams verraten, dann gibt es zum Ausgleich einen von Grünpflanzen verschönerten Hobbyraum mit einem Pokal von einer Golfmeisterschaft im Klub oder Fotos der Kinder am Strand von Nantucket, auch eingerahmte Urkunden akademischer Titel oder eine Aufnahme des Bewohners bei einem Händedruck mit Bobby Kennedy dreißig Jahre zuvor. Carolines Apartment dagegen offenbarte nichts Vergleichba-

res an persönlichem Leben, lediglich teure Oberflächen. Mir kam der Gedanke, daß das Fehlen historischer Details nicht etwa daher rührte, daß sie keine persönliche Geschichte hatte, sondern daher, daß sie keine Vergangenheit hatte, die sie zur Schau zu stellen wünschte.
»Sie sind nicht von hier«, sagte ich, als ich zurückkam.
In ihre eigenen Gedanken verloren, blickte sie zu mir auf. »Nein.« Durch ihre geistesabwesende Bestätigung ging mir mit einem Mal ein Licht auf. Vermutlich könnte man es Intuition nennen oder einen Glückstreffer, aber schließlich treibe ich mich jetzt schon seit zwanzig Jahren in New York City herum, lang genug, um allmählich so manches zu begreifen, und was ich im Fall von Caroline Crowley plötzlich wußte, war, daß sie für das, was sie besaß, außerordentlich hart gearbeitet hatte, oder vielmehr daß sie das, was sie besaß, einen hohen Preis gekostet hatte – und nicht nur einen Ehemann. Mir ging schon häufig der Gedanke durch den Kopf, daß die zielbewußtesten Menschen in New York City nicht junge Anwälte sind, die den Ehrgeiz haben, Partner zu werden, oder aber Börsenmakler an der Wall Street oder junge schwarze Männer mit möglicherweise dem Zeug dazu, professionelle Basketballspieler zu werden, oder die in der Arena der Wohltätigkeitsveranstaltungen giftig miteinander konkurrierenden Ehefrauen von Geschäftsleuten. Genausowenig sind es die Immigranten, die aus hoffnungslosen Gegenden eintreffen – der Taxifahrer aus Bangladesch, der hundert Stunden pro Woche arbeitet, die Frau aus China, die sich unter übelsten Bedingungen in einer Kleinfabrik abrackert –, solche Menschen sind in ihrer verbissenen Zähigkeit heldenhaft, aber ich sehe sie als Überlebenskämpfer an. Nein, ich würde sagen, daß die Menschen mit der größten Entschlossenheit die jungen Frauen sind, die aus dem übrigen Amerika oder von überall her auf der ganzen Welt in New York ankommen, um auf die eine oder andere Weise ihren Körper zu verkaufen: die Models und Stripperinnen, Schauspielerinnen und Tänzerinnen, die alle wissen, daß die Zeit gegen sie läuft, daß sie sich nur vorübergehend mit ihrer Jugend ausweisen können. Ich habe mich schon öfter in den dunklen Hinterzimmern der zwei oder drei besten Stripteaseclubs

von Manhattan aufgehalten – diesen Räumen, wo Männer, um von jungen Frauen umschmeichelt zu werden, eine 300-Dollar-Flasche Champagner nach der anderen ordern, ganz so, als steckten sie bloß Münzen in einen Parkautomaten –, und ich habe mich mit den Frauen dort unterhalten und war hocherstaunt über die Geldsummen, die sie zu verdienen beabsichtigen – 50 000, 100 000, 250 000 Dollar bis zu diesem oder jenem Zeitpunkt. Sie wissen ganz genau, wie lange sie dafür arbeiten müssen, wie hoch ihre laufenden Kosten sind, und so weiter. Sie wissen auch, in welcher körperlichen Kondition sie sein müssen und wie sie in Form bleiben können. (Man stelle sich beispielsweise die Kraft vor, die erforderlich ist, um für einen Mann nach dem anderen, und zwar sexy, in hohen Hacken, in einer verräucherten Bar acht Stunden ununterbrochen hintereinander fünf Tage die Woche zu tanzen.) Wie die Mannequins der Modeszene wohnen sie in kleinen Apartments, wo sich keiner mehr an den Namen auf dem Mietvertrag erinnert, weil die Zimmer wie Glieder einer Kette weitergereicht werden, während jede Frau ihre Kohle verdient und dann nach Seattle, Montreal oder Moskau zurückkehrt. Nicht anders sind die Leiden der Mannequins, wie ja zur Genüge bekannt ist. Jazz- und Ballettänzerinnen ergeht es ebenfalls nicht besser. (Einmal, als ich wegen einer Knieverletzung einen Orthopäden aufsuchte, sah ich eine reizvolle Frau von etwa fünfundzwanzig auf Krücken hereinhumpeln. Sie hatte unerträgliche Schmerzen und wurde in den Behandlungsraum des Arztes hineingewunken. Die Krankenschwester ließ versehentlich die Tür zum Empfangszimmer offen, und ich konnte gerade noch hören, wie die Frau verzweifelt bat: »Bitte geben Sie mir eine Spritze.« Eine undeutliche Männerstimme antwortete etwas. »Bitte«, schluchzte die Frau, »ich muß heute abend tanzen.«) Caroline Crowley war weder Stripperin, noch Model oder Schauspielerin, jedenfalls nicht, soweit ich im Bilde war, aber ich konnte nur vermuten, daß sie einst die gleiche eiserne Zielbewußtheit mitgebracht hatte, als sie nach New York kam, daß sie hier in der Stadt eingetroffen war, um einen Dialog mit dem Schicksal zu führen, und daß sie wußte, wie es jede wahrhaft schöne Frau weiß, daß die Bedingungen des Gesprächs auch ihr Gesicht und ihre Zähne, ihre Brüste und Beine mit einschließen würden.

Mit diesen Gedanken leerte ich mein Glas und gönnte mir dann noch ein weiteres. Das ergab fünf oder vielleicht sechs, möglicherweise sogar sieben Drinks. Ich bin schon häufig in meinem Leben betrunken gewesen und genoß die meisten dieser Gelegenheiten, aber noch nie hat Trunkenheit irgendwelche verborgenen Tendenzen der Selbstzerstörung in mir bloßgelegt. Ich setze mich nicht ans Steuer, wenn ich betrunken bin, springe nicht aus Fenstern oder provoziere Schlägereien in Bars. In trunkenem Zustand bin ich unfähig zu verhängnisvollen Gesten. Das heißt nicht, daß ich keine Fehler mache, sondern nur, daß meine verheerendsten Fehleinschätzungen auftreten, wenn ich nicht betrunken bin, wenn ich, wie zu vermuten, klar im Kopf bin. Als daher in jenem Augenblick Caroline Crowley, die einsame, wunderschöne Witwe, vor mir stand und ihren Bericht über das gewaltsame Ende ihres Mannes an sich drückte und um alles in der Welt bereit und willig zu sein schien, sich umarmen, küssen und in eine wollüstige Begattung mit hineinreißen zu lassen – der Anblick des Obdachlosenpaares, wie es draußen in der Kälte fieberhaft am Ficken war, stieg wieder in mir auf –, in jenem Moment also zog ich es lieber vor, an mein schlafendes Weib zu denken, wie es einen Arm über mein leeres Kopfkissen ausstreckt, und das gab mir die Willenskraft, aufzustehen, wenn auch auf schwachen Beinen, und zu erklären: »Es tut mir leid, daß dein Mann – äh, ich muß jetzt du sagen, okay? –, also, daß er ermordet worden ist oder ums Leben gekommen oder was immer ihm zugestoßen ist, Caroline. Ich kann mir vorstellen, daß es ein schrecklicher Schock war, und ich hab das Gefühl, daß es dich immer noch verfolgt. Ich weiß, daß wir den ganzen Abend lang rumgealbert haben, aber laß mich einfach sagen … laß mich sagen, sofern es denn möglich ist, plötzlich eine gewisse Zuneigung für einen Menschen nach bloß einem einzigen Abend zu empfinden, bloß ein paar Stunden, dann habe ich dieses Gefühl für dich, Caroline, und mich macht der Gedanke ganz traurig, was es für dich bedeutet haben muß, deinen Mann zu verlieren. So ziemlich jede Woche rede ich mit Leuten, die gerade einen Menschen, den sie lieben, verloren haben, und das macht mich jedesmal traurig, Caroline, das erinnert – das erinnert mich jedesmal daran, daß wir, also wir alle – daß es alles verlorengehen kann. Du bist schön und ungefähr achtundzwanzig Jahre alt, und eigentlich sollten dir alle guten Dinge zuteil werden. Wenn ich nicht verheiratet wär, würde ich – nein, das lasse ich lieber – vielleicht sollte ich besser ... sagen, daß du dich heut abend ja vielleicht deshalb auf mich verlegt hast, weil du dir ausgerechnet hast, daß ich, Revolverblatt-Kolumnenschreiberling, der ich bin, also, daß ich schon übermäßig viel an menschlicher Destruktivität gesehen habe und dir deshalb vielleicht ein paar nützliche Worte des Trostes oder eine Perspektive bieten kann. Aber ich versichere dir« – und an diesem Punkt hatte ich das Verlangen, ihre Wange nur für einen Augenblick mit meinen Fingern zu berühren, zum Trost, so wie ich meine eigene Tochter trösten würde –, »daß ich dieser Aufgabe nicht gewachsen bin. Ich bin genauso verwirrt und entsetzt vom Tod wie jeder andere Mensch auch, Caroline. Ich kann wirklich nichts Brauchbares ... in so ... so einem untauglichen Zustand sagen ... außer vorzuschlagen, daß du dich voll auf das Leben einläßt, daß du dich aufmachst und deinen Verlobten heiratest, wenn er ein guter Kerl ist, und Vertrauen hast, daß manche Verluste wiedergutgemacht werden können, daß das Leben letztlich – entschuldige mich bitte, ich bin sehr betrunken –, daß das Leben tat ... tatsächlich irgendeine Art von Sinn hat.«

Sie sagte nichts und beobachtete mich statt dessen nur mit amüsiert zusammengepreßten Lippen, und jetzt wünschte ich, ich hätte damals begriffen, daß es sich dabei um eine ziemlich unliebsame Art von Amüsiertheit handelte. Sie sah, wie ich gegen mich selbst ankämpfte. Ich gab mir einen Schubs und setzte mich in Richtung Tür in Bewegung, den Blick auf meine Schuhe geheftet, um sicherzustellen, daß sie dorthin gingen, wohin sie gehen sollten. Sie folgte mir und half mir schweigend in den Mantel, hängte mir dann meinen Schal um. Sie war umwerfend schön.

»Oh, Caroline Crowley ...« Aus Versehen stolperte ich zur Seite.

»Ja?«
»Alle Männer sind Hunde, und ich bin einer.«
Sie schob das mit einem Lächeln beiseite. Dann hob sie eine Hand hoch, hielt mit ihren warmen Fingern meine Wange und küßte langsam, mit spürbarem Atem, meine andere Wange. »Ich rufe dich dann an«, flüsterte sie. Dann küßte sie mich erneut. »Okay?«
»Okay«, murmelte ich und hatte dabei das Gefühl, daß sie mich überlistet hatte.
»Bist du in Ordnung?«
»Ich bin ... ich bin völlig ratlos, Caroline. Ich bin bloß ...« Meine Lippen hatten dieses brummende betrunkene Gefühl an sich, und ich fiel gegen den Türrahmen. Jetzt war ich plötzlich so sturzbetrunken, daß mir nichts anderes übrigblieb, als ein Taxi nach Hause zu nehmen und meinen Wagen irgendwann später abzuholen. Ich kam mir völlig bescheuert vor. »Aber andererseits«, lallte ich, »ist das ja vielleicht deine Absicht.«
Zwanzig Minuten später fuhr mein Taxi außerhalb meiner Ziegelmauer in Süd-Manhattan vor. Ich hole meinen Schlüssel immer schon heraus, bevor ich die Wagentür öffne, denn sobald das Taxi sich entfernt, ist die Straße dunkel, und irgendein Fremder könnte auf einen zukommen. Selbst betrunken, wie ich war, hatte ich diesen New Yorker Verfolgungswahn. Erst nachdem ich das Tor hinter mir geschlossen, mit aller Kraft daran gezerrt und den Riegel vorgeschoben hatte, entspannte ich mich. Bis auf weiteres blieb die Großstadt jetzt auf der anderen Seite der Mauer. Aber Tor hin oder her – Caroline Crowley und das Schicksal ihres unglückseligen Ehemanns waren nun in mein Leben getreten.

Sechs Uhr dreißig am Morgen, und eine betrunkene Hand (meine Hand) kroch auf Anweisung eines betrunkenen Gehirns (meines Gehirns) auf das Telefon neben dem Bett zu, machte einen Satz auf den Hörer zu, stieß ihn von der Gabel herunter und tastete dann nach dem letzten, mit BOBBY D. markierten Knopf für automatisches Wählen, den der betrunkene Zeigefinger (meiner) anschließend herunterdrückte. Als das Klingelzeichen ertönte, hob die Hand den Hörer vom Boden auf, während das betrunkene Hirn an Caroline Crowley dachte, die schönste Frau, die ich niemals gebumst hatte, und während die – nicht betrunkenen – Ohren auf Bob Dealy warteten, den Mann von der Nachtschicht in der Lokalredaktion, einen Mann, der so sehr einem Kadaver glich, daß er aussah, als tränke er Benzin und äße das, was die Katze herausgekotzt hatte – was vielleicht auch zu erwarten war, wenn man seit zwanzig Jahren jede Nacht damit verbrachte, in einer Nachrichtenzentrale zu sitzen und den Polizeifunk abzuhören, die verschiedenen Reviere anzurufen, ein Dutzend Zeitungen aus dem ganzen Land zu lesen, Krapfen zu verspeisen und zusammen damit auch eine nicht geringe Menge Druckerschwärze.

»Zentrale, Dealy.«

»Was hast du auf Lager, Bobby?«

»Aah, Porter, wir haben einen Zusammenstoß zwischen einem Taxi und einem Philosophen am südlichen Broadway. Wir haben den periodisch wiederkehrenden Herrn ohne Namen mit dem Gesicht nach oben in einer Gasse an der Eins-Null-Vier und, aah, der Sieben-Null, Dann haben wir da zwei junge Pharma-Beauftragte der nubischen Variante mit Kopfschüssen. Hat ihnen aber nicht besonders viel ausge-

macht. In Brooklyn haben wir einen, der eine Bank mit einem Preßlufthammer ausgeraubt hat – hat den Nachtbriefkasten rausgerissen. Im Zentrum haben wir zwei Philosophen, die versucht haben, auf ein Feuerwehrauto aufzuspringen, das in voller Fahrt unterwegs war. Außerdem haben wir da – bleib mal dran ...«
Nun machte das betrunkene Hirn andere Stimmen aus. Lisa und die Kleinen waren unten im Erdgeschoß. Löffel und Schüsselchen. Alle Kinder lieben Cornflakes. Liebe sie. Gut zu den Kindern. Sieht gut genug aus, schwimmt jeden zweiten Tag ihre Runden, könnte mich, wann immer sie will, bis zur Bewußtlosigkeit vögeln. Liebt es auch von hinten. Wieso? Die Action geht tiefer rein, neben anderen Gründen. Liebt es einfach. Schmeiß nicht das Ei in die Gegend! Mami, ich kann meine Cornflakes nicht essen. Schätzchen, iß sie einfach. Aber Tommy hat seine auch nicht gegessen. Er ißt doch Rührei, Schätzchen. Sie hatte die Kleinen so lange gestillt, daß sie ihr die Titten ruiniert haben. Im Grund genommen weggenuckelt haben. Will Safftie ham. Du willst ein bißchen Saft haben? Safftie! Will Safftie, Mama. Iß deine Cornflakes, Sally.
»Also, Porter, dann haben wir noch einen Tauchchampion ...«
Ich schlug die Augen auf. »Welche Brücke?«
»Du klingst komisch. Bist du krank?«
»Naah. Welche Brücke?«
»Brooklyn.«
»Gibt's irgendwas darüber?«
»Bauarbeiter«, sagte Bobby mit pfeifendem Atem. »Hat sich bei der Arbeit das Bein gebrochen, konnte nicht mehr das Lebensnotwendige besorgen, Freundin ist woanders einkaufen gegangen. Der Kerl ist an gebrochenem Herzen gestorben, bevor er aufs Wasser aufschlug. Als sie ihn rausgezogen haben, hatte er immer noch seinen Hut auf dem Kopf.«
»Ach was.«
»He, ich erzähle keine Märchen.«
»Der Kerl springt von der Brooklyn Bridge, und sein Deckel bleibt sitzen?«

»Ich sag dir doch, die Polizei hat berichtet, daß er ihn noch auf hatte.«
»Ach, hör mal, Bobby.«
»He, ruf sie doch selber an.«
»Dann muß es schon ein Footballhelm gewesen sein.«
»Nein, es war eine Yankeeskappe.«
»Dann hatte er Isolierband dran zur Befestigung?«
»Nein.«
»Dann war sie scheiß noch mal auf seinem Schädel festgeklebt, Bobby?«
»Nein.«
»Na gut. Hebst du mir was Gutes auf?«
»Moment mal, ich – warte, entschuldige noch mal – bleib am Apparat.«
Ich schloß die Augen und lauschte auf das Chaos unten. Du willst noch mehr Cheerios dazu? Safftie! Safftie! Ja doch, Tommy. Hier. Iß das Rührei. Näh! Mami hat's dir extra gemacht. Meine Frau war eine gottverdammte Heilige. Ich hatte Glück, mit ihr verheiratet zu sein. Mann sieht ein pfirsichfarbenes Abendkleid, kriegt eine Erektion. Wer schert sich darum, daß ihr Ehemann von einem Bulldozer überfahren wurde? Fick mich. Ich war ein Scheißköter mit 'nem Steifen. Heb den Kopf hoch, dachte ich, probier, wie es sich anfühlt. Kopf einfach nicht ganz richtig. Ich sollte öfter was trinken, mich daran gewöhnen. Ich hatte ihr irgendwas Erbärmliches aufgetischt. Sie hatte es sofort durchschaut. Heb die Cornflakes wieder auf, Schätzchen, bitte setz dich richtig hin, *bitte,* Sally, setz dich auf der Stelle richtig hin! Ich kann nicht. Setz dich richtig hin, du verschüttest doch alles *überall* – ich hab gesagt, hinsetzen! Na schön, also *Schluß,* junge Dame, runter mit dir, sofort! Nehmen wir Ihre Tugend in Schutz oder meine? Will Eia ham! Du hast es gerade *herumgeworfen!* Zu kaal! Zu kalt? Jaa. Ich mach's wieder warm. Mami, wenn die Leute sterben, werden ihre Körper dann ganz verdorben? Wer hat dir denn das erzählt? Lucy Meyer. Lucy Meyer hat das gesagt? Will Eia ham! Ja, Tommy. Schätzchen, wenn Leute sterben, dann haben sie immer noch eine Seele. Was ist eine Seele? Das ist, äh – hier, Spätzchen. Zu

hei! Es ist nicht zu heiß! Was ist eine Seele, Mami? Puste doch, Spätzchen. Zu hei! Puste einfach drauf. Puhs? Heute war keine Kolumne fällig, ich würde einfach ein paar Anrufe erledigen, im Büro herumhängen, Rechnungen bezahlen. Steh auf, du Scheißkerl. Immer noch betrunken. Eine Seele ist ... das ist dein *Herz,* Schätzchen, es ist das, was du wirklich bist. Aber, Mami, wenn man stirbt, fliegt dann die Seele zum lieben Gott heim? Wer hat dir das erzählt? Weiß ich nicht mehr. Hat Josephine dir das erzählt? Verfluchte alte Kinderfrau mit ihren katholischen Voodoo-Predigten. Spätzchen, hast du was Kacki drin? Näh. Ich glaub, du hast in die Windeln gekackelt. Paar Anrufe erledigen, den Hypothekenscheck abschicken. Kein Kacki-Windel! Vergiß die Frau, an die du dich von jetzt ab vielleicht als die schönste Frau erinnerst, die du niemals gebumst hast. Komm jetzt runter, Spätzchen, du hast fast das ganze Rührei aufgegessen. Kein Kacki! Ich glaub aber, du hast was gemacht. Augen so blau wie ein Briefkasten. Du bist immer noch betrunken, aber ich glaube, du kannst ... aufstehen, mach schon, du kannst es schaffen, ich kann es schaffen, ich tat es wirklich, ich setzte mich auf, melde mich zurück ins Spiel, und Bobby war wieder in der Leitung: »Porter, ich hab da also 'ne Frau, die gestern abend auf der Upper West Side in 'ner chinesischen Wäscherei erschossen worden ist. Vielleicht ihr Freund.«
»Was ist da gut dran?« fragte ich, während ich in die vom Fenster her scheinende Sonne blinzelte.
»Gestorben mit ihrem Hochzeitskleid in den Armen.«
Ich schwang meine Füße seitlich aus dem Bett. Jedes Jahr häßlicher, die Zehennägel auf Dauer eingewachsen. »Was war die?« fragte ich.
»Buchhalterin, Alter zweiunddreißig.«
»Der Freund?«
»Versicherungstyp, Alter sechsundfünfzig.«
»Die stand auf die älteren Kerle.«
»Vielleicht hatte sie ja so 'nen Vaterkomplex.«
»Ich kann hören, daß du gerade deinen Krapfen ißt, Bobby.«
»Genau.«

»Du mußt mal anfangen, dir die Druckerschwärze von den Händen zu waschen!«
»Der Kaffee neutralisiert sie schon.«
Ich seufzte. »Die wissen, wo er ist?«
»Nein, fahnden aber nach ihm.«
Ich stand auf und hörte einen Froot Loop unter meinem Fuß knirschen – Müslidinger auch hier.
»Hat's das Fernsehen gestern abend noch gebracht?«
»Es ist zu spät passiert.«
»Das Hochzeitskleid, einfach dagestanden, knallbumm?«
»Genau. Ich hab das mit dem Hochzeitskleid extra für dich rausgekriegt.«
»Könnte was taugen.«
»Taugt schon was. Ist der romantische Aspekt. Du liebst doch immer den romantischen Aspekt.«
Während ich mich anzog, hörte ich, wie Josephine unten zur Tür hereinkam, sich den Schnee von den Stiefeln klopfte. Sie hatte einen Schlüssel für das Tor in der Mauer. Guten Morgen, wie geht's denn meinem kleinen Freund? Ich hab Eia! Er hatte gerade sein Rührei aufgegessen. Josephine ist eine voluminöse Schwarze aus Haiti. Wir entdeckten sie eines Tages, als Lisa im siebten Monat mit Sally schwanger war und bei einem Reinigungsvermittlungsdienst angerufen hatte. Josephine traf ein, von riesigen Ausmaßen und voller Ehrerbietung und Verlegenheit wegen der albernen blauen Uniform, die sie zu tragen gezwungen war. Sie machte ein paarmal für uns einen Tag die Woche sauber, und ich bekam sie nur flüchtig zu sehen, bevor ich zur Arbeit ging, aber sie kam mir sofort ganz erschöpft und zu alt vor – so ungefähr Ende vierzig –, um als Putzfrau zu arbeiten. Am zweiten Samstag damals zog ich los und besorgte einen neuen Staubsauger und stellte ihn oben in den Wandschrank, damit Josephine nicht den schweren Electrolux die Treppe hinaufzuschleppen brauchte. Dann erkundigten wir uns, was man ihr denn bei der Reinigungsagentur zahlte, und es stellte sich heraus, daß ihre Chefinnen, zwei clevere weiße Profifrauen in den Dreißigern, fast die Hälfte von Jose-

phines Lohn einbehielten. Wir zahlten der Reinigungsagentur zehn Dollar die Stunde, und Josephine erhielt ganze 5 Dollar 20, brutto. Also riefen wir bei der Reinigungsagentur an und erklärten, wir wollten stornieren, weil das Baby zur Welt gekommen sei. Sie erkundigten sich, ob wir mit Josephine nicht zufrieden seien, und wir sagten, o nein, ganz im Gegenteil, eine absolut wundervolle Frau. Dann stellten wir sie für zehn Dollar die Stunde ein und bezahlten sie direkt, so daß sie das ganze Geld für sich alleine behalten konnte. Danach kam sie zu uns, um mit den Kindern auszuhelfen, und allmählich wurde ein Vollzeitjob daraus, täglich von acht bis fünf. Es gab eine Phase der Umstellung, weil Josephine schließlich das Kind einer Inselkultur ist; auf dem Heimweg vom Spielplatz pflegte sie Pflanzen zu pflücken, die im Park wuchsen, und dann nachmittags auf dem Herd seltsame Mixturen daraus zu kochen, mit ein bißchen von diesem und jenem aus der Botanik der Nachbarschaft. Viele dieser Elixiere nahm sie dann später mit nach Hause und drängte sie der armen LaTisha auf – die mit dem haarigen Po – in der Absicht, gewisse schmollende Teenagerverhaltensweisen zu korrigieren. Manchmal ließ Josephine jedoch das eine oder andere Gebräu in unmarkierten Gläsern in unserem Kühlschrank zurück. Die Mixturen gaben sich durch ihre grünliche Farbtönung und den Strudel besorgniserregenden Bodensatzes zu erkennen, doch eines Nachts, in diesem ersten Sommer, wachte ich mitten in der Nacht auf und öffnete, auf der Suche nach etwas Kaltem zum Trinken, den Kühlschrank und kippte mir ein Glas von etwas, das wie gekühlter Tee aussah, die Kehle hinunter; es ging ohne besondere Vorkommnisse runter, aber zehn Minuten später war mein Mund voller Speichel, und ich empfand das eigenartige Verlangen, ungekochten Reis zu essen. Ein anderes Mal kam Lisa früher als sonst nach Hause, und Tommy, damals elf Monate alt, hatte den Kopf voller nasser Papiertaschentuchfetzen. Einen Moment lang war Lisa geschockt, doch da Tommy sich vollkommen wohl zu fühlen schien, fragte sie nur beiläufig, *warum,* und Josephine erklärte, Tommy habe an einem Schluckauf gelitten und das hier sei das Mittel dagegen. Ja, anfangs war alles sehr wunderlich und multikulturell, und meine

Frau und ich beglückwünschten uns noch dazu, daß wir Josephine »erlösten«, aber die Wirklichkeit sah so aus, daß eine unterdrückte schwarze Frau ohne Ausbildung jeden Tag in Trainingshosen und Turnschuhen vor der Tür stand. Und ich war es allmählich leid, sie zu sehen. Ich hatte ihre Gutherzigkeit, ihr klagloses Leiden dicke. Ich war ihrer Armut überdrüssig. Ich haßte dies an mir selbst und hatte Gewissensbisse deswegen und versteckte ständig unsere Kassenzettel und Bankauszüge und die Auszüge unseres Altersversorgungsdepots und alles übrige, was die finanzielle Kluft zwischen Josephine und uns belegte. Und sie ließ nie durchklingen, daß die Lebensumstände ihrer Familie einer klapprigen Bruchbude gleichkamen, die sich an das Hochufer eines gefährlich schäumenden Flusses klammert; sie selbst war zuverlässig und führte ein sauberes Leben (in so einer Art steifgestärkter katholischer Manier, so daß ich den Verdacht hegte, daß sie noch nie besonders amüsant gewesen sein konnte), aber sie hatte schon mehrere Ehemänner gehabt und deutete gelegentlich etwas von einem Vetter oder einem Neffen an, *der sich ganz schön Ärger aufgehalst hat,* und dann schüttelte sie den Kopf, als wolle gleich irgend jemand versuchen, ihr deswegen auch noch ein schlechtes Gefühl einzujagen, und das würde sie nicht, nein, das würde sie keinesfalls zulassen. Einmal hatte ich sie heimgefahren, in die Bronx – auf der Straße waren Kinder, die Crack verkauften, laut plärrende Ghettoblaster, die ganze Szene. Ihr Mann arbeitete für die Küche in einem Altersheim; er war ein Riese von mindestens einsdreiundneunzig, mit mächtigem Bauch und ebenso mächtigem Bluthochdruck, und als ich ihn traf, wußte ich, daß er mich sofort hätte zerdrücken können, meine kleine weiße Hand nehmen und sie wie eine Handvoll trockener Stöcke zerbrechen. Aber als wir uns die Hände schüttelten, lächelte er respektvoll, und seine Finger zogen sich kaum zusammen; es war nicht aus Höflichkeit – sondern vielmehr war ich der weiße Boß seiner Frau und durfte daher nicht versehentlich durch einen übermäßig festen Händedruck beleidigt oder eingeschüchtert werden.

Nun stand ich im Badezimmer und hörte, wie Josephine Sally für den

Kindergarten fertigmachte. Wir wechselten uns immer damit ab, sie hinzubringen. Dann hörte ich die kleinen Füße auf der Treppe.

»Daddy?« Sally kam ins Bad gestürzt; sie hielt eine ihrer Barbiepuppen am Bein in der Hand. »Wieso machst du Pipi?« fragte sie.

»Ich muß gerade.«

»Warum?«

»Warum, was glaubst du denn?«

»Weil du's eben tust!«

»Ganz genau.«

»Die Buben brauchen sich aber nicht abwischen, wenn sie Pipi machen.«

»Das stimmt.«

Sie folgte mir ins Schlafzimmer. »Daddy?«

»Ja, mein Schatz?«

»Daddy, sterben tote Leute alle im Liegen?«

»Das weiß ich nicht, Sally. Das ist irgendwie eine komische Frage.«

»Lucy Meyer hat gesagt, daß alle toten Leute, wenn sie sterben, die Zunge rausstrecken.«

»Das glaube ich nicht.«

»Lucy Meyer hat's mir aber gesagt, im Kindergarten.«

»Hat denn Lucy Meyer schon viele tote Leute gesehen?«

»Lucy sagt, die sterben alle mit den Augen zu, und wenn – und wenn sie vergessen, sie zuzumachen, dann fressen ihnen kleine Biester die Augäpfel raus.«

»Mach dir mal keine Sorgen deswegen, Schätzchen, okay?«

Lisa rief Sally nach unten, bevor sie selbst mit den Zeitungen des Tages heraufkam, die sich jeden Morgen eine nach der anderen außerhalb des Tores stapeln und die, wenn wir sie nicht pünktlich reinholen, gestohlen werden.

Lisa war fertig zur Arbeit angezogen. Es hat mich schon immer in Erstaunen versetzt, daß sie Seidenstrümpfe und Parfum anlegt, um Leute zu verblüffen. »Ich dachte, du wüßtest vielleicht gern, daß Sallys Klasse von einer Tragödie heimgesucht worden ist«, sagte sie.

Sie reichte mir eine auf dem Briefpapier der Schule verfaßte Mitteilung, die beide Erzieherinnen von Sally unterzeichnet hatten, ernsthafte junge Frauen mit dem Geschick, nicht nur mit Drei- und Vierjährigen, sondern – möglicherweise genauso wichtig – auch mit deren Müttern und Vätern richtig umzugehen.

Liebe Eltern:
Wir schreiben Ihnen, um Sie mit einer traurigen Neuigkeit vertraut zu machen. Wie Sie vielleicht schon gehört haben, hat Banana Sandwich, das Meerschweinchen unserer Klasse, eine Verletzung an seiner Pfote erlitten, wonach sich sein Zustand noch verschlechterte. Als die Tierärztin Banana Sandwich untersuchte, diagnostizierte sie ein neurologisches Problem. Uns wurde mitgeteilt, dieser Schaden könne dazu führen, daß Banana anfängt, sich selbst und andere zu beißen. Die Tierärztin riet entschieden zur Euthanasie, und nach reiflicher Überlegung erklärten wir uns einverstanden. Letzten Donnerstagnachmittag wurde Banana in die Tierpraxis gebracht.
Wir haben die Kinder nicht in alle Einzelheiten eingeweiht. Wir haben ihnen erklärt, daß Banana in die Tierarztpraxis mußte, weil sie krank war, und daß sie, während sie dort war, gestorben ist. Wir werden ein paar Bücher über den Tod von Haustieren bereitstellen und über unsere Fragen und Gefühle wegen Banana sprechen. Falls Sie irgendwelche Fragen haben, lassen Sie es uns bitte wissen.

Patty und Ellen

»Sally hat das gestern mit heimgebracht«, sagte Lisa.
»Hat es sie bedrückt?« fragte ich.
»Ich glaube nicht.«
»Es ist dieses gespenstische Lucy-Meyer-Zeug, das ihr Sorgen macht.«
»Kinder machen sich ständig irgendwie Sorgen«, erwiderte Lisa.
»Schon, aber sie sind doch noch klein. Es ist zu früh, um sich Sorgen zu machen.«

»Kinder sind Menschen«, sagte Lisa. »Menschen machen sich Sorgen. Alle Menschen sorgen sich.«
»Ich inbegriffen«, sagte ich.
»Das rate ich dir auch schwer, Liebling.«
Sie warf mir einen Blick zu, einen eindeutigen Blick. »Mir hat die Kolumne von heute früh gut gefallen.«
»Die Tatsache, daß er ein lausiger Turner war, war die Hauptsache.«
Sie lächelte. »Hast du die Schlagzeile gesehen?«
»Wie schlimm war sie denn?«
Sie schlug die Seite fünf auf und hielt die Zeitung hoch: SEIN LETZTER SALTO WAR DER BESTE.
»Ziemlich schlimm.«
»Ist dein Schädel in Ordnung?« fragte sie, während sie sich vor dem Spiegel die Haare bürstete.
»Wird schon wieder, in ein oder zwei Stunden.«
»Du bist doch nicht mit dem Wagen zurückgefahren, oder?«
»Taxi.«
Sie küßte die Luft und drückte einen Lippenstift gegen ihren Mund. »Dank dir.«
»Ich bin ein anständiger Kerl.«
Sie schaute mich an. »Du hast immer noch ein paar Unanständigkeiten an dir.«
»Die liebst du doch.«
Sie lächelte. »Stimmt.«
»Bringst du heute irgendwen unters Messer?« fragte ich.
»Ein paar Knöchel.« Sie war am Gehen. Wir küssen uns morgens nicht häufig zum Abschied. Manchmal sage ich dann: »Bis später«, oder sie sagt: »Ich liebe dich«, aber damit hat es sich. Wir sind in Eile. So ist es einfacher.

Dieser Bericht ist, glaube ich, ein Geständnis und eine Untersuchung. Meine Frau taucht hier und da in dieser Geschichte auf und verdient meines Erachtens, jenseits der Tatsache, daß sie eine geschickte, auf

Hände spezialisierte Chirurgin ist, irgendeine Art von Charakterisierung. Sie ist groß und zu schlank, mit Haaren von der Farbe eines Pennys, und sie hat Kunstgeschichte und Biologie an der Stanford University studiert. Sie teilt sich ihre Zeit so ein, daß sie am Montag, Dienstag und Mittwoch operiert. Die übrige Woche geht für Sprechstunden, Beratungen und Klinikvisiten drauf. An den Tagen, an denen sie operiert, trinkt sie morgens starken kolumbianischen Kaffee; an den anderen Tagen Earl-Grey-Tee. Ironischerweise greift ihre Arbeit ihre eigenen Hände an. Die Haut auf ihren Handflächen und an den Fingern ist trocken und fleckig vom vielen Schrubben – nicht nur an den Operationstagen, sondern auch zwischen den Praxisterminen, wenn sie bei den Untersuchungen die Hände der Patienten versorgt, eine nach der anderen, darunter häufig solche mit offenen oder erst seit kurzem heilenden, Blut und Eiter absondernden Wunden. Die Rauheit ihrer eigenen Hände ist eine kleine, aber konkrete Quelle der Trauer für Lisa, denn sie haben sich für ihre Kinder seit jeher nur rauh angefühlt. Als sie mir das erzählte, schob sie ihren Ehering nach vorn über das zweite Gelenk – ohne ihn ganz abzunehmen – und zeigte mir den Streifen glatter, unversehrter Haut darunter. Wir beide sehen New York aus dem Blickwinkel unseres jeweiligen Berufs; zu ihrem Patientenkreis gehören Sekretärinnen mit einem Überanstrengungssyndrom, das gemessen an meinem ernster ist, Polizisten, die von Kampfhunden gebissen wurden, Bauarbeiter, denen Stahlträger auf die Daumen gefallen sind, Kinder mit von Feuerwerkskörpern verstümmelten Händen, Geschäftsmänner in Connecticut, die sich bei dem Versuch, eine Kettensäge zu benutzen, die Finger verletzt haben. Sie ist in vielerlei Hinsicht wirklich klug, meine Frau, und ich bewundere Lisa außerordentlich. Im Gegensatz zu meiner Arbeit hilft ihre in der Tat den Menschen.

Was sonst noch? Sie entspannt sich bei der Lektüre historischer Texte – über China, die spanische Inquisition, über Mogulherrscher in Indien. Sie stapelt ihre Bücher und Zeitschriften neben der Bettkante aufeinander. Mal von diesem etwas, mal von jenem. Jane Austen. *Das Schweigen der Lämmer.* Eine Biographie über Tolstoi. *Jahrmarkt der*

Eitelkeiten. Salman Rushdie. Sonderbare Berichte über Heilige im sechzehnten Jahrhundert. John Irvings *Garp und wie er die Welt sah.* Was auch immer. Sie liebt es, im Bett zu lesen, nachdem die Kinder eingeschlafen sind. Sie hat ein raffiniertes kleines Lämpchen, das sie oben an ihr Buch klemmen kann. Sie hat einen Leberfleck neben ihrem Bauchnabel. Sie hat ein wenig sephardisches Blut in den Adern, und ihre Zehen sind flache, durch Sand watende Araberzehen, die meine angelsächsische Abstammung genetisch überrundet haben: Unsere beiden Kinder haben Araberzehen, eine Tatsache, auf die sie stolz ist. Sie sitzt nie vor dem Fernseher. Sie liest jeden Tag zwei Zeitungen und ist trotzdem an der Tagespolitik weitgehend desinteressiert. Sie hat alle wichtigeren feministischen Traktate der letzten vierzig Jahren gelesen und ist überzeugt, daß Männer und Frauen so gut wie nicht zusammenpassen, und das wird auch immer so bleiben. Angesichts des Buchhaltungsalptraums einer Arztpraxis zieht sie es vor, daß ich die Finanzen der Familie verwalte. Sie altert langsam, wie ein wunderschönes hölzernes Segelboot – es gibt Anzeichen von Abnutzung, aber die gesamte Silhouette, die Takelage ist intakt, nur daß es mit jeder Saison etwas mehr Pflegeaufwand braucht. (Mein eigenes Muster des Alterns ähnelt einer Schlammschlitterpartie in Zeitlupe. Im Spiegel überprüfe ich die grauen Haare, zupfe ein paar raus und komme mir lächerlich dabei vor.) Noch ist sie nicht bereit, der Krankenversicherung *Health Management Organization* beizutreten. Sie ist häufig müde, hat aber trotzdem meistens Lust auf Sex, um keine Gelegenheit, wenn sie sich denn ergibt, zu versäumen. Seit der Geburt unserer Kinder ist sie im Bett zunehmend unersättlich geworden. Alle paar Jahre scheinen wir über ein neues Thema in unserer sexuellen Routine zu stolpern, und neuerdings will Lisa mir im allgemeinen erst einen blasen, während sie sich selbst befingert. Das kann eine ganze Weile dauern, und früher oder später, wenn sie dann kommt, drückt sie mich ein oder zwei Sekunden lang bis ganz in ihre Kehle hinein. Oder ich drücke manchmal. Dann drehen wir uns im Bett herum und kommen zur Sache. Sie fordert mich häufig dazu auf, so feste, wie ich nur kann, loszulegen, und dann erkläre ich, das sei aber ziemlich fest, aber sie will es trotzdem so haben. Sie hat wieder mit der Pille angefangen, weil sie, obwohl sie noch ein Kind will, in Wirklichkeit doch kein Kind mehr will. Sie hat ein paar enge Freundinnen – zumeist blitzgescheite Frauen in schlechten Ehen –, und wenn sie zu Besuch kommen, sitzen sie alle in ramponierten Holzliegestühlen auf der Veranda, trinken Bourbon und rauchen Zigaretten. Ihr Gelächter steigt auf und verstummt wieder und scheint manchmal bis zu Tränen zu gehen, und später dann, nachdem die anderen Frauen wieder weg sind, kommt Lisa herein und ist offenbar froh darüber, ihr eigenes Leben und nicht das ihrer Freundinnen zu führen.

Wir haben ein fortlaufendes Streitthema. Ich denke, daß die menschliche Gesellschaft zur Hölle fährt, und Lisa ist gegenteiliger Meinung. Der Unterschied ist seit dem Augenblick unserer ersten Begegnung klar ersichtlich – damals, als sie in der Notaufnahme einer Klinik als Assistenzärztin tätig war. Ich war einem Opfer mit Schußwunden in das Krankenhaus gefolgt, um dessen Verwandte möglichst zu einigen Aussagen zu bewegen. Lisa saß bei dem Vater im Wartezimmer und erklärte ihm etwas über Lungengewebe in der Luftröhre, als sie mich bemerkte und aufschaute. »Wer sind Sie?« fragte sie ziemlich gereizt. »Und was wollen Sie?«

Die Frage ist noch immer von Bedeutung. Wer ich damals war, das war ein fünfundzwanzigjähriger junger Mann, der sich in der Verbrecherszene den Arsch aufriß, bis über den Scheitel hinweg drinsteckte und jeden Tag um sein Leben rannte. Ich, der ich mir ein winziges Apartment in Brooklyn mietete, früh aufstand, zur Nachrichtenzentrale rüberging, den Job erledigte, spät nach Hause kam und dann noch die Frühausgaben aller vier New Yorker Zeitungen las. Und was das betrifft, was ich eigentlich wollte – ich wollte Lisa haben. Als ich ihr das zwei Tage später sagte, lachte sie bloß. Zu jener Zeit war sie schon fast mit einem Mann verheiratet, der mittlerweile ein großer Macker bei der Citibank ist. Ich habe sie ihm geklaut. Ich habe ihn ausgetrickst, aus dem Rennen geredet und aus dem Rennen gefickt. Es war die einzige Chance, die ich hatte.

Was sonst noch über meine Frau? Sie ist eine fürsorgliche Mutter, und das kommt, glaube ich, daher, daß sie das Leben schätzt. Ihr Vater war eines der ersten heterosexuellen Aidsopfer. 1979 erlitt er einen Autounfall, den ein betrunkener Teenager verursachte, der sich dann aus dem Staub machte. In der Notaufnahme erhielt Lisas Vater eine Bluttransfusion. Das Blut war verseucht, und nachdem er sich von einem gebrochenen Kiefer, einer perforierten Leber und zertrümmerten Beinen wieder vollkommen erholt hatte, begann sein Zustand sich zu verschlechtern, und sein Körper wurde von einer Sekundärinfektion nach der anderen heimgesucht. Der Unfall passierte, als Lisa im College war, und als ihr Vater immer kränker wurde, wechselte ihr Studienplan von den Geisteswissenschaften zur Verhaltensforschung und schließlich zu den Naturwissenschaften hinüber. Sie wurde an jeder Universität, an der sie sich bewarb, zum Medizinstudium zugelassen, und ihr Interesse an Händen beruhte auf ihrem Wunsch, Menschen in ihrem Alltagsleben zu helfen. Sie hat Erfolgserlebnisse und Gründe, frustriert zu sein, insbesondere, wenn ein Kind als Folge der Nachlässigkeit Erwachsener einen Finger verloren hat. Sie versteht, wie die Muskeln, Sehnen und Nerven der Hand funktionieren, auf dieselbe Weise, wie ein Dirigent die Komplexität einer Partitur versteht. Sie hat in medizinischen Zeitschriften einige Artikel über nervenschonende Techniken veröffentlicht. Manchmal sitzt sie nachts wach da und denkt über die Hände anderer Menschen nach.

Ist es, über das bereits Erwähnte hinaus, notwendig, daß ich noch mehr über meine Frau berichte? Ich glaube nicht. Mit einer wesentlichen Ausnahme muß ich wohl nicht unsere häuslichen Unterhaltungen während der Zeitspanne, die ich beschreibe, wiedergeben. Das meiste, was folgt, hatte nichts mit ihr zu tun, und es wäre falsch und viel zu simpel, zu behaupten, daß meine Handlungen eine Reaktion auf unsere Ehe oder Lisas vermeintliche Charakterschwächen waren. Das entspräche nicht der Wahrheit. Ich war glücklich verheiratet. Meine Frau war gewitzt, aufmerksam und gütig, und das ist alles, was man wissen sollte, finde ich. Ich möchte sie in dieser Sache schützen. Man könnte nun schlau sein und in jedem Wort, das ich möglicherweise zur Beschreibung von Lisa verwende, einen ironischen Unterton entdecken (entsprechend könnte man »gewitzt« auf die eine Weise verstehen, »gütig« auf eine andere). Was jedoch in der Tat mir widerfahren ist, hatte seine Wurzeln nicht in meiner Ehe mit Lisa, sondern in den Handlungen von vier Menschen – von mir, Caroline Crowley, Simon Crowley und einer weiteren Person. Wir waren eine zusammengewürfelte Truppe, die sich über Raum und Zeit hinweg zusammenfand. Es gab auch noch Nebendarsteller in unserem kleinen Großstadtdrama, und ich komme, wenn es soweit ist, auch noch auf jeden einzelnen zu sprechen. Meine Frau jedoch steuerte nicht zu den Ereignissen bei. Sie ging einfach jeden Tag zur Arbeit und kümmerte sich um die Kinder, während ich in Schwierigkeiten geriet. Das macht sie nicht etwa machtlos oder zu einem reinen Unschuldsengel; und das soll auch nicht etwa heißen, daß sie nicht gewußt hätte, was da ablief; meine Frau hat die Fähigkeit, auf eine kraftvolle, wachsame Weise ruhig zu bleiben. Meine Frau, möchte ich eilig hinzuzufügen, ist weit gewitzter, weit klüger als ich.

Eine Stunde später stand ich draußen in der hellen Kälte, zwischen 83th Street und Broadway, und war für die Story mit dem Hochzeitskleidmord unterwegs. Die Frau hieß Iris Pell, und sie hatte ihrem Freund, einem Mann namens Richard Lancaster, den Laufpaß gegeben. Sie hatte dunkle Augen, war ein bißchen füllig, eine attraktive Frau, die schon mehrere Male in der Liebe Enttäuschungen erlebt hatte. Sie bearbeitete Papierkram in einer großen Firma für Rechnungswesen im Rockefeller Center; er war ein Versicherungsexperte auf der mittleren Entscheidungsebene, der seinen Kollegen wegen seiner höflichen Manieren und ordentlich gebundenen Fliegen in Erinnerung blieb. Ein Mann, der sich alle zehn Tage die Haare schneiden ließ. Iris hatte Richard mitgeteilt, sie sage hiermit die Hochzeit ab und wolle ihn nie mehr wiedersehen, doch er spürte sie trotzdem auf, folgte ihr anschließend überallhin und stellte sie schließlich in

der chinesischen Wäscherei just in dem Moment, als man schließen wollte. Und genauso wie Bobby mir berichtet hatte, hielt sie tatsächlich ein frisch gereinigtes Hochzeitskleid an sich gedrückt, als sie bei dem Ertönen von Lancasters Stimme herumwirbelte und die Patronen – zwei, um genau zu sein – durch das Zellophan, das Kleid, die zweite Zellophanschicht, Iris' Wintermantel, die Bluse, die sie anhatte, ihren Büstenhalter und dann in ihr Herz drangen. Ja, wie Bobby gesagt hatte: Iris Pell starb mit einem Hochzeitskleid in den Armen. Da war eine Menge Blut, und das meiste war auf dem Boden, verschmiert, zertrampelt und von Staub aufgerauht, getrocknet, doch dann von dem Schnee an den Schuhen der Leute wieder ganz klebrig aufgeweicht. Jemand hatte ein paar Zeitungen draufgeworfen, aber das half nicht besonders. Ich beobachtete, wie die Kriminalbeamten dem Wäschereibesitzer, der die ganze Nacht aufgeblieben war, während sie ein und aus trampelten, mit einem Nicken ihr Okay gaben und ein chinesischer Junge in einem T-Shirt einen schweren, nassen Mop auf den dunklen Fleck niedergehen ließ und das aufwischte, was Iris Pell hinterlassen hatte. Die Sorgfalt des Jungen im Umgang mit dem Mop ließ eine deutliche Hochachtung erkennen; er hatte Iris Pell gekannt, und es bedeutete einen persönlichen Verlust für ihn.
Richard Lancaster – gestern noch ein Bürger, heute ein Verbrecher – war geflüchtet. Jedoch nicht weit, wie man später herausfand. Er ging ins Kino, vermied seine eigene Wohnung. Benutzte einen Geldautomaten, aß ein luxuriöses Steakgericht. Gab dem Ober ein großzügiges Trinkgeld. Wurde dabei gesehen, wie er auf einem Laptop wie wild auf die Tasten einhämmerte, dann dem leeren Sessel ihm gegenüber zuprostete. An eben demselben Morgen, als ich gerade mit der Bahn Richtung Innenstadt fuhr, hatte ihn eine magersüchtige Joggerin auf einer Parkbank an der Promenade in Brooklyn Heights gefunden. Dort scheint die gläsern wirkende Skyline von Südmanhattan die Sonne zu ihrem Aufgang zu begrüßen. Lancaster trug seinen Geschäftsanzug, mit sämtlichen Papieren in seiner Brieftasche, und in der anderen Hand steckte eine Selbstmordnotiz, in der stand: *Ich habe Iris getötet.* Er hatte sich in den Mund geschossen und war dann

dort zusammengesackt, während das Blut durch die Latten der Sitzbank tropfte und den schrägen Gehsteig entlangkroch, auf die heller werdende Skyline zu.
Aber er war nicht gestorben. Eine zweite Frau, die gerade zu ihrem Wohnungsfenster hinausschaute, hatte gesehen, wie Lancaster auf sich schoß, und daraufhin die Polizei verständigt. Der Notarzt traf ein und stellte fest, daß Lancaster, obwohl er einen Teil seiner Wange, des Schädels und des linken Auges weggeschossen hatte, noch immer höchst lebendig war, so sehr, daß er bettelte, man möge ihn doch hinten im Rettungswagen sterben lassen. Die Pointe war, daß die Polizisten in der Nähe der Parkbank, wo er die Waffe abgedrückt hatte, keine Schußwaffe finden konnten. Die Frau, die der Polizei Bescheid gegeben hatte, steuerte noch bei, sie habe eine Gestalt dabei beobachtet, möglicherweise einen Obdachlosen, wie er sich direkt nach der Unglückstat neben Lancasters zusammengebrochener Gestalt gebückt habe, doch habe sie ihn nicht deutlich sehen können oder was genau er getan habe, nur, daß er sich aufgerichtet habe und in den Morgendunst davongehuscht sei.
Ich brauchte zwei weitere Stunden, um all dies an Informationen zusammenzutragen. Nachdem ich aus Brooklyn zurück war, sah ich noch nicht, wie das für eine anständige Kolumne am folgenden Tag herhalten sollte. Ich hatte Fakten, aber, wenn man von dem chinesischen Jungen mit dem Mop absah, keinen emotionalen Gehalt, keine nennenswerten Aussagen. Ich konnte Iris Pells Familie nicht erreichen, und die weiteren Kommentare von Richard Lancasters Kollegen waren nicht zu gebrauchen. (»Richard Lancaster war ein tadelloser Angestellter, nie ein Grund zur Beschwerde«, verkündete der Pressesprecher der Versicherungsgesellschaft.) Lancasters Exfrau hatte ihren Telefonhörer neben den Apparat gelegt und sah sich jetzt vielleicht auf diese seltsame Weise als Glückskind an, wie wir es tun, wenn eine Katastrophe dicht an uns vorbeigestreift ist.
Ich kam einfach nicht voran mit dem Text, und dies war der Zeitpunkt, als Caroline Crowley mich anrief. Sobald ich ihre Stimme vernahm, spürte ich dieses gewisse Kribbeln in den Fingerspitzen, wie

ich es früher immer vor einem Footballmatch in der Highschool spürte, wenn wir alle in unserer Rüstung auf dem Feld standen, die Menschenmenge auf der Tribüne sehen und hören konnten, wie das Lautsprechersystem mit einem kratzenden Geräusch herausplärrte: *Zehn Minuten bis Spielbeginn.*

»Ich hab versucht, dich zu erreichen«, erklärte sie. »Du warst schon früh unterwegs.«

»Ich war für eine Story auf Achse.«

»Hast du noch unser Gespräch in Erinnerung?« fragte Caroline.

»Ich weiß noch, daß ich eine betrunkene, sentimentale Rede gehalten habe. Dem Publikum kamen die Tränen.«

»Nein, was du gesagt hast, war sehr freundlich.«

»Na ja, vielleicht.«

»Was«, kam sie zur Sache, »ißt du denn normalerweise zu Mittag?«

»Was auch immer.«

»Warum kommst du nicht zu mir in die Wohnung rüber und ißt ein bißchen Was-auch-immer?«

Ich schwieg.

»Was ist?« erklang Carolines Stimme.

»Ich lächle«, antwortete ich. »Du wolltest, daß ich lächle, und so lächle ich eben.«

»Tust du auch noch was anderes?«

»Ja, ich flirte mit fremden Frauen am Telefon.«

»Sie flirten mit dir, meinst du wohl.«

»Nur wenn sie was von mir wollen.«

»Ich will bloß, daß du rüberkommst. Das ist eine ganz unschuldige Anfrage.«

»Hast du mir noch mehr Sachen zu zeigen, Bilder von deinem toten Mann in Aktenordnern, hübsches Zeug von der Art?«

»Wie wär's mit zwei Uhr?« fragte sie, ohne auf meine Frage einzugehen. »Ich tische auch keinen Gin und Tonic auf.«

»Dann kann ich also alles auf Kurs halten.«

»Ja«, erwiderte sie, »die Beweggründe herauskriegen und so weiter.«

»Einschließlich deiner eigenen?«

»Meiner eigenen? Mein Beweggrund ist ziemlich klar«, sagte sie. »Ich möchte erlöst werden.«
»Wollen wir das nicht alle?«
»Nicht so wie ich«, brach es aus ihr hervor.
Das genau war der Auslöser – ich entdeckte einen Unterton in dieser Bemerkung, hörte die dunklen Räume, Carolines Anerkennung ihrer eigenen Verstrickung in irgend etwas. Ja, sagte ich zu ihr, ja.

Es war beinahe zwölf Uhr mittags, und in einer Stimmung nervöser Zeitverschwendung ließ ich mich nach draußen auf die Straße runtertreiben, anschließend die Schuhe von einem Mann polieren, der mir weismachte, er werde noch so reich wie Bill Gates werden, und fand mich dann in einem Videoladen wieder, in dem ich Kassetten von Simon Crowleys Filmen auftrieb. Ich griff nach einer der glänzenden, zellophanversiegelten Schachteln: »*Mr. Lu* ist das zweite Werk des herausragenden jungen Filmemachers, der eines tragischen, vorzeitigen Todes starb. Im Alter von erst sechsundzwanzig Jahren drehte Simon Crowley *Mr. Lu* in nur vier Wochen. Der Film erregte sensationelles Aufsehen anläßlich ...«
Der Film war zweiundsechzig Minuten lang, und mir schien, wenn ich schon in Kürze Caroline wiedersah, mochte es keine schlechte Idee sein, mir einen der Filme ihres verstorbenen Mannes anzuschauen. Wieder im Büro angelangt, schlüpfte ich in ein gerade nicht besetztes Konferenzzimmer und ließ das Band laufen. Der Film, Schauplatz New York, handelt von einer schwarzen U-Bahn-Schaffnerin, Vanessa Johnson. Von einer Welt, in der sie durch dunkle Korridore auf Abfall und Ratten und von Rot auf Grün umschaltende Signale zudonnert, während die beiden Scheinwerferstrahlen des Zugs ihr vorauseilen, als suchten sie unermüdlich nach etwas. Vanessa ist etwa fünfunddreißig und nicht verheiratet, Mutter von drei Kindern, und sie ist überzeugt, mit der Zuneigung von Männern abgeschlossen zu haben. Sie muß sich mit Dieben auseinandersetzen, die Kupferdraht aus den Tunnels der Untergrundbahn stehlen und den Draht dann

quer über die Gleise legen, so daß die einfahrende Bahn ihn entzweischneidet, und sie sieht sich mit einem Obdachlosen konfrontiert, der einen Arm verliert, als sie ihn versehentlich überfährt, weil er betrunken auf einer der Schienen liegt. Ihr Gesicht ist ausdruckslos, ihre Augen spiegeln keine Hoffnung. Ihr einziger Trost scheint ein ramponierter Kassettenrekorder zu sein, auf dem sie sich Mozarts Requiem von Anfang bis Ende anhört, wobei sie die Kassette genau zu Beginn ihrer Schicht anstellt. Eines Abends bemerkt sie einen älteren chinesischen Geschäftsmann. Er fährt jeden Abend mit ihrer Bahn, steigt an genau derselben Stelle in der Musik zu. Sie beobachtet ihn im Seitenspiegel der Fahrerkabine, wie er einsteigt und wieder aussteigt, stets in einen Maßanzug gekleidet. Mit der Zeit geraten sie in ein Gespräch. Er heißt Mr. Lu. Er erkundigt sich nach ihrem Leben, und sie erzählt ihm wenig, gibt ihm jedoch indirekt zu verstehen, daß sie gerne mehr über ihn wüßte. Mr. Lu führt ein Großhandelsgeschäft für Haushaltswaren in Chinatown und fährt jeden Abend heim nach Queens. Nach mehreren Rendezvous – ein jedes Stelldichein ist von Unbehaglichkeit und Anspannung geprägt – gibt Vanessa seinem Verlangen nach, besteht lediglich darauf, er möchte sie zwischen den Beinen nicht mit seinen Händen berühren. Vor langer Zeit sei da etwas passiert, und sie müsse nur wieder daran denken, wenn ... Er nickt. Er ist sanft mit ihr, und dennoch bleibt sein Verhalten reserviert. Er zieht es vor, ihr nichts aus seinem Leben zu erzählen, lediglich, daß er bis in die siebziger Jahre in China gelebt habe. Den Film durchdringt eine seltsame und zwingende Erotik, denn obwohl keiner der beiden Charaktere im konventionellen Sinn sexy ist, sehnen sich doch beide deutlich nach der Leidenschaft, die ihnen bis zu diesem Moment entgangen ist. Mit der Zeit erfährt Vanessa, daß Mr. Lu ein ernsthaftes Herzleiden hat – jedesmal, wenn sie Geschlechtsverkehr haben, gerät er buchstäblich in Lebensgefahr – und daß er zur Zeit der Kulturrevolution einer der Exekutionsvollstrecker in Mao Tse-tungs Diensten war. In einem langen und von Gram erfüllten Monolog auf der Aussichtsplattform des Empire State Building erklärt Mr. Lu, während ringsum Touristen einander filmen und Eis essen,

er habe persönlich über achthundert Männer hingerichtet sowie vierzehn Frauen, von denen eine schwanger war. Er fährt fort, Vanessa zu beichten, er verstünde die Welt nicht mehr, außer, daß er eine unrühmliche Rolle gespielt habe. Er gesteht, daß er nach seiner Einwanderung in Amerika Schwarze zutiefst gehaßt habe, da er sie für schmutzig und dumm hielt. Er habe nie eine eigene Familie gehabt, sagt er, und wünsche sich aus tiefstem Herzen, er hätte ein völlig anderes Leben geführt. Er glaubt, wie er weiter erzählt, daß Vanessa eine sehr gute Frau ist, die »Ehre verdient«. Er wünscht sich, daß wenigstens ein Mensch wisse, wie sehr er seiner Taten wegen Reue empfinde. Er befürchtet, schon bald – jede Minute – zu sterben, vielleicht beim Hinaufsteigen einer Treppe oder Überqueren einer Straße. Er fragt Vanessa, ob sie ihm erlaube, ihr eine »sehr schreckliche« Frage zu stellen. Sie sagt ja. Er sagt, daß er glaubt, in der Lage zu sein, in sich selbst einen tödlichen Herzinfarkt auszulösen, und daß er es gerne versuchen würde, während er Sex mit ihr habe, um auf diese Weise nicht alleine zu sterben, sondern in den Armen einer Frau. Sie erwidert, sie werde es sich überlegen. Mehrere Tage später sagt sie nein. Er respektiert das und schweigt. Als wieder ein Treffen bevorsteht, gibt man ihr Bescheid, er sei noch am selben Tag gestorben, als er eine schwere Kiste in seinem Laden hochhob. Der Film endet mit einer qualvoll langen Szene von Vanessa in ihrem U-Bahn-Waggon, begleitet von den sich emporschraubenden und wieder abfallenden Stimmen des Requiems, von dem Vorbeiflitzen der Haltestellen und Passagiere, hypnotisch und kräftezehrend, im Blickfeld und doch nicht im Blickfeld von Vanessas Augen in ihrem von Kummer gezeichneten und geheimnisvollen Antlitz.
Es war in der Tat ein auf stille Weise genialer Film, und bei der Erinnerung an die Fotos, die ich am Abend zuvor gesehen hatte, schien mir Simon Crowleys Schicksal auf einer Linie mit der düsteren Vision von *Mr. Lu* zu liegen. Crowleys Tod war jetzt merkwürdigerweise auch für mich ein kleiner Anlaß zur Trauer. Wie auch immer man zu dem Gewäsch der Kulturszene stand – hier hatte es einen Menschen gegeben, der etwas mitzuteilen hatte.

Von dem Film ernüchtert, fuhr ich um zwei zusammen mit Sam Shepard im Fahrstuhl zu Caroline Crowleys Wohnung hinauf. Er fuhr noch ein paar Etagen weiter, vielleicht um einen ebenso prominenten Menschen aufzusuchen. Er starrte vor sich hin in der Hoffnung, nicht erkannt zu werden. Er war noch immer ein gutaussehender Mann, wirkte aber völlig fertig mit schlaffer Haut unter dem Kinn und müden Augen. Er merkte, daß ich ihn anstarrte.

»Hallo, Mister.«

Da ging der Aufzug auf, und ich stand eine Weile vor der schwarzen Tür mit dem seltsamen Gefühl, wieder hierzusein, nicht einmal zwölf Stunden, nachdem ich die Nacht zuvor davongetorkelt war. Es kam mir ebenso eigenartig wie äußerst logisch vor. Unsere innneren Zwänge sind uns stets bewußt, glaube ich, auch wenn wir sie fürchten.

Als ich klopfte, zog Caroline sofort die Tür auf; sie hatte ihre Haare zu einem Pferdeschwanz zusammengebunden. Sie trug Jeans und einen weißen Kaschmirpullover.

»Ich bin eben mit Sam Shepard im Lift raufgekommen«, erklärte ich. »Er ist mit jemand weiter oben befreundet.«

Die Wohnung war von fahlem Winterlicht erfüllt und erschien mir nun größer als in der Nacht zuvor. Ich sah frische Staubsaugerspuren auf dem Teppichboden.

»Ich habe uns ein bißchen was zum Lunch hergerichtet«, sagte Caroline.

Ich folgte ihr ins Eßzimmer hinein, wo ein Arrangement von Suppe und Sandwichs auf einem langen Mahagonitisch bereitstand. In der Mitte des Tisches stand eine Schüssel mit den größten Orangen, die ich je gesehen hatte.

»Gestern nacht ...«, begann ich zu sagen.

»Gestern nacht war genau richtig«, unterbrach sie mich.

Ich wußte nicht, was sie meinte.

»Du warst doch nicht darauf gefaßt, mich kennenzulernen«, sagte sie. »Ich hab dich auf der anderen Seite des Zimmers gesehen und dachte mir einfach, ich rede mal mit dir. Ich weiß, das ist – das ist komisch, aber ich hab mir überlegt, daß du schon so ziemlich jede verrückte Geschichte gehört hast, die einem die Leute erzählen können, und diese Sache war sehr – also, du mußt einfach verstehen, mein – Charlie – ist durch und durch Geschäftsmann, sehr zuverlässig und all so was, aber nicht besonders daran interessiert, was mit mir und Simon los war ...« Sie nahm eine Orange aus der Schüssel und begann sie zu schälen. »Also vermutlich hab ich ein kleines Problem, und es ist ziemlich peinlich.« Sie blickte auf. »Ich meine, wenn es bloß peinlich wäre, dann wäre es keine große Sache. Aber es ist weit mehr als das.«

Wir kannten uns nicht, und doch bestand bereits eine merkwürdige Intimität zwischen uns. Sie schien unter einem großen inneren Druck zu stehen, mir gewisse Dinge zu erzählen, den wesentlichen Kern irgendeines Dilemmas, und mir fiel ein, daß sie vielleicht zu dem Schluß gekommen war, dies seien Dinge, die ihrem Verlobten besser erspart blieben. Denn wenn sie es ihm hätte erzählen können, weshalb mußte sie es dann noch mir erzählen? Ich fragte mich auch allmählich, ob Caroline Crowley nicht ganz einfach einsam war. Nicht in dem Sinn von unbegleitet, denn eine Frau wie sie würde stets einen Begleiter haben, sondern im Sinn von prinzipiell auf sich allein gestellt. Ich fragte mich auch, ob sie sich vielleicht selbst nicht über den Weg traute, wenn es darum ging, sich aus Schwierigkeiten herauszuhalten. Sie war intelligent und schön und dennoch offenbar ohne Verankerung. Daß sie mir von ihrem »kleinen Problem« erzählen wollte, war ein Beweis der Beliebigkeit ihres Lebens und, wie ich vermutete, ein Beweis dafür, daß ihr Problem keineswegs unbedeutend war.

Caroline reichte mir die Platte mit den belegten Broten. »Gestern nacht hast du vielleicht mitbekommen, daß die Artikel über Simon mich gar nicht erwähnen. Weißt du, wir haben nicht in aller Öffentlichkeit geheiratet, und außerdem habe ich ihn erst so ziemlich gegen Ende seines Lebens kennengelernt. Die Tatsache, daß wir verheiratet waren, wurde erst nach seinem Tod bekannt, und ich flog nach Mexiko und blieb ein paar Monate dort, um den Leuten vom Fernsehen, lauter solchen Leute halt, aus dem Weg zu gehen.«

»Solchen Leute wie mir.« Ich nahm mir ein Sandwich. »Ratten von Journalisten.«
»Ja, genau.«
»Wie habt ihr euch kennengelernt, du und Simon?«
»Zufällig.« Sie pflückte die Orange Stück für Stück auseinander, legte die Abschnitte dann der Reihe nach hin, acht an der Zahl. »Damals, war ich – ziemlich viel rumgekommen, wenn du verstehst, was ich meine. Ich war seit ein paar Jahren hier ...« Sie hielt inne, und mit der Geste, die sie machte, gab sie mir zu verstehen, daß es eine Geschichte gab, die sich noch auf die Zeit vor ihrer Ankunft in New York bezog, doch schien sie diese beiseite zu schieben, um sich voll auf das zu konzentrieren, was sie mir nun zu erzählen begann. »Ich führte so eine Art müdes, typisches New Yorker Hübsches-Mädchen-Leben, verstehst du? Ich hatte fast kein Geld, und ich war ... da gab es immer irgendwelche mehr oder weniger *festen* Verehrer, aber ich war es leid, ich war zu einer Menge Partys gegangen und all das Zeug ... Ich war in Kalifornien drüben gewesen, war aber nach New York gekommen, einfach, um es mir anzuschaun, was Neues zu sehen, verstehst du?«
Ich nickte zum Zeichen, daß ich vage begriff. Später erst sollte mir klarwerden, daß Caroline eine absurd vereinfachte, kaum wahrheitsgemäße Version dafür anbot, weshalb sie nach New York City gekommen war. Später erst sollte ich erkennen, daß die Gründe für ihre Veränderung des Schauplatzes bis weit in ihre Vergangenheit zurückreichten und daß die Konsequenzen bis zu diesem bestimmten Augenblick nachwirkten. Nun aber, als ich sie beobachtete, wie sie mit den Orangenschalen herumspielte, wußte ich lediglich, daß sie von einem Gefühl der Beklemmung beherrscht war.
»Wahrscheinlich war ich inzwischen lange genug in Manhattan, um zu begreifen, daß ich mich ernsthaft auf irgend etwas einlassen mußte«, sagte sie soeben. »Ich meine, das hier ist eine harte Stadt. Man muß wissen, warum man hier ist. Wenn man das nicht weiß ...«
»Sitzt man böse in der Patsche.«
»Ja, dann sitzt man böse in der Patsche, weil man in irgendwas rein-

gedrängt oder einfach irgendwie aufgefressen wird. Das ist einer Freundin von mir passiert. Sie hat angefangen, Crack zu rauchen, und ich hab sie einfach überhaupt nicht mehr gesehen, und dann kam sie mit einem Mal an und war richtig mager und krank, und wir mußten sie mit einem Bus nach Texas zurückschicken.« Caroline schob sich ein Orangenstück zwischen die Zähne. »Also damals hatte ich keinen Job, und da ging ich zu einer Agentur und hab mir einen Job als Telefonistin in einer Kanzlei besorgt, in der Zentrale, und damit konnte ich gerade so über die Runden kommen. Ich war ungefähr seit drei Tagen dort, als einer der Anwälte, einer der älteren, mich fragte, ob ich nach der Arbeit mit ihm noch einen trinken gehen würde. Er war sehr wichtig und all das Zeug, aber er war nur so ein Durchschnittstyp – er hätte überhaupt nichts von mir begriffen ... Ich war gar nicht auf irgendeinen Kerl aus, ich hatte mich ausgesprochen konservativ angezogen und mich auch nur ganz wenig geschminkt. Ich wollte einfach nicht bemerkt werden, ich wollte etwas *Stabilität* haben. Also jedenfalls hat er mich eingeladen, mit ihm auszugehen, und da stand er nun, in seinem Anzug und mit den grauen Haaren und so, vielleicht fünfundvierzig, und er sah irgendwie zufrieden mit sich aus, als hätte er gerade 'ne Million Dollar oder so was verdient, und was weiß ich, vielleicht war's ja so, und eigentlich war er auch irgendwie attraktiv, aber ... na ja, in Kalifornien hatte ich mich mit verschiedenen Leuten getroffen, die ganz schön ungewöhnlich waren ... also hab ich gesagt, das sei zwar sehr nett, aber ich könnte nicht. Nun war er ja schließlich Anwalt und wollte also eine Begründung, und er hat mich gefragt, ob es denn eine Frage der Verfügbarkeit sei oder aber der Vorliebe. Genau so hat er sich ausgedrückt. Ich war irgendwie sauer und sagte Vorliebe.« Caroline biß in ein Stück Orange. »Am nächsten Tag hat mich die Lady, die fürs Personal zuständig war, gefeuert, als ich vom Lunch zurückkam. Sie hat erklärt, es würde wohl einfach nicht ...«

»Er hat sie dazu angespitzt.«

»Na klar. Ich bin einfach aufgestanden und abgehaun und vom Zentrum aus nach Süden gelaufen, einfach immer weiter gelaufen – du weißt, was das an einem kalten Tag für ein Gefühl sein kann –, und ich lief einfach so vor mich hin und ging in eine verkommene Kaschemme an der Bleecker Street. Drinnen war es schön warm. Ich beschloß, mich hinzusetzen und nachzudenken, und dann kam Simon rein – er war leicht zu erkennen, er sah wie niemand sonst aus. Ich hatte seine Filme gesehen. *Mr. Lu* hab ich sogar zweimal angeschaut. Er war allein, und er sah mich da sitzen und kam rüber und fragte mich, ob er mir noch was zu trinken bestellen könnte, und ich sagte ja, und wir haben uns eine Weile unterhalten. Ich fand, daß er sogar noch häßlicher aussah als das, was ich von ihm in den Medien gesehen hatte. Kleiner, wirkte irgendwie noch mieser, mit Cowboystiefeln, was an einem Großstadtkerl idiotisch aussah. Aber wir hatten ein ziemlich gutes Gespräch. Er wollte was über meine Kindheit wissen.« Sie aß noch ein Orangenstück. »Und zwar speziell, ob da hinten im Garten eine Wäscheleine war, mit T-Shirts und Unterwäsche und Jeans zum Trocknen dran, und das war komisch, aber ich hab gesagt, ja, wir hatten wirklich so eine Wäscheleine draußen. Unsere Väter hatten beide körperliche Arbeit verrichtet … mein Stiefvater war Lastwagenfahrer. Ich hab mich gewundert, wieso er mir soviel Aufmerksamkeit schenkt.«

»Na hör mal.«

»Also, na schön, aber Simon hatte immer eine Menge Frauen um sich, nachdem seine Filme ganz groß rauskamen. Ich hatte Sachen über ihn in Zeitschriften gelesen, und im Grunde ging ich davon aus, daß er ein Arschloch war, wie viele Leute in Hollywood … aber so war es gar nicht. In der Bar haben wir bloß miteinander geredet. Dann hat Simon erklärt, daß er weg müsse – irgendwelche Leute haben weiter oben in Manhattan auf ihn gewartet. Sharon Stone oder so jemand. Ich dachte schon, das war's dann, Ende des Gesprächs. Aber dann ist er nah an mich rangerückt. Er hat erklärt, er würde mir jetzt eine Frage stellen, *eine* verrückte Frage, aber ihm sei es Ernst damit. Ein einfaches Ja oder Nein würde genügen.« Caroline starrte mir direkt ins Gesicht, und ihre blauen Augen schienen zu sagen. Wehe, du glaubst mir nicht. »Er sagte, er wollte bloß das zur Antwort bekommen. Ja oder nein. Ich sagte: okay. Und da hat Simon erklärt: ›Ich will dich heiraten.‹ Ich dachte, der spinnt, und mußte beinahe lachen. Dann hab ich kapiert, daß er es wirklich ernst meinte, und wir sagten beide nichts. Ich schaute bloß zum Vorderfenster der Bar hinaus und dachte daran, wie häßlich er war, aber auch, wie gescheit er war, und das war es vermutlich, was ihn so attraktiv machte. Dann hab ich's einfach gesagt – ich hab ja gesagt.«

»Du hast ihn in einer Bar getroffen, er hat dir einen Heiratsantrag gemacht, und du hast ja gesagt?« fragte ich. »Im Zeitraum von weniger als einer Stunde?«

»Ja.«

»Das ist die lächerlichste Geschichte, die ich je gehört habe.«

»Finde ich auch.«

»Aber wohl auch ganz schön romantisch.«

»Nein«, widersprach sie, »sie ist vollkommen verrückt.«

»Aber du hast's gemacht.«

Sie nickte. »Er hat mir seine ganzen Telefonnummern aufgeschrieben und sich meine Adresse geben lassen und gesagt, er müßte sich jetzt mit ein paar Leuten treffen, es täte ihm entsetzlich leid, aber ich würde am nächsten Tag von ihm hören. Ich dachte, vielleicht küßt er mich ja oder irgendwas, aber er ging einfach. Draußen hat ein Wagen auf ihn gewartet. Als ich so ungefähr fünfzehn Minuten später rausging, hat schon ein Wagen auf *mich* gewartet. Er hatte seinen Fahrer ein anderes Auto herbestellen lassen.«

Ich war mit meinem Lunch fertig. Caroline nahm noch eine Orange aus der Schüssel und reichte sie mir. »Die sind gut«, sagte sie.

»Was ist danach passiert?«

»Ich fuhr in dem Wagen nach Hause in meine Wohnung und wußte nicht, was das alles zu bedeuten hatte oder ob ich es ernst nehmen sollte. Am Abend hing ich dann so ziemlich beim Telefon herum, aber er rief nicht an. Am nächsten Nachmittag bekam ich ein Päckchen, das am selben Morgen in Los Angeles abgeschickt worden war, und es stammte von Simon. Es waren ein Videoclip und ein Verlobungsring ... und dann wußte ich *wirklich* nicht mehr, was ich denken sollte. Ich meine, es war sonderbar und auch irgendwie wundervoll. Ich zeig dir das Video, wenn du willst.«

»Das läuft alles auf irgend etwas hinaus, oder?« fragte ich.

»Versprochen.«

»Ich meine, das ist schon interessant, versteh mich nicht falsch –«

»Nein, nein, du wirst schon sehen.«

Wir gingen ins Wohnzimmer hinüber, und sie schob eine Videokassette mit der Aufschrift SCHAU MICH AN, CAROLINE (BAND 11) in das Gerät. »Du mußt verstehen, daß Simon kein normaler Mensch war«, sagte sie. »Er war von diesen kleinen Videos geradezu besessen. *Besessen*. Er hatte keine Lust, irgendwas außer Drehbüchern zu schreiben, und deshalb hat er immer diese Videos gedreht. Wie Tagebücher. Er hat alle nur möglichen Videos gedreht. Ich meine, das war *die* Sache für ihn – Filme waren die höchste Kunst, das Bild hatte das gedruckte Wort vernichtet, solches Zeug. Er hatte eine ganze Philosophie … nun ja, ich laß es einfach laufen.« Sie zog die Vorhänge zu, so daß das Zimmer in Dunkelheit getaucht was, bevor sie sich neben mich auf das große Sofa setzte und sich eine Zigarette drehte, während ich das Video anschaute.

[Die atmosphärischen Störungen lösen sich auf, ein Bild erscheint: ein Stuhl und Tisch in der Küche einer teuren Behausung. Ein Fenster im Hintergrund ist dunkel, und eine Digitaluhr verkündet 1:17. Ein paar Sekunden verstreichen, und dann ist ein Seufzer im Abseits zu vernehmen. Dann taucht die Rückenansicht von Simon Crowley auf, wie er mit Zigarette und Aschenbecher in der Hand auf den Stuhl zusteuert. Er ist von kleiner Gestalt, mager, mit weichem Fleisch. Er setzt sich hin und starrt mit ruhigen Augen auf die Kamera, dann weiter weg in die Ferne. Sein dunkles Haar fällt ihm über das halbe Gesicht, und von Zeit zu Zeit streicht er es nach hinten. Sein Gesicht ist irgendwie schlecht proportioniert, der Mund und die Nase sind zu groß. Die Augen jedoch sind hellwach und aufmerksam, von Nachdenklichkeit erfüllt. Er seufzt erneut, ausgiebig.] Okay. Hallo du, Caroline, ich bin wieder zurück in Bel Air, vielleicht so vor ’ner Stunde vom Flughafen LAX hergekommen. Im Flugzeug hab ich mir die ganze Zeit vorgestellt, mit dir verheiratet zu sein. Ich mußte ständig daran denken, und da war eine Sache, die mich gestört hat: Ich glaube, ich fühle mich mit dem üblichen Ehegelöbnis nicht richtig wohl – für welche Art Zeremonie auch immer wir uns dann entscheiden. Das heißt, du triffst die Entscheidung, und ich richte mich danach. Es ist nicht die Zeremonie selbst oder die Sprache, es ist bloß, daß ich – wie du ja weißt – einen Heißhunger darauf habe, Sachen zu *sagen,* Caroline, und ›Ja, ich will‹ will mir nicht in den Kopf. Es langt nicht. Ja, ich *will* einfach *mehr.* [Er zieht heftig an seiner Zigarette, mit vor Anstrengung zusammengekniffenen Augen, fast, als zöge er seinen nächsten Gedanken direkt aus der brennenden Spitze selbst.] Der *Grund* also, warum ich heute nacht hier bin, so ungefähr dreizehn vermaledeite Stunden nach unserer ersten Begegnung, ist, daß ich dir *jetzt* mein Gelöbnis aussprechen will, exakt in dieser Minute. So ist es besser für mich. Ich weiß noch nicht genau, was ich alles sagen werde, aber wenn alles gesagt und getan ist, dann ist das mein Ehegelübde. Und ich nehm's auf Video auf. Wie nicht anders zu erwarten. Verzeih mir das, wenn du kannst. Ich fürchte, daß du mir noch eine Menge Dinge verzeihen mußt. [Senkt den Blick, lächelt leise. Nimmt einen Zug.] Nachdem ich mich also von dir verabschiedet hatte, habe ich mit Sharon Stone gegessen. Sie will in meinem nächsten Film mitmachen. Wir sprachen darüber. Sie sieht noch ganz gut aus. Es war einfach bloß eine normale Unterhaltung. Ich meine, da war ich also und unterhielt mich mit Sharon Stone und dachte dabei an dich, ein Mädchen, das ich gerade erst getroffen hatte, stimmt's? Irgendein Mädchen in der Bar vorhin am Nachmittag. Die schöne Sharon Stone hat mich nicht interessiert. Da hat's nicht gefunkt bei mir. Aber bei dir hat's gefunkt, Caroline, bei mir hat's auf eine Weise gefunkt, wie es schon lange, lange nicht mehr bei mir gefunkt hat … Und dann dachte ich an dich, Caroline, und mir fiel wieder ein, wie ich damals als Junge einen Job als Hilfskellner hatte. Ich hab dir ja heut nachmittag erzählt, daß ich Hilfskellner war, aber ich hab eigentlich noch nie irgendeinem Menschen erzählt, was ich erlebt habe, Zeug, das ich gelernt habe ... [Er zieht ein Päckchen Streichhölzer aus der Brusttasche und spielt damit herum.] Weißt du, ich wohnte damals im Haus von meinem Dad in Queens, war noch in der Highschool. Ich ging sehr oft ins Kino, so vier oder fünf Filme am Wochenende, und lieh mir auch welche aus, wenn ich kein Geld hatte. Mein Vater wollte, daß ich meine Prüfung als Aufzugmechaniker mache, aber das war nichts für mich. Ich habe ihm trotzdem geholfen. Die von der Gewerkschaft meinten, ich könnte ja als Aushilfslehrling durchgehen. Ich hab ihn manchmal auf seinen Dienstfahrten begleitet. Er hatte eine Menge kleiner Stammkunden, alte Gebäude unten in Manhattan, was auch immer. Aber ich wollte nicht mein Leben damit verbringen, so was zu machen. Also mußte ich mir einen Job besorgen, und ich bekam einen als Hilfskellner in diesem Lokal, das Dante's Café hieß und das es früher im Village gab, bevor es dichtgemacht wurde. Ich hab gern im Village gearbeitet, wegen all der Programmkinos. Ich konnte um elf Schluß machen und noch eine Spätvorstellung erwischen. Ziemlich bald wurde mir klar, wie geil der Schuppen war, daß eine Menge Leute vom Fernsehen und Schriftsteller in New York regelmäßig dorthin gingen, sogar ein paar Profisportler, Darryl Strawberry, als er noch groß raus war, solche Leute, und Models und Japanerinnen mit ihren kleinen schwarzen Täschchen. Die Leute machten ständig Fotos mit Sofortkameras und zeigten die Bilder herum, so eine Art Sofort-Mini-Hit des Ruhms ... [Er steht auf und geht davon. Die Küchenuhr zeigt 1:21. Er kehrt mit einer neuen Zigarette zurück und zündet sie an.] Daß ich diesen Job gekriegt habe, war 'ne große Sache. Ich konnte die Leute beobachten. Ich konnte dahinterkommen, wie man sich benahm, wenn man reich und berühmt war. Natürlich war ich ein Niemand, ich war bloß irgend so ein magerer Aushilfskellner. Es war harte Arbeit. Am Ende jeder Schicht roch ich nach Abfall und Zigaretten und allem nur möglichen, miteinander verpanschten Zeug, das an meinen Armen klebte. Nach einer Weile fand ich heraus, wer die Stammgäste waren und ob sie eine Speisekarte oder einen Aschenbecher brauchten, was eben gerade anfiel ... Ich war unsichtbar. Ich war einfach bloß ein junger Kerl in einem weißen

Hemd mit einer Fliege am Hals. Manchmal waren die Mannequins, die reinkamen, so schön, daß ich zur Toilette gegangen bin und mir einen gewichst habe. Ich mußte das tun. Ich konnte es im Stehen in, na ja, zwanzig Sekunden tun. Einmal war ich gerade dabei, und da kam eine Ratte aus einem kleinen Loch hervor, das zum Lagerraum führte … Ich sah das Geld, das ausgegeben wurde. Ein paar Leute schmissen gut und gern mehrere hundert Piepen für Essen und Drinks raus. Ich bekam anständiges Trinkgeld, und ich besorgte mir eine Videokamera. Ich ging damals einfach herum und filmte Sachen, Leute, die in einen Streit verwickelt waren, Lastkähne, die den Fluß heraufkamen, alles mögliche. Ich hatte wohl so seit einem Jahr im Dante gearbeitet, als dieses wirklich wunderschöne Model anfing aufzukreuzen – sie hieß Ashley Montgomery. Inzwischen haben alle sie vergessen, weil sie am Ende so ziemlich den reichsten Mann von Kuwait geheiratet hat. Sie war groß, mit praktisch dem besten Arsch in Amerika und langen, glatten schwarzen Haaren, sie war vollkommen. Sechs Monate lang war sie auf jeder Titelseite. In meinen eigenen privaten Dialogen forderte ich einen jeden heraus, doch eine schönere Frau zu finden. Aber es wäre ein Fehler, ein erbärmlicher Fehler, zu behaupten, daß ich Ashley Montgomery schon *geliebt* hätte, sobald ich sie damals an dem ersten Abend ins Dante reinkommen sah. [Er schüttelt den Kopf mit einer Grimasse des Abscheus.] Wir können die Oboenmusik im Hintergrund und das Lachen und die kleinen Tische als gegeben *annehmen,* wir können *annehmen,* daß ihr Eintritt in mein Bewußtsein mit der Durchtriebenheit des Teufels eingefädelt wurde. [Er scheint sich in den Zustand einer musikalischen Fuge begeben zu haben, ist absorbiert von heraufbeschworener Erinnerung.] Ja, das können wir annehmen. Aber es wäre falsch zu behaupten, ich hätte sie vom Fleck weg geliebt. Nein, das wäre eine unzureichende Terminologie, genau das, worüber sich Rechtsanwälte beschweren, wenn sie Filmverträge raushauen. Es wäre unzulänglich zu behaupten, daß ich Ashley Montgomery *geliebt* hätte. Sie hat mich *umgebracht.* Das meine ich ernst. In gewisser Weise hat sie mich umgebracht. Ashley Montgomery *brachte mich um.* Sie *sah* mich nicht …

[Er blickt jetzt nicht mehr in die Kamera, sondern starrt, während der Rauch um ihn herum aufsteigt und sich kringelt, seitlich ins Abseits, das Licht der Lampe unerbittlich hart auf seinen sonderbaren Gesichtszügen.] Ich kann mich noch an alles erinnern – als sie hereinkam, schweiften ihre Augen quer durch das Restaurant, auf der Suche nach anderen Leuten, den echten Leuten, nicht dem *Füllsel*. Aber sie sah mich nicht. Sie hat mich einfach ... nicht ... *gesehen*. Ich begriff das auf dieselbe Weise, wie ich begriff, daß ich verflucht noch mal *geatmet* habe. Ich meine, die meisten Leute, die sich in einem Raum umschauen, tun eins von zwei Dingen, wenn sie auf die Augen von jemandem treffen, der zurückschaut – entweder lassen sie sich auf den Blick der anderen Person ein und halten ihn fest, wenn auch nur einen Herzschlag lang, oder sie blinzeln, während sie ihre Augen abwenden. Das Blinzeln ist der physiologische Übergang. Es ist alles. Es spricht Bände. Es besagt: ›Ich wandere weiter, was ich sehe, interessiert meine Augen nicht.‹ Es ist allerdings der Beweis dafür, daß doch *etwas* wahrgenommen wurde ... [Er schließt die Augen und holt Atem, saugt die Erinnerung wieder in seinen Kopf hinein. Seine Augen öffnen sich.] Aber Ashley Montgomery blinzelte nicht, als sie von mir wegschaute. Warum? Ich war nicht da. Ich war ein Löffel in einer Scheißkaffeetasse, ich war ein Daumenabdruck auf der Scheißtapete, ich war der Staub, der unwahrnehmbar durch die Düsternis des Raumes sickerte. Ich war Scheiße noch mal nicht da. Sie brachte mich um. Ich hab damals oft auf dem Heimweg in der U-Bahn geheult. Manchmal, wenn ich in der Küche war und sie draußen an einem der Tische saß, zwang ich mich einfach dazu, nicht an sie zu denken, indem ich mich ein bißchen mit einem der Gemüsemesser schnitt. Nur ein kleiner Schnitt ... ein Stigma. Es hat nie funktioniert. Ich schnitt mir sogar im Herrenklo ein winziges Stück Haut von meinem Penis ab. Nur um zu sehen, wie sehr ich sie liebte. Wenn sie reinkam, bezahlte ich einen anderen Hilfskellner dafür, die Tische mit mir zu tauschen. Ich hob ihre Zigarettenkippen auf. Ich hielt dafür eine verschließbare Plastiktüte in meiner Hosentasche bereit. Jede Kippe hatte ein ähnliches Lippenstiftmuster ... das weiß ich auch noch genau – der Lippenstiftring war unregelmäßig, und er fing ungefähr einen halben Zentimeter unterhalb des Filterendes an. In verschiedenen Farbtönen. Mir wurde klar, daß der Lippenstift auf das, was sie anhatte, abgestimmt sein mußte. Wenn sie eines Abends mit einem schwarzen Kleid hereinkam, dann war der Lippenstift gewöhnlich dunkelrot. Wenn das Kleid eine hellere Farbe hatte, dann war er heller … Ich glaube, jeder Mensch ist ein Fetischist. Ashley Montgomery benutzte ungefähr sechs verschiedene Farbtöne. Ich war ganz aufgeregt, als ich eine neue …

Ich beugte mich vor und drückte auf die Unterbrechungstaste. »Dieser Mensch erklärt sein Ehegelübde?«
Caroline wandte sich mir zu. »Das war Simon.«
»Originell.«
Sie lächelte. Ich ließ das Video weiterlaufen.

Simon: … Farbe entdeckte. Sobald sie hereinkam, wußte ich schon über den Lippenstift Bescheid. Manchmal ging ich sofort auf die Toilette, und manchmal wartete ich ab, bis ich heimkam. Wenn ich dann nach Hause kam, zog ich mich aus und legte mich auf mein Bett und streute mir die Zigarettenkippen über meine ganze Brust. Ich hab sie mir auch unter die Zunge gesteckt und in die Ohren und die Nase und einmal sogar in den Arsch. Der Lippenstift hatte das Parfüm an sich, eine *minimale* Duftspur, und dann … na ja, dann hab ich das Übliche getan, kam zur Sache. Ich sah das nicht als pervers an. Sie war ein Fetisch, ein wunderschöner Fetisch. Nach ein paar Wochen begann Ashley mich gerade mal einen Hauch zu erkennen … ein Lächeln, eine Höflichkeit. Vielleicht spürte sie etwas … meine bebende Zuvorkommenheit. Ich geriet damals leicht ins Schwitzen, räumte häufig ihren Teller zu voreilig ab, so, als wolle ich sie aus dem Restaurant verscheuchen. Mir wurde bewußt, daß ich meine Stelle behalten mußte. Ich wurde der beste Hilfskellner in Dante's Café. Sie wollten mich zum regulären Kellner machen, aber ich lehnte ab. Die Kellner, das sah ich, hatten zuviel zu tun. Sie konnten nicht hinten im Lokal stehenbleiben und die Leute beobachten. Dazu war ich in der Lage. Ich konnte Ashley beim Reden beobachten, sie beobachten, wie sie zuhörte, sie beobachten, wie sie Zigaretten aus der Handtasche holte, dann rauchte und in den Aschenbecher drückte. Sie kam normalerweise mit einer Gruppe herein, so etwa einmal die Woche. Schauspieler, Leute vom Fernsehen, Leute vom Broadway. Stets bezahlte jemand anders. Ashley machte nicht einmal das Angebot, kein einziges Mal. Sie kam mal in Jeans und einer Baseballkappe herein, und es haute hin, oder ein andermal mit einem Nerz um die Schultern, der ganz bis zum Boden runterreichte und wohl neunzig, hundert Pfund wog, und das war genauso richtig. Männer schüchterten sie kein bißchen ein – das ist bei weitem die erotischste Eigenschaft, die eine Frau haben kann. Sie liebte Männer – in all ihren Varianten. Sie war ein bißchen älter, als sie aussah. Sechsundzwanzig. Sie konnte witzig und schlagfertig sein. Es schien, als ob sie mehr Zeit mit Filmleuten verbrachte. Mit so ein paar älteren Kerlen, Regisseuren. Und auch speziell mit *einem* Mann. Er war ihr neuer Macker, und die Sache kam mir ziemlich ernst vor. Großer Gott, hab ich die beiden genau beobachtet. Sie achtete auf das, was er sagte. Da gab es etwas an ihr, das er verstand. Manchmal wählten sie einen Tisch ganz hinten, wo sie dann einfach saßen und lasen, manchmal las er ihr auch laut vor. Einmal sah ich, daß er ihr aus den *Bekenntnissen* des heiligen Augustinus vorlas. Ich ging los, trieb das Buch auf und las es. Was für eine verdammt tolle Sache, so was gemeinsam zu tun. Ein paarmal blieben sie, bis der Laden geschlossen wurde. Sie schienen großes Vergnügen aneinander zu finden. Es ging um Sex, aber es ging auch um eine Menge anderer Dinge. Er war ihr an Vitalität ebenbürtig. Hier also war er, in seinem gebügelten Hemd, saugte *vital* den Zigarettenrauch anderer Männer ein und las einem der schönsten jungen Mädchen von ganz New York den heiligen Augustinus vor. Eines Tages kam er dann mit einer Kühlbox an, einer großen Kühlbox. Es war noch früh, wohl so gegen sechs Uhr abends, bevor es voll im Lokal wurde. Er trug die Kühlbox oben auf der Schulter und brachte sie in die Küche. Es waren vier Gelbflossenthunfische drin, bestimmt fünfunddreißig Pfund das Stück. Ich war ganz blöde vor Bewunderung. Vielleicht war ich ja in einem Alter, in dem ich mich einfach in jeden verliebt habe, ich weiß es nicht. Jedenfalls erzählte der Typ, er hätte sie gerade erst nachmittags im Golfstrom draußen, achtzig Kilometer vor Montauk, gefangen. Er hielt die Fische hoch. Sie waren riesengroß. Wunderschön. [Simon zupft ein Streichholz von dem Briefchen ab, zündet es nachdenklich an und schaut dann zu, wie die Flamme zu seinen Fingern herunterbrennt.] Jeder Fisch war ein grotesker Verstärker seiner Männlichkeit. Ich war fasziniert. [Er wirft das Streichholz zu Boden.] Nie würde ich das haben, was er hatte, *nie*. Er gab dem Besitzer einen Fisch und einen weiteren dem Küchenchef. Am Abend erwarte er einen Haufen Leute hier im Lokal, und er wünsche, daß die anderen beiden Fische für seinen Tisch zubereitet würden. Gott, war er fabelhaft. Er sah gut aus und war gut angezogen und auf dem besten Wege, wegen irgendwas berühmt zu werden, und er war arrogant. Wer wär's denn nicht? Er war etwa zwei- oder dreiunddreißig. Er war sich seiner Sache sehr sicher – ich hab natürlich die Unterhaltungen mitbekommen – ich war unsichtbar, ich war ein Schatten, ich war der Rauch hinter dem Tisch. [Simon zündet ein neues Streichholz an, bläst es aus. Jetzt ist sein Gesicht kalt, stumpf.] Ein paar Stunden später dann, als der Mann gerade aus der Herrentoilette zurückgekehrt war, drehte er sich auf dem Weg zu seinem Platz mit so einer Art verschwörerischem Flüstern zu mir um. Ich war einen Moment ganz von den Socken, dann sagte er so etwas wie: ›Einer der Scheißpötte spült nicht richtig, Kumpel.‹ Genau das hat er gesagt. Ich sagte okay und ging ins Männerklo rüber. Dieser Wichser hatte die Toilette mit lauter Papier verstopft. Die ganzen Installationen in dem Restaurant waren uralt, und ich mußte alle paar Abende dafür sor-

gen, daß die Toiletten wieder abflossen. Aber das war zu viel.
Ich sackte in der Kabine auf meine Knie nieder und schaute seine Kacke an und das verkackte Toilettenpapier, und ich mußte verdammt noch mal heulen. [Er blickt zur Kamera auf.] Ich heulte, weil ich ein häßlicher Arsch war, Caroline, ich heulte, weil ich gerade klug genug war, meine eigene Misere zu begreifen. Und wahrscheinlich heulte ich auch wegen der Liebe. Ich heulte wegen der Liebe. Ich kann es wirklich nicht besser ausdrücken. Ich war überzeugt, daß mich nie jemand lieben würde. Nie. Ich schwor mir, sollte ich jemals eine Chance bei jemand haben, den ich liebte, dann würde ich sofort zugreifen. Bloß nie zögern. Ich blieb so ungefähr zehn Minuten in der Klokabine. Schließlich kam der Geschäftsführer rein ... [Er reibt sich die Augen, atmet, schaut weg.] Genau das werde ich immer sein, Caroline. Ich werde mich immer hassen, ich werde immer dieser fünfzehnjährige Junge sein, Caroline, immer im Abseits, immer irgendwie völlig im Arsch. Ich hab jetzt drei große Filme gemacht, und jeder davon war erfolgreicher als der davor, und sie haben mir den Oscar verliehen, und ich bin froh, ich bin außer mir vor Freude. Jetzt denken alle, ich bin ein Genie, doch was bedeutet das schon wirklich? Warum sage ich das alles? Ich versuche damit zu sagen, daß ich schon mein ganzes Leben lang versucht habe, glücklicher zu sein. Ich habe versucht, mein bestes Ich zu finden, und ich glaube nicht, daß ich großartig damit vorankomme. Deshalb ... gelobe ich dir, daß ich dich, so gut ich nur irgend kann, lieben werde, aber ich warne dich, daß ich in vieler Hinsicht ein vermurkster Mensch bin, Caroline. [Er sitzt da und schaut in die Kamera, atmet dann aus, steht auf, besorgt sich noch eine Zigarette und kommt wieder.] Jetzt sei so gut und mach bitte die kleine Schachtel auf, die mit dem Video kam. Okay? Du hast sie hoffentlich hier. Ich habe vom Flugzeug aus ein paar Anrufe gemacht, während ich an dich dachte, und einen Typen zu mir bestellt. Was du, Caroline, in deiner Hand hältst, ist ein Gegenstand aus dem

alten Rom. Der Stein ist ein Karneol. Wenn du ihn ins Licht hochhältst, wirst du sehen, daß er im Inneren die Lichtstrahlen bricht, in so einer Art Stern … der Goldreif ist höchst unvollkommen. Die Figur auf dem Stein, die Göttin mit dem Helm auf dem Kopf, das ist Athene. Der Händler hat mir gesagt, daß das Ganze vor rund zweitausend Jahren mit der Hand gemacht worden ist und dann ungefähr im Jahr 1947 in einer Höhle in Italien entdeckt wurde. Irgendein brasilianischer Millionär besaß ihn lange Zeit. Wir werden nie wissen, wer diesen Ring getragen hat, Caroline, aber als erste hatte ihn vermutlich ein junges römisches Mädchen aus einer reichen Familie am Finger. Vielleicht wurde er mehrere Generationen hindurch weitergereicht, vielleicht wurde er ja gestohlen und in der Höhle mit der übrigen Beute vergraben. Ich weiß es nicht, aber es kümmert mich nicht. Ich will nur, daß du ihn hast … Ich hoffe, ich enttäusche dich nicht, Caroline. Wir müssen dann – weißt du, als ich dich in der Bar sah, da war ich der Junge, der Ashley Montgomery angebetet hat, nur warst jetzt du diejenige, die ich anbetete. Heute hab ich eine Frau gesehen, die ziemlich viel herumgekommen ist, die damit fertigwerden könnte, die mit *mir* fertigwerden könnte, die es mir verflucht *rein*reiben würde, wenn sie es für nötig hielt. Das ist meine Erregung, und das ist mein Entsetzen … Siehst du, mein Herz erbebt zu deinem Herzen hin, Caroline, mein dunkles Herz erbebt zu deinem dunklen Herzen. Das ist mein Gelübde, Caroline. Mein Gelübde an dich. [Simon erhebt sich vom Tisch. Knistern auf der Mattscheibe. Ende.]

Ich fand die Vorführung extrem selbstbezogen, doch zugleich eigenartig bewegend.
»Drei Tage später haben wir heimlich geheiratet, hier in New York.« Carolines Stimme verriet kein Gefühl von Glück bei der Erinnerung. »Ich hab mir gar nicht erst die Mühe gemacht, irgendwen einzuladen – die ganze Sache war zu ausgeflippt. Er sorgte dafür, daß ein Standesbeamter in seine Wohnung kam. Ich nahm mir ein Taxi. Wir

hatten noch nicht mal miteinander geschlafen, aber dann in der Nacht kam es dazu. Er bat mich, keine Verhütungsmittel zu benutzen, und ich war einverstanden. Ich weiß nicht, wie es dazu kam, daß ich nicht schwanger wurde. Wir kannten einander ganze sechs Monate lang, und in dieser Zeit haben wir vielleicht gerade mal sieben Wochen zusammen verbracht. Er hat an Filmen gearbeitet, ist nach LA geflogen, lauter solche Dinge. Er kaufte diese Wohnung, und wir fingen an, Möbel auszusuchen …«

Sie verstummte. Alles, was sie mir erzählte, hatte den Anschein, auf noch etwas anderes hinauszulaufen, aber ich sagte nichts. »Ich bin mir sicher, daß er während dieser Zeit mit anderen Frauen schlief, aber er war sehr fürsorglich zu mir, und im Hinblick auf die seltsame Art, wie wir uns getroffen hatten, beklagte ich mich nicht, doch mit der Zeit hätte ich's getan. Im August kam er wieder nach New York zurück, war schrecklich beschäftigt. Er hatte ein Büro im Village und dort zu tun, und er hatte Verabredungen mit Leuten – Studioleuten, Produktionsleuten, Drehbuchautoren, wem auch immer. Abends verbrachten wir dann meistens ein bißchen Zeit miteinander und ich ging schlafen. Danach ging Simon gewöhnlich aus. Er hatte einen Typen, der ihn herumkutschierte, Billy Munson. Billy kannte die Stadt wirklich gut. Simon zog einfach los und hielt nach Dingen Ausschau, Situationen, was immer sich ergab. Einmal fragte ich ihn, ob ich mitkommen könnte, und er sagte nein. Manchmal machte er Videoaufnahmen.« Sie senkte den Blick.

»Ja und dann«, fuhr sie fort, »kam er nach einer dieser Nächte nicht mehr zurück. Ich wollte die Polizei anrufen, aber ich habe zusätzlich noch einen Tag gewartet, weil ich wußte, falls ich mich täuschen sollte, würde er sich über den Wirbel in der Öffentlichkeit ärgern, über solches Gerede wie: Sieh mal einer an, seine Frau weiß nicht mal, wo er steckt. Dann rief ich aber an, und die Tage gingen vorüber, und ich bekam allmählich wirklich große Angst. Natürlich, sobald er dann anfing, Termine zu versäumen, fingen alle an, total auszuflippen und beunruhigt anzurufen. Und dann hat ihn die Polizei in Südmanhattan unten gefunden …« Caroline neigte ihren Kopf mit geschlossenen

Augen nach hinten. »Irgendwie war ich nicht wirklich überrascht. Aber ich war wütend. Wie konnte er es nur wagen, zu sterben oder sich ermorden zu lassen, oder was immer, wo wir doch gerade erst miteinander angefangen hatten? Ich bin noch *immer* irgendwie wütend auf ihn. Aber auch sehr traurig. Wir saßen immer spät abends zusammen da und haben uns Filme angeschaut, und er entdeckte dann etwas, unterbrach das Video, spulte zurück und erklärte den Kamerawinkel und die Beleuchtung und wie der Dialog funktioniert hat. Er kannte die ganzen Dialoge.«

Caroline erhob sich, und als sie nun an den Wänden des Apartments entlangzustreifen begann, bewunderte ich die Länge ihrer Beine, die Vollkommenheit ihrer Nackenlinie. »Lange Zeit dachte ich, die Kripoleute würden schon dahinterkommen. Sie behaupten auch, sie hätten noch nicht aufgegeben, aber ich schätze mal, sie haben's doch aufgesteckt. Die blöden Privatdetektive sind nun wirklich nutzlos, außer daß mir einer von denen eine Aktenkopie besorgt hat, die eine, die ich dir gestern abend gezeigt habe.«

»Hat das Studio geholfen?« fragte ich.

Sie schüttelte den Kopf. »Seit der Zeit, als er dort war, gibt es einen Haufen neuer Manager. Er ist tot, also kann er ihnen kein neues Geld mehr einbringen, weißt du? Ich meine, die Filme, die er gemacht hat, bringen zwar immer noch was ein, aber das sind alles Resteinkünfte …« Sie unterbrach sich. »Kommen eigentlich die Leute mit den verschiedensten Problemen zu dir? Sachen, über die sie was wissen?« fragte sie. »Ich kann mir vorstellen, daß du alle möglichen großen Tiere bei der Stadtverwaltung und so kennst.«

»Manchmal kommen die Leute zu mir, ja.«

»Wer zum Beispiel, warum?«

Die Antwort war ein notwendiger Schritt für sie, stellte ich fest. Sie wollte sich selbst in dem Sinne verstehen, daß sie lediglich etwas tat, das nicht besonders ausgefallen war. »Vor ein paar Monaten«, sagte ich, »kam die Freundin eines Cops vorbei und erzählte mir, daß ihr Freund Dealer zusammenschlägt. Das ist nicht ungewöhnlich, außer daß einer der Dealer sein Bruder ist. Dann hatte ich vor nicht allzu langer Zeit einen da, einen alten Mann, der meine Kolumne liest, und der erzählte mir, wie seine Frau, die eine künstliche Hüfte hatte – sie wohnen in Brooklyn –, von irgendwelchen jungen Rowdys in einem von diesen Angeberautos mit dröhnender Musik überfahren worden ist – die haben sie mit sechzig, siebzig Sachen überfahren und nicht mal angehalten. Sind nie erwischt worden. Solche Dinge halt, die Leute kommen einfach her, weißt du.«

»Sie wollen bemerkt werden, oder so was Ähnliches ...«

»Sie wollen einen konkreten Vorgang, sie wollen über das, was geschehen ist, berichten, was für Gefühle sie haben.«

Sie dachte darüber nach.

»Klar, manche wollen bloß eine gewisse Aufmerksamkeit«, fügte ich hinzu.

»Ich gehöre nicht genau in diese Kategorie, glaub ich jedenfalls nicht. Ich will *nicht,* daß du mich in deiner Kolumne erwähnst.«

»Stimmt.«

»Ich will, daß alles unter uns bleibt.«

»Stimmt.«

Sie zog eine Augenbraue hoch. »Du warst gestern nacht sehr betrunken.«

»Ja.«

»Du hast gesagt ...«

»Ich hab die verrückten Sachen gesagt, die betrunkene Männer sagen.«

Ich nehme an, daß diese Worte Caroline herausforderten, denn sie lächelte und kam herüber und blieb nur Zentimeter von mir entfernt stehen. Ich betrachtete aufmerksam ihr Gesicht, die glatte Stirn – jünger als die meiner Frau –, die Augenbrauen und großen blauen Augen, die vor Belustigung blitzten, während sie meine eigenen eingehend musterten, die hohen Wangenknochen, die Nase – eine Idee zu groß geraten –, den Mund mit den vielsagend geschürzten Lippen, dann wieder ihre Augen. Augen so blau, daß man einfach hineingehen konnte. Sie war im Begriff, das, was auch immer sich zwischen uns anbahnen mochte, noch zu beschleunigen. Sie holte ein wenig

Luft, hielt sie dann an, den Blick direkt auf mich gerichtet. Sie war von dort, wohin ich gehen wollte, zurückgekehrt; sie wußte, weshalb die Leute dorthin gingen, sie konnte mir mein wahres Ich aufzeigen, sie amüsierte sich über den Tumult in meinem Inneren, sie erwartete, daß ich mich ihr ergeben würde, und doch würde sie mich nicht danach beurteilen, denn es gehörte zur natürlichen Ordnung der Dinge. Sie atmete aus und blickte nach unten – die Wimpern dunkel –, blickte dann wieder auf, drückte dann ihren Zeigefinger gegen ihre Unterlippe, drückte ihn nur eben ganz leicht dagegen, mit einem Fingernagel von dem schönen wächsernen Weiß einer Kuchenglasur, und dann tauchte die kokett-scheue rosa Spitze ihrer Zunge auf, berührte ihren Finger, der sich daraufhin – eine Idee nur befeuchtet, so daß die Wirbelformation seines Abdrucks schimmerte – von ihren Lippen durch die Luft auf meine zu bewegte, und als ich von diesem Finger zu ihren Augen zurückblickte, starrte sie mit einem Appetit in mich hinein, der über mich und was immer ich an sexuellen Kulthandlungen zustande bringen mochte und noch darüber hinaus reichte, bis in die fernen Regionen ihrer eigenen Gelüste.

»Wenn ich du wäre …«, flüsterte sie.

»Ja?«

Sie deutete auf meine Taille. »Würde ich das da abstellen.«

Sie hielt ihre Augen auf die meinen geheftet.

»Abstellen?«

»Abstellen.«

Den Bieper.

»Du machst mir Spaß«, sagte ich.

Sie nickte einmal. »Ja. Ich mach dir Spaß.«

Ihr Bett war riesengroß. Sie zog sich eine Haarspange aus dem Haar und warf sie auf eine Kommode, ihre Armbanduhr hinterher, begann dann ihre Kleider auszuziehen, zog sich ihr T-Shirt über den Kopf und ließ es mit der Innenseite nach außen auf einen Stuhl fallen. Ihr BH war zart und schwarz und drückte ihre Brüste enger zusammen.

Dann blickten ihre Augen nach unten, während ihre Finger den Knopf ihrer Jeans berührten. Noch nie fühlte ich mich so schuldig, noch nie so wohlig erregt. Ich spürte deutlich, wie das Blut meinen Penis schwer anfüllte, während ich aus meinen Schuhen und dem Hemd, den Hosen und der Unterwäsche schlüpfte. Bei meinem Alter bin ich weder verlegen noch stolz auf meinen Körper – ich habe nicht so viel zugenommen wie viele andere Männer, und ich schaffe es noch immer, etwa einmal die Woche zum Sport zu gehen. Sie andererseits war prächtig in ihrer Nacktheit. Sie hatte nicht, wie so viele Frauen in New York, ihre Substanz weggefastet; sie war von vollem Fleisch, muskulös an Armen und Rücken und Schenkeln.

»Bleib eben einen Moment dort stehen«, sagte ich.

»Wieso?«

»Du weißt schon, wieso.«

Ich bemerkte ein Knäuel aus Linien und farbigen Formen auf ihrem Schulterblatt.

»Was ist das denn?«

Sie wandte sich um und blickte über die Schulter.

»Das ist der letzte Rest von meinem Schmetterling. Das war der Flügel.«

»Tätowierung?«

»Ja. Ich muß noch einmal hin. Der Arzt benutzt einen Laser.«

»Tut's weh?«

»Nicht zu schlimm. Der Laser zersetzt die Tinte.«

»Ich wünsche mir fast, ich hätt's gesehen. Den Schmetterling, meine ich.«

Sie schaute mich an. »Er war schön.«

Dann schlüpfte sie zwischen die Laken.

»Du zitterst ja«, sagte sie.

»Ja.«

Wir ließen uns Zeit. Ihre Leidenschaft machte sie nicht verlegen. Das Winterlicht lag jenseits des Fensters tief über der Stadt. Sie hielt meine Zunge mit ihren Zähnen fest; zu einem anderen Zeitpunkt, in einer anderen Stellung, schloß sie die Augen und runzelte die Stirn, als konzentriere sie sich auf ein komplexes Musikstück. Ich weiß noch, wie ihre Finger sich auf dem Bettuch spreizten, abwechselnd zugriffen und wieder losließen. Ich weiß noch, wie sich ihr blondes Haar in ihrem Mund verfing und der Ohrring sich löste und auf das Leintuch fiel und sie ihn im Reflex auf den Boden fegte, und ich sehe die Breite ihrer Hüften vor mir und weiß noch, wie ich soviel von einer ihrer Brüste in meinen Mund hineinsaugte, wie mir möglich war, fast daran erstickte, und dann die feste, angeschwollene Form ihrer Brustwarze, von der ich spüren konnte, wie sie meinen Gaumen oben berührte. Ich erinnere mich, daß ich im letzten Moment so fest und tief und drängend, wie ich nur konnte, zustieß, gegen meine eigene Inkonsequenz und mit der Gemeinheit, die fast allen Männern eigen ist. Und später drückte ich mein Gesicht in ihren warmen straffen Bauch und spürte, wie ein Frohlocken in mir aufblühte, ein Frohlocken, daß das Leben mir noch Möglichkeiten darbot – die ich, ob rechtens oder vollkommen verkehrt, in Form dieser Frau umarmt hatte, der Merkwürdigkeit des Möglichen selbst. Ich war im Unrecht, weil ich sie gefickt hatte, aber ich war nicht im Unrecht gewesen, weil ich es *gewollt* hatte; nein, das war völlig rechtens.

In der Kindergartengruppe meiner Tochter Sally gibt es einen kleinen Jungen, der ohne Kiefer auf die Welt gekommen ist. Ich sehe ihn immer an den Tagen, wenn ich Sally morgens zur Schule bringe. Mitten in dem fröhlichen Chaos des Klassenzimmers, mit all den Kindern, die Bilderbücher anschauen oder mit Klötzchen bauen, steht er dann da, die Arme steif zu beiden Seiten. Er läßt die Augen hierhin und dorthin huschen und beobachtet alle, ein Junge, der weniger einen Mund als vielmehr eine nasse, schräg nach hinten verlaufende Öffnung mit ein oder zwei deutlich vorspringenden Zähnen hat. Über der Oberlippe ist das Gesicht eines hübschen Kleinen zu sehen, mit wachen Augen und einem Schopf brauner Haare; darunter ein Alptraum aus Fleisch. In anderer Hinsicht ist er ziemlich normal, habe ich gehört, ziemlich intelligent. Er kann nicht sprechen, und es besteht auf Jahrzehnte hinaus keine Aussicht, daß er normal reden wird, wenn überhaupt jemals. Ich habe auch schon häufig die Eltern des Jungen gesehen, die vor Erschöpfung und Enttäuschung ganz grau sind. Ich gebe zu, daß mein Herz eng und klein ist, daß ich vor ihnen zurückschrecke und nicht wünsche, ihrem Blick zu begegnen, und daß meine Aufmerksamkeit nichtsdestotrotz mit kranker Faszination zu dem Gesicht des Jungen hingezogen wird; falls möglich, erschleiche ich mir noch einen zweiten Blick darauf, und sei es nur, um mir meine Abscheu zu bestätigen, um billigen Trost daraus zu ziehen, das dies nicht mir zum Schicksal geworden ist. Wie schwer es für seine Familie sein muß, wie einfach ihnen das Leben meiner Tochter im Vergleich zu dem ihres Sohnes erscheinen muß. Um nichts in der Welt würde ich mit dem Vater dieses kleinen Jungen tauschen. Und wenn man mich in Stücke risse, ich würde nicht mit ihm tauschen. Wie ist es wohl, solch ein Kind zu haben, frage ich mich, während ich Sally morgens einen Kuß zum Abschied gebe. Könnte ich es ertragen? Gibt man dem Schicksal oder den Chromosomen oder Gott die Schuld? Sieht der Mann, frage ich mich, das Gesicht des Jungen vor sich, wenn er mit seiner Frau schläft? Gibt es genügend Liebe und innere Ruhe und Geld in dieser Familie, um sie all die unvermeidlichen Operationen, Enttäuschungen, Komplikationen und Frustrationen überstehen zu lassen? Und wenn nicht? Woraus besteht überhaupt eine Familie? Soweit ich es einschätzen kann, geht es der Familie des Jungen offenbar nicht allzu gut; der Mann hat ein Übergewicht von gut dreißig, vierzig Kilo, und sein Auftreten wirkt freudlos. Ich möchte ihm am liebsten meinen Arm um die Schulter legen und ihm sagen, wie entsetzlich leid es mit tut, daß das passiert ist. Ich möchte ihm gern vermitteln, daß ich sehe, wie er leidet, doch stattdessen bin ich nach wie vor ein Feigling, und während sein Sohn in Zeichensprache Good-bye sagt, verdrücke ich mich, an ihnen vorbei, zur Tür hinaus, weg aus dem kurzzeitigen Gefängnis ihres Kummers. Ich nehme an, daß der Vater irgendwo in einem Büro arbeitet, seinen Dienst an anderer Menschen Bedürfnisse versieht. Er sieht so aus, als verkaufe er vielleicht irgend etwas – Versicherungen oder vielleicht auch Werbeanzeigen. Er hat ein Gehalt, das ausreicht, um die Gebühren für den Kindergarten der Privatschule aufzubringen, aber ich vermute, daß jeder übrige Dollar, den das Ehepaar verdient, irgendwie für den Sohn oder seinetwegen ausgegeben wird. Früher gab es einmal eine Zeit, da war dieser Mann selbst noch ein Junge, ein Junge auf einem Fahrrad, dem der Wind in die Haare fuhr, dann ein frisch verliebter junger Mann; nun aber ist er ein grauhaariger Vierzigjähriger, den zuviel Fett und ein Sohn mit einem schweren Geburtsfehler niederdrücken. Und seine Frau – sie ist abgehärmt und niedergeschlagen, mit fahler Haut und tiefen Ringen unter den Augen. Ich kann mir vorstellen, daß sie diejenige ist, die sich um die besonderen Erfordernisse bei den Mahlzeiten ihres Sohnes kümmert und verschiedene Therapeuten aufsucht und so weiter, daß sie es ist, die sich bei den Ärzten nach der Reihenfolge der Knochentransplantationen erkundigt. Sie ist diejenige, die das qualvolle Gefüge der Familie verwaltet. Jeder dieser beiden Eltern würde alles darum geben, wirklich *alles,* könnte nur ihr Junge einen normalen Kiefer haben. Und käme es irgendwie dazu, daß Mutter und Vater durch das Verandafenster der Familie Wren, sagen wir, in der lustigen, lauten Stunde vor Schulbeginn spähen könnten, dann würde jeder von ihnen sehen, was ihnen für immer verlorengegangen ist, und bezeugen, daß auch sie zu solch einer Fröhlichkeit fähig wären, wenn nur … Und jeder von ihnen, insbesondere der Mann, selbst Objekt der Turbulenzen männlicher Wollust, würde zu mir sagen, daß ich geistesgestört sein müsse, die Unversehrtheit einer Familie aufs Spiel zu setzen. *Ganz egal, wie gut der Sex ist, er ist es nicht wert,* würde der Ehemann mir vielleicht ins Ohr flüstern. *Sieh mich an, sieh, was Zerstörung heißt.* Und nachdem ich aufmerksam und mit Respekt zugehört hätte, würde ich zustimmend nicken.

Und dennoch. Dennoch stand ich nun hier in dem nassen schwarzen Kasten von Caroline Crowleys Dusche und wusch mir meinen Schwanz. Alle Wandflächen der Dusche waren aus einem ebenholzfarbenen Marmor geschnitten worden, der vor lauter funkelnden Sternbildern aus Quarz nur so glitzerte. Der Marmor war einen Fuß tief, mindestens tausend Dollar der laufende Meter. Ich roch ihre Seife und das Shampoo und vermied es lieber, mich mit diesen Düften zu versehen – Lisa hätte es sofort bemerkt. Wieder angezogen, erklärte ich dann, ich müßte gehen, und Caroline nickte, vielleicht traurig. Der Augenblick war von Zärtlichkeit, aber nicht von Freude erfüllt, sondern eher so, als seien wir beide soeben verwundet worden. Das Zimmer fühlte sich aschig und kalt an. Wir kamen nicht auf meine Frau oder ihren Verlobten zu sprechen. Wir kamen nicht darauf zu sprechen, wie äußerst unratsam das, was wir getan hatten, war – es ragte drohend vor uns auf, töricht und monströs. Sie kauerte in einem weißen Bademantel in einem Sessel, die Beine unter sich hochgezogen, und schien in eine meditative Stimmung versetzt zu sein. Der erste Geschlechtsakt mit einem Menschen hat etwas an sich, was die Erinnerung an all die anderen ersten Male, die unsere Gedächtniskette bilden, seien sie nun nah oder fern, heraufbeschwört; der Schritt, der uns mit einem neuen Partner in die Ekstase führt, ist aber auch, als logische Folge der Zeit, ein weiterer Schritt auf den Tod zu, und wenn wir uns schon durch nichts anderes zur Vernunft bringen lassen, so sollten wir es wenigstens angesichts dessen tun. Ich ließ Caroline zurück, als sie sich gerade einen Schildpattkamm durch ihre goldgelben Haare zog. Meine Begegnung mit ihr hatte in keiner Hinsicht meine Liebe zu meiner Frau und meinen Kindern beeinträchtigt – nein, das ist offenkundig genug; das Mysteriöse ist, daß meine Liebe zu ihnen die Möglichkeit nicht ausschloß, daß ich nun womöglich Caroline Crowley ebenfalls lieben würde, auf diese plötzliche, widerliche, unbeständige Weise, die man gierig herbeisehnt und mit Recht fürchten sollte.

Und dann, schau dir nur den Ehebrecher an. In dem mit Spiegeln versehenen Messing des Aufzugs betrachtete ich mich – gerötet im Gesicht, die Haare naß, die Lippen leicht geschwollen. Ich empfand weniger Scham, als angebracht gewesen wäre, ich empfand einen gewissen Kitzel, ich spürte ein nachhallendes Vergnügen in meinen Eiern.

Ich zog mir den Schlips zurecht und knöpfte meinen Wollmantel zu. Ich mußte mich nun natürlich als Mann verstehen, der seine Frau zum ersten Mal betrogen hatte. Fast aus dem Stegreif. Doch jetzt sehe ich, wieviel besser es möglicherweise gewesen wäre, wenn ich es auch auf andere Weise verstanden hätte – nämlich, daß ich ein Labyrinth betreten hatte, das viel seltsamer und gefährlicher war, als ich es mir je hätte vorstellen können, um vieles unheilvoller als die bloße Banalität des Ehebruchs. Die Tür des Messinglifts schob sich auf, und ich wanderte aus dem Foyer hinaus, an dem Empfangstresen und Napoleon, dem uniformierten Türhüter, vorbei. Er war ein winziger, schmieriger Däumling von einem Mann, und seine Augen zuckten zur Seite, als ich vorbeiging. Er nickte mir langsam, salbungsvoll zu, klopfte mit dem Finger an seine Mütze und deutete an, daß draußen ein Taxi warte. Nur durch den reinsten Zufall sah ich, nachdem ich in dem Taxi Platz genommen hatte und der Wachmann annahm, ich blicke woandershin, daß er auf seine Uhr schaute, Stift und Notizblock aus seiner Brusttasche hervorholte und sich etwas aufschrieb – etwas, begriff ich erst später, über mich aufschrieb.

Wir glauben, die Stadt zu kennen, aber das trifft nie zu. Zu jeder Helligkeit gehört die entsprechende Finsternis, für jeden bekannten Platz findet sich ein anderer mit vergessenem Leben und verlorener Musik. Ich fühle mich schon immer zu diesen Orten hingezogen; sie sind klamm und kalt und trostlos, abgesackt und schief, sie rosten und verrotten, sie stoßen die Eitelkeit ab und winken den Tod herbei: ein Frauenschuh in der Gosse, eine leere Flasche, vergessen auf einer Steinstufe, eine Tür, die man in hundert Jahren ein dutzendmal neu gestrichen hat. Früh am nächsten Morgen stand ich an einem solchen Ort – an der Nordseite der Elften Straße, gleich um die Ecke von der Avenue B –, ohne einen bestimmten Grund, außer, daß ich mit einem eigenartigen Verlangen aufgewacht war, die Nummer 537 zu sehen, den eingezäunten Bauplatz, in dem Simon Crowleys Körper vor siebzehn Monaten gefunden worden war. Aber während man die Leiche in einem Trümmerhaufen aus Ziegelsteinen entdeckt hatte, war die Fläche jetzt eben und in kleine Gartenstücke unterteilt, wie sie einzelne Familien für sich verwenden mochten. Das konnte ich sehen, obwohl der Schnee stellenweise noch sehr hoch lag. Der Wind hatte heftig auf dem Grundstück herumgewirbelt und Schneewehen, ja sogar eine Verwehung von ungefähr einem Meter Höhe aufgebaut, die in der Nähe einer Wand begann, durch den Maschendrahtzaun weiterlief und sich bis vor das angrenzende Gebäude, die Nummer 535, hinzog. Doch im Grunde waren es die Gartenstücke, die mich interessierten; die Maishülsen, eingetrockneten Tomatenstauden und vergammelten Blumenrabatten, die durch gewundene Pfade aus abgeklopften Ziegeln unterteilt und mit Girlanden aus Weihnachtslämpchen und Chromradkappen geschmückt waren. Über dem Garten flatterte eine kleine puertoricanische Flagge, und hinten auf dem Grundstück gackerten und pickten, trotz der Kälte, Hühner in der Nähe eines Verschlags. Auf der einen Seite stand eine Autositzbank. Von der Wand des Nachbargebäudes hing grau und verwittert ein immens großes, augenloses Plüschtier – ein Bär oder ein Hund – herab, als ob es blind den Garten oder vielleicht besonders die Christusstatue bewachte, die in einer kleinen, mit Rosen und Stockrosen bepflanzten Grotte stand. Der Winter hatte alles zugrunde gerichtet, nach Ankunft des Frühlings aber würde dies ein Ort der Üppigkeit und Farben, ein Ort des Lebens sein.

Eine äußerst beleibte alte Frau kam mit einer Harke aus dem Schuppen und begann, sie über eines der kleinen Beete zu ziehen. Für einen, wenn auch warmen Wintertag war dies eine seltsame Tätigkeit, aber sie schien zufrieden und rauchte eine Zigarette bei der Arbeit. Dann bemerkte sie mich, wie ich gehofft hatte, und beschirmte ihre Augen, damit sie die schattige Gestalt am Zaun erkennen konnte. »Oué quieres?« rief sie. Was ich denn wolle? Theatralisch zog ich die Schultern hoch. Sie suchte sich einen Weg an vielen der größten Trümmerstücke vorbei und kam auf mich zu, und ich konnte sie schnaufen hören, während sie näher kam. Irgendwo in meinem Kopf regte sich die Erinnerung an meine Mutter, die schon über dreißig Jahre tot war. Meine Mutter hatte mich, ihr einziges Kind, von ganzem Herzen geliebt, aber dieses Herz wurde vom Fett erdrückt; sie war so korpulent, daß sie starb, als sie mich als Sechsjährigen aus der Badewanne hob. Ich konnte mir das immer noch nicht erklären.

Die Frau war jetzt ganz nah; in der Hand hielt sie eine kleine Plastikdose, den Finger auf einem Druckknopf. Ich sah, daß ihr Gesicht vom Lebenskampf, von schlechter Gesundheit und Trauer gezeichnet war; ihre Augenbrauen hatten die schmal schraffierten Narben von Frauen, die man geschlagen hatte.

»Ja, Mister, kann ich Ihnen helfen?«

»Ich liebe Gärten, deshalb bin ich hier stehengeblieben.«

»Ja?« Ihre Augen waren müde.

»Wir hatten einen Garten, als ich klein war«, erzählte ich ihr. »Wir haben viel Gemüse angebaut. Mais, Tomaten. Pflanzen Sie das hier an?«
»Ja.«
»Wir haben Salat und Kohl und Brokkoli und alles mögliche angebaut. Früherbsen. Ich wette, Sie könnten die hier im April anpflanzen. Ziehen Sie auch Ringelblumen zwischen den Reihen gegen das Ungeziefer?«
»Ringelblumen?« fragte sie. »Las floras?«
»Ja, die Blumen. Ringelblumen. Einfach einpflanzen. Die Käfer hassen den Geruch.«
Der Gedanke faszinierte sie. »Soll ich Ihnen den Garten zeigen?«
»Ja«, sagte ich, »das würde mich sehr freuen.«
Ich folgte ihr durch das Maschendraht-Tor, und sie verschloß es wieder sorgfältig.
»Ich heiße Estrella Garcia«, sagte sie.
»Porter Wren«, sagte ich.
Sie schien den Namen nicht zu kennen, und mir war es nur recht so.
»Was ist denn das für ein Zeug?« fragte ich und deutete auf die kleine Dose in ihrer Hand. »Tränengas?«
Sie schüttelte ernst mit dem Kopf. »Man kann nicht benutzen Tränengas für Hunde. Man muß Tränenkanalen haben.« Sie zeigte auf ihre eigenen grünlich-braunen Augen, und mir kam der Gedanke, daß man sie vor langer Zeit wohl einmal als schön bezeichnet haben mußte. »Das ist Pfeffer, Pfeffer in die Nase gehn, okay? Pfeffer gut gegen Hunde und schlechte Menschen, okay?«
Ich nickte. »Ich dachte schon, Sie würden mir einen Schuß davon verpassen.«
Sie runzelte die Stirn. »Sie keine Angst jetzt.«
Wir gingen auf einem holprigen Ziegelweg um das Grundstück herum. Im stillen machte ich die ungefähre Stelle aus, an der man Crowleys Leiche gefunden hatte; dort war jetzt ein Beet mit abgestorbenen Zinnien, die man in Pflanzgefäße aus aufgeschnittenen Autoreifen gesetzt hatte. Die Erde war nicht sehr gut, war voller Zementstückchen,

Ziegel- und Fensterglasscherben. Die Leute von der Abbruchfirma hatten einige große Brocken Beton und sogar ein paar Stahlträger zurückgelassen, und ich fragte mich, ob die Entdeckung von Simon Crowleys Leiche die Arbeiter verstört hatte und sie die Arbeit daher unordentlich beenden ließ.
»In mein Land haben wir überall viele Gärten«, sagte Estrella Garcia. »In der klein Stadt die Leute pflanzen Mais, Tomaten, das hier ist sowas, damit Menschen froh sind und vielleicht paar Blumen pflanzen, vielleicht bißchen Paprika …«
»Der Garten ist also neu?« fragte ich so nebenbei.
»Erst ein Sommer. Jeder arbeiten sehr hart letztes Frühjahr, weil die Leute, wissen Sie, erst werfen viel Müll und kaputte Sachen hin, schaun Sie, mein Enkel hat gepflanzt …« Sie zeigte auf eine krakelige Reihe verwelkter Sonnenblumen. »Wir machen es so schön für paar Leute, die wo hier wohnen. Wissen Sie, alle lieben Garten hier.«
»Alle, die ihn benutzen, wohnen in dieser Straße?«
Sie nickte geistesabwesend, während sie mit ihrem geschwollenen Fuß einen herumliegenden Ziegelstein hin- und herstieß. »Meine Familie, wir leben dort drüben nebenan.« Sie zeigte auf das angrenzende Gebäude, 535. »Manche Leute wohnen auf anderer Straßenseite, wissen Sie, alle kommen von nahe hier.«
»War das Gebäude, das hier gestanden hat, einsturzgefährdet?« wollte ich wissen.
Sie zuckte mit den Achseln. »Nicht so schlimm, wissen Sie.«
»Nicht zugenagelt und baufällig?«
»Da hat keiner gewohnt, aber war schon okay, wissen Sie?«
»Wie war das Dach?«
»Ich weiß so was nicht. Paar Leute haben versucht, da zu wohnen, aber die haben sie rausgeschmissen. Unser Haus ist besser. Mein Schwiegersohn ist Hausmeister. Er macht Job sehr gut. Er immer putzt Flur, Vordertreppe, alles …«
Wir gingen zurück zum hohen Zaun.
»War es nötig, dieses Gebäude abzureißen?«
»Nein, es war ziemlich gut, glaube ich.«

»Weiß Ihr Schwiegersohn Bescheid über das Gebäude?«
»Oh, sicher.«
»Wäre es zuviel verlangt, wenn ich ihn danach fragen würde?«
Ob es zuviel verlangt war oder nicht, sagte sie nicht. Wir machten uns auf den Weg zum hinteren Ende des Grundstücks, und Mrs. Garcia führte mich über drei Zementstufen, die mit Kinderrädern verstellt waren, hinunter durch eine andere Tür, an der BÜRO stand, dann eine Holztreppe hinab, wo die Luft plötzlich ziemlich heiß wurde, und in einen riesigen, dunklen Raum voller gewundener Rohre, mit einer fauchenden Heizungsanlage von der Größe eines Lastwagens, einer Reihe zischender Heißwasserkessel, einem leeren Fahrstuhlgehäuse, noch mehr Fahrrädern, einer Treppe im Hintergrund und verschiedenen Holzplanken. Unter einer Glühlampe mit einer langen Kette, an deren Ende ein Tennisball befestigt war, stand ein ziemlich schöner alter Tisch, an dem ein ergrauender Latino mit fleckigen, dicken Brillengläsern saß und an einem kleinen ölverschmierten Gerätestück mit einer wilden Entschlossenheit herumfeilte, die mir zu verstehen gab, daß er genau wußte, was er da tat, und sich abgesehen davon lieber woanders aufgehalten hätte.
»Luis«, sagte Estrella Garcia, »dieser Mann hier fragt nach Gebäude, das sie abgerissen haben.«
Er sah auf, warf einen Blick auf mich. »Nebenan?«
»Richtig«, sagte ich.
»Ja?« wandte er sich mir zu und nahm seine Brille ab.
»Ich würde gerne etwas über das Apartmenthaus nebenan wissen. Nummer 537. Warum hat man es abgerissen?«
»Es hat nichts getaugt.« Er zuckte mit den Achseln und wischte sich die Hände an einem Lumpen ab.
»Oh, Ihre Schwiegermutter hat gemeint, es sei noch ziemlich in Ordnung gewesen.«
Er schüttelte abfällig den Kopf. »Nein, nein, sie weiß überhaupt nichts darüber, wie diese Gebäude funktionieren. Es hat nichts getaugt. Man hat nach, sagen wir mal, 1970 nichts mehr erneuert. Ich war tausendmal in dem Gebäude. Das Dach war furchtbar, der zweite Stock hatte

Baufehler, schlimme Risse, überhaupt nicht gut. Sie haben das Dach nicht erneuert, und das muß man schon machen. Man muß das Dach in Ordnung bringen, sonst kommt Wasser rein, sehen Sie, und alles fängt an einzufrieren, auseinanderzubrechen und kaputtzugehen. War alles außerdem voll von Ratten.«
Ich wies mich aus und sagte ihm, daß ich Reporter sei. »Was war mit dem Leichnam, den man gefunden hat, als das Gebäude abgebrochen wurde?«
Der Hausmeister nickte und seufzte, als ob jegliche menschliche Tätigkeit mit ihrer ewig gleichen Idiotie eine Last für ihn wäre. »Ich dachte mir schon, daß es so etwas wäre.«
»Ich nehme an, die Polizei hat viele Fragen gestellt?«
»Ein paar schon.«
»Sie haben die Sache nie aufgeklärt.«
Er zuckte mit den Schultern. Es war ihm gleichgültig. »Es werden immer welche umgebracht, wissen Sie? Wir hatten eine Lady oben im fünften Stock. Und so'n Kind weiter unten in der Straße.«
Ich nickte. »Haben Sie sich jemals gefragt, wie die Leiche auf das Grundstück gekommen ist?«
»Eigentlich nicht«, sagte er. »Geht mich nichts an.«
»Nun, ich erwähne es, weil das Grundstück durch einen Schuppen am Gehweg mit Stacheldraht obendrauf abgeriegelt und das Gebäude selbst ebenfalls versperrt war.«
»Außer der Vordertür.«
»Richtig, aber die war verschlossen«, sagte ich. »Das war wahrscheinlich nicht ...«
»He, he, einen Moment mal«, sagte er und wischte sich wieder selbstvergessen die Hände ab. »Wissen Sie, wie viele Schlosser es hier in der Stadt gibt? Ich habe oben Mieter, die ihre Schlösser die ganze verfluchte Zeit über auswechseln. Die wollen ihre Miete nicht mehr bezahlen und ändern ihre Schlösser.« Er schüttelte den Kopf. »Der Hausherr hat früher die Schlösser ausgewechselt! Jetzt tun's die Mieter. Schreien immer was von Mietstreik.« Er warf den Lumpen auf den Tisch. Meine Nachfragen interessierten ihn nicht; er nutzte viel-

mehr die Gelegenheit, um eine allgemeine Tirade loszulassen. »Ich kann Ihnen sagen, es wird einem zuviel, wenn man versucht, jedermanns Waschbecken und Scheißkram wieder herzurichten. Ich hab nur einen Kerl als Hilfe ...« Er wandte sich einem dunklen Korridor zu, der sich längs einiger großer Rohre hinzog, die mit Isoliermaterial umhüllt waren. »Adam! Komm mal hier rüber.«
Ein kleiner, sanft aussehender junger Mann in einem »Met«-T-Shirt tauchte auf. Er kaute an seiner Unterlippe.
»Adam«, herrschte der Hausmeister ihn an. »Hol die Kiste. Zeig dem Reporter, wie viele Schlüssel du hast.« Er wandte sich mir zu. »Ich lasse Adam auf die Schlüssel aufpassen.« Er wandte sich wieder um. »Nein, Adam, hol die große Kiste. Die Mieter sollen mich benachrichtigen und mir einen neuen Schlüssel geben – das steht in jedem Mietvertrag –, und dann geben sie mir gar keinen Schlüssel. Ich arbeite für den Vermieter. Arschficker. Haarimplantate auf dem Kopf. Jedesmal wenn ich ihn sehe, sind es mehr Haarimplantate. Ich arbeite für ihn. Ich bringe ihm Geld ein, und er verwandelt es in Haarimplantate. Sieht aus wie 'ne Reihe kleiner Büschel, he!« Er verzog das Gesicht zu einem bitteren Lächeln. »Aber ich arbeite für ihn. Jeder muß für irgendwen arbeiten, ist es nicht so? Er läßt mich diese Spezialschlösser anbringen, für Doppelschlüssel und besondere Hotelschlösser und allen möglichen solchen Scheiß, und drei Tage später komme ich dann zurück, und die Mieterin hat verflucht noch mal einen Schlosser zum Öffnen geholt, damit sie vielleicht an ihren Teekessel rankommt, ist es nicht so? Ist es nicht so, Adam? Hol jetzt mal die Schlüsselkiste, Adam. He, hör auf, da hinten Mist zu machen!« Er schaute sich wieder nach mir um. »Ich kannte einmal alle Schlosser, und wenn die dann kamen, haben sie immer erst bei mir vorbeigeschaut, aber das waren noch Tage ...« Das Telefon klingelte, und er hob einen schweren schwarzen Hörer von einem Wandapparat ab. »Ja, ja. Nein! Nicht anfassen, Mrs. ... Sagen Sie Maria, sie soll es nicht anfassen. *Nein*, das geht nicht. Ich komme.« Er hängte ein und sah mich an. »Eine Lady auf der zweiten Etage hat ein fünfjähriges Mädchen. Das Balldding von der Fernsehantenne ist runtergefallen. Das

Kind hat die Antenne in die Steckdose gesteckt. Dieses Kind müßte jetzt eigentlich verflucht nochmal Toastbrot sein, aber es geht ihr gut. Fragen Sie mich nicht, wieso. Vielleicht hat die Steckdose keinen Saft. Ich muß los und es rausmachen.« Er nahm einen Werkzeugkasten, ging dann zum leeren Fahrstuhlgehäuse und drückte auf einen roten Knopf. »Jedenfalls ... ach ja, was die ganze Sache mit dem Schloß da drüben angeht, dem Haus da – vielleicht sind sie ja nicht zur Vordertür rein, aber sie hätten es tun können, sie hätten alles tun können, auch von meinem Dach aus zu ihrem rübergehen, und dann die Dachzugangstür einschlagen und dort oben Party feiern.«

Ich wollte ihn gerade daran erinnern, daß er vor der Polizei ausgesagt hatte, daß seiner Meinung nach niemand die 537 von seinem Dach aus erreicht hätte, weil er seine eigene Dachtür immer geschlossen hielt. Aber das Telefon klingelte noch einmal, und er nahm es ab. »Ja, Mrs., ja, ich komme jetzt.« Er hängte ein und schaute auf den Fahrstuhlkasten, dessen Seitenkabel sich bewegten. »Das Ding ist zu langsam. Dauert ewig.« Er drehte sich zu mir um und nickte flüchtig. »Okay, entschuldigen Sie mich, ich muß jetzt los. Ich kann nicht zulassen, daß das Kind elektrischen Strom entdeckt.« Er kletterte die Treppen hinauf. »Adam! Vergiß die verdammte Kiste! Wir nehmen die Treppe. Adam, komm mit, ich gehe zu Zwei-Null-Vier, Mrs. Salcines. Adam? Adam, hör auf mit dem Mist!«

Und so stand ich da, in einem Keller, unter einem Gewirr von Rohren. Estrella Garcia schaute mich über ihren schlaffen teigigen Halsring hinweg an. »Mrs. Garcia«, sagte ich, »darf ich Ihren Garten wieder besuchen kommen?«

Sie nickte zustimmend, vielleicht sogar erfreut.

Eine halbe Stunde später war ich wieder weiter nördlich in Uptown Manhattan und marschierte durch die Lobby im Erdgeschoß der Zeitung, wobei ich Constantine, dem Sicherheitsbeamten, zunickte. »Guten Morgen, Mr. Wren«, sagte er mit einer Herzlichkeit, die mich verblüffte. Constantine war schon fast zwei Jahrzehnte lang bei der

Zeitung und hatte Hunderte von Reportern, Redakteuren, Imbiß-Laufburschen, Fotografen und Anzeigenverkäufern kennengelernt. Vor drei Jahren sah man ihn beim Ausfüllen von Lottoscheinen, beim Einkringeln hinter seinem Tresen. Zuerst machte er ein paar pro Tag, aber mit der Zeit füllte er dann Dutzende pro Woche aus. Im übrigen lächelte er und nickte weiterhin zur Begrüßung. Bald konnten die vorbeieilenden gebildeten Profis es nicht lassen, anzuhalten und das Gespräch auf Constantines Lottoscheine zu bringen. Sie äußerten die Sorge, daß er von der Spielsucht besessen sei. Ob er Hilfe brauche? Einen Therapeuten? Ob ihm bewußt wäre, daß Lottoscheine eine Art regressiver Besteuerung seien? Daß die Gewinnchancen mager seien und er es sich wahrscheinlich nicht leisten könne, soviel Geld für seine Leidenschaft auszugeben? Das war, bevor Constantine zwölf Millionen Dollar gewann. Dennoch genügte es ihm, als Sicherheitsbeamter zu arbeiten, und jetzt brachten ihm die Leute aus dem Haus ihre Lottoscheine zum Ausfüllen.

Im Fahrstuhl fuhr ich zusammen mit einem jungen Reporter, der eine Papiertüte aus dem Delikatessengeschäft unten auf der Straße bei sich hatte. Seine Haare waren wild durcheinander, als ob er sie sich gerauft hätte, und er zwinkerte sich gedankenverloren selbst zu, wobei er gleichzeitig mit der Fußspitze auf den Boden klopfte.

»Einfach einen Stein auf den anderen legen«, sagte ich, wobei ich mich nicht an seinen Namen erinnern konnte.

»Was?« Er schaute mich beunruhigt an.

»Schwierigkeiten mit einer Story?«

»Ich … ja, ich krieg sie nicht hin, woher wissen Sie das?«

»Kein Mantel. Kein Notizbuch. Viel Kaffee. Sie sind rausgegangen und zurückgekommen.«

»Was haben Sie noch mal gesagt?«

»Einen Stein auf den anderen legen.«

Er nickte verständnisvoll. »Yeah.«

Wir stiegen aus dem Fahrstuhl, und der junge Reporter huschte fort in einen anderen Teil des Nachrichtenraumes. Ich drückte mich an der Hinterwand entlang. Vor Jahren verspürte ich eine gewisse Kameraderie den anderen Reportern gegenüber, aber das war, als wir uns alle auf dem Weg nach oben befanden. Wir saßen damals zusammen und redeten über Ed Koch, wie wir ihm etwas anhängen würden, das haften bliebe. Aber wir haben das niemals getan, und viele Leute sind zu anderen Zeitschriften gegangen oder haben für das Dreifache an Gehalt PR-Jobs gefunden. Oder sie sind gescheitert. Du siehst ein paar Leute, mit denen du älter geworden bist, und alle anderen scheinen immer jünger zu sein. Sie wollen alle ein paar Trophäen aufhängen. Dann gibt es noch die Ermittlungsreporter, denen das Nachforschen zu mühsam wird. Zuviel Beinarbeit fürs Geld, Mensch. Sie haben Ehefrauen und Ehemänner und Kinder und Darlehen und sind eingespannt. Sie müssen die großen Stories auftun, sie den Herausgebern aufschwatzen und dann losziehen und liefern. Ich habe das gemacht; ich war im Rathaus und im Polizeirevier, im Büro des Staatsanwalts und bei den Bundesgerichten. Ich habe rumgesessen, meine Zeit reingesteckt. Wenn man das ewige Ermitteln leid ist, versucht man, Kolumnist zu werden. Sie finden alle, daß ich zuviel verdiene. Ich kann es ihren Gesichtern ansehen. Mein Gehalt wurde in der Zeitschrift *New York* veröffentlicht. Durch eine Indiskretion. Es ist peinlich. Sie sehen mich an, und ich weiß, was sie denken. Sie wissen nicht, was es bedeutet, »Porter Wren« zu sein, welcher Druck dahintersteht. Sie können sich hinter dem Schirm der Objektivität verstecken, aber ein Kolumnist muß sich als erster ins Zeug legen, Neuigkeiten ausgraben, auf Seite eins kommen. Eine dreimal wöchentlich erscheinende Zeitungskolumne ist ein Aasgeier, der die Leber gerade so schnell wegfrißt, wie sie dir wieder nachwächst. Du bist an den Felsen gekettet, der Vogel nähert sich mit glänzenden Augen, sein Schnabel stinkt nach der letzten Mahlzeit, und plötzlich läßt er sich nieder und pickt und zieht an der Wunde, die er vor zwei Tagen zurückgelassen hat, frißt sich satt, verschlingt die Stücke und fliegt wieder fort. Die anderen Reporter glauben, daß sie das verstehen, aber das stimmt nicht, und ich nehme ihnen ihren Groll gegen mich übel. Deshalb schleiche ich mich herein, behalte dabei meinen Mantel an und gehe finster und grußlos an der Rückwand des Nachrichtenraums entlang. Haut alle ab. Kommt mir nicht in die Quere. Ich habe gerade meine Frau betrogen.

Richard Lancaster hat sich die Schläuche herausgerissen, stand in Bobby Dealys seltsam präziser Handschrift auf einem Stück Papier, das an meinen Bildschirm geheftet war. *Stirbt ziemlich schnell.* Das war der sechsundfünfzigjährige Versicherungsmensch, der Iris Pell ermordet hatte. Je länger er noch lebte, desto besser war natürlich die Geschichte. Ich starrte auf meine Notizen vom Vortag. Die krakeligen Federstriche widerten mich an – wie war es möglich, in achthundert Wörtern zu beschreiben, was mit Iris Pell geschehen war? Ging es irgend jemandem nahe? Was war eine Kolumne über sie wirklich wert? Ich wäre lieber in Caroline Crowleys Dusche. Ich rief das Krankenhaus an, dessen Pressesprecher ich kannte; er bestätigte nur, daß Lancasters Zustand sich wegen einer Gehirninfektion verschlechtert habe, und gab keinerlei Kommentar dazu ab, ob Lancaster sich erfolgreich seine Schläuche herausgezogen hatte – ein solches Eingeständnis hätte von Lancasters Familie zu der Unterstellung verwendet werden können, das Krankenhauspersonal ignoriere stillschweigend sein Verhalten, was wahrscheinlich der Fall war. »Es heißt, er hat sich die Schläuche herausgezogen«, sagte ich zu dem Sprecher. »Ich kann es nicht bestätigen«, antwortete er. Das hieß *Ja, aber verschaff dir eine andere Quelle.* Vielleicht war dies nicht der richtige Weg, an die Geschichte heranzugehen; all die Leute vom Fernsehen würden Totenwache bei Lancaster halten. Und die einzige gute Quelle hätte eine Krankenschwester oder ein Pfleger sein können, und die waren inzwischen wahrscheinlich von der Krankenhausverwaltung zum Schweigen verpflichtet worden. Ich blätterte die Seiten auf meinem Reporterblock durch. Die letzte Nummer gehörte Iris Pells Mutter. Vielleicht würde ihr das Sprechen leichterfallen, wenn sie wüßte, daß Lancaster auf dem Weg ins Jenseits war.

Ich liebe Abgabetermine, ich flirte mit ihnen, streichle sie und mache ihnen Versprechungen, ich lüge sie an und belüge mich selbst über die Lüge. Aber der Abgabetermin kommt immer, und deshalb war es an der Zeit, die Mutter des toten Mädchens anzurufen. Man muß das vorsichtig anstellen. Jemand ist gestorben, um Himmels willen. Vor zehn Jahren habe ich diese Art Anrufe in den Sand gesetzt, wenn ich es eilig hatte. Jetzt gelingen sie mir fast immer; man muß die Trauer respektieren, sich nicht davon erschüttern lassen oder für die Person schämen. Man muß standhaft bleiben und es aushalten, muß sich ihr nur öffnen und den Abgabetermin vergessen, alles andere vergessen, und wenn man alles andere vergessen hat, dann wissen sie, daß du dir wirklich etwas aus der Sache machst, und sie sagen es dir, denn das ist es, was sie eigentlich wirklich tun wollen. Ich nenne dies den Punkt der Erweiterung. Am Telefon war Mrs. Pell zuerst vorsichtig, als ob sie sich in die Faust beißen würde, ehe sie irgend etwas sagte. Dann öffnete sie sich ein wenig. Schließlich sprudelte es aus ihr heraus. Niemand hatte mit ihr geredet, niemand hatte gefragt. Ihre Tochter konnte mit zehn Monaten laufen. Ihre Tochter hatte im Alter von vier Jahren mathematische Fähigkeiten gezeigt. Ihre Tochter hatte Goldfische gezüchtet, als sie sieben war. Ihre Tochter hatte, seitdem sie achtzehn war, alle sechs Wochen Blut gespendet. Ihre Tochter hatte Buchhaltung gelernt. Ihre Tochter hatte einen Job gefunden, für den sie 41 000 Dollar im Jahr bekam, und hatte sich nach ein paar Jahren einem Fitneßklub in Midtown Manhattan angeschlossen, wo, wie derzeit üblich, keuchende Berufstätige auf fixierten Fahrrädern fix in die Pedale traten oder mechanische Stufen mechanisch erklommen. In der Lobby des Fitneßklubs hatte irgendein ambitioniertes Mitglied – zweifellos ein Investmentbanker – einen Stapel Prospekte für ein IPO ausgelegt, ein öffentliches Erstangebot für Aktien einer Gesellschaft. Es war ein seltsamer Ort für einen IPO-Prospekt, was natürlich der Hintergedanke dabei war, weil die Leute vielleicht wirklich hinschauen würden, und Iris Pell, die Buchhalterin, bemerkte sie. Mit geröteten Wangen von ihren Übungen und einem Kopf voll dichtem, dunklem Haar wurde sie ihrerseits von Richard Lancaster, dem Versicherungsmanager, bemerkt. Er machte eine beiläufige Bemerkung. Sie gab eine Antwort. Sie sahen jeder im anderen die Wertschätzung für die Erscheinungsformen und die Komplexität des Geldes. Sie diskutierten über den Prospekt. Wie amüsant, daß er in der

Lobby des Fitneßklubs auslag, was für ein Kommentar zu unserem heutigen Lebensstil. Hah. Ja, hah. Und so weiter. Was sie wirklich diskutierten, war die Aussicht auf eine Beziehung, und in jenen ersten zehn Minuten, beim Kopfnicken und Lächeln und vorsichtigen Beobachten, wurde die Abmachung getroffen. Es machte nichts, daß Lancaster soviel älter war. Bald kamen der Wein, das Bett, das Plänescmieden. Iris Pell hatte ihrer Mutter alles erzählt. Fünf Monate später wurde das Hochzeitskleid der Familie Pell, das in einem Zedernschrank in einem Vororthaus in New Jersey im Pappkarton aufbewahrt wurde, feierlich von den Mottenkugeln befreit. Immerhin achtunddreißig Frauen hatten in dem Kleid geheiratet. Man hatte die Nähte aufgetrennt und neu zusammengenäht, das Oberteil hergerichtet, um den Busenansatz entweder zu zeigen oder zu verhüllen (je nach Charme, der Einstellung der Mutter in Hinsicht auf das Äußere und der Keßheit der Tochter); aber das Kleid, das Kleid an sich, hatte über einen Zeitraum von neunzig Jahren – von beinahe einem Jahrhundert – die Träume von achtunddreißig Frauen in Weiß gehüllt, Mütter, Töchter, Kusinen und Schwiegertöchter, und obwohl der Spitzenstoff mit Parfüm und Lippenstift, Zigarettenasche, Champagner und Tortenglasur besudelt worden war und der übliche Prozentsatz der Ehen unglücklich ausging, blieb für die Familie Pell das Kleid selbst heilig; für eine Familie aus der Arbeiterklasse von New Jersey bedeutete dieses Kleid, in einer Zeit ohne Werte im Besitz von Werten zu sein. Ja, Iris Pells Hochzeitskleid hatte seinen letzten nächtlichen Tanz unter den fluoreszierenden Lampen einer chinesischen Reinigung auf der Upper West Side getanzt, und dieser letzte Tanz war die plötzliche Körperdrehung gewesen, die Iris Pell machte, als sie ihren sitzengelassenen Liebhaber Richard Lancaster entdeckte, wie er in den Laden stürzte und die Pistole abfeuerte, die er bei sich hatte, wobei die Kugeln das Kleid durchlöcherten, ehe sie Iris Pells Herz durchbohrten, und danach, aus der Ferne, das Herz der Mutter. Die Tochter fiel, der Mörder floh, die Polizei kam, die Mutter trauerte. Das Kleid wurde schnell von der Polizei fotografiert und der Mutter zurückgegeben, die aufgrund des Wissens einer Mutter über Hei-

liges und Profanes das Hochzeitskleid – ihr Hochzeitskleid, das Hochzeitskleid ihrer Mutter – verbrennen ließ. Und mir dann weinend davon berichtete. »Ich mußte es tun, wissen Sie, es war einfach nicht recht, es noch länger zu behalten. Ich habe es nicht einmal mit meinem Mann besprochen, Mr. Wren, ich mußte es einfach tun. Ich hätte das Kleid nie mehr anschauen können, ich hätte nie … ich – bitte entschuldigen Sie mich einen Moment … Verzeihung – sie war meine Tochter! Warum ist meine Tochter nicht mehr da? Warum sagt mir das niemand?«
Ja, Bobby Dealy hatte recht, ich mag den romantischen Blickwinkel. Und auch wenn die Zeitungskolumne ein Aasgeier sein mag, so baut sie mich doch in dem gleichen Maße wieder auf, in dem sie an mir zehrt. Wenn ich zum Beispiel den trauervollen Bekenntnissen einer einfachen, anständigen Frau in ihrer Küche in New Jersey zuhöre, dann gibt es einen Augenblick, in dem ich durch ihr Leiden ganz werde, in dem ich die Menschlichkeit einer Fremden entdecke und dadurch besser gemacht werde, als ich wirklich bin.

Als die Kolumne fertig war, kehrten meine Gedanken zu dem vergangenen Nachmittag zurück, und angenommen, meine eheliche Schuld wäre eine Höhle, bedeutete das jetzt, die langen, feuchten Wände nach den scharfen Stellen abzutasten und nach der Größe der Aushöhlung zu forschen, die ich in meinem Inneren geöffnet hatte. Ich wollte die Angelegenheit von allen Seiten bedenken, entscheiden, ob ich meiner Frau ein Geständnis darüber ablegen sollte, und wenn ja, in welcher Form. Und wenn es *kein* Geständnis geben sollte, was mußte ich dann von mir selbst halten? Ich nehme an, daß andere ehebrecherische Männer sich mit denselben Fragen herumschlagen. Ich nahm auch an, daß Caroline Crowley meine Zwiespältigkeit und mein Zögern in dieser Sache verstehen und mich nicht allzufrüh wegen weiterer Kontakte bedrängen würde. Und vielleicht mußte sie ja auch mit ihrer eigenen Reue fertigwerden, wenn man bedachte, daß sie mit dem jungen Angestellten verlobt war, den ich auf Hobbs' Party

gesehen hatte. Aber ich hatte mich getäuscht. Kaum hatte ich die Kolumne auf den Weg gebracht, rief sie auch schon an.
Unser Gespräch war kurz und gespickt mit weiteren sexuellen Möglichkeiten. Ich untersagte mir, sie jemals wiederzusehen, und sagte ihr, daß ich sie in einer halben Stunde in Uptown treffen würde, in einem Lokal neben der Park Avenue mit vielen abstrakten Fischskulpturen an der Wand. Ich war zuerst dort und bat den Kellner, mit der Weinkarte noch zu warten, und dann stand Caroline in Pelz und Bluejeans draußen vor dem Restaurantfenster, und ich wußte auf einmal wieder, warum ich es getan hatte. Sie kam herein, und alle Männer schauten, und sie schauten weiter, als sie ihren Mantel auszog und ihn dem Kellner gab. Ihr Tag war jetzt ein wenig besser geworden; sie behielten ein wenig von Caroline für sich, verleibten sie sich ein und vertrauten sie dem Ort an, wo sie private Schätze aufbewahrten. Sie küßte mich und setzte sich dann mit dem glücklichen Aufseufzen einer Frau, die gerade zwanzig Häuserblocks in der Luft Manhattans zu Fuß gelaufen war, mit leuchtenden Augen neben mich. Sie wirkte jünger als bei unserer ersten Begegnung.
»Ich mag dieses Lokal.« Sie schaute sich um. »Kommst du oft her?«
»Niemals.«
»Versteckst du mich?«
»Ja, aber in aller Öffentlichkeit.«
»Was ist, wenn du jemanden siehst, den du kennst?«
»Das wird nicht passieren.«
»Wäre aber möglich.«
»Ja, wäre es.«
Sie kicherte. »Ich könnte so tun, als ob ich deine Frau wäre.«
»Wird nicht hinhauen.«
»Ich könnte deine Assistentin sein.«
»Habe aber keine.«
»Ich könnte eine wichtige Informantin sein.«
»Du bist eine wichtige Informantin.«
»Worüber?«
»Schuldgefühle.«

»Also, ich hab keine Schuldgefühle«, verkündete Caroline. »Ich weiß, daß ich irgendwie in Gedanken schien, bevor du gegangen bist, aber ich bin nicht schlecht gelaunt oder trübsinnig oder so, ich habe nur darüber nachgedacht, wie lieb du gewesen bist und wie gerne ich dir ein paar Sachen sagen wollte, und daß es ein bißchen schwierig wäre, das zu tun, und deshalb denke ich, ich würde es dir einfach gerne zeigen und dann weitersehen. Ich – ich bin …« Sie spielte mit der Serviette, und ich bemerkte, daß ihre Finger ganz leicht zitterten. Ich hatte diese Finger in der Hand gehalten, gegen das Bettuch gepreßt. »Ich bin wirklich ziemlich einsam, Porter. Ich treffe mich mit Charlie, weißt du, aber er ist jung. Ich meine, er ist ein sehr guter Mensch …« Sie schaute besorgt auf und senkte dann wieder den Blick. »Er denkt, daß wir wahrscheinlich diesen Juni heiraten …« Sie machte eine wegwerfende Handbewegung. »Also das ist eine ziemlich umständliche Art, dir zu sagen, daß ich dir die Sache zeigen will, von der ich erzählt habe. Heute nachmittag. Jetzt sofort. Wenn du Zeit hast.«

Ich nickte. Wir verstummten und ich bestellte eine Kanne Tee, um die Kälte zu vertreiben. Caroline verlangte irgend etwas Besonderes von mir, und was das war, konnte ich nicht sagen – zumindest jetzt noch nicht. Sie wollte eindeutig Aufmerksamkeit, sogar Liebe, aber sie hatte keinen Grund, anzunehmen, daß ich ihr diese Dinge geben würde, weil meine Energien ganz offensichtlich fast ausschließlich meiner Familie und meiner Arbeit gewidmet waren. Und wenn sie hinter Sex her war, dann – nun, ich gehe davon aus, daß ich genauso geeignet dafür bin wie jeder andere Typ, aber wenn sie wählen und aussuchen wollte, bräuchte sie nur ein oder zwei Minuten in einer Bar herumhängen und könnte den Liebhaber ihrer Wahl aufreißen. Und das trifft auch für die kleineren Zerstreuungen zu; sie hätte brillante Unterhalter auftun können, am Hungertuch nagende Dichter, mild gestimmte Heroinabhängige, eiskalte Geschäftsleute mit teuren Hobbys, Ghettoaktivisten mit großer Ausstrahlung – wen auch immer. Ich war ein verheirateter Zeitungsmann. Ich begriff das Ganze nicht besonders gut. Ich brauchte es nicht zu begreifen, noch nicht.

Wir spazierten die Park Avenue stadtaufwärts, vorbei an Topmanagern, Frauen mit Hüten, Boten, Lieferanten und Sekretärinnen mit vernünftigem Schuhwerk.

»Hier«, sagte Caroline und nahm mich am Arm.

Ich schaute die Gebäudefassade an; es handelte sich um eine malaysische Bank, eine, von der ich noch nie gehört hatte, die aber zweifellos jene ständig zunehmende Anzahl wohlhabender malaysischer Mittelsmänner bediente, die für japanische und südkoreanische Herstellerfirmen arbeiteten, indem sie die Produktion von Billigtechnologieprodukten zu Malaysias ausbeuterischen Löhnen bewerkstelligten. Wir betraten eine marmorne Lobby, in der ein riesiger sitzender Buddha hinter Glas ausgestellt war, zweieinhalb Meter hoch, Jahrtausende alt. Ich bemerkte, daß Caroline ihn mit Respekt betrachtete. Dann wies sie sich vor den drei uniformierten Wächtern aus, die an einer weißen Konsole saßen; einer von ihnen nahm wortlos das Telefon zur Hand, redete eine Sekunde lang und nickte dann.

»Bewahrst du Geld in dieser Bank auf?« fragte ich.

»Nein.« Sie lachte. »Hier bewahre ich Simon auf.«

Wir durchquerten eine Eingangshalle, in der sie einer Empfangsdame zunickte, die daraufhin einen Knopf an ihrem Tisch drückte. Hinter uns öffneten sich die Türen eines Fahrstuhls. Im vierzehnten Geschoß hielten wir an. Hier nannte Caroline einer anderen Empfangsdame eine Kontonummer. Von meinem seitlichen Standort aus konnte ich sehen, wie ihr Gesicht auf einem Farbbildschirm erschien – es sah seltsam blutleer aus. Danach gesellte sich ein uniformierter Wächter mit umgegürtetem Pistolenhalfter zu uns und geleitete uns an gläsernen Sicherheitstüren vorbei durch ein Labyrinth von Fluren. Nachdem wir auf der anderen Seite einer weiteren Tür angekommen waren, die sichtlich noch undurchdringlicher war – dicker polierter Stahl von vielleicht fünfzig Zentimetern Stärke –, wurden wir von einer sehr kleinen malaysischen Frau durch einen schmalen Gang mit fensterlosen, numerierten Türen geführt. Aus einer der Türen traten gerade ein Herr mit Turban und eine verschleierte Frau heraus, und in dem schmalen Tresorraum hinter ihnen konnte ich im Vorübergehen etwas erkennen, das wie eine jener lebensgroßen Tonfiguren aus China aussah. Das Paar schaute ruhig durch uns hindurch, ganz offenbar galt hier die Abmachung, daß niemand niemanden sah. Am Ende des Gangs drückte die Aufseherin einen kurzen Code in ein Sicherungsschloß an einer Tür und wendete sich dann zur Seite, als Caroline eine eigene Kennkarte einlegte. Ein grüner Lichtpunkt blinkte, und die Aufseherin öffnete die Tür für Caroline. Dann nickte die Frau und verschwand.

Ich wußte nicht, was ich erwarten sollte, aber ich war erstaunt über die Kargheit des Raums, dessen Inhalt aus genau fünf Gegenständen bestand: zwei einfachen Bürostühlen, einem kleinen Tisch, einem Videokassettengerät und einem riesigen Behälter von der Größe der Tiefkühltruhe, die mein Vater in unserer Garage stehen hatte und in der er die Rehe unterbrachte, die er im Herbst immer erlegte.

»Dies ist etwas, wovon ich eine vage Vorstellung hatte, als Simon lebte, das ich aber bis nach seinem Tod nie wirklich gesehen habe.« Caroline drückte die Schnappverschlüsse am Deckel der Truhe nach oben, die Federung sprang auf, die Truhe öffnete sich und gab eine Lade mit Videobändern frei. Jedes war mit einem kleinen weißen Etikett versehen und numeriert: 1, 2, 3, 4, 5 und so weiter. Die Bänder waren nicht nach Nummern geordnet, es mochten fünfundsiebzig bis hundert gewesen sein.

»Welche Bänder soll ich mir ansehen?« fragte ich.

»So viele wie möglich.«

»Im Ernst?«

Sie sah mich mit hochgezogenen Augenbrauen an.

»Das würde dauern – warte mal, sind die hier alle zwei Stunden lang?«

»Die meisten dauern nur ungefähr zehn, zwanzig Minuten. Manche sind länger. Ein paar sind viel länger.«

»Ich werde tun, was ich kann.«

»Du kannst wieder zurückkommen und den Rest anschaun.«

Sie hob die Lade mit den Kassetten hoch.

»Soll ich sie in der Reihenfolge der Zahlen anschauen?« wollte ich wissen.

Sie schüttelte den Kopf. »Das ist egal.«
»Keine Anweisung oder Botschaft oder so etwas?«
»Nein. Absolut nicht. Das war nicht seine Sicht der Dinge. Er hatte die Vorstellung, daß es kein Muster gäbe. Das wäre zu einfach gewesen. Er war der Ansicht, daß Muster etwas für Feiglinge sind.«
»Setzt du dich denn her und schaust sie mit mir zusammen an?«
»Nein.«
Ich sah sie an.
»Es tut mir leid. Ich kann die hier nicht mehr ansehen.« In ihren Augen lag Erinnerung. »Ich habe sie viel zu oft gesehen. Ich könnte es nicht noch ein weiteres Mal aushalten. Es ist zu anstrengend.«
Ich zog einen der beiden Stühle neben die Kiste und fing an, die Bänder zu durchstöbern.
»Ich werde den Leuten da draußen erzählen, daß du vielleicht eine Zeitlang hier bist.«
»Okay.«
Sie kam nahe an mich heran. »Danke, Porter.«
»Dies hier gehört zu den eher verrückten Augenblicken in meinem Leben, glaube ich.«
»Du mußt nur daran denken, daß Simon sein ganzes Leben lang sehr, sehr unglücklich war und daß er immer auf der Suche nach etwas war, nach wahrem Leben, er wollte Wahrheit einfangen. Vielleicht ist das albern, aber das ist es, was er wollte. Diese Bänder sind eine Art persönliche Sammlung. Er hat jedes ausgewählt, weil er irgend etwas daran mochte. Viele andere hat er aussortiert. Wir haben einmal darüber gesprochen. Er versuchte, eine Sammlung gefilmter Augenblicke zusammenzustellen. Nicht wie einen Kinofilm. Keine Abfolge. Nur eine Sammlung.«
»Hat Charlie diese Bänder gesehen?«
»Charlie? Natürlich nicht! Er hätte kein Verständnis dafür!«
»Und deshalb ...«
»Deshalb bitte ich dich, sie anzusehen.«
»Warum?«
»Nun ...« Sie heftete ihre großen blauen Augen auf mich, und sie

schienen voller Antworten zu sein, die sich nicht nur auf Erinnerungen an ihre Zeit mit Simon Crowley bezogen, sondern auf ihr Leben davor. Es war, als wolle sie andeuten, daß die eine Sache mit der anderen zusammenhinge und daß alles mit allem anderen zusammenhinge und nur dann verständlich wurde, wenn sie es mir auf ihre eigene Art erklären könne, so schwierig es auch sei. »Ich brauche – ich möchte, daß du sie siehst, weil ich dann über etwas anderes mit dir sprechen kann.«

Aus Berufserfahrung weiß ich nur zu gut, daß es manchmal nützlicher ist, dem ausweichenden Verhalten eines Gesprächspartners nachzugeben, als nachzubohren. Ausweichende Bemerkungen meißeln eine Art negativen Raum um das, was vermieden werden soll. Deshalb nickte ich nur.

Caroline beugte sich vor und gab mir einen sehnsüchtigen Kuß nah bei meinem Ohr. »Können wir uns morgen wieder in meiner Wohnung treffen?« flüsterte sie.

Ich nickte zustimmend – wie ein Idiot.

Sie ging hinaus, und die Tür fiel hinter ihr ins Schloß. Der Klang beunruhigte mich, ängstigte mich dann, und einen Augenblick später sprang ich auf und prüfte nach, ob ich nicht eingeschlossen worden war. Dann nahm ich eine Kassette mit der Aufschrift BAND 26, schob sie in den Apparat und drückte den Startknopf.

BAND 26

[Dunkle Umrisse, das Geräusch eines Lastwagenmotors.]

Erste Stimme: ... Golfstrom, Mensch, ein Boot ungefähr 15 Meter lang.

Zweite Stimme: Was hast du auf einem dieser Dinger gekriegt – sechs Sitze?

Erste Stimme: Yeah, zwei vorne unten auf der Rückseite, paar auf den Seiten. [Maschine ist lauter. Sonnenschein fällt auf die Szene und beleuchtet eine Art riesiger Metallhaube, dahinter liegt ein ständiger Strom aus Straßenasphalt und Schlaglöchern. Man kann hören, wie im Lastwagen andere Gänge eingeschaltet werden, wie Bremsen quietschen. Verkehrsgeräusche und Sirenen von weitem. Der Lastwagen hält. Es erscheint ein Mann in der Uniform eines Müllarbeiters, der eine große Tonne zieht. Müllbeutel, Schuhe, einzelne Zeitschriften werden hineingesteckt; dann ein anderer Mann mit einer anderen Tonne, dann der erste mit einer nächsten. Nach einem halben Dutzend Tonnen verschwimmt die Straße für zehn Sekunden jenseits der Metallhaube, dann Bremsenkreischen; die Männer erscheinen im Takt und schütten Mülltonnen aus, eine nach der anderen: Abfall, Kleidungsstücke, nasse Papiertüten, ein paar Flaschen, ein kaputtes Radio, Zeitungen, die eigentlich zum Altpapier gehören sollten, Tüten, Tüten, Tüten, einen alten Computerbildschirm, ein paar Kinderspielsachen, Zeitschriftenhefte, Styroporverpackungen, Papiere ...] Hab dort draußen einen wunderschönen Schwarm gesehen.

Zweite Stimme: Was war's?

Erste Stimme: Gelbflossen, an die dreißig Pfund schwer. Ich ging an Deck, es war wunderschön ... [Der Lastwagen schlingert wieder ein Stück weiter; die Männer bringen weitere Tonnen, leeren eine nach der anderen, schnaufen ein wenig von der Anstrengung, die Sonne scheint ihnen jetzt ins Gesicht. Die Oberkörper unter ihren schweren grünen Hemden sind kräftig an Schultern und Armen. Wenn das Licht über ihre Gesichter huscht, sieht man, daß sie älter sind, als man angesichts des beträchtlichen Kraftaufwandes für das Heben der schweren Tonnen erwarten würde.]

Erste Stimme: Dann war ich also oben, und wir haben sie gesehen. Unglaublich. Das Wasser war so blau, so blau, und dann rief der Kapitän: »Hier kommen sie«, und ich bin da oben auf Deck und sehe dieses Aufblitzen ... diese Umrisse, und sie bewegen sich schnell, leuchten, ungefähr zehn Fuß unter der Oberfläche, es war das Allerschönste, was ich jemals gesehen habe. [Der Lastwagen rollt wieder ein Stück vor. Die Männer arbeiten gleichmäßig, halten nur ein, um den Hebel zu betätigen, der die Müllpresse des Wagens in Gang setzt. Und dann weitere kulturelle Exkremente: Tüten, zerbrochene Deckenkacheln, ein Fahrrad,

Katzenstreu, eingerissene Müllbeutel, aus denen Eierschalen und Kaffeesatz herausquellen, Kotelettknochen, Modemagazine, Zigarettenkippen und ein Damenslip, schmutzig, durchsichtig und verführerisch für den Augenblick, in dem er oben auf dem Schaum des Abfalls treibt.] Nie und nimmer würde ich so etwas wieder vergessen, wie sie da alle auf mich zukamen, bestimmt waren es ein paar hundert.

Zweite Stimme: Yeah.

Erste Stimme: So was Wunderschönes, sag ich dir. [Das Müllauto rollt wieder ein Stück vorwärts, hält quietschend, und die Männer nehmen die Arbeit wieder auf. Dies dauert ungefähr noch zwanzig Minuten. Sie sagen nichts zueinander. Das Band endet.]

Ich schob ein weiteres ein.

BAND 32

[Auf dem Bildschirm ist der Rücksitz eines großen Wagens, einer Limousine, zu sehen. Es ist Nacht. Das Radio spielt ganz leise. Die untere Hälfte des Seitenfensters ist im Blickfeld. Das Auto bewegt sich durch den Verkehr, an Taxis vorbei, erleuchteten Schaufenstern, an Menschen in Wintermänteln auf der Straße. Es handelt sich um New York City.]

Erste Stimme: Es ist schon an, ich hab grad den Schalter eingestellt.

Zweite Stimme: Du bist ein ungeheuer verkorkster Kerl, weißt du das? [Ein Hinterkopf nahe vor der Kamera. Kamera versucht, sich automatisch auf dunkles Haar einzustellen. Kopf bewegt sich, Kamera versucht neue Fokussierung.]

Erste Stimme: Gib mir das Ding, Mann.

Zweite Stimme: Noch ’n Schluck und ich muß kotzen, ich laß es einfach laufen.

Erste Stimme: Mach bloß zuerst das Fenster auf.

Zweite Stimme: Bin viel zu abgedreht ’für.

Erste Stimme: Quatsch.

Zweite Stimme: Scheiße.

Erste Stimme: Sag Max oder wie heißt der Kerl … soll zur Tenth Avenue rüberfahren.

Zweite Stimme: Ich pack's noch nicht.

Erste Stimme: Sag's Max einfach.

Zweite Stimme: Er wird uns für 'ne Bande Scheißperverser halten.

Erste Stimme: Er wird bezahlt.

Zweite Stimme: Max! Tenth Avenue, 46th Street! [Ein Geräusch]

Erste Stimme: Was hat er gesagt?

Zweite Stimme: Klar, hat er gesagt.

Erste Stimme: Er hat gesagt, daß Bush wiedergewählt wird.

Zweite Stimme: Scheißkerl.

Erste Stimme: Herrje, ich fühle mich großartig, mein verdammter Kopf schwebt mag.

Zweite Stimme: Mag?

Erste Stimme: Magnetisches Schweben, Mann. Der japanische Zug läuft mit verfluchten zweihundert Meilen pro Stunde und berührt nichts, läuft über den Schienen.

Zweite Stimme: Wir können das nicht machen.

Erste Stimme: Zu high fürs Sterben, Mann.

Zweite Stimme: Komm schon, ist doch scheißegal.

Erste Stimme: Wir sind schon fast da, schau! Da ist eine. Sag Max: runter vom Gas. [Geräusch. Der Wagen bewegt sich langsam.] Da ist eine.

Zweite Stimme: Mein Gott, nein!

Erste Stimme: Die war gar nicht so schlecht!

Zweite Stimme: Die war riesig!

Erste Stimme: Da!

Zweite Stimme: Nein!

Erste Stimme: Yeah!

Zweite Stimme: Max, halt hier an! Hier anhalten! [Gesicht im Fenster. Blondes Mädchen mit schlechten Zähnen.]

Mädchen: Hi, Jungs.

Erste Stimme: Hi.

Mädchen: Was ist los heut abend? Es ist kalt, und ich bin ganz einsam hier draußen.

Erste Stimme: Wir sin' ziemlich einsam hier drinnen.

Mädchen: Sieht aus, als ob ihr 'ne ganze Bar dabei habt.

Zweite Stimme: Yeah, gehört zum Auto.

Mädchen: Toll.

Erste Stimme: Billy? Die für dich? [Pause. Draußen fahren Autos vorbei.]

Billy: Mach die Tür auf. Laß mich sehen. [Die Tür öffnet sich, Mädchen tut, als ob sie tanzt, bewegt die Hüften vor und zurück, rafft ihr kurzes Kleid nach oben.]

Erste Stimme: Billy?

Mädchen: Eins-fünfzig für um die Welt rum.

Billy: Für das Geld bist du zu häßlich.

Erste Stimme: Sie ist nicht häßlich. Farblos vielleicht. Unscheinbar. Gewöhnlich. 'ne gewisse utilitaristische –

Mädchen: Was sagt er?

Billy: Du klingst interessiert, mein Bester.

Erste Stimme: Könnte vielleicht int'ressiert sein. Könnte sehr int'ressiert sein. Aber schließlich kaufs' du hier ein. [Das Mädchen sitzt im Auto, ein Bein drinnen, eins draußen.]

Billy: Tür zu, 's is' kalt.

Mädchen: Ich könnt's mit euch beiden machen, wenn's das …

Erste Stimme: Ich steh nicht auf so 'n Scheiß. Hab Billy nackt gesehn, und das ist nich' so toll.

Billy: Fick dich, Simon.

Mädchen [zieht ihr Kleid hoch]: Wer von euch Herren …

Billy: Er wird's machen, aber ich zahle. Wir einigen uns also …

Mädchen: Ich hab gesagt eins-fünfzig für um die Welt rum.

Billy: Das ist Riesenkacke. Das bezahle ich nicht.

Mädchen: Was will er überhaupt?

Billy: Was willste?

Simon: Einfachen Fick.

Mädchen: Die meisten Kerle wollen, daß ich ihnen einen blase.

Simon: He, kein Rhythmus drin, kein Saft. [Nimmt langen Schluck aus einer Flasche.]
Billy: Das kann nicht eins-fünfzig kosten.
Mädchen: Ich mach's für hundert, aber das Zimmer ist zwanzig.
Billy: Du kannst es gleich hier machen, der Sitz is' groß genug.
Mädchen: Hundert also.
Simon: Billy?
Billy: 's is' zuviel.
Mädchen: Komm schon.
Simon: Du hast es hier mit einem knallharten Verhandlungspartner zu tun, Lady. Der Kerl arbeitet für Merrill Lynch, hat letztes Jahr 'ne Million gemacht.
Billy [recht erzürnt]: Scheiße, sag ihr das nicht.
Mädchen [probiert Flirtstimme]: Willst du mich denn nicht?
Simon: Klar will ich, würd auch hundert zahlen, aber ich bin hier nicht der mit dem Geld. Er hat das Geld, er ist der Kerl mit der Kohle für dieses Geschäft.
Mädchen: Fünfundsiebzig? Das ist aber mein letztes …
Billy: Verdammt, nein. Auf gar keinen Fall, verflucht noch mal. Hier draußen sind Mädchen, die 'ne ganze Scheißladung voll besser aussehen als du und die es für fünfunddreißig machen.
Mädchen: Yeah, sicher.
Billy: Glaubst du mir nicht?
Mädchen: Willste was Besseres, mußte dafür zahlen.
Billy: In Ordnung – wir werden 'ne andere finden, sieht aus, als wär da drüben gleich ein Mädchen, wollen mal sehen – wollen mal rübergehn und sehn, was die so verlangt …
Mädchen: Bitte, bitte, ich brauch etwas Geld. Ich hab ein Kaufproblem, ich kaufe zuviel.
Simon: Du bist ein großartiger Kerl, Billy! Nicht weinen, Süße.
Mädchen: Fünfunddreißig? Ich mach …
Billy: Pfff! Zuviel.
Mädchen [heulend): Ihr versteht mich nicht! Ich habe alle möglichen Prob …

Billy: Du mußt den Preis runterbringen.

Mädchen [heulend, jeder Stolz dahin]: Zwanzig? Bitte? Ich brauch Geld heute abend.

Billy: Fünf Kröten. Is' mein … letztes Angebot. [Mädchen weint und wirft ihren Blick hin und her in die Gesichter der beiden Männer.]

Simon: Du Scheißkerl, das wird sie auf keinen Fall …

Mädchen: Du wirst nicht mehr zahlen?

Billy: Nein.

Simon: Du bist gottverdammtnochmal bösartig, Mann. Beschissen eiskalt bösartig. [Trinkt einen Schluck]

Mädchen: Zwanzig? Das ist so wenig. Ihr Jungs seid so reich.

Billy: Fünf, du Miststück, ha!

Mädchen: Nein.

Billy: Das war's dann. [Das Mädchen schaut aus dem Fenster und sucht nach anderen Autos. Es kommen keine.]

Mädchen: Du Mistkerl. Gib mir zuerst das Geld.

Billy: Nein. Zuerst kommst du rein. [Sie steigt ein. Es erscheint eine Hand mit einem Geldschein. Sie nimmt das Geld schnell.]

Mädchen: Wirste zuschauen?

Billy: Nein, ich werde auf dieser Seite einfach mal rausgehen und dann hier für'n paar Minuten stehnbleim, anderswo hinschaun und mir 'ne philosophische Lulle reinziehn.

Mädchen: Okay.

Billy: Si-Junge, wirst du es schaffen mit dieser Biene?

Simon: Yeah, kein Problem. Dafür, daß du verflucht und vollständig zugedröhnt bist, bist du immer noch ein ganz gemeiner Mistkerl.

Billy: Bis zum bitteren Ende, Mann, schneid mir die Eier ab, und ich bleibe immer noch gemein. [Wagentür wird geöffnet, Billy steigt aus. Tür wird zugeschlagen.]

Mädchen: Okay, Kerl. Jetzt aber schnell.

Simon: Willste 'nen Drink?

Mädchen [entspannter]: Yeah.

Simon: Wir haben alles mögliche …

Mädchen: Gib mir einfach das. [Das Mädchen nimmt die Flasche.] Ich werd 'nen großen Schluck tun.
Simon: Süße, ich hab schon so was wie die Hälfte davon genomm', also kannste den gottverdammich größten Schluck nehm', den de wills. Bringt bißchen Geld zurück. [Mädchen setzt die Flasche an und bleibt ein paar Sekunden lang so.]
Simon: Herrje.
Mädchen: Was ist das? Whiskey?
Simon: Yeah.
Mädchen: Ich steh schon mein ganzes Leben auf Whiskey. Zieh dir die Hosen aus, zieh sie einfach ganz aus, das geht einfacher. [Kleidergeräusch] Ich zieh einfach mein Kleid hoch, siehst du.
Simon: Hmm.
Mädchen: Mal sehn, was wir hier haben.
Simon: 's is' sauber.
Mädchen: Hier hab ich 'n Gummi.
Simon: Hmm.
Mädchen: Wart 'ne Minute. [Hand kramt in der Tasche.] Ich muß den hier nehmen. Du hast 'nen dicken Schwanz.
Simon: Komisch, weil ich 'n kleiner Kerl bin.
Mädchen: Der dickste Schwanz, den ich je gesehen habe, war an diesem kleinen fetten Kerl dran, Hawaiianer oder so. [Gelangweilt jetzt.] In Ordnung, krieg'n steif, Mann. Du kannst es.
Simon: Fühlt sich gut an. Sehr professionell.
Mädchen: Denke dran, wie du es mir besorgen willst, Mann. Daran, wie du ihn reinsteckst.
Simon: Recht so.
Mädchen: Wer ist oben?
Simon: Ich.
Mädchen: Sei vorsichtig, mein Rücken tut weh.
Simon: In Ordnung.
Mädchen: Jetzt los. Gib mir das Ding, Kerl.
Simon: Yeah.
Mädchen: Uff.

Simon: Kann den Gummi nicht fühlen.
Mädchen: Ich hab ihn draufgemacht.
Simon: Bestimmt?
Mädchen: Ich hab ihn drübergezogen, du kannst es nicht spüren, weil du mich spürst.
Simon: Aaah.
Mädchen: Ich drücke noch mal.
Simon: Ah. Das war … Ja, das war gut.
Mädchen: Los, los, los, Kerl. Ich rechne hier nicht nach Minuten. [Irgend etwas ist an die Kamera gestoßen, und der Bildschirm zeigt jetzt das Gesicht des Mädchens; ihre Augen sind offen, und sie schaut umher, während die Gestalt über ihr sich abstrampelt; dann bemerkt sie neben sich auf dem Fußboden des Wagens die Flasche, schnappt sie sich und genehmigt sich einen langen Zug daraus; der Whiskey läuft ihr über das Kinn, während sie mit Stößen traktiert wird. Sie setzt die Flasche ab, rückt ihre Hüften ein wenig zurecht und kippt die Flasche dann wieder zurück, wobei sie sie diesmal um drei Zentimeter leert. Sie schließt die Augen und läßt die Flasche auf den Wagenboden fallen. Dann drückt sie beide Hände auf den Rücken der Gestalt.] Weiter jetzt, weiter, komm schon, gib's mir, Junge, komm schon. [Man hört ein langgezogenes Stöhnen, und einen Augenblick lang fällt Simons Kopf beinahe vertraulich gegen ihren Hals, aber sie rollt schon unter ihm hervor und zieht sich den Rock herunter.]
Simon: Scheiß Gummi.
Mädchen: War schon in Ordnung.
Simon: Ich glaub, es ist abgegangen, ich habe es nicht gefühlt.
Mädchen: Quatsch, ich konnte es spüren. [Zeigt auf seinen Unterleib:] Da ist es doch! [Sie findet wieder die Flasche.]
Simon: Nimm das Ding mit.
Mädchen: Einen Scheiß werd ich, wirf's raus auf die Straße.
Simon: Nein, ich hab die Flasche gemeint.
Mädchen: He, danke! [Sie öffnet die Tür, und fast im selben Augenblick hört man, wie sich eine andere Tür öffnet.]

Billy: Bist du noch da drin?
Simon: Alles in Ordnung.
Billy: Sie nimmt unsern verdammten Whiskey mit.
Mädchen: Er hat ihn mir geschenkt. [Tritt die Tür zu.]
Billy: Du hast ihn gestohlen!
Mädchen: Fick dich, du Arschloch.
Simon: Sie ist immer noch sauer auf dich.
Billy: Max! Max! Laß das Ding losfahren! [Das Auto fängt zu rollen an. Billy betätigt den Fensterscheibenknopf und steckt den Kopf hinaus.] Fünf Dollar! He, alle herhören! Dieses gottverdammte Miststück tut's für fünf Dol … [Er zieht schnell seinen Kopf herein.] Ui, ah, sie holt auf. [Irgend etwas schlägt auf das Auto auf, das Geräusch von splitterndem Glas.]
Simon: Hat sie die Flasche geworfen?
Billy: Yeah. [Schaut nach vorne ins Auto.] Max! Keine Angst! Das Auto ist in Ordnung. Kein Problem. Ich zahle, wenn es irgendein Problem gibt! [Auto gleitet im Verkehr dahin. Schaukelnde Stadtlichter, Verkehrsfluß.] Das war verkorkst.
Simon: Eine dunkle Episode.
Billy: Sehr dunkel.
Simon: Und wohin jetzt?
Billy: Ich habe Harlem zu bieten, das East Village, Central Park West … alles nur mögliche!
Simon: He, wir sollten das Ding ausstellen.
Billy: Es ist ein Zwei-Stunden-Band. Da wird jede Menge …
Simon: Gib mal den Draht her. Nein! Einfach hergeben – Billy, du Mistkerl – [Das Bild verlischt. Schneegestöber auf dem Bildschirm.]

BAND 69

[Luxuriöser Raum mit hohen Decken und dicken, roten Vorhängen, die bis auf den Boden reichen. Gut angezogene Leute gehen umher. Eine Frau hält einen Notizblock. Ein älterer grauhaariger Herr, umgeben von anderen, jüngeren Leuten. Die Kamera ist unruhig, so als würde sie mit der Hand oder sogar versteckt gehalten. Eine Gruppe von Männern betritt zwanglos den Raum, aber alle im Raum drehen sich um. Einer der Männer ist Bill Clinton. Er ist jünger, sein Haar hat gerade erst angefangen, grau zu werden. Er ist derjenige welcher, er ist die Macht. Einige gehen zu ihm hinüber. Es ist deutlich, daß sie es gewohnt sind, in seiner Nähe zu sein. Er ist ein sichtbar großgewachsener Mann. Die Kamera nähert sich wackelnd. Man hört eine Stimme: »Herr Präsident?« Clinton schaut auf, dann zurück zu seinem Zuhörer. Sie reden weiter, Clinton wartet darauf, zu antworten, er nickt, seine Augen wandern im Raum umher. Die Frau mit dem Notizblock nähert sich ihm, und es ist offensichtlich, daß sie für einen Augenblick privat mit ihm reden muß. Die Kamera ist jetzt ganz nah. Es scheint, als sei die Kamera an der Person versteckt, die näher kommt.]

Die Frau mit dem Notizblock: Es ist nur ein Terminproblem.

Clinton: Ich kann es nicht machen.

Frau [in die Kamera]: Paul? Kannst du sie noch eine weitere Stunde lang hinhalten?

Stimme: Ich glaube nicht.

Clinton [nachdrücklich, sein Gesicht rötet sich]: Ich habe keine Zeit dafür.

Stimme: Wir könnten die Differenz aufteilen und sagen ...

Clinton: Nein, verdammt noch mal. Wann seht ihr Leute endlich ein, daß ich nein meine, wenn ich nein sage? Und daß euer Problem nicht mein Problem ist? Führt eine Lösung herbei. Ihr seid alles kluge Leute, ich habe eure Lebensläufe gelesen. Sagt ihm, wir würgen's ihm bei der Gesetzesvorlage rein, wenn er das noch mal versucht. [Schneidet mit der Hand durch die Luft.] Die bringen mich noch um mit ihren Kinkerlitzchen. [Clinton löst sich, geht durch den Raum, um andere Leute zu begrüßen. Band endet.]

BAND 72

[Pendlerzug voller Männer und Frauen in Bürokleidung. Die Fenster sind dunkel; es ist Abend. Vor der Kamera die Rückansicht zweier Männerköpfe.]

Erster Mann: … also ich meine, im untersten Quartil der Firma gehören Abrechnungsstunden zu den Maßnahmen. Das wissen wir doch alle. Also bitte ich ihn in mein Büro, und er kommt und wir setzen uns hin und ich sage, »Gerry, wir müssen darüber reden, wie's bei dir läuft.« Und er ging sofort in Verteidigungsstellung und behauptete, die erforderliche Zeit aufzubringen. Ich sagte: »Moment mal, du hast im letzten Jahr fünfzehnhundert Stunden und noch ein paar zerquetschte in Rechnung gestellt, das ist noch nicht einmal die Hälfte.« Er sagt, er arbeitet immerzu, aber er hat Familie und muß auch Zeit für die haben. Er habe neun Jahre in die Firma gesteckt und sei der Meinung, daß man ihm dafür etwas Spielraum zubilligen müsse. Ich sagte, okay, das kann ich verstehen, aber es bliebe das Gefühl, er wäre nicht oft genug da. Ich meine, ich habe ihm klargemacht, wenn er in die Ferien fährt und die McCabe-Sache ist noch nicht abgeschlossen, dann kommt sie auf meinen Tisch, und ich kann sie nicht richtig abwickeln, und wenn er dann aus den Ferien zurückkommt, ist das Ganze ein Durcheinander. Und genau das ist ja auch passiert. Gerry sagt, daß er sich um seine Familie kümmern müsse, seine kleine Tochter hat bei einer Dinnerparty rumgetobt und ist durch ein Glasfenster gerannt und hat sich die Nerven am Fuß verletzt. Seine Frau ist mit dem dritten Kind schwanger, und er muß das Mädchen zur Krankengymnastik oder so bringen. Ich frage: »Kannst du denn niemanden dafür anstellen, sie hinzubringen, einen Babysitter oder sowas?«

Zweiter Mann: Das ist ziemlich schwierig.

Erster Mann: Ja, natürlich, es ist auch ziemlich schwierig, den McCabe-Vorgang rechtzeitig fertigzustellen, wenn der leitende Kollege nicht da ist. Ich habe ein paar Mitarbeiter, also Peter Soundso, und Linda, die sind ziemlich gut, aber du weißt, die haben die Vertragsgrundlage ausgearbeitet, und es hat ein paar ernsthafte Probleme gegeben. Diese Grundstücksmakler, die schon seit zwanzig, dreißig Jahren in der Stadt arbeiten, kennen jeden Trick. Jeden einzelnen. Sie fügen komische kleine Klauseln ein, die zunächst ganz harmlos aussehen, weißt du, und später entdeckt man dann, daß sich das auf irgendeinen unbekannten Abschnitt in der städtischen Verfassung bezieht, und dann ist man aufgeschmissen, weil es im Vertrag steht. Kostet am Ende ein paar Millionen Dollar – das ist uns schon passiert.

Zweiter Mann: Was hast du Gerry also gesagt?

Erster Mann: Ich habe ihm gesagt, daß er sich weniger frei nehmen darf, daß er anwesend sein und seine Gegenwart ab sofort auch bemerkbar machen muß. Also meine Abrechnungsstunden sind deshalb weniger geworden, weil ich draußen bin und Geschäfte an Land ziehe. Die Leute vom Vergütungsausschuß verstehen das. Gerry sagt also, er sieht keine Möglichkeit, mehr Stunden einzubringen. Er arbeitet rund um die Uhr, seine Frau erwartet, daß er sich zu Hause kümmert, er rennt von einem Ort zum andern – wie wir alle, oder? Ich sage ihm, daß er kapieren muß, daß er in der Firma ein Problem hat. Ich kann ihn nicht mehr beschützen. Ich werde ihn nicht mehr beschützen. Er sagt: »Was soll das heißen?« Wir denken beide dasselbe. Zwei Kinder in der Privatschule, das dritte unterwegs, das ganze Drumherum. Also sage ich: »Laß uns irgend etwas ausmachen, bei dem ich davon ausgehen kann, daß du, sagen wir mal, neunzehnhundert Stunden im Jahr abrechnen wirst und nur eine Woche Urlaub nimmst.

Zweiter Mann: Was hat er da gesagt?

Erster Mann: Er hat nichts gesagt. Es geht darum, was er getan hat.

Zweiter Mann: Was?

Erster Mann: Du wirst es nicht glauben. Er ist durchgedreht.

Zweiter Mann: Was?

Erster Mann: Ja. Er sagt gar nichts. Er steht vom Tisch auf, stellt sich hin und dreht mir den Rücken zu. Ich denke, okay, das ist eigenartig. Dann wird mir klar, was er da macht. Er nimmt seinen Schwanz raus und pinkelt ...

Zweiter Mann: Wie bitte? Komm schon, hör auf!

Erster Mann: Ich mache keine Witze. Er geht herum und pinkelt hier und da, er dreht sich um und schlenkert die Pisse nach oben, und ein wenig davon trifft meinen Schreibtisch, danach geht er rüber zum Computer und pißt ein bißchen darauf, und dann ist er fertig. Zieht den Reißverschluß hoch. Er setzt sich wieder auf seinen Stuhl und schaut mich an. Als ob nichts geschehen wäre. Ich sitze nur da. Eine Million Dinge gehen mir durch den Kopf. Kann ich den Kerl auf der Stelle rausschmeißen? Nein. Das muß durch den Ausschuß gehen. Nur Carl kann sofortige Kündigungen aussprechen, und der ist auf den Bermudas. Ich frage mich, ob Gerry richtiggehend verrückt ist, ob er gefährlich ist.

Zweiter Mann: Und Gerry sitzt ganz ruhig da?

Erster Mann: Ja, wirklich sehr ruhig. Sieht nicht mal wütend aus. Und ein Tropfen hat sogar eine der eidesstattlichen Mueller-Aussagen durchnäßt, die ich gerade vor mir liegen hatte. Wir haben einfach dagesessen. Dann habe ich ihm gesagt, daß er mal lieber damit rechnen solle, gefeuert zu werden. Ich sagte dies, so ruhig ich konnte. Ich meine, die Sache ist schon passiert, er ist zu weit gegangen, oder? Und dann sagt er: »Ich werde verdammt nochmal alles dransetzen, meine Stunden auf neunzehnhundert im Jahr anzuheben, John, und du kannst davon ausgehen, daß ich von meinem Urlaub nicht mehr als eine Woche am Stück nehme.«

Zweiter Mann: Das ist sonderbar.

Erster Mann: Dann geht er. Und ein paar Tage später, am darauffolgenden Montag, Carl ist wieder zurück, da sind er und ich und Gerry in Carls Büro. Nicht in dem kleinen, sondern in dem großen unten im sechsten Stock. Ich erzähle ihm, was passiert ist. Carl dreht sich zu Gerry um. Gerry sagt, das ist lächerlich, das ist abartig. Ja, wir haben eine Auseinandersetzung gehabt wegen der Stundenzahl, und ich bin wieder auf den Karren aufgesprungen, aber in sein Büro gepißt? Das ist doch ausgemachter Blödsinn, Carl.

Zweiter Mann: Halt, warte mal, er leugnet die Sache ab? Hat das denn keinen Geruch zurückgelassen, oder…

Erster Mann: Nein, die Putzkolonne war noch am selben Abend da, die stauben ab, leeren die Mülleimer, wischen alles ab und saugen Staub. Da war kein Geruch zurückgeblieben, kein Anzeichen. Ich hatte also keinen Beweis. Ich sitze da und schaue Carl an und weiß, daß Carl sich überlegt, wer verrückter ist. Einer meiner leitenden Mitarbeiter hat in das Büro eines anderen gepinkelt, oder einer meiner leitenden Mitarbeiter behauptet, daß ein anderer leitender Mitarbeiter in sein Büro gepinkelt hat? Beides ist gleichermaßen verrückt. Ich kann förmlich sehen, wie Carl denkt. Ich habe lange Zeit für ihn gearbeitet …

Zweiter Mann: Gerry auch.

Erster Mann: Ja, Gerry auch. Carl schaut uns also beide an. Dann sieht er mich mit seinen müden, alten Augen an. Ich weiß, was er denkt. Ich habe keinen Beweis. Nur die Anschuldigung. Dann sieht er Gerry an. Nun, Gerry mag sein Stundensoll nicht erfüllen, aber der Kerl ist pfeilglatt, sieht immer proper aus, legt nicht einmal einen Flirt mit den Sekretärinnen ein.

Zweiter Mann: Ja.

Erster Mann: Carl sitzt also da und überlegt. Dann wendet er sich Gerry zu und fragt: Wie geht's deinem kleinen Mädchen? Und Gerry sagt so was wie »Es geht ihr viel besser, so wie es jetzt aussieht. Die Nervenverletzung an der Ferse ist nicht allzu schlimm.« Carl sagt darauf, daß sich seine eigene Tochter mal beim Reiten den Fuß gebrochen hat, und daß der zweimal gerichtet und neu gebrochen werden mußte und er sie damals in ihrem Schlafzimmer vor Schmerzen hat weinen hören. Und Gerry, das Arschloch, nickt einfach vor sich hin. Dann sagt Carl zu Gerry: »Die Ärzte leisten heutzutage Erstaunliches, ich denke, es wird gut werden.« Und ich sitze da und denke mir, Moment mal, das hat doch nichts mit dem zu tun, weshalb wir hier sitzen, wir sind hier, weil der Kerl auf meinen Teppich gepißt hat, auf meine Papiere und alles, und jetzt führen wir hier ein kleines trauriges Gespräch über seine Tochter? Ich sage also: »He, Carl, mach mal halblang, wir reden hier darüber, daß Gerry in mein Büro gepinkelt hat.« [Der zweite Mann schaut aus dem dunklen Fenster hinaus.] Und sobald ich dies gesagt habe, krieg ich Probleme. Carl dreht sich zu mir um und sagt: »Das ist aber nicht das, worüber ich rede. Ich spreche von etwas anderem. Ich rede davon, daß ein kleines Mädchen in seinem Schlafzimmer weint, weil ihm der Fuß weh tut.« Da wird mir klar, daß ich besser aufpassen sollte. Schließlich ist dies der Mann, der sich mit AT&T angelegt hat, nicht wahr, und er hat gewonnen. Also sage ich nichts. Dann redet Carl weiter: »Mein kleines Mädchen hat in ihrem Zimmer ganz alleine leise vor sich hin geweint, weil sie nicht wollte, daß wir sie hören. Wir haben ihr gesagt, daß sie tapfer sein müsse und nicht weinen dürfe, das war das Blödeste, was wir je mit ihr angestellt haben.« In dieser Art fährt er immer weiter fort, ich kann's gar nicht fassen. Dann wird mir klar, daß Gerry ungestraft davonkommt mit dieser Sache. Er hat mein ganzes Büro vollgepißt, und ihm passiert nichts. Mir ist das jetzt klar. Und Carl redet weiter, und Gerry, das aalglatte Arschloch, nickt nur, hört zu und sieht vielleicht auch noch so aus, als habe er 'ne Träne im Auge. Und ich drehe durch. Der kommt einfach so davon, tatsächlich hat er obendrein ...

Zweiter Mann [steht auf, Zug bremst langsam ab]: Hier muß ich raus.

Erster Mann: Oh. Ja. Okay. Bis dann... Freitag, oder?

Zweiter Mann: Richtig. [Er steigt am ersten Mann vorbei in den Gang; mit der Aktentasche unterm Arm geht er den Gang hinunter und stellt sich mit anderen Pendlern in einer Schlange auf. Der Zug hält an, was alle dazu bringt, einen Schritt zurück zu machen, und dann steigt einer nach dem anderen aus. Das Zuggeräusch nimmt zu. Man kann sehen, wie der erste Mann sich an der Nase kratzt. Vielleicht seufzt er auf. Dann langt er nach seiner Aktentasche, schnappt die Schlösser auf, zieht einen Stapel Papiere heraus und fängt an, sie zu lesen. Der Zug fährt weiter, Haltestelle um Haltestelle. Irgendwann legt der Mann seine Papiere zur Seite und starrt aus dem Fenster. An der Außenseite der Fensterscheibe haben sich Regenrinnsale gebildet.]

Ich zog die Kassette heraus. Simons Interesse galt eindeutig Fragmenten von etwas, das man als »vorgefundene Realität« bezeichnen könnte, auch wenn diese Realität ihn selbst mit einer Prostituierten auf einer Autorückbank zeigte. Ich fragte mich, ob er viele Stunden damit verbracht hatte, diese Ausschnitte zu betrachten. Er war Filmregisseur – jemand mit einem Auge für die Nuancen menschlicher Verhaltensweisen, Bewegungen und Stimmen, jemand, der sich von diesen Bändern irgend etwas Aufschlußreiches versprochen haben mochte. Andererseits mochte er sie auch einfach wegen der voyeuristischen Befriedigung geschätzt haben; schließlich sind wir heutzutage nichts anderes als eine ganze Nation von Voyeuren. Ich erhob mich vom Stuhl, öffnete die Tür und blickte den Gang hinunter. Nichts, nur eine Reihe von Türen auf jeder Seite, ein persischer Läufer in der Mitte des Gangs und eine Lampenreihe an der Decke. Wieder im Raum zog ich ein anderes Band hervor. Auf dem Etikett stand in deutlicher Handschrift vermerkt: AUFGENOMMEN VON M. FULGERI 5/94.

BAND 67

[Ein Dorf in der Dritten Welt. Niedrige Gebäude in Billigbauweise, ausgebrannte Autos. Kamera schwenkt über das Dorf; niemand ist in Sicht. Aber dann werden auf der anderen Straßenseite Gestalten auf dem Boden deutlich und die Kamera geht näher heran. Das Geräusch von Schritten, zwei Leute gehen. Die Gestalten sind Menschen, auf die Erde geworfen, bewegungslos. Schwarze Körper. Sie liegen willkürlich aufeinandergestapelt, hier und dort, so als seien alle Dorfbewohner gewaltsam aus den Betten gerissen worden, ohne jemals wieder aufzuwachen. Hier eine Mutter mit Kind, dort zwei kleine Jungen, ein alter Mann, ein kleines Kind, auf einen dicken Pfahl gespießt ...]

Nicht identifizierte Stimme, britischer Akzent: Ich würde sie geladen lassen, für alle Fälle.

Zweite Stimme, italienischer Akzent: Schau mal in die Kirche. [Kamera schwenkt auf ein größeres Gebäude mit Giebeldach aus Blech und tief in der Wand liegenden, scheibenlosen Fenstereinschnitten zu. Die Kamera gleitet über eine Frau, die mit abgeschnittenen Brüsten im Staub liegt. Im Eingangsbereich der Kirche wird die Kamera plötzlich dunkel, dann justiert sich das photoelektronische Auge.]

Italienische Stimme: Ja, auch dort. [Kamera schwenkt nun in eine Kirche voller Körper, alle tot, übereinandergestapelt. Es ist unmöglich, sie zu zählen, aber ganz sicher sind es Hunderte, wenn nicht sogar tausend, alle tot, zumeist Kinder, mit im Tod gelösten, schlaffen Gesichtszügen, und dazwischen Fliegen, die hin- und hersummen. An der Wand zeugen Fingerabdrücke wie Hieroglyphen von Wischen und Ziehen, von hektischem Tun. Am hinteren Ende der Kirche bewegt sich etwas, und die Kamera zoomt es näher; es ist ein kleiner Hund, der ruckartig frißt; er legt die Ohren an und blickt auf, schaut dann wieder nach unten und frißt weiter. Die Kamera schwenkt über die Toten; sie hatten sich ganz offensichtlich in die Kirche geflüchtet, um Schutz zu suchen, vielzu viele, um Platz in den Sitzbänken zu finden, und die Dichte der Leichen läßt auf ein methodisches, schnelles Töten von Hand schließen. Und dennoch haben die Killer hier und dort länger verweilt; einige Leichen weisen große Verletzungen im Mundbereich auf, als habe man ihnen die Zähne herausgesägt.]

Britische Stimme: Ich dachte, ich hätte ein paar Schüsse gehört.

Italienische Stimme: Nein, nein, ich glaube nicht.

Britische Stimme: Vielleicht bringen sie die Hunde um.

Italienische Stimme: Weißt du, was sie in meinem Land jetzt alle machen?

Britische Stimme: Nein, was?

Italienische Stimme: Sie schauen sich die NBA-Endspiele an. Kennst du das? Große Sache in Italien. Basketball. Patrick Ewing. Jeder kennt die Spieler.

Britische Stimme: Schau mal dort drüben. [Die Kamera schwenkt wieder herum, fängt das Todespanorama ein und fährt dann außerhalb der Kirche fort. Drei Soldaten mit blauen UN-Helmen kommen näher.]

Erster Soldat: Wir möchten Sie jetzt bitten zu gehen.

Britische Stimme: Wir machen hier Dokumentaraufnahmen. Colonel Aziz weiß, daß wir hier sind.

Erster Soldat: Mein Befehl lautet, Ihnen mitzuteilen, den Ort bitte sofort zu verlassen. Vielen Dank. Danke. Ich danke Ihnen. [Ruckartiger Rundschwenk über Kirche, Erde und blauen Himmel. Band endet.]

Ich stellte den Apparat aus. Bis auf das leise Strömen der Klima-Anlage war der Raum jetzt vollkommen still, und ich hörte überrascht mein eigenes Ausatmen. Warum hatte Caroline mir nicht gesagt, was auf diesen Bändern war? Ich fand das etwas irritierend. Zwischen ihr und mir entspann sich eine Art manipulierter Dialog. Welche Aussage versuchte sie über ihren toten Ehemann und vielleicht auch über sich selbst zu machen? Daß Simon Crowley ein Kenner menschlichen Leids war? Daß er nichts von dem Guten im Leben sah, daß er durch das Sammeln von Beispielen für das Häßliche, Dunkle und Unaufhörliche des menschlichen Wesens dieses besser verstand? Daß er ein wahrer Künstler war? Ein falscher?

Ich wußte es nicht, und es lag mir nicht viel daran. Es gibt kein Bild, das heute nicht zu haben wäre. Was Wunderdinge oder Phantastisches oder Pornographie angeht, so ist alles schon gemacht worden. In unserem Inneren tragen wir eine wahre Enzyklopädie eingeflößter Bilder herum; wir können in Zeitlupe träumen oder mit doppelter Leinwand; mit modernen Spezialeffekten und über zukünftige Ungeheuerlichkeiten. Keines der Bilder von Simon Crowley, nicht einmal das Band aus Ruanda, wirkte beunruhigender oder realitätsnäher als die täglichen Darbietungen von CNN.

Ich hatte nur einen kleinen Teil davon gesehen, aber es hatte den Anschein, als habe Simon Crowley eine Faszination für »authentische« Bilder entwickelt. Ob diese Bänder als Studien gemacht worden waren, um seine Filmkunst zu erweitern, oder ob sie ihren Zweck in sich selbst hatten, war eine Frage, die ich nicht beantworten konnte. Nein, die Bedeutung dieser Bänder lag für mich nicht darin, daß sie

etwas über Simons Charakter sagten, sondern darin, daß sie etwas über Caroline enthüllen könnten.
Ich wollte gerade ein neues Band einschieben, als mein Bieper losging. Auf meinen anfänglichen Ärger folgte sehr schnell Furcht. GEH ZU MR. HOBBS, lautete die Nachricht, und es folgte eine Telefonnummer. GEH ZU MR. HOBBS. Die einzigen Personen, die die Nummer meines Biepers kannten, waren meine Frau, Josephine, die Polizei, mein Vater, der oben im Staat New York wohnte, Bobby Dealy, der jetzt Dienstschluß hatte, und der Lokalredakteur. Hobbs oder einer seiner Stellvertreter hatte den Nachrichtenraum angerufen und die Nummer vom Lokalredakteur erhalten; obwohl der natürlich genau wußte, daß dies eine Privatnummer war, würde er sie Hobbs nicht vorenthalten. Hätte ich auch nicht getan.

Sein internationales Hauptquartier war in London, aber er unterhielt ein Büro in mehreren Etagen eines New Yorker Gebäudes, das nicht weit von der Grand Central Station lag. Nach Verlassen der Bank stand ich plötzlich im Kalten und fragte mich, ob ich vorher anrufen sollte, um einen Hinweis zu erhalten, was mich denn erwarten könnte, oder ob ich einfach hineinplatzen sollte. Ich entschied mich für den Anruf, fand ein Münztelefon und wurde zu Mr. Hobbs' Büro durchgestellt. »Ja, wir erwarten Sie hier«, sagte die Sekretärin. »Mr. Hobbs möchte sich gern kurz mit Ihnen unterhalten.«
»Wir könnten das gleich jetzt am Telefon tun«, schlug ich vor.
»Mr. Hobbs möchte Sie gerne persönlich sehen, Mr. Wren.«
Es war beinahe fünf Uhr dreißig nachmittags. »Jetzt sofort?«
»Jetzt sofort wäre ausgezeichnet.«
Ich gab keine Antwort.
»Morgen wird Mr. Hobbs in Los Angeles sein«, sagte sie. »Dürfen wir innerhalb der nächsten zwanzig Minuten mit Ihnen rechnen?«
›Ja‹ war die einzig zulässige Antwort. Ich hängte ein und streckte meine Hand nach einem Taxi aus. Die flogen die Park Avenue entlang wie vom Wind getrieben; es war die Stunde, zu der Männer und Frau-

en, in Mäntel, Hüte und Schals eingepackt, durch die Dunkelheit hasteten, spürten, wie die Naturgewalten und die Zeit sie ganz klein werden ließen, und wußten, daß im Handumdrehen lauter völlig neue Leute dasselbe steinerne Straßennetz mit Leben erfüllen würden. Ich wollte bei meiner Frau und den Kindern sein, in der warmen Küche, mit Sally, die am Eßtisch malte, und Tommy, der emsig die Magnetknöpfe am Kühlschrank neu ordnete. In meinem Taxi überlegte ich dann, warum ein Milliardär einen bescheidenen Kolumnisten zu sich zitierte. Ich konnte mir keinen triftigen Grund dafür ausmalen. Hobbs war ein Mensch, der keine Zeit mit Leuten verschwendete, die ihm nicht irgend etwas zu bieten hatten, was er begehrte.

Bei meiner Ankunft erwartete mich eine Sekretärin wie ein Wachtposten gleich an der Fahrstuhltür. Sie lächelte förmlich und führte mich nach hinten in ein getäfeltes Büro. Aus dem Fenster konnte man, zehn Häuserblocks entfernt im Süden, das Empire State Building sehen. Ich wurde einem Walter Campbell vorgestellt – einem geschliffenen, stockgeraden Mann im schwarzen Anzug, der meine Hand mit solchem Nachdruck schüttelte, als bewerbe er sich um ein politisches Mandat.

»Freue mich immer über Ihre Kolumnen«, sagte er mit einem britischen Akzent. »Fand sie recht lebendig.«

Ich zwinkerte.

»Nun gut denn, warum wir heute nachmittag hier sind«, sagte er und beugte sich vor. »Also, dies ist eine Unterhaltung außerhalb des Protokolls. Sie sind hier als Angestellter der Firma und nicht, ich wiederhole das ausdrücklich, nicht als Journalist.«

Ich setzte mich.

Campbell suchte meinen Blick. »Ich gehe davon aus, daß Sie das verstanden haben.«

»Okay«, sagte ich.

Campbell nickte. »Gut. Sie sind hier, weil wir ein Problem haben. Keiner von uns hat das Problem geschaffen, dennoch existiert es.« Er sah mich an. »Meine Schwierigkeit hier – ich ...« Campbell strich sich die Krawatte glatt und heftete dann seine Augen auf ein Blatt Papier, das auf seinem Schreibtisch lag, und drehte es um. Er starrte es ungefähr zehn Sekunden lang an und hob dann die Augen zu mir. »Sie, mein Herr, waren kürzlich in Gesellschaft einer gewissen Frau, die nicht Ihre Ehefrau ist. Mir ist nicht an einer moralischen Interpretation dieser Angelegenheit gelegen. Ich lege nur dar, was bekannt ist.«

Verwirrt und angespannt saß ich da.

»Zuerst haben Sie vor zwei Nächten Zeit mit ihr verbracht und ihre Wohnung kurz nach zwei Uhr dreißig morgens verlassen. Am nächsten Tag haben Sie sie nachmittags besucht und sind fast drei Stunden bei ihr gewesen. Heute haben Sie sich mit ihr in einem Restaurant getroffen und sind dann weiter ...«

»Ich weiß, wo ich gewesen bin.«

»Gut. Natürlich. Mr. Hobbs wird Sie darum bitten, etwas für ihn zu erledigen. Es ist weder illegal noch gefährlich, noch meiner Meinung nach unvernünftig. Daher ist der Charakter unseres Ersuchens sozusagen ...« An dieser Stelle wurde Campbells Gesicht ausdruckslos und kalt, so daß ich begriff, daß er ein Experte in diesen Angelegenheiten sein mußte, ein Henkersknecht der Firma. »Gewissermaßen verpflichtend, so möchte ich es ausdrücken.«

»Andernfalls machen Sie mir die Hölle heiß?«

»Nun, es würde eine Reaktion geben. Belassen wir es dabei.«

Campbell nahm ein zusammengeheftetes Dokument von seinem Tisch und reichte es mir. »Wir haben Ihren Vertrag kurz überprüft. Schauen Sie sich bitte die Seite drei unten an. Da gibt es eine Klausel, die ich Sie anzusehen bitte.«

»Sie beziehen sich auf die ›standesgemäße Führung‹?«

»Nein. Nächste Zeile.«

»Unbotmäßigkeit?«

»Ja«, sagte Campbell.

»Ich habe nichts getan«, konstatierte ich.

»Ja. Das ist wahr.«

»Was wollen Sie?«

Campbell fixierte mich mit seinem Blick und nickte dann einmal kräftig mit dem Kopf. »Wir sind am Ende dieses Teils unserer Unterhaltung angelangt. Wollen Sie bitte so freundlich sein und mir folgen …« Er stand auf und wies auf eine andere Tür, die er öffnete. Ich folgte ihm einen kurzen, getäfelten Flur entlang, durch eine Tür und dann in ein anderes, gleichfalls holzgetäfeltes Büro.

Dort saß, in friedlicher Riesenhaftigkeit, beim Teetrinken, Hobbs höchstpersönlich. Er schaute auf und erhob einen gigantischen Arm. »Mr. Porter Wren, Chronist der menschlichen Kümmernisse! Einen schönen guten Nachmittag, mein Herr, kommen Sie herein.« Er schnippte mit den Fingern in Richtung eines Stuhl und folgte mir mit seinen grünen Augen beim Betreten des Raums. Auf der einen Raumseite waren fünf digitale Uhren in die Wand eingelassen: HONGKONG, SYDNEY, LONDON, NEW YORK, LOS ANGELES. Nachdem ich meinen Sitzplatz eingenommen hatte, nickte Campbell seinem Boss steif zu und zog beim Verlassen des Raums die Tür hinter sich ins Schloß. »Ziemlich kalt draußen, sagte man mir. Nun also, ich freue mich, daß Sie hier sind und daß wir eine gewisse Frage besprechen können.« Mit seinen riesigen Händen strich er über die Wolle seiner Weste hinab. Er sah aus wie der Globus persönlich. »Ich hoffe sehr, daß wir einander symphatisch finden, daß wir eine beiderseitig akzeptable Vereinbarung finden können …« Er hob die Augenbrauen, als spiele er, was mein Gesichtsausdruck sein könnte, wenn ich herausfände, was passieren würde, wenn wir solche Vereinbarung nicht träfen. »Ich will ohne Umschweife zur Sache kommen. Sie, Sir, haben eine Affäre mit Miss Caroline Crowley, und …«

»Hören Sie«, protestierte ich und konnte meinen Ärger nicht zurückhalten, »dies hat keine …«

»Ich möchte Sie bitten, mich nicht zu unterbrechen.« Hobbs ließ seine Hände auf die Tischplatte sinken, Innenflächen nach unten, Finger gespreizt. »Ein verdammt gräßlicher Zug bei den Amerikanern. Schauen Sie, warum unterstelle ich Ihnen, daß Sie eine Affäre haben? Weil es so ist, Sir. Ich sollte hinzufügen, daß mir die Sache egal ist. Außer, daß sie eine Gelegenheit bietet. Das Leben ist voller Gelegenheiten, nicht wahr?«

Er spielte mit mir. »Der einen oder anderen Art«, antwortete ich.
»Ja, so ziemlich. Dies hier ist die eine Art und nicht die andere. Dies ist die Gelegenheit für mich, etwas zu bekommen, das ich haben will, und für Sie, etwas nicht zu bekommen, das Sie nicht haben wollen.«
Er neigte seinen Kopf, auf eine Weise in meine Richtung, die mir zu verstehen geben sollte, daß er über seine eigene Schlauheit verwundert war. »Nun denn, Caroline Crowley ist …«
Eine Glocke klingelte, und Campbell erschien erneut. »Entschuldigen Sie mich. Sie waren mit dem Konservator verabredet«, sagte er.
»Worum ging's heute?« fragte Hobbs und beachtete mich überhaupt nicht.
»Ich glaube, um Masken.«
Hobbs wedelte mit der Hand in der Luft. »Schicken Sie ihn rein.«
Ein kleiner, gut angezogener Mann in den Fünfzigern erschien und schob eine Auslagevorrichtung auf Rädern vor sich her. Sie hatte so etwa die Ausmaße einer Schultafel, und daran hingen ungefähr ein Dutzend aus Elfenbein geschnitzte Masken, überlange, furchteinflößende Gesichter.
»Mr. Hobbs, wir haben eine ausgezeichnete Auswahl heute«, fing er an, ein Metzger, der sein Fleisch anpreist. »Ziemlich erlesen, möchte ich sagen, sind es doch hervorragende Beispiele aus dem sechzehnten Jahrhundert nigerianischer …«
Hobbs streckte einen Finger aus »Ich nehme die da auf der linken und die beiden größeren in der Mitte …«
»Ah«, sagte der Mann, als sei er ehrlich entzückt über die Auswahl, »die zeremonielle Trauermaske, ein sehr …«
»Und die eine ganz unten … ja – die da.«
»Ja, die Fruchtbarkeits …«
»Wieviel?«
»Für alle zusammen?« Die Stimme des Mannes war unnatürlich hoch.
»Ja, schnell.«
Der Mann schaute von Maske zu Maske. »Nun, fünfzig … und zwei-

undachtzig … das würde sich ungefähr auf zweihundertundsechzigtausend belaufen, glaube ich … ja, das ist …«

»Eins-siebzig.«

Der Mann sah aus, als versuche er zu lächeln, während man ihm dabei in die Brust schoß. »Es tut mir sehr leid, ich habe nicht …«

»Einhundertundsiebzigtausend für alle vier, ja oder nein.«

Der Mann nickte jämmerlich. »Sie waren sehr großzügig.«

»Sprechen Sie auf dem Weg nach draußen mit Campbell.«

»Nun, danke, Mr. Hobbs, ich bin recht erfreut, daß es uns gelungen ist …«

»Einen guten Tag, Sir.« Er wandte sich wieder mir zu, und seine grünen Augen glänzten. »Also, wie gesagt … ja, Caroline Crowley schickt mir Videobänder, Mr. Wren. Es handelt sich jedesmal um dasselbe. Ich erhalte diese Bänder sehr ungern. Nur dank der Loyalität meiner persönlichen Mitarbeiter finden diese Bänder ihren Weg nicht aus diesem Büro heraus. Ich vernichte jedes einzelne persönlich, und dann schickt sie mir früher oder später wieder ein neues. Hierher, in dieses Büro. Es macht mich ein wenig verrückt, Mr. Wren, es bringt mich« – die tiefe Höhle seines Mundes offen, die Augenbrauen hochgezogen, legte er eine Pause ein –, »es bringt mich um den Verstand. Und warum? Das liegt auf der Hand, Mr. Wren. Ich habe Angst, daß eines dieser Bänder an die Öffentlichkeit gelangt und im Fernsehen gezeigt werden könnte oder etwas dergleichen. Es ist ein ziemlich gemeines kleines Band, sehr peinlich, muß ich schon sagen.«

»Tun Sie etwas Unziemliches?«

Er brummte. »Sagen wir mal, das Band kompromittiert mich.«

»Wollen Sie mir sagen, was auf dem Band ist?«

»Keinesfalls.«

»Wann fing das an mit den Bändern?«

»Das erste?« Hobbs runzelte die Stirn. »Das erste kam vor ungefähr sechzehn Monaten.«

»Bevor oder nachdem Simon …«

»Nachdem, Mr. Wren, kurz nach dem Tod ihres Geliebten oder Ehemanns oder was immer er war.«

»Warum schickt Caroline Ihnen das Band, wenn ich fragen darf?«
»Ah, das kann ich unmöglich beantworten.«
»Kennen Sie sie?«
Hobbs betrachtete mich und schnaufte schwer. »Sie ist mir gut bekannt.« Er wartete, ob ich verstand, was genau dies heißen sollte. »Ob ich die Frau wirklich kenne? Nein. Ist es einem Mann je möglich, eine Frau zu kennen? Ich bezweifle es.«
»Wissen Sie genau, daß sie es ist, die Ihnen die Bänder schickt?«
»Im Sinne einer beweisbaren Tatsache, nein. Im Sinne äußerster Wahrscheinlichkeit, ja. Ich weiß, daß ihr die Existenz des Bandes und sein Inhalt bekannt sind; ich weiß auch, daß sie die einzige Person ist, von der ich mir vorstellen könnte, daß sie es besitzen könnte.«
»Will sie Geld dafür?«
»Anscheinend nicht. Es ist keine Forderung gestellt worden. Oh, es ist psychologisch verdammt schlau, verstehen Sie!«
Ein eigenartiger, energiegeladener Magnetismus ging von ihm aus, und einen Moment lang verstummte ich.
»Warum können Sie nicht ein paar unsichtbare Leute anheuern und ihre Wohnung unmerklich durchsuchen, sie beschatten oder sie all das tun lassen, was unsichtbare Leute so anstellen?«
»Oh, das haben wir, haben wir«, sagte Hobbs, »nicht, daß sie es nicht wüßte. Aber nichts.«
Ich fragte mich, ob er über den gemieteten Tresorraum in der malaysischen Bank Bescheid wußte. »Und deshalb bin ich also hier, weil Sie wollen, daß ich sie darum bitte, das Band nicht mehr zu schicken?«
»Oh, mehr als das, Sir.« Hobbs strich sich die Hände. »Sehr viel mehr. Ich habe sie verschiedentlich selbst darum gebeten, damit aufzuhören. Ich habe sogar angeboten, es ihr für eine bemerkenswert absurde Summe abzukaufen. Sie besteht mir gegenüber aber immer darauf, daß sie das Band nicht schickt, was ich, offen gesagt, nicht glaube.«
»Dann frage ich sie also nach dem Band, und sie erzählt mir, daß sie es nicht schickt.«

An diesem Punkt beugte er sich voller Feindseligkeit vor. »Dann bleiben Sie weiter dran, Sir. Tun Sie was. Ein bißchen Mut, ein bißchen Glück. Erfinden Sie was. Man hat mir gesagt, daß Sie heute nachmittag eine gewisse malaysische Bank mit unserer Miss Crowley aufgesucht haben. Man hat sie ab und zu beobachtet, wie sie in diese Bank ging, und ich frage mich natürlich, ob sie das Band nicht dort verwahrt hält.«

Ich schaute ihn an. »Diese ganze Sache ist doch verrückt ...«

»Richtig, Sir!«

Hobbs stand plötzlich auf, und ich bemerkte, daß er nicht nur grotesk breit, sondern auch ziemlich groß war. »Verrückt ist genau das richtige Wort dafür. Ein verrücktes, verfluchtes Ärgernis für jemanden wie mich, der in über dreißig Ländern Geschäfte abwickeln muß. Es ist eine Geschäftsangelegenheit, Mr. Wren, nicht mehr, nicht weniger. Ich kann nicht zulassen, daß dieses Band einfach in der Weltgeschichte herumschwirrt.« Er wedelte mit seinen fleischigen Händen herum, und es schien, als schriebe ihre außerordentliche Größe den Kosmos in seinen gigantischen Leibesumfang ein. »Sie sind mein Angestellter. Ich kann Sie feuern, und ich kann alle Ihre Vorgesetzten bis ganz nach oben hin feuern. Ich kann jeden einzelnen in Ihrer Zeitung feuern, Mr. Wren, und wenn ich das täte, würde mir das keinerlei Schlaf rauben. Ich würde andere Leute einstellen. Ich habe sofort eine Menge sehr guter Leute in London an der Hand, die ausgesprochen gerne in New York arbeiten würden. Die liebend gerne um die Kerze Manhattan herumflattern würden! Talent ist billig, Mr. Wren, Ihres inbegriffen. Glauben Sie denn, Sie wären der einzige, der um irgendwelche traurigen kleinen Ereignisse herumtraben und die erforderliche Dosis rührseliger Prosa aus ihnen herausleiern kann? Ich bitte Sie, Sir, ich bitte Sie. Ich kann einen Knochen auf die Straße werfen und schon habe ich eine ganze Zeitungsmannschaft. Ich habe das in Melbourne getan, ich hab's in London getan, und ich könnte es hier tun. Nun denn, Sie sind mein Angestellter und Sie ficken Caroline Crowley – das heißt, daß Sie in ihrem Leben sind. Ich will, daß Sie mir das Band besorgen, Mr. Wren. Ich will das Band verdammt schnell haben, und ich will keinerlei Widerspruch hören. Auf Wiedersehen, Sir.«

Ich stand nicht auf. »Hobbs, Sie haben den Verstand verloren.«

»Ich sagte ›Auf Wiedersehen‹, Sir.«

Wir starrten einander an. »He, wissen Sie was? Ich kenne die Frau kaum. Wenn Sie ihr nicht genug Angst eingejagt haben, es rauszurücken, oder es ihr nicht geklaut haben, dann werde ich es nicht kriegen. Mal ganz ernsthaft.« Ich streckte meine Hände aus und zog die Schultern hoch. »Richtig? Außerdem könnte ich mir die Mühe sparen und zu einer anderen Zeitung gehen.«

»Wird nicht funktionieren«, sagte Hobbs. »Wir werden uns irgendeinen Grund ausdenken, warum Sie gefeuert wurden. Veruntreuung von Firmengeldern, vielleicht. Alkoholmißbrauch bei gesellschaftlichen Anlässen. Irgendein außerordentlich häßliches, langwieriges Gerichtsverfahren. Anträge und Gegenanträge, Rechtsanwälte, die auf meine Rechnung Gift ausstreuen, Anwälte, die auf Ihre Rechnung geifern.« Das Theatralische der Einbildung amüsierte ihn. »Sie könnten Gegenklage erheben wegen Schikanierung durch andauernde Rechtsstreitigkeiten oder wie immer man das hier nennt, und wir könnten dasselbe tun. Wir könnten das über Jahre hinziehen. Jahre! Oder so lange, wie Ihr Geld reicht. Glauben Sie mir, das ist nicht schwierig. Ich habe das, nebenbei bemerkt, gerade im letzten Jahr in Australien gemacht. Ein Kerl hatte es darauf angelegt, und es ist sehr schlecht für ihn ausgegangen.« Sein Gesichtsausdruck verhärtete sich. »Ich weiß ein wenig über Sie Bescheid, Mr. Wren. Ich weiß, wie schwierig es für Sie werden würde, sich gegen meine Rechtsanwälte zur Wehr zu setzen, trotz des Einkommens Ihrer Frau. Ich weiß, was Sie für das Grundstück mitten in Downtown Manhattan bezahlt haben. Ziemlich viel, ja. Und Sie haben etwas sehr Schlaues gemacht, Sir. Sie haben eine Hypothek aufgenommen, wie das die Menschen seit dem fünften Jahrhundert tun. Als gebildeter Mann, Sir, haben Sie die Zyklen der Zinsraten geprüft. Sie waren ziemlich erfolgreich! Im Dezember 1993 haben Sie eine erneute Hypothek auf Ihr Haus aufgenommen und den seit dreiundzwanzig Jahren niedrigsten Zinsstand

getroffen! Ich wette, daß Sie das ziemlich gefreut hat, und von der Größe der Hypothek her zu urteilen, rechneten Sie, je höher die Belastung, desto besser. Ziemlich schlau! Jeden letzten Pfennig, wette ich. Was haben Sie gemacht? Die Schuhe Ihrer Frau verpfändet? Den Hund?« Und hier warf er den Kopf zurück und lachte über die Nichtigkeiten eines so kleinen Mannes, wie ich es war. »Auf Ihnen, mein Herr, lastet eine Hypothek von fünfhundertzwanzigtausend Dollar! Ein schockierender Betrag! Sie brauchen fünftausend Dollar pro Monat, um die Anleihe abzuzahlen! Nach meiner Rechnung geht Ihr Gehalt in das Haus, und das Ihrer Frau deckt alles andere ab. Trauen Sie sich, drei oder vier Monate arbeitslos zu sein? Glauben Sie, daß die Bank es verzeiht, wenn Sie in Rückstand geraten?«
Ich zog die Schultern hoch. Dies waren nichts als Luftblasen, was mich betraf. Lisa verdiente gutes Geld; wenn es sein müßte, könnten wir davon leben. Das Haus könnte verkauft werden.
»Oder wir könnten einfach Ihre Frau wissen lassen, was Sie so im Schilde führen.«
Das jagte mir Angst ein, aber ich rieb mir gelangweilt die Augen.
»Oder wir könnten herausfinden, daß Ihre Frau jemanden operiert hat, den wir kennen, und daß sie bedauerlicherweise keine so tolle Arbeit geleistet hat, und wir könnten ein Verfahren wegen Fahrlässigkeit einleiten ...« Er bemerkte, daß ich schnell aufschaute. »Ja, vielleicht ist es das, was Sie motiviert.«
Wenn sich zwei Männer, so wie ich damals mit Hobbs, in einem Zimmer gegenübersitzen, dann sind ihre jeweiligen Väter mit von der Partie. Sein Vater hatte in den vierziger Jahren in Australien eine Zeitungskette aufgebaut, und ich wußte, daß Hobbs zu Füßen einiger der mächtigsten Männer jenes Kontinents gesessen und Unterricht im politischen und finanziellen Handwerk erhalten hatte. Mein eigener Vater, der zwei Eisenwarenhandlungen besaß, war der Sohn eines Kartoffelfarmers, dem im Jahre 1947 ein Sack voll Arsen auf den Kopf gefallen war. Mein Großvater hatte eine Lunge voll mit diesem Gift eingeatmet und war seitdem nicht mehr derselbe gewesen, wurde schwächer, verlor dann die Farm, auf der mein Vater groß geworden

war. Als Folge davon hatte mein Vater sich mit behutsamer Würde verhalten. Ein guter, ein freundlicher Mann, der seinem mutterlosen Sohn in Liebe zugetan, aber unfähig war, mir weltliche Angelegenheiten wie Geld und Macht beizubringen, an denen er keinen Anteil hatte. Wie würde er es hassen, wenn er sehen müßte, in welcher Lage ich mich da befand.

»Damit wir einander richtig verstehen, Mr. Wren«, fuhr Hobbs fort, »ich würde Sie hiermit nicht beauftragen, wenn ich nicht der Überzeugung wäre, daß Sie dazu fähig sind, meinen Auftrag zu erfüllen. Ich habe Ihre Akte gelesen. Wir wollen ehrlich sein, Sie und ich. Sie sind ein ausgelutschter Journalistenschreiberling. Ich beschäftige ungefähr fünfzig Männer und Frauen wie Sie, die für meine Zeitungen in England, Australien und den Staaten arbeiten. Ich kenne die Sorte. Früher ehrgeizig, gut für die Beinarbeit. Jetzt? Nun, hm ... nicht so gut. Ermattet, verdienen viel Geld – was zahlen wir Ihnen?« Er schaute auf die Zahl auf seinem Blatt Papier und zuckte mit den Achseln; es war ein Hungerlohn für ihn, Schuhputzgeld, Pusteblumensamen. »Sie verfügen über einen Grundbestand an grammatischen Konstruktionen und ein paar Reportertricks, und Sie gehen sorgsam mit den guten Kolumnen und sehr trickreich mit den schlechten um, und Sie bleiben bis spätabends, um sicherzustellen, daß die Korrektoren Ihnen nicht Ihre Zitate verwässern. Das klingt vertraut, ich weiß. Sie schwanken zwischen tiefem Zynismus und grenzenlosem Vertrauen. Sie fühlen sich von dem Getöse niedergedrückt. Sie lieben Ihre Frau und Ihre Kinder, aber jeder wird täglich ein bißchen älter. Und dann kommt eine Frau des Weges. Sie denken sich, daß Ihnen nicht soviel passieren kann. Aber an dieser Stelle haben Sie sich getäuscht, Mr. Wren. Hier haben Sie nicht genug gewußt. Ich habe Caroline Crowley nahegestanden. Stellen Sie sich meine Wonne vor, Mr. Wren, stellen Sie sich vor, wie erfreut ich war, zu erfahren, daß Caroline Crowleys neuester Liebhaber ein gelernter Ermittlungsreporter ist! Und einer meiner eigenen Angestellten!« Hobbs' Gesicht verzog sich zu einer fleischigen Maske voll manischer Wonne. »Hier war der Mann, der mir das Band zurückholen würde! Wie ich gesagt habe, Mr. Wren, ich habe ein paar Ihrer Sachen gelesen. Und wissen Sie was? Sie waren gut … früher. Die Leute redeten mit Ihnen, haben Ihnen Dinge erzählt, die sie niemandem sonst erzählt hätten. Sie hatten etwas. Nun, wer weiß? Wie alt sind Sie, fast vierzig? Das ist ziemlich früh fürs Ausgebranntsein. Sie brauchen eine Herausforderung, glaube ich. Sie waren einmal gut, und jetzt müssen Sie wieder gut werden, Sir. Für mich.«

Worum geht es bei einer Drohung? Eine auferlegte Arbeit wird einem abverlangt; wird die Arbeit erledigt, wird die Drohung gegenstandslos. Wird die Arbeit nicht erledigt, dann entscheidet derjenige, von dem die Drohung ausgegangen ist, ob eine Bestrafung erfolgt oder nicht, wobei ihm klar ist, daß, sollte keine erfolgen, bald niemand seinen Drohungen mehr Glauben schenken wird. Ich kenne das. Ich kenne das tausendfach, und Vater zu sein trägt nicht unbedeutend dazu bei. Ehemänner und Ehefrauen drohen einander ebenfalls, wenn auch für gewöhnlich nicht so offenkundig. Eine hochgezogene Augenbraue genügt. Eine mürrische Antwort. Lisa holt tief Luft, hält sie an und wirft wilde Blicke. Ich habe vor langer Zeit gelernt, daß ihre Drohungen, obwohl sie selten sind, respektiert werden müssen; schließlich ist sie eine Frau, die regelmäßig ein Skalpell ins menschliche Fleisch drückt. Ich nehme ihre Drohungen genauso ernst wie seinerzeit die meines Fußballtrainers in der Highschool, eines ausgemachten Sadisten, der uns, wenn wir beim Üben nicht »auf Draht« waren, regelmäßig »Trillerpfeifenrunden« versprach, was in der Augusthitze eine gefürchtete Strafe war. Er besaß ein System ineinander verzahnter, eskalierender Drohungen, die nicht nur an die unmittelbare Schmerzgrenze des Betroffenen gingen, sondern auch direkt an den Kern der siebzehnjährigen Männlichkeit des Betroffenen rührten. Beim Meisterschaftsspiel der Champlain Valley Athletic Conference, das am 2. Dezember 1977 in Plattsburgh, New York, stattfand – wobei jeder, den ich kannte und liebte, auf den Tribünen saß –, drohte mein Trainer, mich »auf der Reservebank Handtücher falten« zu lassen, wenn ich den Außenmann des gegnerischen Teams nicht ausschalten würde, einen schwarzen

Kerl mit Namen Pernell »D. J.« Snyder, der auf dem Wege zu einem Vollstipendium bei den US Champions war, zum Teil deswegen, weil er die hundert Yards in 9,4 Sekunden lief – genau eine Sekunde schneller als ich. D. J. jagte meinem Trainer mit seinen auffallenden hochfüßigen Sprints die Seitenlinie hinunter Angst ein. »Liebst du Handtücher, Wren?« brüllte mein Coach. »Liebst du weiche kleine weiße Handtücher, die du falten kannst?« D. J., vom Spielen aufgewärmt, war schneller geworden und hatte, als er meine Furcht spürte, damit angefangen, mich mit seiner tiefen Stimme verbal fertigzumachen: »Yo, Kleiner, ich werd sie dir wegfangen, Kleiner.« Nur die Ungeschicklichkeit des gegnerischen Quarterback hatte mich bisher gerettet. Sollte D. J. den Ball wirklich fangen, wäre er fort – mir könnten Flügel wachsen, ich könnte Gott um Hilfe anflehen, es wäre unmöglich, ihn einzuholen. Im letzten Viertel dann, als unser Team sich an seine drei Punkten Vorsprung klammerte, wurde der Ball schließlich haargenau D. J. zugeworfen, und als ich seine Spirale am blauen Himmel verfolgte – als ich D. J. die Hände ausstrecken, seine schwarzen Finger erwartungsvoll zucken sah –, da war mir klar, daß ich keine andere Wahl hatte, als ihn sauber unter dem Knie zu treffen oder ihm irgendeine ernsthafte Verletzung zuzufügen. Ich sprang hoch, hart, mit all meinen hunderteinundsechzig Pfund. D. J. ließ den Ball fallen, grunzte und ging k.o. Ich verrenkte mir die Schulter und handelte mir damit einen Dauerschaden ein. Wir lagen beide unbeweglich auf dem kalten Spielfeld. Ich wurde mit einer Strafe belegt, aber wir haben das Spiel gewonnen. In jener Nacht habe ich, völlig erschlagen von Schmerzmitteln, zusammen mit meiner Freundin im Vordersitz des Pick-up-Trucks meines Vaters gelegen. Sie war ein süßes Mädchen mit Namen Annie Frey, und ich habe sie immer gebeten, sich anzuschnallen, weil ich fand, daß sie zu schnell fuhr. Sie konnte jedoch die Gefahr ihres eigenen Leichtsinns nicht erkennen, und vier Monate später überschlug sie sich mit ihrem Auto und verblutete auf einem dunklen Straßenstück, das ich absichtlich nie wieder gefahren bin.

Ja, ich verstehe, was eine Drohung ist, und deshalb verstehe ich nicht, warum ich vier oder fünf Tage vertrödelt habe, nachdem Hobbs mir gedroht hatte. Zweifellos ärgerte ich mich über seine Einmischung in meine Affären – meine Affäre. Statt dessen hielt ich nach einer Kolumne Ausschau. Es gab alle möglichen Unfälle in der Stadt, aber keiner davon schien bemerkenswert zu sein. Schießereien, Sexmörder, Geldwäscherringe – nichts wirklich Fesselndes. Der Lokalredakteur änderte beständig die Aufmacher-Story der ersten Seite und wechselte zwischen nationalen und lokalen Geschichten. Keine Berühmtheiten wurden verhaftet, brachen auf der Bühne zusammen oder benahmen sich sonstwie unerhört. Die Leute vom Fernsehen gaben ihre Totenwache für Richard Lancaster auf, und prompt starb er. Niemand scherte sich darum. Die Kriminellen befaßten sich mit Pfennigbeträgen. Die Politiker waren alle auf den Inseln. Die Feuerwehrleute retteten jedermann. Das Schneeräumbudget der Stadt war erschöpft. Mein Redakteur schaute mich ein- oder zweimal an, und in seinem Gesichtsausdruck stand die Frage »Haben Sie was Gutes?«, aber er konnte sehen, daß ich nicht die richtigen Karten aufdeckte. Ich brachte eine lahme Klamotte in Umlauf, über einen alten Kerl, der aus der Groteskenshow von Coney Island ausgeschieden war, weil die Kids kein Interesse mehr daran hatten, ihm zuzusehen, wie er sich Nägel in die Nase rammte oder brennende Zigaretten verschluckte. Sie zogen die Groteskenshows im Internet vor. Ironie, ha, ha. Ich vergeudete Zeit. Im Rückblick wird mir deutlich, daß jene kostbaren Tage einen Unterschied hätten machen können, aber ich ließ sie vorbeigleiten, als ob ich wie gelähmt die Einführung einer langen Nadel betrachtete, deren Injektion mich zu hektischer Aktivität anstacheln würde. Morgens holte ich die Zeitungen rein, die sich vor unserer Tür stapelten, und blätterte mit krankhafter Faszination durch die Wirtschaftsteile, auf der Suche nach Nachrichten, die zeigten, daß Hobbs sich mit anderen Themen als mit mir beschäftigte.

Wie seine Sekretärin es vorausgesagt hatte, war Hobbs in den Westen geflogen, und es gelang mir, seine Bewegungen von Los Angeles nach Hongkong zu verfolgen, wo er sich mit chinesischen Gewährsmännern traf, um über die Übertragungsmöglichkeiten seines Fernsehnetzes zu sprechen, und dann weiter nach Melbourne und Neu-Delhi. Bei jeder Gelegenheit gab er Kommentare zu den jeweiligen Verhandlungen oder den im Abschluß befindlichen Geschäften ab, oder über die generelle Richtung seiner Firma, und in bezug auf ein paar koreanische Funktionäre, die sich mit der Reaktion auf ein 900-Millionen-Dollar-Angebot von ihm Zeit ließen, wurde er im *Asian Wall Street Journal* wie folgt zitiert: »Ich warte nicht ab, bis andere meine Sichtweise annehmen; ich lege meinen Fall dar und gehe dann zum nächsten Punkt der Tagesordnung über, vielen Dank.« Seine Worte bezogen sich nicht auf mich, aber ich starrte sie trotzdem furchtsam an. Liegt das Maß eines Menschen nicht genauso in seinen kleinsten Äußerungen wie in seinen großartigsten Gesten?

Ich mußte mich natürlich wegen Hobbs mit Caroline in Verbindung setzen, und die Tatsache, daß sie mich nach unserem Besuch in der malaysischen Bank nicht angerufen hatte, war eine sowohl erleichternde als auch beunruhigende Angelegenheit. Ich wollte sie wiedersehen (ja, ich wollte sie auch wieder vögeln – es gab dort, wie ich lüstern spürte, noch einen Schatz zu plündern), aber gleichzeitig fragte ich mich, ob ich die Sache nicht klugerweise lieber beenden sollte, jetzt, ehe ich tiefer hineingezogen würde. Und, he, vielleicht war sie mir ja schon vorausgegangen, vielleicht war sie ja schon fertig mit mir. Sie schien durchaus fähig dazu, ohne Entschuldigung oder Erklärung; es gab da eine Kälte in ihrer warmen Brust, und wenn ich ehrlich zu mir selbst war, würde ich zugeben, auch an dieser Eigenschaft, die sie umgab, interessiert zu sein. Aber eine solche Entscheidung schien unwahrscheinlich, wenn man die Hinweise auf ihr mysteriöses Problem bedachte und die Mühe, die sie sich gegeben hatte, mich in ihr Leben zu befördern. Dann wiederum hatte sie mich vielleicht für nicht gut im Bett befunden, oder ihr Verlobter war wieder aufgetaucht. Ich wußte nicht, wie oft sie ihn sah, oder wo, unter welchen Umständen, oder ob es wahrscheinlich war, daß er von mir erfuhr, eine Entwicklung, die ich gern vermeiden wollte; auf der Straße sind es die jungen Männer, deren Eifersucht am hellsten lodert. Ältere Männer, die mit der Untreue einer Frau konfrontiert werden, sind wütend, selbstredend, bedenken aber auch insgeheim die Nuancen der Situation. Jüngere Männer neigen dazu, nach einer Pistole Ausschau zu halten, die älteren nach einem Drink. Ja, ich konnte mich in eine ziemliche Furcht vor dem jungen Charly hineinsteigern, der wohlgebaut war und wußte, wo er mich finden konnte.

Wenn ich auch verwirrt darüber war, was als nächstes mit Caroline geschehen würde, so wußte ich doch, daß ich in die malaysische Bank zurückgehen und einen Blick auf jedes kleinste Videoband werfen mußte, das dort aufgehoben wurde. Ich war mir nicht sicher, ob ich glauben sollte, daß Caroline Hobbs mit einem Video in Verlegenheit brachte und ihn dann darüber belog. Aber ich konnte es auch nicht einfach ausschließen. Ob ich geradewegs damit herausrücken und sie um das Band bitten konnte, das Hobbs haben wollte? Das erschien mir nicht klug. Ich kannte sie noch nicht gut genug. Besser, dachte ich, mehr darüber lernen, was ihr wichtig war; ich sah mir extra *Rictus* und *Minuten und Sekunden* an, Simon Crowleys zweiten und dritten hochbudgetierten Film. Beide waren in Stil und Inhalt weit von den körnigen, ruckartigen Videobändern entfernt, die ich betrachtet hatte, beschäftigten sich aber, wie die Bänder, vor allem mit den zahllosen Arten, auf welche Menschen einander mißbrauchen. Gab es noch eine andere Verbindung? Ich konnte nur Fragen stellen.

In der Zwischenzeit bemerkte Lisa meine Angespanntheit nicht, denn sie hatte ihre eigenen Sorgen. Sie war viel schwimmen gewesen – war morgens eine Stunde früher aus dem Haus zu einem Fitneßklub geschlüpft, wo sie vierzig oder fünfzig Runden einlegen konnte –, und dies bedeutete nur eins: eine große Operation kam auf sie zu. Eines Nachts, nachdem die Kinder eingeschlafen waren, fragte ich sie danach, als sie gerade ihr Gesicht wusch.

»Zehenübertragung«, sagte sie beim Ausatmen, und ihr Gesicht war eine seifige Maske.

Irgendein Unglücksrabe hatte einen Daumen verloren. Der fragliche Patient, sagte Lisa, war eine siebenunddreißigjährige Frau, Managerin einer 500 Millionen Dollar schweren Genossenschaftsbank, deren linker Daumen im letzten Sommer beim Tauchen in Cancun von einem Bootspropeller abgeschnitten worden war. Der Daumen wurde nicht mehr aufgefunden. Es handelte sich um eine riskante Operation und erforderte eine genaue Einschätzung der psychologischen Verfassung der Patientin. Lisa zeigte mir die Akte der Frau, die zusätzlich zur üblichen Beschreibung ein Foto von der Hand der Frau mit dem sauber abgeschnittenen Daumen und verschiedenen geringfügigeren Abschürfungen einschloß. »Das war drei Wochen nach dem Unfall«, bemerkte Lisa. Nachdem die Verletzungen abgeheilt waren, hatte man Haut aus dem Lendenbereich der Frau über den Daumenstumpf und das zugehörige Gewebe gefügt.

»Morgen ist der Zeh dran?« fragte ich.

Lisa nickte. Es war eine ausgedehnte Operation von acht Stunden Dauer. Nur zwei oder drei Leute in der Stadt waren dazu in der Lage. Um sechs Uhr früh am nächsten Morgen würde Lisa die Zehe der Frau »ernten«, die danach kalt und trocken gehalten werden würde, und dann würde sie Stunde um Stunde damit verbringen, peinlich genau Sehnen, Adern und Nerven zu verbinden. In Wirklichkeit war die Operation eine Transplantation, und die Empfängerin war gleichzeitig die Spenderin; die Patientin tauschte eine Amputation gegen eine andere aus, und wenn die Operation verpfuscht wurde – nun, Lisa Wren, orthopädische Mikrogefäßchirurgin, verpfuschte keine Operationen, sie absolvierte vorher Schwimmrunden.

»Geschieht alles unter dem Mikroskop?«

»Ja.« Sie trocknete sich das Gesicht ab. »Zuerst die dorsalen und volaren Gefäße – die Arterien, dann die neurovaskulären Stränge.«

»Ab diesem Punkt lebt der Zeh wieder?«

»Das hoffen wir. Dann der Knochen, die Sehnen, die Gelenkkapseln und die Haut.«

»Du wirst es ganz prima machen.«

Sie zog die Schultern hoch. »Ich muß mir ein paar neue Brillengläser machen lassen.«

»Ist das Mikroskop verkratzt?«

»Nein. Meine Augen verändern sich.«
»Werden schlechter?«
»Nur ein wenig. Aber ich möchte die spezielle Auflösung haben, die Klarheit.«
»Du wirst es ganz toll hinkriegen«, sagte ich ihr. »Du machst das immer wieder mit, und du kriegst es immer toll hin.«
Am nächsten Morgen, nachdem Lisa früh das Haus verlassen hatte, beschloß ich, daß, wenn meine Frau einen Zeh an eine Hand annähen könne, ich den Telefonhörer abheben konnte. Ich rief Caroline an und sagte ihr, daß ich die übrigen Bänder anschauen wollte. »Welche hast du dir schon angesehen?« fragte sie mit rauher, schlaftrunkener Stimme. Denk daran, wie spät sie aufsteht, sagte ich mir, das bedeutet, daß sie bis spät in die Nacht wach ist.
»Die Müllmänner, die beiden Anwälte im Zug, wie Clinton wütend wird.«
»Nummer siebenundsechzig?«
»Welches war das?«
»Ruanda.«
»Ja, das auch.«
Ich hörte Josephine unten mit Sally und Tommy.
»Nummer drei?«
»Welches ist das?«
»Die Männer im Gefängnis. Es ist kurz.«
»Nein.«
»Wann willst du wieder hingehen?«
»Heute. Heute nachmittag.«
Caroline sagte, sie würde meinen Zutritt mit der Bank abklären. »Du könntest danach vorbeikommen«, schlug sie vor.
Ich wollte sie noch nicht sehen. »Morgen«, sagte ich.
»Aber morgen ist deine Kolumne dran«, protestierte sie. »Heute hast du frei.«
»Nicht wirklich.«
»Ich werde sehr, sehr enttäuscht sein.«
»Das bezweifle ich.«

»Ich werde mit dem erstbesten Mann, der mir begegnet, durchbrennen.«
»Charlie?«
»Vielleicht mit einem Polizisten. Ich mag Polizisten.«
»Könnte Spaß machen.«
»Ich wäre dazu fähig – du kennst mich nicht.«
»Das ist wahr.« Ich mußte an Hobbs denken. Inwieweit »kannte« er Caroline?
Jetzt kam Sally ins Zimmer gerannt.
»Daddy, wir müssen los zur Schule!« brüllte sie.
»Ja, Süße.«
»Ist das deine Tochter?« fragte Caroline in mein Ohr.
»Ja«, sprach ich in den Hörer. Sally war mir auf den Schoß gesprungen. »Du wirst die Bank für mich anrufen?«
»Ja. Und Mr. Wren?« fügte Caroline hinzu.
»Was ist?«
»Sieh zu, daß du deine Kolumne fertig bekommst.«
Ja, sagte ich mir selbst. Aber zuerst mußte ich Sally zur Schule bringen. Der Fußweg über neun Häuserblocks hinweg war eine Pflicht, die ich sehr gerne auf mich nahm, denn ich glaubte, er läge jenseits all dieser Schwierigkeiten, die ich momentan erahnte, und nachdem wir uns von Josephine und Tommy verabschiedet hatten, gingen Sally und ich dorthin, wobei ich auf dem ganzen Weg ihre Hand hielt. Wir kamen an einer niedrigen Mauer vorbei, und ich hob sie hoch, so daß sie obendrauf gehen konnte, und sie hob dabei die Füße, als ob sie marschierte. Sie war so aufgeregt vor Freude, daß sie vergaß, aufzupassen, wohin sie ging, und in meine Arme fiel. Dann waren wir auf der Eighth Avenue. Eine der Wäschereien hatte ein schmuddeliges Wasserbecken, in dem vier oder fünf halbvergammelte Goldfische trostlos umherschwammen, und wir betrachteten sie, wie wir das immer taten, und ich erklärte, daß chinesische Menschen aus einem Land kämen, das China hieße, und dann kamen wir an einem Backwarenladen vorbei, in dessen Fenster öfter eine fette alte Katze saß und in die Morgensonne blinzelte. Danach untersuchten wir den

schmelzenden Schnee und eilten an den Zeitungskiosken vorbei – Zeitschriftenständer voll mit fröhlichen Katastrophen, bewährten Skandalen und dem neusten Klatsch – und dann weiter zu der kleinen privaten Grundschule, die Sally besuchte.

Die Schule erweckte den Anschein, Dreh- und Angelpunkt für Erleuchtung und Wonne zu sein. Für die Kinder mag das zutreffen, für die Eltern aber ist der morgendliche Schulweg ein unbehagliches Ritual. Obwohl jeder, der danach trachtet, in Manhattan angeblich ein Fremder bleiben kann, ist dies in Wirklichkeit nicht der Fall. Die Eltern mustern einander, die Kleidung, die Ehepartner, die Autos des anderen. Abschätzend. Und genauso wie die Kinder untereinander spontane Zuneigung oder Abneigung empfinden, tun das auch deren Eltern, aber diese Irritationen, Beurteilungen und Zuneigungen sind in rituelle Höflichkeit eingehüllt. Die meisten Kinder werden von ihren Müttern vorbeigebracht, und diese Frauen teilen sich in zwei Lager: diejenigen in Bürokostüm und Pumps, die voll im Beruf stehen und ihre Kinder hier mit zelebriertem Krampf und Schuldgefühl abladen, und die Freiberufler, Teilzeitbeschäftigten und Zuhausebleiber, die mehr Zeit haben, die aber die berufstätigen Frauen mit einer Mischung aus Neid und mütterlichem Überlegenheitsgefühl betrachten. Diese beiden Gruppierungen haben ihre eigenen Hierarchien und Klatschkanäle. Aber die Mütter unterscheiden sich auch noch anderweitig. Einige haben ihr erstes Kind, einige sind schon wieder schwanger, und wieder andere haben das Gott sei Dank jetzt hinter sich. Einige sind glücklich verheiratet, einige nicht, einige sind geschieden, und eine Handvoll ist lesbisch oder lebt mit zwei Männern oder weiß der Teufel was sonst. Den wenigen Vätern, die, wie ich, regelmäßig ihre Kinder herbringen, ist klar, daß die Mütter es gut finden, wenn wir uns um unsere Kinder kümmern, oder uns im Verdacht haben, Taugenichtse zu sein – oder beides. Und in der Tat bringt keiner der Väter, die einen wahrhaft tollen Top-Job haben, seine Kinder jemals her. Die sind gegen sieben Uhr im Büro und ziehen an den großen Hebeln der Gesellschaft.

Ich folgte Sally nach oben in den zweiten Stock und ermahnte sie,

ihren Mantel aufzuhängen. Das Klassenzimmer roch nach Fisch, und tatsächlich hatten die beiden Lehrerinnen Patty und Ellen einen roten Schnapper, der ziemlich tot in einer Pfanne lag.
»Wir werden ihn anmalen!« sagte Sally und zog mich an der Hand.
»Ja«, sagte Patty, eine freundliche Frau von ungefähr vierzig Jahren. »Möchtest du dir einen Kittel holen?«
Sally zog einen kleinen gelben Kittel an und fing an, einen dicken Pinsel in etwas rote Farbe zu tauchen. Das Vorhaben bestand darin, den Fisch anzumalen und dann ein Stück Papier draufzudrücken. Der Fisch würde danach saubergewaschen und für das nächste Kind zurechtgemacht werden.
Patty beobachtete Sally, bis sie sah, daß sie beschäftigt war, und sagte dann zu mir: »Mr. Wren, ich möchte Ihnen etwas zeigen, das Sally gestern gemalt hat.«
Sie zog eine Zeichnung aus Sallys Mappe hervor. Fünf Strichfiguren: Mama, Papa, Sally, Tommy und Josephine. Jede hatte ein gespenstisches Haargekritzel und grinste breit. »Ich frage die Kinder immer, was sie malen«, sagte Patty, »und Sally hat mir gesagt, wer jede Person ist. Ich habe gefragt, was dieses schwarze Ding sei« – sie zeigte auf einen schwarzen, spinnenhaften Krakel neben der Gestalt Josephines –, »und sie hat mir gesagt, daß es die Pistole sei, die Josephine in ihrer Tasche hat.«
Erschrocken schaute ich ihr direkt ins Gesicht.
Patty nickte. »Ich habe sie noch einmal gefragt. Ich fragte ›Was ist das?‹, und sie wiederholte es.«
»Mein Gott.« Ich hatte die Tasche millionenfach gesehen. Josephine kramte alle möglichen Dinge daraus hervor: Arzneitränke, religiöse Schriften, Asthmainhalatoren, Postwurfsendungen, alles Erdenkliche. Die Tasche wurde immer auf einem bestimmten Stuhl im Wohnzimmer abgelegt, in Reichweite der Kinder.
»Ich dachte, Sie sollten es wissen«, sagte Patty.
»Unbedingt. Ja.«
»Wir haben darüber gesprochen, Sie anzurufen, aber ich weiß, daß Sie und Mrs. Wren beide bis in den Abend hinein arbeiten …«

Ich nickte. »Jetzt muß ich herausfinden, ob das wahr ist.«
Patty sah mich an. Sie hatte schon viele Jahre lang Kinder unterrichtet. Sie hatte auch schon eine Menge Eltern kennengelernt, und mir war klar, daß sie es im Zweifelsfall vorzog, deren Kindern zu vertrauen.

Lisa durfte nicht gestört werden, nicht, wenn sie gerade durch ein chirurgisches Mikroskop auf einen frisch abgetrennten, siebenunddreißig Jahre alten Zeh blickte, um herauszufinden, wie er sich an den siebenunddreißig Jahre alten Stumpen eines Daumens anfügen ließ. Wir würden Josephine und ihren Revolver schon noch besprechen, aber fürs erste mußte ich mich mit Josephine alleine auseinandersetzen. Ich ging auf direktem Weg nach Hause zurück und zog voller Zorn das Tor hinter mir zu. Nun, nachdem ich mir alle nur erdenkliche Mühe gemacht hatte, dafür zu sorgen, daß keine hirnverbrannten Typen und Schwachköpfe meine Familie gefährdeten, hatte ich es mit einer Josephine zu tun, die in aller Ruhe das, was ich mir nur als geladenen Revolver vorstellen konnte, fünf Tage pro Woche in unser Haus schleppte. Ich fand sie im Wohnzimmer, wo sie Tommy gerade einen seiner Gummistiefel über den Fuß stülpte. Er saß auf ihrem riesigen Schoß und beobachtete ihre Hände.
»Was vergessen?« fragte sie.
»Nein, Josephine. Ich hab eben Sally in den Kindergarten gebracht, und da zeigte mir die Lehrerin ein Bild, das Sally gezeichnet hatte. Sie waren auch darauf, und dann noch etwas, von dem Sally der Lehrerin erzählt hat, es sei eine Pistole. Eine Pistole, die Sie in ihrer Einkaufstasche hätten.«
Josephine saß völlig erstarrt da, die Augen aufgerissen. Tommy mühte sich mit seinem Stiefel ab.
»Sagen Sie es mir einfach geradeheraus, Josephine, ja oder nein – ist in der Tasche ein Revolver drin?«
»Also ...«
»Sagen Sie's mir einfach, Josephine.«

»Ja.«
Ich schwieg.
»Ich hab ihn nur zur Sicherheit dabei.« Sie zog Tommys zweiten Stiefel über seinen Fuß. »Manchmal komm ich sehr spät nach Hause, wissen Sie, und so viele Leute, die ich kenne, sind überfallen und beraubt worden, wissen Sie, also bin ich hin und hab Unterricht damit genommen, wissen Sie. Ich versuch ja bloß, mich zu schützen …«
»Josephine! Eins der Kinder hätte das Ding rausziehen und abfeuern können! Verdammt noch mal!«
»Aber die Kinder gehn nie an meine Tasche ran, die wissen doch, daß sie's nicht dürfen.«
»Schön, wieso hat Sally dann was über den Revolver gewußt?«
Josephine hatte keine Antwort darauf. Sie senkte in unverkennbarer Scham den Blick, und ich dachte, daß Sally die Waffe vielleicht entdeckt haben mußte, als Josephine gerade die Tasche offen hatte und nach etwas anderem darin suchte.
»Lassen Sie ihn mich sehen.«
»Vor Tommy?« fragte Josephine.
Ich beschäftigte Tommy mit ein paar Legosteinen und ging dann mit Josephine in die Küche. Sie griff in die große Tasche und holte den Revolver heraus, die Mündung nach unten gerichtet. Er war riesig und häßlich, als könnte man damit Nägel in ein Brett schlagen. Als Kind feuerte ich mit einer Knarre auf Krähen im Wald und traf tatsächlich einmal eine, und ihr Kopf verwandelte sich in roten Sprühnebel und schwarze Federn.
»Himmel, Josephine, das ist eine Achtundreißiger.«
»Ich bin sehr vorsichtig.«
»Ist das Ding geladen?«
Sie schaute mich an.
»Ich will die Patronen.«
Sie antwortete nicht.
»Ich will sie haben, Josephine. Ich kann heute morgen nicht zur Arbeit gehen, solange ich weiß, daß eine geladene Waffe im Haus ist.«
Sie kippte die Pistole nach oben und schob die Patronen heraus. Sie

reichte mir eine nach der anderen. Schwarze Hand legt Patronen in weiße Hand. Simon Crowley hätte den Augenblick filmen können. Ich steckte die Munition in meine Hosentasche.

»Noch welche in der Tasche?«

Sie schüttelte den Kopf.

»Sicher?«

»Ja. Ich würde nicht darüber lügen.«

»Haben Sie sich vielleicht eingebildet, daß wir glücklich darüber sein würden, daß Sie uns jeden Tag einen geladenen Revolver ins Haus gebracht haben? Nein, natürlich nicht, Josephine! Also ja, das ist doch eine Art von Lüge, finden Sie nicht? Um Himmels willen, Josephine, für wen halten Sie sich eigentlich?«

Sie schwieg. Ich haßte es, das durchzuziehen. »Josephine, sehn Sie mal, Sie sind großartig mit den Kindern. Die beiden lieben Sie. Wir schätzen uns glücklich, daß wir Sie haben, und wir haben versucht, Ihnen unsere Dankbarkeit zu zeigen ...«

»Sie und Lisa sind immer sehr gut zu mir gewesen.«

»Ich will, daß Sie auch weiterhin für uns arbeiten. Wir brauchen Sie. Aber Sie dürfen absolut *nie* mehr einen Revolver hierher ins Haus mitbringen. *Nie*. Ich mache keine Sprüche, Josephine. Wenn der Revolver noch mal hier im Haus auftaucht, sind Sie gefeuert, auf der Stelle, ohne weitere Fragen. Ich sage das äußerst ungern, aber es ist wirklich so einfach.«

Sie weinte jetzt, mit den Händen vor den Augen und weichen, verzerrten Lippen, und ich hatte das Bedürfnis, hinzugehen und sie zu trösten.

»Josephine, ich weiß, daß Sie niemals versuchen würden, die Kinder in Gefahr zu bringen, aber ich kann das nicht zulassen. Ich werde nicht hingehn und Ihre Einkaufstasche oder Manteltaschen oder irgendwas durchwühlen, solange Sie mir Ihr Wort geben.«

»Ich bring den Revolver ganz bestimmt nie mehr her«, schluchzte sie. »Ich hab einen großen Fehler gemacht. Oh, Lisa wird so was von wütend auf mich sein.«

Das stimmte. Ich kehrte ins Wohnzimmer zurück, umarmte Tommy, gab ihm einen Kuß, der ihm Glück bringen sollte, und schaute dabei in sein zufriedenes, argloses Gesicht, die Wangen von Rotz und rotem Saft verschmiert, was den grünen Froot-Loop-Krümeln vom Frühstück eine Haftfläche bot. O du schöner, schöner Junge. Die Welt und sein Vater waren nicht gut genug für ihn. Ich küßte ihn erneut, und für eine Weile war mir selbst zum Weinen zumute. Dann richtete ich mich auf, griff nach meiner Aktentasche und ging zur Tür hinaus, während die Patronen in meinen Taschen wie Geldmünzen klimperten. Hätte ich denn tatsächlich Josephine auf der Stelle feuern können? Unsere Kinder liebten sie von ganzem Herzen, hatten noch nie einen anderen Menschen als Babysitter kennengelernt. Jeden Tag, wenn sie sich für den Heimweg fertigmachte, rannten sie zu ihren dicken Beinen hin und umarmten sie zum Abschied, und Sally ließ nicht locker, bis Josephine ihr einen »Lippenstiftkuß« gab, was mit einem Riesenschmatz auf Sallys Wange verbunden war, der dann Josephines rote Lippen dort verewigte, bis es Zeit zum Baden war. Für die Kinder war sie eine zweite Mutter – geduldig, streng, fair, unermüdlich. Wie bei den meisten Dingen hatte meine Frau eine hervorragende Entscheidung getroffen, Josephine einzustellen, und wir kannten jede Menge anderer Familien, die katastrophale Erfahrungen mit Babysittern gamacht hatten, sogar einen Fall, in dem der Familienvater vorzeitig nach Hause kam und die Kinder vorfand, wie sie ein Barney-Video anschauten, während ihre Hüterin sich einer Injektion Glück durch den Elektrotechniker erfreute. Aber Josephine gehörte in eine völlig andere Kategorie, und andere Eltern hatten sich schon taktvoll erkundigt, wann wir wohl mit ihr »fertig« seien und was wir ihr zahlten. (Weiß besitzt in Amerika noch immer Schwarz, das sollten wir uns doch, wenn auch nur insgeheim, einmal eingestehen.) In der Tat forderte schon Josephines reine Existenz mein Selbstverständnis als Vater heraus; sie hatte mehr Scheiße vom Hintern meiner Kinder gewischt, hatte die beiden häufiger gefüttert, sie auf mehr Spaziergänge mitgenommen, als ich es je getan hatte. Sie wurde für ihre Arbeit und nicht für ihre Liebe bezahlt, aber sie gab meinen Kindern ihre Liebe, freiherzig und großzügig, und von Zeit zu Zeit fragte ich mich, ob solch eine Liebe meiner ebenbürtig oder ihr nicht sogar überlegen war. Ohne jeden Zweifel war Josephine geduldiger, ganz zweifellos nahm sie reger an den Details im Leben der Kinder Anteil als ich. Sie und ich sprachen selten direkt oder eindringlich miteinander, sondern zogen es vor, die Konversation auf einer Ebene der Trivialität zu halten – das Wetter, die Nachrichten –, aber ich hatte ein merkwürdiges Empfinden für sie. Irgendwie wurde die Liebe meiner Kinder zu Josephine in mein widerwilliges Herz hinein reflektiert, doch auf eine Weise, zu der ich nicht offen stehen konnte. Wir verstanden beide, daß die Mächte der Geschichte sehr unterschiedliche Schicksale hervorgebracht hatten und daß nichts dies bessern konnte, es sei denn fundamentale menschliche Achtung. Sie war eine stolze Frau, und ich war froh darüber, denn dies bedeutete, daß ihr Leben nicht hoffnungslos war. Ihre Vergangenheit war mir weitgehend verschlossen geblieben, aber von Zeit zu Zeit sprachen sie und Lisa miteinander, vielleicht, wenn sie beide in der Küche gemeinsam an der Arbeit waren, und ich stellte mir vor, wenn vielleicht auch die Wirklichkeit verkennend, daß sie in solchen Momenten aufhörten, weiße Chefin und schwarze Angestellte zu sein, und einfach zu zwei Frauen wurden, die sich unterhielten. Im Laufe der Jahre hatte Josephine Lisa erzählt, daß sie fünf Kinder zur Welt gebracht habe; drei davon hätten sie enttäuscht, eines sei bei einem Feuer in einem Crackschuppen ums Leben gekommen. Ihr erster Ehemann, den sie jung geheiratet hatte, hatte sie ebenso wie den Jungen, aus dem dann der Mann in dem Crackschuppen wurde, geschlagen. Sie hatten sich scheiden lassen. Josephines zweiter Mann, von dem sie drei Kinder hatte, war schon älter gewesen und an fortgeschrittenem Diabetes gestorben. Lisa vermutete, daß er für Josephine die wahre Liebe ihres Leben gewesen war, denn er hatte ihr ein kleines Haus in Port-au-Prince gekauft, wohin Josephine sich später zurückzuziehen hoffte. Ihren gegenwärtigen Ehemann hatte Josephine weniger aus Leidenschaft denn aus der pragmatischen Erkenntnis seiner Grundanständigkeit und wirtschaftlichen Verläßlichkeit heraus gewählt. Ja, ob überhaupt noch Leidenschaft in Josephine war, blieb ein Rätsel. Gelegentlich saß sie still neben dem Fenster und las im Tageslicht ihre Bibel. Ihr Glaube war unerschütterlich, so daß ich mich fragte, ob ihr Gottvertrauen, das mir so menschlich und echt wie nur möglich erschien, von ihrem Leid geschmiedet oder von diesem nur geprüft worden war. Ich bin überzeugt, daß Würde die am schwersten faßbare Gabe ist, und Josephine – mit ihren langsamen Bewegungen, ihrer mangelnden Eloquenz und ihrem Aberglauben – war eine der würdevollsten Frauen, die ich je gesehen hatte. In meinem Herzen wußte ich, daß sie ein noblerer Mensch als ich war. Lassen Sie es mich wiederholen und für immer festhalten: Ob sie nun einen Revolver in ihrer Tasche hatte oder nicht – Josephine Brown war ein noblerer Mensch als ich, und zu den anderen Betrübnissen meines Berichts gehört auch das unglückselige Wissen, daß meine Handlungen Josephine noch eine weitere unnötige Dosis Leid aufbürdeten.

Das einzige, was Bobby Dealy mir an diesem Morgen anbieten konnte, war die Verhaftung eines verblödeten Alten, der Kinder mit Injektionsspritzen angegriffen hatte, was zugegebenermaßen eine gute Story war – besonders, da der Mann ein seines Amtes enthobener katholischer Priester war –, doch die Opfer waren über die ganze Stadt verstreut, was eine Menge Fußmarsch mit sich brachte, und ich hatte den Nachmittag bereits für die malaysische Bank vorgesehen. Also verzichtete ich auf diese Sache, und die Zeitung setzte eine junge Puertoricanerin dran, die sicherlich in etwa drei Jahren so gut wie irgend jemand sonst sein würde. Mir war es nur recht so; ich hatte schon die Geschichte mit dem ehemaligen Nagelklopfer auf Coney Island für den nächsten Tag bereitliegen und wollte mit den Leuten des Abbruchunternehmens reden, das den Abriß des Hauses 537 an der East 11th übernommen hatte. Wie mir noch aus der Akte, die Caroline mir gezeigt hatte, im Gedächtnis war, hieß die Firma Jack-E Demolition Company, und ich fand sie weit draußen in Queens, nicht weit vom Shea-Stadium entfernt, an einer dieser Avenues, wo es keine Bürgersteige mehr gibt und die Bäume bis auf ihre halbe Höhe hinauf abgeholzt worden sind, wo überall Autowracks und ausgeweidete Lastwagen liegen und Kerle in Jogginganzügen mit Achsenschmiere an den Händen Achtzigtausend-Dollar-BMWs fahren und wo vor den Häusern große Hunde in kleinen Hütten mit einer auf dem Erdboden aufgerollten Kette schlafen und auf den Parkverbotschildern steht: DAMIT SIND AUF JEDEN FALL SIE GEMEINT. Die Jack-E Demolition Co. war ein ungepflastertes Gelände, angefüllt mit Kränen, gelben, rostgefleckten Bulldozern und einem Wohnwagen im Hintergrund, der als Büro diente. Viele dieser Firmen betreiben irgendwelche illegalen Geschäfte – häufig mit gestohlenen Autos –, und ich hatte meine Zweifel daran, daß das Management beglückt sein würde, meine Fragen zu beantworten, aber McGuire, der Vorarbeiter, ein Mann in den Fünfzigern mit einem getrockneten Rinnsal Tabaksaft am Kinn, lachte, sobald ich mich vorstellte.

»Sie verarschen mich doch bestimmt! Porter Wren, hier? Ich lese jede Kolumne!« Er schüttelte mir überschwenglich die Hand, und ich hoffte nur, sie wieder zurückzubekommen. »Nur her mit Ihnen! Setzen Sie sich.« Er wühlte in dem Durcheinander auf seinem Schreibtisch herum und fischte schließlich eine Zeitung aus der Vorwoche heraus: MOM VERBRANNTE HOCHZEITSKLEID. »Über diese Lady mit der Tocher, die erschossen worden ist? Und das mit dem Hochzeitskleid? Bei meinem Arsch!«

Ich fragte, ob er sich noch an den Job erinnern könne, bei dem Simon Crowleys Leiche gefunden worden war.

Er nickte energisch, als sei die Frage irgendwie eine Beleidigung. »Wie kann ich das vergessen? Mein Sohn hat ihn gefunden, Kopf wie 'ne zermanschte Tomate, der arme Junge hat sich übergeben.«

Ich fragte, ob er die Abbruchprozedur beschreiben könne.

McGuire nickte. »Ja, also wir machen das so – vergessen Sie nicht, wir unterliegen allen möglichen Bestimmungen und so 'nem Schrott. Wir überprüfen also das Gebäude. Vielleicht gibt's ja irgendwo in den Akten noch 'n paar alte Blaupausen – in den meisten Fällen hat keiner irgendwelche Baupläne. Vielleicht hat's vor zwanzig Jahren mal 'ne Teilsanierung oder so was gegeben, aber diese Gebäude sind meistens alle gleich. Wir überlegen uns, wie es dann auseinanderbricht. Manchmal trägt man es Stock für Stock ab, besonders, wenn 'ne Menge Stahl in dem Gebäude steckt oder wenn's wenig Spielraum gibt. Man braucht bloß Platz für 'ne Rutsche und 'nen Laster, um den Schutt loszuwerden. Oder wenn's nicht ein Job von dieser Art ist, dann stoßen wir es wahrscheinlich mit 'ner Kugel aufm Kran und Bulldozern um. Wenn's zu groß ist, zu hoch, dann muß man spezielle Verfahrenstechniken anwenden, wie die Träger durchtrennen, manchmal Sprengstoff einsetzen, solche Dinge. Damit geben wir uns aber nicht ab – das ist was für die großen Jungs. Aber dieses Gebäude da, von dem Sie reden, war was? Sechs Geschosse? Nein, wir schaun es uns einfach gründlich an, wissen Sie, entfernen den Detailkram, wenn noch was übrig ist. Schmuckelemente auf den Stürzen, alles, was 'n bißchen aus der Reihe tanzt. Manchmal nehmen wir vielleicht die Einbauteile oder Türen oder so was raus, Kaminsimse, alles, was wiederverwertet und weiterverkauft werden kann. Manchmal kaufen die Leute auch gern die alten Heizkörper. Ich selber kann sie nicht ausstehn, machen zuviel Krach. Das Kupfer buddeln wir aus den Trümmern raus. Man muß die Wände erst zerstören, um an das Kupfer ranzukommen. Manchmal heben wir 'n Treppengeländer auf. Vielleicht 'n nettes Bogenfenster, so was eben, wissen Sie – entspricht zwar nicht mehr der Norm, aber irgendwer will's bestimmt haben. Und dann errichten wir einfach den Verschlag am Gehsteig.«

»Ist irgend jemand sonst dort reingegangen?«

»Logisch, alle möglichen Leute.« Er angelte in seiner Brusttasche, zog einen Zigarrenstumpen heraus und steckte ihn sich in den Mund.

»Wer?«

Er nahm die Zigarre aus dem Mund. »Die Gasleute kommen, um das Gas abzuschalten. Dasselbe mit den Elektroleuten. Stellen die Stromzufuhr zum Gebäude ab. Ein Versicherungstyp macht seine Runde, um sicherzustellen, daß wir nicht irgendein tragendes Element übersehen haben, das dann irgendeinen armen Arsch umbringt, wie ganz besonders mich. Dann muß noch das Wasser abgestellt werden – Moment mal.« McGuire brüllte in ein Walkie-Talkie. »Becky, geh mal diesen Job an der East 11th raussuchen. Vor vielleicht sechzehn, siebzehn Monaten, bring mir einfach den Planungsordner.« Er blickte auf seine Zigarre. »Mein Sohn leitet jetzt die Jobs.« Der Ordner wurde ihm überreicht. »Ah ja, da ist es, August vor zwei Jahren. Wir haben die Fenster gleich am Anfang rausgeschlagen. Das ist Vorschrift. Keine rumfliegenden Glasscherben. Mal sehn … Strom abgestellt, Aufzugsfirma hat die Kabine runtergelassen, 'n paar Tage, bevor wir mit dem Abriß …«

»Die Kabine runtergelassen?«

»Das bedeutet – na ja, keiner will einen siebzig Jahre alten Aufzug haben, also bestellen wir die Aufzugsfirma, damit sie die Dinger wieder auf die Schachtsohle runterlassen, und dann füllen wir darüber auf. Verstehn Sie, die meiste Zeit wird der Keller bei dem Job ganz mit Schutt aufgefüllt, weil der Eigentümer kein Risiko eingehen will, daß 'ne Menge Kinder daherkommen und in 'ner großen Grube rumklettern, wofür man laut Gesetz verklagt werden kann, auch wenn man einen Zaun drum herum hat – das wird Ihnen jetzt gefallen –, wir füllen also das ganze Ding mit Schutt auf und packen denen obendrein eine gute Ladung Ziegel drauf. Versiegeln's auch noch mit Beton, wenn sie dafür blechen wollen. Später dann, falls dort ein neues Gebäude errichtet wird, müssen sie den ganzen Scheiß wieder ausgraben.«

»Ist das nicht ein Riesenaufwand?«

»Eigentlich nicht, weil man für die Fundamente des Gebäudes sowieso ausschachten muß. Manche von diesen neuen Fundamenten reichen fünfzehn, achtzehn Meter tief. Also sind fünf, sechs Meter Schutt keine große Sache.«

Ich nickte, aber nichts von all dem schien mir relevant zu sein. »Also ist die Reihenfolge Zaun, alles abschalten, Inspektion durch Versicherungsmann, dann Abbruch?«

»Nein, erst muß man noch die Genehmigung einholen.«

»Okay.«

»Außerdem muß erst ein offiziell zugelassener Kammerjäger die Ratten killen.«

»Auf dem Grundstück hat es vor Ratten nur so gewimmelt«, sagte ich.
»Na ja, man zahlt 'nen Kerl dafür, daß er sagt, er hätte alles ausradiert, verstehn Sie.« Er zwinkerte mir zu.
»Was dann?«
»Na ja, die Stadt hat auch 'nen Inspektor.«
»Wird das alles in einer festen Reihenfolge gemacht?«
»Was meinen Sie?«
»Ich meine, wird es immer in derselben Reihenfolge durchgeführt?«
»Nein, kann sein, daß das Wasser vor dem Strom abgestellt wird oder daß der Strom vor dem Wasser abgeschaltet wird, wissen Sie. Oder daß der Versicherungsmann vielleicht ein paar Tage früher oder später erscheint, was auch immer. Verstehn Sie, wir kennen die ganzen Typen beim Baureferat drüben. Wir haben 'ne gute Beziehung. Wir kriegen mehr oder weniger alles abgehakt, bevor wir damit anfangen, das Ding abzureißen.«
»Es muß ein Schock gewesen sein, auf die Leiche zu stoßen.«
»Na ja, ich war in Vietnam, also hatte ich schon so einiges zu sehen bekommen, aber mein Sohn ...« Er starrte weg. »Er hat sich ein paar Tage freigenommen.«
»Wie, glauben Sie, ist der Körper in den Schutt geraten?«
McGuire lachte. »Genau das wollten die Bullen auch wissen.«
Ich gab ihm Zeit.
»Ich? Ich glaube nicht, daß er von Anfang an in dem Gebäude war, ich glaub, daß er vom Dach runterkam. Da war 'n Seil.«
Diese Tatsache hatte nicht in Caroline Crowleys Protokoll gestanden.
»Haben Sie das den Bullen erzählt?«
»Ja.«
»Was meinten die?«
»Die ham's mir nicht geglaubt.«
»Warum?«
»Weiß ich nicht. Hamse einfach nicht.« McGuire zog eine Schublade auf, fand eine neue Zigarre und steckte den feuchten Stummel in seine Brusttasche zurück. »Wissen Sie was? Ich wollte selber nachsehn, ob sie die Leiche über meinen Absperrzaun geworfen haben. Ich

habe mir also 'ne Stehleiter genommen und jeden Zentimeter von diesem Rasiermesserdraht überprüft, hab nach Kleiderfetzen oder Haaren oder Blut oder irgend so was Ausschau gehalten, und ich hab bei meinem Arsch rein gar nichts gefunden. Das hab ich den Bullen auch gesagt, und die waren sauer auf mich, ich hätte angeblich den Tatort beeinträchtigt. Ich hab erklärt, daß es schließlich mein Schutzzaun sei. Dafür hatten die mich besonders gern. Ich hab denen gesagt, völlig unmöglich, daß die Leiche über den Zaun reingekommen sein soll. Ich glaub, daß sie vom Dach runterkam, und das hab ich ihnen gesagt, und da ham die mich bloß angesehn, als wär ich nicht ganz bei Trost.«

»Es gibt da einen Mann, der im Nachbargebäude Hausmeister ist, Puertoricaner. Sind Sie ihm je begegnet?«

McGuire zuckte mit den Achseln. Ein Bulldozer ratterte vor dem Fenster vorbei. »Schon möglich, weiß ich nicht mehr.«

»Okay, mit dem Dach – wäre es nicht wirklich schwierig gewesen, eine Leiche so weit bis in das Grundstück hinüberzuwerfen?«

»Nein. Das glaub ich nicht. Die sind mit der Leiche über das Dach gekommen, von der Nummer, äh ...« – er blickte in seine Akte – »fünf-fünfunddreißig bis fünf-siebenunddreißig aus. Das war, als das Gebäude noch stand. Dann ham sie mit 'ner Brechstange oder so was, 'nem Holzbalken, irgendwas, rübergelangt und in einen der Fensterrahmen im obersten Stock reingestoßen. Das ist bloß ungefähr einen guten Meter von der Mauerbrüstung runter. Es wäre schwierig, aber man könnte es schaffen. Und da kommt jetzt das Seil ins Spiel. Wir ham 'n schweres Stück Seil gefunden, das an einem von den Eisenpfosten unter dem Wassertank befestigt war. Was ich mir denke, ist, daß sie den Körper mit dem Seil festgebunden haben, dann abgemessen, verstehn Sie, die Länge richtig festgestellt, und dann die Leiche von der Seite des Gebäudes aus weggeschleudert und in das zerbrochene Fenster rein. Dann noch das Seil abgeschnitten.«

Ich versuchte mir das vorzustellen. »Das würde bedeuten, daß das andere Seilende noch an der Leiche festgebunden wäre.«

Er blickte auf seine Zigarre. »Kann sein.«

»An der Leiche war kein Seil festgebunden.«
»Ich weiß, ich hab sie gesehen, wissen Sie noch?« sagte er irritiert. »Aber 'ne Hand hat gefehlt.«
Ich dachte darüber nach. »Wenn ich eine Leiche von oben aus durch ein Fenster schwingen würde, dann würde ich sie an den Händen oder an den Fesseln oder, vermute ich mal, sogar um den Hals herum zusammenbinden.« Hätte jemand tatsächlich ein Seil um Simon Crowleys Hals gewunden, so wäre das Genick gebrochen, und der Gerichtsmediziner hätte es bemerkt. Andererseits hätte das Genick auch bei den Abbrucharbeiten brechen können, unter dem Gewicht der Trümmer oder des Bulldozers.
»Ich glaub trotzdem, daß es 'n Seil war.«
»Aber Ihre Theorie hat eine Schwachstelle.«
Er schüttelte den Kopf, steckte sich die frische Zigarre in den Mund. »Hörn Sie mal! Die Leiche war ganz schön übel zugerichtet. Das Seil kann ja irgendwie abgegangen sein.«
»Haben Sie je die Länge des Seils abgemessen, das Sie an dem Wasserturm gefunden haben?«
»Nee, das war alles später.«
Die Unterredung wurde zu spekulativ, und ich dankte ihm für seine Zeit.
Jetzt zündete McGuire sich die Zigarre an, paffte eine bläuliche Wolke in die Luft und warf mir einen Blick aus zusammengekniffenen Augen zu. »Schreiben Sie vielleicht 'ne Story?«
»Bloß Recherchen«, bedeutete ich ihm. »Bloß ein paar Recherchen.«

Das, nehme ich an, traf jetzt auch zu. Nachdem ich mir mühsam meinen Weg zurück nach Manhattan gebahnt hatte, hinter einem Lieferwagen mit einer Tür her, die ständig auf und zu ging, war der nächste Ort für meine Recherchen die zeitungseigene Dokumentation, die jetzt nicht mehr einfach nur ein Raum ist, wo vergilbte Zeitungsausschnitte in Aktenschränke gestopft werden, sondern ein Büro, das Reihen über Reihen von CDs enthält, die von Privatfirmen auf den

Markt geworfen werden, die sich die Manipulation der elektronischen Spuren, die jeder von uns zurückläßt, zum Geschäft gemacht haben. Die meisten Menschen sind sich nicht darüber im klaren, wieviel eine Zeitung, wenn sie es nur will, im Handumdrehen über sie erfahren kann. In unserer Dokumentation haben wir zum Beispiel Referenzverzeichnisse auf CD, die wir benutzen können, wenn wir eine Telefonnummer, aber keinen Namen haben, oder aber, wenn wir eine Adresse, aber weder Namen noch Telefonnummer haben. Es ist ein außerordentliches Instrument; man gebe mir eine hingekritzelte Telefonnummer in Manhattan, und es besteht eine hervorragende Chance, daß ich in ein paar Minuten sagen kann, zu welcher Adresse sie gehört, wer dort wohnt, wer in demselben Gebäude oder auf der anderen Straßenseite wohnt, wer in dem Gebäude ein Auto besitzt, von welcher Marke, welches Modell, wann die Leute ihre Wohnung gekauft haben, ihre Steuern dafür gezahlt haben, den Kaufpreis, ob sie als Wähler eingeschrieben sind, für welche Partei, und ob sie kürzlich an irgendeinem Rechtsstreit in der Stadt beteiligt waren oder noch sind. Wir können uns sogar rudimentäre Kreditauskünfte beschaffen. Ist das ein Eingriff in die Privatsphäre der Menschen? Ganz bestimmt. Wird die Situation noch schlimmer werden? Dieselbe Antwort.

Ich fand die leitende Dokumentarin, Mrs. Wood, eine winzig kleine Schwarze mit mörderischen Fingernägeln, die der Zeitung schon seit fast zehn Jahren half, mit Neuigkeiten aufzuwarten. Es hieß, sie habe ein fotografisch genaues Gedächtnis, was ja stimmen mochte, doch war ich der Meinung, daß ihr wahres Genie in der Fähigkeit lag, von einem einzigen zusammenhanglosen Stück Information eine ganze Struktur an Auskünften abzuleiten.

»Mrs. Wood, können Sie etwas für mich nachschauen?«

»Für Sie, Mr. Wren, schau ich auch den Mond nach.«

»Zweifellos muß ich Ihnen dann in ein paar Minuten etwas Kaffee holen.«

Sie nickte. »Zweifellos.«

»Schwarzen Kaffee.«

»So wie ich.«
»Wie konnte ich das vergessen?«
»Konnten Sie nicht.«
»Weil Sie, Mrs. Wood, in mein Gedächtnis eingebrannt sind.«
»Lassen Sie dieses Geflirte weißer Bubis mit mir. Wo liegt das Problem?« Sie zog einen Stuhl an ihren Computer heran, und ich gab ihr die Adresse: East 11th Street, Nr. 537. Nach ungefähr zehn Minuten hatte sie festgestellt, daß das Grundstück nunmehr der Fwang-Kim Trading Import Corporation von Queens gehörte.
»Bißchen merkwürdig«, sagte ich.
»Wieso?«
»Normalerweise gehören unbebaute Grundstücke der Stadt. Beschlagnahmt wegen ausstehender Steuern.«
»Und die Koreaner kaufen Läden, nicht Grundstücke.« Doch vielleicht hielten sie nur an dem Land fest. Sollte die Gegend je einen Aufwärtsdrall erleben, was zweifelhaft war, dann würde der Wert des Grundstücks möglicherweise steigen.
Mrs. Wood ging zu einer laufenden Mikrofichedatei hinüber und kehrte eine Minute später wieder zurück. »Es hat der Stadt nie gehört. Aber die Fwang-Kim Trading Import Corporation hat es von einem anderen koreanischen Unternehmen gekauft, der Hwa Kim Import and Realty Corporation, und davor gehörte das Grundstück – mit einem Gebäude – einem weiteren Unternehmen in Queens, vor so langer Zeit, daß es keine Mikrofichedaten darüber gibt, wann es gekauft wurde.«
»Waren die beiden koreanischen Eigentümer jüngeren Datums?«
»Aus den letzten beiden Jahren.«
»Kaufpreis?«
»Das erstemal sechsundsiebzigtausend, das zweitemal einunddreißigtausend.«
»Komisch, daß er gesunken ist.«
»Ich hab da eine Theorie.« Sie kehrte zu ihren Computern zurück. Ich beobachtete sie, wie sie Disketten in das Gerät hineinschob und herauszog. »Hier … da haben wir's. Die beiden koreanischen Unter-

nehmen haben dieselbe Adresse. Das bedeutet, daß das eine vermutlich bloß ein Nachfolgeunternehmen des vorherigen ist. Kleinunternehmer tun so was die ganze Zeit – das erlaubt ihnen, faule Schulden einfach abzuschütteln. Der reduzierte zweite Kaufpreis wäre eine Methode, auf dem Bilanzbogen der ersten Firma einen Verlust herzustellen. Das könnte einem Eigentümer bei seinen Steuern helfen. Der reduzierte Preis könnte sich auch zum Zweck von Schenkungs- oder Erbschaftssteuern als nützlich erweisen. Es ist ziemlich eindeutig, daß beide Firmen von derselben Person oder denselben Leuten geführt wurden.« Sie fuhr mit der Hand durch die Luft. »Typische Finanzschummeleien.«

»Aber weshalb würde eine koreanische Handelsfirma in Queens ein verlassenes Gebäude kaufen, abreißen und dann einfach drauf sitzenbleiben? Es ist keine erstklassige Lage oder so was.« Ich dachte an Mrs. Garcia, wie sie langsam über ihren verdorrten Garten wanderte. »Dort kann man keine Geschäfte betreiben.«

»Gibt es dort in der Nachbarschaft koreanische Spezialitätenläden?«

»Ja.«

»Dann haben die Koreaner entschieden, daß es eine lebensfähige Nachbarschaft ist.«

»Mag ja sein. Aber es gibt nicht gerade viel Geld dort.«

»Könnte man dort bauen?«

»Sicherlich.«

»Haben Sie das Grundstück gesehen?«

»Ja.«

»Wie groß ist es?«

»Vielleicht grob um die vierhundert Quadratmeter.«

Sie blickte wieder auf ihren Bildschirm. »Sie verfolgen offenbar nicht den Immobilienmarkt hier in der Stadt.«

»Nicht für brachliegende Grundstücke.«

»Einunddreißigtausend für ein großes Grundstück, selbst an der Lower East Side, ist gar nichts.«

Ich zuckte die Achseln. »Na gut.«

»Gibt es viele Leute in der Nachbarschaft?«

»Überall.«
»Irgendwelche Supermärkte gesehen?«
Ich nickte. »Da gibt's einen ein paar Straßen weiter im Süden. Aber ich weiß, was Sie denken – daß die vielleicht ein Geschäftsgebäude dort hinstellen wollen. Aber die Nutzung wäre falsch. Es ist keine Avenue, es liegt mitten an der Straße, ein Wohngebiet. Aber arm.«
»Dann ein Mietshaus.«
»Vielleicht«, sagte ich, nun entmutigt. »Ich weiß nicht, was man sonst noch nachschauen könnte.«
»Ich aber. Diese Bewertung ist viel zu niedrig.« Mrs. Wood spähte auf das Mikrofiche-Lesegerät. »Schauen Sie her, ein vergleichbares Grundstück einen Block weiter im Osten – das ist eine noch schlechtere Nachbarschaft – wurde für neunundneunzigtausend verkauft.«
»Wieso würde die Firma, die es ursprünglich besaß, unter dem Marktwert verkaufen?«
»Jetzt stellen Sie *endlich* ein paar gute Fragen.«
Mrs. Wood machte nun zweierlei Dinge. Sie schaute in den Unterlagen über Zivilprozesse den Namen der ehemaligen langjährigen Eigentümerfirma nach, der Hausverwaltungsfirma Segal Property Management in Queens, sowie den Namen des Unternehmens, an den sie das Grundstück verkaufte, die Hwa Kim Import und Realty Corporation. »Da haben wir's«, sagte sie. »Vor drei Jahren hat Mr. Jong Kim gegen Segal Property Management Klage eingereicht. Jetzt lassen Sie mich eben noch die – da ist es ja ...« In Kürze hatte sie herausgefunden, daß Segal Property Management aus Queens zwei Jahre zuvor im Südbezirk des Obersten Gerichtshofs des Staates New York einen Konkursantrag gestellt hatte. Mit Hilfe der Querverweis-Verzeichnisse stellte Mrs. Wood dann fest, daß die Anschrift der Firma Segal Property Management auch die Adresse einer Norma und eines Irving Segal war, die offenkundig von der gleichen Adresse aus eine Kanzlei, Segal & Segal, betrieben. Auch Segal & Segal hatte Konkurs angemeldet, am selben Tag wie Segal Property Management.

»Ich hab noch eine andere Idee«, sagte Mrs. Wood und holte die Register des staatlichen New Yorker Amtes für das Kraftfahrzeugwesen auf den Bildschirm. Aus diesen konnte sie ablesen, daß Norma Segal achtundsechzig Jahre alt war, und ihr Mann achtzig. Sie fuhren einen sieben Jahre alten Mercury. »Altes jüdisches Ehepar in Queens mit einer Kanzlei und einem heruntergekommenen Wohngebäude in Manhattan wird von einem trickreichen koreanischen Geschäftsmann verklagt«, sinnierte sie.

Mir ging allmählich ein Licht auf. »Vielleicht ein Ausrutscher, Autounfall, irgend so etwas.«

»Die alten Eheleute besitzen kein anderes nennenswertes Vermögen«, grübelte sie. »Sie stimmen zu, dem Koreaner zur Beilegung des Rechtsstreits das Wohngebäude zu überlassen. Es ist ein legaler Verkauf, aber weit unter dem Marktwert. Sie kriegen etwas bar auf die Hand, der Koreaner kriegt vielleicht eine ganze Menge.«

»Außer, daß das Gebäude schon bald nach dem Verkaufsdatum niedergerissen wurde«, machte ich geltend.

»Sicher, die Kaufsumme spiegelt das wider. Sie ist zu niedrig. Der Koreaner wollte den Grund und Boden, nicht die Belastung mit einem alten Mietshaus.« Sie schenkte mir ein spitzbübisches kleines Lächeln.

»Ich möchte gar nicht erst wissen, was Sie über mich rauskriegen könnten«, sagte ich.

»Sie? Sie sind *leicht.*«

»Das rühr ich nicht an.«

»Ist auch *besser* so.«

Mir fiel wieder ein, daß ich noch zu der weiter nördlich gelegenen malaysischen Bank mußte, und ich wollte gerade aufbrechen, als ich auf eine Idee kam. »Können Sie noch eine einzige Sache nachschauen?« fragte ich.

»Haben Sie mir nicht schon genug Mühe gemacht?«

»Wie kann ich den Handel denn versüßen? Ein Sandwich?«

»Ich will eins von diesen Schinken-und-Ei-Dingern, die sie unten haben, und zwei Kaffee. Und die letzte Ausgabe des *Economist.*«

»Sie sind eine eiserne Lady, Mrs. Wood. Vielleicht sagen Sie mir ja eines Tages Ihren Vornamen.«

»Es gibt gar keinen Grund, daß Sie den wissen müßten. Jetzt aber los, holen Sie mir das Zeug!«

Bevor ich dem Folge leistete, gab ich ihr Carolines Namen und Adresse an der East 66th Street und ging dann zur Lobby hinunter, um ihr das Sandwich zu besorgen. Constantine, der Wachmann, sah mich dort und reichte mir einen Briefumschlag.

»Ein Mann hat das für Sie abgegeben.«

»Was ist es denn?«

»Das weiß ich nicht.«

»Sind Sie sicher, daß nicht zwölf Millionen Dollar drin sind?«

Constantine lächelte. »Das einzige, was ich gemacht hab, war, immer weiter Lotto zu spielen.«

Ich las das handschriftliche Schreiben, während ich mit dem Lift wieder hinauffuhr:

Sehr geehrter Mr. Wren:

Falls Sie gern etwas mehr Informationen über Richard Lancaster, den Mann, der Iris Pell getötet hat, haben wollen, dann erscheinen Sie bitte irgendwann innerhalb der nächsten drei Stunden an der Nordwestecke 86. Straße und Broadway. Dort werden Sie einen ziemlich großen Mann namens Ernesto sehen, der eine Yankee-Kappe tragen wird. Bitte geben Sie sich zu erkennen und sagen Sie ihm, daß Sie nach Ralph suchen.

Meine Informationen über Lancaster sind gut.

Hochachtungsvoll,

Ralph

Ich wollte beim besten Willen nicht nach Norden hinauffahren und einen ziemlich großen Mann namens Ernesto treffen. Wem wollten die was weismachen? Außerdem war Lancaster tot, olle Kamellen.

»Caroline Crowley hat keinen gültigen New Yorker Führerschein«, verkündete Mrs. Wood bei meiner Rückkehr, »aber sie hat einen aus

Kalifornien, der in ein paar Monaten abläuft. Sie wohnt seit zwei Jahren in dem Apartment. Sein Kaufpreis belief sich auf zwei Komma drei Millionen, mit einer Hypothek über zwei Millionen. Die Steuern dafür sind neunzehntausend. Es gehört einem Treuhandfonds, der auf den Namen eines gewissen Simon Crowley eingerichtet wurde, der, wenn ich mich recht erinnere, eine verstorbene Persönlichkeit aus der Filmindustrie ist.« Mrs. Wood schenkte mir ein hinterhältiges kleines Lächeln. »Sie ist nicht als Wählerin eingetragen. Sie besitzt keine Immobilien hier in der Gegend. Sie strengt zur Zeit weder einen Prozeß an, noch wird sie strafrechtlich verfolgt. Es gibt eine noch nicht bereinigte Gesetzesübertretung.«
»Worum geht es?«
»Sie hat einen alten Strafzettel wegen Rauchens in der U-Bahn.«
»Sie haben selbst das da drin?« sagte ich.
Mrs Woods nickte mit wissendem Blick. »Sie ist eine von diesen reichen Tussis, die U-Bahn fahren.«
»Was sagt Ihnen das?«
Mrs. Wood lachte gackernd. »Sie sorgt sich um das Geld.«

Es war an der Zeit, daß ich mich auf den Weg nach Norden zu der malaysischen Bank machte, um mir die übrigen Videokassetten anzusehen, doch als ich noch im Foyer des Zeitungsgebäudes herumhing und die seltsame Nachricht von »Ralph« erneut las, begann ich mir zu überlegen, ob ich nicht vielleicht doch einen Besuch bei ihm dazwischenschieben sollte. Mich reizte ganz besonders die Passage: »Meine Informationen sind gut.« Es mochte sich für eine Kolumne eignen – man kann ja nie wissen. Und falls es ein Reinfall war, würde ich direkt zur Bank gehen. Im übrigen würde ich diesen Brief von Ralph überhaupt nicht erwähnen und genausowenig, was an jenem Nachmittag folgte, wenn mir nicht beides die Wahrheit jener letzten Worte bestätigt hätte, die ich jemals von einem alten, betrunkenen Reporter zu hören bekam, den ich damals kannte, als ich mich gerade erst einzuarbeiten begann. Er war ein großgewachsener Bursche mit einer Vorliebe für gute Anzüge, hieß Kendal Harpe, und damals, 1982, taugte er bereits zu nichts anderem mehr, als ein Glas Scotch nach dem anderen zu leeren. Aber in seinem Ruin lag in meinen Augen auch etwas Attraktives, und er erkannte, daß er mir wohl, bevor man ihn auf Dauer aus dem Nachrichtenraum tragen würde, noch ein Zeichen der Anerkennung geben müsse. »Also, hör mal, Kleiner, ich hab dir zwei Sachen zu sagen«, verkündete er eines Tages abrupt, nachdem er mit einem leichten Schwanken vom Lunch zurückgekommen war. »Nummer eins, wenn du steckenbleibst, leg einfach einen Stein auf den anderen. Kapiert?« Er starrte mir in die Augen, um zu sehen, ob ich aufpaßte. »Nummer zwei, es sind nicht bloß 'ne Menge kleiner Geschichten. Nix da, es ist alles eine einzige große Geschichte. Vergiß das nie.« Dann taumelte er für immer aus meinem Leben.

Dreißig Minuten später stand ich also an der Ecke Sechsundachtzigste und Broadway neben der Treppe zur U-Bahn und hielt nach einem Typen mit einer Yankee-Kappe Ausschau. Und da war er auch schon, ein Mann von wahrhaft enormen Ausmaßen – vielleicht einen Meter neunzig groß, mindestens einhundertzwanzig Kilo schwer, mit der Hauptmasse auf Schultern und Brustkorb verteilt –, der mit seitlich herabhängenden Armen wie in Trance dastand. Ich überquerte argwöhnisch die Straße, während ich ihn im Auge behielt, und betrat den Gehsteig. »Ich suche einen Ralph.«

Er betrachtete mich eingehend. Ich konnte ihn keinem bestimmtem Menschenschlag zuordnen – seine Haare waren leicht gelockt und schmutzigblond, seine Augen grün, und seine Haut war dunkel.

»Ich hab diese Mitteilung bekommen«, erzählte ich ihm, während ich sie aus meiner Tasche zog. »Da steht, ich soll herkommen und einen Mann namens Ernesto mit einer Yankee-Kappe treffen.«

Er nickte und begann davonzumarschieren. Ich sollte ihm wohl folgen, verstand ich. Ich holte ihn ein, und wir gingen in Richtung Westen, durch den Riverside Park und auf den West Side Highway zu, wo der Verkehr, zumeist Taxis, mit hundertzehn Kilometern die Stunde entlangraste. Wenn wir noch ein Stück weitergingen, würden wir den Tod finden. Ernesto schwang sich über eine Mauer. Ich blickte hinunter; da stand er, drei Meter weiter unten. Er winkte mir, ihm zu folgen. Ich hatte Angst und kam mir blöde vor. Er winkte wiederum. Ich sprang und bekam zu spüren, wie alt meine Knie wirklich waren. Doch dann war ich wieder auf den Beinen, und die Umgebung hatte einen gewissen ethnologischen Reichtum an sich. Hier waren die Überreste einer angestrengten, mobilen Bevölkerung: Dosen und Flaschen, Schirme, Matratzen, Reifen, Öldosen, Kleider und Verpackungsmaterial jeder Form und Epoche, zu Abfall erklärte Haushaltsgeräte. Die Vegetation hatte einen Großteil dieser Überbleibsel durchdrungen und umhüllt, war jedoch in der Folge verkümmert, verkrüppelt und aus der Form geraten, als habe Mutter Natur selbst in ihrem Kampf gegen den menschlichen Charakter und die Roheit des urbanen Lebensraums genetisch Schaden genommen. Ernesto bewegte sich geschmeidig durch diese Mikrolandschaft. Er schien eine Kreatur ohne Zweifel zu sein, bestens geeignet, durch Dunkelheit und Unrat zu pirschen und zu traben. Ich folgte ihm durch eine verfallene Steinmauer unter der Schnellstraße, deren Öffnung von lianenartigen, sich zur Sonne hin rankenden Ailanthustrieben überwuchert war. Einen Meter weiter im Inneren wich das Gebüsch einem ausgetretenen Erdpfad, der zu einer weiteren Mauer führte, die jedoch nicht verfallen war. Ernesto wandte den Blick zurück, um sich zu vergewissern, daß ich ihm auf den Fersen blieb, und stürmte dann weiter. Wie tollkühn war ich eigentlich? Ich folgte Ernesto die Mauer entlang und mußte mich dabei ein bißchen beeilen, um das Tempo zu halten, schnaufte zwar ein bißchen mühsam, las aber trotzdem die Graffiti:

MUSCHI IST SÜSS
ABER HONIG IST'S AUCH
ALSO SPAR DIR WAS KIES
UND STREICHEL DIR DEN BAUCH

DU MAGST JAZZ
UND ICH MAG SWING

DRUM RED KEINEN KÄS
DEIN ARSCH IST DEIN DING

DU WILLST ES HELLE
ICH WILL DIE HÖHLE
BLEIB UNTEN BEI MIR
SEI MEIN SKLAVE HIER

Ein ausgemergeltes, verwahrlostes Wesen von etwa vierzehn kam in umgekehrter Richtung an uns vorbei, mit Müllbeuteln und leeren Milchkartons aus Plastik beladen. Es war grau. Etwas an seiner Erscheinung – seine vornübergebeugte Gestalt und sein schlafwandlerisches Schlurfen – ließ monotone, anstrengende Schwerarbeit vermuten. Die Mauer ging noch fast vierzig Meter weiter. Dann schoß Ernesto durch einen schmalen Spalt davon. Ich folgte ihm – in die Finsternis hinein. Sobald sich meine Augen an die Düsternis gewöhnt hatten, konnte ich erkennen, daß wir in einem unermeßlich großen, gewölbeähnlichen Raum von etwa dreißig Meter Höhe standen, der sich verschwommen bis weit in die Ferne spannte, vielleicht sogar eine ganze Meile weit. Es war ein alter Eisenbahntunnel, und neun Meter über dem Erdboden, auf dem einst die Schienen entlangliefen, im Abstand von jeweils etwa dreißig Metern oder so, hingen verrostete Transformatorenbühnen. Das eiserne Gitterwerk war mit Holzplanken, Bettzeug und Gegenständen, die nach Kleiderbündeln, Seilen und Plastikwasserflaschen aussahen, ausgestopft. Einzeln betrachtet verliehen diese Montagen der Einzigartigkeit ihrer Schöpfer Ausdruck, doch als Kollektiv erschienen sie wie das Werk einer riesengroßen schlauen Vogelart. Von dort aus schweifte mein Blick die Wand hinunter zu den daran angebauten Hütten. Ich sah hier und da weit in der Ferne schattenhafte Bewegungen, dann den Pendelbogen einer Taschenlampe und das flackernde Aufleuchten dessen, was vermutlich ein Feuer war. Hinter Ernesto eilte ich inmitten des Gewölbes voran; es diente als Hauptstraße, mit durch Geröll markierten Pfaden, die davon abzweigten. Unter den Nestern waren Kreise aus Abfall angelegt, die wohl, wie ich folgerte, den Raum am Boden absteckten, der zu dem Nest darüber gehörte. Es war eine eigene Art von Gesellschaft.

»Hier«, verkündete Ernesto heiser, und ich folgte ihm in das beklemmende Dunkel. Wir kamen an einer Reihe niedriger Hütten vorbei, von denen viele offenen Einblick gewährten. Dick eingepackte menschliche Wesen schliefen darin, Männer und Frauen. In anderen konnte ich die Bewohner beim Fegen oder Aufräumen sehen, wie sie gerade Plastiktüten verschlossen oder vielleicht auf einem Stuhl saßen und an etwas herumhämmerten. Später kamen wir an zwei Männern und einer Frau vorbei, die neben einem Feuer standen. Die Frau, etwa fünfzig, bewachte einen Topf, der auf dem Feuer plaziert war, und hob ihn mit einem langen Stock hoch. Die Flammen loderten wie durch eine Windböe hoch auf, und das verblüffte mich, bis ich sah, daß das Feuer auf dem Eisengitter eines Lüftungsschachts angesetzt war.

»Wohin geht der Rauch?« fragte ich Ernesto.

»Spalten«, sagte er mit einer Geste zur Decke hinauf.

Wir gingen weiter, bis wir einen aus Abfall geformten Kreis erreichten, der direkt unter einem weiteren, auf einer Transformatorenbühne errichteten Nesthaus lag.

»Ralph!« brüllte Ernesto.

Ein gealtertes, bärtiges Gesicht erschien über dem Rand, und fast unmittelbar darauf tauchte ein Seilbündel in der Luft auf. Während es heruntertrudelte, löste es sich in eine handgeknüpfte Leiter auf, die recht fachmännisch gemacht war. Ernesto schleifte von dem Abfallhaufen ein langes Stück Eisen herbei und legte es sorgsam auf die Enden der Leiter. Dann kletterte er wie ein Affe hinauf, zog ebenso stark mit seinen Armen, wie er sich mit seinen Füßen abdrückte. Nahezu oben angekommen, blickte er sich um.

»Mister, raufkommen!«

Ich habe schon auf allen nur möglichen unheilvollen Plätzen gestanden, einschließlich einer nach Urin stinkenden Arrestzelle im Gefängnis Rikers Island und eines Armengrabs auf Potter's Field, aber noch

nie war ich unterirdisch zu einer solchen Wohnstätte hinaufgestiegen. Ich griff nach der Leiter, schüttelte sie probehalber und begann sie dann zu erklimmen. Es war nicht einfach, und ich schätze Höhen nicht gerade besonders, daher blickte ich hartnäckig nach oben, wo ich Ernesto sehen konnte, wie er mich beobachtete. Als ich ganz oben angekommen war, kletterte ich auf eine improvisierte Plattform, die zu einem Wigwams führte, der aus Holzplanken und schweren, höchstwahrscheinlich von städtischen Reparaturtrupps gestohlenen Straßenbauverschalungen hergestellt worden war. Ernesto stieg anschließend die Leiter hinunter und ließ mich zurück.
»Willkommen, Mr. Wren«, erklang eine Stimme aus dem Inneren des Wigwams.
Ich kroch hinein, an Bücherstapeln vorbei. Dort saß in einem Lesesessel ein weißhaariger Mann von etwa fünfzig Jahren, vielleicht auch älter.
»Ich heiße Ralph Benson«, sagte er zu mir.
Ich schüttelte ihm die Hand, die einen erstaunlich festen Griff hatte.
»Danke, daß Sie so weit gekommen sind«, sagte er, »im wahrsten Sinne des Wortes.«
»Recht beachtliche Reise.«
Er nickte nachdenklich. »Jeder, der hier unten ist, kam nach einer – hmm, wie Sie es nennen – recht beachtlichen Reise an.«
Ich reagierte nicht. Besser, dachte ich mir, wenn ich ihn reden lasse.
»Ich habe Ihnen die Nachricht geschickt, weil ich seit, hmm, einer Reihe von Jahren Ihre Kolumne lese. Ich hab das mit dem Pell-Mädchen gelesen. Ich muß einfach an ihre Eltern denken. Sie hat einen idiotischen, sinnlosen Tod gefunden, Mr. Wren, weil ihr Liebhaber ein Feigling war, hmm. Ich hatte auch mal eine Tochter, Mr. Wren, und ich habe sie geliebt – ich hab sie geliebt, hmm – ich werde nicht weiter darauf eingehen, was passiert ist … genauso sinnlos … Ich war früher mal – Geburtstagsfeste, und, hmm … sie war erst neunzehn, als man sie damals fand … Alles ging zugrunde danach, eins nach dem anderen zugrunde. Meine geliebte Frau … ist an gebrochenem Herzen gestorben, um Saul Bellow zu zitieren, und … und es

war eine Spirale, Mr. Wren, ich kann nicht … hmmmm, eine Spirale … zugrunde. Die Gesellschaft ist zu chaotisch für mich, Mr. Wren … Ich war früher mal, jetzt weist nichts mehr drauf hin, hmm, ich war früher mal Professor für klassische Philologie, Mr. Wren, an der Columbia University, kommt jetzt sogar mir bemerkenswert vor, habe nördlich von hier gewohnt, Mr. Wren … New Rochelle, ein Haus im Stil von Cape Cod auf zweitausend Quadratmeter Land, Birnbaum hinten im Garten … so schön, hmm, im Frühling und Sommer düngen. Ich lebte ja in den – lauter Rasenmäher und Einkaufszentren, Früchte des Kapitalismus … nicht sicher, nirgendwo ist's sicher, wie ich vom Zeitunglesen weiß, und als ich das von diesem Feigling gelesen hab, *dieser Memme von einem scheißelutschenden, pissetrinkenden, taubenfickenden Feigling, den ich wahrlich in tausend Stücke zerschneiden und wie eine feine Delikatesse roh verspeisen könnte, wie Austern vielleicht, mit seinen Knochen zu Paste zermahlen, die ich mir dann ja auf Crackers streichen könnte …«* Er verstummte und sah verdutzt aus, als hätte ihm jemand aus der Nähe ins Ohr geflüstert. »Hmmm. Nicht den andern Mann da, nicht den Mann, der … unsere … sondern diesen Mann, der … mit dem Hochzeitskleid, Iris Pell umgebracht hat, hmmm, komischer Name, erinnert mich an 'ne Glocke, so wie Hochzeitsglocken, hmm, oder, ja, Totengeläut, und dann hatte er nicht mal den üblichen Anstand, seinen Selbstmord effektiv zu Ende zu bringen, mutet den Steuerzahlern seine Krankenhausrechnung zu … wie auch immer, ich bat Sie um Ihre geschätzte Anwesenheit hier heute, um Ihnen zu sagen, daß der junge Ernesto viel weiter durch die Stadt streift als viele der Menschen, die hier unten leben. Die meisten der Leute hier unten sind froh, der Welt über uns aus dem Weg zu gehen, die für nichts anderes steht als, hmmm, Scheitern, Traurigkeit, Tod, Gewalttätigkeit, Drogen … und so fort. Soweit sie mit der Außenwelt kommunizieren, ist es nur zu dem Zweck, ihr Dasein zu fristen. Essen und Wasser und so fort sammeln. Höhlenleute, ja, hmm. Die menschliche Geschichte wiederholt sich fortwährend, das ist der wichtige ignorierte Tatbestand unserer Zivilisation, ja. China wird uns in hundert Jahren auslachen. Jedenfalls lebt Ernesto hier unten, weil er Menschen gefunden hat, die ihn lieben. Meine neue Frau – hmm, ich nenne sie meine Frau, wir sind jetzt seit fünf Jahren zusammen, meine Frau und ich – sie ist draußen und kocht, glaube ich, gerade unser Essen – meine Frau und ich haben ihn gern. Ich gebe jetzt nicht seine Familiengeschichte wieder, sondern es möge die Feststellung genügen, Mr. Wren, daß das einzige, was meine Frau und ich ihm geben können, Liebe, das es das einzige ist, was er benötigt. Solange er ein wenig Zuneigung von ein oder zwei Menschen erhält, verläßliche Zuneigung, ist er damit zufrieden, so zu leben, wie er lebt. Ein Mangel an Zuneigung zerstört die Seele. Wie Sie sehen können, hat er ein schwerfälliges Hirn. Ein gutes Herz, aber ein schwerfälliges Hirn. Ich will darauf hinaus, daß er Freude daran hat, durch die Stadt zu stromern. Er ersetzt meine Augen und Ohren in der Oberwelt, und am Ende des Tages bringt er mir die ganzen Tageszeitungen, natürlich weggeworfene. So kommt es, daß ich Ihre Kolumne lese. Ich lese auch Jimmy Breslin, Russell Baker, diesen Safire, jetzt Maureen Dowd, die es, das muß ich sagen, wirklich versteht ...« Er blinzelte ein paar Sekunden lang krampfartig und starrte mich an. »Wo war ich gerade?« fragte er.

»Sie haben mir von Ernesto erzählt.«

»Ja.« Er lächelte. »Nein!« Er runzelte die Stirn. »Ich habe doch eben mein Interesse an den Zeitungskolumnisten beschrieben. Als Gruppe sehr schwach, sehr mangelhaft, hmmm, denke ich. Und Sie genauso. Abgehackte Sätze, die für eine kurze Aufmerksamkeitsspanne geschrieben sind. Absichtlich simpel. Fade Verben. Hmmm. Nicht Dr. Samuel Johnson, hmmm-mmm! Mit Interesse habe ich dagegen Ihre Kolumne von vor etwa fünf Tagen gelesen, in der Sie die Szene auf der Promenade in Brooklyn beschrieben haben. Sie wissen schon, da schaut eine Frau zu ihrem Wohnungsfenster hinaus und sieht eine Gestalt – Sie bezeichneten ihn als ›Obdachlosen‹ –, die möglicherweise aus der Hand unseres blutenden Möchtegern-Selbstmörders, Mr. Lancaster, einen Revolver entfernt. Wie die Dinge liegen, war das Ernesto. Er war in Brooklyn, weil er genauso wie die großen amerikanischen Dichter die Brooklyn Bridge liebt. Ernesto hob auch den Aktenkoffer des Mannes auf und brachte ihn mir hierher.«

»Was ist mit dem Revolver passiert?« fragte ich.

»Den hat er verkauft.«

»Wem?«

»Wem genau, das weiß ich nicht.« Ralph machte ein mißbilligendes Gesicht. »Er war nicht so vernünftig, die Waffe dort zu lassen, wo sie war, oder sie mir zu bringen. Er bekam Angst davor, sie länger herumzutragen, und so ging er in eine Bar und verkaufte das Ding. Er ist schwer von Begriff, wie ich schon sagte, aber er weiß, wie man bestimmte Dinge erledigen muß. Er ist kein Verbrecher, aber er hat einen Riecher für das Verbrechen. Eine seltsame Eigenschaft, hmm, da war er also und ging direkt auf den Mörder selbst zu. Also, ja, er hat den Revolver verkauft, an wen, weiß ich nicht, und wenn ich es wüßte, würde ich's Ihnen nicht erzählen. Ich will Ernesto vollständig aus dieser Sache raushalten, verstehen Sie. Er ist unschuldig, aber er hat einige Bagatellverstöße auf dem Gewissen. Es gibt sogar einen uralten noch bestehenden Haftbefehl gegen ihn, der, glaube ich, hmmm, auf einem Eigentumsdelikt beruht. Da kann ich mir nicht sicher sein. Er hat eine Gedächtnisstörung, die mit den Mißhandlungen zu tun hat, die er durch seinen Vater erlitten hat. Wie dem auch sei, ich will ihn aus dieser Sache raushalten. Er ist jetzt auf dem rechten Weg der Tugend, und ihn wegen einer alten Autodiebstahlsanzeige nach Rikers Island einzuliefern, wäre meiner Meinung nach nicht gerecht. Die Gesellschaft hat Ernesto sehr viel mehr genommen, als er ihr genommen hat.« Die Brille tief auf der Nase, schaute er mich nachdrücklich an. »Nun ja, Ernesto machte also den Aktenkoffer auf und fand darin einen Laptop. Er versteht nicht, was ein Computer ist, außer daß man das Gerät nicht fallen lassen sollte und daß es etwas mit Lesen und Schreiben zu tun hat. Meine Frau und ich sind die einzigen wirklich des Lesens fähigen Menschen, die er kennt, und so hat er uns den tragbaren Computer gebracht. Ich war früher mal ein Hi-Fi-Freak, wie man's immer genannt hat, damals in den Siebzigern, als … hmm … alle diese Hosen anhatten, die unten weit waren, und Käsefondue aßen und so taten, als hätten sie Gruppensex – und daher war ich, sobald ich das Ding anstellte, in der Lage herauszufinden, wie ich das, was ich vor mir hatte, benutzen kann.«

»Die Batterie war noch intakt?«

»Ja. Ich hab ein paar der Dateien aufgerufen, und es wurde rasch deutlich, auf was ich da schaute. Nicht gerade ein bedeutender Text, fürchte ich, aber im rhetorischen Sinn, hmmm, überzeugend. Hier, lassen Sie mich's vorführen.« Aus der Tiefe des Durcheinanders an Papieren und Büchern fischte er einen Laptop heraus und setzte ihn in Gang. »Sehn Sie, hier haben wir Dateien, die durch das Datum gekennzeichnet sind ... das waren Lancasters Notizen. Ich öffne mal die hier, das war eine Woche, bevor er Iris Pell umgebracht hat.«

> Heute rief ich meine Geliebte dreimal auf der Arbeit an, und sie reagierte auf keinen meiner Anrufe. Mittags Rosen geschickt. Blumenfirma rief um fünf zurück, um mir Bescheid zu geben, daß Rosen abgelehnt worden waren. Niedergeschlagen, konnte mich in der Konferenz am späten Nachmittag nicht konzentrieren. Rief meine Liebe an, als ich nach Hause kam. Wir könnten doch vielleicht einen Film anschauen. Keine Reaktion. Ging zu ihrem Gebäude rüber. Kalt draußen. Wachmann wollte mich nicht reinlassen. Sagte, das seien seine Anweisungen. Ich bot ihm hundert Dollar, aber er ließ mich einfach nicht rein. Bin jetzt furchtbar aufgeregt. Sehr aufgeregt. Will nicht nach Hause. Ging in das Café bei ihrem Wohnhaus draußen. Vielleicht kommt Iris ja bald nach Hause. Vielleicht ist sie ins Kino gegangen.

»Sie verstehen, worum es geht«, bemerkte Ralph Benson. »Das ist sein Bericht, während er ihr hinterhergestiegen ist. Wir könnten das Ding ›Memoiren eines Ungeheuers‹ nennen und für eine Million Dollar verkaufen. Sie können die Filmrechte haben, hmm. Es geht dann ziemlich ins Detail. Es hat auch die Beschreibung, wie er sie erschießt.«

»Kann ich das sehen?«

»Gewiß. Sie werden sehen, daß sein Denken immer mehr aus den Fugen geriet.«

> Hab sie gefunden. Wäscherei. Drinnen mit einem blauen Kleid das sie anhatte die Knarre dabei wußte, daß sie da war. An dere Straßenseite beim Beobachten Nachdenken und konntes einfach nicht lassen ihr zu sagen wie sehr ich sie auf ewig liebe unds daß siee keiner sonst haben kann. Kein andrer Mann, niemals!!! Ich bin in das geschäöft rein und hab auf sie geschossen. Sie sah mich und ich schoß um ihralles drüber zu sagen. Die Patronen trafen und alle schrien und ich rannte raus. Jetzt bin ich in einem Taxi, Medaillon #3N82, und rase von Manhattan aus über die Brooklyn Bridge.

Ich nickte. Es war unzweifelhaft eine Kolumne. »Ganz schön schlüssig.«
»Ja.«
»Geben Sie mir das?« fragte ich.
»Nach einem gewissen Punkt der Verhandlungen.«
»Sie wollen, daß ich die Niederschrift des Feiglings veröffentliche und auf diese Weise unschuldige junge Frauen vor der mörderischen Natur der Männer warne.«
Ralph blinzelte. »Das ist zwar ein bewundernswerter Beweggrund, aber es ist nicht meiner.«
»Was wollen Sie dann?«
»Ich will alle guten Dinge, Mr. Wren, aber ich kann sie nicht haben. Ich kann nicht einmal ein Millionstel aller guten Dinge haben. Eine Flasche roter Bordeaux wäre nett, hmm. ›Wein vertreibt das Hungergefühl.‹ Also sprach Hippokrates. Aber was ich wirklich gern hätte, mehr als alles andere, ist ein Paar anständiger Schuhe für meine Frau, für mich und für Ernesto. Die Leute werfen oder geben keine guten, ungetragenen Schuhe weg. Meine Frau trägt meistens Männerschuhe, die zu groß für sie sind. Ich habe nichts zu geben außer meinem ruinierten Lächeln, meinem Witz – ha! – und als letztes das

bißchen, was ich aus dem Babylon über mir lockermachen kann.« Er schaute mich mit verzweifelten Augen an. »Ich dachte an eintausend Dollar.«

»Ich kaufe keine Informationen.«

»Fünfhundert – gewiß sind Sie doch dazu bereit.«

»Hörn Sie, ich wünschte, die Dinge wären anders gelaufen für Sie.«

Er hob den Kleincomputer hoch und hielt ihn sich über den Kopf, als wolle er ihn wie einen Volleyball wegschleudern. »Ich werf das Ding einfach so weg, Wörter ins Vakuum hinein.«

»Nein, das tun Sie nicht.«

»Nein?« Das schien ihn zu interessieren, und er senkte das Gerät wieder.

»Dann versuchen Sie bestimmt lieber, es jemand anderem zu verkaufen.«

»Ich höre *Verhandlungsbereitschaft* in Ihrer Stimme, Mr. Wren. Einen Anklang der Möglichkeit! Fünfhundert. Das muß Ihrem Preis doch nahe kommen.«

»Es gibt keinen Preis.«

»Das ist ja so edel von Ihnen!« Ralph Benson spuckte aus. »Ach wie edel, hmmm! Ihre journalistische Integrität ist frei von Makel und darf sich, ja, wie ein herausgeputzter Gentleman, der die Sauberkeit seiner Schuhabsätze, den glatten Sitz seines Rockes bewundert, auf dem Boulevard der guten Absichten in die Brust werfen.« Er schleuderte schwungvoll die Arme in die Höhe, und in seinem eloquenten Zorn erblickte ich flüchtig den, der er einmal gewesen war. »Sehr edel! Nun, also schön, Mr. Wren, lassen Sie uns das alles in den rechten Kontext rücken, wenn Sie gestatten? Ich bin ein mittelloser Mensch, *unfähig,* mir meinen Lebensunterhalt zu verdienen. Ich bin so *unfähig,* in der Welt dort oben zu funktionieren, daß ich darauf reduziert bin, in der Schattenwelt hier unten zu leben und einen schwachköpfigen Koloß die Straßen für mich nach Nahrung abgrasen zu lassen! Die Addition von fünfhundert Dollar zu meinen Besitztümern würde diese Besitztümer auf fünfhundert Dollar erhöhen. Sie, Sir, sind ein erfolgreicher Mann von Welt, sehr viel mächtiger als ich, ein Inhaber von Position und Ansehen und Kapital. Ich habe keinen Zweifel, daß Sie für Ihre Arbeit ziemlich hoch entlohnt werden. Die Subtraktion von fünfhundert Dollar von Ihren Besitztümern würde von Ihnen gar nicht bemerkt werden. Es ist eine Summe, die nunmehr Ihrer Prüfung unterliegt. Fünfhundert Dollar! Ein Nichts für Sie. Also frage ich Sie, was ist denn wohl eher recht und billig hier in der Unterwelt? Ihre kleinkarierten journalistischen ethischen Grundsätze aufrechtzuerhalten, gegen die viele Ihrer Kollegen jeden Tag verstoßen, oder der Transfer einer kleinen Summe an einen obdachlosen, mittellosen Gesellen, der Ihnen als Gegenleistung eine nützliche Fundgrube an Informationen überlassen wird?«

Ich blickte erst ihn an, dann auf meine Uhr. Ich wollte Simons Videobänder sehen.

»Wieviel kosten drei Paar Stiefel?«

»Hmmm, der Sonderpreis bei den Urban Outfitters ist neunundfünfzig-fünfundneunzig pro Paar.«

»Das macht etwa einhundertachtzig Dollar.« Ich schaute in meine Brieftasche, überprüfte meine Brusttasche. Ich hatte einhundertzweiunddreißig Dollar und hielt sie ihm hin. »Das ist alles, was ich hab, vorausgesetzt, daß Sie keine American-Express-Karte annehmen.«

»Verkauft.«

Ich nickte, ein wenig geknickt.

»Ernesto!« rief Ralph Benson. Innerhalb eines Augenblicks war Ernesto die Strickleiter heraufgeklettert und hatte mit offenbar nur einer Hand am Seil den Laptop für mich hinunterbefördert.

»Wie kann ich Sie kontaktieren, falls nötig?« fragte ich. »Ohne den ganzen Weg bis hier runter zu kommen, meine ich.«

»Hmm, ja, ganz leicht«, erwiderte Ralph Benson. »Jeden Wochentag lasse ich Ernesto um acht Uhr abends und um Mitternacht an der Ecke Sechsundachtzigste und Broadway stehen. Er steht dort zehn Minuten lang. Wer immer den Wunsch hat, mich zu erreichen oder mir etwas zu schicken – und da gibt es in der Tat einige –, händigt Ernesto einfach eine Notiz aus. Am nächsten Tag bringt Ernesto dann die Antwort. Wenn Sie sofort eine Antwort wollen, müssen Sie die Notiz entsprechend markieren und dann dort an der Ecke warten. Ernesto ist gewöhnlich in zwanzig Minuten oder so wieder zurück.« Ich schaute ihm in die Augen und schüttelte ihm die Hand. Er war ein merkwürdiger Geselle, und er hatte nicht die Absicht gehabt, mich wegen des Geldes unter Druck zu setzen, aber letzten Endes machte es mir nichts aus, es ihm zu geben. Er war ein Mann mit einer Lebensphilosophie, was ich, fürchte ich, nicht bin. Ich mochte Ralph Benson eigentlich recht gern, und ich vermute, daß er das Gefühl hatte, ich sei gar nicht so übel. Das war ein günstiger Umstand für mich, denn später sollte ich seine Hilfe noch brauchen.

Ich fuhr in östlicher Richtung durch den Central Park, durch die unbelaubten Bäume, erreichte die malaysische Bank und stellte den Wagen in einer Tiefgarage ab. Auf der Straße blieb ich stehen, während mein Atem vor mir dampfte, und musterte die abweisend aufragende Wand aus Stahl und Glas. Selten war die konkrete Schichtung der City so klar ersichtlich; es ist buchstäblich eine andere Stadt, je höher man hinaufkommt, eine Welt der Luxus-Penthäuser, teuren Restaurants und Konzernzentralen. In Manhattan ist man nie sehr weit von den brutalen Vertikalhierarchien der Klassen entfernt. Und dann, innen im Gebäude, an dem sitzenden Buddha vorbei, fand ich heraus, daß Caroline tatsächlich angerufen und für meinen Zugang zu ihrem privaten Tresor gesorgt hatte. Ich wiederholte das Ritual der vorigen Woche, nahm den Aufzug zum vierzehnten Geschoß, schrieb mich ein und ließ mich den langen weißen Flur entlangführen. Die Begleitperson öffnete mir die Tür und zog sich zurück. Der Raum war so, wie ich ihn zurückgelassen hatte.

Ich beschloß, das Videoband, das Hobbs haben wollte, wenn es denn wirklich hier war, in meinem Mantel mitzunehmen, zu Hause eine Kopie davon zu machen und dann Kontakt mit ihm aufzunehmen. Doch fürs erste mußte ich es finden. Ich hob einen Stapel Videobänder aus dem Stahlschrank, ordnete sie nach ihrer Bezifferung und schob sie eins nach dem anderen in das Gerät, wobei ich die Tasten für Schnellauf und Wiedergabe gleichzeitig drückte, so daß die Gestalten wie psychotische Crackraucher ruckartig über den Bildschirm hüpften, während das Bild von zwei Störungsstreifen durchtrennt war. Ich hielt danach Ausschau, daß Hobbs ins Bild sprang. Ich wünschte, ich könnte sagen, daß ich ihn in dem sonderbaren Kehrichthaufen, den Simon Crowley aus der menschlichen Tragödie zusammengefegt hatte, auch gefunden hätte. Wieviel leichter wäre es dann gewesen. Doch es gab eine andere Entdeckung, die mich erwartete, und auf das Risiko hin, Simon Crowleys voyeuristische Empfindsamkeit übermäßig zu strapazieren, werde ich kurz die Sequenz zusammenfassen, die vorausging:

1: Autounfall mit betrunkenem, phantasierendem Mann, der, in dem Wrack eingeklemmt, nach seiner Frau ruft: Sie ist auf dem Sitz neben ihm an ihren Kopfverletzungen gestorben. Er ist alkoholisiert und steht unter Schock. Sein ganzer Anzug ist voller Blut. Vielleicht sind seine Beine zerschmettert, aber er scheint es nicht zu wissen. Hand mit Handschuhen von Feuerwehrmann am Türrahmen. Der Mann entdeckt seine neben ihm zusammengebrochene Frau. Schluchzt und küßt sie leidenschaftlich, die Hände auf ihren Wangen, berührt ihren blutigen Mund mit seinem. Glaubt plötzlich, sie sei am Leben, scheint darauf zu bestehen, daß sie lebt. Mehr Küsse, hebt Augenlid hoch, spricht mit der Leiche. Mann wird von Feuerwehrleuten mit Schneidbrennern aus dem Auto befreit.
2: Geistig zurückgebliebener Junge von ungefähr zwölf lernt Schuhbänder zu binden; scheitert mehrere Dutzend Male; ist nicht frustriert.
3: Offener Gefängnishof, von der Spitze eines Turms aus gesehen. Blauer Himmel, verschwommen lauter Zäune mit dreifach gewundenem Rasiermesserdraht. Normale Aktivitäten während des Hofgangs. Dann ein wildes Gerangel an der Peripherie. Wachleute werden aktiv, ziehen ihre Waffen. Strafgefangene, allesamt schwarz, legen sich hin. Wachmänner sind in Bewegung, auf der Suche nach etwas. Suche erfolglos. Wachmänner laufen mit Waffen hin und her. Häftlinge ziehen

sich aus, werfen Kleidung auf eine Seite. Blauer Himmel. Feld nackter scharzer Männer. Verschwommene Zaunreihen.
4: Mann von etwa sechzig in grüner Uniform mit der Beschriftung FRANK auf der Brust und QUEENS ELEVATOR CO. auf dem Rücken. Er hockt auf der Sohle eines Aufzugschachts. Werkzeugkasten und Taschenlampe. Er repariert etwas.
5: Asiatinnen arbeiten in einer Nike-Schuhfabrik im Fernen Osten; ringsum Stapel von Schuhteilen, Nähmaschinen und automatische Heißklebepistolen; ein Mädchen näht, vielleicht aus Erschöpfung, ihren Finger an ein Schuhteil an und erhält Beistand von einer anderen Frau; die Frauen arbeiten weiter.
6: Südkalifornien. Sich wiegende Palmen im Hintergrund. Ein großer Schuppen, voll mit Rasenmähern und Rasentraktoren, mindestens einhundert, zumeist rot lackiert, knapp nebeneinander abgestellt. Mexikaner reparieren die Rasenmäher. Eine blonde Frau fährt in einem Fahrzeug mit Vierradantrieb vor. Sonnenbrille. Schmaler Gürtel. Kinder hinten im Auto. Ein Rasenmäher mit Etikett kommt zum Vorschein und wird hinten eingeladen. Die Frau fährt davon. Mexikaner bewegen sich langsam zwischen den Rasenmähern. Keiner von ihnen trägt eine Sonnenbrille.
7: Filmaufnahme auf Sandhöhe, vielleicht mittels eines Videogeräts mit Fernbedienung, von Bomben, die während der Operation Wüstensturm auf irakische Soldaten fallen. Wirres Gerenne, Explosionen, Sand, der wie Regen fällt. Das Bild ist nicht farbig, sondern in seltsamem, kühlem Grün gehalten, von Zeit zu Zeit aufgestört von Detonationen in der Nähe, jedoch nicht im Bild. Irakische Soldaten schreien stumm.
8: Ein alter Mann im Krankenhausbett, seine Frau sitzt auf dem Stuhl daneben. Mann betrachtet sie mit prüfenden Augen, schaut weg. Spielt mit Kontrollgriff für Klinikbett, versucht, es sich bequemer zu machen. Der Rücken schmerzt ihn. Eine Minute nach der anderen davon. Ehefrau seufzt etc.
9: Eine Kamera folgt einer schwarzen Frau von Zimmer zu Zimmer. Überall Kakerlaken. Sie macht einen Küchenschrank auf, der vor

Schaben nur so glänzt. Kamera schwenkt über Decke oben. Schaben. Frau und was wie ein Beamter vom Wohnungsamt aussieht gehen ins Schlafzimmer; jedes Bein eines Kinderbetts steckt in einer mit Lauge gefüllten Kaffeedose. Die Dosen sind voll von toten, halb aufgelösten Kakerlaken. Beamter nickt. Baby schreit; Mutter sieht Ungeziefer im Ohr des Kindes. Kann es nicht herausbekommen. Mutter verliert die Nerven.

10: Partyszene, irgendwo in L. A. Ein Tal aus Lichtern im Hintergrund. Video von schlechter Qualität. Kamera scheint auf Kopfhöhe befestigt. Gesichter tauchen auf, sprechen mit Simon Crowley. Nicolas Cage, David Geffen, Sharon Stone, ein Ober, der nichtssagend lächelt, Tom Cruise. Wiederum Sharon Stone. Gespräche etc. Wanderung zum Bad. Im Spiegel betrachtet Simon Crowley sich selbst. Er überprüft den Draht. Ein winziges optisches Kabel ist an seiner Brille in der Nähe des rechten Scharniers befestigt. Läuft unter langem Haar in den Kragen, irgendein Gerät in der weiten Jacke verborgen. Crowley im Spiegel inspiziert Gesicht, Zähne, Augen. Formt mit dem Mund eine Botschaft an sich selbst. Greift nach Gemächt. Kehrt zur Party zurück. Wieder wie zuvor etc.

11: Auf dem Land, aus einer Distanz von mehreren hundert Metern gedreht. Mann in Latzhose am Steuer eines Traktors schleift ein altes Auto im Schlepptau unter einen Baum. Springt vom Traktor herunter. Befestigt Winde an großem Ast. Öffnet Motorhaube, befestigt Ketten. Kurbelt Motor aus Wagen heraus, während Ast mit jeder Ratsche der Winde wippt. Motor hebt sich aus Motorhaube. Mann fährt Traktor herum zur anderen Seite des Autos, hakt Kette fest, schleppt Auto ab. Motor hängt vom Baum herunter.

12: Abenddämmerung oder Morgengrauen. Ein kleines, flach aufliegendes Boot, bemannt mit einem Inder, der das Boot durch einen trüben Fluß stakt. Er ist mager, aber kräftig. Das Boot gleitet am Ufer entlang, vorbei an archaischen Steintempeln und Stufen, wo Frauen Kleider waschen, indem sie sie gegen die Steine schlagen. Ein Wasserbüffel schwimmt vorbei. Ein Stück weiter ist ein Feuer am Ufer zu sehen. Der Mann stakt das Boot darauf zu; eine ungeheuer große Totenbahre, um die sich zwei Männer mit langen Schürhaken kümmern. Tagetesblüten sind über den Boden verstreut, und in der Nähe spielen zwei Kinder. Ein kleiner brauner Hund schaut zu. Das Boot rückt näher. Eine menschliche Gestalt ist mitten in den Flammen zu erkennen. Einer ihrer geschwärzten Arme hat sich in der Hitze nach oben zusammengekrümmt. Die Kinder spielen guter Dinge; der Hund schnappt nach einer Fliege. Ein weiterer Wasserbüffel schwimmt vorbei, schnaubt Wasser durch seine Nase aus, mit rollenden Augen so groß wie Äpfel.

13: Ein Großkino in einem Vorort. Auf der Anzeige oben: RICTUS/ MIT BRUCE WILLIS. Teenager, in Gruppen zusammengeballt, schieben sich ins Licht und wieder hinaus. Es sind lauter Weiße. Highschool-Mädchen promenieren befangen; Jungen hängen herum. Zigaretten werden versuchsweise geraucht. Ein Strom Menschen verläßt das Filmtheater: Paare, Gruppen junger Mädchen, Jungen in Gruppen, ältere Ehepaare. Auf der Suche nach ihren Autoschlüsseln, mit Seitenblicken auf die Teenager. Sie haben alle soeben den Film gesehen. Ihre Gesichter sind ausdruckslos.

14: Eine winzige Frau mit weißen Haaren arbeitet, den Rücken zur Kamera gewandt, in einem Becken. Sie trägt gelbe Handschuhe, spritzt und wäscht etwas in dem Becken mit einem Schlauch ab, bespritzt und wäscht es. Sie hebt einen öligen Vogel aus dem Becken hoch, trocknet ihn ab, gibt dem glatten kleinen Kopf einen Kuß und bringt ihn in einen Hof hinaus. Auf dem Hof sind vielleicht hundert ähnliche Vögel, alle sauber. Die Frau verschwindet, kehrt mit einem neuen ölverschmierten Vogel zurück, setzt ihn in das Becken, wäscht und trocknet ihn ab. Und wieder das gleiche. Wieder das gleiche.

15: New York City, Lower East Side, nachts, Verkehr. Aufnahme vom Tompkins Square Park. Kamera fährt durch den Innenraum eines unordentlichen Lieferwagens. Kamera schwenkt zur Ansicht des Parks zurück. Polizisten gehen draußen vorbei. Dann noch weitere. Eine näher rückende Menschenmasse taucht auf. Taschenlampen, brennende Fackeln. Cops formieren sich in klassischer Position zur Bändigung von Ausschreitungen. Fernsehbeleuchtung in der Ferne sichtbar. Ein Schauer von Flaschen und Dosen und Stöcken und Abfall geht in Richtung Polizisten nieder. Die Menge rückt vor. Cops konfrontieren sie mit Schutzschilden und Schlagstöcken, prügeln auf Beine und Schultern der Menschen ein. Noch mehr Polizisten erscheinen. Der Lieferwagen erhält einen Stoß. Der Wagen wird hin und her geschaukelt, während Demonstranten oben auf das Wagendach klettern.

Mit einem Mal wirkte die Szene vertraut. Ich ließ das Band nun im Normaltempo weiterlaufen.

Simon [dessen Stimme ich von vorherigen Videobändern wiedererkannte]: Hast du die Türen verriegelt?

Billy [ebenfalls wiedererkennbar]: Ja doch. [Geräusche von Füßen auf dem Dach. Gellende Schreie. Schlagstockschwingende Polizisten kommen am Lieferwagen vorbei. Lärm auf dem Wagendach bricht ab. Wieder Krawall, aber weiter weg, laute Rufe. Helles Aufflackern auf einer Seite, doch das eigentliche Bild ist außerhalb des Objektivs.]

Simon: Die Reifen gehen platt.

Billy: Destruktive Hurensöhne.

Simon: Ich glaub, wir sind okay.

Billy: Scheißdemonstranten. [Die Menge ist vorbeigezogen. Drei ältere Polizisten folgen, einer spricht in ein Funkgerät. Ein Hubschrauber kreist über den Köpfen in den Bäumen, sein gleißender Lichtkegel tastet die Szene unten ab. Männer mit Fernsehkameras, Reporter befragen Polizeibeamte außerhalb einer großen blauen mobilen Kommandozentrale. Ein Chinese fährt auf einem Fahrrad mit einem Auslieferkarton vorn auf seinem Rad vorbei. Er wird angehalten und zurückgeschickt.]

Simon: Da drüben.

Billy: Das ist ein Kameramann der Cops.

Simon: Wieso nimmt der Nummernschilder auf?

Billy: Er kommt jetzt hierher.

Simon: Wir könnten schnell wegfahren.
Billy: Nein, die haben Barrikaden aufgestellt.
Simon: Dann sind wir ja vielleicht bis vier Uhr morgens hier.
Billy: Ich habe ein paar Sandwichs und so 'n Zeug hier hinten.
Simon: Ich scheiß einfach auf 'ne Zeitung.
Billy: Danke für die Mitteilung.
Simon: Warte, warte.
Billy: Da kommt er.
Simon: Bleib einfach cool. [Eine Minute verstreicht. Eine Polizistin mit einer kleinen Kamera in der Hand geht vorüber. Weitere Polizeibeamte wandern vorbei. Viele stehen herum. Ein Knallfrosch explodiert, und ein paar Polizisten blicken zu dem Geräusch hinüber. Einer spricht ins Funkgerät.] Also gut, Billy, ich mach jetzt mal dieses Ding aus – [Neues Bild: Die Kamera ist neu eingestellt worden und zoomt auf den gegenüberliegenden Gehsteig.] Okay, jetzt sehen wir ... [Ein Tumult in der Ferne.] Das sind die Demonstranten – die haben was gegen ... [Tumult, und die Menschenmenge nähert sich. Polizei beginnt blaue Absperrungen in Position zu bringen. Die Straßenlaternen über den Bäumen werfen Flecke aus Licht und Schatten. Die Menge brüllt zornig; Polizei und Menge strömen aufeinander zu; ein Polizeibus stößt zurück und hält an; Fernsehscheinwerfer sind auf der anderen Seite des Parks an; noch mehr Krawall; noch mehr Unruhe; es scheint, daß die Protestwoge die Richtung gewechselt hat; die Kamera ist jetzt in Stellung, um die Zickzack-Grenzlinie zwischen aufgebrachten Demonstranten und Cops zu zeigen. Leute rennen vorbei. Jetzt landen Flaschen auf den Cops, und dann geht ein weiterer Feuerwerkskörper los; so an die dreißig, vierzig Meter weiter hinten zischt ein blendend roter Blitz auf, gefolgt von rotem Rauch; die allgemeine Aufmerksamkeit der Menge wendet sich ruckartig dem Blitz zu. Im Vordergrund springt ein großer, schwerer Weißer mit einer Art Schläger oder Knüppel nach vorn und holt gegen einen schwarzen Polizisten aus, der sich gerade nach dem roten Rauch umsieht, trifft ihn hinten am Nacken.] Oh,

Scheiße! [Der Polizist sackt wie leblos zu Boden. Der Angreifer rennt in einem Winkel auf die Kamera zu; in vier langen Schritten ist er vom Bildschirm verschwunden. Die Aufrührer wälzen sich weiter voran, und die Polizisten sehen ganz verwirrt aus; einige haben ihren gefallenen Kameraden bemerkt und sind hingeeilt, um einen Kreis um ihn zu bilden; ein helles Licht ist jetzt auf ihn gerichtet, und ein Beamter gibt einen Funkspruch durch; andere Cops kommen angerannt und beginnen, Erste Hilfe zu leisten.] Hast du das gesehn? Dieser Kerl hat ihm eine verpaßt! [Die mit Helmen ausgerüsteten Polizisten an der Protestfront haben bereits über Funk erfahren, daß einer der ihren zu Boden gegangen ist, und plötzlich schieben sie massiv gegen die Demonstranten an und schlagen sie wutentbrannt zurück; ein Polizist zu Pferd taucht auf, das Gewehr im Anschlag; er zielt auf die Köpfe einzelner Personen und schreit sie an. Die Rebellen fallen zurück, weiter zurück, und noch weiter zurück, bis sie nur noch eine dunkle, schreiende Masse sind.] Die haben, Scheiße noch mal, den Cops zusammengeschlagen!

Billy: Ich weiß, ich weiß!

Simon: Wart mal 'n Moment, wir müssen unbedingt raus aus –

Ich beugte mich vor und drückte auf die Stopptaste. Den Rest brauchte ich nicht zu sehen. Ich kannte den Rest. Ich wußte alles darüber. Wie es New Yorker noch im Gedächtnis haben, verwandelte sich, Anfang der siebziger Jahre, der Tompkins Square Park allmählich in ein rauchverschmiertes Lager von Obdachlosen, Hausbesetzern (viele unter ihnen waren die Kinder von Managern und wuchsen in solch entbehrungsreichen Gegenden wie den Nobelvierteln Upper Saddle River, New Jersey, oder Darien, Connecticut, auf), von Drogensüchtigen, Überlebenskünstlern, Menschen der untersten Schichten, Gelegenheitsprostituierten und Straßendichtern. Ich schrieb eine ganze Reihe von Berichten darüber. Die Polizei pflegte die Parkbesetzer regelmäßig aus ihren Hütten und Zelten zu vertreiben, nur um sie wiederkehren zu sehen. Inzwischen wollten aber die ortsansässigen Bewohner von Apartments und Häusern ihren Park zurückhaben. Die Repräsentanten der Wohnungslosen machten geltend, daß diese Menschen keine andere Zufluchtsstätte hätten, die zum einen so sicher sei und zum anderen die Freuden einer gemeinsam genutzten Grünfläche böte. Die Stadt vertrat die Ansicht, daß die Steuerzahler in der Nachbarschaft und ihre Kinder davon profitieren würden, einen echten Park zu haben, nicht aber eine Galerie menschlicher Elendsgestalten, die das, was noch vom Rasen übrig war, für ihren Stuhlgang benutzten.

Der Konflikt war unvermeidlich, und ich werde mich hier nicht weiter über die Einzelheiten der Protestnacht oder der Polizeistrategie zur Eindämmung der Unruhestifter oder der kurzfristigen politischen Absichten der Verwaltung unter Bürgermeister Dinkins auslassen. Der wichtige Punkt ist, daß ein gewisser Beamter namens Keith Fellows von hinten mit einem Baseballschläger niedergeknüppelt wurde, während er an einem Bordstein stand. Wie auf Simon Crowleys Videoband zu erkennen war, schlug sich der Angreifer hakenschlagend durch die wogende Menschenmenge und verschwand. Ich war dort, machte die Runde um den Park und sprach mit jedem, den ich dazu bewegen konnte, völlig überdreht, wie ich war, von neun oder zehn Tassen Kaffee, und ununterbrochen auf Trab, mir die Gewalttaten einzuverleiben. Plötzlich bekam ich über den Polizeifunk mit, wie verbreitet wurde, ein Beamter sei am Boden und schwer verletzt, blute unaufhörlich aus Ohren und Nase. In der Logik der Polizei-Einsatzleitung ist solch eine Botschaft schlicht so zu verstehen: Jemand hat sich unverschämterweise an der Ordnungsmacht vergangen. Wenn das geschieht, agiert die große logistische Maschinerie des New York Police Department mit schockierender Geschwindigkeit; ich schaute zu, wie riesige blaue Mannschaftstransporter aus dem Nichts aufzutauchen schienen; plötzlich gab es Hunderte von Cops, die über den dunklen Park stiefelten, und nun, da sie angegriffen worden waren, sprachen sie den Demonstranten voller Wut jedes Recht auf freie Versammlung ab und nahmen sie ohne Angabe von Gründen zu Dutzenden und mit Hilfe von Wegwerfhandschellen aus Plastik fest. Anschließend, unter dem grellen Licht tragbarer Suchscheinwerfer, das die Szenerie wie ein surreales Profi-Footballspiel bei Nacht erscheinen ließ, führten sie eine sorgfältige Untersuchung des Parks durch. Gleichzeitig zogen andere Polizeibeamte eine Haus-für-Haus-Durchsuchung der gesamten Nachbarschaft durch, fanden dabei ihren Weg auch auf Hausdächer und in leerstehende Gebäude (wie etwa das Haus 537 an der East 11th Street, nur einen Straßenblock weiter nördlich), Feuertreppen hinauf und überall sonstwohin. Dutzende von Menschen wurden eingehend vernommen, und dennoch war das Ganze eine Übung in Frustration für die Polizei. Vielleicht tausend Demonstranten waren in dem Park gewesen; niemand kam zutage, und niemand gestand – oder konnte durch Drohungen zu dem Geständnis gebracht werden –, den Schlag gegen Fellows' Kopf gesehen zu haben. Es kursierte auch das Gerücht, dies sei, wenigstens teilweise, auf die Tatsache zurückzuführen, daß die Demonstranten erst kurz zuvor (erneut, wie Simon Crowleys Videoaufzeichnung vermuten ließ) ein farbiges Leuchtfeuer gezündet hätten; Officer Fellows habe womöglich selbst den Kopf in die Richtung des plötzlich aufleuchtenden Lichts gewandt, als der Schlag niederging.

Die Nacht wich langsam dem Tag, und als einziges blieb ein niedergetrampeltes Matschfeld übrig, das von einer Abordnung von fünfzig Polizisten bewacht wurde. Den Baseballschläger selbst fand man in einen Kanalgully hinuntergestopft. Alle Fingerabdrücke waren sauber entfernt worden. In der Zwischenzeit dämmerte Officer Fellows im Beth Israel Hospital im Koma dahin; sein Gehirn war lebensgefährlich angeschwollen. Als sich das Gerücht, der Täter sei weiß, mehr als zwei oder drei Nachrichtenzyklen lang gehalten hatte, erschien draußen vor dem Krankenhaus Reverend Al Sharpton mit einer Karawane von Anhängern und erhob den Vorwurf, das Polizeipräsidium ermittle nicht mit aller Hartnäckigkeit, »weil die finden, daß das Leben eines schwarzen Cops nicht so viel wert ist wie das eines weißen«. Und so weiter – das Theater der Rassen, das die Stadt ausmacht. Diese Behauptung konterte man mit den üblichen, voll Kummer vorgebrachten Versicherungen. Fellows' Frau wurde im Fernsehen gezeigt, wie sie das Krankenhaus betrat und dabei ihre drei Kinder um sich scharte. Ich offenbarte in meiner Kolumne, daß Officer Fellows in den vergangenen fünfzehn Monaten nicht weniger als vier Menschen das Leben gerettet hatte, aber ich offenbarte nicht, daß man ihm zweimal in den neun Jahren seiner Laufbahn, vielleicht zu Unrecht, vielleicht auch nicht, Polizeibrutalität vorgeworfen hatte. Er konnte nicht auf die Vorwürfe reagieren, die mittlerweile ohnehin nicht mehr von Belang waren. Ich sprach auch mit seiner Frau, die ihrer Enttäuschung Ausdruck verlieh, daß sie ihren Kindern nicht erklären könne, weshalb die Polizei den Mann, der ihren Daddy schlug, nicht gefaßt habe.

Nach Fellows' Tod schrieb ich in meiner Kolumne über seine Beerdigung. Das New York Police Department bestattet seine Toten mit Pomp und in aller Feierlichkeit; das Ritual dient als eine Art Versprechen an die Polizisten, daß man sie in Ehren zu Grabe tragen werde, falls sie ebenfalls sterben sollten. Der Gottesdienst wurde in der Brooklyn Tabernacle Church an der Flatbush Avenue abgehalten, und die Polizei räumte im Umkreis der Kirche weitläufig die Straßen – wen kümmerten schon die Verkehrsstaus, die daraus entstanden –, stellte die Nachbarschaft ruhig, Ehrerbietung, bot dann Tausende von Cops auf, fünftausend alles in allem, entlang der Avenue, in Paradeuniform, Dienstmütze und weißen Handschuhen. Nichts rührte sich. Die Verkehrsampeln sprangen auf Rot, Grün, Gelb, und niemand achtete darauf. Ein paar Mann mit Funkgeräten patrouillierten auf den Hausdächern. Auf ein Zeichen hin begann sich die Reihe der Cops zu strammer Aufmerksamkeit mit ernsten Mienen zu versteifen. Bürgermeister kamen und gingen, Gangsterregimes erstarkten und zerfielen, Drogengangs florierten und starben dahin, doch niemals das New York City Police Department. Hier auf der Straße war es *die* Ordnungsmacht, für immer und ewig. Zu langsamem Trommelschlag marschierte nun der harte Kern irischer Mannen mit den Dudelsackpfeifen und dem auf ihrem linken Knie eintätowierten grünen Kleeblatt die Straße hinunter, dann, auf riesigen Motorrädern, in blauen Helmen mit verspiegelten Schutzblenden, kamen Scharen von Cops, die mit ihren sich kaum von der Stelle rührenden Maschinen wie Großstadtzenturios aussahen, ganz so, als seien die Gesetze der Physik durch ein göttliches Dekret vorübergehend außer Kraft gesetzt worden. Dann die schwarze Limousine des Bestattungsinstituts mit den Blumen, dann weitere Polizisten auf Motorrädern, dann der Leichenwagen mit Fellows in einem Mahagonisarg, gefolgt von hochrangigen Cops und noch mehr Polizeiwagen, und zuletzt ein gigantischer Abschlepplaster der Polizei, für den Fall, daß ein Privatwagen bedauerlicherweise in den Weg der Prozession geriet. Dieses Begräbnis glich anderen, die ich schon gesehen hatte: gelassen, brutal und schön zugleich.

Mit der Zeit hatten natürlich fast alle Officer Fellows vergessen – alle außer seinen Angehörigen und ein paar Kameraden bei der Polizei und den Fahndern, die den Fall hartnäckig verfolgt hatten. (Zugegeben: Sein Mörder erinnerte sich vermutlich ebenfalls an ihn – an den Augenblick, als die Waffe den Kopf des Beamten traf, den hektischen Sprint unter die Bäume, den Kampf, um in der Menge zu verschwinden, und dann die Flucht ins Weite auf einer der nahegelegenen Straßen.) Und da war nun also diese Videoaufzeichnung, die Simon Crowley gemacht hatte. Sie war ein bißchen verwackelt und dunkel, aber ich wußte, daß die Polizei keine Kosten scheuen würde, um das Bild des Täters technisch aufzumöbeln und zu vergrößern. Als ich das Video von neuem abspielte und im richtigen Moment zum Stillstand brachte, konnte ich dann selbst erkennen, daß er weiß war, etwa dreißig, eins achtzig groß, Bartträger, vielleicht fünfundneunzig Kilo, und eine alte Armeejacke mit abgetrennten Ärmeln trug. Er hielt den Baseballschläger in der rechten Hand, und zwar in der Mitte, fest, wie ein Staffelläufer, der einen übergroßen Staffelstab umklammert hält. Ich stoppte und startete das Band erneut. Da gab es einen kurzen Augenblick, in dem der Mann durch eine von der Straßenlaterne herrührende Lichtsäule lief und deutlich zu erkennen war; möglicherweise war da sogar eine Tätowierung auf seinem fleischigen linken Arm sichtbar. Die Polizei, das wußte ich, konnte mit

diesen Erkenntnissen eine Menge anfangen. Die Beamten wußten ja vielleicht, wer dieser Mann tatsächlich war.
Sie konnten auch eine Menge mit jemanden anfangen, der solches Beweismaterial mehrere Jahre lang wissentlich zurückgehalten hatte – was niemand anderen als Caroline betraf, falls sie die Bedeutsamkeit des Videobands verstanden hatte. Solch ein Verhalten stellte zumindest eine Behinderung der Ermittlung dar und würde in einem so brisanten Fall wie diesem von der Staatsanwaltschaft Manhattans absolut sicher mit Feuereifer verfolgt werden. Und dann war da noch ich. *Ich* konnte dieses Videoband gebrauchen. Ich konnte dieses Band *wirklich* gebrauchen. Es würde für eine großartige Story herhalten, es würde auf Jahre hinaus für hilfreiche Kontakte zur Polizei sorgen, und es könnte womöglich als Gegenmittel dienen, damit Hobbs mich nicht feuerte. Bei näherer Überlegung bezweifelte ich das; er lebte in einer anderen Stratosphäre. Er würde mich rausschmeißen, wenn er es für nötig hielt, und sei es nur zum Beweis, daß sein Wort als Despot Bestand hatte. Doch wenn ich erst vor kurzem mit einer sensationellen Kolumne hervorgetreten war, standen meine Chancen besser, daß mich eine der anderen Zeitungen rasch neu einstellen würde. Wren hatte es noch immer drauf, würden sie dann sehen. Ich stellte das Gerät ab, nahm das Video mit einer Art gieriger Beschleunigung meines Atems aus dem Apparat heraus und beförderte es in meine eigene tiefe Manteltasche. Dann legte ich die leere Schachtel zu den übrigen Schachteln mit Bändern in den Stahlschrank zurück, damit nicht der Eindruck entstand, es fehle etwas.
Aber was jetzt? Mit dem Polizeivideo aus der Bank hinauslaufen oder aber dableiben und kaltblütig nach dem Video suchen, das Hobbs angefordert hatte? Die letztere Aufgabe konnte Stunden beanspruchen, ich mußte noch Dutzende von Bändern anschauen, und ich war zu unruhig, um noch länger zu bleiben. Ich würde mir bloß Sorgen machen, daß womöglich Caroline oder einer der Bankbeamten auftauchte, daß man mir den Aufruhrfilm auf irgendeine Weise wegnehmen würde. *Hau ab, hau ab,* befahl mir mein Kopf.
Doch ich tat es nicht. Ich verharrte noch zwei weitere Stunden und

ging die übrigen Videobänder im Eiltempo durch, auf der Suche nach Hobbs' Bild. Es war jedoch nur Material wie zuvor. Endlich schloß ich die Tür hinter mir zu und eilte den teppichbelegten Flur entlang. Ich schärfte mir ein, ja nicht zu schnell zu laufen, und ich behielt meine Hände salopp in den Manteltaschen, damit sich die Ausbuchtung durch das Fellows-Band nicht bemerkbar machte. Es war denkbar miserable Schauspielerei, aber Wachleute und Empfangsdamen sind, da sie aus den niederen Schichten stammen, weißen Männern in guten Anzügen gegenüber ehrerbietig. Als der Aufzug im Erdgeschoß ankam, als zwischen mir und der Straße nur noch die Lobby und die Glastüren lagen, fiel mir ein, daß ich, falls Caroline das andere Videoband nicht herausrücken sollte, das neue gegen sie verwenden konnte. Ich bin nicht stolz auf diesen Einfall, aber, gemessen an all dem, was folgen sollte, war dies wiedrum nur eine kleine Sünde in der Flut großer Sünden.

Lisa stand ruhig über das Küchenbecken gebeugt, als ich nach Hause kam. Sie sah sehr blaß aus. Ich vermutete, daß Josephine ihr die Sache mit dem Revolver erzählt hatte.

»Du weißt es?« fragte sie, als ich hereinkam.

»Der Revolver.«

Sie nickte. »Ich habe daran gedacht, sie auf der Stelle zu feuern.«

»Ich auch.«

Lisa kam herüber und lehnte sich an mich. »Es ist eine harte Entscheidung. Ich war – ich weiß nicht, ob ich schon jemals so aus der Fassung geraten bin. Nicht mal, als Daddy starb.«

»Wie hat sie reagiert?«

»Wir haben beide viel geheult.«

»Die Kinder lieben sie«, sagte ich.

»Sie liebt sie auch.«

»Wir finden nie und nimmer jemand besseren.«

Lisa nickte erschöpft, und mir fiel die Operation wieder ein. »Wie ist es denn gelaufen?«

»Ich glaube, ich habe es ziemlich gut hingekriegt«, erklärte sie. »Das Gewebe hat schön rosa angeschlagen.«

Später an demselben Abend schauten wir den Kindern beim Baden zu. Sie kreischten voller Vergnügen und ließen das Wasser aus der Wanne schwappen. Ich meckerte barsch, wie es sich gehörte, und sie spielten süß und in aller Unschuld mit der Seife und den Plastikspielzeugen weiter. Sally stemmte, so frei von Hemmungen, wie sich nur denken läßt, ihre Fersen auf den Badewannenrand und schob ihre Hüften hoch in die Luft, genau die gleiche Bewegung, wie ich sie schon in Stripteasebars gesehen habe, wenn die Frauen sich mit den Knien voran präsentieren, damit man ihnen eine Banknote als Trinkgeld durch das Samtstrumpfband schiebt. Jetzt faßte sich Sally an. »Ist das mein Popo?« fragte sie.

Meine Frau zuckte die Achseln. »Also, das ist eine Stelle, die Vagina heißt, Schätzchen.«

Sie schaute mich voller Verwirrung an. »Eine Stelle, die China heißt?«

»Nein, Schätzchen, deine Vagina. Jetzt tu deine Beine wieder runter.«

»Es gibt aber eine Stelle, die China heißt.«

»Ja, das ist aber was anderes.«

Und als sie aus der Wanne draußen waren, rannten sie in der Gegend herum und kreischten noch etwas mehr, wobei Tommy nackt auf seinem Feuerwehrauto herumfuhr, so daß sein kleiner Penis auf alberne, gummiartige Weise herumhüpfte, bis ich den kleinen Jungen packte und ihm mit der Geschwindigkeit eines Kochs in einem Schnellimbiß eine Windel verpaßte. Und dann den kleinen Schlafanzug und die kleinen Socken. Das gleiche mit meiner Tochter, und anschließend Milch trinken, sie aus einer Tasse, er aus einem angewärmten Fläschchen. Nachdem sie eingeschlafen waren, rief Lisa ihren Transkriptionsservice an, um den Rest ihrer Schreibarbeit zu der Operation zu diktieren, nachdem sie den ersten Teil bereits unmittelbar nach der Operation, noch in ihrem Chirurgenkittel, an einem Wandtelefon außerhalb des OP-Saals erledigt hatte. Jeden Pluspunkt galt es festzuhalten, um einen möglichen Prozeß wegen eines medizinischen Kunstfehlers zu vermeiden oder zu gewinnen. Ich konnte sie sehen, wie sie sich im Badezimmer mit einer Hand die Haare bürstete, während sie in der anderen das drahtlose Telefon hielt und hineinsprach: »... Bewertung der Bewegungsfähigkeit am linken metatarsalen Phalanxgelenk und Interphalangealgelenk. Punkt. Monatliche Begutachtung der Streckung. Punkt. Monatliche Begutachtung der Adduktion ...«

Sie hielt inne, als sie mich sah. »Heute nachmittag nach der Operation ist eine komische neue Patientin bei mir in der Praxis aufgetaucht. Sie klagte über generelle rheumatische Arthritis.«

»Aber du bist doch Chirurgin.«

»Ich weiß. Aber sie wollte trotzdem einen Termin bei mir haben. Sie hat heute früh angerufen und ein ziemliches Theater gemacht.«

»Du machst keine Arthritis.«

»Manchmal, weißt du, behebe ich eine böse Verwachsung, wenn die Finger schrecklich gekrümmt sind.«

»Was war dann?«

»Also, sie kam rein, und ich war wirklich überrascht.«

»Wieso?«

»Sie war ziemlich schön«, sagte Lisa. »Schönes Gesicht und schöne Augen, ein bißchen wie Uma Thurman, nur mit einer viel volleren Figur. Sie kann nicht älter als achtundzwanzig, neunundzwanzig gewesen sein. Ich war wirklich sprachlos.«

Ein lautloser Aufschrei in meinem Hirn: Caroline – nicht ganz bei Trost, drauf und dran, mein Leben zu ruinieren. »Was kannst du denn bei Arthritis machen?« fragte ich. »Aspirin, Entzündungshemmer?«

»In ihrem Fall gar nichts.«

»Wieso?«

»Weil sie keine Arthritis hat.«

»Was hat sie dann?«

»Nichts. Ihre Hände sind in bester Gesundheit.«

»Vielleicht haben ihr die Hände weh getan.«

»Sie hat behauptet, sie hätte schlimme Schmerzen. Aber das stimmt nicht.«

Ich konnte sehen, daß Lisa die Angelegenheit gründlich bedacht hatte, eine ganze Reihe von Beobachtungen zu einem Argument zusammengetragen hatte. »Wie kannst du das feststellen?«

»Achtundzwanzig ist generell zu jung für die Krankheit«, begann Lisa zu erklären. »Zehn Jahre später, na schön. Und solche Schmerzen, wie sie's beschrieben hat, sind mehr als eine bloße Gelenkhautentzündung, da kommt es zur Zerstörung des Gelenkknorpels. Sie hatte aber keine Morgensteifheit oder Rötung oder Schwellungen oder symmetrische Verteilung der Symptome. Ich habe sogar ziemlich massiv an ihren Gelenken gezogen, und sie hat nicht mal mit der Wimper gezuckt. Außerdem hat sie gar nicht darüber *nachgedacht*. Die meisten Patienten wollen ein Patentrezept, weißt du – damit die Schmerzen aufhören. Oder wenigstens eine Erklärung. Sie wollen erfahren, worum es dabei geht, was vor sich geht und das alles, was sie essen könnten, wodurch es vielleicht besser wird, Vitamine, Medikamente, Akupunktur, Gymnastik, heißes Wasser, kaltes Wasser, irgend etwas, um die Schmerzen zu lindern. Diese Frau hatte keine Schmerzen, weder am Daumen, noch am Zeigefinger, noch in den ersten Gelenken der übrigen Finger, nirgendwo.«

»Hast du nicht irgendeine Art Test?«

»Wir können die Senkungsrate überprüfen. Das ist ein Bluttest für Entzündungen.«

Ich horchte meine Stimme nach Unaufrichtigkeit ab. »Hast du das gemacht?«

»Nein.«

»Was denn sonst?«

»Zuerst beschloß ich, nichts zu sagen.«

»Und dann?«

»Dann sah ich sie mit ihrem Uhrenarmband herumspielen, aber wenn sie die Schmerzen wirklich hätte, von denen sie geredet hat, dann wäre das unmöglich.«

»Du hast sie also damit konfrontiert?«

»Ich hab ihr erklärt, ich hätte nicht den Eindruck, daß sie Arthritis hat.«

»War sie überrascht?«

»Nein. Kein bißchen.«
»Nein?«
»Sie wußte, daß sie keine Arthritis hat. Sie hat es erfunden«, sagte Lisa.
Das mußte Caroline sein. »Wieso?«
»Ein Rätsel.«
Tu es nicht, warnte ich mich selbst. *Frag nicht, wie sie heißt.*
»Hat sie sonst noch was gesagt?« fragte ich.
»Sie hat sich erkundigt, wie es ist, Chirurgin zu sein. Warum ich's mache und so weiter. Sie hat nach den Kindern gefragt.«
»Was zum Beispiel?« hakte ich sachlich nach.
»Wie ich mit ihnen zu Rande käme, Schule und so weiter.«
»Verstehe.«
»Sie hat mich auch gefragt, was denn mein Mann macht.«
»Du hast ihr gesagt, er ist ein Lustmolch.«
»Ich hab gesagt, er ist Reporter.«
»Hatte sie die Kolumne gelesen?«
»Hab ich sie nicht gefragt.«
»Hat sie erzählt, was sie macht?«
»Hat sie nicht, nein.«
»Also ...?«
»Also ließ sie mich wissen, daß sie wußte, daß ich wußte, daß sie geschwindelt hat. Aber es gab keine Scham. Normalerweise schämen sich Schwindler, wenn sie ertappt werden. Sie nicht. Ich glaube, daß sie zu mir in die Sprechstunde gekommen ist, um mich über mich selbst und die Kinder auszufragen und mir zu sagen, daß sie keine Arthritis hat und daß es ihr egal ist, wenn ich das weiß.«
»Klingt wie 'ne Verrückte.«
»War sie aber nicht.«
Ich schüttelte den Kopf angesichts der scheinbaren Unbegreiflichkeit dieser Sache. Dann saßen wir da. Eine Ehe hat diese Pausen. Das Schweigen war eine Möglichkeit. Ich konnte es mit einer Erklärung auffüllen. Ich konnte mit dem Anfang anfangen und Lisa alles darüber erzählen, und sie würde zuhören. Sie würde außer sich vor Zorn sein,

aber trotzdem zuhören, auf die Betonungen und Wörter und Klangfarben horchen, die ihr sagen würden, wie es von nun an weitergehen würde, ob es hier um ein kleines Problem oder aber ein katastrophales ging. Schon während des ersten Satzes meiner Darlegung würde sie wissen, wie sich dann alles in Zukunft entwickeln würde. Sie kannte mich so ausgesprochen gut, sie kannte sich selbst so gut, und ich haßte das, um ehrlich zu sein. Ich mochte es, aber ich haßte es. Ich sah durchaus den Ehevorteil, einem anderen Menschen so vertraut zu sein, aber ich sah auch, daß es mich nackt zurückließ. Ich wollte nicht vor meiner Frau nackt dastehen.

Statt dessen zog ich mich aus. »Ich kann nicht mehr über Hände reden«, ließ ich sie wissen. »Ich brauche andere Körperteile.«

Es funktionierte. Lisa schien erleichtert. Ihr Ehemann war stärker daran interessiert, zu vögeln, als über irgendeine Verrückte zu reden. Falls etwas Merkwürdiges im Gange war, dann wäre er doch gewiß nicht fähig gewesen, so zu tun, als wäre dem nicht so, und dann mit seiner Frau Sex zu haben. So ein Monster war er doch nicht.

Aber er war es sehr wohl. Also ins Bett: die Dunkelheit, das Verdunsten des Tages, das Warten auf den Anfang, das ferne musikalische Raunen der Stadt irgendwie hier im Inneren des Zimmers, das Du-zuerst oder Ich-zuerst, der Entschluß, zu beginnen, die Ausweichmanöver und die Akte der Konzentration, das Infahrtkommen. Mein Vater und seine beiden älteren Brüder mußten sich alle, genauso wie ihr eigener Vater zuvor, einer Prostataoperation unterziehen. Es ist ein blutiger Eingriff, und sie alle sind aufgrund der Operation impotent geworden, daher rechne ich damit, daß auf mich vermutlich das gleiche Schicksal wartet. Vielleicht werde ich meinem Sohn diesen kleinen Tod einmal auf die gleiche Art und Weise offenbaren, wie ihn mein Vater mir eröffnet hat. Jedenfalls rückt mit jeder verstrichenen Nacht dieses mögliche Schicksal eine Nacht näher, und so nehme ich mir mein Vergnügen, wann immer und so oft ich kann, solange ich noch jung genug bin, es problemlos zu tun, denn die Zeit sitzt uns im Nacken, eine unsichtbare Hand, die immer fester zudrückt.

»Komm jetzt hier rauf«, sagte Lisa.

Auf meine Knie gestützt, bewegte ich mich auf ihren Kopf zu, und sie öffnete ihren Mund für mich. Nach etwa einer Minute schob sich eine ihrer Hände zwischen ihre Beine. Ich habe sie schon öfter beobachtet, wenn sie das tut, habe im Dunkeln ihre geschlossenen oder halbgeschlossenen Augen betrachtet und nichts verstanden. Zu Anfang, glaube ich, war sie lediglich großzügig meinen Wünschen gegenüber. Doch als Lisa dann mit der Zeit jede Nacht darauf aus war, erkannte ich, daß sie Freude daran hatte, an der fleischlichen brutalen Möglichkeit, und sich selbst etwas darüber beibrachte, wie sie ihre Kehle entspannen konnte. Sie benutzte gern ihre Zähne und wollte herausfinden, wie hart sie zubeißen konnte, ohne mir wirklich weh zu tun. Sie mochte es, wenn er gegen ihre Zähne ein und aus ging, nicht nur an ihren Lippen entlang, und sie war erst zufrieden, wenn ich energisch in sie hineinstieß. Sie würgte dann, und ich zog mich sofort zurück, doch mit einer eindeutigen Hand auf meinem Arsch schob sie mich von hinten aus wieder hinein. Dadurch begriff ich allmählich, daß meine Frau, so sehr sie auch bei mir war, gleichzeitig ein privates Zwiegespräch mit sich selbst führte, eines, das es nicht nötig hatte, erklärt zu werden. Eines, das es nötig hatte, *nicht* erklärt zu werden. Sie mochte es, diesen Dialog zu führen, und die Methode, die sie entdeckt hatte, um ihn zu führen, hieß zumindest bis auf weiteres, mich dabei in ihrer Kehle zu haben.

Jetzt bewegte ich meine Hände durch ihre Haare, die Stirn hinunter, über ihre Augen, ihre Nase, ihre Lippen, ließ dabei einen Finger über ihre Oberlippe gleiten, genau dort zu dem Rand, wo die drei verschiedenen Fleischteile aufeinandertrafen, wo jedes einzelne zwei andere spürte, sie alle in feuchter Verwirrung zurück und vor und seitlich schlüpften. Ich konnte die Spannung in ihrer Haut an der Wange fühlen, den kleinen Wulst im Winkel ihrer Lippen, die Wärme ihres Atems durch ihre Nasenflügel. Ich verstand, daß ich, der Mann, ein bloßes von ihr, der Frau, gespieltes Instrument darstellte, und es lag eine großartige, seltsame Freiheit darin. Dann stieß sie aus tiefer Kehle einen Schrei aus, ihr Mund voll von gedämpftem Klang, und ich blickte hinunter zu dem Anblick, wie ihre geschlossenen Augen-

lider flatterten. Sie bäumte sich auf und entspannte sich. Ihre Augen gingen auf, ohne etwas zu sehen, und schlossen sich wieder.
Jetzt hockte sie sich auf Hände und Knie, wie sie es gern hat, und nachdem ich mich um sie herumbewegt hatte, behielt sie eine Hand auf dem Bett und die andere an sich. Wiederholte Orgasmen kommen ihr leicht – fünf, sechs, acht, neun –, und ich habe manchmal das Gefühl, daß ich nur Beiwerk bin, doch das macht mir nichts aus. Was immer uns durchs Bewußtsein geistert – Kinder, Bilder anderer Menschen, Sorgen, Geld, Erinnerungen –, bleibt gnädig unausgesprochen; und in jener Nacht verausgabte ich mich und setzte mich auf die Knie zurück, bevor ich neben sie sank. Dies war der Augenblick, sich fallenzulassen, der Augenblick, in dem eigentlich alles sicher und warm und wahr sein sollte.

Doch dem war nicht so. Nach einer Weile stand ich auf und ging nackt in mein Arbeitszimmer, von Unruhe geplagt, ob Lisas Besucherin am Nachmittag tatsächlich Caroline gewesen war. Wenn es so war, dann war sie verrückt und möglicherweise gefährlich. Wer sonst würde auf einem unnötigen Dreihundert-Dollar-Praxisbesuch bestehen und sich dann über Lisas Mann und Kinder unterhalten? Und wer sonst war so wunderschön, wie Lisa es beschrieben hatte? Die Vorstellung machte mich krank vor Angst. Ich schloß die Tür und setzte mich neben das Telefon. Es war vielleicht notwendig, daß ich mir Caroline vom Hals schaffte. Ich hatte die Absicht, die Polizei von dem Videoband in Kenntnis zu setzen, Caroline jedoch nicht zu erwähnen. Wenn ich es hingegen tat, würde sie tief in der Scheiße stecken.
Ich rief meinen alten Freund Hal Fitzgerald an. Jedesmal, wenn ein neuer Polizeipräsident ernannt wird, steigen mit einem Mal ganze Ränge leitender Beamter des Polizeipräsidiums auf, während andere Ränge sich plötzlich an Ort und Stelle festgenagelt finden. Hal war vor kurzem zu einem der Vize-Polizeichefs befördert worden, und zu dem Zeitpunkt hatte ich das als glückliche Fügung angesehen. Jetzt waren seine Anzüge besser, und er hatte einen Chauffeur und drei

Telefonleitungen zu seinem Haus, darunter eine Nummer für Notfälle, die ich soeben gewählt hatte.

»Was gibt's Neues, Mann?« fragte er.

»Hal, ich hab da etwas, das du haben willst, und ich denke mal, ich geb es dir auch tatsächlich, aber ich muß erst ein paar Bedingungen klarmachen.«

»Leg los«, sagte er in verändertem Tonfall.

Ich beschrieb das Videoband nur ganz allgemein, ohne zu erwähnen, daß es den Mord an einem Polizeibeamten zeigte oder daß es irgend etwas mit einem Aufstand am Tompkins Square Park zu tun hatte. Ich wollte ihn interessiert, nicht aber zu aufgeregt wissen. Hätte ich ihm die genaue Beschaffenheit dieses Videos verraten, dann wäre innerhalb von fünf Minuten ein Streifenwagen vor dem Haus aufgetaucht, und ich hätte das Band aushändigen oder aber riskieren müssen, verhaftet zu werden.

»Sag mir deine Konditionen«, sagte Hal, »obwohl ich schon weiß, was die sein werden.«

»Ich werde dir nicht sagen, woher ich das Videoband habe.«

»Nun, das könnte natürlich zum Problem werden.«

»Die Person, die das Band hatte, wußte nicht, was drauf war.«

»Ziemlich schwer, das zu glauben.«

»Ich werde's dir nicht sagen. Nimm's hin, oder laß es bleiben.«

Er schwieg. Er konnte im Grunde nicht verhandeln, wie mir wohl bewußt war. Falls es zu einer Auseinandersetzung kam, würden bald die Zeitungsanwälte und die Rechtsanwälte des Polizeipräsidiums auf der Matte stehen und Vorladungen unter Strafandrohung und die Gesetze zum Schutz der Pressefreiheit des Staates New York ins Spiel bringen. Keiner von uns beiden wollte das alles.

»Meine nächste Bedingung ist, daß ich zum Schluß nicht noch aussagen muß.«

»Wir müssen aber vielleicht die Besitzer lückenlos nachweisen ...«

»Eure Leute können doch Sachexperten bestätigen lassen, daß das Band nicht gefälscht ist.«

»Kann sein«, erwiderte Hal.

»Der letzte Punkt ist, daß die Sache meine Story ist.«
»Deine Story.«
»Ich möchte, daß du sie an keinen andern rausgibst.«
»In Ordnung.«
»Hal, du hast diesen ausweichenden Tonfall.«
»Ich habe diesen Tonfall, ja.«
Jeder Beamte der Stadt hatte Angst vor Bürgermeister Giuliani. Alles ging nach oben weiter, vielleicht sogar diese Sache. Ganz besonders, sobald sie erfuhren, daß ein Cop das Opfer war. »Du mußt dich also deswegen erkundigen«, sagte ich.
»Mach ich bestimmt.«
»Rufst du mich dann an?« fragte ich.
»Sobald ich kann, aber ich brauch noch ein paar Minuten mit dem Chef.«
»Heute abend?«
»Er ist bei einer wichtigen Sache der Republikaner im Waldorf.«
»Danach?«
»Das bezweifle ich.«
»Morgen oder so.«
Fitzgerald seufzte. »Ich seh mal, wie schnell ich dich zurückrufen kann.«
»Du hast die Nummer von meinem Bieper?« fragte ich.
»Ich hab alle deine Nummern.«
»Tu mir einen Gefallen, ruf bei mir im Büro oder in der Nachrichtenzentrale an.«
»Nicht zu Hause?«
»Ich frag einfach im Büro nach. Du kannst jederzeit Bob Dealy anrufen.«
»Lisa weiß nichts von dem Video?«
»Büro.«
Wo versteckt man ein Video bei sich zu Hause? Wie wäre es denn, wenn ich es bei all den übrigen Videokassetten ... Sally hatte einen ganzen Stapel von *Barney* und *Thomas the Tank Engine* und ein Dutzend Disney-Filme, und ich ließ *Die kleine Meerjungfrau* aus ihrem

Behälter gleiten und ersetzte sie durch das Fellows-Band. Dann stahl ich mich ins Bett zurück.

Aus der Dunkelheit kam Lisas leise, beunruhigte Stimme: »Willst du mir sagen, was los ist?«

Das war die Frage. Würde ich es ihr sagen? Und nun reiße ich mir das Hemd entzwei und entblöße mein schwarz gewordenes Herz. Nein, ich würde es ihr nicht sagen, ich habe es ihr nicht gesagt, vielmehr murmelte ich die Lügen, die Ehemänner murmeln, und lauschte, wie Lisa allmählich wieder einschlief. Sie war müde; sie war um fünf aufgestanden, dann zur Klinik gefahren und hatte einen Zeh an eine Hand angenäht, dann ein halbes Dutzend Patienten in der Sprechstunde versorgt, einschließlich einer Patientin, die ihres Mannes Geliebte war, hatte sich dann mit Josephine auseinandergesetzt, Abendessen gemacht und die Kinder gewaschen, dann am Telefon diktiert und schließlich noch Sex mit ihrem Mann gehabt; meine Frau lebte aus ihrer Fülle und wußte das und erschöpfte sich jeden Tag. Ich liebte das an ihr. Aber ich wußte auch: Wenn ich nur abwartete, gar nicht lange, während der Winterwind den Apfelbaum draußen gegen das Fenster streichen ließ, dann würde sie bald wieder einschlafen.

Und so erging es ihr auch.

Mir dagegen nicht. Ich lag mit meinem Geheimnis wach. Es war furchteinflößend, aber auch spannend. Ein Geheimnis ist der Schatz im Inneren des Irrgartens der Lügen. Ein Geheimnis schminkt dir das Gesicht zur Maske zurecht und fordert dich auf, diejenigen im Auge zu behalten, die auf deine Schauspielerei hereinfallen. Ein Geheimnis zu haben bedeutet, die Floskeln üblicher Gespräche verstohlen neu zu lernen, das taktierende Geplauder, das auf brillante Weise den Marktschreier verbirgt. Ein Geheimnis organisiert dir dein Leben. Triviale Störungen werden wünschenswert; durch deine stillschweigende Duldung huldigst du dem Geheimnis; offenen Auges fütterst du es im Dunkeln.

Wann wird eine Katastrophe unausweichlich? Der Augenblick kommt natürlich erst im Rückblick klar zum Vorschein. Mir begann die Offenbarung am nächsten Spätnachmittag zu blühen, als ich an der Sechsundsechzigsten und Madison um die Ecke kam, die grün-weiß gestreifte Markise außen am Wohngebäude von Caroline erblickte und hoch darüber aufragend das von Ruß überzogene Kalksteinkonfekt mit seinen Zinnen und Balkonen und fenstergeschmückten Vorkriegsfreuden. Ach, die Herrlichkeit der Dekadenz. Die Stadt funktioniert auf der Basis von Dekadenz, wenn man darüber nachdenkt. Ich hielt mich noch eine Weile auf der grünen Teppichbahn draußen unter der Markise auf, während Taxis hinter mir vorbeibrausten, und spähte durch das in Blei gefaßte Glas der Türen in das geflieste Foyer, wo eine Wolke rosafarbener Lilien über einer exakt in der Mitte eines georgianischen Wandtisches plazierten Kristallvase schwebte. Auf einem hohen Hocker saß dort Napoleon mit gerunzelter Stirn über einen Taschenbuchkrimi gebeugt. Ich mußte mir einfach Caroline vorstellen, wie sie mit kühl klickenden Absätzen über diese glatten kleinen Quadrate lief, wie die rosafarbenen Lilien erschauerten, während sie vorbeiging, und das Abbild ihres Rumpfes hundertfach in den ananasförmigen Facetten der Vase reflektiert und verzerrt wurde. Napoleon blickte nun auf, und ich nickte zu ihm hinüber. Er klingelte bei Carolines Wohnung, brummte etwas, gewährte mir ein haßerfülltes Lächeln. Wir hatten die rasche, schweigende Unterredung unter Männern: *Dich lieb ich gradezu, Freundchen. Iß Scheiße. Ich hab sie gefickt, du nicht.*

Aber ich war nicht in einer erotischen Mission hier, hielt ich mir vor Augen, ich war hier, um drei potentiell unangenehme Dinge zu erledigen. Das erste war die Frage an Caroline, ob sie es denn gewesen war, die am Vortag Lisa in ihrer Praxis aufgesucht hatte. Falls ja, dann hatten wir ein großes Problem; ich mußte ihr dann sagen, daß ich keinerlei weitere Einmischung in mein übriges Leben dulden würde. Falls sie trotzdem fortfahre, gegen diese Grenzlinie zu verstoßen, müsse ich womöglich die Polizei darüber informieren, wo ich das Fellows-Video entdeckt hatte. Das zweite Anliegen betraf das Fellows-Band selbst. Falls Caroline *nicht* die merkwürdige Patientin in Lisas Sprechstunde gewesen war oder es zwar schon gewesen war, aber sich bereit erklären würde, nicht mehr lästig zu fallen, dann war es nur fair, ihr mitzuteilen, daß ich Hal Fitzgerald von dem Band unterrichtet hatte. Und daß ich ihm gegenüber darauf bestanden hatte, den Fundort auch in Zukunft nicht preiszugeben. Ohne diese Auskunft würde es schwierig für die Polizei sein, die Quelle des Videos zu identifizieren. Noch am selben Vormittag hatte ich mir, bevor ich die Kolumne über Richard Lancasters geistesgestörtes Tagebuch für den nächsten Tag herausgehauen hatte, eigens das Fellows-Band nochmals von Anfang bis Ende angeschaut; nicht nur passierte des weiteren nichts von Bedeutung – nur ein paar Sätze des persönlichen Austauschs –, sondern mir fiel auch auf, daß Simon nie namentlich hervortrat. Genausowenig erschien sein oder Billys Gesicht. Billy wurde einmal mit seinem Vornamen angesprochen, aber wie viele Williams mochte es wohl in New York geben? Wenn ich über das Videoband schrieb, kam es womöglich dazu, daß die Polizei der Zeitung eine Vorladung servierte, doch in diesem Fall würde die Zeitung Carolines Identität schützen. Zeitungen, selbst lüsterne Revolverblätter im Besitz von Ausländern, halten in Hinblick auf die Rechte der Presse noch immer die Stellung. Genaugenommen war theoretisch sogar ich, was die Geschäftsführung der Zeitung betraf, in Schwierigkeiten, weil ich der Polizei über das Band Bescheid gegeben hatte, bevor ich es mit dem geschäftsführenden Redakteur besprochen hatte. Doch moralisch gesehen war das eine einfache Sache; ein Mann war kaltblütig ermordet worden – das war der Punkt, wo ich die Grenze zog. Je eher die Cops sich darüber klar wurden, was sie mir an Zusicherungen anbieten konnten – was nach meinem Dafürhalten in ein oder zwei Tagen der Fall sein würde –, desto eher konnten sie das Band haben und damit anfangen, überall in der Stadt Türen einzuschlagen. Sie würden nach einem blonden Kerl in den Dreißigern suchen – Gott steh dir bei, falls du gewußt hast, wer er ist. Was die Zeitung anging, so wollten wir eigentlich einzig und allein die Exklusivrechte haben: die Geschichte als große Neuigkeit bringen, versuchen, einen Knüller an den Zeitungsständen zu landen, vielleicht ein paar Tage lang die Sache ausschlachten. Und genau das würde mein Argument bei den obersten Bonzen der Zeitung sein; eine Reihe von ihnen mögen früher einmal echte Zeitungsmänner gewesen sein, doch zum größten Teil waren sie alte Herren, die keine Haare mehr auf dem Schienbein hatten, oder junge Kerle mit Magistern in Betriebswirtschaft, die mehr über Football am Montagabend als über die Kunst wußten, eine gute Story aufzutreiben. Ich hatte schon mit allen von ihnen meine Diskussionen über das eine oder andere Problem gehabt; bei den Alten sagte man dann: *He, Sie wissen doch noch, wie es auf der Straße zugeht,* und dann bekamen sie einen weichen Ausdruck in den Augen, der als Erinnerung vergangener Zeiten zugleich ein Maßstab für die noch verbliebene Zeit war – die reine Besinnung auf den Tod. Doch wenn sie nicht mehr wußten, wie es auf der Straße zuging, was hatten sie dann eigentlich in der Chefetage des Konzerns zu suchen? Sie wurden dafür bezahlt, die urteilsschwangeren Anrufe zu tätigen, die Probleme wegzumassieren. Also waren diese Herren ein leichter Fall. Es waren die unter fünfundvierzig, die mein Gehalt sahen und sich dachten, für diese Summe könnten sie genausogut drei junge Reporter für den allgemeinen Einsatz anheuern, was auch stimmte. Normalerweise ließ ich sie einfach schwafeln, und wenn sie dann damit fertig waren, fragte ich sie, ob sie sich denn schon mit den alten Herren verständigt hätten. Oder ich erklärte ihnen, sie seien in der Unterhaltungsindustrie, und zur Unterhaltung der Leser hätten sie Talente nötig, und mein Talent sei es, in den Randzonen der Stadt herumzuschnüffeln und spannende Geschichten aufzuspüren. Um das zu tun, müsse ich auf Tuchfühlung mit den Cops bleiben, und wenn ich ihnen meine Hochachtung erwiese, indem ich sie von dem Videoband informierte, dann *he da, schließlich gibt's bloß ungefähr fünf Typen hier in New York, die es regelmäßig auf die Titelseite schaffen, inklusive des Hochachtungsvoll der Ihre, und Jimmy Breslin ist ein alter Mann.* Ich mochte es sogar heute morgen auf der Basis von Lancasters Tagebuch, das mir Ralph Benson verkauft hatte, wieder geschafft haben. Ich hatte alles an Lancasters Ausdrucksweise mit verbraten, wie er von einem zwanghaft Eifersuchtkranken zu einem Mörder entartet war. Der Text hatte sich selbst geschrieben, und ich hatte die Kolumne bis drei Uhr eingereicht. Niemand sonst in der Stadt würde diese Story haben. Die Redakteure waren ganz begeistert und zogen eine Schlagzeile auf der ersten Seite in Erwägung; so etwas wie TAGEBUCH DES TODES. Nein, wenn es zu Schwierigkeiten kommen sollte, dann im Zusammenhang mit Caroline. Ich ging nicht davon aus, daß sie gegen die Tatsache protestieren würde, daß ich Fitzgerald angerufen hatte, da sie genauso wie Officer Fellows' Witwe wußte, was es hieß, plötzlich den Ehemann zu verlieren. Andererseits aber hatte ich es getan, ohne es ihr zu sagen, was rücksichtslos war – egal, wie man es drehen und wenden mochte.

Der dritte Punkt war die beunruhigende Angelegenheit mit Hobbs. Ich hatte mich dazu entschlossen, Caroline nach dem von ihm geforderten Videoband zu fragen. Ob sie wohl wisse, wo es sei? Falls sie nein sagte, dann würde ich diese Antwort an Hobbs weitergeben. Falls sie es aber wußte, dann hatte ich vor, sie zu bitten, es Hobbs auszuhändigen und damit mein Leben sorgenfreier zu machen.

Dies alles schien recht logisch zu sein. Und warum auch nicht? Wie leicht sind doch die Lügen, die wir uns selbst auftischen! Wie unbeschwert und wie unbeeinträchtigt von der Reibung der Wahrheit! Doch wenn ich ein Narr war, so war ich ein bereitwilliger Narr. Schließlich ging es hier um eine Frau, deren Mann möglicherweise einem Mord zum Opfer gefallen war, die sich offenbar mit einem mächtigen, auf globaler Ebene operierenden Geschäftsmann angelegt hatte und die im Besitz einer Videoaufzeichnung von der Ermordung eines Polizisten von New York City war. Ich war überzeugt,

daß sie das Fellows-Band gesehen hatte, aber ich wollte es ihr trotzdem zeigen, und so holte ich in dem Aufzug des Wohngebäudes, nachdem eine ältere Frau im ersten Stock ausgestiegen war, das Videoband aus meiner Manteltasche und prüfte es erneut, um sicherzugehen, daß ich nicht versehentlich eines von Sallys Disney-Videos erwischt hatte. Es war das richtige. Die Aufschrift BAND 15 war in dieser Art von zweckdienlicher Blockschrift ausgeführt, die man unmöglich schnell schreiben kann; wie impulsiv und leidenschaftlich Simon Crowley auch gewesen sein mochte, die Beschriftung seiner Sammlung hatte er ernst genommen. Ich ließ das Videoband in meine Manteltasche zurückgleiten.
Caroline machte die Tür auf. Sie hielt ein Glas in der Hand und hatte ein Stück Eis zwischen den Zähnen. »Ich mach dir einen kleinen Drink«, verkündete sie. Sie ließ das Eis in das Glas fallen. »Es macht dir doch sicher nichts aus, wenn ein bißchen von meiner Spucke deine lebenswichtigen Organe verseucht?« Ihre Augen musterten meine, wanderten dann zu meinem Mund hinunter und wieder hinauf.
»Ruf den Notarzt an«, forderte ich. »Jetzt sofort.«
»Was? Wieso?«
»Ich hab gleich einen Herzinfarkt. Ich sterbe jetzt sofort hier auf der Stelle, bevor irgendwas von deiner schönen Spucke …«
»Ach, laß das!« Sie packte mich an der Hand und zog mich in ihr Apartment hinein. Es war genauso wie zuvor: teuer, makellos sauber, ohne Menschlichkeit. Caroline sah meinen prüfenden Blick.
»Ich weiß genau, was du jetzt denkst.« Sie reichte mir den Drink, nahm dann meinen Mantel und hängte ihn in ihren Wandschrank.
»Ach, wirklich?« rief ich vom Wohnzimmer aus, während ich zum Fenster hinaus auf den Central Park schaute.
»Ja.«
»Du irrst dich.«
Sie kam ins Zimmer. Und direkt zu mir her. »Nein, ich irre mich nicht.«
»Nein, vermutlich nicht.«
Sie ergriff mein Handgelenk und inspizierte meine Uhr. »Fünf Uhr«,

sagt sie. »Du mußt doch jetzt eigentlich an deiner Kolumne arbeiten?«

»Die Kolumne ist fertig.« Ich betrachtete die Tusche an ihren Wimpern. Sexy, dieses Zeug, Wimperntusche.

»Du hast deiner Frau Bescheid gegeben, wann du nach Hause kommst?«

»Nein.«

»Hast du eine Ausrede erfunden, weshalb du noch länger unterwegs bist?«

»Ich hab seit heute früh nicht mehr mit ihr geredet.«

Sie legte ihren Finger auf meine Krawatte und ließ ihn über das Muster auf und ab gleiten.

»Wann mußt du zu Hause sein?«

»Später.«

»Keine bestimmte Uhrzeit?«

»Keine bestimmte Uhrzeit.«

»Aber die Kolumne ist spätestens um halb sechs fällig.«

Ich nickte.

»Also wirst du kurz darauf zu Hause erwartet?«

»Nicht unbedingt.«

»Warum?«

Ich berührte ihr Kinn mit meiner Hand. »Es könnte einen Grund geben.«

»Was denn?«

»Weitere Entwicklungen mit der Story.«

Ihren blauen Augen gefiel das. »Und deine Kolumne ist schon fertig?«

»Ja.«

»Worüber ist sie?«

»Über den Kerl, der vor einer Woche das arme Mädchen umgelegt hat, das gerade ein Hochzeitskleid in den Armen hielt.«

Caroline schien ungerührt. »Man muß in der Lage sein, die Psychopathen zu erkennen.«

»Wie machst du das?« fragte ich.

»Die sind eben verrückt.« Sie lachte. »Das kannst du mir glauben.«
Ich nickte. »Ich verstehe.«
Ihre Augen spielten. »Vielleicht verstehst du's.« Sie drückte meine Hand gegen ihre Brust.
»Ich sag dir lieber, daß ich was in petto habe.«
»Ich auch«, erwiderte sie.
»Was zuerst?«
»Wenn du meins erraten kannst, tun wir deins zuerst.«
»Und umgekehrt.«
»Deins«, erklärte sie, »geht ungefähr so – du hast ein äußerst interessantes Videoband in der Bank entdeckt, und jetzt willst du darüber reden.«
Ich schaute sie verblüfft, ja ein wenig entsetzt an. Dann: »Du hast es beim Mantelaufhängen in meiner Tasche gespürt.«
»Stimmt. Um welches geht's denn?«
»Den Aufstand am Tompkins Square Park. Der Cop wird umgebracht.«
»Ach das.«
Ich nickte.
»Laß uns später darüber reden«, sagte sie.
»Aber bald.«
»Gut.«
Ich konnte mich nicht zurückhalten. »Caroline, der Cop ist *ermordet* worden.«
Sie wandte den Blick ab. »Das wußte ich nicht, nicht so richtig.«
»Nein?«
Sie verzog das Gesicht. »Wir reden offenbar doch *jetzt* und nicht später davon.«
»Ich kann nicht anders, Caroline.«
»Ich hab es einmal angeschaut. Vor ein paar Jahren.«
»Ich hab den Cops davon erzählt«, brach es aus mir heraus.
»Schon recht.« Sie kam mir seltsam gefaßt vor.
»Schon recht?«
»Gib's ihnen.«

»Das mach ich auch.« Dieser Punkt war einfach. »Ich hab mit einer stärkeren Reaktion gerechnet.«
Sie zuckte mit den Achseln. »Von mir? Wieso?«
»Ich …« Der Ausdruck in ihren Augen brachte mich zum Schweigen.
»Du bist ein Reporter – ich habe *erwartet,* daß du auf Sachen stößt.«
»Wirklich?«
»Ja. Wenn du's nicht tätest, dann wäre ich enttäuscht.«
Caroline ging in die Küche hinüber, wo sie Papierchen und Tabak aus ihrer Handtasche holte und sich eine Zigarette drehte. Ich war in Gedanken noch immer bei dem Fellows-Band. Caroline zündete sich die Zigarette an und lächelte in den Rauch hinein. Nun mußte ich sie fragen, ob sie meiner Frau einen Besuch abgestattet hatte. Vielleicht verärgerte sie ja diese Frage. Vielleicht würde ich sie doch lieber später stellen.

Ein Mann und eine Frau, in einem Zimmer in der Abenddämmerung. Irgendeine Art von wunderbar schneller lateinamerikanischer Musik dringt durch die Zimmerdecke. Trommeln und Gitarren und Kastagnetten und wirkungsvolles Gebrüll. Was ist das? fragt er. Afroperuanisch, sagt die Frau, einfach großartig, die spielen es die ganze Zeit. Der Mann flüstert ihr etwas über ihre vollendeten Zähne und ihren vollendeten Mund und ihren vollendeten Hals zu, und sie fragt mit verletzlicher Selbstverliebtheit *Wo ist es am vollendetsten?,* und da sagt er ihr, die größte Vollendung liege in der symmetrischen Eleganz der zarten, nach innen gewandten Kurve des Fleisches an der Wurzel ihres Halses, vollendet zentriert an dieser Stelle, eine Variation zu einer nach außen gewandten Kurve, und sie lächelt in sich hinein, und dann bewegt er sie auf die Seite, um ihre Brüste genießen zu können, die im Gegensatz zu denen seiner Frau keine ruinös an ihnen nuckelnden Kinder oder zusätzliche zehn Jahre Schwerkraft kennengelernt haben. Die Brustwarzen wirken keusch in ihrer Kleinheit. Was für eine geheimnisvolle Sache es doch ist, eine Frau zu berühren, die nicht die eigene ist, denkt er. Er hat gerade erst am Abend zuvor mit seiner Frau geschlafen und weiß noch, daß er es genossen hat, doch nun scheint dieses Vergnügen in weiter Ferne zu liegen, bloße Theorie. Er bewegt seine Hände am Bauch der Frau entlang, rund über ihren Rücken, über die Brüste, dann darunter, um sie, über ihr Gewicht erstaunt, zu umfassen, fühlt dabei dieses leichte knotige Wellenprofil der Drüsen unter Haut und Fett. Außerhalb des Fensters ist der Himmel im Westen von einem schwarzen Blau, lachsfarben ganz hinten am Rand. Er blickt wieder auf die Frau hinab. Sie atmet tief, mit geschlossenen Augen. Die Romanze der beiden ist von rein sinnlicher Natur, und so ist es ihm auch lieber. »Wenn du mich schon umlegen willst«, flüstert die Frau, »dann kannst du auch gleich damit anfangen.«

Später, im Dunkel des Schlafzimmers, durchbrach Caroline das Schweigen. »Sag mir, warum du mit mir schläfst.« Ihre Stimme war eigenartig hell und wach.

»Nein.«

»Sag mir, was anders ist als mit deiner Frau.«

»Nein.«

»Deine Frau ist attraktiv, stimmt's?«

Ich grunzte. »Ich wette, daß du die Antwort schon kennst.«

»Könnte sein.«

Ich rollte herum, so daß ich Caroline direkt ins Gesicht sehen konnte.

»Bist du zu ihr –«

»Ja.«

»– in die Praxis gegangen?«

»Ja.«

»Warum?«

»Ich war neugierig.«

»Sie hat mitbekommen, daß du gelogen hast.«

»Denk ich mir, ja.«

»Das war eine äußerst beschissene Sache, so was zu tun.«

Caroline wich zurück. »Tut mir leid. So hatte ich's nicht gemeint.«

»Sie ist gescheit, Caroline. Sie ist wirklich sehr gescheit.«
»Gescheiter als ich?«
»Ja.«
Ihr gefiel meine Antwort nicht. »Woher weißt du das?«
»Niemand ist gescheiter als meine Frau, das glaub mal lieber.«
»Gescheiter als du?«
»Doppelt oder dreimal so gescheit.«
Caroline war still. Ich spürte unseren Altersunterschied.
»Meine Frau ist ein guter Mensch, Caroline«, erklärte ich, »und ich will wirklich nicht, daß ihr diese Sache weh tut.«
»Ich hätte's nicht tun sollen.«
»Nein.«
»Ich interessier' mich aber irgendwie für sie. Ich meine, ich werde ja, wie's aussieht, irgendwann eine verheiratete Frau sein.«
»Du *warst* eine verheiratete Frau.«
»Nicht so richtig. Ich kam mir nicht so vor. Es war immer bloß ein komisches Arrangement. Simon hat mich nie richtig gekannt, glaube ich.«
»Dich nie richtig gekannt?«
»Also, er hat mich in mancher Hinsicht wirklich gut gekannt, aber in anderer Hinsicht hatte er keinen Schimmer. Er wollte es zwar gern. Er hat ständig versucht, mich von innen nach außen zu kehren.«
»Es war nie etwas, wo einfach nur die Zeit verging«, interpretierte ich.
»Ich war eigentlich gar keine Ehefrau für ihn.«
»Was denn dann?«
»Ich – war – ein Probeexemplar.«
»Ein Probeexemplar wovon?«
»Das ist eine gute Frage.«
»Ich finde, du bist eigentlich ein feines Probeexemplar.«
»Du weißt doch, was ich meine«, sagte sie.
»*Bist* du denn ein Probeexemplar von irgendwas?«
»Vielleicht – wahrscheinlich. Aber es war bestimmt nie das einer verheirateten Frau. Deshalb stelle ich ja die Fragen über deine Frau.«

»Es macht mir nichts aus, dir Sachen zu erzählen, aber keinen Kontakt mehr zu ihr.«
»In Ordnung.«
Ich reagierte nicht.
»Ich hab gesagt, in Ordnung.«
»Okay.«
»Ich stell jetzt eine Frage.«
»Mach nur.«
»Ist sie gut im Bett?«
»Absolut.«
»Du liebst sie, und sie liebt dich?«
»Ja, sehr.«
»Was ist dann anders?«
»Wenn man keine Kinder hat, ist das, glaub ich, schwer zu verstehn.«
»Versuch's mit mir.«
Ihre Frage wirkte naiv, aber ich versuchte zu antworten. »Wenn man erst mal Kinder hat, mischt der Tod mit. Jetzt begreifst du, wie noch nie zuvor, daß du einmal sterben wirst. Ich hab das nicht begriffen, bevor ich Kinder hatte. Jetzt mache ich mir ständig Sorgen, sie könnten krank werden oder sterben, und ich weiß, daß meine Frau auch solche Sorgen hat. Ich denke mir: Was passiert, wenn ich sterbe? Was passiert, wenn sie stirbt? Und wer wird zuerst sterben? Wer bleibt alleine übrig? Was passiert, wenn eins der Kinder stirbt? All das gerät irgendwie in den Sex. Ich meine, ich war bei beiden Kindern dabei, als sie geboren wurden.«
Caroline rollte sich zu mir zurück. »Wie hat das ausgesehen?«
»Der Kopf sieht wie ein kleiner nasser Tennisball aus. Bei Sally hatte Lisa Rückenwehen.«
»Was ist das?«
»Das Baby drückt gegen das Rückgrat und trifft auf den Spinalnerv. Lisa war vor Schmerzen ganz verrückt. Ich hab dem Arzt gesagt, er soll ihr eine Epiduralanästhesie geben.«
»Ist das eine Spritze gegen Schmerzen?«

»Sie stecken eine lange Spritze ins Rückgrat. Sie müssen genau die Phase zwischen den Wehen erwischen.«

»Hast du die Nabelschnur und alles gesehen?«

»Ich hab sie abgeschnitten.«

»Wie sieht die denn aus?«

»Sie ist so ähnlich wie ein dickes bläuliches Seil.«

»Ist die Nachgeburt eklig?«

»Nichts davon ist eklig.«

»Sie ziehen dann den Mutterkuchen raus?«

»Sie legen ihn in eine Schüssel aus rostfreiem Stahl, und man kann ihn sich anschauen. Sieht wie ein Stück Leber von der Größe eines Telefonbuchs aus.«

»Beide Kinder waren okay und alles?«

»Sally hatte Gelbsucht, was nicht so schlimm ist, obwohl sie noch mal ins Krankenhaus mußte, aber Tommy kam ganz blau zum Vorschein.«

»Wieso?«

»Die Nabelschnur lag ihm um den Hals.« Ich holte Luft, vielleicht aus unwillkürlichem Mitgefühl. »Wir haben das einigermaßen überstanden, und schon neun Tage später bekam er eine Lungenentzündung. Das war überhaupt nicht lustig. Ein Sauerstoffzelt und so.«

»Ist er okay?«

»Er ist sehr okay.«

Sie blieb eine Weile still. »Und das ist alles beim Sex mit deiner Frau mit drin?«

»Irgendwo.«

»Denkst du an andere Frauen, wenn du mit ihr zusammen bist?«

»Ja.«

»An wen?«

»Verführerinnen aus meiner eigenen Phantasie.«

»Hast du mit ihr geschlafen, seit du zum letzten Mal mit mir zusammen warst?«

»Ja.«

»Einmal?«

»Ja.«
»Wann?«
»Gestern nacht.«
»Also ungefähr vor achtzehn Stunden.«
»Ja.«
»Hast du dich geduscht?«
»Ja.«
»Gut. Hast du an mich gedacht, als du mit ihr zusammen warst?«
»Unbedingt.«
»Ich meine, nicht bloß an mich gedacht, weil du ein schlechtes Gewissen wegen mir hast.«
»Ja.«
»Ich meine, du hast sie gefickt, aber dir in Wirklichkeit vorgestellt, mich zu ficken.«
»Ja.« Ich schaute sie an. »Ich kann so in etwa ohne Unterbrechung hin und her schalten.«
»Du machst dich über mich lustig.«
»Nein, mach' ich wirklich nicht.«
»Hast du gerade eben an sie gedacht, als du mit mir zusammen warst?«
»Ja.«
»Und nicht bloß, weil du ein schlechtes Gewissen hast?«
»Ja.«
Ihre Stimme wurde lauter. »Du hast gerade vor ein paar Minuten an sie gedacht?«
»Ja.«
»Wie steht's mit den anderen Verführerinnen aus deiner Phantasie?«
»Ja.«
»Denkst du an Männer?«
»Manchmal.«
Sie dachte nach. »Hast du Sex mit ihnen?«
»Nein.«
»Wer sind die denn?«
»Es sind Männer, und sie sind nicht genau ich selber, aber ich bin sie.

Ich beobachte sie dabei, wie sie mit den Verführerinnen aus meiner Phantasie Sex haben.«
Caroline schien nicht befriedigt zu sein. »Welche Unterschiede gibt es sonst zwischen uns?«
»Das möchtest du doch nicht wissen.«
»Nein, *du* möchtest das nicht wissen.«
Ich zuckte mit den Achseln.
»Gibt's da einen körperlichen Unterschied?« fragte sie. »Ich meine, fühlt es sich innen anders an?«
»Ja.«
»Wie?«
»Sie hat zwei Kinder gekriegt. Du aber keine, soviel ich weiß.«
»Das macht so einen großen Unterschied?«
Die Frage hing in dem dunklen Raum, die Musik in ihrem schnellen Tempo ganz leise irgendwo über uns. Draußen hatte es angefangen zu schneien.
»Es macht einen Unterschied aus.«
»Schaust du deine Frau an, wenn du Sex hast, und denkst dann: ›Ich werde mit ihr zusammen sein, bis wir sterben‹?«
»Ja.«
»Und was hältst du davon?«
»Es ist ein Trost und ein Horror.«
»Wieso?«
»Weil es tröstlich ist, sich vorzustellen, daß wir auf Dauer zusammen sind, ich aber auch vor der Vorstellung zurückschrecke, was die Zeit uns antun wird, uns allen. Das jagt mir Entsetzen ein. Um also deine ursprüngliche Frage zu beantworten: Der Unterschied zwischen dir und meiner Frau ist, mal abgesehen von all den offensichtlichen Unterschieden, daß ich bei dir nicht für unsere Zukunft verantwortlich bin. Ich bin dir nicht verpflichtet, und du bist es mir nicht. Es ist alles hier und jetzt. Es ist Neuschnee auf dem Fenstersims. Sehr reizvoll jetzt, dann vergangen. Du wirst weggehen und Gott weiß was tun, Charlie heiraten, und ich geh wieder zu Lisa zurück, und ich glaube, daß wir beide das wissen. Du bist jetzt. Du wirst nicht vor meinen Au-

gen die nächsten vierzig Jahre lang altern. Du bist einfach hier, und damit hat es sich. Ich kann mit dir zusammensein und gleichzeitig nichts drum geben, ob du mich liebst.«

»Liebst du mich denn?«

»Vom ersten Moment an, als ich dich sah.«

Sie lächelte zufrieden. »Vielleicht war's ja bloß billige Wollust.«

»Wahrscheinlich hast du recht.«

»Ehrlich?« Sie gab mir einen kleinen Stoß. »Nun ja, vielleicht war ich ja auch bloß eine Verführerin aus meiner eigenen Phantasie, die dich in meinem kleinen Netz gefangen hat.«

»Ist mir egal.«

»Das stört dich nicht?«

»Nein.«

»Aber ich könnte doch alle möglichen finsteren Absichten haben …«

»Mir egal.«

Sie angelte sich eine Zigarette und Streichhölzer vom Nachttisch. »Warum?«

»Ich bin raffiniert genug, mich zu befreien.«

Das Zündholz flammte auf. »Bist du dir sicher?«

»Ja.«

»Vielleicht bin ich aber sehr, sehr raffiniert, und du schaffst es nicht, aus meinem Netz rauszukommen.«

»Ich komm wieder raus.«

»Wieso bist du dir so sicher?«

»Ich bin raffiniert.«

»Raffinierter als ich?«

Ich überlegte mir verschiedene Antworten. »Wir wissen das noch nicht, oder?«

Ich drehte mich herum, um ihre Reaktion zu sehen, doch sie hatte die Augen geschlossen, mit Wimpern so dicht und lang, daß sie sich auf ihrer Wange auszuruhen schienen. Ich verfluchte mich selbst, daß ich so fasziniert von ihr war. Was war ich doch für ein Arschloch. Da gab es Sally, die sich vielleicht genau in dieser Sekunde damit beschäfigte, ein Stück rotes Bastelpapier mit einer abgerundeten Schere zu zerschneiden, oder da gab es Tommy, der soeben im Begriff war, eines seiner verschmutzten Plüschtiere durch den Apfelsaft, den er gerade verschüttet hatte, zu schleifen, und da gab es Lisa, die wohl gerade das Badewasser einlaufen ließ; alles das, während ich, Vater, Ehemann, Beschützer, weiter nördlich in Manhattan auf einem breiten Bett lag, mit meinem Schwanz feucht und schlaff an meinem Schenkel, in Gesellschaft einer anderen Frau. Ja, ich verfluchte es, wie fasziniert ich von Caroline war, doch ich fühlte mich auch außergewöhnlich glücklich deswegen.

»Erzähl mir noch was anderes über den Unterschied«, sagte sie.

Ich überlegte. »Also, da gibt's den *häßlichen* Unterschied.«

»Ach?« sagte sie mit Interesse.

»Wenn meine Frau und ich miteinander schlafen, ist es am Ende des Tages. Wir sind müde. Sie ist müde. Sie hat schwer gearbeitet, die Kleinen haben uns mit dem Abendessen und dem Baden und den Schlafanzügen und den Geschichten und so weiter ausgelaugt, und wir sind müde. Normalerweise liest sie noch ein bißchen, während –«

»Was liest sie denn?«

»Den erschreckendsten Kram, den sie auftreiben kann. Im Moment etwas, das *Gift* heißt. Also jedenfalls, wenn wir ins Bett gehen, dann schlafen wir auch die Nacht durch, dann finden wir etwas Gemeinsames, und das geht dann in den Schlaf über, in die Bewußtlosigkeit, bis in den Tod irgendwann in der Zukunft. Was dich angeht, so bist du nicht müde, in deinem Leben ist nicht besonders viel los. Vielleicht hast du dir Bewegung verschafft. Vielleicht ist die Post eingetroffen. Ein paar Rechnungen, ein paar Kataloge. Vielleicht hast du auch deinen Sofatisch abgestaubt oder Charlie angerufen oder dem Hausmädchen gesagt, es soll die Dusche saubermachen –«

»Ach, du Scheißkerl.«

»Laß mich zu Ende reden. Der Punkt ist, daß ich eine Abwechslung bin, ein Spiel. Eine Lappalie. Ein Bonbon am Nachmittag. Ich weiß das. Ich bring dich nirgendwohin, wo du gern hin willst. Ich bringe dich von dort weg, wo du nicht sein willst. Ich nehme nicht an, daß du viel an mich denkst, wenn ich nicht hier bin. Du gehst zum Sport und redest mit deinen Freunden, du gehst zu Bloomingdale's oder ins Kino oder was auch immer, aber ich bin kein Teil deines Lebens, jedenfalls nicht so, daß es eine Bedeutung hätte. Wir bumsen miteinander. Das genau ist dies hier nämlich, Caroline. Nicht mehr, nicht weniger. Du weißt das auch. Es ist an der Oberfläche, nichts Tiefes. Da gibt es keinen Einsatz, keine Sterblichkeit, die in der Beziehung zu finden wäre.«

»Das ist ganz schön gemein.«

»Ich bring dich auf die nächste Ebene.«

»Oh, ja natürlich.«

»Es ist der einzige Vorteil, den ältere Kerle haben.«

Sie lächelte und rollte herüber und küßte mich. »Da du's also mit diesem Tod-ist-gleich-Leben-Ding hast, erzähl mir doch eine Geschichte über den Tod, mein Schatz.«

Jetzt also, begriff ich, machte sie sich die Mühe, mich näher kennenzulernen. Ich warf einen Blick nach draußen, sah erneut den Schnee.

»Hol mir noch einen Drink.«

Sie brachte ihn, auch einen für sich selbst, und wir setzten uns in dem Bett unter der blauen Decke auf, und mit einem Mal erinnerte ich mich durch sie wieder an einen Winter in meiner kleinen Stadt im Norden des Staates New York, als ich zwölf war. Es hatte seit drei Tagen heftig geschneit, und meinen Freunden und mir war zu Ohren gekommen, daß die Güterwaggons an den Schienen festgefroren seien. Für das Bewußtsein eines Zwölfjährigen ist das eine faszinierende Vorstellung, denn wir hatten Stunde für Stunde damit verbracht, die Züge hin und her fahren zu sehen, sie mit Stöcken und Steinen zu bewerfen, Pennymünzen auf die Gleise zu legen, ja sogar einen toten Waschbären, dessen Enthauptung wir dann mit großem Ernst forschend beobachteten. An jenem Tag stapften wir durch den tiefen Schnee zum hinteren Ende des Bahnhofs hinunter, der eine Reihe von Nebengleisen hatte. Zwei Güterzüge waren etwa fünfzig Meter südlich der Haltestelle nebeneinander an Ort und Stelle festgefroren, und wir zogen dorthin, um die Lokomotiven nach irgendwelchen Zeichen von Aktivität zu untersuchen. Da gab es keine. Wir wußten, daß wir uns eigentlich nicht in der Nähe des Zuges aufhalten durften, aber um dorthin zu gelangen, waren wir nicht über irgendwelche Zäune oder Tore geklettert, und abgesehen davon erfreuten wir uns einfach dieser jungenhaften Selbstsicherheit, daß das Städtchen uns gehörte und eigens dafür da war, von uns unter die Lupe genommen zu werden. Wir arbeiteten uns ein paar Minuten lang an der Lokomotive hoch, klopften enorme Schneekissen ab und blickten durch die schmalen, stromlinienförmigen Fenster hinein auf die Meßgeräte und Kontrollvorrichtungen und noch etwas, was wie ein kleiner, unbequemer Sitz aussah. Dann kletterten wir wieder hinunter, nachdem wir entdeckt hatten, daß der Wind den Schnee zwischen den benachbarten Güterwaggons der beiden Züge aufgehäuft hatte, fast bis zu der Höhe der Waggons selbst hinauf – vielleicht fünf Meter hoch. Ein Tunnel. Genau an so etwas denken Jungen, und so machten wir uns daran, zwischen den beiden Güterwaggons einen zu buddeln, wobei wir uns von Taschenlampen angestrahlte Schneehöhlen vorstellten. Ja, an so etwas denken Jungen, nicht aber daran, daß sie dann beim Graben einen Stiefel finden –«

»Oh«, sagte Caroline laut.

»– der sich schon einen Moment später in einen Stiefel mit einem darin steckenden erfrorenen Bein verwandelt, und in die Spitze einer Hand. Die zwei anderen Jungen schreckten schreiend zurück. Ich war etwa einen Meter weiter weg und hatte noch nichts gesehen. Die anderen jagten mit Gebrüll quer über die Gleisanlagen davon, schlugen sich schwerfällig durch den Tiefschnee, demonstrierten ihr Entsetzen und erflehten die Einmischung eines Erwachsenen. Mich ließen sie dort zurück. Ich begann loszulaufen, fühlte mich aber nicht wirklich dazu getrieben. Ich kehrte zu dem anonymen Bein zurück, stiefelte dann zwischen den Güterwaggons eines der Züge hindurch und knickte im Gehölz den kahlen Zweig eines jungen Ahornbaums ab. Mit diesem Stock fegte ich dann den Schnee von dem Körper weg. Aus dem Stiefel und dem Bein wurden zwei Beine. Dann entstanden aus der Hand ein Arm und eine Schulter. Nur zögerlich wischte ich den Schnee von einer Seite des Gesichts ab. Der Kopf war tief auf den Brustkorb gesunken. Ein Kinn. Ein erfrorenes, glasiges Auge. Es war ein alter Mann, und der Schnee blieb auf seinem hutlosen kahlen Schädel und auf seinen Ohren aufgehäuft. Das andere Auge war beinahe geschlossen. In seinen Ohren steckte Schnee. An seinem Kragen war eine Zigarettenkippe festgefroren. Ich war jetzt bis ins Mark erschüttert, zugleich aber auf merkwürdige Weise fasziniert, und ich fuhr fort, den Körper freizuwischen, teilweise sogar mit bloßen Händen. Wir schienen auf intime Weise miteinander in Beziehung zu stehen. Ich zog meinen Handschuh aus, schaute mich nach hinten um, berührte dann mit meinem Finger seine Wange. Sie war so hart wie Eis. Ich konnte sehen, daß er neben sich ein kleines nutzloses Feuer gemacht hatte. Die kleine Flasche in der Papiertüte, die eine Woche alte Zeitung – zweifellos aus einer Mülltonne im Bahnhof herausgefischt –, der Hut auf dem Boden. Es war ein Bild der äußersten Verzweiflung, und ich starrte es lange an, in der Hoffnung, die darin verborgenen Geheimnisse zu erfahren. Zugleich brannte ich darauf, zu erfahren, was wohl in mir vor sich ging, während ich die Szene betrachtete. Dann näherten sich hinter mir die aufgeregten Rufe meiner Freunde, die angetrabt kamen, dem Bahnhofsvorsteher voraus, einem beleibten Mann von an die Fünfzig, der angeschnauft kam und mir in hektischer Erregung zuschrie, ich solle dort weggehen. Nicht viel später befahl uns der Sheriff des Orts, uns zu trollen und heimzugehen, und ich hielt einige Schritte Abstand von meinen Freunden, aus dem Gefühl heraus, daß das, was geschehen war – was ich in ihrer Abwesenheit zu tun beschlossen hatte –, mich nun anders und merkwürdig gemacht hatte.«

Ich hielt inne, blickte Caroline an.

»Die war wirklich gut.« Sie rückte in der Dunkelheit nah an mich heran, während unten ein Martinshorn in rasender Geschwindigkeit die Avenue entlangheulte. »Erzähl mir noch eine.«

»Ist es das, was wir zu unserer Unterhaltung tun? Abends herumliegen und Geschichten von toten Leuten erzählen?«

»Ja.« Sie schnippte sich Asche von der Brust. »Es macht Spaß, und

das weißt du auch. Und was soll's, ich komme ja bloß deinen Perversionen entgegen.«
Der Zigarettenrauch vergiftete mich höchst angenehm. »Du kennst mich nicht gut genug, um zu wissen, was meine Perversionen sind.«
»Doch, tu ich schon«, sagte sie lachend.
»Dann sag's mir.«
»Das willst du gar nicht wissen.«
»Sag's mir.«
Schweigen. Dann: »Du hältst nach dem Tod Ausschau. Ich finde, das ist eine Art von Perversion.«
»Du hattest recht«, sagte ich nach einer Weile.
»Was?«
»Ich wollte's nicht wissen.«
»Erzähl mir doch noch eine«, sagte sie.
»Da gibt's die erste Leiche, die ich als Zeitungsreporter zu sehen bekam.«
»Okay.«
»Ich war neunzehn.«
»Wußtest du schon irgendwas?«
»Nein«, erwiderte ich. »Wußtest du schon irgendwas, als du neunzehn warst?«
»Ich wußte, wie man in Scherereien gerät. Erzähl mir erst deine Geschichte.«
»Es war in Jacksonville, Florida. Ich war Sommerreporter bei der *Florida Times-Union,* einem großen Regionalblatt. Meine damalige Freundin und ich fuhren in ihrem neunundsechziger MG-Kabriolett runter, einer totalen Rostlaube – man konnte die Straße unten zwischen den Füßen vorbeiflitzen sehen. Wir haben uns eine Bude voller Kakerlaken gemietet. Sie hat sich einen Job als Bardame besorgt, ich hab bei der Zeitung gearbeitet. Ich fing in der Nachrichtenabteilung an, aber sie haben mich dann zu den Sonderberichten versetzt, weil es dort wirklich kaum was an Lokalnachrichten gab, bloß korrupte Immobilienhändler und Navy-Piloten mit Bruchlandungen, und die konnten sehen, daß ich die Themenberichte handhaben konnte. Also,

einer meiner Artikel hatte einen Tag im Leben einer Rettungsmannschaft zum Thema. Ziemliche Klischeegeschichte, aber ich war ja noch ein Kind, ich hatte von nichts 'ne Ahnung. Also bin ich mit dem Rettungswagen rumgefahren. Es gab eine Menge langweiliges Zeug, Herzinfarkte, so was halt …«

Ich schaute dorthin, wo ihre Hand an ihr selbst zu Gange war.

»Machst du wirklich das, was ich annehme, daß du's tust?«

»Ja. Deine Stimme ist sexy.«

»Wär's dir lieber –?«

»Erzähl die Geschichte weiter.«

Ich blickte zur Decke hoch.

»Erzähl einfach weiter, mein Schatz.«

Ich holte tief Luft. »Ein Anruf kam rein, und wir fuhren in eine Wohnwagenanlage. Ein deprimierender Ort. Alles bestand aus Sand und Zwergpinien und alten Autos und zerbeulten Wohnwagen. Wir fuhren auf den einen zu, nach dem wir suchten – fühlt sich das wirklich gut an?«

»Ja. Ich höre zu, und ich mache das – und es ist genau richtig so.«

»Als wir hinkamen, sah ich, daß eine Nachbarin gerade einen kleinen Jungen von dem Wohnwagen wegführte. Kommt so'n langer, magerer Typ in diesen Hosen, die unten so weit sind, raus. Er war Seemann. Dort in der Gegend gab es einen großen Stützpunkt der Navy. Der lange Typ hat kein Hemd an. Er winkt uns näher heran. Er war dünn und blond und bloß ungefähr so alt wie ich. Ich meine, der ist genauso alt wie ich, aber wir führen ein völlig unterschiedliches Leben. Wir steigen also rasch aus, und er ist verstört und aufgeregt und sagt: ›Es ist mein Baby, es ist mein kleines Mädchen‹ – ich kann das nicht erzählen – Himmelherrgott, du liegst da und masturbierst.«

»Erzähl's.«

»Das ist verflucht noch mal ein Sakrileg.«

»Erzähl schon.«

»Wir gehen die Stufen von dem Wohnwagen rauf, und drinnen ist ein hübsches puertoricanisches junges Mädchen, und sie schluchzt und hebt die Fäuste weit über ihren Kopf hoch und schlägt sie sich auf die

Beine, hämmert wirklich hart auf sich ein, tut sich ernsthaft weh. Und der Seemann führt uns durch diesen vollgestellten Wohnwagen in ein winziges Kinderzimmer ohne Bilder an der Wand, keine Mickymäuse oder irgend so was, und da im Kinderbettchen ist dieses sechs Monate alte Baby und liegt mit dem Gesicht nach oben da, und die Sanitäter fangen an, das Baby zu bearbeiten, und sie bemühen sich eine Weile, während die Frau drüben in dem anderen Raum herzzerreißend jammert. Und ich steh einfach da wie der ausgeflippteste Mensch der Welt.«

Carolines Hand berührte meinen Penis.

»Sie haben an dem Baby mit ihrem Sauerstoff gearbeitet und versucht, den Herzschlag in Gang zu bringen, und dann gaben sie auf und riefen die Kennummer an, und einer von ihnen ging raus, um mit der Mutter und dem Vater zu sprechen. Und so waren also nur ich und dieser ältere Mann, der Sanitäter, übrig, und er fing an, sich den Säugling ganz sorgfältig anzuschauen, machte sogar die Windel auf. Und ich fragte ihn, was er da eigentlich mache – ich meine, ich war noch immer ziemlich weggetreten, aber ich mußte ihn ja fragen. Er sagte, daß er das Baby nach Anzeichen von Mißhandlungen überprüfte, Prellungen oder was auch immer. Und ich hab gefragt: Was sehn Sie denn? Da hat er berichtet, daß das Bettuch sauber war, das Baby gut genährt, daß keinerlei Verletzungen, Schnitte oder Druckstellen an der Kleinen zu finden waren, ihre Haare seien sauber, ihre Fingernägel gestutzt und die Windeln sauber, und das kleine – *mußt* du das eigentlich tun?«

Jetzt war ihr Mund auf mir. Sie hob den Kopf. »Rede. Ich höre doch zu.«

Ich holte Luft. »Das kleine Baby war sauber, es hatte keinen Ausschlag am Po, nicht einmal ein winziges Pünktchen. Der Sanitäter schaute mich an und sagte, das Baby sei perfekt versorgt worden. Perfekt. Dann drehte er die Kleine auf den Bauch und zeigte auf zwei leicht lila verfärbte Streifen zu beiden Seiten des Rückgrats. Das sei die Leichenblässe, das Blut, das sich zu setzen beginnt. Dann drehte er die Kleine wieder herum und schloß ihr die Augenlider und räumte die kleinen Fetzen Verpackung und Schläuche und solches Zeug aus dem Gitterbett weg, und dann gab er dem anderen Sanitäter Bescheid, er solle die Mutter und den Vater reinrufen. Ich war da, als die beiden reinkamen, und das Gesicht der Frau … also sie sah ihre Tochter … ah … sie sah ihre Tochter, und es war, als ob irgendwelche Drähte ihr das Gesicht über den Schädel nach hinten zerren würden … Ich schaute den Jungen an, den Vater, und er war ja Soldat, er war darauf gedrillt worden, keine Emotionen zu zeigen, und er hat sich so stark auf die Unterlippe gebissen, daß Blut an seinen Zähnen zu sehen war. Ich hab – aahh … Ich hab das gesehen und – nie – niemals mehr vergessen.«

Meine Worte schienen in der Dunkelheit widerzuhallen. Es würde mich vermutlich in ein besseres Licht rücken, wenn ich sagen könnte, daß meine Erzählung unsere Geilheit schließlich per Kurzschluß ausgeschaltet hätte, aber das wäre nicht die Wahrheit, und ein Reporter soll nun einmal die Wahrheit sagen. Caroline setzte sich rittlings auf mich und begann ihre Hüften mir entgegenzuschieben, sie zurückzuziehen, sie mir wieder entgegenzuschieben, ganz so, als wolle sie damit ein Argument vorbringen – daß ihr Appetit nun einmal nicht von Geschichten über Ehefrauen und erfrorene Trunkenbolde und tote Säuglinge gedämpft werden konnte. Darin empfand ich sie als meine Lehrerin. Ich hege keinen Zweifel, daß wir auf jeder Wand auch Projektionen drastischen Bildmaterials vom Holocaust hätten haben können, von Wagenladungen grauer, ausgemergelter Körper, wie sie in Massengräber gekippt werden, und ich hätte mich trotzdem mühelos in Caroline hineinschieben können, mein Gesicht eine Maske der Sättigung und des Triumphs. Mag sein, daß mich das gottlos, grauenhaft macht. Aber ich glaube es nicht. Denn ich glaube: Wenn wir Geschlechtsverkehr haben, sind noch jedesmal diese toten Leiber auf die Wände unserer Einbildung projiziert, diese Toten, wie sie schlaff und herzzerreißend in das Massengrab der Zeit hinabrutschen. Ja, ich bin mir dessen sicher. Diese Körper sind immer vorhanden; sie sind die Menschen außerhalb des Zimmers und die Menschen der Vergangenheit, die Menschen der Zukunft, unsere Eltern und unsere Kinder; sie sind unsere verlorenen Ichgestalten der Jugend, unser Selbst des Augenblicks und unser Selbst von morgen – und alle dem Untergang geweiht.

Wir fielen auf die Laken zurück. »Ich bin fertig«, teilte ich ihr mit. »Damit hat's sich.«

»Kein Benzin mehr?«

»Kein Saft mehr.«

Sie stand auf, bürstete sich am Toilettentisch die Haare und sammelte unsere Gläser ein. »Hast du Hunger?«

»Ja.«

»Dann mach ich uns jetzt was zu essen.« Sie verließ das Zimmer.

Es war inzwischen kurz vor acht. Lisa mußte gerade die Kinder ins Bett bringen und wartete bestimmt auf einen Anruf von mir. Ich war noch nicht dazu bereit. Ich konnte mir meiner Stimme nicht sicher sein. Vielleicht half ja das Trinken, vielleicht auch nicht. Aber da gab es auch noch etwas anderes. Als Reporter führt man zu Tausenden Gespräche mit Fremden. Manche davon gehen schnell, andere sind eine wahre Qual. In einem erfolgreichen Interview gibt es jedoch einen erkennbaren Augenblick, den man, wie ich schon erwähnt habe, den Punkt der Weitung nennen könnte, dann nämlich, wenn der Gesprächspartner sich zu öffnen beginnt. Hatte ich denn vor, ein Interview mit Caroline zu machen? In gewisser Weise ja. Die Weitung bahnte sich an, das konnte ich spüren. Nun, da ich ins Reden gekommen war, wußte ich, würde sie es ebenfalls tun. Deshalb erzählen sich ja die Leute Geschichten. Sie wollen anderen bekannt sein. Eine Geschichte ist eine Art Zahlungsmittel. Wenn du eine von dir gibst, erhältst du im allgemeinen eine zurück. Ich wollte Lisa nicht anrufen, weil ich den Augenblick mit Caroline nicht verpfuschen wollte; entweder würde sie den Anruf mitbekommen, oder aber ich legte dann von Schuldgefühlen geplagt den Hörer auf. Die Chance wäre jedenfalls vertan, vielleicht für immer.

Aber da gab es ein paar andere Anrufe, die ich machen konnte. Ich

griff nach dem Telefon neben dem Bett und rief Bobby Dealy an, der gerade seine Nachtschicht begonnen hatte.
»Was gibt's Neues?« fragte ich.
»Brennendes Gebäude in Harlem, ein Alarm, die Lady erklärt, ihr überbackenes Käsesandwich hätte Feuer gefangen.« Seine Stimme war ungerührt. »Mann hat 'ne Schlange in einem Bus vor der St. Patrick's Cathedral zurückgelassen. Cop wurde in der Bronx ins Bein geschossen. Mehrere Nubier unter Verdacht verhaftet. Mal sehn – zwei Typen aus New Jersey haben zwei Schwule im Village angefallen und sie Tunten genannt, die Schwulen haben sie zu Kleinholz verarbeitet. Außerdem haben wir da noch ein Mädchen in einem Pflegeheim, das seit zwanzig Jahren im Koma liegt und jetzt schwanger ist.«
»Vergewaltigt.«
»Korrekt. Die Sache ist bloß, ihre Augen bewegen sich. Folgen den Leuten im Zimmer.«
»Der Kerl hat eine Frau im Koma vergewaltigt, und sie konnte ihn noch beobachten?«
»Es wimmelt vor Fernsehleuten dort.«
Ich seufzte. »Was sonst noch?«
»Ein Philosoph mit 'nem Messer im US-Paßamt im Rockefeller Center festgenommen.«
»Worum ging's bei der Sache?«
»Es war die Schlange für besonders dringende Pässe«, sagte Bobby. »Der Typ wollte aus den Staaten raus. Das Land fährt schließlich zur Hölle, da konnte er sich nicht wie alle anderen anstellen.«
»Sonst noch?«
»Leiche auf dem Whitestone Expressway gesichtet.«
»Auf oder neben der Fahrbahn?«
»Auf.«
»Drogenmord, im Auto.«
»Korrekt.«
Caroline kam mit zwei Flaschen Rotwein und zwei Gläsern zurück.
»Sonst noch?« fragte ich Bobby.
»Du hast die Seite eins für morgen geschafft.«

»Das Lancaster-Tagebuch-Ding.«
»Ja. Wo hast du das her?«
»Ein Typ hat's von Lancaster abgestaubt.« Ich griff nach einer der Weinflaschen. Das Preisschild war noch daran. Neunundfünfzig-fünfundneunzig.
»Nettes Stück Text«, sagte Bobby.
»Ist das alles?«
»Nein, du hast einen Anruf von Fitzgerald erhalten.«
»Ist er zu Hause?«
»Ja.«
Ich rief Hal an.
»Wir spielen mit, was deine Bedingungen angeht«, sagte er.
»Ich hab dein Wort in der Sache?«
»Ja.«
»Keine Zeugenaussage, keine Bekanntgabe der Quelle, keine Weitergabe der Story in den ersten vierundzwanzig Stunden.«
»Ja.«
»Ich bring das Band morgen früh bei dir im Büro vorbei.«
»Schön«, erwiderte Hal. »Also, worum geht's bei der Geschichte?«
Ich sagte es ihm. Er war ganz aufgeregt. »Das ist brandheiß, das kapierst du doch.«
»Ja, Hal.«
»Bist du dir *sicher,* daß es Fellows ist?«
»Tompkins Square Park. Randalierer kämpfen gegen die Polizei. Officer Fellows steht am Straßenrand. Großer schwarzer Typ, ungefähr dreißig Jahre alt. Feuerwerkskörper gehen irgendwo gegenüber vom Park los. Fellows wird von hinten getroffen. Täter rennt davon, die Menge schiebt sich an dem Mann am Boden vorbei, die Cops kriegen's mit, schubsen die Leute zurück. Du kennst den Rest.«
»Ich schicke einen Wagen rüber, um das Videoband sofort zu holen.«
»Nein.«
»Ist kein Problem.«
»Ich bin nicht zu Hause.«

»Wo bist du denn?«
»Irgendwo sonst.«
»Wir können auch dorthin einen Wagen schicken.«
Es entstand eine Pause, während ihm klar wurde, daß ich ihn nicht aufklären würde.
»Morgen früh, ich verspreche es.«
»Muß aber als erstes passieren.«
»Einverstanden.«
»Danke, Porter.«
Hingekriegt. Ich legte auf, als Caroline gerade mit heißer Suppe und Brot auf einem Tablett zurückkehrte. Eine nackte Frau mit einem Silbertablett in den Händen.
»Weitere Entwicklungen mit der Story?« fragte sie.
»Riesig.«
Sie stellte das Tablett ab. »Riesig ist gut.«
»Manchmal.«
»Ach, meistens, glaube ich.«
»Ein kleines Problem ist besser als ein riesiges Problem.«
»Na ja, mag stimmen.« Sie gab mir eine Suppenschale. »Hast du irgendwen angerufen?«
»Ja, die Polizei.«
»Wieso?«
»Geplauder.«
»Über mich?«
»Nein.«
»Ehrlich?«
»Nein.«
»Du zeigst mich nicht wegen irgendwas an?«
»Nee.«
»Wegen irgendwelcher Verbrechen, meine ich.«
»Wie was zum Beispiel?«
»Wegen obszöner Aussagen vielleicht.«
»Hab ich keine gehört.«
»Du hast nicht richtig zugehört.«

»Ich hör allem zu, was du mir sagst. Ich behalte jedes Wort im Gedächtnis.«

»Na, bestimmt.«

Ich nahm etwas von der Suppe zu mir. »Teste mich doch.«

»Was waren die ersten Worte, die ich heute abend zu dir gesagt hab?«

»Du hast gesagt: ›Ich mach dir einen kleinen Drink.‹«

»Wie ist es mit den letzten Worten, die ich gestern zu dir am Telefon gesagt hab?«

»›Sieh zu, daß du deine Kolumne fertigbekommst.‹«

Sie schüttelte den Kopf. »Das ist ja fast zum Fürchten.«

»Nicht wirklich.«

»Weißt du noch, was meine allerersten Worte an dich waren?«

Das war ein bißchen schwieriger. Ich rief mir Hobbs' Party ins Gedächtnis zurück und wie Caroline quer durch den Raum auf mich zukam, wie sie sich hinsetzte. »›Ihr Foto, Mr. Wren, ist lausig.‹ Genau das hast du gesagt.«

»Im Ernst?«

»Ja.«

Wir aßen schweigend auf, beförderten dann das Geschirr auf den Boden.

»Das ist die längste Zeit, die wir bisher zusammen waren«, sagte sie.

»Ja.«

»Es ist schön.«

»Als ich dieser junge Reporter war, der auf das Baby in dem Wohnwagen starrte«, sagte ich, »wo warst du da gerade?«

»Ich war wahrscheinlich so ungefähr neun«, antwortete Caroline, während sie ihr Glas Wein austrank. »Wir lebten in South Dakota. Da komme ich wohl im Grunde her. Meine Mutter wurde schwanger, als sie siebzehn war. Mit mir. Sie stammte aus Florida, und in einem Winter ist sie mit einem Jungen aus einer reichen Familie in Connecticut ins Bett gegangen, der gerade für die Ferien da unten war. Er wollte nicht heiraten, also wohnte sie bei ihren Eltern, und ein paar Jahre später lernte sie dann diesen Ron Gelbspan kennen, der Fernlaster fuhr. Sie sind nach South Dakota gezogen, und dann haben sie meinen Bruder gekriegt. Ich kam mit dem Mädchennamen meiner Mutter auf die Welt, aber dann hat sie ihn auf den von meinem Vater, nämlich Kelly, umgeändert, doch nachdem sie geheiratet hatte, hat sie ihn noch mal in Gelbspan geändert, was ich nicht ausstehen konnte. Ich hab mich immer als eine Kelly angesehen. Mir hat es nie was ausgemacht, meinen Namen zu Crowley zu ändern. Manchmal denke ich mir, wenn ich Charlie heirate und seinen Namen übernehme, dann sind das inzwischen fünf Namen, was schon irgendwie verdammt lächerlich ist. Wahrscheinlich spielt der Nachname nach einer Weile sowieso keine Rolle mehr. Wie auch immer, meine Mutter hat für Visa gearbeitet. Sie saß den ganzen Tag lang am Telefon und hat mit den Leuten über ihre Kreditkonten geredet. Wir wohnten in einem kleinen Haus so ungefähr fünfzehn Kilometer außerhalb des Ortes. Ich bekam zwei Briefe von meinem echten Dad, den letzten, als ich so etwa zehn war – das war's dann. Ron war total verrückt, er wollte unbedingt ein eigenes Fernspeditionsunternehmen besitzen. Er hat versucht, eine Firma auf die Beine zu stellen, weißt du. Er war wirklich verrückt. Er hatte einen Reliquienschrein für Jackie Onassis im Haus, so eine kleine Ecke, wo er einen Haufen Bücher und Bilder von ihr aufhob. Er hatte auch eine Menge Waffen, vor allem Schrotflinten. Er hat uns ständig geschlagen; einmal waren wir in einem Motorboot unterwegs, und da hat er meinen Bruder einfach über Bord geschmissen.« Sie füllte sich das Glas wieder auf, dann mir. »Na schön, als ich dann so ungefähr acht war, wollte ich unbedingt ein Pferd haben. Ein paar von den andern Mädchen durften damals schon reiten, und ich wollte ein Pferd haben. Das war eine große Angelegenheit mit Ron – ich hab ihm ständig wegen dem Pferd in den Ohren gelegen, und ...« Sie verstummte. Ihre blauen Augen blinzelten. »Es hat nicht geklappt. In der Highschool hatte ich schon feste Freunde und so was, aber ich fing an, meine Mutter nach meinem wirklichen Vater auszufragen – wer er war, wo er war, und so was alles –, und zuerst wollte sie mir nichts sagen, aber ich hab immer weiter gefragt, und da hat sie mir gesagt, daß er in Santa Monica, Kalifornien, lebt, soviel sie weiß. Das klang so wunderschön, fand ich. Santa Monica, Kalifornien. Ich hatte mir meine Haare ganz lang wachsen lassen, vielleicht bis halb den Rücken runter, und Mom und mein Bruder und meine Schwester und Ron hatten alle braune Haare, deshalb hab ich meine Mutter gefragt, wie denn mein Daddy aussieht, und sie sagte, er hätte blonde Haare und blaue Augen wie ich und wäre um Vietnam herumgekommen, weil er Skoliose, so 'ne Rückgratverkrümmung, hatte, gerade schlimm genug, aber vielleicht hatte der Arzt ja auch Geld für dieses Attest gekriegt. Sein Daddy war Geschäftsführer bei der Atlantic Richfield Oil Company hier in New York – du weißt schon, wie der Konzern damals vor ARCO hieß. Als ich achtzehn war, muß er also damals so etwa siebenunddreißig gewesen sein. Mom hatte ihn seit fast fünfzehn Jahren nicht mehr gesehen. Ich hab sie gefragt, ob er ihr nicht gefehlt hätte, und sie sagte, sie frage sich bloß, was aus ihm geworden sei, und sie erzählte mir, wie wirklich wunderschön seine Mutter sei, mit der gleichen Stirn, wie ich sie hätte. Meine Mutter war so was von erledigt. Den ganzen Tag hat sie sich Kreditprobleme angehört. Ich hab ihr gesagt, daß ich meinen Vater besuchen will, und ob sie wohl seine Telefonnummer in Santa Monica hätte. Sie sagte nein, aber seine Schwester in New York hätte sie womöglich. Und so bin ich also in dem Sommer nach der zwölften Klasse mit dem Bus nach Los Angeles gefahren.«

Zwei Tage später, erzählte Caroline, stand sie dann, nachdem sie das Meer zum ersten Mal gesehen und gerochen hatte, auf einem großen Parkplatz in Venice Beach und sah einen dünnen Mann mit langen, halb ergrauten blonden Haaren vor sich, der gerade einen uralten, durchgerosteten VW-Bus wusch, der offenbar auf Dauer stillgelegt war. Er erkannte sie nicht, als er sie näher kommen sah, und stand vor seinem Camper da. Eindeutig beobachtete er ihren Busen, wie er sich unter dem Hemd bewegte, ihre langen Beine. »He, was kann ich für Sie tun?« Er reckte seine Schultern in die Breite, um eine etwas anziehendere Version seiner selbst zu präsentieren, was sinnlos schien angesichts der Tatsache, daß sein Körper ebenso untrainiert wie unterernährt aussah und seine Arme und Beine und sein Brustkorb so mager waren. Sie blieb in vier, fünf Metern Entfernung ste-

hen und fragte ihn, wie er heiße. »Hängt ganz davon ab, wer fragt«, sagte er.
»Und wenn's deine Tochter wäre?« sagte sie.
Der Mann versteifte sich. »Was soll das Scheißgerede?«
Sie sah, wie die Sonne seinem Gesicht zugesetzt hatte, die Haut quer unter seinem zurückweichenden Haaransatz, auf seiner Nase und den Schultern immer wieder verbrannt hatte.
»Ich hab gesagt, und wenn's deine Tochter wäre?«
Er fuhr zurück. »Dann würd ich sie fragen, was sie will.«
»Vielleicht will sie dich kennenlernen.«
»Dann würd ich sagen, vergiß es.«
»Wieso?«
»Weil ich sie nicht kennenlernen will.«
Da standen sie nun, unter einem leuchtenden, makellosen Himmel. In der Nähe schnüffelte ein streunender Hund im Abfall rund um eine Mülltonne herum. Sie blickte wieder ihren Vater an. »Du bist mein Daddy. Ich heiße Caroline Kelly Gelbspan, und du heißt John J. Kelly der Dritte, und du bist in Greenwich, Connecticut, aufgewachsen, und dein Vater hat für die Atlantic Richfield Oil Company gearbeitet, und du bist meiner Mom begegnet, als du im College warst und gerade Ferien hattest, und sie wurde schwanger mit mir – von dir. Sie weiß noch alles über dich. Sie hat mir die ganze Geschichte fünfzigmal erzählt.«
Er stand da, wischte sich die Hände an seinen Shorts ab.
»Verschwinde hier.«
»Du solltest doch mein Daddy sein.«
»Ich mein's ernst.« Er gestikulierte, schob Luft aus dem Weg. »Ich kenn dich nicht und weiß nicht, was für einen Schrott du da verzapfst.«
Der Hund hatte im Abfall einen Fund gemacht und schaute kauend auf.
»Ich bin von South Dakota hergekommen. Ich wollte dich treffen.«
»Ist mir egal, und wenn du vom beschissenen Mars gekommen wärst, ich weiß nicht, wer du bist oder irgendwas von dem Scheiß, den du

mir grad erzählt hast. Du haust jetzt einfach ab hier. Mich geht diese ganze Schrottgeschichte nichts an.«

»Ich hab nicht gerade viel Geld.«

»Das ist nicht mein Problem, und ich hab selbst keins.«

Sie starrte ihn an. »Du hast Mom mal erzählt, wie du in Zukunft für –«

»He, ich hab damals jeder Menge Bräute jede Menge Zeug erzählt, und das meiste war bloß, damit ich sie ficken konnte.«

Damit kam er einer Anerkennung ihrer Existenz noch am nächsten.

»Aber ich sag's jetzt noch mal – ich weiß nicht, für wen zum Teufel du dich eigentlich hältst, daß du einfach hier ankommst und mir erzählst, du hättest irgend so 'nen Anspruch auf mich, daß ich dein Vater sein soll, weil mir das nämlich scheißegal ist. Ich muß mich schon um allen möglichen andern Kram kümmern. Und wenn jetzt noch irgend so'n Mädchen mit dieser ganzen Scheiße aufkreuzt ...«

Sie rührte sich nicht.

»Mach schon, geh mir aus den Augen, zum Teufel.«

Sie verharrte noch eine Weile.

»Außer du willst mir einen blasen.«

In der nächsten Woche, sagte Caroline, schlief sie zusammen mit den anderen Jugendlichen, die am Strand von Venice Beach bei den T-Shirt-Läden und Fahrrad-Mietplätzen herumlungerten, im Sand und sie bemühte sich, ihre langen Haare sauber zu halten und wusch sich in den öffentlichen Baderäumen. Das Neue des Ozeans verlor schnell an Wirkung. Sie erzählten ihr ständig, sie könnte doch Modell stehen, sie hätte so schönes Haar. Da gebe es ein anderes Mädchen, das wie Caroline aussehe, und die habe sich einen Job als Mannequin verschafft, und man hätte nie mehr was von ihr gehört. Sämtliche Gespräche kreisten entweder um Musik, Tätowierungen, die Polizei, welche Drogen am besten seien, darum, wie man ein Geschäft am Strand aufmachen könne, oder aber darum, Künstler zu werden. Es war Highschool-Gequassel, auch kaum anders als das, was Caroline in South Dakota hinter sich gelassen hatte. Sie rief zu Hause an, aber ihre Mutter war außer Haus. Ron erklärte: Du mußt jetzt selber für dich sorgen, Mom ist auf Kurzarbeit gesetzt worden. Hoch über dem

Strand lag ein enorm großes neues Hotel, ein auf verschiedenen Ebenen errichtetes rosa Gebilde im Zuckerbäckerstil, das Loew's Santa Monica, und sie merkte, daß sie immer wieder die Leute beobachtete, wie sie von dort herunterstolziert kamen; normalerweise mieteten sie sich Fahrräder oder gaben Geld in den Geschäften aus. Sie sagte sich, genauso würde sie auch einmal sein. Sie ging in das Restaurant des Hotels und erkundigte sich nach Arbeit. Eine betont geschäftig wirkende Frau in einem Kostüm ließ sie wissen, man stelle prinzipiell nur über die Gewerkschaft ein. Beim Hinausgehen fielen Caroline eine Menge junger weißer Männer von hervorragender körperlicher Konstitution auf, die um das Whirlpool-Becken herumsaßen. Die Montreal Canadiens, flüsterte ein Handtuch-Junge; die kehren immer hier ein, wenn sie gerade in der Stadt sind. Einer der Eishockeyspieler winkte Caroline zu sich heran, aber sie ging weiter.

Eine Stunde später hatte sie sich die Haare zu einer sehr strengen Frisur geflochten und stand nun in einer Kaffeestube drei Kilometer weiter den Boulevard hinunter und fragte eine alte Frau nach einem Job. Bei mir zu Hause in South Dakota habe ich in einem Lokal für Lastwagenfahrer gearbeitet, flunkerte Caroline. So'n hübsches Mädchen wie du hat noch nie gearbeitet, erwiderte die Frau. Mit solchen Haaren. Lassen Sie mich eine Woche lang als Serviererin arbeiten, und wenn ich nicht gut bin, dann brauchen Sie mir nichts zu zahlen. Geben Sie mir bloß was zu essen. Sie konnte sich doch wohl eine Woche lang ordentlich durchschlagen, legte sie sich zurecht, und sie hatte recht.

Auf diese Weise mietete sie sich für hundert Dollar die Woche ein Zimmer und kam wohl gerade über die Runden, aber es würde sie nie voranbringen. Einer der Stammgäste in dem Restaurant, ein adretter Mann in den Dreißigern, der schon anfing, graue Haare zu bekommen, gab ihr seine Nummer in dem Hotel; er bleibe noch eine Woche dort, sagte er, kommen Sie doch vorbei, wenn Sie Lust haben. Sie tat es auch und lag im Zimmer herum, während er sich am Telefon seinen Geschäften widmete. Er kaufte ihr einiges zum Anziehen und war freundlich zu ihr. Sie schaute ihm des Morgens bei seinen Liegestützen und Streckübungen zu. Er hatte etwas an sich, was Geborgenheit gab. Er war sauber. Er hatte eine Platinkreditkarte von American Express. Am Ende der Woche erklärte er, er wisse wohl, er werde sie nie wiedersehen, aber er wolle ihr gern einen kleinen unerbetenen Rat erteilen. Du brauchst einen Plan, sagte er. Du bist schön, aber hier draußen gibt's eine Menge schöner junger Mädchen, und die meisten gehen in die falsche Richtung. Weiß ich, sagte sie. Nein, weißt du nicht, nicht richtig. Wenn du keinen Plan hast, fängst du an, dich zu verhärten. In kleinen Schritten, und die führen dich an Orte, wo du nicht hin willst. Woher weißt du das alles? fragte sie. Ich weiß es, das glaub mir mal, ich bin alt genug, um das zu wissen. Du wirst jetzt schon allmählich hart. Wie willst du das wissen? Sag mir mal, mit wie vielen Männern du schon geschlafen hast. Sie nahm sich Zeit, um zu überlegen. Zusammen mit ihm vielleicht so etwa zehn. Das ist schon eine ganze Menge, sagte er. Du mußt aufs College, stell in dieser Richtung die Weichen, du bist auf jeden Fall intelligent genug. Wo hast du denn studiert? fragte sie. Ich bin auf so ein College gegangen, das Yale heißt, sagte er. Und habe dort auch Jura studiert. Bin ich intelligent genug, um nach Yale zu gehen? fragte sie. Ja, erwiderte er, aber du hast nicht die richtige Vorbereitung dazu. Ich könnte mir die Vorbereitung verschaffen. Er schaute sie traurig an, und urplötzlich verabscheute sie ihn. Ich hasse reiche Leute, verkündete sie. Die halten sich für was Besseres. Sie *sind* auch besser, in mancher Hinsicht, sagte der Mann. Und du willst doch reich sein, hab ich recht? Ja natürlich, sagte sie. Nun gut, noch einen letzten Ratschlag, sagte er. Was denn? Sie fand die Unterredung nervtötend. Männer werden immer etwas von dir nehmen wollen, sagte er, denk daran. Das weiß ich schon, sagte sie. Mag ja sein, sagte er achselzuckend. Wolltest du was von mir nehmen? fragte sie. Selbstverständlich, sagte er. Und hast du's getan? Ja, keine Frage. Ach, echt? Ja, und ich versuche, auch ein bißchen was zurückzugeben.

Sie kam zu dem Schluß, daß er ein aufgeblasener Wichser war, und sie bedauerte die Zeit mit ihm – aber was er gesagt hatte, versetzte sie auch in Ängste. Ein paar Wochen später hörte sie dann von den

Bars und Klubs in anderen Gegenden der Stadt und fand den lebhaften Betrieb dort ebenso verlockend wie die Möglichkeit, Geld zu verdienen. Eine der Kellnerinnen kannte ein Lokal in der Nähe des Flughafens, das Club Comanche hieß; tagsüber war es kaum mehr als eine Tür in einer Wand mit einem Kerl, der davor stand, aber ab elf Uhr abends kroch die Nacht herein – Motorradfahrer, Iraner, Cops nach Dienstschluß, Geschäftsleute aus der Gegend, die zur Arbeit keine Krawatte trugen, ausgebrannte Drehbuchautoren und schwarze Typen in guten Anzügen. Junge Mädchen waren aus drei Gründen dort; entweder waren sie die Freundin von irgendwem, oder sie hielten mit wohlwollender Billigung des Klubs Ausschau, um die Freundin von jemandem zu werden, und sei's nur für eine Nacht, oder sie stellten kurze kleine rote Kleidchen und schwarze Netzstrümpfe zur Schau und trugen volle Gläser auf Tabletts in die eine Richtung und Bargeld und leere Gläser in die andere. Samstagabends kümmerten sich bis zu fünfzig Frauen um die Männer und dreißig um den Alkohol. Innerhalb eines Jahres sollte sich das Lokal noch zu einem richtigen Stripteaseklub entwickeln, sagte Caroline, und was für ein Pech für sie, denn diese Nachtbars wurden im allgemeinen besser geführt, aber vorläufig lag die Natur des Lokals irgendwo zwischen Hölle und Frühstück. Sie rief zuvor dort an und erhielt den Bescheid, sie solle kommen, sobald Merk da sei, da Merk der Kerl sei, der sich all die neuen Mädchen anschaue. Sie verbrachte den Vormittag mit der Überlegung, was sie am besten anziehen sollte, und tauchte schließlich an einem verregneten Samstagnachmittag in Pullover und Jeans auf, die langen Haare hochgesteckt. Ein Mann und eine Frau stritten sich in der Seitengasse, und das steigerte nicht gerade ihre Erwartungen, aber sie klopfte an die Tür, ein Vorhang bewegte sich, und man ließ sie hinein. Merk sei nicht da, hieß es, aber sie könne dort hinten, wo die Serviermädchen ihre Sachen verstauten, auf ihn warten. Da hingen ein paar Uniformen in einem Wandschrank, und sie könne ja schon mal eine anprobieren, weil Merk dann sowieso sehen wolle, wie sie darin aussah. Sie stellte also ihre Sachen in dem Raum ab, der praktisch nur aus ein paar Spinden, einer ramponierten

Couch, drei Waschbecken, drei WCs und einem Ausgang bestand. Ein Papierkorb war bis obenhin voll von Zigarettenschachteln, Tampaxschachteln und Bierflaschen. Sie suchte sich eine Uniform aus, die geeignet schien und nicht zu dreckig aussah, und stand nur noch in Unterhose und BH da, als Merk hereinkam, den Penis schon in der Hand, und ihr befahl, sich auf die Couch zu legen. Er war nicht groß, aber er hatte diese Art von gedrungenem Fett, die Gewalttätigkeit vermuten läßt. Ach, du bist so ziemlich die süßeste Puppe, die ich je zu sehen gekriegt habe, erklärte er, solche großen Titten, o Scheiße, und als sie Widerstand leistete, packte er sie am Arm und zog sie auf die Couch. Tu deine Beine hoch, verlangte er, und sie hielt es nicht für sinnvoll, dagegen anzukämpfen. Er hatte von Anfang an Bescheid gewußt, er mußte auf der Lauer gelegen haben, die anderen hatten sie in die Falle gelockt. Zieh auch deinen BH aus. Sie tat wie verlangt, und wieder sagte er: O Scheiße. Es wird schon nicht so weh tun, ich hab Vaseline da. Und so war es auch, und er schob sich mit wesentlich mehr Geschick in sie hinein, als sie es tatsächlich bisher mit den Jungen in South Dakota und den Jungen am Pier von Santa Monica – genaugenommen bereits zwei seit ihrer Ankunft – erlebt hatte, aber das hieß noch lange nicht, daß sie es mochte, und weil er über ihr war, starrte sie ihn trotzig an. Was schaust du denn so? verlangte er zwischen seinen Schnaufern zu wissen. Hallo, ich heiße Caroline Kelly, und ich bewerbe mich hier um einen Job. Merk lächelte, und seine Zähne waren schon überall gelandet, wo er gewesen war. Bleib bei der Sache, kleines Mädchen, laß mich bloß eben – und er ging dann ziemlich hart ran, so daß ihr der Rücken weh tat, und sie wußte bereits genügend über die Wiederauffüllkapazität des männlichen Reproduktionssystems, um zu wissen, daß er so erst kürzlich eine andere gefickt hatte, daß er sich jetzt etwas anstrengen mußte, um seinen Schuß loszuwerden, und genauso ging er es dann auch an, mühte sich verbissen ab, hämmerte mit einer Art keuchenden Rigorosität auf sie ein, um das, was er angefangen hatte, zu Ende zu bringen, schließlich war das Klubleben nicht die gesündeste aller Lebensformen, und als das Fahrrad dann schon knapp auf dem Hügel oben angekommen war, strömte ihm wieder das Selbstvertrauen ins Gesicht, und er fing an, ihr zu erzählen, er müßte sie nun jeden Tag ficken, solange sie dort arbeiten würde, weil sie so ziemlich das Schönste sei, was er *jemals* – und genau zu diesem Zeitpunkt setzten die lauten Schreie in der Gasse hinter dem Klub ein. Es war eine Frau, die aufschrie, während ein Messer fast genauso rasch in sie eindrang und sie wieder verließ, und sie bettelte nun: Bitte tu's nicht, bitte, ich flehe dich an, aber wer immer es war, er wiederholte es noch dreimal, und Merk brüllte Scheiße und ging auf der Stelle seiner Erektion verlustig, da noch immer ein Rest zerschlissener Moral in seinem wabbeligen Bauch verborgen war, und mit offenem Hosenstall und nun einer Knarre in der Hand stieß er die Brandschutztür auf, und das war der Moment, in dem die Frau, die Caroline draußen hatte streiten sehen, auf der Türschwelle in sich zusammensackte, mit Blut, das ihr aus dem Hals blubberte, ihr Gesicht ganz weiß, ihre Augen in panischer Schwesternsolidarität auf Caroline gerichtet.

Die Polizei fragte sie, was sie gesehen hätte, und, Seite an Seite mit Merk, antwortete sie den Beamten, ohne ein Wort über die Vergewaltigung zu verlieren. Als sie abgezogen waren, wandte sie sich zu ihm um und sagte: »Jetzt mußt du mir den Job geben.« Er nickte und tat es dann auch. So also fand der erste Teil von Carolines Ausbildung in Los Angeles seinen Abschluß.

Sie saß mit hochgezogenen Knien da, in ihre Erinnerungen versunken. Es war eine wirklich schlimme Geschichte, und ich war mir dessen bewußt, aber ich mußte sie nach dem Hobbs-Video fragen, ich mußte unser Gespräch unbedingt auf diese Frage zurücksteuern. Mein Instinkt jedoch riet mir, noch etwas zu warten; vielleicht fand ihre Geschichte ja ihren Weg dorthin. Zunächst aber mußte ich das andere Problem aus dem Weg räumen. Ich entschuldigte mich und ging in die Küche und machte endlich einen kurzen gequälten Anruf zu Hause, in der Absicht, eine Botschaft zu hinterlassen, damit Lisa sie am Morgen abhören konnte. Beim dritten Klingelzeichen kam Josephine an den Apparat.

»Bei Wren«, sagte sie verschlafen.

»Porter ist dran«, sagte ich überrascht.

»Lisa hat mich hergebeten«, erwiderte Josephine leise. »Der kleinen Tochter von irgend jemand ist ein Finger abgeschnitten worden.« Jemand von so viel Prominenz, daß mitten in der Nacht eine Spezialistin zur Verfügung stand. Das kommt vor – wenn das Opfer reich oder wichtig genug ist, kann er oder sie auf Anforderung einen Spitzenchirurgen in Manhattan bekommen. Die verzweifelten Betroffenen rufen dann jemanden an, der durch gesellschaftliche Bande den Vorstandsvorsitzenden eines Krankenhauses kennt, der wiederum den Personaldirektor der Klinik anrufen und erklären wird, man habe es hier mit einer VIP-Situation zu tun. Im Falle einer Handverletzung wird der Personalchef dann den Chefarzt der orthopädischen Abteilung anrufen, der sich dann überlegt, welcher Mikrogefäßchirurg anzurufen sei, ein Kollege, der auch nachts eine ruhige Hand hat, der nicht betrunken ist, der auf die Eltern einen guten Eindruck macht. Folglich ein Anruf für Lisa. Das Ganze kann so schnell gehen, daß die medizinische Fachkraft möglicherweise schon vor dem Hubschrauber in der Klinik eintrifft. Ich weiß, daß Lisa mit einem Nicken zugesagt hat, als der Anruf kam, mich wegen meiner Abwesenheit verflucht und dann Josephine angerufen hat.

»Ich komm erst sehr spät heim«, sagte ich. »Bitte geben Sie doch Lisa Bescheid. Sagen Sie ihr, mir geht's gut, ich sitze bloß noch an einer Story.« Josephine, das habe ich schon immer befürchtet, kennt jeden Gedanken, der mir durch den Kopf geht.

»Ja, Porter.«

»Also, dann gute Nacht.«

»Gute Nacht.« Als ich auflegte, ließ ich meine Augen über Carolines Küche wandern, und mein Blick blieb am Kühlschrank hängen; wiederum haftete nichts an der Tür, kein Magnet oder Foto, kein Kalender oder eine Postkarte, nichts. Wie die übrige Küche war er blitzsauber. Ich verspürte das Bedürfnis, die Schubladen aufzuziehen und die Schranktüren aufzureißen, um zu sehen, was diese ganze Sauberkeit wohl verbergen mochte.

Doch dann ertönte Carolines Stimme aus dem dunklen Flur, der zu ihrem Schlafzimmer führte, und als ich zurückkam, fragte sie: »Hast du zu Hause angerufen?«

»Ja.«

»Was hast du gesagt?«

»Lügen.«

Sie nickte. Sie hatte die zweite Weinflasche aufgemacht.

»Du hast gerade deinen Abstieg in das typische L.A.-Leben eines hübschen Mädchens beschrieben. Ich nehme an, du hast dann den Job im Klub bekommen und ein paar Jahre lang eine Menge Leute gevögelt, vielleicht inklusive einiger anderer Mädchen – als Erholung von den Männern –, hast eine Menge Drogen ausprobiert und eine Menge Schwimmbecken in Bel Air oder Malibu gesehen. Vielleicht ja auch ein paar Filmstars oder Produzenten oder Profisportler.«

»Ach, du Arsch.«

»Liege ich falsch?«

»Du liegst nicht richtig, jedenfalls nicht ganz.«

»Nein?«

»Also, da war Magic Johnson.« Sie seufzte, als versuche sie sich einen Film, den sie einmal gesehen hatte, ins Gedächtnis zurückzurufen. »Mit mir und diesem anderen Mädchen, die Shari hieß. Er hat gesagt, wir sollen ihn Earvin nennen. Er war eigentlich sehr nett. Wir sind alle auf einem großen Bett herumgerollt. Ich kann mich wirklich kaum mehr daran erinnern, außer daß mir von den mexikanischen Quaalude-Pillen ganz entsetzlich schlecht war. Ich ging ins Bad, und da standen ein Paar Hausschuhe, und ich hab meine Füße reingesteckt und losgelacht, so riesig waren die. Ich glaube, ich hab genau dann spucken müssen, direkt auf seine Slipper.«

»Wunderschön.« Ich zog meine Socken an. Es war nach ein Uhr morgens. Ich mußte jetzt die Sache mit Hobbs zur Sprache bringen. »Warum bist du nach New York gekommen?«

»Es kam irgendwie daher, daß ich Merk kannte.« Die beiden waren, so merkwürdig das klingt, in so etwas Ähnliches wie eine Freundschaft geraten. Caroline sagte: »Ich konnte ihn wirklich gut leiden. Von ihm habe ich die Tätowierung. Er hat dafür gezahlt. Es hat lange gedauert, bis sie endlich fertig war; die Flügel hatten lauter verschiedene Farben. Sie war wirklich schön.« Sie lachte. »Sie fehlt mir.«

»Warum läßt du sie dir dann wieder wegmachen?« fragte ich.

»Ach, Charlie. Diese ganze Welt, weißt du.«

»Merk wollte damit sagen, daß es ihm leid tat.«

»Wahrscheinlich. Also, ehrlich gesagt wurde es noch ein bißchen kompliziert.«

Merk habe sie mit der einen Droge versorgt, die sie wirklich gern gehabt habe, Kristall-Methedrin, fuhr sie fort, und bald konnten sie sogar schon über ihre Vergewaltigung durch ihn lachen. »Ich bin wirklich auf das Kristallzeugs abgefahren, verstehst du, ich habe mir das Zeug reingezogen und dann fünf Stunden lang meine Handtasche saubergemacht, solche Sachen halt«, erinnerte sich Caroline. »Er hat auch oft Crack geraucht. Wir haben uns ein paarmal an den doppelten Superkicker gemacht, wo ich ihn, weißt du, mit dem Mund bearbeitet habe, und er sich dann, kurz bevor er kam, einen Riesenkick aus der Pfeife reingezogen hat. Er hat's einmal hingekriegt. Wir haben's auch bei mir versucht, er ist an mir runtergegangen, aber es hat nicht funktioniert. Er hat sich nicht wirklich auf mich konzentriert. Außerdem wollte ich eigentlich Heroin probieren, aber ich hab ihm gesagt, daß ich mir keinesfalls 'ne Spritze setze. Er hat etwas von dem Zeug aufgetrieben, das man rauchen konnte. Man kann's einmal oder zweimal machen, vielleicht auch dreimal, verstehst du, ohne süchtig zu werden.«

»Wie oft hast du's gemacht?«

Sie kicherte. »Dreimal.«

Dann, eines Nachmittags im April, erzählte Caroline, als sie gerade auf Drogen waren, bevor der Klub aufmachte, kam es dazu, daß ein Motorradfahrer, den Merk kannte und den alle Chains nannten, auftauchte und vorschlug, sie könnten doch nach South Central L. A. runterfahren. Chains hatte gehört, daß an der Kreuzung der Florence und der Normandie Avenue irgendein Aufruhr ausgebrochen sei, und er wollte sich die Sache mal anschauen. Die Nigger brennen die Stadt nieder, behauptete Chains. Man kann nie wissen, wann man wieder mal eine Chance hat, einen Aufstand mitzuerleben, da sollte man doch lieber die Gelegenheit nutzen. Und einen Aufruhr zu sehen, während man sich Kristall reinzog – die Chance deines Lebens, Bruder. Sie stiegen alle mit einem Freund von Chains in Merks Wagen und rollten durch ein Bandenterritorium nach dem anderen: zu den East-Coasts, den Brims, den Hoovers, den Underground Crips, den Raymond Avenue Crips, den Watergates, den Rollin' Sixties, den Eight Treys. Von dem Rot der Bloods und dem Blau der Crips abgesehen konnte keiner, der nicht entweder zu einer Gang gehörte oder ein Bulle war, sie auseinanderhalten. Der Himmel war voller Rauch, lauter Hubschraubern, dazu Sirenen nah und fern. Hat noch irgendwer außer mir 'ne Knarre, Mann? fragte Merk. Die anderen schüttelten den Kopf. Sie fuhren an brennenden Autos und plündernden Leuten vorbei, und dann provozierte sie vom Straßenrand aus ein schwarzes Kid mit einem blauen Stirnband. Muß mal anhalten und mich um die Sache kümmern, verkündete Merk. Nein, Mann, sagte Chains, das ist doch nicht. Doch Merk brachte den Wagen zum Stehen, und genau in dem Moment schlug eine Bierdose auf der Kühlerhaube auf. Dann kam ein anderer junger Schwarzer mit einer Schrotflinte an, knüppelte durch das offene Fenster auf Merk ein, riß die Tür auf, zerrte Merk aus dem Wagen und begann ihn zu treten, während er gleichzeitig alle anderen mit der Flinte in Schach hielt. Chains sprang mit einem Messer aus der Beifahrertür heraus, lief vorne um den Wagen herum, und mit einem Lächeln im Gesicht feuerte der junge Kerl: Chains' Hand wurde weggeschossen. Nun fing Caroline zu schreien an und versuchte sich auf dem Rücksitz zu verstecken. Ein weiterer Gewehrschuß fetzte das Seitenfenster heraus. Sie wußte von Rons Waffensammlung her, daß es eine Flinte mit Doppellauf war, und schob blitzschnell ihren Kopf hoch, um zu sehen, ob der Junge nachlud. Er tat es nicht, und so sprang sie aus dem Wagen, während der Junge ruhig dastand und Chains eine Lektion

über die Achtung vor dem schwarzen Mann erteilte. Caroline schleifte Merk, dem es vom Gesicht tropfte, auf den Rücksitz. Sein Revolver fiel ihm aus dem Hemd, und sie hob ihn auf. Blöde Fotze, lachte der Junge mit der Flinte, was soll'n das? Caroline feuerte, ohne zu zielen. Der Schuß verfehlte den Jungen, doch auf der Straßenseite gegenüber griff sich ein anderer Mann ans Handgelenk und schrie auf. Chains hatte mittlerweile die Geistesgegenwart, zurück in den Wagen zu springen, und hielt sich gleichzeitig den blutigen Handstumpf fest, schaute sich bereits nach einer Aderpresse um. Leute rannten quer über die Avenue. Der Schütze klopfte jetzt seine Taschen auf der Suche nach mehr Patronen ab. Mit Merk auf dem Rücksitz schaltete Caroline in den Rückwärtsgang und zog den Kopf ein. Sie machte mitten auf der Normandie Avenue eine Kehrtwende und fuhr direkt zum Krankenhaus. Am Abend schaute sie sich dann mit den anderen jungen Mädchen bei ihr im Haus die Straßenkämpfe im Fernsehen an und rauchte Gras dabei. Merk hatte ein Blutgerinnsel im Auge, und sie wollten ihn noch für ein paar Wochen in der Klinik behalten. Sie rief ihre Mutter an, um ihr zu sagen, daß sie wohlauf sei, und lauschte dem Schluchzen am anderen Ende der Leitung. Es gab keinen speziellen Anlaß dafür; ihre Mutter weinte fast jedesmal, wenn sie sich miteinander unterhielten. Ron kam an den Apparat und berichtete, er hätte den Aufstand im Fernsehen gesehen und sich dann auf einer Straßenkarte vergewissert, daß er nicht in ihrer Nähe sei. Nein, sagte sie träumerisch. Mir geht's gut.
Zwei Tage später, als Los Angeles seine Toten zählte und die letzten Brände in South Central löschte, traf Caroline in New York ein.

In den Jahren als Reporter habe ich erfahren, daß die Menschen durch wahre Überraschungen anscheinend weniger verstört werden können als durch Ereignisse, die sie selber verursacht haben. Das Geschehnis, das nicht vorhersehbar ist, kann nicht wirklich bereut werden, während das Geschehnis, das man selbst ins Rollen gebracht hat, unbegrenzte Reue oder Wut verursachen kann. So war es auch bei Caroline. Mit der Vergewaltigung durch Merk im Klub war Caroline grausam überrumpelt worden, aber sie war keineswegs schuld daran; nachfolgende Vorfälle hatten ihren Ursprung jedoch in einer Anzahl bewußter Handlungen. Dennoch sind die beiden Geschehen untereinander verwandt; sie weisen beide das gleiche Muster auf. Das erste war ein roher Akt, und doch hatte er Caroline gezeigt, daß sie eine brutale Behandlung überleben konnte – wenn auch nicht völlig unversehrt, so doch unbeschadet in funktioneller Hinsicht. Das Spektrum erlebten Mißbrauchs war auf diese Weise erweitert worden. Wenn sie sich immer noch vor Vergewaltigung fürchtete, fürchtete sie dies doch nicht mehr auf genau dieselbe Weise. Hatte sie erlebt, daß ein anderer Mensch sie als nichts anderes als einen Gegenstand betrachtete, dann konnte sie, wenn sie es wollte, sich selbst nur als Gegenstand betrachten. Um es mit den Worten feministischer Theorie zu sagen: Sie konnte »ihre Objektivierung verinnerlichen«, was es prägnant und zutreffend beschreibt. Wenn sie schon brutal behandelt worden war, so konnte sie jetzt zumindest den Unterschied zwischen der Erfahrung, unmenschlich behandelt zu werden, und der bloßen Vorstellung davon einschätzen. Es gibt Menschen, die Gefallen an einer Herabwürdigung finden oder die eine Erniedrigung suchen, weil sie denken, sie würde ihnen Genuß verschaffen, oder die sie suchen, weil es die ihnen bekannte Art und Weise ist, Lust zu erleben. Die Erfahrung gehört schließlich ihnen. Vielleicht haben sie die Erniedrigung überlebt, und diese Erkenntnis hat ihnen gefallen. Oder vielleicht haben sie erfahren, daß in der Erniedrigung das Selbst frei wird; man ist ohnmächtig; die Verantwortung ist einem genommen. Ich beschreibe nicht, was während des eigentlichen Ereignisses stattfindet, sondern vielmehr die spätere Einschätzung des Vorkommnisses, wie sie sich im Denken der Person speichert. Ein Reporterkollege hat mir einmal erzählt, daß er als siebzehnjähriger Junge von drei Männern in einem Park vergewaltigt worden sei. Sie hatten ihm all das angetan, was drei Männer ihm nur antun konnten, und er mußte zwei Wochen lang ins Krankenhaus. Der Mann war jetzt erwachsen, hatte vier Kinder und eine zufriedene Frau. Er hatte den Angriff in keiner Weise provoziert; er war auf die Bitte seiner Mutter hin mit dem Rad unterwegs zum Lebensmittelgeschäft gewesen; die Männer hatten ihn vom Rad gerissen und in den Park gezerrt. Das Seltsame ist nun dies: Er bedauerte den Vorfall nicht. Er gestand, daß, falls er die Möglichkeit hätte, den Vorfall von der Tafel seiner Erinnerung abzuwischen, er ihn dort stehen lassen würde. Er dachte immer noch über den Vorfall nach; das war ihm wichtig und gestattete ihm, über andere Ausdrucksformen der Sexualität nachzudenken. Er war tatsächlich zu einem echten Voyeur geworden, ein Umstand, den er, nicht unglücklich darüber, auf den Zwischenfall zurückführte.

Im Falle von Caroline war das Wechselspiel zwischen Unfällen und selbstverursachten Geschehnissen zu kompliziert für mein Verständnis, aber dennoch hatte es stattgefunden. Das ist es, glaube ich, was der Mann, der in Yale zum College ging, intuitiv vorhergesehen hatte, als er Caroline davor warnte, sie würde hart werden. Er wußte, wenn sie so leichtfertig mit ihm geschlafen hatte, würde sie das gleichermaßen mit anderen tun, und eine solche Beliebigkeit barg die Gewißheit, daß andere nicht so gutartig sein würden wie er. Als Elternteil müssen wir schnell ernüchtert feststellen, wie sehr ein Kind zu beeindrucken ist und wie sich der weiche, neue Eindruck schnell zum Fahrwasser der Gewohnheit ausbildet, ja sogar zum unwiderruflichen Knick in der Persönlichkeit wird. Als ich Caroline dabei zuhörte, wie sie ihre Odyssee von Los Angeles nach New York City beschrieb, konnte ich mich nicht dagegen wehren, eine seltsame Verschmelzung des unparteiischen Journalisten, des Liebhabers und des Vaters zu verspüren. Zweifellos war mein Grübeln eitel und von fehlerhaften Schlußfolgerungen durchzogen, aber es fing an, sich zu einer gewichtigen Frage zu verdichten. In nachdenklicher Trance verloren, wurde mir klar, daß Caroline, schon lange bevor sie in Los Angeles angekommen war, eine Zeit der Brutalität oder ein schlimmes Ereignis erlebt haben mußte, irgendeinen Moment, der sie aus dem normalen Leben der meisten kleinen Mädchen herausgerissen und in den Zickzack von Gewalt und Sexualität, von dem sie berichtete, hineinkatapultiert hatte. Das Erlebnis mußte aushaltbar gewesen sein – denn sie hatte es überlebt –, aber ungewöhnlich, sogar für ein Mädchen aus einer ländlichen Unterschichtsfamilie mit einer depressiven Mutter und einem Stiefvater von zweifelhafter Zurechnungsfähigkeit und mit fragwürdigen Absichten. Möglicherweise war dieses Ereignis etwas so Typisches und Abscheuliches wie Inzest oder eine andere Art von Mißbrauch. Dennoch spürte ich, daß es etwas anderes war, etwas, das nicht im soziologischen Trend lag, sondern eine poetische Einheit und Intensität aufwies, die für ein kleines Mädchen erkennbar war. Kinder sind zu einer Art konzentrierter Aufmerksamkeit fähig, die wir Erwachsene mehr oder weniger verloren haben. Ihr Denken ist nicht mit dem Müll des Daseins vollgestopft. Die Welt ist neu, die Sprache mächtig, Bilder sind noch ungesehen. Wer war das Mädchen, fragte ich mich, aus dem dann die Frau wurde? Wenn etwas vorgefallen war, was war es gewesen?

Aber dann, als ich aus dem Fenster von Carolines Apartment schaute, verfluchte ich mich dafür, solch dummen, halbbetrunkenen Spekulationen nachzuhängen. Hier gab es keinerlei Lehrjahre des Herzens; ich war lediglich ein Arschloch, das sich mit einer Frau, die häufig die Partner wechselte, in einem Zimmer aufhielt. In der Stadt befinden sind immer Menschen in den Räumen anderer Leute und tun verschiedene Dinge. Im Moment war ich einer davon. Und damit kehrte ich wieder ins Bett zurück, um mehr von dem zu hören, was Caroline mir zu sagen hatte. Damals wußte ich nicht, daß meine Frage über Carolines Kindheit, zu der ich nach solch mühevoller Überlegung gelangt war, sehr einer Frage ähnelte, die Simon Crowley instinktiv vor seinem Tod gepackt hatte. Daß ich mir Gedanken über die Antwort machte, er sie hingegen verlangte, war einer der großen Unterschiede zwischen uns. Und doch war es seltsamerweise Hobbs gewesen, der sie zu Ohren bekommen hatte – durch Caroline selbst. Auf diese Weise waren wir drei miteinander auf eine Weise verflochten, die keiner von uns kannte; auf diese Weise gründete sich die Komplexität unserer Beziehungen geheimnisvoll auf ein Ereignis, das keiner von uns erlebt hatte.

Später – viel später – sollte mir das alles klar werden, aber für den Augenblick hörte ich zu, wie Caroline ihre frühen Tage in New York beschrieb. Es war April, und zuerst wohnte sie in einem billigen Hotel gleich neben dem Washington Square Park, sah zu, wie die Knospen Blätter trieben, beobachtete die Gesichter, die Gebäude, die Bewegungen, die Schatten, die sich die Avenues hinunter und auf die andere Straßenseite bewegten – und auch Midtown, das Zentrum Manhattans, wo das Geld in Gestalt von Menschen die Straßen entlangspazierte. Frauen, das spürte sie, wurden in New York ernster genommen, sie sahen nicht so gut aus wie die Frauen in L. A., aber sie hatten mehr Macht, sie gehörten zum Team. Überall, wo sie hinging, begriff sie, daß es dem Amerika, das sie bis dahin gekannt hatte, seltsam an Dichte und unverhüllter Kraft fehlte. Sogar L. A. schien zerfallen – auseinandergerissen durch seine Autobahnen –, hingeschleudert, klein unter der Sonne. In New York waren alle Zusammenhänge verdichtet. Sogar die armen Teufel und die Verarmten schienen in ihrem Leiden erhöht; monströse Männer in Lumpen schoben sich wie Riesen durch die Menschenmassen, drängten sich vorbei an einer, sagen wir mal, raubvogelähnlichen Frau in den Vierzigern, die aus dem Gedächtnis heraus alle Apartments aufzählen konnte, die für eine Million Dollar oder mehr innerhalb eines bestimmten Blocks an der Park Avenue verkauft wurden, die ihrerseits über ein tragbares Telefon mit einem Mann redete, der jeden Abend das Erscheinungsbild der größten Mitternachtstalkshow des Landes zusammenstellte und aus elf Kameramonitoren die Abfolge von Langzeiteinstellungen und Nahaufnahmen auswählte, den Schwenk über das Publikum, die Nahaufnahmen des lächelnden Gastes, den Schnitt zum verächtlichen Augenbrauenspiel des Gastgebers hin – mit all diesem wurden Reichtümer angesammelt, und Caroline begriff, spürte, daß die fortschreitende Auflösung und Zerstückelung Amerikas in L. A. kopiert werden mochte, in New York aber vorweggenommen wurde; in den kulturellen Rissen und Brüchen und Abspaltungen hier gab es Leute, die wußten, wie sie mit ihrer Software, ihren Bildern, Worten und ihrer Analyse schnell zum Zug kommen konnten. Sie konnte die Menschen in den Restaurants feilschen sehen, die Filmaufnahmen in den Avenues, die Haltung, die Verfluchtnochmal-ich-rede-mit-dir-Haltung, welche besagte, daß ihr bewußt war, daß die Welt nichts Gutes verschenkt: das Gute würde gekauft oder verführt oder geradewegs gestohlen werden müssen. Und wo an diesem Ort sie hinpassen würde, wußte sie nicht, aber im Moment bereitete es ihr kein Kopfzerbrechen; zum erstenmal fühlte sie sich frei von allem, von dem sie hergekommen war, frei sogar von sich selbst, und während sie es in L. A. darauf angelegt hatte, zu gefallen, mit den anderen zu lachen und zu bumsen, sammelte sie sich nun und hielt sich zurück. Es waren Jahre vergangen, seit sie in kühlem Wetter gelebt hatte, und sie mochte es; sie schätzte es, in Mäntel gezwängt zu sein, in Cafés und Museen und in ihr erstes Apartment in Manhattan auf der West 97th Street, wo sie hinunterschauen konnte auf die Menschenmengen, die sich auf dem nassen Band des Broadway bewegten, auf die erbarmenswürdigen Buchverkäufer im Nieselregen, hinunterschauen auf die Anballung von Taxis, die hielten und sich bewegten, die unübersehbare Zentriertheit des Ganzen, die alten Gebäude, den Schmutz, und wo sie wußte, daß sie sich zum erstenmal, soweit sie sich erinnern konnte, selbst als glücklich beschreiben konnte.

Die erste Affäre in der Stadt, sagte sie mir, hatte sie mit einem jungen Arzt, den sie eines Abends vor einem koreanischen Lebensmittelgeschäft kennengelernt hatte, und während der wenigen Wochen, in denen sie sich trafen, war er abgelenkt und erschöpft. Er hatte einen schlanken Körper, der sie entzückte, aber immer wieder hatte er Schwierigkeiten mit der Erektion; er war Stationsarzt auf einer Krebsstation und verbrachte seine Tage damit, den armen Teufeln und den Sterbenden in die Augen zu schauen, die Atemluft der lebenden Toten einzuatmen, das Wuchern der Tumoren zu erfahren, die Aufweichung von Knochen, die gottähnliche Schönheit von Morphium. Jeden Tag verausgabte er seine Seele im Krankenhaus, und obwohl sie eine neue, blasse Liebe für ihn hegte, war sie nicht überrascht, als er ihr entglitt, sie nicht mehr anrief.

Eine Zeitlang blieb sie allein, zehrte von ihrem Ersparten, war ohne Arbeit.

»Hast du gearbeitet?« wollte ich wissen.

»Nicht wirklich.«

»Wie hast du da leben können?«

»Ich habe meine Wohnung aufgegeben«, antwortete sie.

»Wo hast du gewohnt?«

Als Antwort fand sich zweierlei: die Vorteile von Carolines jetzt konservativerer äußerer Erscheinung und die funktionelle Wirkungslosigkeit von Reichtum. Reiche Leute können nur einen Platz auf einmal bewohnen. Doch sie können zwei, drei oder mehr Wohnungen besitzen, und nachdem sie einmal die Wohnung für solch einen Menschen gehütet hatte, fand sie heraus, daß beständig Leute für sechs Monate nach Italien gingen oder nach Hongkong versetzt wurden. Es handelte sich um Menschen, die keine besondere Staatsangehörigkeit hatten, sondern zur Welt der Reichen gehörten; sie brauchten jemanden in New York, der Nachrichten weiterleitete, Post nachsandte oder den Zierkirschbäumen oben im Penthaus Wasser gab. Die Vereinbarungen waren immer zwanglos und unkomplizierter durch den Vorwand, daß Caroline »zwischen zwei Wohnungen« eine Überbrückung suchte, »noch nicht in die Stadt gezogen« war. Natürlich wußten oder ahnten die Bewohner der Apartments die Wahrheit – daß Carolines Schönheit ihr einziger Trumpf war –, aber sie wußten auch, daß ihre Anmut dazu beitrug, den Besitzer der Wohnung als einen freigebigen und kultivierten Menschen auszuweisen. Carolines Gegenwart war eine Form von Selbstbeweihräucherung.

Und so zog sie von einem Apartment in das nächste, lebte ein Luxusleben von der Hand in den Mund, war immer knapp bei Kasse, schlitterte dennoch immer irgendwie durch. An jedem Ort sah sie sich die Teppiche und die Bücher und das Porzellan an. Sie las auch immer alle Briefe und Tagebücher, die sie fand, und war überwältigt davon, wie unglücklich die Reichen waren oder für wie unglücklich sie sich hielten. Sie wußte, daß sie taktvoll damit umgehen mußte, wen sie mit ins Apartment nahm, damit kein Wort zu den Besitzern durchsickerte, etwa der Art, daß sie vielleicht deren guten Namen oder die Teppiche mit darübertrampelnden Männern beschmutzte. Und in den Apartmenthäusern gab es immer ältere Männer, die sie anziehend fanden und die sich nicht zurückhalten konnten, ihr »Anlageberatung« oder kleine Geschenke von beträchtlichem materiellen Wert anzudienen, solange sie sich daran hielt, diese Männer nicht in Gegenwart ihrer Frauen zu begrüßen.

Ich will meine Zusammenfassung von Carolines langem Bericht unterbrechen, um anzumerken, daß ich sogar beim Zuhören der Beschreibung ihrer frühen Tage in New York City unter dem Eindruck der eigenartigen Vorstellung stand, daß es einmal eine Zeit geben würde, in der die ältere Caroline diese Zeit jemand anderem erzählen würde. Wenn sie mich vielleicht auch nicht erwähnen sollte, würde sie zumindest die wenigen Jahre, ehe sie dreißig wurde, beschreiben, als sie in New York City gleich beim Central Park wohnte und mit Charlie verlobt war. Ich vermutete, daß ich sie in ihrem zukünftigen Selbst nicht länger sehen würde, und darin lag für mich ein entferntes Trauergeläute, denn jetzt, wo ich auf die Vierzig zugehe, finde ich, daß Frauen, alle Frauen, schön sind. Nein, das ist eine Lüge – nicht alle Frauen. Aber viele. Kleine Mädchen natürlich und Teenager und junge Frauen in den Zwanzigern. Aber ebenso anziehend sind die älteren Frauen in den Sechzigern, Siebzigern oder sogar Achtzigern. Sie wissen anscheinend soviel über ihre Welten. Sie betrachten die jüngeren Leute, Frauen wie Männer, mit nachsichtiger Klarheit. Sie haben den Kreis des Lebens durchwandert, jedenfalls den größten Teil davon, und wenn sie den Kampf anderer Leute – sei es um Liebe, um Identität, um Sicherheit – sehen, erinnern sie sich an ihren eigenen. Und dann sind da die Frauen in den Fünfzigern; sie haben das Alter der Weisheit erreicht, und sie sind erschöpft, manchmal verbittert und gelegentlich durch den langen Aufstieg hart geworden. Letztlich scheinen sie sich ihrer Macht sicherer zu sein, während gleichzeitig die Männer ihrer Altersgruppe zusammenzubrechen beginnen und ihre eigenen Körper die Ruinengestalt annehmen, die sie über den Rest der Zeit hinübertragen wird – fleischige Schwerfällig-

keit, langsame, schrumpfende Hagerkeit, schlechte Haltung, Verknöcherungen, schmerzende Zehen. Und dann sind da noch die Frauen in den Vierzigern, denen die Intensität ihrer Sehnsüchte Feuer verleiht. Es gibt wahrscheinlich nichts Erotischeres als eine Frau in den Vierzigern. Sie ist zu neuen Freiheiten vorgedrungen, doch sie weiß, daß die Zeit an ihr nagt, auch wenn sie sie reicher entlohnt. Als junger Mann von fünfundzwanzig Jahren konnte ich die – oft schwer erkämpfte – Sexualität einer Frau von, sagen wir einmal, dreiundvierzig nicht erkennen. Aber ich erkenne sie jetzt. Sie ist eine Art Blütezeit.
Wenn ich Caroline ansah, konnte ich mir vorstellen, wie sie in fünfzehn Jahren aussehen würde – Zähne und Mund immer noch herrlich, Sonnenbrille und Lippenstift und Fältchen in den Augenwinkeln, immer noch schmale Fesseln und immer mehr Geld, um ihr Haar blond zu erhalten – aber ich kannte sie nicht gut genug, um vorherzusehen, ob die folgenden zwei Dekaden größtenteils gut verlaufen würden oder irgendeine neue Leidensmöglichkeit in sich bargen. Ich fragte mich, ob sie auf irgendeine unerklärliche Weise an einem Punkt angekommen war, an dem sie mit sich selbst ins reine kommen wollte. Ich war es nicht alleine, dem sie ihre Geschichte erzählte – nein. Ihr eigenes zukünftiges Selbst hörte ebenfalls zu.
Es war ungefähr ein Jahr nach ihrer Ankunft in New York, sagte Caroline, als ein Brief ihrer Mutter sie erreichte, der ihr mitteilte, ihr Vater sei draußen in Kalifornien gestorben. Die Ursache war unbekannt, außer daß er mehrere Monate lang in dem alten VW Camper gehaust hatte. Caroline starrte den Brief ungefähr eine Stunde lang an und versuchte herauszufinden, warum diese Nachricht ihr so weh tat. Sie hatte ihren Vater nie gekannt, ihn außer an jenem einen Tag in Venice Beach nie gesehen, und doch war sein Tod ein Schock für sie; das Universum schien kleiner geworden zu sein. Das Unglückselige ihrer kurzen Beziehung war jetzt Ewigkeit. Wenn sie gehofft hatte, daß sie sich eines Tages wiedersehen würden und sich irgendwie miteinander versöhnt hätten, so blieb eine solche Möglichkeit jetzt ausgeschlossen. Sie würde sterben, ohne ihren Vater je gekannt zu haben; sie würde sterben, ohne zu wissen, ob er sie geliebt hatte, ob er Sehn-

sucht nach ihr gehabt oder ob er auch nur jemals an sie gedacht hatte.
Danach kam ein israelischer Geschäftsmann, voller schwarzer Locken und mit Gold behangen. Er schien von Haß getrieben, Haß gegen die, die er im Geschäft übervorteilte, gegen Araber, gegen amerikanische Männer, die Feiglinge waren, gegen Schwarze, gegen Russen, die Betrüger waren, gegen jeden, der nicht mit der gleichen Härte lebte wie er selbst. Sie wußte nicht, warum sie sich überhaupt mit ihm eingelassen hatte – vielleicht deshalb, weil seine Tiraden ihr das Herz brachen. Er gestand ihr eines Nachts, nachdem sie miteinander geschlafen hatten, daß er als Junge eine Explosion oben auf der Straße gehört hatte, und als er zu dem Bus gerannt war, den die Palästinenser in die Luft gejagt hatten, war das erste, was er sah, die obere Hälfte des Körpers seiner Mutter, die wie eine Stoffpuppe in einen blattlosen Baum geschleudert worden war. Danach spürte Caroline, daß sie ihm seine Brutalität vergab. Aber eines Abends schlug er sie in seiner Wut, und sie erkannte, daß die Wunde nie verheilen würde, daß die Bombe vor zwanzig Jahren Tag für Tag neu explodierte und daß seine Wut ihn verzehrte.
Sie hatte in der Zwischenzeit begriffen, daß sie sich zu Männern hingezogen fühlte, die in irgendeiner Form extrem waren. Die Bars und Fitneßclubs und Bürohäuser waren voll mit netten, langweiligen Männern, aber deren Vernünftigkeit und Ausgeglichenheit übte keinerlei Anziehungskraft auf sie aus. Ihr Interesse galt Versicherungsfonds und dem Profi-Football, und sie waren beim ersten Ausgehen zu geistreich und zu höflich im Bett. Sie hielten sich selbst für politisch, verstanden aber nichts von den Regeln der Straße. Sie erschienen wie Massenprodukte, sie stellten die impotente Ironie ihrer Generation zur Schau, sie waren Fernsehen pur. Sie fand, daß Männer, die sich am Rande bewegten, interessanter waren, mehr riskierten, gezwungen waren, bewußter zu leben.
Und dann kam Simon. Er verbrachte die Hälfte seiner Zeit an der Westküste. Er wollte sie nicht dabeihaben. Wenn er in Manhattan war, verschwand er mit Billy. Oder er rauschte ab in die Stadt mit einer

Liste voller Termine, Leute, die er aufsuchen wollte, Partys, Auftritte in Nachtclubs, Theaterstücke, Ein-Mann-Shows. Sie ging mit ihm, und manchmal schien er zu vergessen, daß sie im Zimmer war, so heftig diskutierte er mit den anderen. Und sie schaute bewundernd zu. Er war ein einziges, lang anhaltendes Swing-Solo. Konversation, Nuancen und Beobachtungen waren sein Ding, und alles um so mehr, wenn es mit zwölf anderen Leuten zusammen in einem Restaurant stattfand und die Rechnung sich auf Tausende von Dollar belief. Danach stolperten sie dann um zwei oder drei in ein Taxi und rasten zurück in die Wohnung.

»Wir gingen nach Hause und ins Bett und schliefen vielleicht miteinander«, erinnerte sich Caroline. »Aber normalerweise wollte Simon Filme anschauen. Er beobachtete die Ausleuchtung einer Szene oder die Art, wie eine Abfolge zurechtgeschnitten war, mit langen Einstellungen oder mit kurzen.« Sie fand heraus, daß er bei Nacht auf die besten Ideen kam, daß er nur dadurch, daß er seinen Kopf mit Gesprächen und Bildern des Tages anfüllte, später in der Lage war, sich zu konzentrieren, es alles wieder herauszulassen. »Und dann ging er nach L. A., ohne sich darum zu kümmern, irgend etwas zu packen. Er nahm einfach die Limousine zum Flughafen und war dann verschwunden. Er mochte Flugzeuge …«

»Nun gut«, unterbrach ich.

»Was soll das heißen?«

»Nun gut, soll es heißen.«

»Du langweilst dich, willst du, daß ich die Klappe halte?«

»Nein, ich möchte wissen …«

»Was, was willst du wissen? Daß ich …«

Sie sprach ihren Satz nicht zu Ende, und eine Minute lang, vielleicht länger, sprach keiner von uns beiden. Die Nacht hatte ihren Höhepunkt erreicht, es fiel immer noch Schnee. Ich habe oft an jene langen Stunden gedacht – in dem Zimmer des Einmilliondollar-Apartments (in dem jetzt jemand anderes lebt), mit dem Glitzern von Manhattan draußen vor dem Fenster, dem Geräusch des Verkehrsflusses unten –, und habe ihre Augenblicke und Phasen und Ebenen untersucht; auf eine ganz eigene Weise war es eine außergewöhnliche Nacht, von der ich glaube, daß ich sie immer noch nicht ganz verstanden habe. Und wie sich herausstellte, waren wir noch nicht fertig miteinander, nicht im mindesten. Zuletzt stand Caroline auf, um zu pinkeln, und ich stand nackt am Fenster, den Kopf schwer von dem teuren Wein, und sah die Schönheit der dunklen Skyline auf eine Art wie nie zuvor, spürte die Masse und das Gewicht jedes einzelnen Gebäudes vor mir, Schattenerscheinungen mit den Aussparungen der seltsam beleuchteten Fenster, hinter denen sich das Leben der anderen mit derselben Vorhersagbarkeit und Rätselhaftigkeit ereignete wie mein eigenes.

»Da gibt es noch einen Teil deiner Geschichte, den ich hören möchte«, sagte ich, als Caroline zurückkehrte.

»Ist er schlimm?« fragte sie.

»Wahrscheinlich.«

»Wir haben den Wein ausgetrunken.«

»Ich könnte zum Gin zurückkehren, mit Wein weitermachen oder einen Sprung zum Whiskey machen«, sagte ich.

»Du könntest es bereuen.«

»Ich könnte viele Dinge bereuen.«

Sie verschwand in der Küche und kam mit einer Flasche und zwei schimmernden Gläsern zurück. Sie schenkte ein.

»Laß mich hören.«

»Ich will den Teil hören, in dem du dich mit Hobbs triffst und der damit endet, daß ihm ein Videoband von sich zugeschickt wird.«

»Sebastian Hobbs?« fragte sie.

»Du kennst ihn?«

»Kennst du ihn?«

»Ja, leider.« Ich erzählte ihr von unserer Unterhaltung in seinem Büro – den Drohungen, den afrikanischen Masken, von allem.

Caroline sank auf das Bett. »Du machst Witze!«

»Nein, ich meine es ernst! Glaubst du mir nicht?«

Caroline fing an zu lachen, irrsinnig, und legte sich dann hin, wobei sie Töne von sich gab, die nicht mehr unbedingt Gelächter waren, sondern eine Art scheußlicher Husten. »Ich kann es nicht glauben«, rief sie. »Ich kann's verflucht nochmal nicht glauben!«

»Was? Was?« wollte ich wissen.

Sie schaute mit großen tränenverschwommenen Augen zu mir auf. »Ich möchte, daß du das Band für mich findest.«

»Was?«

»Für mich.«

Ich hielt ihr Gesicht in den Händen. Aber es nützte nichts. Ihre oberen Zähne preßten sich schauerlich auf ihre Unterlippe, ihre Augen waren randvoll mit Tränen. Sie starrte mich an, voller Panik. »Ich muß das Band wirklich finden«, sagte sie zwischen den Aufschluchzern. »Er bedroht mich andauernd, sagt, er wird mich wegen Belästigung anzeigen, sagt, er wird die Rechte für Simons Filme kaufen und sie aus den Geschäften nehmen. Er sagt, er wird Charlie davon erzählen. Er hat Leute, die mich beobachten, glaube ich. Leute haben mein Apartment durchwühlt. Das klingt verrückt, aber es ist wahr.«

»Was ist auf dem Band drauf?«

»Ich weiß es nicht!« heulte sie auf. »Ich meine, ich weiß, ungefähr – es ist nicht sehr nett ...« Sie sah mich kläglich an. »Es ist nicht gut, es war etwas, daß Simon ...« Sie drehte sich um und warf sich wieder auf die Laken. »Darum wollte ich, daß du alle die Bänder von Simon anschaust. Ich dachte, du müßtest sehen, welche Dinge er genau mochte, was für eigenartige Bänder er gesammelt hat – die Menschen in Ruanda und alles –, welch krankhafte Neugier er den Dingen gegenüber hatte.«

»Das habe ich mitgekriegt, ja.«

»Das ist jetzt sehr schwer zu erklären, es läßt mich wie eine Art Nutte oder so erscheinen. Wir waren aus irgendeinem Grund im Waldorf, irgendeine Party oben, die vom Studio geschmissen wurde, und Simon und ich waren herausgeschlichen. Er sagte mir andauernd, daß er irgendwohin unterwegs war und daß er nicht wußte, ob ich das auch war, ob ich mit ihm mithalten konnte. Natürlich wurde ich sauer darüber, und wir fingen mit diesen Streitereien an, und da waren wir an der Bar hinten in einem der privaten Zimmer, und er forderte mich heraus. Er sagte, er würde alles tun, wozu ich ihn anstiftete, solange dabei niemand verletzt werden würde, und er könnte mich auch darum bitten, alles zu tun. Ich meine, es war lächerlich, aber es hatte eine bestimmte Wirkung. Ehrlich gesagt, ich mochte es, ich dachte, okay, dieser Kerl, dieser Mensch will wissen, wie stark ich bin, und wenn wir das tun, dann werden wir etwas zusammen getan haben, da wird es diesen gemeinsamen Bund geben, denke ich, und deshalb sagte ich, okay, gut, leck mich, Simon, in Ordnung. Und er sagte, okay, wir müssen einen Beweis erbringen. Ich sagte, gut. Dann fragte er, wann wir das tun wollen. Und ich sagte, heute nacht, wir werden es beide heute nacht tun, es gibt viele Gelegenheiten da draußen – Clubs, Bars, die Straßen. Es war noch früh, vielleicht elf Uhr. Und so fing ich an, mich zu fragen, was es denn sein könnte, was er wirklich nicht tun wollte. Deshalb sagte ich so etwas wie: Bist du sicher, daß du es durchziehen willst? Ich meine, ich wußte, daß er von mir wollte, daß ich losging, um mit jemandem Sex zu haben, irgend so etwas. Ziemlich berechenbar. Also fragte er: Du weißt, um was ich dich bitten werde? Und ich sagte, ja, du willst, daß ich losgehe und mit jemandem ficke. Und er sagte, ja, tatsächlich. Einzige Bedingung ist, daß es jemand ist, den ich nie erraten hätte. Du mußt mich überraschen, du mußt mich wirklich überraschen. Er sagte, es dürfe nicht der Laufjunge des Hotels sein, weißt du, oder einer von den Produzenten oder Studioleuten oben. Und dann sagte er, es dürfe keine Frau sein, das würde nicht zählen. Es mußte ein Kerl sein. Ich meine, die Psychologie dahinter liegt ziemlich klar auf der Hand, ich weiß, aber Tatsache ist, wenn man dabei ist, dieses Spiel wirklich zu spielen, dann wird es ziemlich interessant, aufregend sozusagen. Vielleicht kann ich es nicht erklären. Egal, ich habe also ja gesagt. Arschverflucht ja. Aber dann mußte er was für mich tun. Ich wollte ihn nicht darum bitten, loszugehen und Sex mit irgendeiner Frau zu haben, das war zu einfach, das war gar nichts. Dann dachte ich, vielleicht sollte ich ihn damit beauftragen, Sex mit einem Mann zu haben, aber dann machte ich mir Sorgen wegen Aids. Ich hatte Aids-Tests hinter mir – alle negativ glücklicherweise. Außerdem würde sich Simon wahrscheinlich einfach völlig besaufen und dann jemanden unten auf der East Side oder so bumsen. Oder in eine Schwulenkneipe gehen und einfach … du weißt schon, was immer. Es würde ihn vielleicht anekeln, aber es würde ihn nicht umhauen. Ich wollte mir etwas ausdenken, das ihn umhauen würde, das vielleicht sogar auf irgendeine Weise aufbauend sein würde, damit wir aufhören konnten, diese verfluchten Spiele miteinander zu spielen. Ich habe mir also gedacht, dies wäre eine Gelegenheit, und so kam ich auf die Idee und sagte, ich will, daß du heute nacht bei jemandem bist, der oder die stirbt. Ich will, daß du wirklich vor Ort bist, die Person wenn möglich sogar berührst. Und ich habe gesagt, daß ich nicht wollte, daß er losziehen und jemanden mit dem Auto überfahren sollte oder so, sondern wirklich einen Ort oder eine Situation aufsuchen sollte, wie eine Krankenstation oder eine Ambulanz, so etwas, und einfach bei jemandem sein, wenn der stürbe. Also, Simon konnte sich in alle möglichen Orte hineinfragen. Und als ich ihm das sagte, gab ihm das so 'ne Art Schock, er hat sozusagen erkannt, wenn er gedacht hatte, er könnte mich dazu bringen, mich für ihn zu prostituieren, nach seinem Belieben, für seinen Spaß, dann würde ich es ihm zurückgeben, ich würde noch einen drauf setzen. Und ich vermute, das war der einzige Weg, den ich kannte, um mir seinen Respekt zu verdienen. Eine richtige Beziehung war unmöglich, wenn er keinen Respekt für mich empfand. Ich habe ihm das also gesagt, und er war einen Augenblick lang still, dann sah er mich an, und ich konnte sehen, daß er begriffen hatte. Er verstand, was ich tat, und akzeptierte die Herausforderung. Gut also. Er holte einen der Studioleute, ließ ihn in sein Büro gehen und zwei Mikrovideorecorder mit Drähten und kleinen Batterien holen, die wirklich teuren, und er klemmte einen an meiner Handtasche fest; er schnitt ein Loch hinein und zeigte mir, wie ich das Band einschalten konnte, wenn ich soweit war. Dann verabredeten wir uns an derselben Stelle für neun Uhr am nächsten Morgen. Er würde mir sein Videoband zeigen, und ich ihm meines. Natürlich waren wir beide betrunken, sauer und erregt. Er rief Billy vom Telefon der Bar aus an und sagte ihm, er solle ihn abholen. Billy – ich nehme an, daß du das aus den Videos herausgelesen hast – Billy war so eine Art Kumpel, sie machten Sachen gemeinsam. Sie versteckten die Kamera in Billys Mantel oder so. Jedenfalls kam Bill herein, hatte sein Auto draußen geparkt, und sie gingen zusammen fort. Da saß ich also. Einen Augenblick lang dachte ich, die ganze Sache wäre bescheuert und entwürdigend und lächerlich. Und das war sie auch. Aber wenn ich die Sache nicht fertigbrachte, würde er wütend werden. Und ich dachte ein wenig, ich würde ihn verraten. Auch mich verraten. Was geschah, wenn ich die Sache nicht zu Ende brachte und er das aber tat? Das wäre dann schlimm, ich hätte ihn ausgetrickst. Natürlich dachte ich, daß das Gegenteil auch passieren könnte. Ich würde losziehen und Sex mit irgendeinem Kerl machen und dann herausfinden, daß Simon überhaupt nichts getan hatte, in einen Club oder so gegangen war. Aber ich mußte ihn beim Wort nehmen. Ich mußte es tun. So fing ich an, darüber nachzudenken. Das Hotel war voll von Touristen und Geschäftsleuten und all den üblichen Männern. Ich konnte in die Welt hinausgehen und einen Kerl finden, aber welchen? Ich meine, einen alten Kerl zu finden wäre leicht. Ich dachte daran, hinüber zu einer der Bars zu gehen, von der ich wußte, daß ein paar Yankees nach dem Spiel dort hingingen, aber sogar das war ziemlich berechenbar. Eine ganze Reihe dieser Kerls stehen auf Partysachen. Ich habe das alles in L. A. gesehen. Ich bin tatsächlich in ein Taxi gestiegen und habe mich durch die Stadt fahren lassen und versucht, mir etwas auszudenken. Ich ließ den Fahrer sogar an der Residenz des Bürgermeisters vorbeifahren, aber die Lichter waren aus. Schließlich bin ich einfach ins Hotel zurückgegangen. Ich beschloß, mich in die Lobby zu setzen und zu beobachten, wer reinkäme. Ich habe ungefähr eine halbe Stunde da gesessen. Ein paar Männer sind auf mich zugekommen, und ich habe ein wenig mit ihnen geredet, herausgefunden, wer sie waren, aber es waren nur gewöhnliche Geschäftsleute aus Philadelphia oder Dienstreisende aus Washington oder irgendwas. Dann saß ich da, und eine Gruppe von Leuten kam herein, energisch und aufgeregt und sozusagen den Weg freimachend, und ich sah, wie der Mann hinter dem Tresen das Telefon einhängte und ein paar andere Hotelleute herbeiwinkte – ich meine, sie waren nervös, das war offensichtlich –, und dann kam dieser riesige dicke Mann herein ...«

»Hobbs.«

»Ja. Aber das wußte ich noch nicht. Ich konnte nur erkennen, daß er einen riesigen Umfang hatte, auch groß war, und daß sein Anzug sowas wie zehntausend Dollar gekostet haben mußte. Er trug so einen mächtigen Melonenhut. Er hat nicht einmal zum Hoteltresen oder zu irgendwem herübergeschaut, er ist einfach geradewegs auf den Fahrstuhl zugegangen. Dann verschwand er. Seine Leute haben beim Portier eingecheckt, und danach haben sie einen anderen Fahrstuhl bestiegen. Alles beruhigte sich. Die ganze Sache hatte ungefähr eine Minute gedauert. Er konnte nicht sehr schnell laufen, aber er war nicht länger als fünfzehn Sekunden in der Lobby. Also fragte ich einen der Laufjungen danach, wer er wäre. Er sagte, es sei Hobbs, der Australier, der auf der ganzen Welt Zeitungen besitzt. Ein Milliardär, sagte er. Ich erinnere mich daran. Ich fragte, ein Milliardär? Und er schaute mich an, als ob ich ein Idiot wäre. Er wohnt hier, wenn er in der Stadt ist, sagte er. Und dann habe ich gesagt, ich möchte gerne etwas wissen. Und der Laufjunge sagt nur, nein, Lady, unmöglich, kann ich nicht machen. Schüttelt den Kopf. Du weißt nicht mal die Zimmernummer? will ich wissen. Oh, ich weiß sie, Lady, aber ich kann sie nicht herausgeben. Ich sage ihm, daß ich ihn bezahlen werde. Hören Sie mal, sagte er, ich könnte meinen Job verlieren. Fünfhundert Mäuse, sage ich. Er sagt sowas wie: Scheiße, Lady. Darauf sage ich, eintausend. Er sagt, Sie haben keine tausend. Hatte ich aber. Also Simon verdient so viel Geld, daß wir es einfach ohne Grund tonnenweise herumschleppen. Ich zeige ihm also das Geld. Er war dunkelhäutig, ziemlich mager, vielleicht ein Pakistani oder so. Er nennt mir die Nummer. Das ist die Hauptsuite, in welchem Schlafzimmer, weiß ich nicht. Ich frage ihn, wie ich sicher sein kann, daß er die Wahrheit sagt, und er sagt: weil, wenn ich gelogen habe, kommen Sie hier herunter und erzählen es dem Manager, und ich verliere meinen Job. Dies schien eine ziemlich gute Antwort zu sein, und deshalb gab ich ihm das Geld. Dann dachte ich mir, ich sollte nach oben gehen, bevor Hobbs schlafen ging. Wenn er von England oder so kommt, wird er wirklich müde sein, wenn er von der Westküste kommt, wird er noch ein bißchen aufbleiben. Ich denke dies und frage mich gleichzeitig, was zum Teufel Simon wohl macht. Ich fahre also nach oben und klopfe an der Tür. Sie öffnet sich, und da steht ein Mann am Telefon. Ich lächle und sage: Ich bin da für Mr. Hobbs. Der Kerl schaut mich an und winkt mich herein. Es ist eine riesengroße Suite, vielleicht sechs Zimmer. Der Kerl weist mich in das angrenzende Zimmer, und da ist Hobbs, sitzt, liest eine Zeitung, und dann sagt er, nanu, was haben wir denn da, irgend so etwas, du weißt schon, und du kannst dir den Rest der Geschichte ausmalen, oder wenigstens einen Teil davon. Er war außergewöhnlich, und auch sehr nett.«

»Du hast es auf Band genommen.«

»Es war leicht. Ich stellte die Tasche auf eine Kommode und stellte die Kamera an. Sie hatte ein leises Laufwerk und ein Fischauge. Sie hat das ganze Zimmer erfaßt.«

Ich sagte nichts, nickte nur.

»Ich bin am nächsten Morgen in das Apartment zurückgekehrt, und Simon hat schnell meine Tasche aufgerissen. Er nahm das Band heraus und hat es mich niemals sehen lassen. Wie sich herausstellte, hatte er auch seinen Teil des Handels nicht eingelöst.« Sie seufzte bitter auf. »Ich habe ihn für das, was aus mir geworden war, gehaßt, wie ich zugestimmt hatte, so etwas zu tun. Ich habe mich mindestens drei Stunden unter die Dusche gestellt – ich sagte mir, nie wieder. Wir hatten einen großen Streit um das Band, aber er wollte es nicht zurückgeben, und dann, nachdem er es gesehen hatte, hatten wir wirklich einen Riesenkrach. Was hatte er denn erwartet? Dann, später, nachdem Simon gestorben war, dachte ich, daß sich das Band in Simons Sammlung befände, aber da war es nicht.«

»Warum ich?« fragte ich und versuchte, nicht wütend zu sein.

»Oh, ich weiß nicht«, seufzte Caroline, ihre Stimme war müde und bekenntnishaft. »Ich dachte, vielleicht wärst du in der Lage, mir zu helfen. Vielleicht könntest du mir einfach einen Rat geben oder so. Ich

habe private Ermittler beauftragt oder wie immer die sich nennen, und die können mir nicht helfen. Ich weiß nicht, wo das Videoband ist. Ich weiß nicht, was darauf ist, was wirklich so schlimm daran ist.«
Ich starrte sie an. »Die ganze Sache mit uns beiden beruht also darauf, daß ich dir helfen soll, das Band zu finden?«
»Nun …«
»Sag's mir einfach.«
»Ja.« Ich richtete meine Blicke auf das Fenster.
»Vergibst du mir?« fragte sie.
»Nein. Mir selber auch nicht.«
»Ich mag dich, Porter, ich bin gerne mit dir zusammen. Aber ich hatte gehofft, daß ich dich dazu bringen könnte, zu helfen … ich meine, wenn ich dieses Band nicht finde … ich habe gedacht, ich bräuchte mich nicht darum zu kümmern, einfach nicht an Hobbs denken. Ich bekomme diese …«
Und hier knipste sie eine Tischlampe an und kramte nervös in einer Schublade und zog dann ein Bündel von Briefen auf Urkundenpapier hervor. Die Anwaltskanzlei hatte ihren Sitz in London und ein großes Büro in New York.
»Ich habe den letzte Woche erhalten«, sagte sie. »Und diesen davor, und …«

Sehr geehrte Mrs. Crowley,
In bezug auf unser letztes Schreiben vom 12. Januar an Sie sind wir weiterhin darum bemüht, Ihnen die Ernsthaftigkeit der Angelegenheit deutlich zu machen. Ihre vorsätzliche Weigerung, sich telefonisch mit unserem Büro in Verbindung zu setzen oder auf Mr. Hobbs' direkte Anfragen zu antworten, ist außerordentlich beunruhigend. Wir gehen weiterhin davon aus, daß Sie im Besitz …

Und so weiter. »Warum beauftragst du keinen Rechtsanwalt mit dieser Sache?« fragte ich. »Bestimmt hatte Simon einen Anwalt, der die Verfügung des Nachlasses besorgt hat?«

»Ja.«
»Es gab also eine vollständige Auflistung des Vermögens, nicht wahr?«
»Ja.«
»Warum beauftragst du nicht diesen Rechtsanwalt damit, Hobbs zu antworten? Schreib ihm einen Brief und sag ihm, daß sich ein solches Band nicht in Simons Besitz befand, als er starb, etwas dergleichen. Ich meine, dies ist eine ziemlich einfache Angelegenheit.«
»Ich wollte nichts mit den Anwälten zu tun haben. Der Nachlaß war so kompliziert …« Sie sah mich mit hoffnungsvollen Augen an und nahm meine Hand. »Bitte, hilf mir, Porter.«
Aber ich verspürte nur eine siedendheiße Wut, und ich stand auf, sagte nichts und ging ins Bad; dort wusch ich mein Gesicht und blickte in den Spiegel. Irgendwo in Carolines Stimme hatte ich eine Lüge gehört, vielleicht mehr als eine, und ich wollte in aller Ruhe über das, was sie mir erzählt hatte, nachdenken. Aber ich war müde, und mein Kopf war benebelt vom Trinken. Und zu Hause zu sein schien mir jetzt angebrachter.

Napoleon war außer Dienst, und ohne seine eindrucksvollen Knöpfe und den Kragen war er nur irgendein Kerl im T-Shirt, der in einer billigen Wohnung schlief und die grauen Träume der Depression träumte. An seiner Stelle in der Eingangshalle des Apartment-Gebäudes saß ein alter Mann, dessen untere Augenlider so weit herabhingen, daß sie von der gewölbten Oberfläche seiner Augäpfel abstanden, so, als habe er zwanzig oder dreißig Jahre lang nicht geschlafen. Eine von diesen New Yorker Nachtgestalten, die geradewegs aus einem Gemälde von Edward Hopper herausgetreten sind. Er sah zu, wie ich den Flur herunterging, wieder an den Lilien vorbei, von denen jetzt ein paar rosafarbene Blätter auf den Tisch gefallen waren, die Zeit raste vorbei wie immer, und dann krächzte er: »Taxi, Sie da, woll'n Sie eins?«
Ich nickte, und während seine Augen zu müde schienen, sich von

meinem Gesicht zu lösen, kroch seine Hand über die abgenutzte Mahagonitischplatte bis zu einem runden Messingschalter, den er mit irritierender Energie vor- und zurückknipste, wie ein Mann, der dringlich das Ende der Welt anzeigte. Als ich draußen war, stand schon ein Taxi bereit, die Dachbeleuchtung war im wirbelnden Schnee von einem Lichtschein umgeben, der Fahrer schlürfte Kaffee.

»Kalte Nacht, Kumpel«, sagte er, als ich mich hineinsetzte. »Wirklich kalt.«

»Richtig.«

»Fängt an, sich hier richtig aufzuhäufen.«

Ich bewegte zustimmend meinen Kopf. Aus seinem Radio kam ein wenig Jazz, sanft, sogar einschläfernd, und ich zog meinen Mantel enger und versank schläfrig in meinen Sitz. Ich war erschöpft und irgendwie beunruhigt. Es war fast fünf Uhr früh. Der Taxifahrer fädelte sich in den dünnen Verkehrsstrom ein und schaute dann zurück in den Spiegel.

»Alles in Ordnung, Sie da hinten?«

»Aaah, ja und nein.«

»Ja und nein? Sie werden doch hier bei mir nicht zusammenklappen oder sowas? Ich hatte mal einen Kerl mit einem Herzinfarkt. Kein Zuckerschlecken, kann ich nur sagen.«

Das Taxi flog die Avenue hinunter, an den vom Schnee flackernden Ampeln und an den wenigen geduckten Schatten auf den weißen Fußgängerwegen vorbei, die Stadt eine Traumphantasie, in der der Morgen niemals kam. Ich sah, wie der Fahrer die Spur wechselte, ohne Signal zu geben. Das Innere des Taxis war in bläuliches Licht gehüllt, irgendeine Art Saxophonmusik drang schwach aus dem Radio. Die ganze Nacht erschien mir unglaubwürdig, unglaubwürdig und wahr. Wir schlitterten an einer weißen, extra langen Limousine vorbei. Die Jungen darin – Seeleute oder Highschool-Footballspieler – hatten sich die Hemden ausgezogen und hingen aus den Fenstern oder saßen auf dem Dach. »Sieh dir mal diese Arschlöcher an«, murmelte der Fahrer.

Wir fuhren vor meiner Ziegelwand vor. Die Straße war ruhig. Ich bezahlte den Fahrer und ging mit schweren Schritten auf das Tor zu. Nach drei Metern blickte ich auf und sah, wie ein Auto ruckartig anhielt. Zwei Männer sprangen heraus. Sie trugen gute Wollmäntel, und einer war ohne Hut, daran erinnere ich mich. Ich mochte ihr Interesse an mir nicht leiden, und ich zog meinen Schlüssel heraus.

»Wren.«

Ich hatte das Tor gerade aufgeschlossen, als sie mich erreichten. Der größere Mann stellte seinen Fuß in das Tor. Sie sahen aus wie Geschäftsleute. Sie waren keine Polizisten. Niemand konnte mich im Inneren des Tunnels sehen.

»Was kann ich für euch tun an diesem schönen Abend?«

»Gib uns das Band.«

Der Schnee brachte mich zum Blinzeln. »Ich habe es noch nicht.«

»Du hast ein Videoband im Mantel.«

Ich staunte. »Das ist nicht das richtige.«

»Gib uns sofort das Band, und es wird kein Problem geben.«

Der Mann, der näher bei mir stand, zog etwas aus seinem Mantel und holte aus. Ich sprang zurück, verlor aber das Gleichgewicht. Der andere Mann trat mir zwischen die Beine, wie der Kerl, der die Leute bei den Giants in die Endzone stößt, und sofort entleerte sich mein Darm, schockierte Scheiße geradewegs in die Hose. Dann schlug ich auf den Boden, hart auf den Boden. Eine behandschuhte Hand war mir im Nacken und drückte meine rechte Wange an die kalte Ziegelwand, während mein Mantel durchsucht wurde. Sie nahmen das Band.

Eine Stimme nahe an meinem Ohr: »He, Wren, du bist ein dummes Arschloch, weißt du das?«

Ich vernahm das Geräusch von Spray, und dann brannten mein linkes Auge, meine Nase und mein Hals vor Schmerz, mein Mund wurde zu einer großen hyperventilierenden Öffnung, und ich krümmte mich, während ich mich selbst wie von weitem heulen hörte. Sie traten mich noch ein paarmal, einmal an den Kopf, zweimal in den Bauch und noch einmal in die Eier, und eng zusammengerollt, angespannt, blind und mit brennendem Hirn schrie ich um Erbarmen, und meine Schreie hallten laut im Tunnel. Es kam keine Antwort, und ich spannte mich an, erwartete, erneut Hiebe zu bekommen, bedeckte meinen Kopf, zog die Beine an. Und dann wurde mir bewußt, daß nichts geschah. Mein rechtes Auge, dasjenige, das gegen die kalten Ziegelsteine gedrückt war, hatte nur eine kleine Ladung Tränengas abbekommen, und ich öffnete es zu einem wäßrigen, blinzelnden Schlitz und begann, mich in Richtung auf das offene Tor vorzuschleppen. Es war vielleicht zwei Meter von mir entfernt. Mir war zum Weinen zumute. Ich kroch noch ein wenig, kam aber nicht voran. Da gab es viele Stellen an meinem Körper, über die ich nachdenken mußte. Ich brach zusammen, fiel auf den Bauch. Schließlich war ich in der Lage, meine Hände vorsichtig über meine Eier zu legen und festzustellen, daß sie immer noch mehr oder weniger vorhanden waren. Ich rollte mich auf den Rücken und fühlte, wie sich die Scheiße in meiner Hose bewegte. Das Brennen in meiner Nase ließ nach. Mit Gewalt öffnete ich das rechte Auge wieder, und es blickte mit wäßriger Klarheit über das offene Tor in den Januarhimmel, wo ein später Stern vor der verschwindenden Dunkelheit funkelte, kalt und wunderschön. Es war der Augenblick, in dem die Nacht in den Tag übergeht. Immer noch fiel Schnee. Ich konnte ihn in den Tunnelflur hereintreiben und sich auf den Aärmel meines Mantels legen sehen. Ich konnte ihn auf meinen Wangen, meinen Wimpern spüren. Ich erinnerte mich, daß ich Caroline von dem toten Mann erzählt hatte, den ich im Schnee gefunden hatte. Es schneite, aber ich war kein toter Mann. Ich würde in Ordnung sein. Allgemein betrachtet trank ich zuviel, bumste herum und wurde zusammengeschlagen, aber ich war in Ordnung. Ja, in fünf Minuten würde ich in Ordnung sein. Aber Minuten sind etwas ganz Seltsames. Man tut nichts, und sie vergehen. Man liegt einfach auf einem Ziegelweg, bei noch geöffnetem Tor, einigermaßen warm in seinem Wollmantel, mit kaltem Gesicht, und wartet auf etwas, eine Antwort vielleicht. Ich hoffte, daß meine Eier noch in Ordnung waren. Mir wurde jetzt klar, daß ich die Kontrolle verloren hatte. Die Ereignisse überrollten mich und schlugen über mir zusammen. Ich steckte in

solchen Schwierigkeiten, daß vermutlich alles, was schlecht war, bald noch schlechter sein würde.
Dann hielt ein Auto draußen vor dem Tor. Ich konnte den Motor laufen hören. Eine Tür wurde geöffnet, Schritte auf dem Schnee, Schritte in größerer Nähe, die Geräusche klar in der stillen, kalten Luft. Das Tor blieb offen. Kamen die Männer zurück? Ich versuchte, mich hochzustemmen. Nichts. Die Arme waren leblos. Die Schritte kamen näher. Steh auf, du besoffener Ficker, rette dein Leben. Sei ein Held. Schritte. Ein einzelner Mensch. Ich wankte auf meinen Knien.
»Bitte«, heulte ich auf.
Es kam keine Antwort. Etwas flog durch das offene Tor und traf mich an der Brust, klatschte zu Boden.
Die Zeitung. Seite eins. PORTER WREN: TAGEBUCH EINES WAHNSINNIGEN.

Guten Morgen! Du hast eine wütende Frau, hast Blut im Harn und eine tolle Story in der Zeitung. Aber ich konnte mich nicht mit diesen Dingen beschäftigen, nachdem mir Lisa, als sie mit Sally aus der Tür ging, einen kalten Blick zugeworfen hatte. Nein, wirklich vordringlich war jetzt, daß Hobbs seine zwei Geschäftsleute zurückzog. Ich mußte ja damit rechnen, daß sie es mit ein paar anderen hübschen Tricks versuchen würden, wenn sie erst einmal erkannten, daß sie das falsche Videoband erwischt hatten. Wußten sie, daß ich in diesem Augenblick allein im Haus war, daß Lisa fort und Josephine mit Tommy unterwegs war? Und wie hatten sie herausgefunden, daß ich ein Videoband bei mir trug? Außer seinem kurzzeitigen Versteck zu Hause war es immer in meiner Manteltasche geblieben, seit dem Augenblick, als ich die malaysische Bank verlassen hatte. Ich hatte es in der Öffentlichkeit nie herausgenommen, es niemandem gezeigt. Mir kam der Gedanke, daß Caroline über Hobbs und fast alles andere gelogen haben konnte, daß sie Hobbs oder Campbell oder die zwei Handlanger angerufen und ihnen erzählt haben konnte, ich führe im Fahrstuhl mit einem Videoband hinab. Schließlich war sie die einzige, die wußte, daß ich es in der Tasche hatte. Aber nach der langen Unterhaltung in der letzten Nacht fiel es mir schwer, das von ihr zu glauben; es ergab keinen Sinn. Vielleicht hatte Hobbs Wanzen in ihrer Wohnung anbringen lassen. Das war ein wenig weit hergeholt, aber nicht unmöglich. Man könnte die Verwaltung bestechen und reinkommen. Ganz offensichtlich wurden die Pförtner schon dafür bezahlt, aufzupassen, wer da kam und wer da ging – offensichtlich war mir das nicht aufgefallen. Dann fiel mir ein, daß ich das Band im Fahrstuhl auf dem Weg nach oben aus der Tasche genommen hatte, um nachzusehen, ob es nicht eines von Sally wäre. In einem erstklassigen Gebäude, wie in dem von Caroline, gab es vielleicht eine versteckte Überwachungskamera, die man bei Bedarf abschalten konnte. Sie hatten mich hochfahren sehen, vielleicht auf einem Bildschirm beobachtet, wie ich die alte Frau blöd angelächelt, ihr beim Aussteigen im ersten Stock zugesehen und dann in meiner Manteltasche nach dem Video geangelt hatte. Danach brachte es nur noch einen Telefonanruf. Hatten sie mir aufgelauert, bis ich nach Hause ging, mit der Absicht, es sich zu schnappen, nachdem ich das Taxi verlassen hatte? Das ergab keinen Sinn – ich konnte das Band leicht bei Caroline gelassen haben.

Dieser letzte Gedanke verschlug mir den Atem. Woher hatten sie gewußt, daß sie mir folgen mußten? *Sie mußten Caroline zuerst aufgesucht haben*. Ich rief sie an und ließ das Telefon klingeln. Ich ließ das gottverdammte Telefon fünf-, zehn-, fünfzehnmal läuten. Es war halb zwölf vormittags. Als ich gerade auflegen wollte, wurde der Hörer abgenommen.

»Ja.«

»Caroline?«

»Was ist?« Diese Stimme hatte ich noch nie gehört – tot, voller Haß, härter, als ich es je sein würde.

»Hier ist Porter.«

»Und?«

»Habe ich dich geweckt?«

»Hast du. Und ich wünschte, gewisse Leute würden das Telefon nicht beschissene achthundertmal läuten lassen, wenn ich im Bett liege.«

»He, ich bin …«

»Ruf mich später an.«

Sie hängte ein. Ich drückte die Wiederholungstaste. Sie nahm den Hörer ab, sagte aber nichts.

»Sind ein paar Kerle auf der Suche nach …«

»Jawohl. Ich habe ihnen gesagt, daß ich es nicht habe.«

»Sind sie abgezogen?«

»Na ja, zuerst haben sie mir nicht geglaubt.«
»Dann?«
»Dann haben sie mir geglaubt. Es hat nur zwei Minuten gedauert, aber sie glaubten mir. Sie hätten mich umbringen können, verflucht nochmal.« Sie schluchzte einmal trocken auf. »Jetzt weißt du, warum ich soviel Angst vor Hobbs habe. Nachdem sie fort waren, hätte ich dich beinahe angerufen.«
»Aber du hast meine Privatnummer nicht.«
»Was du nicht sagst.« Ihre Stimme war bitter. »Aber ich habe mir Sorgen gemacht. Ich habe die Auskunft angerufen.«
»Nicht verzeichnet.«
»Ja. Absolut nicht erreichbar.«
Ich mußte die Temperatur der Unterhaltung ändern, oder sie würde erneut aufhängen. Mir fiel nichts Schlaues ein. »Okay, warum bist du so sauer auf mich?«
»Warum? Warum?« schrie sie. »Weil es bis um halb zwölf mittags gedauert hat, bis du daran gedacht hast, daß ich vielleicht ein Problem gehabt haben könnte. Du hast wahrscheinlich Haferflocken und Milch in die Müslischalen deiner Kinder geschüttet und deiner hübschen Frau einen Abschiedskuß mit auf den Weg zur Arbeit gegeben, während ich mit einem Messer im Hals tot in der Küche hätte liegen können!«
»Das hätte in der Tat so sein können.«
»Und?«
»Tatsächlich ist es aber nicht so gewesen.«
»Was also hat dich so lange aufgehalten?«
»Ich mußte meiner Frau erklären, warum ich kein Frühstück haben wollte.«
»Was?« schrie sie. »Das ist alles?«
»Ich mußte auch erklären, warum da Blut in unserem Bett war, Blut im Schnee vor dem Haus, in den geplatzten Äderchen meines linken Auges, in meinen Haaren, auf meinem Hemd, meiner Krawatte und in der Toilettenschüssel.«
»Oh, Scheiße.«

»Auch da drin vielleicht.«
»Hör auf.«
»Ich glaube, ich muß wirklich ein paar Tage Pause machen und meinen Hoden die Chance geben, sich wieder zurechtzubiegen.«
Sie lachte. »Bist du okay?«
Auf meinem Nachttischschrank stand ein Bild von Lisa. Ich nahm es in die Hand. »Ich eiere auf drei Rädern herum, aber mir geht's gut.«
»Gut.« Sie holte tief Luft. Ich hörte, wie sie sich eine Zigarette anzündete. »Was hast du deiner Frau erzählt?«
»Ich habe ihr gesagt, daß mich drei Kerle überfallen und mir mein Geld gestohlen haben.«
»Hat sie dir geglaubt?«
»Weiß ich nicht.«
Ich hörte, wie sie Rauch ausblies. »Ich könnte niemals wieder heiraten.«
»Und was ist mit Charlie? Was ist das für 'ne Chose?«
»Die Chose? Also …«
»Halt, warte, laß uns über das Band reden, das Hobbs haben will.«
»In Ordnung.«
»Sag mir jetzt die Wahrheit. – Du weißt nicht, wo es ist oder wer es hat?«
»Nein«, sagte sie mit einem Seufzer. »Keine Ahnung.«
»Du darfst mir eine Million anderer Lügen auftischen, aber bitte sag mir die Wahrheit in dieser Sache.«
»Das tue ich.«
»Okay. Was hat Simon mit seinen Videobändern gemacht?«
»Er ist mit ihnen herumgelaufen, er hat sie im Auto gelassen, er hatte sie in L. A., hier in seinem Büro. Ich weiß nicht.«
»Also hätte irgend jemand eine Kopie machen können?«
»Das ist möglich, vielleicht. Aber er hat keine Sachen verloren. Er war unordentlich, aber er hat nichts verloren. Und er war auch ziemlich eifersüchtig auf mich, deshalb hätte er auch dieses spezielle Band nicht frei zugänglich herumliegen lassen.«

»Was ist auf dem Band drauf?«
»Oh ...«
»Nun, ich nehme an, daß du mit Hobbs vögelst oder so etwas.«
»Also ich habe das Band niemals wirklich gesehen. Aber wir sind nicht dabei – also, meistens reden wir einfach.«
»Was ist das Kompromittierendste daran? Für Hobbs, meine ich?«
»Ich weiß nicht. Ehrlich, wir haben die meiste Zeit nur geredet. Plauderei zwischen einem Mädchen und einem milliardenschweren Australier – ganz das Übliche, weißt du.«
Das brachte uns nicht weiter. »Wer regelt Simons ganzen Geschäftskram?«
»Rechtsanwälte.«
»Ist es sehr kompliziert?«
»Sehr.«
»Hier in der Stadt?«
»Ja.«
»Er hat einen Vermögensnachlaß, richtig?«
»Also ...«
Sie stockte, unsicher, ob sie mir über den finanziellen Rahmen ihrer Existenz Auskunft geben sollte.
»Caroline, mir ist schon bekannt, daß dein Apartment einer Treuhandgesellschaft auf Simons Namen gehört und daß es zwei Komma drei Millionen Dollar gekostet hat. Nebenbei wird es noch mit jährlich neunzehntausend besteuert.«
»Woher weißt du das alles?«
»Reporter wissen alles. Ich möchte über Simons Arrangements mit der Anwaltskanzlei im Bilde sein. Heute nachmittag, sagen wir um eins. Bitte ruf dort an und stell die Verbindung her.«
Sie nannte mir den Namen der Kanzlei.
»Eine der besten.«
»Ich verstehe nicht, wie die Anwaltskanzlei uns weiterhelfen soll«, sagte sie. »Dort gibt's nichts als einen Haufen Rechnungen und Papiere.«
»Nun, sieh es mal so: Du hast das Band aufgenommen, dann hat Si-

mon es an sich genommen. Wenn er es zerstört hätte, stünden wir jetzt nicht vor diesem Problem. Wenn er es aus den Händen gegeben hätte, wäre das, so sagst du, gegen seinen Charakter gewesen. Es gab keinen Grund, es zu verkaufen; er hatte eine Menge Geld. Ich glaube also, daß er das Band behielt, daß es ihm etwas bedeutete. Vielleicht hat er in seinen finanziellen Planungen ...«

Caroline lachte. »Simon? Der konnte nichts auf die Reihe bringen. Er hatte kein Verhältnis zu Geld. Er hat nichts davon verstanden, wirklich.«

»Verstehst du etwas von Geld?«

»Nein, aber ich kann sagen, ob jemand anderes das kann.«

»Wie zum Beispiel wer?«

»Charlie kennt sich mit Geld aus«, sagte sie schnell.

»Verstehe. Zweifellos ein weiterer Grund, ihn zu heiraten.« Es war eine hirnrissige Unterhaltung; ich saß in meinem Schlafzimmer und betrachtete das Foto meiner Frau, während ich einer Frau, mit der ich schlief, zuhörte, wie sie ihren verstorbenen Ehemann mit ihrem Verlobten verglich.

»Vielleicht bezahlt die Kanzlei etwas für ein Tresorfach, von dem du nichts weißt.«

»Vielleicht.«

In ihrer Stimme lag ein Zögern, ein Widerwillen dagegen, mit der Kanzlei in Verbindung zu treten.

»Warum verwaltest du das Geld nicht selber?« bedrängte ich sie. »Die könnten dich doch blind ausrauben, nicht wahr.«

»Könnten sie das?«

»Klar, darum geht es doch bei Anwaltskanzleien.«

Das zog. Um ein Uhr. Fifth Avenue, Ecke Neunundvierzigste Straße.

»Woran erkenne ich dich?« fragte Caroline.

Witze. Wir machten immer noch Witze.

Ich stand auf der vorderen Veranda, betrachtete die Wolken, die mein Atem in der Kälte bildete, und rechnete mir ein paar schlimme Dinge aus, die bald passieren könnten. Hal Fitzgerald und ich würden ganz bestimmt ein unangenehmes Gespräch führen. Hobbs und ich würden vielleicht auch bald ein unangenehmes Gespräch miteinander führen. Lisa und ich, so hoffte ich, würden noch kein unangenehmes Gespräch miteinander führen. Vielleicht lieben Männer es, auf Veranden zu stehen und an schlechte Neuigkeiten zu denken; vielleicht hatte vor langer Zeit einmal ein konservativer Farmer auf derselben Veranda gestanden, oder auf einer früheren Version davon, hatte sich Sorgen über die Revolution gemacht, eine staubige Straße hinuntergeschaut oder über ein Feld geblickt und General George Washington vorbeireiten sehen, während er seine Holzzähne zurechtrückte oder sich am syphilitischen Schritt kratzte. Geschichte – frißt die Besten auf. Meine Leistengegend, meine Rippen und mein Kopf schmerzten, aber es war wie nach einem Footballspiel; man fühlte sich teuflisch gerädert hinterher, aber insgeheim freute man sich darüber. Der Schmerz machte einem bewußt, daß man dreidimensional war, daß man einen Raum im Universum ausfüllte, jemand war, mit dem die Welt sich auseinandersetzen mußte. Andrerseits wollte ich mich nicht wirklich von meiner vorderen Veranda aus mit der Welt auseinandersetzen. Die beiden Angestellten konnten zurückkommen, und auf der anderen Seite meiner Wand würde niemand sehen oder hören, was sie täten. Sie wußten, wo ich wohnte.
Deshalb beschloß ich, ein kleines Geschäft zu erledigen, bevor ich nach Uptown Manhattan zu Carolines Anwaltskanzlei ging. Ich humpelte den Pfad hinab, durch den Tunnel, die Pforte hindurch und um die Ecke auf die Eighth Avenue. Folgte mir irgendwer? Vielleicht war es möglich, das herauszufinden. Ich tauchte in einen dieser alternativen Video- und Comicbuchläden ab, die sich auf japanische Zeichentrickpornos spezialisiert haben. Ich blieb ein paar Minuten in dem Laden, kaufte ein billiges Video, riß die Hülle weg und zog das Etikett ab, schmiß den Abfall beiseite und verließ den Laden mit dem Video in der Hand. Dann ging ich in einen Lebensmittelladen, bat um eine

Papiertüte und konnte dabei beobachtet werden, wie ich aus dem Laden in die Wintersonne heraustrat und das Video in die Papiertüte schob. Das klemmte ich mir unter den Arm und spazierte fünfzehn Minuten lang nach Süden, fort aus meiner heimatlichen Umgebung.
Das Restaurant war klein, der Ziegelsteinfußboden naß vom Schnee, und die kleinen Tische standen viel zu nahe aneinander. Die Kundschaft bestand zum größten Teil aus Menschen aus den umliegenden Galerien oder aus Touristen, die die Menschen aus den umliegenden Galerien sehen wollten.
An der Bar stand ein Kerl im Anzug mit Pferdeschwanz, vielleicht fünfundvierzig. Ich hatte genau zweimal mit ihm gesprochen; er hatte eine Story, die er den Touristen erzählte, und die fing so an: *Diese Stadt, das laß dir gesagt sein, he, diese Stadt fordert deinen Einsatz, Mann. Sie fordert verdammt nochmal deinen Einsatz. He. Du paßt einmal nicht auf, und dann klopft dir der dicke Finger auf die Schulter. He, he. Ist mir passiert, damals, siebenundachtzig. Ich war ein hohes Tier bei Morgan Stanley.* – Das Lokal hatte Ausschanklizenzen an der Wand hängen, die schon aus dem Jahr 1883 stammten. Es gab viel Geschwafel über Kunst, und es drehte sich alles um Geld. Ich wählte Hobbs' New Yorker Büro aus einem Münzfernsprecher an. Drei Umschaltungen, durch aufeinanderfolgende Schichten von Sekretärinnen. Er sei in Brasilien, wurde mir gesagt. Aber ich habe mit Bürgermeistern, mit Senatoren und Mafiosi telefoniert; große Männer können immer erreicht werden; die Frage ist nur, wer die gerade aktuellen Telefonnummern hat. Ich hängte ein, rief zurück und fragte nach Campbell. »Ich bin sein Nachbar. Es ist nicht so wahnsinnig wichtig«, sagte ich, »nur, es brennt in unserem Apartmenthaus, und ich dachte, er würde es gern wissen wollen.«
Das funktionierte. »Campbell«, sagte ich, als er drankam, »das Band, das eure Kerle mir gestern abend abgenommen haben, ist nicht das, was Hobbs haben will. Sie wissen das wahrscheinlich inzwischen. Es ist ein Band darüber, wie ein Polizist zusammengeschlagen wird. Nun ist es so, daß die Bullen über dieses Band informiert sind. Und sie

wollen es haben. Ich werde ihnen erzählen müssen, daß Sie es besitzen und daß Sie es mir weggenommen haben.«

Es gab keine Denkpause. »Mr. Wren, ich kann Ihrer recht seltsamen Geschichte nicht folgen. Im übrigen habe ich ein ziemliches Arbeitspensum heute und ...«

»Hören Sie zu, Sie verdammter britischer Arsch! Sie kennen das New York City Police Department nicht. Ich brauche denen nur zu erzählen, daß Sie das Band haben, auf dem ein Cop zusammengeschlagen wird, und die kriegen dieses kleine Lächeln im Gesicht. Die lochen liebend gerne Männer in Anzügen ein. Das hat was mit Klassenkampf zu tun. Der stellvertretende Polizeichef ist über das Band informiert. Nur ein Telefongespräch, und er weiß, daß Sie es haben. Und danach könnte jeder die Geschichte kennen. Besonders die anderen Zeitungen in New York.«

»Dann hätten wir eine sehr interessante Situation, Mr. Wren«, sagte er mit der aalglatten Brutalität eines Mannes, der viele Dollars dafür bekam, den Leuten die Probleme, mit denen sie aufwarteten, wieder ins Gesicht zurückzuschleudern. »Wir würden den Besitzer Ihrer Zeitung gegen einen seiner früheren Kolumnisten Klage wegen Verleumdung erheben lassen. Und er würde gewinnen. Er würde gegen jede andere Zeitung Klage erheben, die diesen Kolumnisten anstellt, damit er seine verleumderische Geschichte erzählt. Aber letztlich ist das alles, wie man so sagt, müßige Spekulation, weil ich zuversichtlich bin, daß sich die Dinge nicht so unglücklich zuspitzen werden. Ich nehme an, daß Sie Diskretion walten lassen werden.«

»Geben Sie mir das Band zurück, Campbell. Und sagen Sie Hobbs, daß Sie Scheiße gebaut haben.«

»Wir haben hier nichts weiter zu besprechen, soweit ich das erkennen kann, Mr. Wren.« Und dann legte er auf.

Ich steckte noch eine weitere Münze in das Telefon und rief Hal Fitzgerald an. »Ich muß mit dir reden, Hal. Ich habe ein Problem.«

»Probleme sind ein Problem. Hast du das Band noch für mich?«

»Nein.«

»Wo bist du?«

Ich sagte es ihm und bat dann die Kellnerin um einen Fensterplatz. Ich ging aus dem Restaurant heraus und warf beiläufig meine Papiertüte mit dem Video in eine Mülltonne an der Ecke. Ohne mich umzudrehen, ging ich zurück zum Restaurant und schaute dorthin, wo sich die Sonne an der Fensterscheibe spiegelte. Ich würde nach draußen sehen können, aber von der anderen Seite der Straße aus konnte niemand hineinschauen. Von meinem Sitz aus beobachtete ich, wie die ersten Gäste zum Lunch erschienen. Einer von ihnen setzte sich neben den Kerl mit dem Pferdeschwanz, der seinem Zigarettenrauch hinterherblickte.

Zwanzig Minuten später fuhr ein nicht gekennzeichnetes Polizeiauto vor dem Restaurant vor, und Hal saß hinten. Ich sah zu, wie er ausstieg; er schlug die Tür zu und glättete sich die Krawatte, eine Geste, die er sich auf dem Weg nach oben angewöhnt hatte. Im Laufe der Jahre wurde er eitel; bald würde er italienische Halbschuhe und Hemden mit Monogramm tragen. Ohne große Begeisterung schüttelten wir uns die Hände.

»Ich muß gleich in Uptown sein, in so ungefähr« – er ließ sein Handgelenk aus dem Ärmel schießen und schaute auf eine große goldene Uhr – »in so ungefähr neunundvierzig Minuten.«

»Nimm das Chili.«

»Na gut. Also hör mal, diese Sache mit dem Band. Wir brauchen das Band, Porter.«

»Ich brauche das Band.«

»Was, jemand hat es dir weggenommen?«

Ich nickte. »Gestern abend. Die haben gedacht, es wäre etwas anderes. Die dachten, es wäre ein anderes Band.«

»Die haben es dir echt weggenommen?«

Ich blickte nach draußen. Wenn jemand mir gefolgt war, hätte er sehen müssen, was ich in den Abfall geworfen hatte. »Ja.«

»Was haben sie angestellt? Dir 'ne Pistole gezeigt?«

»Die haben sie mir gezeigt, und ihre Schuhe haben sie mir auch gezeigt.«

»Rumgetrampelt auf dir?«

Ich nickte. »Ich bin okay.«
»Was ist auf dem anderen Band?«
»Das würde dich nicht interessieren ... Ich meine, nicht berufsmäßig.«
»Fickende Leute?«
»Vielleicht, ich weiß es nicht genau.«
»Ich interessiere mich immer für fickende Leute.«
Wir bestellten das Chili.
»Weißt du, wer sie sind?«
»Mehr oder weniger.«
»Wer?«
»Darüber kann ich nichts sagen. »
»Kannst du nicht.«
»Nein, Hal, kann ich nicht.«
»Ich brauche das Band trotzdem.«
»Wenn ich dieses andere Ding zurückkriege, dieses andere Band, kann ich es gegen das Fellows-Band eintauschen. Sie werden es mir zurückgeben, sie haben kein Interesse daran.«
»Du hast das Band mit Fellows gesehen.«
»Hab' ich.«
»Vielleicht kannst du mir sagen, was genau drauf ist.«
»Ein großer weißer Kerl schlägt Fellows mit einer Keule und rennt weg.«
»Was noch?«
»Er rennt geradewegs in die Kamera.«
»Was noch?«
»Er ist blond, vielleicht achtundzwanzig, dreißig. Ein riesiger Kerl. Es ging sehr schnell. Ich hab's nur einmal gesehen. Deine Männer müßten es ...«
»Sie würden es vergrößern und so. Sie würden es hinkriegen. Könntest du jemanden bei einer Vorführung identifizieren?«
»Nein. Es war zu schnell.«
»Wir brauchen das Band.«
Ein Mann im Anzug stand neben dem Abfallkorb. Er hätte einer der

Täter von gestern abend sein können. »Sehen wir mal in einer Woche, was ich erreicht habe.«
»Porter, du verstehst nicht. Ich muß etwas mit zurückbringen.«
»Fünf Tage.«
»Drei.«
Der Angestelltentyp hatte den Arm seines schönen Anzugs in der Abfalltonne. Eine schnelle Kniebeuge, er hatte die Papiertüte, war verschwunden. »Ich gebe mir alle Mühe, Hal«, murmelte ich. »Ich stehe hier unter enormem Druck.«
»He, Porter, ich will nicht anfangen, über Druck zu reden.« Hal beugte sich über sein Chili. Er könnte dafür sorgen, daß in fünfzehn Minuten Detektive meine Regenrinne durchsuchten, wenn er das wollte. »Du rufst uns an, verdammt nochmal, und sagst, daß du das Band hast, das den Mord an Fellows aufklärt, und daß du es uns geben kannst, und dann sagst du mir, daß du es mir nicht geben kannst? Das wird sehr kompliziert. Versteh doch, ich hab mich für dich verwendet, habe gesagt, dieser Mann, also, der mag Bullen, ist fair und alles, aber jetzt wird die Geschichte kompliziert. Es fängt an, mich in ein schlechtes Licht zu rücken, mich zu kompromittieren, was ich nicht will. Ich habe nur zum Telefonhörer gegriffen, als du angerufen hast, und dann bin ich danach natürlich zu meinem Boss gegangen, meinem Oberen, laß mich gar nicht erst davon reden, wie viele Probleme der selbst hat, und ich erzähle ihm eine gute kleine Neuigkeit, will ihn aufmuntern, wir werden den Kerl kriegen, der vor ein paar Jahren Officer Fellows getötet hat, sieht gut aus für die Bullen. Es sitzen immer noch Beamte an dem Fall, der Wohltätigkeitsverband der Streifenpolizisten ist überzeugt, daß die Zuteilung finanzieller Mittel ausreichend war, weil die Sache eine von achtundfünfzig Kleinigkeiten ist, die sie wurmen. Also, vor einer Woche ist dieser Jugendliche hier im Revier getötet worden, teilweise, weil wir Probleme mit Störungen im Funk hatten, verstehst du?«
Ich nickte, wie es sich gehörte.
»Du mußt verstehen, nachdem du mir all das Zeug erzählt hast, geh ich natürlich zu meinem Chef rein und bring ihm die gute Nachricht,

und dann soll ich jetzt wieder da reingehen und ihm die schlechte Nachricht bringen? Das ist kompliziert. Er schaut mich an, als ob er mir verdammt nochmal die Augen auskratzen und sie vielleicht noch auffressen wollte, ja? Du hast keine Ahnung vom Budgetdruck. Giuliani hat keinen roten Heller; Dinkins hat alles der Lehrergewerkschaft geschenkt. So soll ich ihm also sagen, tut mir leid, es hat 'ne Verzögerung gegeben, mein Mann hat da so'n kleines Problem, es gibt da irgendein anderes Band, auf dem ein paar Leute herumficken, und die Bänder sind verwechselt worden, und deshalb haben wir das Ding mit Fellows schließlich vielleicht doch nicht? Glaubst du, daß das gut rüberkommt? Das tut's nicht. Kennst du den Lieblingsausdruck von meinem Chef? Er geht so, er sagt es andauernd, er sagt: ›Tut mir leid, das macht die Katze nicht satt.‹ Wenn ich da mit leeren Händen reingehe, wird er das zu mir sagen.«
»Hal ...«
»Nein, nein. Du hörst mir jetzt zu. Betrachte mich nicht als Freund, Porter.« Er fuchtelte mit den Händen vor mir herum, wie jemand, der einem Flugzeug Anweisungen gibt, nicht zu landen. »Hier fängt das Problem an. Betrachte mich als Arschloch. Das wird dir helfen. Ich gehöre zu denen von der anderen Seite. Du weißt doch, was geschieht, wenn zehn-dreizehn aufgerufen wird? Wenn ein Polizist erschossen wird? Im Funk wird's still, das Gerede hört auf. Es wird verflucht feierlich. Dann fangen die ersten Cops an, sich zu melden – haben sie irgend etwas in der Hand, haben sie den Kerl gefaßt?«
»Ich weiß das alles, Hal.«
»Du weißt es, aber du fühlst es nicht. Du bist kein Cop, Porter. Du kennst das Leben nicht.« Ich wußte, daß er dies alles sagen mußte; es gehörte zum Verhandlungsablauf. »Du verstehst die Sache mit der Loyalität nicht, Porter.«
Ich wischte meinen Teller mit einem Brotstückchen aus. »Sag mir mehr darüber, was ich nicht verstehe.«
»Weißt du, daß ein Cop in Rente gehen kann, seine Dienstmarke in einem besonderen Safe deponieren kann und dann sein Kind oder Enkelkind dieses Abzeichen tragen lassen kann? Es gibt tatsächlich

ein paar Männer, die laufen mit dreistelligen Kennzeichen herum, die vielleicht hundert Jahre alt sein können. Das ist doch was, okay? Das gehört zum Leben. Wenn ein Cop sich zum Dienst meldet, weiß er über solches Zeug Bescheid. Cops hassen sich gegenseitig, die Weißen hassen die Schwarzen, die Schwarzen hassen die Weißen, die Männer hassen die Frauen, die Kerle hassen die Schwulen. Da ist dieser ganze verdammte Haß im System. Schreibtischpolizisten hassen Streifenpolizisten und umgekehrt. Wir haben Hierarchiestreß, wir haben Korruption im ganzen Laden, wir haben Spannungen zwischen der Gewerkschaft und der Kommandostruktur, wir haben verflucht nochmal jede Sorte von Druck und Haß, aber gottverdammt nochmal, Porter, es gibt diese verfluchte Loyalität. Jeder Cops dort draußen weiß, daß im Lauf der Jahre ungefähr achthundert Polizisten in Ausübung ihres Amtes ermordet worden sind, und jeder einzelne Fall wird gelöst! Wir haben nur zwei, die jetzt noch ausstehen, und der von Fellows gehört dazu. Und wir werden sie lösen. Jeden einzelnen, früher oder später. Unweigerlich. Das ist wie bei der Schwerkraft, Porter. Zieht an mir, zieht an dir. Es ist begrenzt, was ich in einer Situation wirklich tun kann. Das Spiel hat schon angefangen, verstehst du? Jetzt willst du es langsamer machen, die Uhr neu einstellen? Das geht nicht. Du mußt den harten Ball spielen. Du hast einen Zehnmeterschuß in drei Sekunden zu absolvieren. Ich kann nichts dafür, wenn es fast unmöglich ist. Verstanden? Einige von diesen Hauptleuten haben viel erlebt, sie scheren sich einen Dreck um Kerle wie dich. Sie führen einen Krieg, und sie werden das immer tun. Ich kann diese Kerle nicht unbedingt kontrollieren. Ich meine, du sagst mir, du hast das Band nicht, und morgen finden irgendwelche Cops dann Drogen in deiner Tasche, ich kann da nichts ändern. Und Gott steh mir bei, wenn mein Mann das dann Giuliani erzählt. Wir wollen hoffen, daß das nicht passiert. Wenn du beten möchtest, bete hierfür.« Er aß ein bißchen Chili. »Dies ist eine Nummer zu groß, Porter, es bewegt sich zu schnell. Ich meine, ich hab da diese Theorie, daß die Gesellschaft in Wirklichkeit auf Geschwindigkeit beruht.«

»Tatsächlich?«
»Wenn du deine Geschwindigkeit nicht unter Kontrolle hast, steckst du in Schwierigkeiten.«
»Das klingt sehr schlau.«
»Denk mal drüber nach.«
»Werde ich tun.«
Er stand auf, warf ohne Umschweife seine Serviette auf den Tisch und sah nach der Uhr. »Geschwindigkeitsmanagement.«
»Fünf Tage.«
»Drei.«
»Ich brauch fünf, mindestens vier.«
»Drei.«
Er starrte mich an.
»Okay«, sagte ich. »Drei.«

In der Lobby der Anwaltskanzlei stand die Ehefrau eines Geschäftsführers. Schuhe mit hohen Absätzen, Perlen, Wollkostüm. Caroline. Das Make-up war ein paar Grade heruntergefahren. Das Aussehen war cool, hyperrational. Ich glaube, sie hatte sogar ihre Uhr ausgetauscht. Hier stand zweifellos die Erscheinung, die Charlie heiraten wollte, nicht die Frau, die beim Vögeln mit Magic Johnson ohnmächtig geworden war.
Wir wurden in ein Büro geleitet, das nicht groß genug war, um einem Teilhaber zu gehören, und trafen Jane Chung, die Rechtsanwältin, die mit der Überwachung des Nachlasses von Simon Crowleys Vermögen betraut war.
Caroline stellte mich vor, und ich konnte beobachten, wie sich Vorsicht in Jane Chungs Gesicht einschlich.
»In welcher Eigenschaft ist er hier? Als Reporter?«
»Nur als ein Freund«, sagte Caroline.
»Und er hat kein finanzielles Interesse am Vermögen?«
»Keines.«
»In keinerlei Hinsicht«, wiederholte ich.

Jane Chung setzte sich an ihren Tisch, und ich bemerkte, daß sie ihre Haltung schon wiedergewonnen hatte. Sie hatte mit allerlei seltsamen Familienübereinkünften in Vermögensangelegenheiten zu tun, und zweifellos hatten die graumelierten Eminenzen der Kanzlei sie wegen ihres Taktgefühls und ihres Urteilsvermögens ausgewählt.
»Wie ich am Telefon erwähnt habe«, begann Caroline, »sind wir hier, weil ich die Aufrechnung der Ausgaben des Vermögens sehen möchte, all die kleinen Kostenpunkte und so weiter.«
»Ich habe da einen Ausdruck.« Jane Chung überreichte uns ein zentimeterdickes Dokument. »Wie Sie ersehen können, gibt es eine beträchtliche Anzahl von Zahlungen.«
Und tatsächlich war das so. Ich betrachtete die ersten:

Sally Giroux Inc., New York (Public Relations)	$ 15 000,00
Sally Giroux, Lim., London (Public Relations, Europe)	$ 15 000,00
Greenpark Pflegeheim, Queens, N.Y. (persönlich)	$ 6 698,19
Bloomingdale's, New York (persönlich)	$ 3 227,03
Rego Park Hörgeräte, Inc., Queens, N.Y. (persönlich)	$ 1 267,08
Photoduplicator's, New York (Geschäftskosten)	$ 174,23
New York City Unincorporated Business Tax (Steuern)	$ 23 917,00
FK Wäschedienst (persönlich)	$ 892,02
FederalExpress, New York (Geschäftskosten)	$ 189,45
Citibank Hypothekendienst (persönlich)	$ 17 650,90
Harvey's Fleischwaren (persönlich)	$ 217,87

Die Einträge wurden durch das ganze Dokument fortgeführt.
»Im Nachlaßvermögen sind die Einkünfte und Tantiemen aus der fortbestehenden Lizenzvergabe und den wiederholten Vorführungen von Mr. Crowleys Filmen berücksichtigt.« Jane Chung zwinkerte, als ob sie ihrem selbstdiktierten Text zuhörte. »Das ist das Einkommen. Zu den Ausgaben gehören die Auszahlungen für die Aufrechterhaltung der geschäftlichen Aktivitäten, für die Pflegeheimkosten seines Vaters, für die monatlichen Zahlungen an Sie, Caroline, für die Apartmentkosten und so weiter.«

Caroline blätterte den langen Ausdruck durch. Sie schien abgelenkt, sogar benommen. Ich fragte mich, ob sie die Zahlen und Wörter überhaupt wahrnahm. »Das ist kompliziert«, sagte sie schließlich.

»Wie steht es mit dem Sachbestand des Vermögens?« fragte ich. »Wird irgend etwas in Simons Testament erwähnt?«

»Nein«, sagte Jane Chung. »Sein Testament hat nur über ein Vermögen verfügt. Es wurden keine speziellen Objekte erwähnt.«

Ich nickte. »Das bringt uns dann wieder zurück zu den Buchhaltungsauszügen.«

Caroline seufzte. »Sieht so aus.«

Jane Chung betrachtete Caroline ungeduldig. »In der Tat. Nun denn, haben Sie irgendwelche besonderen Fragen?«

Caroline starrte auf den Auszug.

»Caroline?« fragte ich.

»Nun, es scheint alles hier zu sein«, sagte sie leicht resigniert.

Ich wandte mich an Jane Chung. »Wir suchen etwas, Jane, deshalb sind wir hier. Wir suchen gewisse Anzeichen bestimmter Aktivitäten Simons aus der Zeit, als er noch lebte.«

»Vielleicht können wir – darf ich fragen, worum es sich gehandelt haben könnte, oder mit wem sie in Zusammenhang stehen?«

»Äh, nein.«

Sie sah zu Caroline.

»Ich verstehe nicht.«

Caroline setzte sich gerade auf. »Ich werde hier nur Porter für mich reden lassen. Offen gesagt, diese ganze Angelegenheit ist ziemlich ermüdend.«

Jane wandte sich wieder mir zu. »Mr. Wren, ich kann wirklich nicht behaupten, daß ich verstehe, worum ...«

»Jane, hören Sie mir einfach zu. Ich werde es erklären, so gut ich kann. Wir – Caroline und ich – suchen eine bestimmte Information über Simon. Wir brauchen diese Information ziemlich dringend. Wir werden Ihnen nicht erzählen, warum. Es handelt sich um eine persönliche Angelegenheit. Seien Sie versichert, daß unsere Anfrage in keinerlei Hinsicht ein negatives Bild auf Ihre Anwaltskanzlei wirft oder der Kanzlei eine Verpflichtung daraus erwächst, obwohl mir scheint, daß, wenn wir keinen Erfolg haben, eine Verpflichtung für die Vermögensverwaltung entstehen könnte. Zugegeben, unsere Methode spekuliert hier ein wenig auf Zufallstreffer. Wir wissen nicht einmal, ob es sinnvoll ist, weiter in diese Aufzeichnungen zu schauen oder nicht. Aber wir haben nichts anderes, womit wir anfangen könnten. Heute, jetzt sofort, würden wir gerne einen Blick auf die einzelnen Rechnungen werfen, die von Ihrer Firma für jede dieser zig Millionen Ausgaben eingegangen ist, einfach jede durchschauen und versuchen, darüber nachzudenken ...«

Sie schüttelte schon den Kopf. »Es tut mir leid, das ist *äußerst* ungewöhnlich. Diese Unterlagen sind wahrscheinlich abgelegt, und es könnte ziemlich lange dauern, sie zusammenzusuchen. Diese summarische Zusammenstellung der Ausgaben würde gewiß ausreichend erscheinen, um ...«

»Warum kann man uns nicht einfach das Original zeigen?«

»Weil es nicht ...«

»Nicht was?«

Sie zwinkerte vor unterdrücktem Ärger. »Das ist sehr ungewöhnlich.«

»Was heißt das?«

»Das heißt, Mr. Wren, wir haben hier im Laufe der Zeit ganz bestimmte Verfahren für das Maximum an Effizienz entwickelt. Ich bin davon überzeugt, daß Sie das verstehen.«

»Der ganze Zeitaufwand wird dem Vermögen in Rechnung gestellt werden, wo liegt also das Problem?«

»Nun, um ehrlich zu sein, ich muß den ganzen Tag über Termine wahrnehmen und wäre wirklich nicht in der Lage, die Überwachung ...«

»Eine Überwachung ist nicht notwendig. Wir sind alle erwachsen. Stecken Sie uns einfach in ein Zimmer mit den entsprechenden Kisten, und wir werden hineinschauen.«

»Es tut mir leid, aber eine solch ungewöhnliche Anfrage muß erst

vom Überwachungskomitee der Vermögensabteilung abgesegnet werden, das einmal monatlich eine Zusammenkunft hat.« Sie zog die Schultern hoch und lächelte. »Es handelt sich um Firmenvorschriften.«
»Hat das damit zu tun, daß ich Reporter bin?«
»Nein.«
Ich sah Caroline an. »Ich werde jetzt an deiner Stelle Klartext reden, Caroline. Ist das okay?«
Sie nickte. Ich wandte mich wieder an Jane Chung.
»Jane, wir stimmen darin überein, daß die Nachlaßverhältnisse von Simon Crowley nicht typisch sind. Sie sind ›äußerst ungewöhnlich‹, um Ihre eigenen Worte zu gebrauchen. Das Geld vermehrt sich. Der Nachlaß verdient Geld für sich selbst und für seine Gläubiger und auch für Caroline, und, was ich hier besonders hervorheben möchte, er verdient auch Geld für Ihre Kanzlei, für Sie selbst. Wenn Sie Ihre Zahnpasta kaufen, Jane, dann kommt ein Teil des Geldes aus dem Nachlaß von Simon Crowley. Ich finde es unerhört, daß Sie dem Ersuchen von Simon Crowleys Witwe nicht stattgeben.«
»Mr. Wren, diese Art von Drohungen ist sinnlos.«
Ich beugte mich näher zu Caroline, um ihr ins Ohr zu flüstern. »Erinnerst du dich noch an das sagenhaft knallharte Weibsstück, von dem du mir gestern abend erzählt hast?«
»An wen?« fragte sie mit großen Augen.
»Dich«, sagte ich. »Ich brauche die jetzt hier.«
Ihre blauen Augen funkelten vor Vergnügen. Als sie sich dann an die Rechtsanwältin wandte, wurde ihre Miene eiskalt.
»Jane, helfen Sie uns, oder ich werde den Nachlaß einer anderen Kanzlei übergeben.«
Jane bedachte uns mit einem dreckigen kleinen Lacher. »Ich glaube nicht, daß Ihnen klar ist, wie kompliziert das ist. Es dauert Jahre, Sie müssen Petitionen an ...«
»Nein, muß ich nicht«, unterbrach Caroline sie, und ihre Stimme klang großartig ärgerlich und eiskalt. »Ich brauche nur die Leute, die ich kenne, im Studio anzurufen und ihnen zu erzählen, daß in der be-

schissenen Anwaltskanzlei Unregelmäßigkeiten aufgetreten sind und daß sie mir bitte den beschissenen Scheck direkt schicken sollen, damit ich meine beschissenen Rechnungen zahlen kann.«

Ein paar Minuten später befand ich mich in einem anderen Stockwerk in einem kleinen, mit Bücherregalen vollgestellten Konferenzzimmer. Caroline hatte nach ihrem Ausbruch um Befreiung gebeten, und ich hatte gesagt, daß ich mich mit ihr in einer Stunde draußen in einem Café treffen würde. Die Tür wurde geöffnet, und ein pickeliges Jüngelchen mit roten Haaren schob einen Bürowagen voller Kisten herein.

»Hallihallo, geehrter Kunde unserer ehrwürdigen Firma«, sagte er und verbeugte sich mit zusammengepreßten Händen. »Mein Name ist Bob Dole. Oh, ich glaub, doch nicht. In Wirklichkeit heiße ich Raoul McCarthy.«

»Wieso hat ein Kerl mit roten Haaren einen Namen wie Raoul?« wollte ich wissen.

»Nun, meine Mutter hat in den siebziger Jahren auf der Upper West Side Manhattans gewohnt, wenn Sie das wirklich wissen wollen.«

»Verstehe.«

»Jedenfalls, hier sind sie. Die vom letzten Jahr.«

»Wo waren sie?«

»Liebe Güte, sie waren hinten im –« Er rollte mit den Augen. »Wir sagen Höllenzimmer dazu. Ganz weit hinten.«

»Sind Sie eine Justizhilfskraft?«

»Sklavenhilfskraft, meinen Sie wohl. Jane hat drei Sklavenhilfskräfte.« Er begann damit, die Kisten auf den Tisch zu stapeln. »Ich transportiere nur Papier in der Gegend herum. Es gibt viel Papier an so einem Ort wie diesem. Nehmen wir nur mal das Höllenzimmer, man könnte einen Film mit Freddy Krueger da drinnen drehen. In der letzten Woche sind ein paar Kisten auf einen Mann draufgefallen, haben ihn beinahe umgebracht. Die Rechtsanwälte gehen da nie rein.«

»Niemals?«

»Was ist, wollen Sie mich auf den Arm nehmen? Das ist das Höllenzimmer.«
»Was ist mit Computern und Dokumentenscannern und solchem Zeug?« wollte ich wissen. »Es ist praktisch das Paradies.«
Er schaute mich an. »Sie machen sicher Witze.«
Ich zuckte mit den Schultern.
»Sie müssen sich vorstellen, daß für all diese Computeraufzeichnungen, für die wichtigen jedenfalls, Papiere im Hintergrund gehalten werden. Und alle die Briefe und Bewegungen und Abhebungen und Ermittlungsurkunden und der ganze Kram stehen immer noch auf Papier. Und viele dieser Auflistungen reichen weit zurück. Wir haben da drinnen Aktenablagen, die vierzig Jahre alt sind. Aber das Problem ist, daß Zeug verlorengeht. Wir hatten im letzten Monat ein kleines Problem, als der Reinigungsmann aus Versehen so etwa neun Kisten aus einer Ablage genommen und sie weggeschmissen hat.« Raoul erlaubte sich ein hämisches Grinsen. »Sie mußten den Müllwagen und die Mülldeponie ausfindig machen, und dann sind eine Reihe von Sklavenhilfskräften nach Staten Island gefahren, um das Papier zu suchen. Wir mußten uns gegen Ruhr impfen lassen. Sie hatten einen Mann mit Gabelstapler und allem Pipapo ...«
»Habt ihr sie gefunden?«
Raoul zog sich die Hosen hoch. »Jawohl, unter ungefähr zehn Millionen gebrauchten Windeln.«
»Jane Chung schien ziemlich nervös wegen dieser Papiere.«
»Wie ich sagte, wir haben in letzter Zeit viele Probleme gehabt. Das Zeug geht normalerweise nicht wirklich verloren, es geht nur *so gut wie* verloren. Sehen Sie, wir haben einen Ablageraum und einen Raum für die Wiedervorlage, und die Sachen können da drinnen ein paar Wochen hängenbleiben ...«
Ich winkte ihn vom Thema herunter. »Okay, sagen Sie mir, was wir hier haben.«
»Nun, als Ihr halbversklavter Einheitsangestellter würde ich sagen, was Sie hier haben, ist ein Bündel Rechnungen. Sie sind in chronologischer Reihenfolge, aber das ist es dann auch.«

»Wer bezahlt denn eigentlich die Rechnungen?«
»Ich zahle sie.«
»Sie schreiben den Scheck aus?«
»Ich schreibe das Anforderungsformular für den Scheck.«
»Jane schaut alles an?«
Er schaute zur Tür und senkte die Stimme ein wenig. »Nee, nicht wirklich.«
»Sie wäre wohl lieber anderswo in der Kanzlei?«
»Ich glaube, tatsächlich wäre sie lieber ganz irgendwo anders.«
»Also sind Sie derjenige, der die Zahlungen für den Nachlaß von Simon Crowley erledigt.«
Raoul zuckte mit der Schulter. »So ist es.«
»Sie also.«
»Sie haben's erfaßt. Als Sklavenhilfskraft schlage ich mit fünfundfünfzig Dollar die Stunde zu Buche, aber die Kanzlei kann es als Mitarbeiterzeit für dreihundertzehn pro Stunde anrechnen.«
»Sehr nett.«
Er nickte und öffnete dann die erste Kiste. »Wollen Sie die hier alle durchsehen?«
»Ich denke mal ja.«
»Warum fragen Sie mich nicht einfach nach dem, was Sie suchen?«
»Nun ...«
»Ich meine, ich kann Ihnen alles erzählen, was in diesen Kisten ist.«
»Können Sie?«
»Sicher.«
»Sagen Sie mir, was mit Sally Giroux los ist.«
»Film-Public-Relations-Firma«, zählte er auf. »Es gibt eine amerikanische und eine europäische Gesellschaft, die von London aus aktiv ist. Sie befaßt sich mit allen Arten von Anfragen in den Medien, mit PR-Arbeit für Wiederholungen, wie zum Beispiel damit, Videoclips in Unterhaltungsshows im Fernsehen unterzubringen, solche Sachen. Sie schickt vierteljährlich Rechnungen, und jedes Jahr steigen ihre Gebühren etwas. Ich vermute, es ist Geldverschwendung. Ich meine, niemand überprüft je die Arbeit dieser Leute oder irgend sowas.«

»Sie zahlen einfach die Rechnungen.«
»Jede einzelne. Wie am Fließband.«
Ich öffnete meine Unterlagenmappe. »Ich werde mir ein paar Notizen machen.«
Wir fuhren fort und erörterten, welche Rechnungen persönlich und welche geschäftlich waren. »Wir zahlen für das Apartment von Mrs. Crowley«, erklärte Raoul. »Die Hypothek darauf, plus die Unterhaltskosten und alles, was damit zu tun hat. Tatsächlich weiß ich so ungefähr, was in ihrem Leben geschieht. Wenn man ihr ein neues Waschbecken einbaut, dann sehe ich die Rechnung. Ich erinnere mich, daß sie im letzten Jahr eine neue Dusche hat einbauen lassen. Neuntausend Dollar, für eine Dusche.« Er schüttelte den Kopf, während ich daran dachte, wie herrlich gerade diese Dusche war. »Wir zahlen alles. Ihre Telefonrechnungen, ihren Strom, ihre Kreditkarten, alles.«
Es lag eine eigenartige Hilflosigkeit darin, die ich nicht verstand. »Das ist anscheinend eine verrückte Art, sein Leben zu führen. Man kann nichts wirklich im Auge behalten.«
»Scheint so.«
»Hat sie denn ein Konto?«
»Technisch gesehen vielleicht.«
»Aber –«
»Aber die Bankauszüge kommen hierher, und ich muß sie ausgleichen, also sehe ich, was sie tut.«
»Und was ist das?«
»Einfach Bares aus dem Automaten ziehen.«
»Wieviel pro Monat?«
»Vielleicht ein paar tausend im Monat.«
»Wie ist die Tendenz beim Einkommen?«
»Es geht abwärts.«
»Bruttoeinkommen im letzten Jahr?«
»Ungefähr achthunderttausend.«
»In diesem Jahr?«
»Sechshundertzwanzig, so ungefähr. Das kommt daher, weil Zahlungsvereinbarungen auslaufen, die Tantiemen weniger werden. Das

große Geld bei Filmen kommt in den ersten paar Jahren, und es ist eine Weile her seit Crowleys letztem Film –«

Ich nickte, um mein Verständnis zu signalisieren. »Nächstes Jahr? Haben Sie einen Einkommensbetrag dafür parat?«

Er zog einen Stift heraus und machte eine Zahlenreihe, addierte dann die Summe.

»Vielleicht vierhundertzehntausend.«

»Wird es weiter nach unten gehen?«

»Ja.«

»Wie sieht es mit dem Grundbetrag des Nachlaßvermögens aus?«

»Wird weniger.«

»Dem Nachlaß geht das Geld aus.«

»So sieht es aus.«

»Weiß Mrs. Crowley das?«

»Sie stellen vielleicht Fragen.«

»He.«

»Ja, sie weiß es. Sie ruft mich manchmal an.«

»Warum sinkt der Grundbetrag?«

»Nun, ihre Lebenshaltungskosten, einschließlich des Apartments und des Unterhalts und allem, machen ungefähr vierhunderttausend aus. Dann werden die Steuern auf das Einkommen aus dem Nachlaß ein paar hunderttausend betragen. Es ist eine schlecht strukturierte Handhabung, in bezug auf Steuern nicht gut angelegt. Alle Anlagen werden auf das Einkommen veranschlagt und damit höher besteuert als Modalitäten mit Kapitalerträgen. Dann sind da ein paar Zahlungen, die gehen an Mrs. Crowleys Mutter in …«

»Wieviel?«

»Zweitausend im Monat.«

»Was noch? Wie hoch ist die Rechnung der Anwaltskanzlei?«

An dieser Stelle wurde seine Stimme spitzer. »Das wird aus dem Prozentsatz des Bruttowertes des Nachlaßvermögens, einem Prozentsatz des jährlichen Bruttoeinkommens und spezifischen juristischen Kosten der Verwaltung berechnet.«

»Kommen Sie schon, eine Zahl.«

»Ungefähr sechzigtausend.«
»Was noch?«
»Nun, das Pflegeheim für Mr. Crowley, den Vater. Das sind so etwa sechstausend im Monat. Dort gibt es eine Menge Kassenpatienten, für die man aus Bundesmitteln keine entsprechend hohe Vergütung erhält. Deshalb schlägt man bei den Rechnungen für die Privatpatienten wahnsinnig drauf. Also, die berechnen uns alles – Extrasocken, Besuche bei Fachärzten, solche Sachen. Ein neuer Gehstock. Der ganze Papierkram und alle medizinischen Berichte gehen hier ein. Zuerst fand ich das nicht richtig, aber Jane hat Mrs. Crowley gefragt, ob sie sie zugeschickt haben wollte, und sie hat das abgelehnt. Es gibt auch noch andere Rechnungen für den Vater. So was wie spezielle Therapieschwestern, Hörgeräte, Besuche des Sachwalters, besondere Obstgeschenkkörbe zu Weihnachten, Gaumenoperationen …«
»Wer ist dieser Sachwalter?« wollte ich wissen. »Irgendeine Frau aus der Nachbarschaft, die sich ein wenig Zubrot verdienen will?«
»Nein, es handelt sich um ein Rechtsanwaltsbüro.«
»Das verstehe ich nicht.«
»Nun, ich zeige es Ihnen.« Er leerte eine Kiste und breitete den Inhalt auf dem Tisch aus. In wenigen Sekunden hatte er eine Urkunde herausgefischt, auf der SEGAL & SEGAL stand, mit Sitz in Queens. Das verschlug mir den Atem. Segal & Segal hatten am selben Tag Bankrott erklärt, als die Segal-Immobilienverwaltung, die frühere Besitzerin des Hauses East 11th Street Nr. 537, Bankrott erklärt hatte. »Sehen Sie einmal hier, das verzeichnet die Besuche bei Mr. Crowley.«
Ich prüfte das Papier. Es führte für den monatlichen Rechnungszeitraum zwei Besuche in der Woche von einer gewissen Mrs. Norma Segal auf. Jeder Besuch belastete das Vermögen mit fünfundfünfzig Dollar. Es mußte sich um dieselbe alte Norma Segal handeln, auf die Mrs. Wood in ihren Unterlagen gestoßen war.
»Fünfundfünfzig Dollar für einen Besuch – ich finde nichts Schlechtes daran, das zu bezahlen«, sagte Raoul. »Irgendeine Art Nachbar-

schaftsbüro. Wie Sie auf der Rechnung des Pflegeheims ablesen können, muß es ganz in der Nähe liegen. Dieselbe Postleitzahl.«

»Sieht aus wie gut angelegtes Geld«, merkte ich an.

»Wahrscheinlich«, meinte Raoul. »Manchmal berechnen sie andere Sachen. Normalerweise fünftausend Dollar, aber das ist unregelmäßig.«

»Wofür das?«

»Ich weiß nicht. Ich bezahle es nur.«

»Wie steht es mit irgendwelchen Gebühren für Tresorfächer, für Lagerräume, private Briefkästen, diese Dinge?«

»Keine.«

»Um noch einmal auf andere persönliche Ausgaben zu sprechen zu kommen. Sind hier irgendwelche Zahlungen an andere Parteien dabei – Sie wissen schon, Leute, die keine Rechnung für Dienstleistungen oder Waren stellen, einfach nur Auszahlungen?«

»Ja, eine Menge. Sie kommen von Mrs. Crowley. Wir bekommen einfach eine schriftliche Notiz von ihr mit der Anweisung: Bitte diesen Betrag an den und den zahlen.«

»Ich vermute, sie könnte sie einfach von ihrem eigenen Konto bezahlen.«

»Richtig, aber ihr Einkommen aus dem Vermögen ist steuerpflichtig. Ausgaben, die vom Vermögen abgehen, können von der Steuer abgesetzt werden. Das ist so: Wenn sie ein kaputtes Waschbecken reparieren läßt und das von ihrem Konto bezahlt, dann ist die Ausgabe am Ende des Jahres eine Ausgabe aus dem laufenden Geld, die sie nachversteuern muß. Wenn sie die Rechnung an das Vermögen weiterleitet und sie davon bezahlt wird, wird die Ausgabe von der Gesamtsumme des Einkommens abgezogen und reduziert dabei die Gesamtsumme der jährlichen Steuerschuld an Bund und Land, die auf dem Vermögen lastet, wenn auch nur geringfügig.«

»Sie sollten Rechtsanwalt sein«, sagte ich.

Er lächelte. »Ich arbeite daran.«

Wir fuhren fort, und schließlich hatte ich alle Kisten durchforstet auf der Jagd nach etwas, irgend etwas, das mir Aufschluß darüber geben könnte, warum jemand Hobbs ein Videoband zuschicken sollte. Aber nach einer Weile spürte ich, daß mir die Luft ausging; die Kisten voller Papier schienen insgesamt nichts anderes als eben das zu sein: Kisten voller Papier, tote Hüllen kleiner finanzieller Transaktionen, bemerkenswert, was die Kosten zur Erhaltung des Luxus von Carolines Lebensstil betraf, aber ansonsten wenig aufschlußreich.

Ich fand Caroline in der Kaffeebar im unteren Stock. Sie war in eine Ausgabe von *Vogue* vertieft.

»Ich kann mir nicht vorstellen, daß du es finden kannst«, sagte sie und legte die Zeitschrift beiseite. »Diese ganze Angelegenheit ist verrückt. Warum rufst du Hobbs nicht an und sagst ihm, daß es unmöglich ist?«

»Warum erledigst du das nicht?«

»Habe ich. Ich habe versucht, ihn anzurufen.«

Ich fand diese Bemerkung interessant. »Wie hast du es angefangen?«

»Ich habe ihn einfach angerufen.«

»Wo?«

»In seinem Büro, wo auch immer.«

»Was heißt, wo auch immer?«

»Ich weiß nicht, sein Büro, hauptsächlich.«

Ihre Gedanken funktionierten sehr präzise. Sie log.

»Willst du, daß ich das Band finde?«

»Natürlich.«

»Dann hör auf mit dem Blödsinn, Caroline.«

»Ich mach keinen.«

»Machst du doch. Wenn du Hobbs nicht in seinem Büro angerufen hast, wo hast du ihn dann angerufen? Bei sich zu Hause? Oh, fängt Porter Wren an, sich zu fragen, warum sollte sie Hobbs woanders als in seinem Büro anrufen? Nun, die Antwort könnte lauten, daß sie seine Privatnummer besitzt. Wie kann das sein, wundere ich mich. Wieso kann sie seine Privatnummer besitzen? Angeblich sind diese Leute verfeindet miteinander. Oder vielleicht sind sie jetzt verfeindet, waren es aber nicht immer. Vielleicht haben sie einander gekannt. Vielleicht haben sie sich öfter getroffen als nur eine Nacht in einem Hotel.«

Sie hatte ein wunderschönes Gesicht, aber sie konnte es häßlich werden lassen, und das tat sie jetzt. »Leck mich.«

»Nein, Caroline, nein. Du hast mich hier reingezogen. Du hast gedacht, du könntest einfach nur das süße Sexhäschen spielen und mich an der Nase herumführen. Aber du hast mich nicht gründlich geprüft, Caroline, du hast nicht darüber nachgedacht, wie ein Kleinstadtjunge wie ich es ohne irgendwelche Beziehungen in New York mit Ellbogen, Schieberei und Drängelei zum Zeitungskolumnisten gebracht hat. Daran hast du nicht gedacht, Caroline. Du mußt auch noch etwas anderes verstehen. Die Polizei wird mich auf der Suche nach dem Band mit Fellows völlig auseinandernehmen, und sie werden dasselbe auch mit dir tun. Deshalb müssen wir das Hobbs-Band zurückbekommen, und du mußt mir sagen, was mit ihm geschehen ist.«

Danach haben wir uns sehr lange unterhalten. Nach dem ersten Treffen mit Hobbs hatte sie ihn noch ein paarmal besucht. Nur zum Reden, sagte sie. Wenn Simon nicht in der Stadt war, ging sie zu Hobbs ins Hotel und verbrachte dort ein paar Stunden. Wußte Simon das? wollte ich wissen. Ja, gab sie zu. Simon wußte Bescheid. Hobbs hatte ihr ein kleines Geschenk geschickt, und Simon hatte sie damit konfrontiert, nachdem er es gefunden hatte. Caroline hatte ihm gestanden, daß sie eine Beziehung zu Hobbs hatte. Also hatte Simon einen Grund, Hobbs zu hassen. Ja, sagte sie. Aber das Band war erst nach Simons Tod an Hobbs geschickt worden. Kannte sie irgendeinen der Geschäftsleute, mit denen Simon gearbeitet hatte? fragte ich. Ein paar. Natürlich gab es Dutzende. Vielleicht hatte Simon ihnen das Band gegeben. Nein – es wäre zu ihr zurückgekommen, sagte sie, Hollywood sei schließlich Hollywood. Irgend jemand hätte eine Kopie an eine der Fernsehshows verkauft. Und außerdem, was wäre das Motiv? Hobbs wurde offensichtlich nicht erpreßt; noch dazu könnte er fast jeden Betrag bezahlen, wenn es denn so wäre. Was ist mit Billy? fragte ich. Wer ist das? Caroline schüttelte den Kopf. Die sind zusammen rumgezogen, aber Billy ist ganz bürgerlich geworden, er ist jetzt ein Geschäftsmann von großem Kaliber. Hatte Simon irgendeinen anderen Vertrauten? Sie schüttelte den Kopf. Du hast das Studio erwähnt, sagte ich, wie funktioniert das? Sie seufzte. Nun, das Studio überweist seine Zahlungen an die Produktionsgesellschaft. Die Produktionsgesellschaft regelt ihre Zahlungen für die ersten beiden großen Filme mit Simons Agentur, die nimmt sich ihren Anteil und überweist dann einen Scheck an die Kanzlei. Was den dritten Film betrifft, gehörte die Produktionsgesellschaft Simon selbst, aber die existiert im Grunde jetzt nicht mehr, und deshalb geht die Überweisung aus dem Studio direkt an die Agentur und kommt dann hierher in die Anwaltskanzlei.

»Gibt es irgendeinen Anhaltspunkt dafür, daß er dort draußen jemanden dafür angeheuert hat, Hobbs die Bänder zu schicken?« fragte ich.

Caroline zuckte mit den Schultern. »Ich kann es mir nicht vorstellen. Warum sollte jemand das tun? Es ist dumm. Es könnte viel Ärger machen. Jedermann in Hollywood gibt sich Mühe, nett zu jedem anderen zu sein, weil man vielleicht eines Tages zusammenarbeiten könnte. Außerdem mußt du daran denken, daß die Zeit, die Simon dort drüben verbracht hat, ziemlich kurz gewesen ist. Alle wechseln dauernd die Stellung. Sein kleiner Kern, weißt du, ist überall verstreut. Ein paar arbeiten jetzt für Quentin Tarantino, für John Singleton, für alle möglichen Leute.«

»Wie steht es mit dem Haus seines Vaters?«

»Sein Vater lebt seit sechs oder sieben Jahren in dem Pflegeheim. Das Haus ist vor langer Zeit verkauft worden.«

»Erzähl mir etwas über Mr. Crowley«, forderte ich sie auf. »Wie krank ist er?«

Caroline tat sich ein wenig Zucker in den Kaffee. »Ich weiß es nicht.«

»Du hast nicht mit seinen Ärzten gesprochen?«

»Nein.«

»Kennst du ihn?«

Sie schüttelte den Kopf. »Nein.«
»Du bist ihm aber mal begegnet.«
»Bin ich eigentlich nicht.«
»Warum nicht?«
»Simon hat mich niemals zu einem Besuch mitgenommen.«
Das kam mir eigenartig vor.
»Simon hat mich niemals in seine alte Umgebung mitgenommen«, protestierte sie. »Er sagte, er wolle mich einmal in das Haus mitnehmen, in dem er aufgewachsen war, mir die Nachbarn vorstellen und so, aber er hatte niemals Zeit. Deshalb habe ich wirklich keine Verbindung zu diesen Leuten.«
»Aber ist denn der Vater nicht zur Beerdigung gekommen?«
»Nein.«
»Warum nicht?«
»Nun, es war eine kleine Feier, Porter, weißt du, sehr privat, und er ist einfach nicht gekommen.«
»War er eingeladen?«
»Ich nehme es an.«
»Du hast keine Nachricht an das Pflegeheim geschickt und ihm berichtet, daß sein Sohn tot ist und er zur Bestattung kommen sollte?«
Sie schaute auf den Tisch herab und drückte sich die Finger an die Stirn. »Das Studio hat sich um die Beerdigung gekümmert, Porter. Ich war nicht in der Verfassung dafür.«
»Du willst mir doch nicht sagen, daß Simon Crowleys Vater niemals benachrichtigt wurde, daß sein Sohn tot ist und daß eine Beerdigung stattfinden würde?«
Sie blickte mich an. »Ich glaube, das ist so gewesen. Vielleicht hat man es ihm später mitgeteilt.«
Ich betrachtete die Leute, die draußen an der Kaffeebar vorbeigingen.
Caroline angelte sich meine Mappe und kramte in ihrem Inhalt herum. »Du solltest ein Bild von mir hier drinnen haben. Immer wenn du sie öffnest, würdest du mein lächelndes Gesicht sehen.«

Ich drehte mich zurück. »Meine Frau würde das zum Anlaß für ein Gespräch nehmen.«
»Sie würde nichts davon wissen«, sagte Caroline.
»Sie würde es wissen«, antwortete ich.
»Warum?«
»Sie denkt an alles, meine Frau.« Sie würde ganz sicher daran denken, meinen Vater zu meiner Beerdigung einzuladen.
»Das sagst du mit Stolz.«
»Ich bin stolz auf sie.«
»Aber du bist hier mit mir.«
»Ich bin auch hier mit ihr.«
Sie ließ die Schlösser meiner Mappe zuschnappen. »Ich gehe jetzt. Du gehst mir verflucht auf den Keks.«

Das Pflegeheim Greenpark in Queens war eine riesige Anstalt, die allein schon durch ihre Architektur daran gemahnte, daß alle Hoffnung Illusion war. Ich meldete mich an der Rezeption an. Der Empfangsbereich war von Hochbetagten in Rollstühlen bevölkert, Hochbetagte, die über den gewachsten Fußboden schlurften, Hochbetagte, die unverwandt auf die leuchtenden Sprüche über das Glück starrten, die an die Informationstafeln geheftet waren. Das uniformierte Personal war ausschließlich schwarzer Hautfarbe. Ich fragte, wo ich Mr. Crowley finden könnte, und wurde auf die sechste Etage verwiesen. Normalerweise werden die Stockwerke in solchen Einrichtungen nach der Pflegebedürftigkeit der Patienten aufgeteilt, und ich fragte mich, wie wohl der Zustand der Patienten im sechsten Stock sein würde. Ich fuhr zusammen mit einem schnurrbärtigen Alten hinauf, der eine Reihe von Kniebeugen machte, wobei er in einer Urinpfütze stand, die nicht unbedingt seine eigene sein mußte. Ich meldete mich auf dem Stockwerk an und wurde gefragt, welchen Patienten ich besuchen wollte, und die Schwester zog einen Aktenordner herunter, der mit CROWLEY markiert war, und ich schrieb meinen Namen mit Datum. Der letzte Besucher war Mrs. Norma Segal gewesen. Tatsächlich hatte niemand anders Mr. Crowley in letzter Zeit besucht. Es hatte den Anschein, als käme Mrs. Segal regelmäßig jeden Montag und jeden Donnerstag. Ihre Unterschrift zeigte eine enge, vorsichtige Handschrift, ein Stil, den ich mit Lehrerinnen in der dritten Klasse in Verbindung bringe. Ich blätterte die Seite von links nach rechts, so daß ich die Besucher der letzten Monate überblicken konnte. Mrs. Norma Segal, ohne Unterbrechung.

Die Schwester wies mich zum Tagesaufenthaltsraum, und ich kam an mehreren chinesischen Alten vorbei, alles Frauen, die eingesunken in ihren Rollstühlen saßen. Eine andere Frau in einem roten Bademantel schlurfte vorüber, erspähte mich umd kreischte: »He! Ich bin so müde!«

Im Tagesraum begegnete ich einem Dutzend alter Menschen in Rollstühlen. Ein Fernseher lief, und die Alten betrachteten das Geschehen auf der Mattscheibe, aber ohne Ironie – oder vielleicht mit der allergrößten Ironie. Jeder der Hochbetagten hielt einen kleinen Pappbecher mit irgendeinem nahrhaften Trunk und einem Strohhalm. Niemand trank. Eine Frau sabberte irgendetwas Nasses in meine Richtung.

Eine Aufseherin, eine junge schwarze Frau, die auf einem Stuhl lümmelte, blickte auf. »Was is?«

»Ich suche Mr. Crowley.«

Sie deutete lässig mit dem Finger in eine Richtung.

Er saß in seinem Rollstuhl. Unter ihm hatte man einen großen Urinbehälter angebracht, und obwohl seine Augen offen und wach waren, hing sein Mund schlaff und feucht herunter. Ich konnte erkennen, daß seine Zähne genauso wie die seines Sohnes waren, groß und krumm. Sein Gesicht war seit Tagen nicht rasiert worden; sein Nakken schon viel länger nicht.

»Mr. Crowley?«

Er starrte mich nur an. Die Hautlappen unter seinen Augen waren nach innen gefallen, als ob seine Augen zurückgetreten wären.

»Hallo, Mr. Crowley.«

»Wird da nich viel nutzen, Mister«, rief die Hilfskraft.

Mr. Crowley roch, ich muß es schon sagen, wie ein altes Tier. Aber ich versuchte es noch einmal, und er hob eine papierene Hand hoch in die Luft. Ich schüttelte sie sanft, wobei ich bemerkte, daß die Hand eines in Rente stehenden Fahrstuhlreparateurs noch ziemlich viel Kraft in sich trug.

»Wenn Sie ihn in sein Zimmer bringen wollen, können Sie das tun«, sagte die Wärterin.

Während ich Mr. Crowley aus dem Tagesraum schob, sah ich, daß er noch ziemlich viele Haare auf dem Kopf hatte, obwohl sie plattgedrückt und fettig und von unzähligen Schuppensternen übersät waren. Der Fußboden des Flurs war blitzsauber, aber jenseits des durchdringenden Geruchs nach Desinfektionsmitteln schien die Luft abgestanden und recycelt zu sein, als sei sie durch irgendwelche Nieren gedrückt worden. Eine Atmosphäre zusammengepreßter ausgeatmeter Luft.

Wir kamen an etlichen Zimmern vorbei, jedes eine Variation desselben Themas: alter Mensch schlafend im Bett, Kinn nach oben, Mund eingefallen, wie eine Probe für den Tod; alter Mensch im Rollstuhl, der Helfer macht ihm ein Bett zurecht; alte Frau nackt von der Taille an abwärts, ein Helfer zieht sie an; alter Mensch im Rollstuhl, dabei, den Haferbrei auf dem Rollstuhltablett zu betrachten; alter Mensch im Bett, schlafend. Mr. Crowleys Zimmer – ein privates, wie ich bemerkte – war klein und spärlich möbliert. Es gab ein Waschbecken an einer Wand, einen eingebauten Schubladenschrank, eine Dusche. Ein Heißluftschacht rasselte in der Ecke. Auf einem Nachttischschrank neben dem Krankenbett stand ein kleines, eingerahmtes Farbfoto, und ich beugte mich hinunter, um es zu betrachten: ein kleiner dunkelhaariger Mann, Mr. Crowley, seine Frau und, zwischen ihnen, ihr Sohn Simon im Alter von ungefähr drei. Der Hintergrund: Queens, New York, um 1967.

»Das ist ein schönes Foto«, sagte ich, ein wenig blödsinnig.

Er antwortete mir nicht, obwohl seine Augen mich beobachteten. Ich ging zum Fenster und schaute hinunter auf den Parkplatz des Pflegeheims. Drei Pflegekräfte in blauen Uniformen warfen zusammenge-

bundene Müllsäcke in einen Container. Ein anderer Pfleger wusch ein Auto mit einem Schlauch, der aus dem Gebäude kam.
Draußen vor der Tür schlurfte die alte Frau im roten Bademantel vorbei. »He! Ich bin so müde«, rief sie. Sie schaute in den Flurbereich, und, wahrscheinlich in der Hoffnung, daß der Besucher eines anderen Patienten ihr Aufmerksamkeit schenken könnte, wandte sie sich an mich: »Ich bin so müde.«
»Es tut mir sehr leid.«
»Mein Name ist Pat«, sagte sie mit belegter Stimme. »Er kann nicht reden.«
Ich bemerkte Essensflecken auf ihrem Bademantel.
»Ich kenne hier alle. Ich bin so müde.«
»Vielleicht sollten Sie sich hinsetzen.«
»Ich kann nicht.« Sie schaute mich an, und der Mund machte Kaubewegungen. »Ich habe drei Kinder gehabt.«
»Es tut mir leid, Pat.«
»Ich habe drei Kinder gehabt, und jetzt kann ich sie nicht finden.«
»Es tut mir leid, Pat.«
»Danke«, kam ihre belegte Stimme. »Danke.« Sie blickte den Flur hinunter, als denke sie über ihre endlosen, vorgeschriebenen Runden nach. »Da kommt James.« Sie schlurfte weiter.
Draußen waren Schritte zu hören, und dann spazierte ein stattlicher Mann in mittlerem Alter mit Hawaii-Hemd und grüner Hose herein. Er hatte einen Notizblock dabei und schien überrascht, mich zu sehen. »Nanu, Mr. Crowley, Sie haben Besuch!« Er wandte sich an mich. »Hallo, ich bin James, der Friseur. Ich muß herausfinden, wann dieser Herr hier sein Haar geschnitten haben möchte. Wir müssen uns auch die Fingernägel anschauen, Mr. Crowley. Das müssen wir machen! Sind Sie ein Verwandter von Mr. Crowley, mein Herr, wenn ich mir erlauben darf zu fragen?«
Ich sagte ihm, daß ich nur ein Freund der Familie sei.
»Nun, das ist schön! Mr. Crowley hat nicht viele Besucher! Mit Ausnahme von Mrs. Segal, gesegnet sei sie, ist dieser gute Herr völlig allein gelassen!« Er beugte sich vor und drückte seine Hand liebevoll

auf Mr. Crowleys ausgemergelte Schulter. »Und mit Ausnahme von mir natürlich, nicht wahr, Mr. Crowley? Wir kommen gut miteinander aus. Er kommt hinunter in meinen Friseursalon, und ich wasche ihm gründlich die Haare, schneide sie, kümmere mich um die Nägel und versuche einfach, ihn proper zu machen. Er hat ziemlich dicke Nägel. Ohren und Nase saubermachen. Vielleicht eine ordentliche Rasur, wenn ihm danach ist. Ein paar von den Mädchen wollen, daß ich ihnen die alten Haarfrisuren von vor vierzig Jahren mache, und ich versuche, es ihnen recht zu machen. Ist das nicht so, Herzblatt?« Er drehte sich verschwörerisch zu mir um. »Ich weiß, daß er versteht. Er kann nicht antworten, aber ich weiß, daß er versteht. Man kann es an den Augen sehen, man kann es ihnen allen an den Augen ansehen. Man muß in die Augen schauen, um irgend etwas zu sehen. Aber ich will Ihnen sagen, als Mr. Crowley hier hereinkam, war er ein ganz scharfer Hund, hatte nur ein kleines Problem mit seiner ... vielleicht war es Diabetes, ich kann mich nicht mehr daran erinnern, was es war. Und bis vor ungefähr zwei oder drei Jahren konnte er noch sprechen. Es geht einfach bergab mit ihnen, fürchte ich, wie Kinder auf ihrem Schlitten. Aber wir versuchen, dabei tapfer zu bleiben, wir versuchen, an Gutes zu denken – nicht wahr, Mr. Crowley? Das Personal« – er machte eine kleine traurige Handbewegung – »nun ja, es ist überlastet, und deshalb nützt es nicht, Kritik zu äußern, aber ich denke wirklich, er kann noch ...« Er schaute auf seinen Notizblock. »Wir werden ihn einfach für 10 Uhr morgen vormittag eintragen, denke ich.«

Mr. Crowley hob schwach den Arm. Ein Ton kam aus ihm heraus.

»Was ist denn, Herzblatt?« fragte James mit aufmerksamem Gesichtsausdruck. »Hmm? Ja? Die Schublade? Sie – also, ja! Er will es Ihnen zeigen – wissen Sie davon? Es ist das phantastischste Ding, das ich je gesehen habe, und ich arbeite in diesem lieblichen Tale der Hoffnung nun schon siebenundzwanzig Jahre!« James ging zur Schublade. »Er hat das selbst gemacht, nicht wahr, Mr. Crowley? Ja!« Und dann in ruhigem Ton, leise zu mir: »Es war vor einiger Zeit, als das alte Herzblatt mehr – noch er selbst war, wenn Sie wissen, was ich meine.«

Dann zog er eine seltsame Konstruktion aus Schnüren und Cornflakepackungen aus der Lade. »Lassen Sie mich nur gerade – es ist ein bißchen verdreht, ja, Mr. Crowley, ja, wir werden es aufhängen. Wissen Sie, er hat das Ding gemacht, er hat dieses Ding selbst gemacht. Was für eine Leistung! Wir haben ein paar alte Leutchen hier, die unten im Bastelzimmer ein bißchen malen, wunderbare Farben, aber niemand hat je – da!«

Das Gebilde hing an einem Stock vom Kopfende des Krankenhausbetts herab: eine senkrechte Folge von sechs kleinen Cornflakeschachteln, durch einen Bindfaden gehalten. Darunter hing eine andere Schachtel, stark verändert, so zurechtgeschnitten, daß die Schachtel ein gebogenes Dach besaß.

»Jetzt passen Sie auf. Nein. Möchten Sie es gerne machen, Mr. Crowley?«

Der sagte »Oooh«, und er schob ihn zum Bett hinüber. Er streckte seine Spinnenfinger und drückte zart auf einen der verschiedenen Fäden. Seine Augen leuchteten jetzt vor Entschlossenheit; in der Asche seines Verstandes glühte immer noch Kohle. Seine Finger zogen den Faden nach unten, und die kleine, gebogene Schachtel am unteren Ende schob sich im Inneren der Schachteln langsam nach oben. Er hielt die gebogene Schachtel an, als sie in das Innere der oberen Schachtel geschlüpft war.

»Sehen Sie?« fragte James und beugte sich vor. »Es hat kleine Türen!« Und tatsächlich drückte er seine Finger durch einen liliputgroßen Satz von Türen, die sich in Klebebandangeln bewegten. Einmal geöffnet, enthüllte die Tür eine andere Tür in der inneren Schachtel, eine, die mit der ersten perfekt übereinstimmte und sich ebenfalls öffnen ließ.

»Ist das nicht das tollste Ding, das Sie je gesehen haben?« fragte James. Er blickte auf seine Uhr. »Ah! Ich werde in Mrs. Chus Zimmer erwartet. Termine, Termine. Auf Wiedersehen, mein Lieber!« Er tätschelte Mr. Crowleys Hand und verschwand dann.

Wir blieben im Zimmer zurück, und das Gebilde blieb vor uns hängen.

»Mr. Crowley?« fragte ich. »Wissen Sie, daß Ihr Sohn Simon tot ist?« Er betrachtete mich auf die Art, wie ein Pferd einen Menschen betrachtet, der nichts über Pferde weiß, und schloß dann seine Augen. Einen Augenblick lang fürchtete ich, daß er in seinem Stuhl zusammenbrechen könnte, aber er öffnete die Augen wieder, schaute zur Seite, und ein Ton entfloh seiner Brust, der vielleicht einen unfreiwilligen Seufzer der Trauer in sich trug. Wir saßen da. Ich rückte näher an den Spielzeugfahrstuhl heran und betrachtete ihn genau. Mr. Crowley hatte versucht, verschiedene Markierungen auf der Innenseite und der Außenseite der Schachteln anzubringen, die Knöpfen entsprechen mochten, Schalttafeln, Fenstern und anderen Details eines Fahrstuhls, die ich nicht verstand. Es lag eine gewisse Besessenheit darin. Als ich aufschaute, war Mr. Crowley eingeschlafen, sein Kopf war im Rollstuhl nach hinten gefallen, sein Mund stand weit offen. Ich betrachtete ihn. Sein Hals rasselte beim Atmen. Nach einer Minute öffneten sich seine Augen ein ganz klein wenig, und ich war nicht sicher, ob er mich sah oder weggetreten war. Ich beugte mich vor, legte meine Handfläche an die Stirn des alten Mannes und forderte ihn still dazu auf, so wie ich es immer bei meinen Kindern tat, seine Augen zu schließen und seine Ängste freizugeben. Das Trostspendende der warmen Hand eines anderen. Mr. Crowley lehnte sich in seinen Stuhl zurück, und seine Atemzüge wurden tiefer. Nach ein paar Minuten stand ich leise auf und ging.

Nächste Station würde die Wohnung von Mrs. Segal sein, die ungefähr zehn Blocks entfernt lag. Die Tatsache, daß Mrs. Segal der Sachwalter für Mr. Crowley war und außerdem mit ihrem Ehemann zusammen die frühere Besitzerin des Gebäudes, in dem man Simons Leiche gefunden hatte, bedeutete irgend etwas, und wenn es nur hieß, daß das Universum ab und zu Zufälle ausspuckte. Ich war gespannt darauf, mit ihr zu sprechen, und deshalb weiß ich nicht, warum ich auf meinem Rückweg noch einmal in das Besucherbuch von Mr. Crowley hineinschaute, außer daß es ein eigenartig unwiderstehliches Heft gewesen war, als ich auf dem Hinweg hineingeschaut hatte, und jetzt, nachdem ich Mr. Crowley begegnet war, betrachtete ich es als ein Dokument von großer Eindringlichkeit. Ein Mann wird geboren und wächst auf, lernt, einen Ball zu beherrschen, bürstet sein Haar vor dem Spiegel, heiratet, hat einen Sohn, arbeitet und ißt und kauft seinem Sohn ein Fahrrad und vögelt mit seiner Frau und besucht Spiele der Yankees und repariert sein Auto und wählt Nixon und kauft einen Laib Brot im Lebensmittelladen um die Ecke und schreibt jeden Monat seine Rechnungen und putzt sorgsam seine Zähne, und dann lebt er, peng, in einem Pflegeheim, und da gibt es einen dreifach gelochten Hefter, der beweist, daß er außer den Rechnungseintreibern und einer Mrs. Norma Segal allein ist. Die Welt hat vergessen, daß er lebt. Sogar die gutgemeinte Zuwendung von James, dem Friseur, war oberflächlicher Art. Es faszinierte mich auch, als ich die Seiten zeitlich rückwärts durchblätterte und nur Mrs. Segals Unterschrift sah, daß Caroline Mr. Crowley nach Simons Tod nicht besucht hatte. Wenn man davon ausging, daß sie Simon geliebt hatte, erschien ihre Unfähigkeit, seinen Vater auch nur ein einziges Mal zu besuchen, als ein Akt bemerkenswerter Herzlosigkeit. Sie wußte, daß es ihn gab; sie wußte, daß man die Alten nicht in einem Lagerhaus verrotten lassen sollte. Ich blätterte und blätterte die Seiten durch, und dann war ich mehr als eineinhalb Jahre zurück, in der Zeit, bevor Simon gestorben war. Mrs. Segal hatte auch damals ihre Besuche gemacht. Ihre Unterschrift war gelegentlich von der Simons unterbrochen, wobei die seine mehr ein hingeworfener Kringel war, als ob er in Eile wäre oder verärgert über die Formalität. Sie erschien regelmäßiger, je weiter die Zeit zurückging, und ich konnte erkennen, daß seine Besuche in Phasen stattfanden, drei Besuche in fünf Tagen oder zwei in sechs und dann eine lange Strecke dazwischen. Mrs. Segals Unterschrift fand sich beständig zweimal die Woche. Als ich noch weiter zurückging, erschien Simons Unterschrift jeden zweiten Tag, und ich vermutete, daß diese Häufigkeit nur möglich war, bevor seine Karriere sich beschleunigte. Noch ein paar Monate zurück hatten seine Besuche täglich stattgefunden. Simon war ein außergewöhnlich liebevoller Sohn gewesen. Ich blätterte wieder nach vorne und fand seinen letzten Besuch, und überraschenderweise auch dies: ein kleiner Zusatz in Klammern neben Simons Namen, in seiner eigenen Handschrift – *(und Billy)*. Das Datum war der 6. August, vor siebzehn Monaten. Das war, wie ich mich erinnerte, das letzte Mal gewesen, daß Caroline Simon lebend gesehen hatte. Billy Munson war an jenem Tag mit Simon zusammengewesen. Wer hätte das gedacht?

Die Stimme war weiblich, wirkte professionell, tüchtig und zeigte überhaupt kein Interesse an meinem Problem. Mit der nächsten war es dasselbe. Und mit der nächsten auch. Billy Munson hatte in zwei Jahren drei Banken verlassen und sich dann völlig aus diesem Geschäft zurückgezogen. Schließlich machte ich ihn in einer kleinen, aber schlagkräftigen Risikokapital-Firma ausfindig, und seine Sekretärin ließ sich zu der Auskunft bewegen, daß er vielleicht heute abend nach einer geschäftlichen Besprechung im Harvard Club erreichbar wäre. Ich mußte mit beiden, mit Munson und mit Mrs. Segal, reden, aber Mrs. Segal war eine alte Frau mit einem alten Ehemann, die sich schwerlich aus meinem Visier bewegen würde, und mein ganzes Gespür sagte mir, daß Munson der Aktivere von beiden war. Wenn er greifbar war, wollte ich ihn so bald wie möglich sehen.

Im Empfangsbereich des Clubs nickte ich dem Mann hinter dem Tresen mit gewichtiger Miene zu. »Die Gruppe von Mr. Munson?« fragte ich.

»Dritter Stock, mein Herr.«

Ich wurde von einer Frau begrüßt, die aussah wie eines der zweitklassigen Models im ›Victoria's Secret‹-Katalog. »Wie schön, Sie zu sehen«, sagte sie und setzte ein Lächeln auf, das zu lang anhielt – um zu zeigen, daß sie es nicht so meinte. »Sie können Ihren Mantel hier ablegen.« Ich ging durch einen getäfelten Flur in einen kleinen Raum. Ein kleingewachsener Mann stürzte mir, wie von Rädern angetrieben, entgegen und ergriff meine Hand. Auf seiner Krawatte schwebten Golfschläger. »Wir freuen uns, daß Sie es einrichten konnten!« sagte er verschwörerisch. »Bei dem Wetter heute abend …« Er schüttelte den Kopf, als bereite es ihm großen Kummer, und bedeutete mir dann, an die Bar zu treten. Ich ließ mir einen Gin Tonic geben. Die Bar lag neben einem Konferenzzimmer; mit dem Drink in der Hand spazierte ich dort hinein. Die Frauen waren alle um die Fünfzig und hatten es sehr darauf angelegt, zu zeigen, daß sie viel Zeit mit Fitneß verbrachten. Was Make-up und Haare betraf, so erschienen sie wie Variationen über die Themen ›gewachste Früchte‹ und ›Spritzgußplastik‹. Eine von ihnen sah aus, als wäre sie im sechsten Monat schwanger, und als ich an ihr vorüberging, hörte ich, wie sie ihren Svengali beschrieb, den Fruchtbarkeitsspezialisten. Die Männer waren älter und bewegten sich mit einem gewissen ziegenbockähnlichen Behagen im Raum. Daß sie sich hier, aus welchem Grund auch immer, in diesem Raum aufhielten, schien ihnen Grund genug, sich selbst zu beglückwünschen. Ich sah mich nach Billy Munson um. Er würde, aufgrund der Videos von Simon Crowley, ganz leicht zu finden sein, dachte ich: bombastisch, schwergewichtig, Bürstenhaare.

Ein großer, gebräunter Mann kam mir entgegen. »Jim Krudop«, verkündete er. »Schön, daß Sie es einrichten konnten.« Er hatte den Handschlag eines Installateurs, und im Unterschied zu den anderen trug er ohne jegliche Hemmung ein gutgepolstertes Innenleben zur Schau, das gegen seine Hemdknöpfe drückte. Ich wollte mich gerade durch die Tür verdrücken, als sich alle zu setzen begannen, voller Erwartung, wie Kinder im Zirkus. Der kleine Mann, der mich am Fahrstuhl begrüßt hatte, segelte in den Raum. »Wir werden versuchen, es kurz zu machen«, kündigte er an. »Sie alle kennen mich, deshalb werde ich einfach Bill Munson vorstellen, der die juristischen Aspekte der Teilhaberschaft ausarbeitet und die Finanzierung und Budgetierung überwacht. Bill hat ziemlich lange mit Jim Krudop zusammengearbeitet und ist der Meinung – darf ich dir Worte in den Mund legen, Bill?« Der kleine Mann lächelte, als ob man ihn auf den elektrischen Stuhl hinrichten würde. »Bill hat großes Vertrauen in dieses Vorhaben. Er wird Jim vorstellen, und danach hat Jim das Wort mit seiner Dia-Vorführung.«

Ein anderer Mann stand auf – in den späten Dreißigern, schlank, vertrauenerweckend graumeliert, fester, bestimmter Gesichtsausdruck und ein Haaransatz, der ihm beim Zurückweichen mehr Distinguiertheit verlieh. Dies war Billy Munson, der Söldner des Kapitals. »Ich werde nur ein paar Worte sagen«, begann er. »Wie Sie wissen, wollen wir zehn Millionen aufbringen. Jede Anlageeinheit ist auf einhunderttausend angesetzt. Das heißt, die Mindestanlage beträgt einhunderttausend. Bis jetzt haben wir vier Millionen zusammen. Wir werden morgen in Hongkong sein, danach in Tokio, später dann in Rio, und gehen davon aus, daß wir heute in zwei Wochen überzeichnet sein werden. Ich versuche, die Unkosten dadurch gering zu halten, daß die juristischen Formalitäten im Austausch gegen verschiedene Teilhaberschaftsanteile erledigt werden – übrigens wird die Kanzlei von Beppy Martins Ehemann die Angelegenheit übernehmen.« Er winkte der schwangeren Fünfzigjährigen zu. »Hallo, Beppy, ich freue mich, dich hier zu sehen. Die Aktiengesellschaft wird aus Steuergründen entweder in der Schweiz oder auf den Bermudas angesiedelt sein. Nun also, die zehn Millionen, die wir aufbringen, werden siebzig Prozent der Firma ausmachen, und diese Gelder werden zurückgezahlt, ehe die restlichen dreißig Prozent der Anteilseigner irgend etwas erhalten, mit einem ordentlichen Prozentsatz verzinst, der dann aufgelaufen sein wird. Zum ausschlaggebenden Besitzanteil gehört Jims Quote, die dreizehn Prozent beträgt, und er wird Ihnen rasch erzählen können, daß er aus diesem Anteil seine Taucher und Techniker und ebenso gewisse Regierungsbeamte auf den Azoren bezahlen muß. Zehn Prozent sind Zahlungen im guten Glauben an die Bluegreen Exploration Limited, Jims frühere Kommanditgesellschaft, die über die Jahre einen großen Teil seiner Erkundung der Azoren finanziert hat, ebenso wie kürzlich das technische Gutachten über die Insel Graciosa, wo sich die Wracks befinden, für die sich Jim interessiert. Vier Prozent von den zehn Millionen gehen an die Leute, die die Finanzierung abwickeln, und die restlichen drei Prozent gehen an Gripp Investments, für verwaltungstechnische Unterstützung, begleitende Hilfsmaßnahmen, Überwachung und so weiter. Das Zehnmillionenbudget deckt Tätigkeiten bis zu vier Jahren im voraus ab. Einen

Teil der Auslagen wird Jim näher erläutern, aber ich kann Ihnen berichten, daß eine Phantom ROV mit Sonar, Videoausrüstung und Standkameras eingeschlossen ist, die Objekte in bis zu zweitausend Fuß Tiefe aufnehmen kann. Außerdem gibt es eine Seitenscanneranlage, ein Magnetometer, eine Kompressionskabine, vier Zodiac-Schiffe, solche Dinge – gut angelegtes Geld, das versichere ich Ihnen. Auch zahlen wir eine jährliche Lizenzgebühr an die portugiesische Regierung, die hundertundfünfundfünfzigtausend für die sechsmonatige Arbeitssaison beträgt, und ebenso ungefähr einhundertundfünfzig pro Jahr an Geo Sub, die Tiefsee-Explorationsgruppe, die wir unter Vertrag nehmen werden. Ich könnte mit der Finanzierung weitermachen, aber ich werde Jim für den unterhaltsamen Teil das Wort überlassen.«

Munson setzte sich vorne hin; ich kam nicht an ihn heran. Mir blieb nichts anderes übrig, als zu warten.

Krudop stand auf. »Danke an alle, die heute abend hierhergekommen sind«, begann er. »Wie die meisten von Ihnen wissen, habe ich fast mein ganzes Leben lang nach Schiffswracks getaucht, ohne Unterbrechung, seitdem ich aus der Marine entlassen wurde. Jetzt werde ich einfach – können Sie das Licht regeln? – danke. Ich habe schon vor langer Zeit angefangen, mich für die Azoren zu interessieren, aber die portugiesische Regierung hielt den Ort dreißig Jahre lang fest unter Verschluß. Hier … haha, ich war ein schönes Stück dünner auf diesem Foto. Das bin ich bei der Arbeit an meinem ersten Wrack, 1957. Also, die Azoren waren im transatlantischen Schiffsverkehr vom späten fünfzehnten Jahrhundert bis zur Mitte des neunzehnten Jahrhunderts ein wichtiger Zwischenlandeplatz. Das ist eine typische Galeone von dreißig Metern Länge. Sie landeten hier auf ihrem Weg zurück aus der Neuen Welt, auf dem Rückweg nach Spanien oder auf dem Weg von Brasilien nach Portugal. Auch die portugiesisch-ostindischen Schiffe, die um das Kap herumkamen, legten hier an. Dies ist die Karte der Insel Graciosa. Sie fuhren in den Hafen, um Wasser, Waren und Nahrungsmittel aufzunehmen. Oft haben sie eine Begleitflotte versammelt, wenn sie, wie viele von ihnen, Gold oder Silber geladen hatten. Das ist eine Aufnahme von einigen Goldbarren, die wir 1962 vor Florida gefunden haben, genau die Art, die viele dieser Schiffe geladen hatten. Ohne Hüttenstempel sind sie wertlos, und ihr Marktwert entspricht dem jeweils aktuellen Goldpreis. Mit den Stempelzeichen – und wie Sie sehen, hat dieser mehrere, das Datum ist 1547 – liegt ihr Verkaufswert vierzigmal über diesem Preis. Nicht schlecht. Die großen silbernen wie diese hier, die wir 1977 vor St. Croix gefunden haben, nennen wir Türstopper. Zwischen 1500 und 1825 wurden die neun Inseln der Azoren von ungefähr sechs- bis achthundert Schiffen im Jahr angelaufen. Wir wissen das aus den Aufzeichnungen, die es in Südamerika, in Lissabon und all den Orten gibt, in denen die Regierungen die alten Dokumente aufbewahrt haben. Dies ist so ein Dokument. Ich habe dreißig Jahre damit zugebracht, sie lesen zu lernen – normalerweise sind sie in einem Gemisch aus Portugiesisch, kastilischem Spanisch, Latein, manchmal sogar Holländisch verfaßt. Auf den Schiffen gab es Ladeverzeichnisse. Das hier ist eins für ein holländisches Handelsschiff, es datiert von ungefähr 1550. Es verzeichnet um die sechsunddreißigtausend Goldmünzen. Es hat sich um ein Tiefseewrack gehandelt, und im Jahre 1969 fanden wir diese Goldmünzen innerhalb eines Bereichs von vierzig Quadratmetern. Leider wurden die meisten von der panamesischen Regierung konfisziert. Jede einzelne davon wäre heute ungefähr fünfundzwanzigtausend wert. Jedenfalls, alle Schiffe haben die Azoren durchquert. In der weiteren Umgebung gibt es Tausende von Wracks. Das klingt nach sehr viel, ich weiß. Aber 1591 zum Beispiel sind einhundertzwanzig Schiffe auf dem Rückweg von Südamerika in einen Hurrikan geraten. Achtundachtzig davon sind gesunken. Hier ist eine Kanone. Wir finden viele von diesen mit langem Lauf in phantastischem Zustand, wenn sie in Bronze gegossen waren. Die Fischer bringen sie manchmal nach oben. Ungefähr zwanzigtausend das Stück kosten diese …«

Versunkene Schätze. Ich saß in einem Raum voll mit reichen Leuten, die versunkene Schätze finden wollten. Ich suchte nach einem Videoband mit einem fetten Mann, sie suchten nach gesunkenen Kanonen.

Jeder will irgend etwas. Ich betrachtete Billy Munson und fragte mich, wie ich ihn dazu bringen könnte, mit mir zu reden.

Aber jetzt wurde die Show gut, besser als irgendwas auf den Einkaufskanälen im Fernsehen. »– in anaeroben Zonen«, sagte Krudop gerade, »das heißt, sie sind sauerstoffrei, und das hindert die Würmer daran, das Holz zu zerfressen, was gut ist, denn das Holz hält den Schatz besser zusammen. Das Zeug ist – das hier ist einer unserer Taucher mit dem alten Sandsauger, den wir benutzt haben. Es würde drei Tage dauern, den Sand in, sagen wir mal, Zimmerumfanggröße herauszugraben, aber jetzt haben wir dieses Ding – es ist einfach wie ein großer Ellenbogen, und wir montieren ihn über den Schiffspropeller und blasen den Sand fort. Wir können ungefähr soviel Sand, wie er diesen Raum hier füllen würde, in circa zehn Sekunden fortblasen und so auf das herunterkommen, was wir Hartgrund nennen, wo das Schiff dann tatsächlich liegt. Das ist eine Aufnahme von einem Teil der Perlen, die wir in Jamaika ans Tageslicht befördert haben. Wir haben siebzehntausend davon geborgen; vier Boote sind untergegangen. Es ist nun so, daß viele dieser Schiffe aus dem Fernen Osten kamen und Porzellan geladen hatten. Hier, das ist Porzellan aus der Ming-Dynastie, das wir 1983 geborgen haben. Jedes Teil war zerbrochen. Jedes einzelne Teil. Wir brachten über zwei Millionen Scherben nach oben, nicht einen einzigen Unterteller. Es war ein Flachwasserwrack. Das Zeug wurde hin- und hergestoßen, zertrümmert. Oftmals sind die Wracks auf den Riffen die Mühe nicht wert, das Zeug liegt zu weit verstreut. Hier, das ist eine Goldkette; davon haben wir viele gefunden. Im Ladeverzeichnis des Schiffes ist immer der Inhalt registriert, aber die Schiffe führten darüber hinaus oftmals weit mehr als Schmuggelware mit sich. Die Rechtsprechung wurde so gehandhabt, daß ein Seemann keine Steuern entrichten mußte für das, was er auf seinem Körper trug, wenn er von zwei Sklaven vom Schiff getragen wurde. Sehr trickreiche Formulierung. Die Seeleute ließen also Goldketten anfertigen, in die sie ihre Körper einwickelten. Sehr schöne Kettenglieder. Die längste, die wir gefunden haben, war vierzig Meter lang. Hier ist ein portugiesisches Astrolabium. Siebzehn von den neunundsechzig auf der Welt bekannten Astrolabien haben wir gefunden. Sotheby's hat das letzte für achthundertundzweiundachtzigtausend verkauft. Sehr selten. Aber wir erwarten, noch einige mehr zu finden. Wir schätzen, mit ein paar Treffern können wir durchschnittlich fünfzig Millionen pro Boot veranschlagen. Natürlich braucht es Jahre, ehe man das Geld herausbekommt, das will ich ausdrücklich betonen. Das hier zeigt eine Silbermünze vor der Reinigung, fast schwarz, und nachher, wenn die ganze Gravur sichtbar ist. 1969 haben wir ungefähr achttausend davon in Florida raufgeholt. Hier, das ist ein vollständiger Rikschawagen, aus Jade gefertigt, den wir 1978 geborgen haben. Es hat fünf Jahre gedauert, bis ein Museumskurator ...«

Ich hörte nicht mehr hin und betrachtete die flackernde Abfolge von Dublonen, Achterstücken, Perlen, Barren, Elfenbein, Flaschen, Gefäßen, Messergriffen, Handgriffen von Bronzekanonen, Tabakdosen, Kanonen, goldenen Gewürzkästen, Rasierschüsseln aus Porzellan, silbernen Pferdesporen, Kisten, Silberkämmen, Edelsteinen, Kruzifixen und so weiter, eine sagenhafte Aneinanderreihung von versunkenem Reichtum. Alle fünf Minuten kam eine Frau mit einem Tablett vorbei, und sehr bald hatte ich für sicherlich hundert Dollar Kaviar verzehrt. Schließlich gingen irgendwann die Lichter wieder an, und Billy Munson nahm ein paar Fragen entgegen. Ein verhutzelter Mann, der aussah wie ungefähr achtzig, stellte ein paar sehr scharfe. Er mußte seine Investition natürlich früher als andere zurückbekommen! Dann begann die Versammlung sich aufzulösen. Munson sah nicht aus, als sei er leicht aus dem Gleichgewicht zu bringen. Ich schlenderte in seine Nähe, und als ich eine Gelegenheit fand, flüsterte ich: »Ich wüßte gerne, ob wir einen Augenblick Zeit für eine etwas privatere Unterhaltung erübrigen könnten.«

Munson warf einen Blick an mir vorbei auf den kleinen lächelnden Mann, der mit seinen Augenbrauen ein Ja signalisierte.

»Lassen Sie uns in einen anderen Raum gehen.«

Dort gab ich mich zu erkennen und erklärte, daß ich ein paar unbegründete Gerüchte über seine Unternehmungen mit Simon gehört hätte. Ich würde ihnen keinen Glauben schenken, sagte ich, weil sie an den Haaren herbeigezogen schienen, aber ich hätte gern gewußt, ob wir kurz darüber sprechen könnten.

Munsons Stimme war ruhig: »In welchem Teil Ihrer Geschichte steckt die Scheiße?«

»In dem Teil über die Unglaubwürdigkeit der Gerüchte.«

Er sei auf dem Weg zu einem Flugzeug nach Hongkong, sagte er, aber ich sei eingeladen, ihn auf dem Weg zum JFK-Flughafen zu begleiten. »He, ich habe Simon besser gekannt als irgend jemand sonst. Wir haben viel Zeit miteinander verbracht. Sehr viel Zeit.«

»Es muß schlimm gewesen sein, als er starb.«

»Schlimm. Sehr schlimm.«

Wir gingen nach draußen und hielten ein Taxi an. Munson drehte das Fenster herunter, holte einen Joint heraus und fing zu rauchen an. Er entspannte sich sichtlich, was gut war, weil ich jetzt angreifen wollte.

»Caroline sagt, daß Sie sich sehr nahestanden.«

»Wir haben ein paar Dinge zusammen gemacht.«

»Ich habe davon gehört, daß Sie beide ein paar Bänder zusammen aufgenommen haben.«

»In der Tat, das hat sich rumgesprochen.«

»Wilde Zeiten und so weiter.«

»Ziemlich wild.«

»Haben Sie die mal Leuten vorgeführt?«

»Die Bänder?«

»Richtig.«

»Ich habe sie nicht.«

»Wo sind sie?«

Er öffnete die Krawatte. »Weg.«

»Wirklich?«

»Weg.« Er schüttelte den Kopf über diese Tragödie. »Eine Menge Leute würden ihre Oma verkaufen, um diese Videobänder anschauen zu können, Mann. Ziemlich wilde Sachen, und Simon ist der Täter. Glauben Sie mir, das Studio ist gekommen, hat danach gesucht. Simon soll an einem neuen Projekt gearbeitet haben, und im Studio hat man gedacht, daß er vielleicht irgendwelche Handkameraaufnahmen gemacht hat, was verrückt ist, aber sie haben ihre Leute darauf angesetzt. Wenn das Studio diese Bänder nicht gefunden hat, dann schafft das niemand.«

»Was ist mit ihnen passiert?«

»Ich weiß es nicht. Simon hat nie mit mir darüber gesprochen. Vielleicht hat er sie ein- oder zweimal erwähnt. Ich habe sie nie gesehen, aber ich wünschte, ich hätte sie gesehen, weil ich drauf bin, soviel ich weiß.«

»Waren sie nicht in seinem Nachlaß?«

»Sie meinen, ob er sie jemandem vererbt hat? Unmöglich. Wem sollte er sie vermachen?«

»Ich weiß nicht. Seiner Frau?«

»Caroline? Kommt nicht in Frage.«

»Sie war aber seine Ehefrau.«

Billy schüttelte den Kopf. »He, Sie müssen das verstehen, ich war mit Si an vielen Orten zusammen. Er hat 'ne Menge Mädels gebumst. Er hat Caroline geheiratet, weil das eine interessante Sache war. Sie war ein interessantes Ding, wenn Sie wissen, was ich meine. Sie war wie ein Rätsel, mit dem er herumspielte. Aber er war nicht für die Ehemann-Chose geschaffen. Außerdem haben sie sich nur so ungefähr sechs Monate lang gekannt.«

»Sie und Simon sind oft miteinander ausgegangen?«

»Oft, ja klar.«

»Was haben Sie mit ihm zusammen an dem Tag gemacht, als er verschwand?«

»Ich war nicht mit ihm zusammen.«

»Wo waren Sie?«

»Ich war auf einem Flug nach Hongkong. Genau wie heute abend. Ich reise viel in der Weltgeschichte herum.«

»Warum haben Sie der Polizei nicht gesagt, daß Sie Simon an dem Tag gesehen haben, an dem er verschwand?«

»Weil ich ihn nicht gesehen habe.«

»Ich wäre da anderer Meinung.«

»He, wissen Sie was?« sagte er friedlich.
»Was?«
»Ich habe ihn nicht gesehen an dem Tag, als er verschwand.«
Wir fuhren weiter. Der Taxifahrer schaute von Zeit zu Zeit in den Rückspiegel. »Ich könnte Ihnen mein Problem erzählen«, sagte ich, »aber Sie werden sich danach nicht wohler fühlen.«
»Sagen Sie mir, was Ihr Problem ist.«
»Mein Problem ist, daß ich alle Bänder angesehen habe, Billy. Alle Videobänder von Simon.«
Er schaute mich an. »Ich höre. Ich warte auf den Haken.«
»Der Haken an der Sache ist der Beweis, daß ich die Bänder gesehen habe.«
»Tatsächlich?«
»Auf dem Band ist die West Side zu sehen, vielleicht Tenth Avenue und 46th Street. Sie und Simon fahren in einer Limousine herum. Sie halten und lesen eine Nutte auf und handeln sie auf fünf Dollar herunter. Dann steigen Sie aus dem Auto, und Simon bumst sie. Als die beiden fertig sind, steigen Sie wieder ein, und dann fahren Sie weiter.«
»Okay.«
»Okay.«
»Und?«
»Das ist nur eines der Videobänder.«
»Lecken Sie mich doch am Arsch, Mann!« Er lächelte haßerfüllt. »He! Sie haben eines von Simons Bändern angesehen! Wieso bringt Sie das auf den Gedanken, daß Sie so einfach aus dem Blauen heraus auftauchen können in einer meiner …«
»Das andere Band«, unterbrach ich ihn, »das einschlägige, wird von einem Lastwagen aus aufgenommen. Der Lastwagen ist im Tompkins Square Park abgestellt, vor und während eines Krawalls durch einen Mob von Hausbesetzern und Straßenvolk. Der Lastwagen ist so aufgestellt, daß das Hauptgeschehen des Aufstands durch das Rückfenster gefilmt wird. Sie waren mit Simon im Lastwagen. Die Kamera fängt Sie beide ein, und Ihre Stimme ist klar aufgenommen. Sie

kennen das Band, von dem ich rede, Billy. Auch wenn Sie es nie angesehen haben, Sie kennen das Band, von dem ich spreche. Ich weiß. daß Sie sich daran erinnern, weil ein jeder sich daran erinnern würde, wie es war, wenn man sieht, wie einem Polizisten ein Baseballschläger auf den Kopf gedroschen wird. Ein Schlag, und er geht in die Knie. Sie haben es gesehen, Billy, Sie haben es mit Ihren eigenen Augen gesehen und haben eine Bemerkung darüber gemacht. Und es ist nun einmal passiert. Ein schwarzer Bulle wurde von einem weißen Kerl mit einem Baseballschläger erschlagen, und Sie haben gesehen, wie er das tat. Sie haben zugesehen. Sie haben die Zeitungen am nächsten Tag gelesen. Vielleicht haben Sie sogar meine Kolumne gelesen. Sie haben die Nachrichten gesehen. Sie und Simon, Sie beide.«

»Er hat gesagt, daß er es in einem Film verwenden wollte. Er sagte, es wäre so gut, daß er es einfach verwenden müßte.«

»Okay.«

»Okay?«

»Okay.«

»Was soll das heißen, okay?«

»Das soll heißen, daß Sie das den Bullen erzählen können.«

»Warum?«

»Weil die gerade sehr daran interessiert sind. Sie wissen über das Band Bescheid, Billy. Ich habe es noch nicht an sie weitergegeben. Wir verhandeln darüber, unter welchen Bedingungen sie das Band von mir erhalten. Sehen Sie, dieses Band bestätigt, wer der Mörder ist. Jetzt kann man ihn verhaften und vor Gericht stellen. Der stellvertretende Bezirksstaatsanwalt wird einen Besitznachweis präsentieren müssen, er wird es jedenfalls erwägen. Dann wird man mich vor Gericht laden wollen als den Mann, der ihnen das Band zugespielt hat. Man wird mich fragen, von wem ich das Band habe und so weiter. Ich will aber dort nicht als Zeuge aussagen. Es liegt als Journalist nicht in meinem Interesse. Irgendwann im Verlauf der Angelegenheit wird man mich über Sie befragen. Ob ich mit Ihnen gesprochen habe, ob Sie von dem Band wußten, solche Sachen. Ich meine, die Cops wissen, daß ich Sie natürlich danach gefragt hätte, warum Sie ihnen nichts von der Aufnahme gesagt haben. Und ich wäre gezwungen, ihnen zu berichten, ja, ich hätte mit Ihnen über das Video gesprochen, und daß Sie mir genau das gesagt haben, was Sie mir gerade gesagt haben, Billy, und das war folgendes: ›Er hat gesagt, daß er es in einem Film verwenden wollte. Er sagte, es wäre so gut, daß er es einfach verwenden müßte.‹ Das haben Sie gesagt. Das haben Sie vor ungefähr einer Minute gesagt. Ich habe es nicht aufgeschrieben, und ich habe keine Tonbandaufzeichnung gemacht, aber ich erinnere mich. Ich kann mich tatsächlich noch nach Jahren an einmal Gesagtes erinnern. Wo waren wir also? Okay. Wenn ich also den Cops erzähle, was Sie gesagt haben, werden die sagen: ›Heiliger Bimbam, das ist ein Geständnis der Mitwisserschaft. Dieser William Munson da hat Beweismittel über einen Polizistenmord zurückgehalten.‹ Wissen Sie, was die mit Ihnen machen, Billy? Haben Sie jemals Rudy Giuliani in die Augen gesehen? Sie werden oben in Attica im Staatsgefängnis sitzen und ihr Ding mit den versunkenen Schätzen begraben, vielleicht kriegen Sie den Schatz von irgendeinem anderen Kerl tief in sich reingeschoben, verstehen Sie? Vielleicht. Vielleicht können Sie sich rauswinden. Aber die Zeitungen würden Ihnen das Gesicht abfressen, Billy. Ich werde die Headline titeln: ›Anlageberater bei Polizistenmord vorgeführt‹, und das auf der ersten Seite, Billy. Das bei Tom Brokaw, *CBS Abendnachrichten, CNN. Vanity Fair* wird einen Artikel über Sie herausbringen, alle Ihre Verflossenen befragen. Lassen Sie einmal ihre Phantasie spielen, okay?«

»Halt, warten Sie …«

»Nein, Sie warten«, sagte ich und tippte mit dem Finger auf ihn. »Hören Sie mir weiter zu. Es gibt einen Ausweg. Wenn ich der Polizei nicht berichte, was Sie gesagt haben, dann können Sie zu Ihrem Anwalt gehen, vielleicht noch heute abend, und anfangen, darüber nachzudenken, was Sie sagen wollen, wenn man Sie fragen wird. Es wird viel besser sein, eine Antwort parat zu haben. Ein ernsthaftes Drogenproblem wäre nützlich. Ich schlage vor, daß Sie sich einen dokumentierten Nachweis über Drogenabhängigkeit zulegen oder einen bestehenden noch anreichern, Billy, oder ein Alkoholproblem, irgend etwas, damit Sie den Polizisten erzählen können, daß Sie später in jener Nacht umgekippt sind und sich an nichts mehr erinnern konnten. Einen langjährigen Nachweis über Kopfschmerzen, Behandlungen, Schwindelanfälle, Ohnmachtsanfälle, Computertomographien, solche Sachen. Es gibt Rechtsanwälte, die sich auf diese Art von Verteidigung spezialisiert haben …«

»Wer? Kennen Sie einen?«

»Nein. Setzen Sie Ihre Sekretärin darauf an. Also, wir haben ja schon darüber geredet, was geschah an dem Tag, als Simon verschwunden ist?«

Munson starrte aus dem Taxifenster. »Wir sind einfach rumgefahren, Mann.«

»Womit sind Sie gefahren?«

»Mit dem Laster seines Vaters.«

»Seines Vaters?«

»Der, den sein Vater für seine Arbeit benutzt hatte. Er gehörte ihm.«

»Der, den Sie beide im Park benutzt haben?«

Er fingerte an seinen Manschetten herum. »Ja.«

»War er mit Videogeräten bestückt?«

»Sein Alter hatte lauter altes Handwerkszeug da drin, und Simon hatte Kameras, Drogen, Schnaps, er hatte Bücher, eine Matratze, ein Fahrrad, eine Menge Kleinwerkzeug, solche Dinge. Er hatte alles da drin.«

»Wohin sind Sie gefahren?«

»Wir sind zum Pflegeheim gefahren, und Simon und sein Vater haben irgendeinen Mist besprochen. Ich habe nicht zugehört. Ich hab im Flur herumgehangen. Ich wollte Simon nicht mit seinem Vater zusammen sehen. Ich dachte mir, daß er vielleicht weinen würde, und das wollte ich nicht sehen. Ich habe nur die Hand des alten Mannes geschüttelt.«

»Wie klar war der alte Mann damals im Kopf?«

»Er war in manchen Dingen okay, aber – es war nicht Alzheimer, sondern etwas anderes. Er hatte die Fähigkeit zum Lesen und Schreiben verloren. Er konnte immer noch ein bißchen reden, denke ich. Ich konnte ihn nicht verstehen. Simon konnte das.«

»Ihr beide seid weggegangen, und was war dann?«

»Ich weiß nicht. Wir sind rumgefahren. Ich kann mich nicht an die Reihenfolge erinnern. Wir haben uns etwas zum Essen geholt, wir haben bei irgendeiner Art Büro vorbeigeschaut.«

»Einem Rechtsanwaltsbüro?«

»Ich weiß nicht. Ein Büro in einem Haus, irgend so etwas.«

»Hießen die Leute Segal?«

»Ich kann mich nicht erinnern.«

»Warum haben Sie gehalten?«

»Scheiße, Mann, ich kann mich nicht erinnern«, protestierte Munson. »Ich bin im Lastwagen sitzen geblieben. Es war ein sehr kurzer Halt.«

»War es in Queens?«

»Ja, nahe beim Pflegeheim.«

»Hat Simon je mit Ihnen über Sebastian Hobbs gesprochen?«

»Den Kerl, der Ihre Zeitung besitzt?«

Ich nickte. »Genau.«

»Warum hätte er das tun sollen?«

»Ich frage, ob er ihn je erwähnt hat.«

»Nein.«

»Hat er Ihnen jemals seine Sammlung von Videobändern gezeigt?«

»Nein, absolut nicht.«

»Warum nicht?«

»Simon war nicht so. Die Bänder waren eine intime Sache, wie ein innerer Dialog, okay? Er hat sie für seine eigenen Zwecke gemacht. Die Leute haben ihm auch Bänder gegeben, wenn sie dachten, sie hätten etwas Gutes. Ich bin manchmal mit ihm gegangen, ja, wir haben Sachen gemacht, aber mir ist nie erlaubt worden, sie zu sehen. Er hat das nie angeboten, und ich habe nie nachgefragt. Es war so eine Art Kompliment, wenn man mit ihm zusammen aufgenommen wurde, und ich wollte nicht, daß er sich mit mir unsicher dabei fühlte. Er hat auch eine Menge Bänder ohne mich gemacht. Ich habe sie nie gesehen. Und wissen Sie, zum Schluß waren wir beide mit unserem Leben beschäftigt und haben uns nicht mehr soviel gesehen.«

»Wo waren Sie am Tag, nachdem Sie herumgefahren sind?«

»Heh, ich habe noch den Ticketabschnitt, die Unterlagen der Fluggesellschaft. Ich war auf dem Weg nach Hongkong. Ich wohne immer im Conrad. Ich habe Telefonunterlagen aus dem Flugzeug. Ich habe sogar Telefonunterlagen vom Hotelwagen. Die haben da einen roten, verlängerten Rolls Royce, der einen vom Flugplatz abholt. Ich habe bis ungefähr eine Woche später nicht gewußt, daß er tot war. Ich habe es bei CNN gesehen.«

»Sie haben der Polizei nie erzählt, daß Sie einen Teil des Tages mit Simon verbracht haben?«

»Nein.«

»Sie waren sein Freund?«

Munson runzelte die Stirn. »He, Sie können mich mal. Simon und ich haben uns um etwa drei Uhr nachmittags getrennt. Er hat mich zum Flughafen gebracht. Ich habe keine Ahnung, wohin er danach gegangen ist. Ich bin ein paar Stunden mit ihm zusammengewesen. Wir sind aus Manhattan herausgefahren, haben seinen Vater besucht, peng, haben bei dem Büro angehalten, peng, und dann zum Flughafen. Das ist alles. Soweit ich das mitgekriegt habe, hat die Polizei nicht mal herausgefunden, wann genau Simon ermordet wurde, okay? Warum sollte ich mich da mit hineinziehen lassen? Ich habe mit der Geschichte nichts zu tun gehabt. Simon hätte danach noch hundert Begegnungen mit Leuten haben können. Und wissen Sie was? Ich habe lange und intensiv darüber nachgedacht. Ich habe darüber nachgedacht und mich gefragt, was ich tun sollte. Ich habe eine Frau und zwei Kinder. Ich verdiene auch für die das Geld, und diese Sache hätte mir meine Angelegenheiten sehr verkorkst. Ohne Grund. Simon wäre derselben Meinung gewesen, da bin ich sicher. Er hätte gesagt: ›Tu's nicht.‹«

Das Taxi rumpelte über irgendeine schlechte Straße. »Aber da gab es auch die Sache mit dem Videoband im Tompkins Square Park. Je weniger Verbindung zwischen Ihnen beiden, desto besser.«

»Vermutlich.«
»Haben Sie nicht befürchtet, daß das Band irgendwie auftauchen könnte?«
»Ich wußte, daß das von Caroline abhing.«
»Was soll das heißen?«
Er lächelte mich verhalten an und gab zu, zuvor gelogen zu haben, als er sagte, er habe nicht gewußt, wo die Bänder wären. »Sie hat mich eines Tages angerufen und gesagt, daß sie das Band gesehen hätte und dachte, daß es nachträglich einen schlechten Eindruck von Simon machen würde, wenn wir es der Polizei sagten.«
»Wirklich?«
»Hmhm. Aber sie hat gelogen.«
»Versteh ich nicht.«
»Ich bin überzeugt, daß sie dafür keinen hehren, heiligen Grund hatte. Wenn die Sache mit dem Bullen-Band rausgekommen wäre, hätte das Simons Vermarktungschancen geschadet. Da sind alle diese Leihvideos, all die Tantiemen und so weiter. Es hätte die Leute empören können, daß sein Nachlaß noch Geld einbringt.«
»Hat sie gewußt, daß Sie an jenem Tag einige Zeit mit Simon zusammen waren?«
»Ich weiß nicht. Ich habe es ihr nicht gesagt.«
»Er hätte sich mit ihr treffen können, nachdem Sie weggefahren sind und bevor er verschwand« sagte ich und erinnerte mich daran, daß Caroline Munson in den Polizeiunterlagen mit keinem Wort erwähnt hatte. »Er hätte ihr sagen können, daß er Sie gesehen hat.«
»Das ist möglich, nehme ich an.«
Das Taxi fuhr an den Flughafengebäuden vor.
»Sie wollen also trotzdem nach Hongkong?« wollte ich wissen.
»Sicher. Aus dem Land raus. Schwer erreichbar.« Er zog seine Geldbörse heraus und schob vier Zwanziger durch die Glastrennwand. »Ich möchte, daß Sie diesen Herrn in die Stadt zurückbringen.«
Jetzt konnte ich ein paar dumme Fragen unterbringen. »Hat Simon je über Caroline mit Ihnen gesprochen?«

»Hat er.«
»Was?«
»Er hat gesagt, daß sie nahe dran wäre, ihm den Schwanz abzubumsen.« Er schaute mich an. »Das ist ein Zitat. Ich kann mich jahrelang an Zitate erinnern.«
Ich wollte lächeln, aber da legte mein Bieper los.
TOMMY ANGESCHOSSEN: GEH ST. VINCENT KRANKHS.
Kleine leuchtende Buchstaben, große Geschehnisse.

Ein Junge. Ein Junge, der erst achtzehn Monate alt ist, der in einem Kinderkrankenbett schläft – ein Bläschen hebt und senkt sich auf seinen Lippen, er träumt, wovon ein Kind so träumt – Mutter, Milch, Kekse, Schwester, Tiere, rot, gelb, grün. Daß eine Pistolenkugel den winzigen Bizeps seines linken Arms durchbohrte, das hat er nicht verstanden, nur, daß ein böser Mann im Zimmer war, daß Josephine schrie und daß da ein Geräusch war und etwas Heißes seinen Arm schnitt, und daß er weinte, daß Sally weinte und Josephine schrie. Er kann nicht wissen, daß das Geschoß, das bei der Berührung mit Fleisch auseinanderbersten und sich aufblähen soll, durch seinen Arm gegangen ist, als wäre er aus Luft, zu jung noch, um einem Projektil warmen, naßklatschenden Widerstand entgegenzusetzen. Eben dieses Geschoß, das weiß er nicht, hat sich, nachdem es durch seinen Arm hindurchgegangen war, genau in jenes Knie gebohrt, das er voller Furcht umklammert hielt, und dieses Geschoß hat sich entsprechend den teuflischen technischen Daten seines Herstellers zu einem vielzahnigen, mit Messinghülsen versetzten Konglomerat zur Zerstörung von Fleisch ausgewachsen und die Kniescheibe einer zweiundfünfzigjährigen schwarzen Frau mit sich gerissen.
Aufgewühlt vor Angst und Wut und schlechtem Gewissen stand ich neben Tommys Kinderbett. Ich wünschte mir, weinen zu können.
Lisa kam.
»Ich habe die Wunde selbst untersucht«, sagte sie mit tonloser Stimme.

»Wie ernst ist es?«
»Unterm Strich? Narbengewebe im Muskel, aber nicht in volle Tiefe.« Sie strich Tommy sanft über den Rücken. »Er wird etwas Rehabilitation benötigen, besonders Streckübungen, um das Gewebe geschmeidig zu halten. Der Arm wird nicht schwach bleiben, aber der Muskel wird nie mehr die volle Kontraktion haben, die er normalerweise gehabt hätte.«
»Narbe?«
Sie heftete ihre Augen auf Tommy und blinzelte. »Er wird so sehr wachsen, daß sie nicht allzu entstellend sein wird. Vielleicht ein Grübchen. Sehr wenig Keloid – er ist zu jung.«
»Josephine?«
Lisa seufzte. »Es hat die linke Patella getroffen. Da ist nichts mehr zu retten. Sie wird ein paar Operationen benötigen, Rehabilitation. Es wird bestimmt ein Jahr dauern.«
Lisa ging, um nach Sally zu sehen, die in einem Untersuchungzimmer auf einem Sofa schlief. Inzwischen hatte ich erfahren, daß sie alle zusammen mit dem Rettungswagen gefahren waren – Josephine, Tommy und Sally. Josephine hatte trotz ihrer Schmerzen mit hysterischer Kraft darauf bestanden, nicht von den Kindern getrennt zu werden. Lisa war innerhalb einer Stunde nach der Schießerei aus ihrer Praxis hierhergekommen und hatte, so erzählte sie mir gleich nach meiner Ankunft im Krankenhaus, die Kinder seltsam ruhig vorgefunden. Als sie sie sahen, begannen sie vor Entsetzen zu schluchzen und klammerten sich an sie, besonders Sally, die zwar unverletzt, aber immer noch durch das Blut von Josephine und Tommy geschockt war.
»Ich habe alles für Josephine veranlaßt«, sagte Lisa.
»Für alles gezahlt?«
»Ja.«
»Einzelzimmer?«
»Ich habe ihr das beste Zimmer im Krankenhaus besorgt. Und die besten Ärzte.«
»Kann ich sie besuchen?«
»Sie steht unter Beruhigungsmitteln, aber ich glaube schon.« Die

Stimme meiner Frau war kalt, nicht bei der Sache. Sie wirkte einsam auf mich.

»Unter Beruhigungsmitteln?«

»Sie hat ein Trauma erlitten, und heutzutage gehören auch Beruhigungsmittel zur Schmerzbehandlung. Angst verstärkt den Schmerz.«

»Wessen Pistole war es?«

»Die des Mannes.«

»Aber Josephine hat ihre Pistole abgefeuert?«

»Die Polizei glaubt das. Sie war verwirrt. Es wird ihr jetzt besser gehen.« Lisa seufzte. »Ich hatte keine Gelegenheit, mit ihr zu reden. Sie haben sich um ihr Knie gekümmert.«

»Sie hat ihre Pistole also doch behalten.«

»Ja«, sagte Lisa. »Ich habe das Gefühl, ich verstehe nicht mehr viel.«

Da standen wir, meine Frau und ich. Es gab da etwas, das sie mir nicht sagte.

»Man wird dieses Bett hier freimachen wollen.«

»Tommys?«

»Ja.« Lisa wandte ihren Blick mir zu.

»Aber um Gottes willen, er ist gerade in den Arm geschossen worden.«

»Es ist eine vergleichsweise unbedeutende Fleischwunde, desinfiziert, vernäht, verbunden. Er wird ein kleines Antibiotikum einnehmen und okay sein.« Ihre Stimme war angespannt, unbeteiligt an meiner Sorge um Tommy.

»Ich verstehe nicht, was du damit sagen willst. Um es deutlicher auszudrücken, in welchem Ton du es sagst.«

»Ich nehme an, du weißt, wer der Mann war.«

»Ich habe einen Verdacht.«

Sie sah mich abschätzend an. Sie war in diesem Augenblick ausschließlich die Mutter ihrer Kinder und nicht meine Frau. »Um was auch immer es sich handelt, es ist noch nicht vorbei?«

»Nein.«

»Ich kann nicht zulassen, daß die Kinder da hineingezogen werden, Porter.«

»Nein.«
Tommy rührte sich, und sie zog seine Bettücher zurecht. »Du hast dich benommen, als stecktest du haushoch in Schwierigkeiten.«
»Tu ich auch.«
»Ich spreche davon, daß du spät nach Hause kommst, zusammengeschlagen wirst und eine Lüge darüber auftischst, daß Diebe dich überfallen hätten. Du mußt mich für blöd halten.«
»Nein.«
»Du mußt dir wirklich etwas vormachen, was mich betrifft.«
»Nein.«
»Dann über dich selber.«
»Vielleicht.«
Sie fixierte mich mit ihren dunklen Augen. »Mit ›vielleicht‹ antwortet ein Feigling.«
Ich sagte nichts.
»Kannst du dafür garantieren, daß diese Männer nicht mehr zurückkommen?«
»Nein.«
»Anscheinend hast du irgend jemanden wirklich wütend gemacht, Porter.«
»Das trifft es nicht so ganz.«
Bitterkeit lag in ihrem Gesicht. »Nun, ich hoffe, es ist für einen guten Zweck.«
»Das trifft es auch nicht ganz.«
Da standen wir, meine Frau und ich, sie in ihrem hübschen Kleid und mit Schuhen, die einen vernünftigen Absatz hatten.
»Ich werde die Kinder zu Mutter bringen«, kündigte sie an. »Heute abend. Ich werde die Tickets auf dem Flughafen besorgen. Ich habe einen Wagen kommen lassen, der in ungefähr zehn Minuten hier sein wird.«
Ihre Mutter lebte in den Bergen außerhalb von San Francisco und fertigte Vogelhäuser aus Kiefernholz und alten kalifornischen Autonummernschildern an.
»Was ist mit deiner Praxis?« wollte ich wissen.

»Ich fühle mich ganz schön beschissen, Porter – viele Patienten warten auf ihre Operation. Zum Glück sind die für die nächste Woche freiwillig.« Es bedrückte sie, sie zu enttäuschen. »Was die Rufbereitschaft betrifft, habe ich das geregelt, aber ich mache das nicht gerne. Es macht keinen guten Eindruck, wenn ich plötzlich verschwinde. Außerdem wird jedermann im Krankenhaus davon erfahren. Aber dies hier sind meine Kinder.«
»Ja.«
»Ich habe dir eine Menge zu sagen, aber ich bin zu wütend und aufgebracht wegen Tommy.« Sie funkelte mich an und stieß dann den Atem aus. »Verdammt nochmal, Porter, das hier ist wirklich der Gipfel, es ist wirklich beschissen.«
»Ja.«
Dann ging sie, Tommy im Arm, eine Krankenschwester trug ihr Sally hinterher. Ich gab beiden Kindern einen Abschiedskuß und war froh, daß sie schliefen und daß ich nicht sagen mußte, warum ich nicht mit ihnen ging. Ich hätte Lisa hinterhergehen und versuchen können, das Ganze zu erklären. Ich habe es nicht getan.

Oben in Josephines Zimmer steckte ich meinen Kopf in die Tür; ich erwartete, daß ihre Familie da wäre. »Josephine?«
Sie lag auf der Seite und schaute auf einen Bildschirm, der in einen großen Musikschrank eingebaut war. Eine Tafel mit Krankenhausdienstleistungen war eingeblendet. Neben dem Bildschirm waren ein paar Filme bereitgestellt, wenn sie sich welche anschauen wollte.
»Oh, Porter!« Sie drehte sich zu mir um, und ich konnte die Tränen in ihren Augen sehen. »Ich war bei Tommy und Sally, wissen Sie, und ich wollte gerade anfangen, ein paar Nudeln zu kochen, und dann habe ich den Summknopf an der Pforte gehört und, wissen Sie, ich habe gedacht, vielleicht kommt Porter früh nach Hause, sowas habe ich gedacht, und dann guck' ich hoch und seh' den Mann am Fenster …«
Zweifellos wußte Hobbs, wie man eine Tür entriegeln konnte. »Wie hat er ausgesehen?«

»Es war ein weißer Mann, vielleicht, oh, würd sagen, vielleicht fünfzig Jahre alt, mit einem schweren Mantel, und ich dachte, o nein, das ist nicht in Ordnung, das ist nicht gut, niemand hat mir was davon gesagt, daß da ein Mann ins Haus kommen soll, wissen Sie, und dann grinst der und klopft an die Tür, und ich habe durch das Glas gerufen: ›Wer sind Sie?‹ Und er hat nix gesagt, und deshalb sage ich: ›Gehen Sie weg, ich rufe die Polizei.‹ Und dann hat er die Tür eingetreten, einfach so. Die Kinder haben das gesehen. Sally, die hat davon ganz große Angst gekriegt. Dann war der Mann in der Küche drin und ich habe gedacht, o nein, das ist nicht richtig, das ist kein guter Mann, wissen Sie, und er hat gesagt: ›Wo ist Porters Büro?‹, und ich habe gesagt, das geht ihn nichts an, und dann sagt er: ›Zeig mir das Büro oder ich werde jemandem wehtun‹, wissen Sie. Also zeige ich ihm das Büro, wissen Sie, weil ich denke, daß …«

»Ist ja gut, Sie haben das ganz richtig gemacht«, sagte ich. »Völlig richtig.«

»Dann fängt er also an und bringt das Büro durcheinander, zieht einfach Zeug raus, und dann will ich die Kinder hochnehmen und wegbringen, und er sagt: ›Nein, ihr kommt alle hier rein‹. Ich habe versucht, Tommy auf den Arm zu nehmen, wissen Sie, damit ich weglaufen konnte. Aber er ist aus dem Büro gekommen, und er hatte eine Pistole und sagte: ›Ihr geht alle ins Büro‹, und dann habe ich meine Tasche und die Kinder geschnappt und bin reingegangen, und er wühlte in Ihren Papieren und zog die Schubladen auf und warf die Papiere überall rum und sagte: ›Wo ist es, wo ist es?‹ Da habe ich gesagt: ›Mister, ich weiß nicht, was Sie meinen‹, und dann sagte er, daß er eines der Kinder wird mitnehmen müssen und dann – o du liebe …« Josephine preßte die Hände an den Hals und blinzelte. »Ich habe einfach – ich weiß, Sie haben mir gesagt, bring die Pistole nicht mehr mit zur Arbeit, aber …«

»Das ist jetzt nicht mehr wichtig, Josephine«, sagte ich.

»Ich habe einfach gesagt: ›Nein, das können Sie nicht machen, Mister, Sie können diese Kinder nicht mitnehmen‹, und ich habe meine Pistole rausgezogen und habe gezielt und einfach abgedrückt. Er hat geschrien und ein paar Flüche auf mich losgelassen – Sie wissen, so wie die das tun, wenn sie wütend sind –, und dann hat er gefeuert, und das war der Schuß, der Tommy und mich getroffen hat, und dann haben wir beide geschrien, wissen Sie, und ich bin mit Tommy hingefallen und ich hab nochmal geschossen, und ich glaube, ich habe ihn vielleicht getroffen, und ich habe nochmal gefeuert und das war daneben, der Schuß ist in die Wand gegangen, und dann ist er rausgerannt. Er rannte aus der Küchentür gleich durch den Garten, und dann ist er einmal hingefallen, wissen Sie, und dann ist er weitergelaufen. Ich bin nicht hinterher. Ich habe nur die Kinder festgehalten. Die war'n so verängstigt, daß ich sie nur festgehalten und abgeküßt habe, wissen Sie, nur so.«

Vom Krankenhaus aus fuhr ich geradewegs zur Zeitung und kaufte mir ein paar Literflaschen Cola. Wenn ich die trank, würde ich in der Lage sein, die ganze Nacht über auf den Beinen zu bleiben; und das hatte ich ja vor. Hal Fitzgerald hatte mir zwei Nachrichten auf dem Apparat hinterlassen und klang besorgt um sein eigenes Wohl. Aber ich konnte mich jetzt nicht mit ihm befassen. Ich ließ den Wachmann das Büro des Informationsdienstes der Zeitung aufsperren. Mrs. Wood war nicht da, aber ich kannte mich aus ... Campbell. Ich mußte wissen, wo Campbell war. Wie hieß er mit Vornamen? Ich konnte mich nicht erinnern. Man hätte zehntausend Männer aufstellen können, und ich wäre in der Lage gewesen, ihn sofort zu identifizieren, aber ich konnte mich ums Verrecken nicht an seinen Vornamen erinnern. Ich konnte im CD-ROM-Telefonverzeichnis unter »Campbell« nachschauen, das war sehr genau, wurde von einer privaten Firma angeboten und erschien alle drei Monate in neuer Überarbeitung, aber darüber würde ich zu viele Namen erhalten. Statt dessen ließ ich mit Campbell und Hobbs eine Suche über ›Nexis‹ laufen. Eine neuere Geschichte in der *New York Times* über die Zeitung könnte Campbells Vornamen enthalten. Nichts. Vielleicht war Campbell befördert worden, während der Zeit, in der er in New York arbeitete; das PR-Büro der Zeitung hätte eine Notiz darüber herausgebracht. Was war mit ›Campbell‹ und ›London‹? ›Campbell‹ und ›England‹? Hier war es, ein kleiner Hinweis: *Walter Campbell zum Executive Vice President befördert … ein gebürtiger Londoner wird Leiter des …*

Mit »Walter Campbell« konnte ich anfangen. Wo wohnte er? In New York? New Jersey? Connecticut? Eine wohlhabende Wohngegend. Upper Saddle River, New Jersey? Sehr schöner Ort. Darien, Connecticut? Auch 'n schönes Plätzchen. Schwer zu errraten. Vielleicht aber auch nicht. Wahrscheinlich flog er ziemlich häufig geschäftlich nach London. Er würde vom JFK losfliegen. LaGuardia wurde nicht so häufig für internationale Flüge benutzt. Ein Mann, der häufig zum JFK fährt, der auf frühmorgendliche Flüge und so etwas angewiesen ist, wird nicht in New Jersey oder Connecticut wohnen. Sogar mit Fahrer und Limousine wäre die Entfernung am Morgen einfach zu groß, es würde viel zuviel Zeit verschwenden. Er mußte in New York zu finden sein, entweder auf Long Island oder in der Stadt selbst. Ich suchte nach Walter Campbell unter den Gebietsleitzahlen 212, 718 und 516. Acht Stück. Ich strich die sechs, die zu Mittelklasse- oder armen Wohngegenden gehörten. Zwei blieben übrig, beide in Bridgehampton. Drei Stunden auf dem Long Island Expressway jeden Morgen – vergiß es. Campbell besaß eine Geheimnummer. Ich erinnerte mich daran, daß er keinen Ehering trug. Er war entweder schwul oder geschieden; das könnte ihn nach Manhattan verpflanzen, wo sich das heiße Pflaster für reiche Männer in den besten Jahren befand. War er ein eingetragener Wähler? Nur, wenn er eingebürgert war. Unwahrscheinlich. Die Altersversorgung ist besser in Großbritannien.

Ich hatte nichts. Er war Walter Campbell. Ich hatte weder das Geburtsdatum noch eine Sozialversicherungsnummer. Wie findet man in Manhattan einen britischen Staatsangehörigen ohne Telefonnummer, Adresse oder Sozialversicherungsnummer? Der Mann hat ein Auto. Ich legte die Diskette der staatlichen New Yorker Registrierstelle für Kraftfahrzeuge ein. Vierundachtzig Leute mit Namen Walter Campbell. Keine Adressenangabe. Grundbesitz. Ich öffnete die Datei für ausschließlich Manhattan und machte mich auf die Suche. Da gab es einen W. Campbell in der East 148th Street. Spanish Harlem. Keine

Chance. Der Mann verfügte über keinen Grundbesitz in der Stadt. Wenn er den hätte, gäbe es alle möglichen Wege, wie ich ihn finden könnte. Aber es erschien sinnvoll, daß er keinen Besitz gekauft hatte; Hobbs versetzte seine Schlüsselleute wahrscheinlich alle paar Jahre. Ich ging die Liste der Möglichkeiten durch, mit denen nach Leuten gesucht werden konnte: Bankrotterklärung, Pfandrechte von Handwerkern, Parken auf dem Gehweg, Urteile der Umweltkontrollbehörde, HPD-Pfandrechte für Notmaßnahmenreparaturen, Einträge ins Handelsregister, inaktive Sondermülldeponien. Hier war eine: Verwarnungen wegen Verstoßes gegen das Halteverbot.
Der Computer brauchte nur wenige Sekunden und ließ mich dann wissen:

VVH - Walter Campbell
ADRESSE: 107 A East 35th Street, Apt. No. 2
ANZAHL VERWARNGN - 14 BETRAG - $ 1090 INT- $ 102.16
KENNZEICHEN - JD 0876

Da hatten wir ihn, den britischen Gesetzesübertreter in leitender Stellung, der eine Wohnung in fußläufiger Entfernung von seinem Büro mietete. Jetzt konnte ich etwas über ihn herausfinden; ich schob eine CD nach der anderen in den Apparat. Er war einundfünfzig Jahre alt. Er fuhr einen 95er Lexus. Er besaß keinen Waffenschein. Er stand gegenwärtig nicht unter Anklage. Er hatte niemals eine Vorladung wegen Rauchens in der U-Bahn erhalten. Sein Apartment gehörte einer gewissen Lucy Delano, war 1967 gekauft worden, Betrag nicht erwähnt. Campbells Nachbar in Nr. 3 war Mr. Tim Westerbeck, sechsunddreißig Jahre alt, der 1994 für sein Apartment 345 000 Dollar bezahlt hatte. Campbells Nachbarin in Nr. 1 war Mrs. Lucy Delano, zweiundachtzig Jahre alt, die ihr Apartment 1964 gekauft hatte, keine Angabe des Betrages. Ich brauchte die Telefonnummer von Campbell. Ich suchte Westerbecks Nummer heraus: Das Band sagte, daß er gerade seine Flitterwochen in Baja California verbrachte und »was von mir noch übrig bleibt« später wieder da wäre. Blöder Arsch. Ich

suchte mir die Telefonnummer von Mrs. Delano heraus und rief sie an.
Eine vorsichtige, alte Stimme. »Hallo?«
»Mrs. Lucy Delano?«
»Ja?«
Ich nannte ihr meinen Namen und sagte ihr, daß ich Reporter bei der Zeitung wäre.
»Was wollen Sie?«
»Wir sind außerordentlich daran interessiert, Ihren Nachbarn, Mr. Campbell, zu erreichen.«
»Woher wissen Sie, daß er mein Nachbar ist?«
»Das ist öffentlich registriert, gnädige Frau. Hätten Sie zufällig seine Nummer?«
»Ja, aber ich kann sie Ihnen nicht geben.«
»Aha.«
»Es tut mir leid.«
Ich machte ein entmutigtes Geräusch. »Ich muß wirklich unbedingt mit ihm sprechen, verstehen Sie?«
»Ich werde an seiner Tür klopfen, wenn Sie wollen.«
Das war riskant. »Okay«, sagte ich.
Ich hörte, wie der Telefonhörer hingelegt wurde. Husten. Unklare Geräusche. Nichts. Nichts und nichts. Nichts und dann nichts. Vielleicht war sie im Flur gestorben. Nichts. Unklare Geräusche und Husten. Dann: »Er ist leider nicht da.«
»Mrs. Delano?«
»Ja?«
»Ich brauche die Nummer wirklich.«
»Es tut mir leid. Ich lebe schon sehr lange in dieser Stadt.«
»Mrs. Del ...«
»Das erste Mal bin ich neunzehnhundertfünfundsechzig überfallen worden.«
Ich sagte nichts.
»Sie verstehen also.«
Ja.

Fünfunddreißigste Straße, elf Uhr abends, eine Januarnacht. Das Apartment gehörte zu einem vierstöckigen Gebäude aus braunem Sandstein, was gut war; es gab keinen Portier. Das Gebäude war ungefähr acht Meter breit, ein Standardmaß für die Brownstonegebäude Manhattans, und hatte Erkerfenster im zweiten und dritten Stock. Die Eingangsveranda hatte man entfernt, und die Haupteingangstür in das Erdgeschoß befand sich jetzt drei Treppenstufen unterhalb des Straßenniveaus.

Es gab drei Klingeln, was bedeutete, daß die vier Stockwerke in drei Apartments aufgeteilt waren: Eines davon war eine Doppelwohnung – wahrscheinlich das Erdgeschoß und der erste Stock. Mrs. Delano hatte sicher das Erdgeschoß für sich beansprucht, in weiser Voraussicht, wie alte Frauen es so an sich haben, um Treppensteigen zu vermeiden; das bedeutete, daß Campbell über ihr wohnte und daß der Spinner Westerbeck wiederum über ihm wohnte. Ich klingelte Campbells Apartment an; keine Antwort, er war noch nicht zu Hause. Vielleicht würde er auch nicht nach Hause kommen; er könnte irgendwo in der Stadt eine Geliebte haben. Irgendeine Biene mit roten Stiefeln, die sich einen Pudel hielt.

In Nr. 1 waren die Lichter aus; Mrs. Delano schlief schon. Ich suchte nach einer Möglichkeit, in das Gebäude zu kommen. Ich konnte außer Alarmdienstaufklebern und Eisengittern an den Fenstern nichts entdecken. Ich stand auf der anderen Straßenseite, fand einen Platz im Dunkeln, steckte mir die Hände in die Ärmel. Beim Warten fiel mir auf, daß der Deckel der Abfalltonne neben mir mit einem kurzen, billigen Draht am Zaun festgebunden war.

Eine Stunde später kam Campbell, allein, zu Fuß, mit einer Lebensmitteltüte unterm Arm. Ich sah zu, wie er vor dem Brownstonegebäude hielt und seine Schlüssel herauszog. Und dann, flink wie Müll, den der Wind vor sich hertreibt, war ich mit zehn Schritten auf der anderen Straßenseite. »He!« sagte er, aber ich hatte den Draht schon um seinen Hals gewunden. Er ließ die Lebensmittel fallen, und

ich stieß sie durch die offene Tür und schob ihn hinterher, wobei ich die Schlüssel aus der Tür zog.
»Ich gebe Ihnen Geld«, stieß er hervor. »Mein Geldbeutel ...«
»Die Treppe hoch.«
»Mein Geldbeutel ...«
»Schnauze.« Ich zerrte am Draht, und er hustete.
»Heb die Lebensmittel auf.«
Er tat es. Das würde seine Hände mit Beschlag belegen. Vor der Tür von Nr. 2 ließ ich ihn den richtigen Schlüssel heraussuchen.
»Bringen Sie mich nicht um. Bitte.«
»Mach das Licht an.«
Er tat es. Ein schönes Apartment, Teppiche, Lampen, viktorianische Einrichtung – insgesamt gesehen vielleicht ein wenig traurig in seiner Aufgeräumtheit. Die Einsamkeit eines alternden Junggesellen.
»Sex?« röchelte er.
»Was?«
»Wollen Sie Sex?«
»Was?«
»Ich werde es Ihnen besorgen. Ich bin gut. Es wird gut sein.«
Ich lachte und zog an dem Draht. Ich war viel stärker; ich hielt mich sehr zurück. Ich zerrte ihn in die Küche.
»Zeig die Schublade, in der das größte, schärfste Messer liegt.«
Er gefror.
»Mach, los!«
»Nein. Sie wollen mich umbringen.«
»Mach, los, Campbell.« Ich ruckte heftig am Draht, und er sackte in die Knie. Als er nach unten ging, konnte ich sehen, daß er sich das Haar färbte.
»Steh auf, du Arsch.«
»Uuh. Tu ich ja. Sterben.«
»Nein, tust du nicht, jetzt noch nicht.«
»Uh.« Er stolperte und kam auf die Füße.
»Zeig mir die Schublade.«

Er tat es nicht. Ich zog ihn rückwärts zu den Schubladen, zog ein paar auf, griff ein riesiges Fleischermesser und dann ein kleines, das ich mir in die Gesäßtasche schob. Dann schubste ich Campbell zum Telefon.

»Weißt du, wer ich bin?«

»Nein«, röchelte er. »Ich kann Sie nicht sehen.«

»Wren. Porter Wren. Ich arbeite für dich.«

»Uh.«

»Deine Schläger haben heute nachmittag meinen kleinen Jungen angeschossen. Hast du das gewußt?« Aber ich zog an dem Draht, ehe er antworten konnte. Seine Hände fummelten an der Kante des Telefontisches herum. »Ich sollte dich umbringen, Campbell.«

»Nein, bitte.«

»Ruf Hobbs an.«

»Geht nicht.«

»Warum?«

»Er ist. In Brasilien.«

»Das ist nicht gut genug.«

»Ich schwöre es.«

Ich zog das kleine Messer aus meiner Tasche und stach Campbell damit in den Hintern, einmal, vielleicht gut zwei Zentimeter tief. Er schrie auf. Es tat weh, aber es war nichts Ernstes.

»Fang an nachzudenken, Campbell.«

Jetzt zwang ich ihn in die Knie und stieß ihn auf den Teppich. Ich setzte mich auf seinen Rücken. Ich wiege fast zwei Zentner. Ich zog das Telefon herunter, und gleichzeitig etwas, das wie ein ziemlich gut organisiertes internationales Telefonverzeichnis aussah.

»Tu deine Hände nach hinten.«

»Nein.«

Ich stach nochmal zu.

Er tat seine Hände zurück. Ich band sie mit dem Draht eng zusammen. Dann stellte ich das Nummernverzeichnis auf den Teppich neben sein Gesicht und drückte den Sprecherknopf, damit ich das Gespräch hören konnte.

»Wen rufen wir an?«
»Es ist unmöglich«, stöhnte er.
Ich ging mit meinen Lippen sehr nahe an sein Ohr. »Campbell, Kumpel. Mein Sohn ist achtzehn Monate alt, er ist ein vollkommener Engel, er ist unschuldig. Du hast seinen Körper und vielleicht seine Seele beschädigt. Ich bin von Natur aus kein gewalttätiger Mensch, Campbell. Aber ich schwöre dir, ich werde dich so lange quälen, bis du Hobbs ans Telefon holst.«
»Ich werde meinen Job verlieren!« schrie er und strampelte.
Ich stach ihn noch einmal in den Hintern. Ziemlich tief. Aber es blutete nicht sehr. Ich wiederholte es und drehte das Messer dabei. Es war ein seltsames und doch vertrautes Gefühl, ungefähr so, als ob man beim Weihnachtsschinken nachprüft, ob er gar ist. Und ich tat es noch einmal. Campbell fing an zu hecheln.
»Ruf ihn an«, sagte ich.
»Sie verstehen das nicht«, sagte Campbell. »Ich kann nicht einfach …«
Ihn höflich in den Hintern zu stechen funktionierte nicht, das erkannte ich. Vielleicht stand er auf Schmerz. Ich zog eine Lampe vom Tisch herunter, stieß den Schirm beiseite und fuchtelte mit der heißen Birne vor Campbells Mund herum.
»Weit aufmachen. Das wird ein ganz neues Gefühl sein.«
»Nein!«
»Was willst du als nächstes? Das Messer oder die Glühbirne?«
»In Ordnung, in Ordnung! Rufen Sie London!« stieß er hervor. »Wecken Sie Mrs. Fox auf.«
Das taten wir. Es dauerte ein paar Minuten. Mrs. Fox war Hobbs' Haushälterin. Campbell erklärte Mrs. Fox, daß er die häusliche Privatnummer von Mrs. Donelly benötige. Mrs. Donelly war Hobbs' persönliche Sekretärin, die ihn überallhin begleitete. Mr. Donelly antwortete. Es war früh am Morgen in London. Ein schlaftrunkener Kerl redet mit einem hysterischen Landsmann in Manhattan. Ich brauche die Nummer Ihrer Frau in Brasilien, sagte Campbell. Warum? Geben Sie sie mir einfach! Verdammt unhöflich von Ihnen, nicht wahr? Und

so weiter. Ein Anruf nach Brasilien, mit der richtigen Länder- und Stadtvorwahl. Keine Antwort. Zehnmal Läuten. Dann eine Stimme auf portugiesisch. Mrs. Donelly wurde herbeigeholt. Sie hatte geschlafen. Ja, sie wußte, wer Mr. Campbell war, was konnte sie für ihn tun? Ich muß mit Mr. Hobbs sprechen. Es tut mir sehr leid, er ist im Moment nicht da. Und so weiter. Campbell schwitzte fürchterlich, befeuchtete sich die Lippen. Bitte, flehte er, bitte, Mrs. Donnelly, ich stecke in einer sehr schwierigen Lage, einer Notlage. Geben Sie mir die Handynummer. Er hat immer ein Handy. Es tut mir leid, Mr. Campbell, er hat darum gebeten, nicht gestört zu werden – Campbell ächzte. Ich denke nach! Er atmete heftig. Gibt es ein Handy, Mrs. Donnelly? Nicht, daß ich wüßte. Kein Handy; das bedeutet, die Handyverbindung ist schlecht. Mrs. Donnelly! Ja? Der Fahrer wird ein Satellitentelefon haben! Was ist das? Direkttelefon zu einem Satelliten; paßt ins Limousinenfach! Ich kenne mich damit nicht aus – Doch, doch, es ist die Autonummer, rufen Sie die Autonummer. Oh, die Autonummer. Also gut. Sie gab sie ihm. Ich wählte. Fünfmal Läuten. Ja? kam eine britische Stimme. Ist dort der Fahrer? Ja. Hier ist Campbell aus New York. Geben Sie mir Hobbs. Ich fürchte, ich kann – Dies ist ein Notfall. Er ist bei einem Dinner drinnen. Da sind ganz viele Leute. Holen Sie ihn zum Auto. Das kann ich nicht machen, Sir. Hier spricht Campbell aus New York. Ich weiß nicht, wer Sie sind. Campbell in New York. Ich leite die Geschäfte in den USA! Es tut mir leid, Sir! Hören Sie, gehen Sie an die Tür und holen Sie die Nummer des Hauses. Das können Sie tun. Wir werden dort anrufen. Es gab eine lange Pause. Ich gebe mir verdammte Mühe, können Sie das sehen? keifte Campbell. Mein Hintern tut weh. Sie haben mir in den Hintern gestochen. Dann kam die Stimme zurück mit dem Hausanschluß, den wir anwählten. Ein Dienstmädchen antwortete, sprach portugiesisch. Mißverständnisse. Dann die Tochter im Teenageralter, die perfekt Englisch sprach. Ja? Sie sind im Speisezimmer. Ich werde meinen Vater bitten. Englisch, Papa. Ja? Eine tiefe Stimme. Hier spricht Arturo Montegre. Hier ist Walter Campbell aus New York. Ich muß mit einem Ihrer Dinnergäste sprechen, mit Mr. Sebastian

Hobbs. Das ist sehr ungewöhnlich? Ja, Sir, das ist es, aber ich befinde mich in einer schlimmen Lage. Eine lange Pause.

Ja? Hobbs. Wer ist dran?

Ich ließ Campbell eine Minute lang die Grundzüge darlegen. Wie er Scheiße gebaut hatte. Aber er entschuldigte sich zuviel, weinte beinahe vor Erschöpfung, und mein Anliegen kam nicht rüber. Ich übernahm. »Hobbs, hören Sie mir zu, Sie perverses Schwein. Wenn Sie Ihre gottverdammten Schläger nicht zurückpfeifen, werde ich tausend Kopien von dem Videoband machen.« Das war die leichteste Lüge meines Lebens. »Ich werde eintausend Kopien machen, und ich werde jeder verdammten Zeitung und jeder Fernsehstation im Land eine zuschicken, und ich werde eine Durchschrift des Gesprächs besorgen für all die Idioten, die das nicht selber machen können. Ich werde in einem prächtigen Feuerball verglühen, Sie fetter Schwanzlecker, und ich werde Sie mit herunterreißen. Ihre verfluchten Schläger haben mich zusammengeschlagen, mir das falsche Band gestohlen und meinen Jungen angeschossen, Hobbs, und Sie sind klug genug, um zu wissen, wie dumm das ist. Sie können mich bis ins nächste Jahrhundert verklagen, es interessiert mich nicht. Ich werde ein verdammt wilder Mann sein, Hobbs, wenn meiner Frau oder meinen Kindern noch irgend etwas zustößt. Ich werde Sie bis ins letzte Loch verfolgen und Ihnen das Herz herausschneiden, Sie schweinefettes Monster, haben Sie mich verstanden? Und ehe ich das tue, werde ich auch noch der New Yorker Polizei melden, daß Ihr Mann hier, Ihr Büroleiter, im Besitz des Videobandes ist, das Ihre gedungenen Leute mir abgenommen haben, ein Band, das zufälligerweise zeigt, wie ein Polizist erschlagen wird. Die Bullen wollen das Band haben. Sie werden Campbell im schönen Rikers Island einlochen. Je von Rikers Island gehört? Größte Strafkolonie der Welt, genau hier in New York! Siebzehntausend Gefangene! Campbell geht da hin, er wird – warten Sie! Ihr Mann weint, Hobbs. Hier ist er.«

Ich hielt Campbell das Telefon vor die Lippen.

»Flehe ihn an«, befahl ich.

Sein Atem stockte in Panik, aber er sagte nichts. Ich stach die Spitze des Messers in sein Ohr.
»Mr. Hobbs! Mr. Hobbs!« Campbell schrie heiser. »Es ist meine Schuld! Es tut mir sehr leid! Ich bin zu weit gegangen mit den Männern! Ich muß – bitte gestattem Sie mir, sie abzuziehen!«
Eine Pause. Sein Kopf fiel auf den Teppich.
»Okay«, sagte er.
Ich nahm das Telefon. »Ich will es hören, Hobbs.«
»Sie haben mein Wort, Mr. Wren. Ich werde bald in New York sein. Wir werden die Bänder dann austauschen. Darf ich jetzt zu meinem Dinner zurückgehen?«

Es war nahezu drei Uhr früh, als ich zu der Pforte in der Mauer zurückkehrte, wobei ich vorsichtig im Auge behielt, was hinter mir los war. Im Tunnel bemerkte ich ein paar Tropfen Blut auf den Ziegelsteinen und dann einen langen, rechteckigen Streifen auf der Veranda und im Innern des Hauses war es überall, auf dem Fußboden, über das Telefon verschmiert, in zwei großen vollgesogenen Handtüchern und in einem dunklen Spritzer an der Wand. Das Ambulanzteam hatte seinen Müll von aufgerissenen Verbandspackungen und Spritzenhülsen liegenlassen. All dieses Bluten war meine Schuld, und ich war froh, daß Lisa und die Kinder fort von mir waren. Ich war ihrer jetzt nicht würdig. Irgendwie war dies keine Überraschung für mich; ich habe immer gewußt, daß ich selbstsüchtig und engherzig bin, ein Arschloch unter Arschlöchern. Ich bin nicht gut. Ich bin ausgemacht schlecht. Ich bin fähig zu Dingen, die mit Fug und Recht verurteilt werden sollten. Tatsächlich hat mein Vater, ein sanfter und geduldiger Mann, sich immer Sorgen um meine Veranlagung gemacht, als er mich ohne meine Mutter aufgezogen hat. Als ich in der Küche stand und die roten Flecken anstarrte, die über den Raum verteilt waren, kam mir die Erinnerung an einen Tag vor vielen Jahren, einen Julinachmittag, als ich fünfzehn Jahre alt war. Mein Vater hatte mich gebeten, die Küche einer Miss Whitten zu streichen, einer alten Frau, die in der Stadt wohnte. Mein Vater gehörte zum Kirchenvorstand, und ich nehme an, daß es ihm aufgefallen war, daß Miss Whitten in ärmlichen Verhältnissen lebte. Ich sagte ihm, ich wolle diese Arbeit nicht machen, aber mein Protest war halbherzig, weil ich wußte, daß mein Vater mich nicht um die Erledigung einer so mühseligen Aufgabe gebeten hätte, wenn es ihm nicht irgendwie wichtig gewesen wäre. Er erklärte, daß er sich angeboten habe, die Küche selbst zu streichen, daß aber sein Rücken seit ein paar Tagen schmerze. In der Tat sah ich den Schmerz in seinem Gesicht, als er einen Kübel mit Wandfarbe in seinen Transportwagen lud. Nach dem Frühstück fuhren wir zu Miss Whittens Haus, und auf dem Weg dorthin erkärte mein Vater mir, wie man ein Zimmer streicht, mit Hilfe von Tropfschutz, Abklebeband um die Einfassungen und mit langen, lockeren Pinselstrichen. »Wichtig ist, daß man dabei nicht hudelt«, sagte er zu mir. Miss Whitten begrüßte uns am Eingang ihres bescheidenen, holzverschalten Hauses, wobei sie sich mit Hilfe eines Gehstockes aufrecht hielt. »So, ja, hier sind Sie also«, sagte sie. Sobald wir im Haus waren, setzte sie sich schwerfällig in einen Rollstuhl und schob dabei den Stock in eine Schlaufe, die von einer der stählernen Armstützen herabbaumelte. Mein Vater war ungewöhnlich und übertrieben besorgt um sie. Sie führte uns nach hinten in eine große, im alten Stil eingerichtete Küche mit Geräten aus den fünfziger Jahren, eingerissenem Linoleum auf Fußboden und Arbeitsflächen und Farbe, die von der Decke abblätterte. Mein Vater half mir mit den Farbeimern und der Tropfabdeckung und sagte mir, er würde um sechs Uhr an jenem Abend zurückkommen.

Ich arbeitete sorgfältig, schabte zunächst all die lose Farbe ab, klebte dann die Teile ab, die nicht gestrichen werden sollten, und legte die Folien aus. Miss Whitten schaute hin und wieder nach, wie ich vorankam, wozu sie ihren Stuhl über den uralten roten Teppich des Eßzimmers rollte, bis zum Flur, der zur Küche führte. Sie sagte kein Wort. Es war ein heißer Tag, und als es gegen ein Uhr ging, hatte ich mein T-Shirt ausgezogen und trank Wasser aus der Leitung. Miss Whitten erschien. »Junger Mann, ziehen Sie Ihr Hemd an«, befahl sie aus ihrem Rollstuhl heraus. Ich schaute sie an, zuckte mit den Schultern und zog es wieder an. Ihre Übellaunigkeit kam an mich nicht recht heran; ich hatte mich in den nicht unangenehmen Arbeitsrhythmus gefunden, und, was noch wichtiger war, ich dachte an die Baumwollhöschen, die Annie Frey trug, an die weiche Zartheit des Materials, den gekräuselten Gummirand an der Taille, der, nachdem ich mich mit meinen Fingern hindurchgeschoben hatte, den Weg zu einem moschusduftenden Hügel von Schamhaaren freigab. Annie seufzte immer ergeben, wenn ich meine Hände über sie hingleiten ließ – was sie natürlich wollte, war *Gefühl* –, und in diesen Seufzern lagen ganze Wochenmärkte voll sexueller Transaktionen. Jedes Gut wurde zu dem Preis einer bestimmten Anzahl von duldenden Atemstößen erkauft, und sobald ich gelernt hatte, Annies augenrollende Zurschaustellungen von Duldsamkeit zu ignorieren, tastete ich mich weiter vor. In solche Art von Gedanken war ich vertieft, während ich Miss Whittens Küche strich, und deshalb war ich vollkommen überrascht, als sie vom Flur zum Eßzimmer her schrie: »Du hast ihn ruiniert, du hast ihn ruiniert!« Dabei piekte sie ihren Stock in einen pfenniggroßen Spritzer heruntergetropfter Farbe, der den hoheitlichen Luftraum der Küche verlassen hatte und auf dem ausgeblichenen roten Teppichmaterial im Eßzimmer gelandet war. Ich eilte besorgt hinüber zu dem anstößigen Flecken. »Ich kann das wieder in Ordnung bringen«, versicherte ich ihr und beugte mich dicht darüber. »Ich werde einfach ein Tuch holen und ...« »Nein! Nein!« schrie sie über mir. »Er ist ruiniert! Oh, du dämlicher Bengel!« Und sogleich erhob sie völlig unangemessen ihren Stock und zog mir damit scharf über die Schulter. »Du dämlicher, dummer Bengel! Farbe auf dem ganzen Teppich!« Sie holte zu einem neuerlichen Schlag aus, und ich sprang zurück. Ich wollte mich gerade anschicken, dagegenzuhalten, wie sehr es mir leid tue, aber ich sah ihr zufällig direkt in die Augen; ich sah eine Fackel des Hasses, immer noch hell erleuchtet durch das Feuer eines Lebens voller Bitterkeit. Sie jagte mir Angst ein, aber nur für einen Augenblick, und ich war mir meiner so sicher, daß ich ein Stück meiner eigenen Grausamkeit nicht unterdrücken konnte. Während Miss

Whitten mich weiterhin wild anstarrte, mit erhobenem Stock, schenkte ich ihr ein böses, verächtliches Lächeln, welches, von der Körpersprache her übersetzt, ungefähr so lautete: *Ich habe keine Angst vor dir, du verfluchte alte Hexe im Rollstuhl.* Aber Miss Whitten war nicht verängstigt, und sie war noch nicht fertig. Sie senkte ihren Stock und verengte ihre Augen dramatisch. »Du bist ein böser, böser Bengel«, verkündete sie. »Bilde dir ja nicht ein, ich würde nicht erkennen, was für einer du bist, junger Mann. Ich durchschaue dich. Ich kann es geradewegs in deinem Gesicht sehen. Du denkst, du bist so schlau. Aber du wirst deinen Vater enttäuschen, du wirst alle enttäuschen.« Und damit rollte sie rückwärts und blieb für den Rest des Nachmittags ungesehen. Ich beendete den Job in Eile, pinkelte in ihr Küchenwaschbecken und brachte dann die Abdecktücher und die Farbeimer nach draußen auf die Terrasse, um dort auf meinen Vater zu warten, dem ich nichts über den Vorfall sagte.

Du wirst alle enttäuschen.

Das kalte Licht breitete sich wieder aus, und ich wollte es nicht sehen. In der Küche fühlte ich mich zu niedergeschlagen, um etwas zu essen – die Kartons mit den Frühstücksflocken brachten mich fast um, die kleinen Plastikschüsseln, die Tommy und Sally benutzten. Ich schlich beklommen in die Kälte hinaus und betrachtete den blutigen Schnee. Dann hörte ich jemanden am Ende des Backsteintunnels.

»He da, was zum Teufel wollen Sie?« brüllte ich.

»Mr. Wren?«

»Ja doch«, sagte ich, während ich in Richtung Tor ging.

Es war ein junger Polizist. »Ich habe hier ein Schreiben von Deputy Commissioner Fitzgerald.«

Ich nahm den Umschlag.

»Danke.«

Ich wartete, bis er zu seinem Wagen zurückgekehrt war und wegfuhr. Ein einzelnes Stück Papier. *Beeil dich* stand darauf.

Also ließ ich das Frühstück ausfallen und brach sofort auf, um wieder nach Queens hinauszufahren, wobei mir auffiel, daß der Verkehr zu so früher Stunde nach einem ganz anderen Muster ablief. Der Wohnsitz der Segals war von ungestutzten Azaleenbüschen überwachsen. Der Gehsteig war beschädigt; die überdachte Veranda sah aus, als würde sie jeden Moment einstürzen. Auf einem kleinen Schild im Fenster stand SEGAL & SEGAL, ANWALTSKANZLEI, aber sicher wäre kein Mensch je auf den Gedanken kommen, dort drinnen werde ernsthaft juristisch gearbeitet. Ich drückte auf die Klingel. Niemand meldete sich. Ich läutete erneut, diesmal energischer. Die Sprechanlage gab ein kratzendes Geräusch von sich.

»... eine Minute.«
Ein gebrechlicher Mann von etwa achtzig öffnete die Tür. Mit dicken, von Staub und wohl vermutlich Frühstücksmarmelade getrübten Brillengläsern spähte er heraus.
»Ja?«
»Ich bin hier, um mit Norma Segal zu sprechen.«
»Sie ist beim Einkaufen.«
»Sind Sie Mr. Irving Segal?«
Er schob sein unteres künstliches Gebiß weit aus dem Mund heraus, so als spränge die Schublade einer Ladenkasse hervor. Dann saugte er den Zahnersatz wieder in den Mund zurück. »Ja.«
»Ja. Mein Name ist Porter Wren ...« Ich erwähnte die Kanzlei, bei der Caroline Klientin war.
»Diese Firma ist mir wohlbekannt«, krächzte der alte Mann. »Wohlbekannt, junger Mann.«
Ich sagte ihm, ich sei in Caroline Crowleys Auftrag gekommen. Mr. Segal gab mir zögernd und lasch die Hand, so, als befürchte er, die Knochen seiner Hand könnten zu Bruch gehen, und führte mich dann in eine getäfelte Diele mit einem mindestens vierzig Jahre alten Teppichboden. Ein ausgetretener Pfad führte zu einer geschlossenen Tür; dahinter befand sich ein großes getäfeltes Büro, in dem überall Papierstapel lagen. Die Fensterläden waren geschlossen, und bis auf eine Schreibtischlampe war das Zimmer dunkel.
»Wie, sagten Sie noch mal, heißen Sie?«
»Porter Wren.«
»Haben Sie denn irgendeinen Ausweis dabei?«
Ich breitete einige Karten aus meiner Brieftasche auf dem Tisch aus, und der alte Mann nahm jede einzeln hintereinander in die Hand und untersuchte sie unter der Lampe. »Keiner ist mehr das, was er vorgibt zu sein«, brummte er. »Kann man einfach nie wissen. Wer die Leute alle sind – nichts ist mehr privat. Heutzutage geht alles bloß um Sex hier und Sex da. Ich sehe manche von diesen Romanen, die man in der Drogerie kriegt, denen seh ich's schon am Einband an, können Sie mir glauben, aber ich will damit sagen, daß der Geschlechtsver-

kehr zwischen einem Mann und einer Frau früher schließlich eine Privatangelegenheit war. Wenn Sie mich fragen, treiben diese jungen Küken heutzutage alle möglichen Dinge, die unnatürlich sind.« In grimmigem Einverständnis mit seiner eigenen Einschätzung der Lage schüttelte er den Kopf. »Und natürlich sind jetzt auch schon die Schulen soweit. Bringen denen bei, wie man's macht, bringen ihnen das ganze gottverdammte Alphabet bei. Was wir hier in unserm Land haben, ist eine – man könnte es eine, na ja, Schande nennen, das wäre noch großzügig, ja. Ich finde, das Wort *großzügig* wäre ziemlich – ich meine, das Wort *Schande* wäre großzügig, während die Situation in Wirklichkeit mit diesen *widerlichen, widerlichen* Sexbüchern – ich hab mir ein paar davon angeschaut, und ein paar von diesen widerwärtigen Zeitschriften, dort, mitten im Laden, wo sie kleine Mädchen sehen können, diese kleinen, kleinen Mädchen – ah – und ich habe zu dem Mann in der Drogerie gesagt, daß so etwas zu meiner Zeit unmöglich gewesen wäre.«
Er blickte mir direkt ins Gesicht, ohne das geringste zu sehen.
»Absolut unmöglich. Ich kann mich erinnern, als die Ezzingers noch diese Drogerie führten, eine feine Familie. Bert Ezzinger war ein guter Vater, hatte drei Töchter, soweit ich weiß. Eine davon war ein paar Jahre jünger als ich, und sie hatte – sie war eine wirklich … na ja, damals hatten wir noch Ausdrücke, die respektvoll waren, wenn ein Mädchen … nicht diesen widerlichen, widerlichen Sex Sex Sex, über den diese Grünschnäbel ständig im Fernsehen reden.«
Der alte Mann machte eine Pause, um Luft zu holen, und ich nutzte die Gelegenheit, um meine Ausweiskarten wieder an mich zu nehmen. »Mr. Segal, ich bin hier, um mit Ihnen über das besondere Abkommen, das Sie mit dem Nachlaß von Simon Crowley haben, zu sprechen …«
»Wie, sagten Sie, war noch mal der Name?«
»Crowley.«
Der alte Mann schob mir ein Stück Papier und einen Bleistift herüber. »Bitte schreiben Sie's einfach dort hin.«
Ich kam seiner Aufforderung nach, und er griff nach dem Zettel, er-

hob sich dann mühsam und schlurfte zu einem riesigen grünen Aktenschrank hinüber. Er zog eine Schublade heraus, und einige Unterlagen fielen zu Boden, was er jedoch ignorierte. »Hmmm, nein, C. Zuerst suchen wir mal das B, hier ...« Noch eine Schublade und noch mehr Papiere. »Ich habe sie gebeten, den Papierkram zu übernehmen, wie soll ich es da noch wissen? Ich hab viel Betrieb in meiner Kanzlei, wie soll ich da meine ganze Zeit auf die Ablage verwenden, wenn ich ...« Er drehte sich um. »Wie war noch der Name?«

»Crowley. Sie hatten das Papier in der Hand.«

»Ach ja, natürlich.« Er blickte auf seine Hände, aber einen Augenblick zuvor hatte er das Blatt abgelegt, und es war bereits in dem Sumpf an Unterlagen auf dem Boden verschwunden. Mein Bieper ging los. Ich warf einen Blick darauf. PORTER, RUF MICH AN. HAL. Nun putzte Mr. Segal sich die Brille.

»Kannten Sie Simon Crowley?« fragte ich in der Absicht, das Gespräch etwas voranzutreiben.

»Aber gewiß doch, er kam uns vor ziemlich langer Zeit besuchen.«

»Was wollte er denn?«

»Das kann ich Ihnen nicht sagen. Das ist eine streng vertrauliche Mandantenbeziehung. Das verstehen Sie ja sicherlich.«

»Er ist tot.«

»Ach, wirklich?«

»Ja.«

Der alte Mann runzelte voller Argwohn die Stirn. »Haben Sie eine Kopie des Totenscheins?«

»Nein.«

Ich wollte mich schon geschlagen geben. Doch Irving Segal begann sich plötzlich an etwas zu erinnern. »Da gab es ... gewisse Anweisungen ...«, sagte er mit entrückter Miene. »Ich weiß noch, daß wir alles schriftlich fixiert hatten – wir sollten – und dann war abgemacht, das Honorar, eine Rechnung an – wissen Sie, wir hatten alles hübsch ordentlich im Keller zu den Akten gelegt, aber dann mit diesem Rohr damals, da hatten wir eine grauenhafte Bescherung und auch ein paar Fledermäuse, fürchterliche Probleme damals, ich hab nicht rechtzeitig abgebremst, und wir sind von einem Koreaner verklagt worden, und deswegen …« Der alte Rechtsanwalt zog eine Schublade heraus und suchte nach einem Notizblock. »Wir müssen unbedingt so bald wie möglich das Büro hier aufräumen«, verkündete er. »Im allgemeinen ist unser System sehr …« Er zog einen Stapel Pornohefte aus der Schublade, und sie fielen zu einem gespenstischen Haufen auf den Boden. »Ich suche bloß nach …« Er verstummte plötzlich, reckte dann den Kopf. »Normie? Normie, bist du das?«

Man hörte, wie jemand eine Tür schloß und Lebensmittel auf einem Tisch abgestellt wurden, und dann kam eine Frau von Ende sechzig in das Büro herein. Sie war erstaunt, mich zu sehen.

»Normie, dieser Mann ist da, um nachzufragen wegen, äh …«

»Crowley, Simon Crowley.«

»Ja«, sagte sie, ohne zu zögern. Dann wandte sie sich an mich. »Ich kenne mich mit den Geschäftsangelegenheiten meines Mannes aus, und ich fürchte, wir haben zwar früher einmal Verschiedenes für einen Mandanten namens Crowley bearbeitet, aber das ist schon Jahre her, vielleicht zwei oder drei Jahre, und seither hatten wir meines Wissens hier nichts mehr in Bearbeitung.«

»Ja, ja«, sagte Mr. Segal. »Ganz richtig. Ein bißchen Arbeit vor Jahren, aber neuerdings nichts mehr, Sir, rein gar nichts, womit ich Ihnen jetzt behilflich sein könnte, deshalb fürchte ich, muß ich mich nun anderen Dingen zuwenden … sehr viel zu tun, Sir, nett, Sie kennengelernt zu haben.« Und damit begann er voller Interesse seine Papiere und Wurfsendungen zu prüfen, drehte jedes Blatt um wie ein Kind, das Farbkarten mit Tierbildern eingehend betrachtet. Er suchte sich einen Band *Reader's Digest* aus, der aus den ersten Regierungsjahren von Reagan stammte, und machte es sich in einem Sessel bequem.

»Ich bringe Sie eben zur Tür«, erklärte Mrs. Segal. Sobald wir außer Hörweite waren, wandte sie sich an mich. »Ich wollte ihn nicht kränken, verstehen Sie? Also nun, was ist denn mit Simon?«

Ich stellte mich vor und erklärte, warum ich da war.

»Sie schreiben für die Zeitung?«

»Ja. Aber das hier werde ich nicht veröffentlichen.«
Sie musterte mich skeptisch. »Darauf kann ich mich nicht verlassen.«
»Ich sollte Ihnen auch sagen, daß ich gestern Mr. Crowley im Pflegeheim besucht habe …«
»Sie haben Frank gesehen?«
»Ja.«
»Wie geht es ihm denn?«
»Nun ja, ich weiß natürlich nicht, wie es ihm normalerweise geht, aber er schien mir nicht in einem sehr guten Zustand zu sein, Mrs. Segal.« Ich sah sie an und beschloß, es darauf ankommen zu lassen. »War er ein guter Vater für Simon?«
»Nein.«
Ich wartete ab.
»Sehen Sie, wir stammen alle aus der alten Nachbarschaft, Mr. Wren. Wir haben früher sechs Häuser weiter unten gewohnt. Mrs. Crowley starb, als Simon noch ganz klein war, zwei Jahre alt, glaub ich. Brustkrebs. Sie ist einfach so gestorben. Danach fing Simon an, einige Zeit bei uns zu verbringen. Ich wollte ein Kind haben, wissen Sie, und ich hab sieben Jahre dazu gebraucht, schwanger zu werden. Ich dachte schon, mit mir stimmt irgendwas nicht, aber schließlich, als ich schon sechsunddreißig war, ob Sie's glauben oder nicht, bin ich dann schwanger geworden. Ich bekam einen kleinen Jungen, Michael …«
Mein Bieper meldete sich wieder. »Entschuldigen Sie bitte.«
RUF BALDMÖGLICHST AN – HAL (DEIN KUMPEL).
Ich steckte den Bieper weg.
»Nun ja, ich hatte also einen Sohn, der Michael hieß, und die beiden, Simon und Michael, haben immer zusammen gespielt. Ich hab sie vom Kindergarten abgeholt. Sie waren wie Brüder. Mr. Crowley – Frank – hat immer lange gearbeitet. Er war ein guter Mann, aber ich glaube – na ja, er hatte nie besonders viel Phantasie. Das kam alles von der Mutter, und ich sah es als meine Pflicht an, das zu tun, was sie vielleicht getan hätte, wäre sie noch am Leben gewesen, verstehen Sie. Die Jungen haben miteinander gespielt, und manchmal gab mir Frank Geld, um für Simon was zum Anziehen auszusuchen. Er hat

nicht wieder geheiratet. Ich glaube, er wußte nicht, wie. Ich weiß nicht einmal, ob es ihm je in den Kopf kam. Es ging immer bloß um Aufzüge. Überall in der Stadt. Aber Simon und Michael hatten viel Spaß …«

Sie hielt inne und nahm die Brille ab. Dann setzte sie sie wieder auf und schaute zu mir hinauf. »Michael kam ums Leben, als er fünf war. Er ist in einem Motelschwimmbecken ertrunken. Es war meine Schuld. Ich bin ins Zimmer gerannt, um ein frisches Handtuch zu holen, und er hat sich den Kopf angeschlagen, und bis zum heutigen Tag, Mr. Wren, verfluche ich mich, wie ich nur so dumm sein konnte. Das war letzten Juli vor fünfundzwanzig Jahren.«

»Das tut mir wirklich leid.«

»Es war … wir haben damals gut verdient und haben uns überlegt, ob wir nicht einfach nach Florida ziehen und uns ein schönes Leben machen sollten. Irving hat ordentlich verdient, wir hatten damals einen Cadillac. Ich war über vierzig, Irving war schon älter, in den Fünfzigern. Es war seine zweite Ehe, wissen Sie, und mit Michael sind wir damals immer die Route 1 hin- und hergefahren, dort an der Ostküste von Florida. Das war zu einer Zeit, als Florida noch ein sicheres Pflaster war, bevor dann alle – na ja, das ist wieder die alte Geschichte. Wir hatten da unten in St. Petersburg ein Haus und dachten daran, dorthin zu ziehen. Irving hat sich also dort geschäftlich niedergelassen. Er besaß ein paar Immobilien. Das war alles noch vor Michaels Tod. Als Michael starb, das war – das war dann das Ende, Mr. Wren, wir konnten einfach an gar nichts mehr festhalten. Meine Trinkerei fing an, wirklich schlimm zu werden. Ich – daß Michael ertrunken ist, das lag nämlich teilweise daran, daß ich mir einen frischen Drink holen wollte, und ich habe zu lange dazu gebraucht, ihn zu mixen, das ist die gott erbärmliche Wahrheit, Mr. Wren …«

Sie schaute mich aus feuchten Augen an.

»Erzählen Sie weiter.«

»Ich vermute, daß ich danach dann wirklich zu trinken anfing, und Irving konnte sich einfach an überhaupt nichts mehr erinnern. Wir hatten ja einiges an Grundbesitz, auch ein paar gute Objekte, aber…«

»Das war in St. Petersburg?«
»Ja, wunderschön, der Himmel und die Luft …«
»Besaßen Sie auch irgendwelche Immobilien in New York City?«
»Ja.«
»Was denn?«
»Ach, wir hatten vier Gebäude, glaube ich. Wir hatten ein paar kleine Häuser in der Nachbarschaft, hier in der Gegend, Mietshäuser. Wir hatten einen Laden. Und wir hatten noch ein Gebäude im Süden von Manhattan.«
»Nummer 537 an der East 11th Street?«
»Ja, schrecklicher Kasten. Frank, ich meine: Irving, hätte das Ding nie kaufen sollen.«
Sie hatte sich auf merkwürdige Weise versprochen. »Das war der Ort, an dem Simon starb.«
»Ja.«
»Wo liegt der Zusammenhang?«
»Oh, Simon hatte Schlüssel zu unseren Häusern. Er hat dort manchmal für mich nach dem Rechten gesehen.«
»Wieso? Das verstehe ich nicht.«
Ihre Augen wanderten prüfend über mein Gesicht, um zu erforschen, was sie mir erzählen sollte. Ich übte offenbar zuviel Druck aus.
»Tut mir leid«, sagte ich. »Fahren Sie doch fort mit dem, was Sie sagen wollten.«
»Ich glaube, ich bin mir selber vorausgeeilt. Sehen Sie, nach Michaels Tod war Simon oft hier bei uns. Ich hatte keinen kleinen Jungen mehr. Solche Dinge, über die kann man nicht immer richtig hinwegkommen, verstehn Sie? Inzwischen war ich zu alt. Da half alles nichts. Aber wie ich eben schon sagte, kam Michael – ich meine Simon – ständig rüber und war mit mir zusammen, und ich hab ihm dann immer vorgelesen und Bilderbücher gezeigt und so was alles. Ich hatte in der Küche eine kleine Staffelei, und er hat gerne Bilder gemalt. Ein sehr begabter Junge. Wir hatten *eine* Regel, und die hieß, kein Fernsehen hier bei uns. Er war ein sehr intelligenter kleiner Junge, der intelligenteste Junge, den die Nachbarschaft hier je hervorgebracht

hat, wenn Sie mich fragen. Aber er war klein, wissen Sie, und er fing allmählich an – er hatte so etwas Komisches in seinem Aussehen, er wurde seiner Mutter immer ähnlicher –, die Kinder haben ihn manchmal gehänselt, und da kam er dann immer rüber, und ich hab ihn getröstet, so kann man's wohl sagen. Wir haben dann gezeichnet und Bücher angeschaut und manchmal zusammen Essen gekocht. Ich denke, Frank – ich wurde immer ganz wütend, wenn ich daran dachte –, Frank hatte gar keine Ahnung, wie gescheit Simon war. Kein bißchen Ahnung. Da hatte er hier einen Jungen, der – nun ja, ich halte lieber meine Zunge im Zaum. Jedenfalls waren das gute Jahre für mich. Ich hatte Simon, und es machte mir nicht besonders viel aus, daß Irvings Geschäfte nicht so gut liefen. Manchmal nahm er Simon zu den ganzen Gebäuden mit, und so traf er wenigstens Leute oder bekam welche zu sehen, denn er war ein ruhiges Kind. Irgendwann in dieser Zeit hat Irving mir dann eine einfache Videokamera gekauft, weil wir immer noch nach Florida fuhren, und ich hab sie Simon gezeigt, und er wollte sie gern benutzen. Er hat sie oft benutzt. Er war ungefähr zehn, glaub ich. Das war noch, bevor diese neuen phantastischen Dinger – mir fällt der Name nicht ein. Ich glaube nicht, daß ich die Kamera je benutzt habe, aber wir haben ein paar ...« Sie stand auf. »Ich weiß, ich rede und rede ständig weiter, aber wissen Sie, da ist niemand, mit dem ich über all diese Sachen sprechen kann. Niemand interessiert sich dafür, woran eine alte Frau sich erinnert, aber was ich eigentlich sagen wollte – ich habe noch einen von Simons alten Filmen, die er mit unsrer Kamera gedreht hat, irgendwo oben im ersten Stock ...«

»Wäre es eine große Mühe?«

»O nein, nein, ich brauch bloß eine Minute.«

Und so war es auch, da sie offensichtlich genau wußte, wo sie nachschauen mußte. Sie kehrte mit einem alten Kodak-Projektor und einer Schachtel voll verblichener, gelber Achtmillimeter-Filmkassetten zurück. »Meine Finger ...«, sagte sie, und ich übernahm es für sie, den Film sorgsam einzufädeln und das weiße Lichtkarree auf ihre Küchenwand zu richten.

»Okay«, sagte ich.
Mrs. Segal knipste das Küchenlicht aus, und nach den anfänglichen Flimmerbildern tauchte das Haus der Segals auf, mit ordentlich gestutzten Büschen davor. Die Kamera fuhr ruckartig hinauf und wieder hinab. Dann gab es einen Szenenwechsel zu einem Hund, der in einem bescheidenen Garten spielte.
»Das war sein Hund. Wie er hieß, fällt mir nicht mehr ein.«
Dann kam eine Aufnahme von Mr. Crowley, wie er an einer Werkbank sitzt.
»Das war bei ihnen im Keller.«
Mr. Crowley blickte zur Kamera auf, tippte sich dann zum Gruß an den Hut. Er hatte die gleichen blitzenden schwarzen Augen wie Simon. Die nächste Szene war eine Innenaufnahme mit Simon, wie er, etwa zehn Jahre alt, vor der Kamera stand. Er ist klein, hat glatte Wangen, strahlt vor Begeisterung. Er hält einen Finger hoch. Warte mal eben. Dann rennt er aus dem Bildrahmen hinaus.
»Irving oder ich haben das gedreht, glaube ich«, bemerkte Mrs. Segal.
Simon ist für eine Weile von der Bildfläche verschwunden, und ich hatte den Eindruck, in dem Drehort das Wohnzimmer der Segals wiederzuerkennen. Dann kommt Simon zurückgerannt. Er hat ein Trikot der New York Yankees an, eine Kappe, einen Handschuh und einen Baseballschläger. Er stolziert mit gewichtiger Miene einher, und dann endet die Filmrolle.
»Das ist der einzige Film, den ich von ihm habe«, sagte sie.
»Mrs. Segal, ich muß Ihnen jetzt eine Frage stellen. Sie haben mir von Ihrer Beziehung zu Simon erzählt, als er noch ein Junge war. Aber wie war es, als er erwachsen war? Es gibt da eine Fülle von Tatsachen, die ich mir nicht erklären kann. Sie besaßen also früher in Manhattan ein Gebäude, und Simon sah in Ihren Häusern nach dem Rechten und hatte Zugang zu den Schlüsseln, das sagten Sie doch, glaub ich. Und er ist in einem Gebäude gestorben, das früher Ihnen gehört hat.« Ich machte eine Atempause. »Sie besuchen zweimal in der Woche seinen Vater, und das schon seit langer Zeit. Sie erhalten für die-

sen Dienst eine regelmäßige Vergütung aus Simons Nachlaß, und Sie erhalten auch höhere unregelmäßige Beträge aus dem Treuhandfonds. Ich weiß nicht, wie sich das alles zusammenreimt, Mrs. Segal. Ich kann das ganze nicht recht auf einen Nenner bringen. Können Sie's?«

Der Augenblick der Weitung. Mrs. Segal starrte mich voller Furcht an, und ich rief mir ins Gedächtnis zurück, daß ich schließlich nicht wußte, was es hieß, eine achtundsechzig Jahre alte Frau zu sein, mit einem senilen herumhampelnden Ehemann und ohne Kinder, die sich um mich kümmern würden. Mrs. Segal spielte mit den Salz- und Pfefferstreuern auf dem Tisch, kleinen holländischen Knabenfiguren, wie sie mittlerweile vermutlich jemand sammelte.

»Mr. Wren, ich – ach, wahrscheinlich bin ich einfach eine alte Frau mit meinen albernen kleinen Geheimnissen. Wissen Sie, ich habe Frank Crowley geliebt«, weinte sie. »Ich hab ihn geliebt – wie eine Ehefrau, könnte man wahrscheinlich sagen. Er war, er war liebevoll zu mir. Wir – jahrelang – falls Sie verstehen.« Ihre Augen waren angesichts der Brisanz ihrer Beichte weit aufgerissen. »Mein Mann – nachdem Michael ertrank, da wollte er kein Kind mehr haben – er konnte oder er wollte nicht – und Simon war so oft hier, und es ist schwer zu erklären. Mein Mann wußte natürlich Bescheid, aber es machte ihm nichts aus, er fand es nicht ...« Sie schüttelte traurig den Kopf, als wünschte sie, ihr Mann hätte sich genügend daraus gemacht, um eifersüchtig zu sein. »Frank war ... er war ein wunderbarer Mann, gut gebaut, sehr fein. Nach dem Tod seiner Frau war er der freundlichste ...« Mrs. Segal blickte weg. »Ach, das ist alles natürlich ganz albern, interessiert ja doch keinen.«

»Mich interessiert es.«

Sie hob den Blick. »Wirklich?«

»Ja«, sagte ich sanft.

»Nun gut, ich weiß nicht, was für eine Frage ich Ihnen zuerst beantworten soll. Ich kann Ihnen ja erzählen, daß Simon mich gefragt hat, ob er für uns sorgen könnte, sobald er anfing, ein bißchen Geld zu verdienen, und da hab ich ihm gesagt, nein, daß es sein Geld ist, daß er es schließlich verdient habe. Aber er bestand darauf. Seine Anwälte fingen an, mir Geld zu schicken, eintausend im Monat. Also, ich hab mich ganz schrecklich deswegen gefühlt, und da dachte ich mir, ich sollte ihnen etwas für ihr Geld vorweisen, auch wenn es Simons Geld war. Ich hab Frank so ungefähr zweimal in der Woche regelmäßig besucht, und so fing ich einfach an, die Besuche mit ein paar Dankesworten aufzuschreiben. Sie riefen mich dann an und erklärten: ›Bitte formalisieren Sie Ihre Rechnung auf offiziellem Geschäftspapier‹, und das habe ich gemacht. Simon fand das dann heraus und war sehr zufrieden damit. Er konnte diese Rechtsanwälte und Buchprüfer und solche Leute nicht leiden. Es war unser kleiner Scherz, wissen Sie.«

»Was ist mit den großen Anweisungen?«

»Das war etwas anderes. Simon wußte, daß wir Geldprobleme hatten. Irving hatte einen Koreaner mit dem Auto angefahren, und der Mann hatte einen ganz schlimmen Hüftbruch. Konnte nicht mehr laufen. Dann hat er uns verklagt. Also hatten wir ziemliche Geldschwierigkeiten. Ich hab Simon nicht wirklich erzählt, wie schlimm es stand, aber er bot uns an, uns ein neues Haus zu kaufen, was immer wir wollten. Doch ich hab nein gesagt, daß ich zufrieden war, dort, wo ich war. Ich meine, alle Leute, die ich kenne, wohnen in meiner Nachbarschaft – der Metzger, die Leute im Supermarkt. Schließlich hat Simon erklärt, er hätte gern, daß wir etwas für ihn erledigen, und wir könnten es bei seinem Unternehmen in Rechnung stellen. Ich sollte einer dritten Partei etwas zusenden, und dann sollte ich auf dem alten Geschäftspapier eine Rechnung an die Firma ausstellen …«

»Für fünftausend Dollar?«

»Ja.«

»War es ein Videoband, Mrs. Segal?«

Sie sah mich voller Angst an. Niemand sprach, und ich konnte die Heizkörper leise zischen hören, das Geräusch, wie ihr Mann in seinem Büro Papiere hin und her schob. Das Haus war erfüllt von vergangener Zeit, vom herannahenden Tod.

»Ja«, sagte Mrs. Segal, »es war ein Videoband. Ich sollte es abschicken und das Ganze als besondere Dienstleistung oder so etwas Ähnliches in Rechnung stellen. Ganz pauschal, wissen Sie. Simon schien großes Vergnügen an diesem Schachzug zu haben.«

»Sollten Sie das Video zu einer ganz bestimmten Zeit losschicken?«

Sie schüttelte den Kopf. »Wann immer ich Lust hätte, sagte Simon.«

»Erzählen Sie weiter.«

»Einmal hab ich Irving dabei entdeckt, wie er das Video in der Hand hielt, und ich habe es ihm weggenommen, damit er es nicht verliert. Dann hab ich die Videokassette kopieren lassen, da drüben bei dem Fotoladen, wo sie mich kennen, nur für den Fall, daß Irving das Original verlieren sollte. Ich hatte eine schreckliche Zeit, verstehen Sie. Wir haben unsere ganzen Klienten verloren, wir haben eine schreckliche – nun ja, Sie können ja sehen ...«

»Das Video, Mrs. Segal.«

»Ja, also, ich hab das Videoband an die Adresse geschickt – ich meine, die Kopie davon. Ich habe mich natürlich nicht getraut, es anzuschauen, aber ich hab's abgeschickt, und dann hab ich die Rechnung an Simons Anwaltskanzlei gesandt. Ich hoffe, daß ich nicht irgendwelchen Leuten mit dieser Sache zuviel Ärger gemacht habe. Ich hab das Band einfach in einen braunen Umschlag gesteckt und in den Briefkasten getan, und dann, drei Wochen später, bekam ich einen Scheck über fünftausend Dollar. Es war die außerordentlichste Sache, die mir je untergekommen ist.«

»Das war nach Simons Tod?«

»Ja. Wir hatten gerade diesen schrecklichen Prozeß hinter uns, wissen Sie ...«

»Sie haben es also nochmals abgeschickt?«

»Nun ja, am Anfang ist es nicht so gelaufen«, erklärte Mrs. Segal. »Im Grunde genommen nicht. Doch dann waren wir mal in einem Monat mit irgendwas im Rückstand, was auch immer es war, Sie wissen ja, wie das so ist, und da hab ich mir einfach gedacht, vielleicht probier ich es noch mal, und darum habe ich noch eine Kopie von dem Video machen lassen und die dann an dieselbe Adresse geschickt und dann eine neue Rechnung getippt. Ich ...ich hab sie einfach auf Simons

Nachlaßverwalter ausgestellt, wie vor dem Ableben vereinbart war, spezielle Dienstleistung, so etwas in der Art – ich hab mir viele dieser Ausdrücke im Laufe der Jahre angeeignet –, und wieder hab ich zu meiner großen Überraschung einen Scheck über fünftausend Dollar erhalten!«

»Haben Sie dann einfach so weitergemacht?«

Sie nickte. »Wir haben nicht gerade viel Geld, Mr. Wren. Und ich, also, ja, um Ihre Frage zu beantworten, ja, ich hab's einfach weiter so gemacht. Ich habe mir gesagt: Wer schickt schon einen armen achtzigjährigen Mann und seine Frau ins Gefängnis? Also ja, ich hab's noch ein paarmal gemacht.«

»Mir wurde gesagt, daß es im Lauf der letzten sechzehn Monate so etwa vier- oder fünfmal vorgekommen ist.«

»Also, nochmals, ich hoffe, ich habe nicht irgendwem irgendwelche Unannehmlichkeiten verursacht«, sagte sie nachdrücklich, »weil ich ganz bestimmt dachte, daß, wenn die Anwaltskanzlei beschließt, nicht zu zahlen, dann hätten sie einen guten Grund dafür ...«

»Ich möchte jetzt das Band, Mrs. Segal.«

»Mr. Wren ...«

»Sie können es mir jetzt geben oder sich mit ein paar äußerst unangenehmen Personen herumschlagen, Mrs. Segal. Ich glaube, daß ich Ihnen einiges an Unglück erspare, wenn ich es Ihnen abnehme.«

»Ich bin wirklich guten Willens, Ihrer Bitte nachzukommen, aber Sie müssen verstehen, daß wir ausgesprochen wenig ...«

Ich nickte, da ich schon wußte, was sie nun sagen würde. In der großen Vielfalt war ihres nur ein kleines Vergehen. »Schicken Sie weiterhin Ihre Rechnungen, Mrs. Segal. Ja, Sie können die Rechnung sogar auf siebentausendfünfhundert erhöhen.«

»Das kann ich?«

»Ja. Geben Sie mir jetzt einfach nur das Band.«

Sie erhob sich und ging zum Küchenschrank. Mein Bieper legte wieder los: KEIN WITZ, PORTER. Ich schob ihn in meine Hosentasche zurück, während ich mich zu erinnern suchte, welche Frage ich noch vergessen hatte.

Mrs. Segal machte gerade einen Holzkasten für Rezepte auf. »Ich habe es immer hier aufbewahrt, wissen Sie, weil ich auf diese Weise bestimmt wußte, wo es war. Irving ist sehr vergeßlich. Er kann sich an überhaupt nichts erinnern.« Sie überreichte mir das Videoband, und ich musterte es begierig. Simons handschriftliche Markierung war noch darauf: BAND 63.

»Ich muß eben Ihr Telefon benutzen.« Ich rief Campbell an, übersprang jede Nachfrage nach seinem Gesundheitszustand und befahl ihm, Hobbs aufzufordern, eine Maschine von Südamerika nach Norden zu besteigen.

»Er ist bereits hier in der Stadt«, sagte Campbell.

Unglaublich. »Er ist gestern nacht noch geflogen?«

»Er schläft gerne in Flugzeugen, zieht es sogar vor.«

»Wenn er sein kleines Video haben will, dann, sagen Sie ihm, soll er mich im Noho Star treffen, Ecke Broadway und Lafayette, vierzehn Uhr.«

»Mr. Hobbs speist gewöhnlich im Royalton.«

Ein lächerliches Lokal voller Trendsetter, die sich nur untereinander unterhielten; das Pissoir war eine Chromwand, gegen die man pinkelte. »Weshalb ihm etwas zumuten?« sagte ich. »Dann machen wir es eben dort.«

Und dann war ich zur Tür hinaus, mit dem Videoband in meiner Manteltasche. Ich wußte, daß es ein oder vielleicht auch zwei Fragen gab, die ich vergessen hatte, Mrs. Segal zu stellen, aber vorläufig war ich zu aufgeregt über das Video, um den Versuch zu unternehmen, mich wieder daran zu erinnern. Und im übrigen mußte ich Hal anrufen.

»Porter, wir haben ein Geschwindigkeitsproblem«, sagte er, nachdem ich draußen ein Telefon gefunden hatte.

»Wovon redest du?«

»Meinem Boss ist die Fellows-Sache ein bißchen zu Kopf gestiegen – ich hab ihm gesagt, wir hätten noch eine Verzögerung, aber er hat nicht hingehört – und, also, er hat es Giuliani erzählt.«

»Ach, du Arschloch, Hal.« Ich legte auf. Innerhalb der fünf Hauptbezirke des Großraums New York braucht die Polizei weniger als zehn

Sekunden, um einen Anruf zurückzuverfolgen. Die Vorstellung, daß ein Zeitungsreporter die Identifizierung und Festnahme eines Polizistenmörders verzögern könnte, würde Giuliani in eine irrsinnige Wut versetzen. Hier ging es schließlich um einen Mann, der die italienische Oper liebt. Ich rief zurück.

»Hallo?« sagte Fitzgerald. »Porter?«

»Wo stehn wir jetzt?« fragte ich panisch. »Haben deine Gorillas schon mein Haus auseinandergenommen?«

»Na ja, sie sind durchgegangen.«

Ich legte auf. Rief dann wieder an.

»Porter. Wir versuchen doch nicht ...«

»O doch, genau das.«

»Du mußt rüberkommen.«

»Das nützt nichts. Ich arbeite an der Sache, ich hab's fast geschafft.«

»Hör mal zu, Porter, laß uns diese Sache in Ruhe ...«

Zehn Sekunden. Ich legte auf. Rief wieder an.

»Herrgott noch mal, Porter.«

»Sag dem Bürgermeister, ich arbeite dran.«

»Scheiße, erzähl's ihm selber, Porter!«

»Tu ich auch.«

Eine Pause. Damit waren es zehn Sekunden.

»Porter Wren?«

Eine strenge Stimme. Eine Stimme, die eine Großstadt im Griff hatte. Giuliani.

»Herr Bürgermeister, mit allem gebotenen Respekt, ich arbeite daran, das verspreche ich.« Ich legte den Hörer auf und ging zügig von meinem Wagen weg. Die Bullen würden ihn innerhalb von zehn Minuten finden. Vermutlich kannten sie bereits den Standort der Telefonzelle und schickten einen Streifenwagen herüber. Ich ging die U-Bahn-Stufen hinunter und stieg in eine Bahn, die Manhattan stadtauswärts verließ. Dann winkte ich mir ein Taxi herbei und nahm den Brooklyn-Queens-Expressway, näherte mich Süd-Manhattan, direkt an der Canal Street entlang, grübelnd, voller Sorge, mit eingezogenem Kopf. Die Stadt ist voll von Polizeiwagen, wenn man keinem begegnen möchte. Bevor ich zu dem Treffen mit Hobbs ging, mußte ich mir noch unbedingt das Videoband anschauen, um hundertprozentig sicher zu sein, daß es das richtige war. Bloß wo? Die Polizei überwachte bestimmt schon mein Haus – ein Wagen vor meinem Tor, mit laufendem Motor. Mein Büro? Zu viele Menschen ringsum. Vielleicht ein Kriminalbeamter, der genau in dieser Minute in meinem Sessel saß. Ich brauchte einen Videorekorder und Ungestörtheit. Ich überlegte, ob man wohl den Standort meines Biepers aufspüren konnte – ich stellte ihn ab. An der Seventh Avenue sprang ich aus der U-Bahn und besorgte mir eine rote Strickmütze und irgendeine Sonnenbrille. Dann rief ich Caroline an. Zehn Klingelzeichen, keine Antwort. Vielleicht war sie ausgegangen. Vielleicht im Begriff, Charlie zu ficken. Ihre Investition zu schützen. Vielleicht konnte ich ja zu der malaysischen Bank gehen, mir geschickt Einlaß verschaffen und das Gerät in Carolines begehbarem Tresor verwenden. Aber vielleicht doch nicht – die müßten sie erst anrufen und sich die Erlaubnis einholen, mich reinzulassen. Und sie war nicht da und würde vielleicht noch Stunden weg sein. Ich konnte auch in einen Laden für elektronische Geräte gehen, einen Videorekorder kaufen und einen kleinen Fernseher, mir dann ein Zimmer in einem Hotel mieten. Aber es konnte eine gute Stunde dauern, ein Hotel aufzutreiben, das auch tatsächlich ein freies Zimmer hatte. Ich brauchte viel schneller etwas, einen Ort, wo – ich hatte es, und nicht einmal weit entfernt von hier.

Wir leben in einer merkwürdigen Zeit. Eine zweiundfünfzig Jahre alte Schwarze mit einem kaputtgeschossenen Knie liegt in ihrem Bett in ihrem privaten Krankenhauszimmer – so einem mit all den Annehmlichkeiten, wie sie im Land der Dollarnote zu haben sind –, entrückt in einen biblischen Morphiumtraum, und als sie die Augen aufschlägt, wie sie es so etwa alle zehn Minuten benommen zu tun scheint, da kommt es ihr so vor, als sehe sie einen Weißen in einem Sessel neben ihrem Bett sitzen, der seine Aufmerksamkeit nicht etwa ihr schenkt, sondern wie gebannt auf ihren Fernsehapparat starrt, den sie sehr gerne hat. Der weiße Mann ist ihr vertraut. Er ist in der Tat ihr Arbeitgeber. Sie zieht die Frau vor, wenn sie ehrlich ist. Sie würde gern fragen, wie geht's denn den Kindern, wie geht's Tommy, aber irgendwie enthebt schon die Formulierung der Frage sie der Notwendigkeit, sie auszusprechen, und außerdem sind da jetzt komische Aufnahmen von einem fetten Mann im Fernseher, und so schaut sie es sich an oder träumt es bloß – daran wird sie sich nie erinnern.

[Hin und her ruckelnde Ansicht eines luxuriösen Hotelzimmers. Kamera stabilisiert sich. Eine Ecke des Bildausschnitts ist von einem nicht erkennbaren Gegenstand verwischt, vielleicht dem Lederriemen einer Handtasche. Ganz hinten im Zimmer ist ein ausladendes Bett zu sehen, ein feudaler Sessel und ein Fenster. Es ist Nacht.]

Caroline: ... wäre einfach interessant, das ist alles. [Ins Blickfeld schiebt sich nun die enorme Gestalt von Hobbs, der einen teuren Anzug trägt. Er wendet der Kamera den Rücken zu. Er greift zum Telefon.]

Hobbs: Empfang, hier ist Zimmer vierzehn zwölf. Ich möchte nicht gestört werden, keine Anrufe. Mit einer Ausnahme. Falls ein Mann namens Murdoch anruft, wird der Anruf durchgestellt. Murdoch, Rupert Murdoch. M-U-R-D-O-C-H. Ja, ganz richtig, danke, niemand außer ihm. [Er stellt das Telefon zurück.] Unwahrscheinlich, daß er anruft, aber es kann immerhin sein, daß ihm mein Büro die Nummer hier gegeben hat. [Hobbs wendet auf ein Klopfen an der Tür hin den Kopf. Er blickt auf seine Uhr.] Ja?

Stimme: Es ist Springfield, Sir.

Hobbs: Herein, Springfield.

[Eine Gestalt erscheint im Zimmer, den Rücken zur Kamera.]

Hobbs: Ja.

Springfield: Wir haben den Zeitplan für London endgültig festgelegt, Sir. Mr. Campbell sagte mir, ich sollte Sie in Kenntnis setzen.

Hobbs: Sehr gut, Springfield, geben Sie mir die Termine.

Springfield: Also, Sir, wir haben Mr. Trump um acht Uhr morgens, dann Mr. Ridgeway von der Bank um zehn; dann Lunch mit Mr. Loks Gruppe …

Hobbs: Haben wir die Zahlen für diese Besprechung auf der Reihe?

Springfield: Da muß ich Mr. Campbell fragen, Sir. Aber ich nehme es doch an.

Hobbs: Sagen Sie Mr. Campbell, sollte er die Zahlen nicht fertig vorbereitet haben, kann er sich Fisch mit Chips besorgen.

Springfield: Ja, Sir. Ist das dann alles für heute abend?

Hobbs [wendet sich an Caroline]: Miss, gibt es irgend etwas, das Sie gern haben möchten, irgendwas, das Springfield Ihnen besorgen kann? Zigaretten, Blumen, was immer Sie gern hätten?

Caroline: Nein, ich bin zufrieden, danke.

Hobbs [hebt die Hand]: Okay, Springfield.

Springfield: Gute Nacht, Sir. Miss. [Springfield geht ab.]

Hobbs: Lassen Sie uns über diese Sache zu absoluter Klarheit kommen.

Caroline: Okay.

Hobbs [legt unter Mühen sein Sakko ab]: Ich will, daß Sie mir sagen, was genau Sie eigentlich wollen.

Caroline: Okay.

Hobbs: Hatten Sie an eine Art von Bezahlung gedacht?

Caroline: Nein.

Hobbs: Seltsam. Sie gehen nicht von irgendeiner Art von Job oder regulärem Geld oder so etwas aus?

Caroline: Nein. Bloß ein bißchen Zeit mit Ihnen. Sie machen mich neugierig.

Hobbs: Verstehen Sie, ich muß fragen, weil ein Mann in meiner Position – die Leute gehen mich ständig um Geld oder einen Job oder ähnliches an. Es war Carol, richtig?

Caroline: Caroline.

Hobbs: Ja, natürlich. Tut mir schrecklich leid. [Sie schüttelt den Kopf und zieht sich dann etwas aus ihren Haaren, so daß sie nach unten fallen.] Wollen Sie das Licht an oder aus haben?

Caroline: Aus. Da ist eine Menge Licht von der Stadt her.

Hobbs: [Er bewegt sich auf die Wand zu, und das Licht geht aus. Sie machen es sich auf dem Bett bequem.] Nun … [Sie nimmt seine Hand zwischen ihre Hände.] Lassen Sie mich Ihnen etwas sagen, meine Miss Caroline. Wir blicken uns über einen weiten Abgrund hinweg an. Natürlich wissen wir, um was es geht. [Seine Stimme ist tief und langsam und voller Zuneigung.] Sie sind eine schöne junge Frau, Sie sind Amerikanerin, Sie haben noch Ihr ganzes Leben vor sich. Und wir wissen nur zu gut, was ich bin … ja. Ich bin ein …

Caroline: Schhhh. [Sie beginnt sich auszuziehen.]

Hobbs: Das ist recht liebenswürdig. Aber lassen Sie mich nur noch eines sagen, meine Miss Caroline. Ich möchte, daß Sie wissen, daß ich weiß, wer ich bin. Ich weiß, wie ich in Ihren Augen aussehe. Das ist mir sehr wichtig. Weil es mir erlaubt, Ihnen meine Dankbarkeit auszudrücken. Ich bin ein fetter alter Mann. Ich bin ein Schreckensbild, eine Obszönität. Es ist jetzt dreißig Jahre her, daß ich noch meine Zehen berühren konnte. Ich bin auch nicht zu normalem Sex in der Lage, meine Miss Caroline.

Caroline: Sind Sie sich da sicher?

Hobbs: Ganz sicher. [Er stößt seine Schuhe von sich.]

Caroline: Sie können keinen Sex haben?

Hobbs: Nein. Aber bitte …

Caroline: [Sie fährt wieder fort, sich auszuziehen.] Stört es Sie, wenn ich Sie frage, warum? Ich meine, liegt es …

Hobbs: Nein, nicht an Ihnen, keinesfalls, natürlich nicht. [Er läßt seine Hose fallen, knöpft sich das Hemd auf.] Es ist etwas, das vor ziemlich langer Zeit passiert ist – fürchte ich.

Caroline: Ich würde gern etwas darüber hören.

Hobbs [mit einem Seufzer]: Es ist die Geschichte von einem alten Mann.

Caroline: Ich kann sie mir anhören. Ich hab einiges erlebt.

Hobbs: Ich hole nur eben eine Zigarette. [Er verschwindet im Bad, seine Fleischesfülle wird plötzlich wie ein Mond von einem aufleuchtenden Licht erhellt, das genauso abrupt wieder erlischt.] Nun denn. Also. Wenn du darauf bestehst. Ich habe schon viele Jahre lang nicht mehr darüber gesprochen, muß ich gestehen. Es war einmal vor langer, langer Zeit, meine liebe Caroline, da war ich zwanzig Jahre alt, und mein Vater war der neuntreichste Mann in Australien. Mein Vater und ich haben uns damals nicht vertragen, überhaupt nicht. Er wollte, daß ich in die Zeitungsbranche einsteige, und ich hatte ganz andere Vorstellungen. Ich war eher am Segeln und an den Mädchen interessiert, weißt du. Ich hatte für einen Jungen in meinem Alter ziemlich viel Geld, und ich ging in die Bordelle von Melbourne, die, so möchte ich sagen, wundervoll waren. Mein Vater war mit dem Versuch gescheitert, mich nach Oxford oder Cambridge zu schicken, und war gezwungen, mit der Universität von Sydney vorlieb zu nehmen. Ziemlich große Enttäuschung für ihn. Er machte sich Sorgen um meine Zukunft, ja, so war das. Ich mache ihm keine Vorwürfe. Wir hatten entsetzliche Auseinandersetzungen. Im Sommer vor meinem letzten Jahr an der Universität tat ich dann das Unvorstellbare – ich heuerte auf einem Frachter an.

Caroline: Einem Schiff.

Hobbs [liegt auf dem Bett]: Ja, ein Frachter war oder ist das Schiff, das alles um die ganze Welt herum geschleppt hat. Kohle, Stahl, Getreide, was auch immer. Jetzt sind es bis auf die großen Containerschiffe und Öltanker nur noch Jumbofrachtschiffe. Aber damals, im Jahre sechsundfünfzig, waren Frachter die große Sache. Ich habe wirklich gern auf dem Schiff gearbeitet. Es gab eine ganze Menge Malerarbeiten. Wir haben uns die Westküste von Afrika hinaufgearbeitet, dann um Gibraltar herum auf Frankreich zu. Von jedem Hafen schickte ich ganz kurze Briefe an meine Mutter und meinen Vater, weil ich wußte, daß sie erst Wochen später in Australien ankommen würden. In Marseille gingen wir vor Anker, um ein paar Autoreifen abzuladen, die wir an Bord genommen hatten. Marseille war eine harte Stadt, eine ziemlich harte Stadt. Unser Kapitän hatte uns sogar gewarnt, aber ich hatte keine Angst. Nein, kein bißchen. Wir hatten ein Problem mit dem Kessel, und so blieben wir fünf Tage im Hafen, und einen großen Teil dieser Zeit hatte ich frei.

Caroline: In dieser Geschichte kommt eine Frau vor, das kann ich spüren.

Hobbs: Aber ohne jeden Zweifel.

Caroline: War sie schön?

Hobbs. So schön wie du, nur war sie dunkel, wie Mahagoni. Sie war die teuerste Prostituierte in ganz Marseille, das heißt, wenn sie einen haben wollte. Ich hatte ziemlich viel Geld dabei, das ich versteckt hatte, und ich tat das Alleridiotischste, was ich überhaupt nur tun konnte.

Caroline: Was?

Hobbs: Ich habe mich in sie verliebt. Ich gab ihr ständig noch mehr Geld, damit sie sich Zeit für mich nahm, und sie ist mir entgegengekommen.

Caroline: Sie hat dich ausgenutzt.

Hobbs: Was ich auch wußte. Aber es war mir egal. Die Hälfte der Zeit verbrachten wir betrunken in Frankreich auf dem Land. Ich hatte mir ein Auto gemietet. Sie nannte sich Monique. Sie war halb Inderin, ein Viertel Zulu, etwas chinesisch und im übrigen burisch. Sie wurde in Kapstadt geboren. Ein ziemlich verrücktes Leben hatte sie hinter sich. Ihr Französisch bestand nur aus Brocken. Eine sehr zähe kleine Katze – genau wie du, möchte ich wetten. Sie war nach dem Krieg von einem Kapitän gekidnappt und nach Marseille verschleppt worden. Sie wurde von ihm gekidnappt, und dann hat sie sich in ihn verliebt. Du kannst dir ja vorstellen, wie aufregend das alles für einen zwanzig Jahre alten Knaben war, wie er da so halb betrunken in Frankreich auf dem Lande im Gras lag. Ich war ziemlich von den Socken. Die Affäre war natürlich ohne Zukunft. Ich wußte, daß ich in ein paar Tagen wieder auf dem Frachter war. Diese Tage kommen mir so wirklich vor wie das Frühstück heute früh. Ich kann hier aus diesem Fenster schauen, Caroline, und ich weiß, daß ich in Manhattan im Plaza-

Hotel bin und daß heute der achtzehnte Juni oder was auch immer ist – ich kann mich nie an das genaue Datum erinnern –, aber zur selben Zeit bin ich wieder dort und blicke in die dunklen, dunklen Augen meiner Monique. Ich hab kein Foto von ihr. Ich hab keinen Brief. Ich hab nichts außer der Erinnerung an sie, an den letzten Tag, an dem wir uns damals gesehen haben, nämlich den dreiundzwanzigsten Mai neunzehnhundertsechsundfünfzig, um elf Uhr siebenundfünfzig nachts. Ich mußte um Mitternacht wieder auf dem Schiff antreten. Wir hatten vor, um zwei Uhr früh in See zu stechen, um die Flut auszunutzen. [Caroline zündet sich eine Zigarette an.] Ihre Wohnung war im zweiten Stock, vier Häuserblocks vom Hafen entfernt. Ich hatte ihr jeden letzten Franc und Dollar, jedes letzte Pfund gegeben, das ich besaß, und zwar bereitwillig und mit Vergnügen. Wir waren fast fünf Tage ununterbrochen zusammengewesen. Ich war am Boden zerstört bei der Vorstellung, sie zu verlassen, denn ich wußte, daß ich sie nie wiedersehen würde. Aber gleichzeitig war ich seltsam glücklich, weil ich wußte, daß ich gerade ein bemerkenswertes kleines Herzensabenteuer erlebt hatte, wie man es wohl bezeichnen könnte, und bald würde ich wieder an Bord eines Schiffes sein, das sicher über das Meer dampfte.

Caroline: Hast du dich von ihr verabschiedet?

Hobbs: Aber ja. Ich sagte ihr Lebewohl und küßte sie und sagte ihr, daß ich sie liebte und sie niemals vergessen würde, und all die anderen Sachen, die man so sagt, wenn einem das Herz überfließt, und dann erklärte sie mir, ich müßte jetzt aber gehen, es dauere drei Minuten zum Hafen runter, und ich sagte, ich könnte auch in der Hälfte dieser Zeit rüberrennen, und sie sagte: »Nun ja, vielleicht zwei Minuten«, und ich glaube, wir haben uns noch einmal geküßt. Dann schaute ich sie an, mit diesem letzten Blick, diesem Blick, von dem man weiß, daß er von nun an ausreichen muß, bis man tot ist, und dann bin ich zur Treppe hinuntergestürmt und in die dunklen Straßen hinein, und es war vielleicht einen Block weiter, als mich ein paar der regulären Seeleute von

Marseille in die Zange nahmen, obwohl ich ein ziemlich kräftiger Kerl war und mich nach besten Kräften zur Wehr setzte, und sie haben mich furchtbar zusammengeschlagen, und einer von denen stach ungefähr ein dutzendmal mit dem Messer auf meine Leistengegend ein, und sie haben mich dort, in dem Glauben, ich sei tot, liegengelassen.

Caroline: Mein Gott.

Hobbs: Sie haben mich gehaßt, weil ich Monique für mich beansprucht hatte, verstehst du. Sie wußten, daß ich in Wirklichkeit kein Seemann sein konnte, wenn ich fünf Tage lang für sie bezahlt und einen Wagen gemietet und eine Menge Wein gekauft hatte. Sie hatten schon auf mich gewartet. Sie wußten, wann mein Schiff abfuhr. Ich war in einem sehr schlimmen Zustand. Mein Frachter ist ohne mich losgefahren. Sie hatten mich von der Hauptstraße weggeschleift, hinter irgendwelchem Abfall liegenlassen. Eine alte Frau fand mich am Morgen. Ich war schlimm zugerichtet. Der Arzt sagte, er sei der Meinung, ich hätte die Hälfte meines Bluts verloren und bloß dank meiner Jugend überlebt. Aber die Seeleute hatten mir die Nerven durchtrennt, die hatten da unten alles zerschnitten, was man nur zerschneiden kann. Zum Glück hab ich tatsächlich noch meine Eier, doch nach dieser Sache hat es nichts mehr getaugt. Ich konnte keinen Steifen mehr kriegen. Wollte aber unbedingt. Schon seit fast vierzig Jahren will ich es. Nichts. Ich habe die besten Ärzte der Welt aufgesucht. Die besten. Habe immer gehofft, irgendeine Art von Technik würde eines Tages erfunden … ein Medikament, aber nichts. Die Nerven da drinnen sind vollkommen tot. Ich kann es so ein bißchen spüren, wenn ich pinkle, aber das ist auch alles. Ansonsten so gut wie gar nichts. Heiß und kalt ein bißchen. Erektion unmöglich.

Caroline: Was ist danach mit dir passiert?

Hobbs: Ich bin im Krankenhaus geblieben. Ich war wirklich in einer schlimmen Verfassung. Ich hatte kein Geld, ich konnte fast überhaupt kein Französisch. Schließlich bat ich eine Krankenschwester, mit dem Redakteur der Zeitung Kontakt aufzunehmen. Statt dessen kam sie mit einem Mann zurück, der früher für die BBC gearbeitet hatte. Im Ruhestand. Wir konnten uns auf Englisch unterhalten. Ich gab ihm den Namen und die Adresse meines Vaters. Er setzte sich mit ihm in Verbindung. Drei Tage später traf mein Vater ein. Dann eine Privatklinik in Paris. Er blieb dort einen Monat lang bei mir. Las mir die Zeitungen vor. Wir hatten uns sehr verändert, er und ich. Er fing an, mir einige Probleme zu erklären, die er mit den Zeitungen hatte. Er war klug genug, das Ganze als interessant hinzustellen. Jeden Tag, eine Stunde nach der anderen. Manchmal las er mir auch vor. Er ließ ein spezielles Telefon in dem Zimmer installieren, so daß er einen Teil seiner Geschäfte erledigen konnte, während er direkt dort bei mir saß. Als es mir wieder gutging, flogen wir nach Australien zurück. Er nahm mich sofort in die Zeitung auf. Ich hätte es niemals gemacht, wenn ich nicht überfallen worden wäre, aber ich brauchte etwas für mich. Er war ziemlich weise, mein Vater. Er fehlt mir. [Hobbs schweigt.] Drei Jahre später war er tot, nach einem Herzinfarkt, und so stand ich auf einmal mit dem gesamten verfluchten Betrieb da. [In dem abgedunkelten Zimmer schmiegt sie sich an den gigantischen Leib von Hobbs. Minuten verstreichen. Er atmet mühsam und häufig; sie dagegen ohne Anstrengung, unhörbar. Es sieht so aus, als ob seine Hand sich langsam auf ihrer Schulter und an ihrem Nacken auf und ab bewegt. Sie greift nach der großen Hand und legt sie sich aufs Gesicht, küßt sie.] Du fühlst dich nicht von mir abgestoßen?

Caroline: Ich finde dich süß. [Sie nimmt einen Finger nach dem anderen und steckt ihn sich in den Mund, zieht ihn wieder zurück und geht zum nächsten über.]

Hobbs: Da ist noch etwas anderes, das ich hier gern tun würde.

Caroline: Was?

Hobbs: Ich glaube, es ist bestimmt etwas … es bedeutet mir auf seine eigene Weise ziemlich viel.

Caroline: Ich versteh nicht …

Hobbs: Laß mich einfach mal – [Die riesige Fülle von Hobbs entfernt sich vom Bett und geht an der Kamera vorbei.] Hier, wenn du einfach, rück einfach ein bißchen weiter hier runter – [Hobbs ist am Fußende des Bettes und kniet sich mit einiger Schwierigkeit hin. Sie liegt mit den Beinen auseinander da. Hobbs senkt seinen schweren Rumpf zwischen ihre Beine.] Siehst du, meine Miss Caroline … [Hobbs hat seinen Kopf zwischen ihre Beine gesteckt; seine Worte sind ein wenig gedämpft.] Ich hab eine – vielleicht hast du's ja gesehn, meine Zunge ist – ich hab eine ziemlich – also hier, wenn ich darf, dann tu ich einfach bloß …

Caroline: He, oh.

Hobbs [hebt den Kopf hoch]: Ja? Ich denke, das ist vermutlich recht – [Senkt den Kopf, legt eine fleischige Handfläche auf jeden ihrer Oberschenkel.]

Caroline: Oh. Ist das deine Zunge? Ich kann nicht *glauben* – oh! Das ist … [Unverständliche Töne. Mehrere Minuten verstreichen, während Caroline tief atmet.] Nicht so – mach langsamer – ein kleines bißchen langsamer … ein bißchen – nein, jetzt geh damit rein und hin und her … Ich … [Wirft ihren Kopf vor und zurück.] Jetzt komm raus, jetzt geh – ah, rein, das ist jetzt zu … ich hab gesagt, tu's nicht, aber tu's bitte noch mal – oh, ja, das ist – [Im Zimmer bleibt es eine Weile still, bis auf den pfeifenden Atem von Hobbs und die Geräusche von Caroline, während sie sich auf dem Bett windet. Eine Sirene nähert und entfernt sich unten auf der Straße. Zu hören ist ein fernes Summen und Dröhnen. Dann rollt sich Caroline auf die Seite.] Das war – Ich fühl mich so entspannt.

Hobbs [erhebt sich langsam]: Ich trickse jetzt, weißt du, ich trickse die Zeit aus. [Liegt auf dem Bett.] Wenn ich hier bin, so wie jetzt, im Dunkeln, mit dem Gefühl, dich hier neben mir zu haben, rufe ich mir die Vergangenheit ins Gedächtnis zurück, Miss Caroline, ich gehe wieder dorthin, ich bin nicht von der Zeit zerstört worden … Früher hatte ich die Angewohnheit, ziemlich viele Stunden mit den Prostituierten in Kairo zu verbringen. Ich kann dir unmöglich beschreiben, was für ein Vergnügen das war. Ich kann dir unmöglich vermitteln, wie glücklich ich jetzt in diesem Augenblick bin; das ist das einzige, was ein Mann, wie ich es bin, noch genießen kann. Damals hab ich ganz schön viel geraucht, wenn ich in den Bordellen auf dem Balkon saß und mir die Menschenmengen angeschaut hab. Nach meinem Unfall merkte ich dann, daß ich an solchen Dingen nur sehr wenig Spaß hatte. Ich kam mir entstellt vor, und ich habe es deshalb darauf angelegt, mich noch mehr zu entstellen – oder so mache ich es mir zumindest selbst verständlich. Es bestürzt mich geradezu, daß ich am Leben bin, Miss Caroline, und doch bin ich jetzt ziemlich froh, am Leben zu sein. Oh, ich weiß schon, was die von mir halten, und das verstehe ich auch, aber die sind jetzt so eine Art Familie für mich. Ich empfinde einen gewissen Stolz, daß ich für diese Leute Arbeitsplätze geschaffen habe, beinahe neuntausend Menschen weltweit, Miss Caroline, und das hat etwas für sich, ich möchte doch hoffen, daß mir die Leute darin recht geben mögen ... [Er ist plötzlich ruhig, vielleicht melancholisch gestimmt.] Neulich bin ich nachts über das, was früher einmal Jugoslawien war, geflogen, und der Himmel war klar. Ich konnte unten das Raketenfeuer sehen, wie es ständig aufblitzte ... und hier war ich selbst, unterwegs nach Frankfurt. Sie waren im Begriff, Sarajevo mit Granatwerfern zu beschießen. Es ist ... schrecklich eigenartig, wirklich, ich lebe nirgendwo, meine Caroline. Ich reise in der Welt umher, aber ... ich müßte im Grund zugeben ... ich hatte nie irgendeinen Menschen, Caroline, vielleicht hätte ich heiraten sollen, aber ich habe nie das menschliche Bedürfnis danach begriffen. Ich war ein Narr. Jetzt ist es zu spät. Ich kann nirgends leben. Ich lebe auch nirgends. Ich kenne keinen Menschen ... Alles, was ich mache, ist fliegen und fliegen und fliegen. [Sie greift nach seinem Arm und massiert ihn.] Ich finde wirklich Trost in solchen Zwischenspielen wie dem hier. Du bist jung und bereit, mir zuzuhören ... gerade deine Fremdheit macht es mir möglich, imtim mit dir zu sein. Ich weiß, daß du von irgendwoher kommst, du hast deine Geschichte, du wärst sonst nicht hier … Vielleicht sind wir ja die Schöne und das Biest. [Lacht.] Nein, laß mich den Gedanken revidieren: die Schönheit und das Kapital. Wie seltsam, daß diese zwei sich immer gegenseitig erwählen. Ich betrachte dein Gesicht, und ich vergesse mich selber, ich vergesse das … das Fliegen, das – [Er begräbt sein massiges Haupt zwischen ihren Brüsten, und sie streichelt es. Eine halbe Minute geht vorbei. Schließlich beugt Caroline ihren Kopf vor über Hobbs, und ihre Haare schirmen sie beide ab. Möglicherweise flüstert sie ihm etwas zu, küßt ihn auf den Hinterkopf, flüstert wieder etwas.] Machst du das schon immer so mit den Männern, verwandelst du sie in Wracks?

Caroline: Ich liebe Männer. Das ist wohl mein Problem.

Hobbs: Die Männer werden sich immer für dich fertigmachen.

Caroline: Das macht mir angst.

Hobbs: Sollte es auch. Ich werde an dich denken.

Caroline: Wirklich?

Hobbs: Ja. Ich werde an die schöne junge Frau zurückdenken, die so geduldig mit dem fetten alten Mann war, die ihn vor sich hin brabbeln und sich vormachen ließ, daß das, was er zu sagen hatte, einen Sinn ergab.

Caroline: Du bist zu hart zu dir selbst.

Hobbs: Ich habe nichts, Caroline. Ich wünsche mir, daß du das verstehst. Ich habe vielleicht einmal im Jahr oder so einen solchen Augenblick wie jetzt, aber das ist auch alles, was ich habe. Alles übrige bedeutet mir nichts … gar nichts. [Die zwei Gestalten kleiden sich langsam und schweigend an. Sie schlüpft in ihr Kleid, und er bedeutet ihr, er werde ihr helfen, die Knöpfe hinten zuzumachen, eine Aufgabe, auf die er sich dann mit mühsamem Schnaufen konzentriert, während seine dicken Finger jeden Knopf durch das jeweilige Loch stecken.] Sehr gut. [Sie dreht sich um.] Ich würde dich gerne wiedersehen.

Caroline: Ich weiß noch nicht.

Hobbs: Schon recht. Wenn du aber doch willst, dann ruf hier in meinem Büro an, frag nach Mr. Campbell. [Zieht sich sein Jackett an.] Brauchst du irgend etwas? Einen Wagen?

Caroline: Ich bin okay.

Hobbs: Laß mich wenigstens einen Wagen bestellen. [Greift nach dem Telefon.] Springfield, einen Wagen unten, bitte. Ja. In Ordnung. [Legt auf.] Also alles klar?

Caroline: Ja.

Hobbs: Es gibt also nur einen schnellen Abschied.

Caroline: Wo bist du denn nächste Woche?

Hobbs: Nächste Woche? Vielleicht in Berlin. Nein, erst in London und dann in Berlin. [Er langt wieder nach dem Telefon.] Ich bin in fünf Minuten unten im Foyer. Hmm? Ja. Faxen Sie ihm das. Ja. Sagen Sie dem Piloten, wir starten um drei Uhr dreißig. Ja, fünf Minuten so ungefähr. [Legt auf.] Ich sage dir jetzt Lebewohl.

Caroline: Fliegst du noch heute nacht?

Hobbs: Nach London, ja.

Caroline: Ich wünsche dir einen guten Flug.

Hobbs: Danke.

Caroline: Mach's gut.

Hobbs: Ruf Mr. Campbell an, wenn du möchtest.

Caroline: Ich weiß noch nicht.

Hobbs: Dann also, leb wohl. [Eine Tür geht auf und wieder zu; man kann sehen, wie seine massige Gestalt ein Lichtfeld durchquert. Caroline Crowley sitzt, ohne sich zu rühren, im Bett. Ein oder zwei Minuten vergehen. Sie blickt zum Fenster hinaus und wendet sich dann wieder der Kamera zu. Sie geht direkt und rasch darauf zu, so daß ihr Gesicht nicht mehr zu sehen ist, und greift mit einem Arm danach. Das Bild wird schwarz.]

Im Royalton hatte Hobbs sich in einer enorm großen Nische niedergelassen. Ich bemerkte eine schwarze Reisetasche zu seinen Füßen. Ein Assistent saß an einem anderen Tisch.

»Mr. Wren …« Hobbs wies mit einer schwungvollen Geste auf mei-

nen Stuhl. »Bitte. Ich hoffe, diesmal können wir uns als Gentlemen gegenübertreten.«
Ich hatte jetzt ein anderes Gefühl bei ihm; mir war nun klar, daß er verletzlich und von Ängsten beherrscht war wie jeder andere Mensch auch.
»Ich baue darauf, daß Sie mir erlauben, Sie zu einem sensationellen Lunch einzuladen«, erklärte Hobbs.
Ich hatte kein Interesse daran, mit Charme bedacht zu werden. »Ich will den Namen des Mannes wissen, der auf meinen Sohn und das Kindermädchen geschossen hat«, sagte ich.
Hobbs starrte mich an. »Nein.«
»Der Handel ist gestorben.« Ich stand auf.
»Einen Moment mal.« Er winkte seinen Assistenten herbei, der ein drahtloses Telefon mitbrachte.
»Telefonnummer und auch die Adresse.«
Hobbs und sein Assistent sprachen eine Minute lang leise. Als er fertig war, schob er mir einen Zettel herüber. Phil Biancaniello, Bay Ridge, eine Telefonnummer in Brooklyn.
»Sie verstehen, ich habe noch eine private Rechnung mit ihm offen.«
Hobbs öffnete die Hände. »Selbstverständlich.«
Wir bestellten, und dann zog ich das Videoband aus meiner Jackettasche und reichte es über den Tisch hinüber.
Hobbs betrachtete es. »Wirkt ziemlich unauffällig, finden Sie nicht?«
Dann gab er dem Assistenten ein Zeichen, der daraufhin in einen Aktenkoffer griff und ein Gerät von etwa der Größe eines Laptops hervorholte. Es hatte oben einen winzigen Bildschirm, und Hobbs schob das Video in einen Schlitz an der Seite.
»Wo ist die Batterie?« fragte ich.
Hobbs setzte sich eben eine Lesebrille auf. »Oh, die steckt irgendwo da drin, zweifellos von der Größe einer Pille.« Er musterte den Bildschirm, machte ein ärgerliches Gesicht. »Nichts als graue Suppe, Sir.«
Kalte Angst. Doch dann: »Spulen Sie's zurück.«
Was er auch tat. Der Apparat summte freundschaftlich, klickte und

begann dann das Band abzuspielen. Hobbs stöpselte einen Kopfhörer ein, kauerte sich dann angespannt über das Gerät, so nahe, daß niemand sonst sehen konnte, was er sich ansah. Unser Essen kam, in mehreren dampfenden Gefäßen, aber Hobbs blickte nicht auf. Seine Miene entspannte sich, und ich sah jetzt ein Gesicht, das ich zuvor noch nicht gesehen hatte, eines, das müde und nachdenklich wirkte. Ich aß mein Gericht. Hobbs hatte recht gehabt; es war ziemlich gut. Um uns herum war das Klappern und Klingen von Silberbesteck zu hören; es war ein Raum, in dem nahezu jeder reich oder auf irgendeine Weise namhaft war, und trotzdem förderte diese Ansammlung von Prominenz eine merkwürdig private Atmosphäre. Ich entdeckte Larry King, William Buckley und Dan Quayle. Hobbs nahm sie überhaupt nicht wahr. Endlich stöpselte er seinen Kopfhörer wieder aus und griff in seine Reisetasche. Er brachte einen Apparat von ähnlicher Größe zum Vorschein und beförderte das Video aus dem ersten Gerät heraus und in das andere hinein. Dann überprüfte er ein kleines Textfeld. Er nickte, blickte dann hoch zu mir. Er drehte das kleine Gerät herum, so daß ich die Diagnose ablesen konnte. Dort stand: ORIGINAL, KEINE KOPIE.

»Gut gemacht, Sir.«

»Ich war hochmotiviert.«

»Das waren Sie in der Tat, und ich war es ebenfalls. Nun muß ich Ihnen drei Fragen stellen.«

»Legen Sie los.«

»Wissen Sie etwas von irgendwelchen Kopien von diesem Videoband?«

»Nein.«

»Hat Caroline Crowley mir das Video geschickt?«

»Nein.«

»Wer dann?«

Ich erklärte, wer Mrs. Segal war, ihre Naivität bei der ganzen Angelegenheit.

»Hat sie das Video gesehen?«

»Das ist die vierte Frage.«

»Richtig, ich glaube, ich habe noch ein paar weitere. Ich meine, Sie sollten sie großzügig behandeln, so wie ich Sie später großzügig bei diesem Lunch behandeln werde.«
»Soll mir recht sein. Nein, Mrs. Segal hat das Video nicht gesehen. Wer weiß, ob es ihr Mann angeschaut hat, aber er kommt mir geistig ziemlich angeschlagen vor.«
»Wie alt ist er?«
»Er scheint mindestens achtzig zu sein.«
»Dann zerbreche ich mir nicht weiter den Kopf über ihn.«
»Würde ich auch nicht.«
»Haben Sie das Video Caroline Crowley gezeigt?«
»Nein.«
»Warum nicht?«
»Ich hab mir gesagt, je eher ich es los bin, desto schneller kann ich mein normales Leben wieder aufnehmen.«
Hobbs nickte.
»Ihr Mann hat meinen Sohn angeschossen, Hobbs.«
Er griff nach seiner Gabel. »Ich probier jetzt mal meine Krabben. Also dann, letzte Frage. Haben Sie sich dieses Video angeschaut?«
»Ja.«
Wir starrten einander an.
»Ich gebe einen ziemlich hübschen Anblick ab, finden Sie nicht?«
Ich sagte nichts.
»Sie verstehen, warum ich es haben wollte. Eine Sache der Privatsphäre, nehme ich an. Ein gewisser Stolz, sonst nichts.«
Ich nickte.
»Als der Gentleman, der ich bin, habe ich etwas für Sie«, sagte Hobbs. »Zwei Dinge genaugenommen.«
Er griff in seine Reisetasche und zog ein Viodeoband hervor. Simons Handschrift: BAND 15. Das Fellows-Video.
Ich nahm es ihm ab.
»Darf ich?«
Ich ließ das Band in den tragbaren Videorekorder gleiten. Da war es: Tompkins Square Park, der Menschenauflauf, das Polizeiaufgebot.

Ich drückte auf die Schnellauftaste, da ich sichergehen wollte, daß die Schlüsselszene noch vorhanden war. Sie war da. Fellows fiel wie ein Baum zu Boden, der Angreifer floh. Ich hielt das Band an, spulte zurück, entnahm es und steckte es in meine Aktentasche.

Nun aßen wir herzhaft, Hobbs und ich, und dann folgte der Nachtisch mit Kaffee.

»Und nun ein letztes, Sir.«

»Ja.«

Diesmal zog er einen Umschlag aus seiner Brusttasche.

»Wir haben das hier schon seit geraumer Zeit, aber im Geiste von ›Ende gut, alles gut‹ dachte ich mir, ich sollte es zurückgeben.« Er reichte mir das Kuvert. Es steckte etwas Kleines und Hartes darin; ich legte es auf den Tisch, ohne es zu öffnen.

»Wie Sie sich wohl ausmalen können, haben wir uns Zugang zu Caroline Crowleys Wohnung verschafft. Auf der Suche nach dem Video natürlich. Ich weiß nicht, ob sie einen Verdacht in der Hinsicht hat oder nicht.«

»Doch, sie vermutet es.«

»Das wundert mich nicht. Frauen wissen solche Dinge normalerweise. Wir haben uns ihre sämtlichen Schlüssel angeschaut, auf der Suche nach einem Banksafe, einer anderen Wohnung, einem Auto, was auch immer, und wir haben alle zuordnen können – bis auf diesen einen. Ich brauche ihn nicht mehr, und ich dachte mir, er sollte wieder zu ihr zurück.«

Ich machte den Umschlag auf. Ein einzelner winziger Schlüssel, ohne besondere Kennzeichen, flach und alt. Drei kleine Löcher statt nur eines. Er war an beiden Rändern gezackt. Ich wußte noch von damals, als ich in der Scheune meines Vaters als Junge herumfummelte, daß dies ein Schlüssel zu einem kleinen Vorhängeschloß war. Ich war in jedem Zimmer von Carolines Wohnung gewesen und hatte nichts gesehen, was dazu hätte passen können. Der Schlüssel war faszinierend genug – rätselhaft genug –, daß Hobbs' Schnüffler ihn konfisziert hatten. Vielleicht waren sie ja auf ihre Weise selbst Amateur-Schlüsselexperten, wenn sie so leicht in Wohnungen einbrachen.

»Kein Hausschlüssel, möchte ich meinen«, sagte Hobbs.
Dann brachen wir auf, er und ich, und einige der anderen Stammgäste beobachteten ihn, wie er langsamen Schrittes hinausging, und als wir auf die Straße traten, wartete bereits eine Limousine. Hobbs reichte dem Fahrer seine Ledertasche und wandte sich zu mir um.
»Alle Details geklärt, denke ich doch, oder?«
»Ich denke schon.«
Er stieg in den Wagen, und der Chauffeur schloß die Tür. Mein durch die Reflektion verzogenes Spiegelbild wurde zu seinem Gesicht, als die Scheibe nach unten ging.
»Übrigens, Miss Caroline hatte den Schlüssel über dem Kühlschrank liegen, in einem Geschirrschrank.« Sein dickes Gesicht blickte zu mir auf, mit leuchtend grünen Augen und einem noch vom Lunch feuchten Mund. »Ein recht sonderbarer Platz für einen winzigen Schlüssel, würde ich meinen.«
Dann war er verschwunden.

Ich rief Hal Fitzgerald von der Ecke aus an. »Ich hab das Video.«
»Porter?«
»Ich hab's.«
»Gut, das ist sehr gut.«
»Sag mir einfach, wo ich es hinbringen kann.«
»Moment, laß mich überlegen, äh – bist du im Zentrum?«
Die Technik der Cops machte Fortschritte.
»Ja, ich ...«
»Ecke Sixth Avenue und Vierundvierzigste?«
»Ja.«
»Bleib, wo du bist. Wir schicken einen Wagen rüber.«
»Ich kann es dir bringen, wenn du willst.«
»Nein«, sagte Hal. »Wir sind, äh – bleib am Apparat, Porter.« Er schirmte die Sprechmuschel ab. »Nein, wenn du dort einfach 'ne Minute wartest. Es ist ein Zivilwagen. Ungefähr vier oder fünf Minuten.«

Ich wartete ab. Der Himmel sah nach Schnee aus. Es gab nicht viel Verkehr. Die Ampel schaltete zweimal um, und dann sah ich weit unten auf der Sixth Avenue eine schwarze Limousine mit hoher Geschwindigkeit und einem roten Warnlicht hinter der Windschutzscheibe heranbrausen. Der Wagen hielt dicht hinter mir an, und die Tür ging auf. Ich bückte mich und blickte hinein – direkt in die intensiven, dunklen Augen von Rudolph Giuliani, Bürgermeister von New York City, ein Rache übender Erzengel.

»Herr Bürgermeister.«

Mit brennenden Augen, die Lippen zu einem knappen Lächeln zusammengekniffen, streckte er eine Hand heraus. Ich legte das Videoband hinein. Er nickte, warf seinem Fahrer einen Blick zu.

»Los«, befahl er.

Und sie brausten los, in den Verkehrsstrom hinein.

Aber ich war noch nicht fertig mit Hal. Ich ging zum Bürgersteig zurück und rief ihn erneut an.

»Hal, da ist noch eine Sache, über die ich mit dir reden muß.«

»Was?«

»Ich komme zu dir rüber. Warte draußen auf mich.«

Ich erwischte beim ersten Versuch ein Taxi.

»Sie sind doch nich' etwa Porter Wren?« fragte der Taxifahrer. »Der da, der für die Zeitung schreibt?«

»Sie haben's erraten.«

»Ich finde, die Kolumne läßt ein bißchen nach«, teilte er mir mit. »Sie müssen bald mal wieder einen Hit landen, wissen Sie, was ich meine?«

»Durchaus.«

»Ich meine, diese Sache da mit dem Kerl, der seine Freundin umgelegt hat, Tagebuch eines Verrückten oder so ähnlich, mit dem Hochzeitskleid und all dem Kram, das war in Ordnung, wissen Sie.«

»Nicht meine beste Arbeit.«

»Na ja, da müßte ich Ihnen recht geben.«

»Geben Sie mir noch eine Chance – vielleicht überrasche ich Sie ja noch.«

»Logo, kein Problem.«
Dann stand ich draußen vor dem Polizeipräsidium, während Hal ohne seinen Mantel die Granitstufen herunterkam, den Wind in den Haaren und Begeisterung im Gesicht. Er hatte wie versprochen geliefert, wenn auch eine Idee spät, und nun würde seine Trefferliste in der Tat höchst attraktiv aussehen.
Er schüttelte mir die Hand. »Der Bürgermeister ist erfreut.«
Und das war auch Hal, wie nicht zu übersehen war. Die Zufriedenheit des Bürgermeisters war eine Art harter Währung, die sich gegen mindestens eine Beförderung und damit ein – wenn auch nur eine Spur – höheres Gehalt eintauschen ließ; Hal hatte nicht bloß ein Videoband zutage gefördert, sondern auch ein bißchen zusätzliche Kohle für die Ausbildungskosten seiner Kinder, für ein paar Fahrten mit seiner Frau nach Atlantic City lockergemacht, vielleicht auch für ein paar Hemden mit Monogramm für ihn selbst. Jetzt war die Zeit gekommen, meinen Anspruch geltend zu machen.
»Da wären noch ein paar Bedingungen, Hal.«
»Also, warte mal ...«
»Nein, du wartest mal, Donnerwetter.«
Wir standen da und starrten uns an, zwei Männer in der Kälte.
»Ich bin der Typ, dem man in die Eier getreten hat, um dieses Video zu ergattern, ich bin es, dem deine Bullen das Haus auseinandergenommen haben, dem man seinen kleinen Jungen angeschossen hat und dem seine Frau aus der Stadt abgehauen ist, Hal. Ich bin ziemlich schlecht gelaunt. Da wären noch ein paar Bedingungen, Hal, und du wirst gegen keine von ihnen etwas haben. Nummer eins, ich hab das Recht, die Geschichte rauszubringen – morgen. Nummer zwei, ich werde nicht erwähnt, wenn sie dich fragen, wie du an das Band gekommen bist. Jetzt nicht – und auch sonst nie. Ist anonym mit der Post gekommen. Nummer drei, du schickst ein paar Kriminalbeamte los, um diesen Kerl zu erwischen und ihm was ganz Böses anzutun.« Ich hielt den Zettel hoch, auf dem Phil Biancaniellos Name stand.
»Eins und zwei sind kein Problem, Nummer drei kapier ich nicht.«

»Dieser Kerl hat meinen kleinen Jungen angeschossen.«
Hal glättete seine Krawatte im Wind. Leute gingen vorbei.
»Das ist mein kleiner Junge, Hal.«
»Wir können den Kerl nicht umlegen – so läuft es nicht.«
»Sorg bloß für Ausgleich. Zahl's ihm heim.«
Wir standen eine Weile lang einfach bloß da, dann nickte er, während er mir offen in die Augen sah, was Männer im allgemeinen nur mit großer Vorsicht tun, und so wußte ich, daß die Sache in Ordnung gehen würde. Vielleicht nicht am selben Tag oder nicht einmal relativ bald, aber doch im Laufe der Zeit. Man muß der Polizei Vertrauen entgegenbringen, und ich tue es.

Ich hätte es dabei bewenden lassen können. Ich hätte mich allem übrigen einfach entziehen können. Caroline den Schlüssel zusenden, mir Urlaub nehmen, nach Kalifornien fliegen, mit einem Mietwagen zum Haus von Lisas Mutter fahren, dort als große Überraschung in Erscheinung treten. Kurz: Ich hätte damit anfangen können, diese Sache innerlich abzuschließen. Aber ich tat es nicht. Es gab zu viele Fragen, die sich in meinem Kopf auftürmten, genauso wie der leichte, aber nicht nachlassende Schneefall, der nun eingesetzt hatte. Ich rief Caroline an und sagte ihr, ich hätte etwas Gutes zu vermelden.
»Warum kommst du nicht eben zur Wohnung rüber?« fragte sie gutgelaunt. »Wir sind gerade erst von einem Empfang zurückgekommen.«
»Du und Charlie?«
»Ja. Bei Charlies Bank.«
Diese Worte waren für Charlies Ohren bestimmt.
»Ich kann ein andermal kommen.«
»Nein«, protestierte sie, »ich möchte gern, daß du ihn kennenlernst.«
Hier zeichnete sich eine Gelegenheit ab, Caroline besser zu verstehen. Vielleicht war es ja das, was sie anbot. Vielleicht auch nicht.

Napoleon war da, in einen neuen Krimi vertieft. Er blickte auf.

»Gewinnen oder verlieren die guten Typen gerade?«

»Verlieren.«

Oben hatte Caroline die glänzende schwarze Tür geöffnet, damit ich eintreten konnte, und da ich nicht wußte, was sie Charlie über unsere Beziehung erzählt hatte, dachte ich wohlweislich daran, so hineinzugehen, als hätte ich nicht schon viele Stunden der Wollust dort verbracht.

Und da war er also, in einem Anzug, der ihm das Aussehen eines Senators verlieh, und legte gerade ein Holzscheit in den offenen Kamin im Wohnzimmer. Er richtete sich auf, und ich sah plötzlich die Zukunft – vierzig Jahre großes Geld.

»Hallo, Sie müssen Porter sein.« Er lächelte gefällig, während wir uns die Hand gaben. »Charlie Forster.«

»Wie ich höre, waren Sie gerade auf einem Empfang«, sagte ich höflich, während ich mir gleichzeitig Charlies Nachnamen bewußt einprägte.

»Ja, wir – unsere Bank – hat bekanntgegeben, daß wir einen neuen –«

»Ich bin in einer Minute da«, rief Caroline von der Küche aus. »Porter, was hättest du gerne zu trinken?«

»Oh, kannst du einen guten Gin und Tonic machen?«

Ich setzte mich auf das große weiße Sofa neben eine seidene Handtasche. »Ich will's versuchen«, rief sie zurück.

»Sind Sie Anhänger der Knicks?« fragte ich Charlie.

Er stocherte jetzt in dem Feuer herum. »Klar. Unbedingt. Ich bin gerade neulich abend mit ein paar Kunden aus Japan hingegangen. Wir – die Bank – hat ziemlich gute Sitzplätze.«

»Geht Caroline gerne hin?«

Er verzog nachdenklich das Gesicht. »Eigentlich nicht. Ich hab sie zu ein oder zwei Spielen mitgenommen, aber sie schien sich im Grunde genommen nicht dafür zu interessieren.«

»Nicht wofür zu interessieren?« Sie kam ins Wohnzimmer mit dem gleichen Silbertablett, das ich schon kannte, doch diesmal nicht ohne alles, sondern angezogen: langärmliges schwarzes Samtkleid, Diamantarmband, Cartier-Armbanduhr. Ihre Ohrringe waren aus Diamanten, ihre Schuhe hochhackige Pumps, ihre Strumpfhose champagnerfarben. Ihr Haar war zu etwas hochgesteckt, das man, glaube ich, einen Chignon nennt. »Wofür interessiere ich mich nicht?«

»Bloß Basketball, die Sportler und Teams und das alles«, sagte Charlie. »Ich habe Porter gerade erzählt, daß ich gestern abend hingegangen bin.«

»Er hat recht.« Sie setzte sich und wandte sich mir zu. »Charlie weiß alles über mich.«

»Eine sehr gute Voraussetzung, um eine Ehe einzugehen.« Ich wagte es nicht, sie anzusehen, daher nippte ich an meinem Drink.

Charlie blickte auf seine Uhr.

»Nun, Porter, das weißt du natürlich nicht«, erklärte Caroline, »aber das hier ist eine Art Feier. Charlie ist heute zum Vizedirektor ernannt worden.«

»Gratuliere.«

Er nickte zur Antwort. »Danke – das ist wirklich keine so bedeutende Angelegenheit.«

»Sie sind ziemlich jung, um Vizedirektor zu sein.«

»Na ja, die schmeißen doch mit den Titeln um sich, wissen Sie.«

»Wir haben uns Häuser angeschaut«, verkündete Caroline. »Meistens in Connecticut oben.«

»Es gibt einige schöne Grundstücke dort«, pflichtete ich ihr bei.

»Ich bin in Litchfield aufgewachsen«, sagte Charlie. »Deshalb – na ja – möchte ich wohl nicht, daß meine Kinder in der Großstadt aufwachsen.«

»Mmm.«

Sie zündete sich eine normale Zigarette an. »Porter hat zwei Kinder.«

»Ja?«

»Ein Mädchen und ein Junge.« Ich blickte Caroline an. »Ich weiß nicht mehr, ob du mir eigentlich erzählt hast, wo du aufgewachsen bist.«

»Ach, ich bin in einer kleinen Stadt draußen im Westen aufgewachsen.«

Charlie schaute wieder auf die Uhr.
»Nun, es ist schon spät«, sagte ich, »also sollte ich vermutlich …«
»O nein, nein«, lachte Charlie. »Das ist es nicht – ich warte nur auf einen Anruf von unserer Zweigstelle in Peking. Ich muß vielleicht noch mal ins Büro zurück. Wir sind zur Zeit dabei, den Kredit für eine neue Lastwagenfabrik auszuarbeiten.«
»Kannst du noch ein bißchen bleiben und dich mit mir unterhalten?« fragte mich Caroline.
»Vielleicht eine halbe Stunde.«
Charlie runzelte die Stirn, in Gedanken noch bei seinem Ferngespräch. »Vielleicht hat er es ja bei mir im Büro probiert.«
Er stand auf und ging in die Küche.
»Netter Kerl, dein Verlobter.«
»Der allernetteste.« Sie lächelte. »Wie schmeckt dein Drink?«
»Schmeckt wie von einem Profi gemacht.«
Ich blickte in ihre blaue Augen, dann auf ihre dunklen Augenbrauen, dann an ihrer Nase hinunter und auf ihre Lippen. Dann in ihre Augen.
»Also –«
»Hast du etwas Gutes zu berichten?« fragte sie.
»Für dich nur das Beste.«
»Wenn du mir weiterhin so charmant kommst, lasse ich noch einen nassen Fleck auf der Couch zurück.«
Doch da erschien Charlie. »Also, der stellvertretende Minister für Schwerindustrie dort hat sich gestern abend, ich meine gestern abend in Peking, mit unserem Mann getroffen, und alles ist unter Dach und Fach. Ich muß denen jetzt sofort die Zahlen durchgeben, mein Schatz.«
Ich mochte ihn tatsächlich.
»Mußt du denn wirklich weg?« fragte Caroline.
Er holte bereits seinen Mantel aus dem Wandschrank. Ich erhob mich und schüttelte ihm die Hand. »Ich hatte eigentlich gehofft, Sie noch alles mögliche über Ihre Arbeit zu fragen«, sagte er.
»Ich begleite dich eben runter.« Caroline wandte sich an mich: »Geh bloß nirgendwo hin.«

Es gab zwei Möglichkeiten, diese Aussage auszulegen: Schnüffel nicht herum, und: Geh nicht weg, und ich hatte beides vor, in genau der Reihenfolge. Sobald ich draußen in der Halle den Aufzug hörte, ging ich direkt in die Küche. Ich stieg auf einen Hocker und machte das Geschirrfach über dem Kühlschrank auf, der für einen Kühlschrank eine überraschend saubere Oberfläche hatte, zweifelsfrei ein Beleg für die Qualität der Reinigungsfirma. Es war schwierig, bis zu dem Geschirrschrank zu kommen, und ich setzte mich schließlich oben auf den Kühlschrank und öffnete die Tür des Wandschranks. Auf beide Borde waren Keramikgefäße gestapelt, und ich langte mit meiner Hand vorsichtig bis ganz nach hinten, als würde ich in das Maul eines Löwen greifen. Ich tastete an der linken Wandfläche des Schranks unter dem obersten Bord entlang. Da spürte ich drei winzige Nägel, in einem Dreieck angeordnet. Ob der Schlüssel wohl dort hinpaßte? Ich zog meine Hand zurück, fand den Schlüssel in meiner Hosentasche, langte dann wieder oben hinein. Ja, der Schlüssel paßte. Ich konnte es durch Tasten feststellen.

Ich kehrte ins Wohnzimmer zurück und stellte mich ans Fenster. Caroline kam herein, ihre Haare von schmelzendem Schnee verschleiert.

»Er scheint mir ein netter Kerl zu sein.«

»Ist er auch«, sagte sie traurig.

»Liebst du ihn?«

»Das ist vielleicht eine teuflische Frage.« Sie griff nach ihrem Drink, schüttete ihn hinunter. »Ich liebe seine Anständigkeit. Aber nein, ich liebe ihn nicht.«

»Spielt es eine Rolle?«

»Nein.«

Es gab etwas an Caroline, so verstand ich es, daß es ihr möglich machte, sich aus einer Situation heraus- und in eine andere hineinzuerfinden. Vielleicht wurde sie auch einfach älter und machte sich Sorgen, daß nur eine begrenzte Anzahl von Zügen den Bahnhof anfahren würde. Vielleicht hatte ich keine Ahnung, was in dieser Situation die Wahrheit war – ja, das war es.

Weshalb verwahrt eine Frau einen Schlüssel an drei Nägeln hinten in einem Geschirrfach über einem Kühlschrank? Es gab einfachere Stellen, um so etwas zu verstecken.

»Hast du eine Kolumne für morgen?« fragte sie.

»Ich hab zur Zeit ein paar Probleme.«

»Bin ich eins davon?«

»Du bist sie alle auf die eine oder andere Weise.«

Das gefiel ihr.

»Nun denn«, eröffnete ich, »es ist an der Zeit für die große Nachricht.«

»Erzähl's mir.«

»Du kannst nun ungeniert deinen Vizedirektor ohne den störenden Eingriff des furchterregenden Milliardärs heiraten.«

Sie sah forschend in mein Gesicht. »Was willst du …«

»Ich hab das Video gefunden.«

»Wie?«

Ich berichtete ihr die ganze Geschichte, ließ aber mein Gespräch mit Billy Munson aus, und ebenso die Tatsache, daß Hobbs einen Schlüssel über unseren Eßtisch geschoben hatte, der zufälligerweise zu drei Nägeln in Carolines Küchenschrank paßte.

»Das glaub ich einfach nicht«, sagte Caroline. »Die kleine alte Mrs. Segal hat das Band geschickt?«

»Sie brauchte Geld, nachdem der Koreaner den Prozeß angestrengt hatte.«

»Hast du das Hobbs erzählt – die ganze Sache –, daß ich nicht dran schuld war?«

»Aber sicher.«

»Und er hat dir geglaubt.«

»Bestimmt.«

Sie drückte ihre Hände aneinander, als bete sie, und ihr Gesicht strahlte. »O ja! Ja! Das ist *so* gut. Ich hatte *so* eine Angst, daß er mir irgendwas antut oder Charlie um seine Stelle bringt, irgend sowas.«

»Nein, er verhielt sich sehr korrekt.«

»Mußt du denn nach Hause?«

»Meine Frau hat unsere Kinder nach Kalifornien gebracht.«
»Wieso?«
Ich erzählte ihr von dem Einbruch, was Hobbs' Männer alles angestellt hatten.
»Ich möchte, daß du jetzt mal eine Weile an etwas anderes denkst«, sagte Caroline.

Wir vergessen, denke ich, wie rasch wir einen anderen Menschen näher kennenlernen – wenn nicht seine oder ihre Geschichte oder Geheimnisse, so doch zumindest die grundsätzliche körperliche Beschaffenheit, die Angewohnheiten seiner Augen, ihre Art zu gehen, die Pausen während des Sprechens. Ich mußte wieder daran denken, als ich im Bett lag und darauf wartete, daß Caroline aus dem Bad kam; wir hatten alles in allem höchstens fünfundzwanzig Stunden miteinander verbracht, und doch konnte ich bereits darauf schwören, daß ich, während ich auf der anderen Seite der Tür lauschte, genau wußte, wann ihr Diaphragma hineinging – das leichte Keuchen hörte, das sie von sich gab, fast ein Husten, gefolgt von einem tiefen Atemholen –, und daß ich ein paar Minuten später wußte, wann sie sich weit weg von mir begeben hatte und wann sie mir nahe, auf meinen Atem eingestimmt war. Jener Abend war das letzte Mal, daß wir Sex miteinander haben sollten, und ich glaube nicht, daß ich mir etwas vormache, wenn ich behaupte, daß ich es wußte und daß ich noch mehr als sonst bei der Sache war. Hier vor mir, in dem schattigen Grau des Schlafzimmers, war Carolines Hals, waren ihre Brüste, ihre Möse, ihr Bauch, ihre Augen – zu, offen, zu – und ihre Haare, grau gegen ihre graue Haut. Wir fühlten uns wohl genug dabei, so daß sich vieles in großer Entfernung vom anderen abspielte; ich weiß nicht mehr, was gesprochen wurde oder ob überhaupt Worte fielen. Wir bewegten uns langsam, vielleicht sogar mit einer traurigen Hochachtung für die Dinge, die gerade jenseits unserer Wahrnehmung lagen. Wir hatten fast miteinander abgeschlossen, und ich glaube, sie wußte es ebenso.

»Schau mal«, sagte sie ein paar Minuten später. Sie knipste ein Licht auf dem Nachttisch an und legte sich neben mich auf den Bauch, hielt mir die Schulter hin. »Alles weg.«
Tatsächlich – von ihrer Tätowierung war als einziges nur mehr ein schwacher blauer Schimmer unter ihrer Haut übrig.
»Diese letzte kleine Farbwolke verschwindet in ein oder zwei Wochen.«
Ich rieb mit dem Finger über den Fleck. »Unglaublich.«
Sie freute sich. »Ja.«
»Alle Spuren beseitigt.«
»Beinahe.«
»Beinahe?«
»Da ist eine Sache, die nicht mehr weggeht.«
Ich war begriffsstutzig. Ich hatte mich mit ihrem ganzen Körper abgegeben. »Zwischen deinen Zehen?«
»Nein.«
Sie setzte sich mit überkreuzten Beinen aufs Bett und langte mit beiden Händen zwischen ihre Beine, schob die Schamhaare zur Seite. »Ich hatte früher mal einen kleinen Klit-Ring.«
»Das hast du mir nie erzählt.«
»Du hast mich nie gefragt.«
Ich schob die Lampe näher.
»Siehst du?« sagte sie und deutete mit dem Finger auf die nach Moschus riechenden Schamlippen knapp über der Klitoris. »Da ist eine kleine, kleine Narbe.«
Und sie war tatsächlich zu sehen, eher einem kleinen Knubbel ähnlich. Ich berührte die Stelle. »Du hast dir den Ring wegmachen lassen, als du Charlie begegnet bist.«
»Ja.«
Ich stellte die Lampe zurück. »Fehlt er dir denn?«
»Sehr.« Sie stand auf und zog ihren Slip an. »Charlie will bald verreisen«, sagte sie. »China oder Japan.«
»Eine Geschäftsreise?«
»Ja. Aber er will, daß ich mir alle Sehenswürdigkeiten anschaue.«

»Du solltest fahren.«
»Mach ich auch.«
Sie holte in der Küche eine Zigarette und hielt sie vor sich hin. »Ich muß wohl verrückt sein.«
»Warum?«
»Ich hab Charlie gesagt, daß ich aufhöre.«
»Tust du's auch?«
»Ich hoffe nicht.« Sie blies einen langen Rauchschweif in die Luft. »Was hast du gesehn, als du das Video mit Hobbs angeschaut hast?«
»Willst du's wörtlich?«
»Nein, ich meine, was hast du begriffen – über mich, meine ich.«
Ich dachte daran, wie sie sich an den korpulenten Leib des Mannes angeschmiegt hatte, an ihr sichtliches Vergnügen, als er zu ihr sprach. »Ich glaube, daß ich begriffen habe, weshalb du es genossen hast, mit ihm zusammenzusein. Er hat etwas an dir verstanden, das du bei anderen Männern nicht gefunden hattest, oder jedenfalls kaum, und du hast dich ihm überlassen. Teilweise hatte es damit zu tun, daß er ein gutes Stück älter war.«
Sie zog sich ein T-Shirt über die Brüste. »Das ist in etwa auch der Grund, warum ich dich gut leiden kann.«
»Warum dann nicht einen älteren Kerl heiraten?«
»Die sind zu gerissen. Die finden raus, wer ich bin.«
»Hat es Hobbs denn rausgefunden?«
»In ungefähr drei Sekunden.«
»Aber du hast ihn wiedergesehen.«
»Ja.«
»Das muß Simon doch wahnsinnig gemacht haben.«
Sie stieß die Luft aus. »O jaa.« Ihr fiel wieder ein, daß Hobbs ihr ein kleines Geschenk geschickt und Simon sich dann erkundigt hatte, woher es denn stamme.
»Was hast du ihm erzählt?«
»Ich sagte, es sei einfach ein Geschenk von jemand, den ich kenne. Aber Simon hatte dieses Videoband gesehen, und ich nehme an, er

sah dasselbe, was du gesehen hast. Deshalb ist es auch einleuchtend, daß er diese Sache mit Mrs. Segal angezettelt hat. Ich meine, ich habe mir schon so was Ähnliches gedacht, aber ich hatte keine Ahnung, wie der Mechanismus ablief, weißt du? Ich verstand einfach nicht, wie es vor sich gehen konnte.« Sie holte ein paar Jeans aus ihrem Schrank. »Wie auch immer, die Sache mit Charlie ist, daß er mir nie weh tun wird. Er wird immer nett zu mir sein.«

Sie äußerte diese Worte ohne erkennbare Zuneigung für Charlie, und die Angelegenheit schien für sie im stillen eine Schwierigkeit zu bedeuten, so, als sei sie nur die bessere zweier fragwürdiger Alternativen, die Caroline gezwungen war zu wählen. Meiner Erfahrung nach sind Männer und Frauen, die eine gewisse Art von brutaler Rigorosität an sich haben, auf eine bestimmte Weise durch eine Folge von Ereignissen geformt worden, bis sie den Punkt überschreiten, von dem aus es kein Zurück gibt. Sie lernen, daß das Leben die Fähigkeit erfordert, Schmerzen der einen oder anderen Art kaltblütig zu überstehen. Ich bin kein solcher Mensch, noch ist es meine Frau, und ich wünschte, ich könnte mich darauf verlassen, daß meine Kinder nicht zu solchen Menschen werden. Aber die Welt ist voll von ihnen. Man kann es einigen der kleinen schwarzen, noch nicht einmal acht Jahre alten Jungen auf der Straße ansehen; man kann es den Chinesinnen ansehen, die in Süd-Manhattan Schweinsköpfe verkaufen; man kann es definitiv in den Gesichtern vieler Polizisten entdecken. Sie werden das tun, was zum Überleben notwendig ist; sie werden ihre verletzlichen Seiten verbergen und schützen, außer vor jenen, die sie nicht verletzen können. Vor allem aber werden sie einen Vorteil nutzen, sobald er sich ihnen bietet.

Das Telefon klingelte. Caroline ging an den Apparat. »Hallo, Schatz.« Sie hörte einen Moment zu. »Ja. Ja. Toll. Klar. Ich kann – ich hab ihn in meiner Schublade. Sicher. Gut. Ja. Tschüs.« Sie legte auf und schaute mich an. »Ich fahr morgen nach China.«

Wir schafften es dann, uns zu verabschieden, und wenn es das letzte Mal gewesen wäre, daß wir uns je gesehen hätten, so hätte man es nie bemerkt, so lässig gab sich Caroline. Ich konnte erkennen, daß sie mit ihren Gedanken bereits bei der Reise war – bei Charlie, den Kleidern, ihrem Paß, bei der Welt da draußen.

Doch jetzt wußte ich etwas. Ich wußte, daß der Schlüssel in der Tat in Carolines Apartment gewesen war, genauso, wie Hobbs es gesagt hatte. Und ich erinnerte mich daran, daß die Polizei mit dem koreanischen Besitzer des Hauses East 11th Street Nr. 537, nicht aber mit den Segals gesprochen hatte. Ich wußte zudem, daß Simon Crowley am Tag seines Verschwindens noch bei Mrs. Segal zu Hause vorbeigeschaut hatte. Ich rief Mrs. Segal von einem öffentlichen Telefon vor Carolines Wohnhaus an.

»Ich muß Sie noch ein paar Sachen fragen«, sagte ich.

»Lassen Sie mich eben den Fernseher leise stellen.«

Als sie zurückkam, fragte ich sie, ob sie sich noch an den Tag erinnern könne, an dem Simon sie zum letzten Mal besuchte.

»Ja, natürlich.«

»Hat er damals irgendwas bei Ihnen abgeholt?«

»Ich weiß nicht mehr recht ...«

»Einen Schlüssel, hat er einen Schlüssel geholt?«

»Das könnte sein, ja.«

»Einen Schlüssel zu dem Gebäude an der East 11th Street Nummer 537?«

»Wir hatten viele Schlüssel.«

Ich versuchte, mir das Verkaufsdatum für das Gebäude ins Gedächtnis zurückzurufen. »Mrs. Segal, Sie hatten, glaube ich, bereits den Verkauf dieses Hauses an den neuen Eigentümer, den Koreaner, abgeschlossen. Sie hätten ihm also die Schlüssel zu dem Gebäude geben müssen. Ich weiß sogar, daß er die Schlüssel zu dem Gebäude bekommen hat.«

»Ja.«

»Wieso besaßen Sie dann noch Schlüssel zu dem Gebäude?«

»Oh, das weiß ich nicht mehr, ich – er – sie hatten vor, das Haus abzureißen, das war's.«

Da gab es etwas, das ich nicht begriff. Simon hatte einen Schlüssel für Nummer 537, aber die neuen Besitzer hatten neue Schlösser einbauen lassen. Vielleicht waren die Schlösser ja noch nicht ausgetauscht worden, als er das Gebäude betrat, sondern erst danach, in den wenigen Tagen nach seinem Tod, jedoch vor der Entdeckung seiner Leiche.

»Sie sagten mir doch, Sie wüßten, daß man Simon dort gefunden hat, Mrs. Segal. Sie wußten das.«

»Ich – ja ...«

»Weshalb haben Sie der Polizei nicht erzählt, daß Sie wußten, daß Simon sich einen Schlüssel zu diesem Gebäude geholt hatte?«

»Mr. Wren – ich – das war eine Zeit voller Schwierigkeiten, wir hatten schreckliche Geldprobleme ...«

Sie hörte auf zu sprechen, und ich konnte sie verängstigt in den Hörer atmen hören. Jetzt ging mir ein Licht auf. »Kam es wohl daher, daß Sie und der neue Eigentümer des Hauses irgendeine Art von Kuhhandel vereinbart hatten, Mrs. Segal? Sie hatten es ihm zu einem sehr niedrigen Preis verkauft und dafür eine Gegenleistung in bar erhalten?«

»Diese Dinge sind kompliziert. Wir – ja, die Konditionen wurden ausgehandelt ...«

Ich legte auf. Sie hatte Angst gehabt, weiter nichts. Die Polizei war nicht in der Lage gewesen, zu erklären, wie Simon Crowleys Körper auf das Abbruchgrundstück gekommen war, solange sie von der Annahme ausging, daß er vor seinem Tod nicht in dem Gebäude gewesen war. Aber das Vorhandensein von Mrs. Segals Schlüssel brachte diese Vermutung zum Platzen. Mal angenommen, Simon wäre einfach mit einem Schlüssel in das Gebäude spaziert? Aber wäre der Hobbs-Schlüssel bei Simon gefunden und dann Caroline zurückgegeben worden? Nein. Das wäre von Bedeutung gewesen. Darüber hätte ich in dem Polizeiprotokoll bestimmt etwas gelesen. Die Kriminalbeamten hätten rasch herausgefunden, daß der Schlüssel zu einem Schloß paßte, und damit eine Erklärung für das Vorhandensein der Leiche parat gehabt. Nein, wenn der Schlüssel aus dem Gebäude herauskam, dann auf irgendeine andere Weise, und er landete dann im Besitz von Caroline, dann bei Hobbs' Männern, dann bei Hobbs selbst. Und jetzt bei mir.

Doch dann wurde mir bewußt, daß der Schlüssel Simon *nicht* ins Gebäude gebracht haben konnte – zumindest nicht durch die Vordertür von Nummer 537, denn laut Kriminalakte hatte die Firma Jack-E Demolition vor dem Abriß einen Sicherheitsverschlag an der Vorder- und Hinterseite des Gebäudes errichtet. Um die Vordertür von Nummer 537 zu erreichen, hätte Simon einen Schlüssel zu dem Schloß benötigt, das die Schutzvorrichtung mit einer Kette absicherte, und diesen Schlüssel besaß Mrs. Segal nicht.

Es war verwirrend. Ich hatte einen Schlüssel in der Hand, der möglicherweise zu einem Gebäude gehörte, das nicht mehr existierte, und der zu dem Zeitpunkt, als das Haus noch stand, hätte brauchbar sein müssen. Die Sache machte mich schier verrückt. Da gab es etwas, das ich einfach nicht sah.

Mein Wagen stand noch dort, wo ich ihn in Queens zurückgelassen hatte, und so saß ich nun in einem Taxi, das nach Alphabet City unterwegs war. Abseits der Avenue waren die verschneiten Straßen fast vollkommmen verlassen. In der Elften Straße läutete ich an der Tür zu Nummer 535, und nach einer Minute meldete sich Mrs. Garcia. Sie ließ mich hinein, führte mich durch einen Gang und wieder die kurze Treppe hinunter, an den Kinderfahrrädern vorbei, durch eine Tür mit der Bezeichnung BÜRO, und da war Luis, ihr Schwiegersohn, und saß an seinem kleinen Schreibtisch.

»Äh-ja?« Er blickte auf wie in Trance.

»Kennst du den Schlüssel hier?« fragte Estrella Garcia auf Spanisch. Sie reichte Luis den Schlüssel, und er schaute mich an, dann den Schlüssel, und dann schob er seine Brille mit den dicken Gläsern vor.

»Der gehört zu den Türen am Gehweg.«

»Am Gehweg?«

»Die Seitentüren, die außen am Haus rausführen. Wo haben Sie den her?«
Ich erklärte, er habe Mrs. Segal gehört. Er nickte resigniert. Alle waren verblödet, außer ihm selbst. »Wieso sollten die Segals einen Schlüssel zu Ihrem Haus haben?«
»Kommen Sie mit. Ich könnt's ja erklären, aber Sie können sich's selbst ansehn.«
Er stand auf und griff nach seinem Mantel und einem Paar Handschuhen, nach einer Mütze und einem Schal, und wir gingen zur Tür hinaus und an den Fahrrädern vorbei und wieder die Treppe hinauf, dann zur Vorderseite des Gebäudes. Er deutete auf die metallenen Liefertüren zum Seitenweg hin. Als ich das letzte Mal dort gewesen war, hatten schwere Schneeverwehungen die Türen verdeckt. »Der Typ, der diese beiden Häuser gebaut hat, hat 'nen Haufen Fehler gemacht. Er hat sie wahrscheinlich zu schnell hochgezogen. Die sollten sich eigentlich aufs Haar gleichen. Vielleicht ist ihm auch das Geld ausgegangen, wer weiß. Er hat bloß *eine* Kohlenrutsche gebaut. Sehn Sie.« Die Türen lagen an der rechten Außenwand von Nummer 535. »Das hier ist die Kohlenrutsche. Der Kohlenmann brauchte bloß einmal für beide Häuser liefern. Die liegt vorn an der fünf-fünfunddreißig, aber die war auch für die fünf-siebenunddreißig. Weiß nicht, wieso. Das hier ist einer von den Schlüsseln, die hier aufschließen.« Er bückte sich und steckte den Schlüssel in das Vorhängeschloß, das die beiden Metalltüren absicherte. Es sprang auf. Er händigte mir das Schloß und den Schlüssel aus, zog dann an einer der beiden Türen. Sie quietschte, ging aber anstandslos auf. Er leuchtete mit seiner Taschenlampe die Stufen hinunter. »Und dann irgendwann haben sie dieses andere Haus verkauft und die Türen da eingebaut.« Und tatsächlich: Die Stufen reichten nach unten, und dort waren zwei Türen, eine, die nach links zur Nummer 535 führte, und eine andere, die direkt zur Nummer 537 führte. Ich stand da und starrte auf die Tür.
»Was passiert, wenn wir die Tür von fünf-drei-sieben aufmachen?«
»Dann sind Sie der stärkste Mensch auf der ganzen Welt.«
»Ist die abgesperrt?«

»Das Schloß an dieser Tür ist schon seit, na ja, zwanzig Jahren kaputt.«
»Das kapier' ich nicht.«
»Die Tür geht nach *innen* auf.«
Ich begriff. »Und der Keller ist voller Schutt von dem abgerissenen Gebäude.«
»Genau.«
»Dann müssen Sie also diesen Schlüssel dem Besitzer von fünf-drei-sieben gegeben haben.«
»Der Typ vor mir hat's getan, vor ewig langer Zeit, ja genau.«
Ich schaute mir die Metalltüren für den Liefereingang genauer an. Die Innenkante jeder Tür hatte eine angelötete Fassung mit einem Loch; man konnte ein Sicherheitsschloß durch beide Löcher schieben und auf diese Weise die Türen fest verschließen.
»Sie wollen mir also sagen, daß damals, als das Haus fünf-siebenunddreißig noch stand, dieser Schlüssel, den der Besitzer von fünfsiebenunddreißig hatte, dieses Vorhängeschloß an der Außenseite des Liefereingangs aufgeschlossen hat, und daß dann, sobald man drin war, Nummer fünf-siebenunddreißig offen vor einem lag? Man konnte dann einfach reinspazieren?«
»Genau.«
»Hat die Polizei danach gefragt?«
»Nein.«
»Weil es so aussah, als ob die Seitentüren bloß der Liefereingang zu Ihrem Gebäude gewesen wären, nicht zu beiden Häusern.«
Luis zuckte mit den Achseln. »Wahrscheinlich.«
»Warum haben Sie das nicht der Polizei erzählt, als die versuchte, herauszufinden, wie der Typ in dem Gebäude ums Leben gekommen ist?«
Jetzt regte sich Empörung in ihm. »Weil ich keinen gesehn hab, der die Tür hier aufgeschlossen hat, verstehn Sie? Ich hab diesen Simon nicht gekannt. Das Schloß war immer hier. Keiner hat's abgesägt oder irgend so was. Es war genau hier, so daß es jeder sehen konnte. Ich erzähl doch nicht den Bullen, wie sie ihre Arbeit machen sollen.«

Es war kalt, und wir waren fertig. »Macht es Ihnen etwas aus, wenn ich Ihr Telefon benutze, für ein Ortsgespräch?«
Wir wanderten wieder zurück in den Keller, in die dunkle, von Ölschwaden durchsetzte Hitze. Die einzige Frage war, wie der Schlüssel aus Simons Hand in das Fach über Carolines Kühlschrank gelangt war. Ich wählte ihre Nummer. Sie war vermutlich gerade dabei, für China zu packen. Das Telefon läutete, als ich plötzlich ein Geräusch hörte. Der Aufzug kam in den Keller und setzte unten im Schacht auf. Ich schaute ihn mir mit einem merkwürdigen Gefühl an. Es war ein relativ schmaler Lift mit einer reich geschmückten, gewölbten Decke wie bei einem Vogelkäfig und mit einer faltbaren Tür.
Es war der Aufzug, den Mr. Crowley aus Cornflakeschachteln gebastelt hatte.
Ganz genau. Ich sah das, und mir fiel wieder ein, daß McGuire von der Abbruchfirma Jack-E Demolition berichtet hatte, daß die Aufzugsfirma »die Kabine runtergelassen« hatte, bevor er das Haus 537 abzureißen begann. Jener Aufzug saß nun auf seiner Schachtsohle unten im Keller von dem, was einst Nummer 537 gewesen war. Simon Crowley hatte am Tag seines Verschwindens noch seinen Vater besucht. Simon Crowleys Vater war Aufzugsmechaniker gewesen. Simon Crowleys Vater hatte seit dem Tod seines Sohnes ein maßgetreues Modell des Aufzugs in dem Gebäude, in dem Simon Crowley vermutlich gestorben war, angefertigt. Aufzug, Aufzug, Aufzug. Jetzt saß er unter Tonnen von zerborstenem Beton an die dreieinhalb bis viereinhalb Meter tief unter der Oberfläche von Mrs. Garcias vom Winter verwüsteten Garten.
Ich wandte mich an Luis. »War fünf-siebenunddreißig eine genaue Kopie von fünf-fünfunddreißig? Oder genauso, nur seitenverkehrt?«
»Kapier ich nicht.«
»Hatten die beiden Gebäude den exakt gleichen Grundriß?«
»Bis auf den letzten Zentimeter dasselbe«, sagte er. »Alles dasselbe.«
»Hallo?« drang jetzt Carolines Stimme durchs Telefon. »Hallo?«
Ich besann mich. Ich legte auf. Sachte.

Kapital, Arbeitskräfte, technisches Gerät. Mit dem Kapital war es einfach. Ich ging zu einem Bankautomaten und holte ein paar tausend Dollar raus, was man inzwischen tun kann. Von dort aus nahm ich mir ein Taxi nach Chinatown. Mein Fahrer war ein kleinwüchsiger Mann mit angehender Glatze, und der Name auf der Lizenz lautete Abdul Jabbar – klang wie Sabber.

»Abdul Jabbar?«

Der Mann nickte verdrießlich. »Ich weiß, ich weiß.«

An der Canal Street waren die Geschäfte alle geschlossen. Aber ich schaffte es, Einlaß in einen Eisenwarenladen zu finden, in dem noch Licht brannte. Ein chinesischer Junge kam, um mich zu bedienen, und ich händigte ihm eine Liste aus, die ich auf meinem Bankauszug notiert hatte. Der Junge trat einen Schritt zurück.

»Ich muß erst meinen Vater fragen«, sagte er. »Warten Sie bitte.«

Der Vater, ein O-beiniger Mann in den Fünfzigern, näherte sich angesichts der Liste mit einem zweifelnden Gesicht.

»Das ist eine sehr lange Liste.«

»Ich zahle bar.«

Der Mann nickte und rief mehrere seiner Hilfskräfte herbei. Sie begannen damit, meinen Auftrag zusammenzustellen. Dann fragte ich ihn, wo ich mir bis zum nächsten Morgen wohl einen kleinen Lastwagen oder Lieferwagen mieten könnte. Die Männer berieten sich auf chinesisch.

»Sie stört nicht sehr schmutziger Lieferwagen?« fragte der ältere Mann. »Ganz scheußliche Delle, ganz scheußliche Graffiti.«

»Solange er ordentlich funktioniert.«

»Kostet zweihundert Dollar.«

»Bestens. Ich brauch ihn jetzt sofort«, antwortete ich.

Dann wurden meine neu erstandenen Waren vor das Geschäft getragen: vier Paar warme Arbeitshandschuhe, vier dicke Arbeiterhemden, vier Wollmützen, vier Paar Arbeitsschuhe Größe 45, vier Paar dicke Wollsocken, ein anderthalb Meter langes Brecheisen aus Stahl, an die hundert Meter Hochspannungskabel mit einem Mehrfachstecker am Ende, vier starke Arbeitslampen mit Stativen, ein dreißig

Meter langes Maßband, ein Schneidbrenner mit einer Tankladung Gas, ein normales Brecheisen, ein Sortiment Schraubenzieher, extra starke Drahtscheren mit doppelten Gelenken, zwei Vorschlaghämmer, drei große Taschenlampen und eine zusammenklappbare Aluminiumleiter, fünfeinhalb Meter lang.
»Ich brauche ein paar Männer, die etwas Schwerarbeit für mich erledigen.«
Die Männer schauten einander an. Sie waren zu alt. Das Grundstück war voll von großen Zementbrocken und Stahlteilen.
»Lassen Sie mal.«

Zwanzig Minuten später steuerte ich auf Südmanhattan zu. Der Lieferwagen zog heftig nach einer Seite, und die Bremsen waren schwammig, aber es würde schon gehen. Es hatte aufgehört zu schneien. Ich fuhr die Tenth Avenue entlang, an den 24-Stunden-Parkgaragen und Reifenwerkstätten vorbei, bei denen die Taxis einkehren, bog dann nach Osten zum hinteren Ende des Busdepots der Port Authority ab. Ein Obdachloser beobachtete mich, während er mit dem Mund Kaubewegungen machte.
»He Sie.«
»He was?«
»Ich brauche drei Männer, die ungefähr vier oder fünf Stunden lang hart arbeiten können.«
»Drei Männer was?« Er stand auf und kam herüber. Er hatte wunde Füße.
»Ich brauche ein paar Männer, die zulangen können. Ich bezahle dafür.«
»Wann, morgen?«
»Nein. Heute nacht. Jetzt.«
»Sie sind verrückt.«
»Jeder Mann bekommt zweihundert Dollar bar auf die Hand.«
»He, wollen Sie wen umlegen oder so was?«
»Nein. Betonbrocken und Ziegelschutt wegräumen. Schwerarbeit.«

Er schaute mich an.
»Die schlafen alle da drinnen.«
»Ich besorge Kaffee, was zu essen, was auch immer.«
Er schüttelte den Kopf. »Scheiße.«
»Ich rede von ziemlich viel Geld.«
»Zeigen Sie's mir.«
Ich tat es.
»Sie brauchen zwei Kerle?«
»Ja.« Ich stand im Parkverbot, aber es spielte keine Rolle.
Er humpelte in den Eingang, und ich blickte auf meine Uhr. Sieben Minuten und einen vorbeirasenden Rettungswagen später kam er mit zwei Männern heraus, die beide jung waren und Witze rissen. Einer war dick, aber der andere war drahtig. Sie kamen zum Lieferwagen herüber.
»Wollt ihr 'n bißchen arbeiten?«
»Was denn?«
»Ziegel räumen. Beton.«
»'s ist beschissen kalt da draußen.«
»Ich besorge Kaffee, was zu essen.«
»Scheiße.«
»Ich brauche Leute, die stark sind.«
»Wir sind stark.«
»Macht mir zwanzig Liegestütze vor.«
Die zwei jungen Typen legten leicht zwanzig hin. Der ältere Mann mit den wunden Füßen machte drei, bevor er zusammensackte.
»Wann kriegen wir das Geld? Das ist die wichtigste Frage auf meiner Tagesordnung.«
»Sobald ich das kriege, wonach ich suche.«
»Was denn?«
»Das geht nur mich was an.«
»Wenn wir auch danach suchen, dann geht's uns genauso was an.«
Ich schwieg.
»Was passiert, wenn Sie's nicht finden?«
»Sie werden trotzdem bezahlt.«

»Warum können Sie das nicht zur normalen Tageszeit machen? Ist die Polizei hinter Ihrem Arsch her?«
»Die wollen ihn nicht.«
»Die wollen ihn von jedem, so wie ich die Situation seh'.«
»Dann haben Sie noch –« Mir gefiel das Lächeln auf dem Gesicht des Mannes nicht. »Moment mal, wie oft waren Sie schon auf Rikers?«
»Ich? Noch nie.«
Der andere Mann fing an zu lachen. »Na, die haben doch, Scheiße nochmal, 'ne Dauerreservierung!«
»Wenigstens hab ich keinen Bullen angefallen.«
»Sie haben einen Bullen angegriffen?« fragte ich.
»Ich war voll.«
Der andere Mann lachte spöttisch. »Du warst auf 'nem andern Stern, Mann.« Sie zogen davon, während sie sich Beleidigungen an den Kopf warfen.
Der alte Mann blickte mich an.
»Die taugen nichts. Aber ich kann mit. Richard heiß ich.«
»Sie haben ziemlich wunde Füße, glaub ich, Richard.«
»Ich schaff' das.«
Ich hatte meine Zweifel. »Na schön.«
Er kletterte vorn ins Fahrerhaus, und ich steuerte den Lieferwagen in den Verkehr zurück. Im Rückspiegel konnte ich die jungen Männer aufeinander einschlagen sehen. Ich hatte Kapital und technisches Gerät, aber nicht genug Arbeitskräfte. Wo findet man Ende Januar mitten in der Nacht Hilfsarbeiter, die körperlich schwer zupacken? Es war nach halb zwölf.
»Kennen Sie sonst noch wen?« fragte ich den Mann.
»Mann, ich kenne alle möglichen Leute, aber Sie müssen schon verstehn, daß nicht gerade viele Männer da drin bereit sind, loszuziehn und Steinbrocken zu schleppen. Die wären doch bloß schwach vor lauter Drogen und so 'nem Zeug.«
Ich hatte eine Idee, sah nach, wie spät es war, und steuerte dann auf den Broadway und die Sechsundachtzigste zu. Ralph, der Philosophieprofessor, postierte Ernesto dort gegen Mitternacht, damit er

Nachrichten entgegennahm. Ich hatte noch ein paar Minuten und brachte den Lieferwagen zum Stehen. Richard spielte mit dem Radio herum, konnte aber nur Mittenwellensender reinbekommen. Um drei Minuten nach Mitternacht tauchte Ernesto auf. Richard beugte sich vor und wischte die Windschutzscheibe ab. »Das da is' aber 'n Riesenkerl.«

Ich rief über die Straße nach Ernesto, und er stapfte müde zu meinem Fenster. Ich stellte mich erneut vor und reichte ihm dann eine Notiz für Ralph:

Ich möchte Ernesto unbedingt für ungefähr sechs Stunden anheuern: Können Sie ihn entbehren? Ich werde ihm zu essen geben und dazu Mütze, Mantel, Handschuhe usw. Job geht um Wegräumen von Betonschutt. Nicht illegal. Fünfhundert Dollar; die Hälfte vorab.

»Ich hoffe, er sagt ja«, meinte Richard.

Fünfzehn Minuten später erschien Ernesto wieder mit einem Notizzettel in der Hand:

1. *Ernesto ist kein Sklave, dessen Arbeitskraft zu kaufen oder zu verscherbeln ist.*
2. *Für 1000 Dollar bin ich jedoch bereit, der gesamten Morallehre meines Lebens zu entsagen und ihn zu beauftragen, maximal sechs Stunden für Sie zu arbeiten.*
3. *Wenn diese Konditionen Ihnen zusagen, schicken Sie jetzt 500 Dollar herunter.*

Ernesto nickte verständig, als ich ihm das Geld gab, und verschwand dann zum zweitenmal in dieselbe Richtung. Diesmal kehrte er innerhalb von zehn Minuten zurück und kletterte in den Lieferwagen. Ich konnte ihn jetzt riechen, und der Geruch war ebenso unverkennbar wie vertraut. Ich ließ mein Fenster herunter und fuhr südwärts.

Ich fand meinen Weg zu Luis zurück und überredete ihn, mich eine bestimmte Stromleitung im Keller seines Gebäudes anzapfen zu lassen. Dann fuhr ich den Lieferwagen über den Schotter des leeren Grundstücks, wodurch ich vermutlich die Reifen ruinierte, und schloß hinter mir das Tor. Wir fingen zu graben an; es ging langsam voran, aber Richard und Ernesto legten sich ins Zeug. Mit Hilfe des Maßbandes und durch Abschreiten des Weges bis ins Gebäude 535 hinein konnte ich die Lage des Liftschachtes in etwa orten. Von dem Abriß waren noch große Brocken der Ziegelwand übrig, die mit einem Vorschlaghammer zertrümmert werden mußten, bevor wir sie beiseite räumen konnten. Nach etwa einer Stunde hatten wir einen Haufen Schutt, aber noch kaum eine Grube.

Wir arbeiteten weiter. Richard wurde müde. Ernesto nicht. Er und ich hoben einige große Betontrümmer hoch. Er wuchtete ein paar ganz alleine hoch – Stücke, die nur sehr wenige Männer hätten hochheben können. Noch eine Stunde. Er arbeitete auf engem Raum nach den Anweisungen von Richard. Das lange Brecheisen bewährte sich nun. Ich glaube, daß Ernestos Hände bluteten, aber er sagte nichts. Er arbeitete nicht für mich, er arbeitete für Ralph – sein Arbeitseinsatz war ein Akt der Loyalität. Wir gingen eineinhalb Meter in die Tiefe, bald zwei, dann noch mehr. Wir durchdrangen Schichten von Ziegeln, Stuck, Holz, Verschalung und wieder Ziegelsteinen. Ich atmete Zementstaub ein. Wir gruben an Rohren und Abfall und Scherben von Porzellanfassungen und schließlich Badezimmerkacheln entlang, die sich wie Münzen in die Grube ergossen. Jetzt hatten wir die Leiter unten aufgestellt und waren damit beschäftigt, die kleinen Stücke aus der Grube hinauszuwerfen und die großen die Leiter hinaufzuschleppen. Ernestos Brustkasten hob und senkte sich, während er einzuschätzen suchte, welchen Brocken er als nächsten hochwuchten sollte. Ich kletterte für eine Ruhepause nach oben; er schuftete weiter. In fünf Metern Tiefe war nichts zu finden, und ich fing schon an zu befürchten, ich hätte die Stelle verfehlt.

Das hatte ich auch. Seitlich. Um einen knappen Meter. Dann erblickte ich das Liftkabel, eine Schlinge davon, die wie eine tote Schlange im

Schutt lag. Wir gruben seitlich weiter, dann einen weiteren Fuß nach unten. Ein Schuttbrocken verlagerte sich und fiel Ernesto auf den Stiefel. Er sagte nichts, und ich half ihm, den Brocken aus dem Weg zu schaffen. Ich zog mir die Handschuhe aus und betrachtete meine Hände. Sie sahen nicht gut aus. Ich zog die Handschuhe wieder an. Dann stießen wir auf das Dach des Aufzugs. Es war von den Trümmern, die daraufgefallen waren, schwer beschädigt, aber anstatt aufgerissen zu sein war es lediglich verbeult wie ein von einem Hammer bearbeiteter Dosendeckel.

»Ich seh's, aber ich kann's nicht glauben«, krächzte Richard.

Als Teenager hatte ich schon einmal einen Schneidbrenner verwendet. Ich steckte den Schlauch an den Tank und drehte an dem Knopf, um das Gas in Gang zu setzen. Ich zündete ein Streichholz an und berührte die Düsenspitze. Die Flamme loderte einen halben Meter weit.

»Heiliger Bimbam.« Ernesto lächelte.

Ich brauchte eine Weile, machte eine Menge Funken und brannte mir fast die Zehen ab, schnitt aber schließlich ein unregelmäßiges Quadrat etwas zur Seite zwischen zwei stärkeren Stahlstreben in das Dach. Das quadratähnliche Stück fiel mit einem Mal in das dunkle Loch. Ich gab Ernesto ein Zeichen, das Tau herüberzubringen, und wir warfen es hinunter. Ich legte mich oben hinauf und leuchtete mit der Taschenlampe hinein.

Leer. Der Boden des Aufzugs war ein schwarzweißes Kachelmosaik, das mit Linoleum geflickt und von dem rosafarbenen Staub zermahlener Ziegelsteine überzogen war. Die Gitterstangen der Aufzugskabine waren im Stil der dreißiger Jahre elegant geschwungen, ganz genauso wie in Nummer 535, und unter anderen Umständen hätte ich ihre Kunstfertigkeit sicher bewundert. Nun aber ließ ich mich an dem gezackten Rand des Lochs vorbei in die Kabine hinab, so nahe, daß ich dabei den verbrannten Stahl riechen konnte, und sprang schwerfällig den letzten Meter hinunter. Ich leuchtete alles ringsum ab – außerhalb der vier Seiten des Aufzugs lagerten noch mehr Ziegel und Latten und Verputzbrocken, aufgetürmt wie längst vergangene Geschichte. Dann fiel mir etwas in der Ecke auf, ein Bruchstück aus grünem Edelstein, und ich hob es auf. Es war ein Stück gemeißelte Jade, wohl knapp vier Zentimeter lang. Der Kopf eines Pferdes mit abgebrochenen Ohren. Ich erinnerte mich natürlich noch daran, daß in dem Polizeiprotokoll stand, Simon habe ein zerbrochenes Stück Jade in seiner Brusttasche gehabt. Vielleicht stammten die beiden Stücke von derselben Statue oder Figurine. Ich kam mir wie ein Idiot vor. Ansonsten gab es in dem Aufzug nichts.

Nichts außer der Schalttafel. Also, warum nicht knacken, wenn du schon hier bist? Ein Schraubenzieher war nutzlos; die in die Abdeckplatte aus Messing eingelassenen Schrauben waren eine Sonderanfertigung, so daß irgendwelche Blödmänner mit normalen Schraubenziehern den Schaltkasten nicht aufmachen konnten. Man brauchte dazu ein besonderes Werkzeug. Daher ging ich mit dem Vorschlaghammer ans Werk und verbeulte die Platte so weit, daß ich das Brecheisen darunterschieben und die Deckplatte mit drei schnellen Rucken herausreißen konnte.

Obwohl ich nicht das geringste von einem Wirrwarr zusammengespleißter elektrischer Drähte verstehe, schon gar nicht von denen eines siebzig Jahre alten Aufzugs, bin ich sehr wohl in der Lage, die notdürftige Installation einer Kleinkamera mit einem optischen Kabel zu erkennen, die darauf ausgerichtet ist, durch den fehlenden Knopf für das zehnte Stockwerk zu filmen, und die an die Stromzufuhr für den Lift angekoppelt ist. Meine Hände waren so kalt, daß ich mir nicht zutraute, die Videokassette von dem magnetischen Aufnahmekopf und dem Getriebe des Kassettenlaufs zu lösen. Ich steckte die Hände in meine Hosentaschen, um sie aufzuwärmen, und bemerkte, daß der Mechanismus die Kassette mit einem gefederten Hebel an Ort und Stelle hielt, und sobald ich das begriff, war es ein leichtes, den Schraubenzieher hineinzustoßen und den Hebel nach unten zu drücken.

Das Videoband fiel sofort heraus, direkt in meine behandschuhte Hand. Ich drehte es um. Auf dem Etikett standen Simon Crowleys klare Druckbuchstaben: BAND 78 (WIEDERBENUTZT).

»Ernesto und Richard!« brüllte ich durch das schwarze Loch über mir in die Nacht hinauf.
»Jaaa!«
»Fangt an, alles in den Wagen zu werfen.«

Die Zeitung schließt nie. Nie. (Sie mag ja eingehen, wenn der Besitzer bankrott geht und es keinen neuen Käufer gibt, aber sie schließt nie.) Es könnte schließlich Neuigkeiten geben. Truppen nachts im Anmarsch, Erdbeben in der Türkei, die Ermordung von Prominenten, irgend etwas. Sollte um vier Uhr früh die Brooklyn Bridge einstürzen, dann hätte das Blatt innerhalb von zehn Minuten einen Fotografen vor Ort. Nachdem ich Ernesto und den alten Mann weiter oben im Norden abgesetzt hatte, parkte ich meinen verbeulten Lieferwagen in der Tiefgarage der Zeitung, und zwar genau auf dem Platz, der für den stellvertretenden Finanzchef reserviert war – einen dicken kleinen Mann, der, wie allgemein bekannt war, sein Haus auf Long Island mit achttausend Weihnachtslichtern schmückte. Der Parkhauswächter wachte mit aufgerissenen Augen ruckartig auf, saß dann abgespannt in der Kabine und fragte sich, ob es wohl Mordgesellen waren. Ich winkte.
Er schob sich ein Stück aus der Bude heraus. »Ganz schön spät, Mr. Wren.«
»Es ist immer ganz schön spät.«
»Da kann ich Ihnen bloß recht geben.«
Oben im Nachrichtenraum saß Bobby Dealy in einer Wolke von Zigarettenrauch an einem Schreibtisch der Lokalredaktion, kauerte sich mit einem Krapfen im Mund über ein Modellflugzeug und war im Begriff, ein winziges Rad an das Fahrgestell zu kleben. Vielleicht geriet dabei ja auch etwas von dem Klebstoff an den Krapfen. Ein Telefon war gegen seinen Kopf geschmiegt, doch schien er schon eher an den knisternden, sich überlagernden Stimmen aus seinem Polizeifunkgerät interessiert zu sein. Vor ihm, auf dem Bildschirm, liefen Zusammenfassungen von Nachrichten der *Associated Press* aus der gan-

zen Welt, und ein stummer CNN-Bericht spielte sich auf einem anderen ab. Neben dem halbfertigen Modellflugzeug lagen der Krapfenkarton und ein Stapel der Zeitungen vom kommenden Tag. Er legte das Telefon ab, als er mich sah.

»Du bist ja voller Dreck.«

»Ich weiß.«

»Willst du darüber reden?«

»Kann ich jetzt nicht.«

»Ich habe was Gutes. Die Cops haben einen Kerl, der … «

»Ich kann nicht.«

»An 'ner Story dran?«

Ich zuckte die Achseln.

»Brauchst du irgendwas?«

»Äh, ja, ich brauche einen von deinen Krapfen.«

Ich schloß die Tür zu meinem Büro, schob die Post von meinem Schreibtischstuhl herunter, drückte das Videoband in mein Gerät und spulte es zurück.

Dann ließ ich es laufen.

[Vier Männer in Businessanzügen, die vor einer riesigen Lagerhalle stehen, unter einem wolkigen Himmel. Es ist Sommer. Drei Männer sind älter, und einer ist jünger. Er ist lebhaft; die anderen sind stumm, vorsichtig.]

Junger Mann: Das Gebäude ist noch groß genug für eine Erweiterung. Fünftausenddreihundert Quadratmeter, weit über einen halben Hektar. Gehen wir doch mal rein. [Er öffnet eine Tür, und die Männer treten im Gänsemarsch ein. Sobald die Kamera sich an den Lichtwechsel anpaßt, kommt ein riesiger, hell erleuchteter Innenraum zum Vorschein, der eine Reihe gigantischer Bassins beherbergt. Rohre jedes erdenklichen Durchmessers führen in die Becken hinein und aus ihnen heraus. In mittlerer Entfernung sind zwei Männer in orangefarbenen Schürzen zu sehen, die lange Stäbe in einem der Becken hin und her bewegen.]

Stimme: Warum?

Junger Mann: Desinfektionsmittel. Hält die Bakterien in Schach. Zwei Reihen, Männer. Wie ich schon sagte, steigt die Kurve für den weltweiten Fischkonsum beständig weiter an, während die Kurve für den verfügbaren Bestand in den Meeren weiterhin abfällt. Hier ist das erste Becken. [Aufnahme eines Beckens mit Tausenden dahinflitzender schwarzer Gebilde.] Die kleinen Setzlinge kommen mit zwei Monaten rein. Es ist eine Kreuzung aus Salzwasserbarsch und weißem Süßwasserbarsch. Wir kontrollieren übrigens ihr Wachstum. [Zeigt auf ein digitales Temperaturmeßfeld.] Wenn wir es beschleunigen wollen, erhöhen wir einfach die Wassertemperatur um etwa fünf Grad Celsius. Wir geben ihnen eine Strömung, gegen die sie anschwimmen können. Je größer sie werden, desto stärker wird die Strömung. Wir befördern sie ständig durch diese Becken weiter. Das hier ist das Quarantänebecken, wo wir sie impfen, dann das Zuchtbecken, danach das Aufwuchsbecken, wo sie anfangen, sichtlich an Größe zu gewinnen, dann, ganz da hinten, die Erntebecken, wo wir sie aussortieren, und dann verkaufen wir sie entweder lebend an Restaurants oder betäuben und verarbeiten sie hier. Wir haben eins Komma drei Millionen Fische hier drin. Das ist nicht so groß wie die Fischzuchtbetriebe im Freien. Aber das hier ist der neueste Stand der Technik. Unsere Sterblichkeitsrate ist zwölf Komma sieben Prozent, und das ist sehr viel niedriger als bei den üblichen Außenbetrieben, und wir benutzen dasselbe Wasser wieder von neuem. [Pause, während er die Reaktion der Männer beobachtet.] Ein geschlossenes System. Die meisten Zuchtbetriebe verwenden vielleicht viertausend Liter Wasser pro Pfund Fisch. Bei so einem hohen Verbrauch geht einem irgendwann das Wasser aus. Wir haben es hier auf fünfhundert Liter pro Pfund reduziert. Und wir schaffen die Exkremente in den natürlichen Kreislauf zurück. Wir verkaufen sie an Farmer der Gegend zum Transportpreis. Das plus die toten Fische. Hab ich schon erwähnt, daß wir die toten Fische zählen? Wir zählen die toten Fische. Wir wissen, wieviele Fische tot sind, und daher vergeuden wir auch …«

Ich hielt das Band an. Ich begriff es nicht. Es war unmöglich, daß die Kamera in dem Aufzug diese Szenen hier aufgenommen hatte, vorausgesetzt, sie hatte überhaupt funktioniert. Vielleicht hatte ich mich völlig vertan. Ich setzte das Band wieder in Bewegung.

… keine Futtermittel. Viele Betriebe kippen das Zeug einfach rein. Sie benutzen Aushilfskräfte, Teenager, was auch immer. Wir setzen Leute mit einer Ausbildung in Naturwissenschaften ein. Viele Zuchtbetriebe kommen auf zwei, drei Pfund Futter pro Pfund Fisch. Wir liegen weit darunter, nur bei eins Komma fünf. Das ist sensationell, weit unter dem statistischen Mittel. Hier – [Die Männer folgen ihm an einer Reihe von Becken vorbei. Die Arbeiter blicken auf, wenden sich dann wieder ihren Aufgaben zu. Die Männer bleiben an einem riesigen Becken stehen.] Roy, fang mir mal einen von den ausgewachsenen – fünfunddreißig Zentimeter, wenn du welche hast. [Ein Arbeiter steigt auf eine Leiter, zieht ein Netz aus einem Ring, späht wie ein Vogel in das Becken und hat in einer Sekunde einen Fisch in dem Netz zappeln. Er nimmt ihn mit einer gummihandschuhbewehrten Hand heraus, räumt das Netz weg, klettert die Leiter wieder hinunter.]

Arbeiter [händigt Fisch aus]: Hier.

Junger Mann: Danke, Roy. [Hält den Fisch hoch: In dem hellen Licht sieht er wunderschön aus. Er versucht in der Luft zu schwimmen.] Die Aquakultur ist fünftausend Jahre alt, meine Herren. Es ist keine neue Idee. [Schleudert Fisch elegant in Richtung Becken, und Kamera folgt dem Tier hoch in die Luft hinauf. Es vollzieht einen Bogen über den Beckenrand. Ein Aufspritzen ist zu hören.] Aber wir sehen uns einer historischen Gelegen … [Bild- und Tonstörung. Eine neue Szene. Dunkel. Der Innenraum des Aufzugs von Haus 537 taucht auf, in Augenhöhe. Die linke Seite von Caroline Crowleys Gesicht erscheint.]

Caroline: … das mag ich nicht, Simon.

Simon [im Abseits]: Hat doch Atmosphäre. [Arm erscheint, schiebt die Tür zu. Die Schachtwand ist durch das Kabinengitter zu sehen, während der Lift aufsteigt und eine Etagennummer nach der anderen versinkt.]

Simon: Das Gebäude hier wird in Kürze abgerissen.

Caroline: Gibt's deshalb gar kein Licht?

Simon: Jawoll-ioo, Sir.

Caroline: Wieso funktioniert dann der Aufzug?

Simon: Der alte Simon hatt so seine Trickeros auf Lagero.

Caroline: Der Dad vom alten Simon war mal Fahrstuhlmechaniker.

Simon: Das auch. Ich hab mich ja auch heute schon von ihm zu bestimmten technischen Fragen beraten lassen, zum Beispiel wie man die Zunge von einem anderen Mann aus der Fotze der eignen Frau rauskriegt.

Caroline: Das schon wieder?

Simon: Da sind wir. [Aufzug hält im siebten Stock an. Sein Arm schiebt die Tür auf. Simon und Caroline treten aus dem Lift in das, was augenscheinlich früher einmal ein kleiner Empfangsraum war. Sie ist so groß wie er. Sie hat ein lose sitzendes, gelbes Kleid an. Er trägt eine Baseballkappe, ein rotes T-Shirt und Jeans.] Hier haben mal Leute gewohnt. [Direkt vor der Aufzugtür steht ein frisch gemachtes Bett. Der Raum erhält lediglich von einem seltsamen Apparat neben dem Bett Licht: eine Lampe, die an eine Autobatterie angeschlossen ist. Ein Milchkarton steht auf dem Boden. Hinter dem Bett ist es düster; der Eindruck von Farbe, die von marodem Putz abblättert.]

Caroline: Sehr hübsch.

Simon: Ist doch genau richtig für uns.

Caroline: Wieso bist du so haßerfüllt zu mir? Wieso?

Simon: Du wehrst dich gegen mich.

Caroline: Ich bin einfach nur müde, Simon. Diese kleinen Experimente interessieren mich nicht mehr.

Simon: Weißt du denn schon alles?

Caroline: Ich weiß nur, daß du voll von Scheiße bist, Simon.

Simon: Ich bin von Wahrheit erfüllt.

Caroline [sitzt schwer auf dem Bett]: Scheiße, Wahrheit, was immer.

[Blickt auf.] Was machst du denn da? [Simon hat einen kleinen Tisch an das Bett herangetragen. Mehrere Gegenstände befinden sich darauf, aber der Kamerawinkel ist so eingestellt, daß man sie nicht genauer erkennen kann.] Was soll das Zeug hier? Mein Pferd? Hast du das aus der Wohnung geholt? [Greift nach der kleinen Figur.]

Simon: Das sind Objekte von ehetechnischem Interesse.

Caroline [stellt Figurine ab]: Ich hau jetzt hier ab. [Sie stürzt in den Aufzug hinein. Das Gesicht ist der Kamera zugewandt, die Augen sind verängstigt. Sie blickt zu Simon zurück, der reglos stehenbleibt. Die Kontrolltafel liegt unterhalb der Kamera.]

Simon: Das funktioniert nicht. Da gibt's einen Code. Du mußt eine Geheimzahl eingeben und dann den Abwärtsknopf drücken. Sonst läuft nichts. [Sie rennt aus dem Aufzug heraus, am Bett vorbei und aus der Bildfläche. Hämmerndes Geräusch.] Das funktioniert auch nicht. Die sind alle abgesperrt. [Sie stürzt an ihm vorbei. Hämmert wieder mit den Fäusten drauflos.] Caroline, ich hab doch gesagt, daß die ganzen Scheißtüren abgesperrt sind!

Caroline: Was?! Was willst du eigentlich?

Simon: Komm her.

Caroline: Du kannst mich mal.

Simon: Komm her.

Caroline: Nein.

Simon: Ich bin dein Mann. Du hast mich geheiratet.

Caroline: Du –«

Mein Bürotelefon läutete. Ich zuckte erschrocken zusammen. Ich stellte den Videorekorder auf Pause; der Bildschirm zeigte Caroline mit zornig erhobener Faust, ihr Gesicht ein heller Fleck.

»Hallo?« Schweigen. »Hallo?«

»Grüß dich.«

»Caroline?«

»Du hast mir gefehlt.«

»Du hast mich gerade erst gesehen.«

»Ich hatte kein gutes Gefühl, wie wir uns auf Wiedersehn gesagt haben.«
»Vielleicht sagen wir uns ja nie auf Wiedersehen.«
»Warum bist du nicht zu Hause?«
»Ich sitz an einer Story.«
»Ist es eine gute Story?« fragte sie.
»Sehr kompliziert.«
»Kommen da ein Mann und eine Frau vor?«
»Haben nicht die meisten Geschichten mit einem Mann und einer Frau zu tun?«
»Ja.«
»Meistens ist einer von ihnen böse.«
»Ich glaube nicht an solche Geschichten«, sagte Caroline.
»Nein?«
»Ich glaube, jeder Mensch ist schlecht. Manche weniger, und andere mehr.«
»Das trifft vermutlich zu.«
Sie seufzte. »Also, in deiner Geschichte – wer ist denn der *richtig* schlechte Mensch, der Mann oder die Frau?«
»Das ist unklar.«
»Immer noch?«
»Immer noch.«
»Porter, ich bin einsam. Ich weiß, das ist albern, aber ich fühl mich einsam.« Sie schwieg.
Ich konnte im Hintergund ihrer Wohnung Musik hören. »Kommst du wieder her?«
»Ich fürchte, ich kann nicht.«
»Können wir nicht zusammen frühstücken?«
Ich schaute auf meine Uhr. Die Sonne würde in etwa drei Stunden aufgehen. »Das wäre schön«, sagte ich.
»Ein frühes Frühstück?«
»Ist acht Uhr früh genug?« fragte ich.
»Ja.«
Ich sagte ihr, sie solle mich im Noho Star an der Ecke Bleecker und

Lafayette treffen. »Ich versuche ständig, dort mal zu essen«, sagte ich.

»Acht?«

»Ja.«

»Du vergißt es auch nicht?«

»Nein«, erwiderte ich. »Du vergißt, daß du unvergeßlich bist.«

Ich setzte das Videoband wieder in Gang. Carolines wütendes Gesicht löste sich in Bewegung auf.

[Fortsetzung.]

Caroline: – hast mich darum gebeten, Simon.

Simon: Ich hab dich darum gebeten, weil ich wissen wollte, wie es ist, verheiratet zu sein.

Caroline: Das ist doch keine Ehe. Das ist irgendein verdrehtes Arrangement, bei dem du nach L. A. abzischst und auf Partys irgendwelche Mädchen fickst, wärend ich mit meinem Daumen im Arsch zu Hause hocke. Deine Eltern waren *verheiratet.*

Simon [nimmt kleine Figur in die Hand]: Erzähl mir was über dieses kleine Pferd, Caroline. Erzähl mir, warum Hobbs dir das gegeben hat. Dieses Ding ist so was wie tausend Jahre alt. Dieses kleine Scheißteil war ziemlich teuer. Sogar für einen Kerl wie ihn.

Caroline: Es war ein Geschenk.

Simon: Zur Erinnerung an was?

Caroline: Ich habe ihm eine blöde kleine Geschichte erzählt, über damals, als ich noch ein kleines Mädchen war, wie ich unbedingt ein Pferd haben wollte, und da hat er mir ein Geschenk geschickt. Das ist *alles,* Simon.

Simon: Erzähl mir die Geschichte.

Caroline: Nein.

Simon: Die Geschichte, und dann kannst du gehen.

Caroline: Die Geschichte erzähl ich dir nie, Simon, niemals. [Er wirft das Pferd auf Caroline. Es fliegt an ihr vorbei in den Fahrstuhl. Ein Geräusch, wie etwas zu Bruch geht.] Was für ein verfluchtes Problem hast du eigentlich?

Simon: Ficken ist mein verfluchtes Problem! Begreifst du denn nicht, daß es eine Sache gibt, die ich einfach fordere? Ich fordere sexuelle Treue. Ist das etwa zuviel verlangt? Ich bin ein sehr, sehr beschäftigter Mensch, und ich habe ziemlich viel am Hals, richtig? Ich brauch es einfach, daß du *da* bist, daß du *auf mich* wartest. Ist das etwa zuviel verlangt? Ich bin es schließlich, der dich auf einem Barhocker entdeckt hat! Mit dir ging's ganz schön bergab, Baby, und ich hab dich gefunden und aufgelesen. Man würde meinen, daß ich dann auf etwas *Treue* bauen könnte, da du in der Tat meine Ehefrau bist! Aber als ich vorgestern abend anrief, wo warst du da? Ich weiß nur zu gut, wo du warst – du warst bei diesem fetten Arsch! Wie ist das möglich? Wie kann meine Frau ein verficktes Dreieinhalb-Zentner-Schwein vorziehen, wenn sie mich hat?

Caroline: So ist es gar nicht. Wir haben bloß geredet, wir waren nur – [Simon erhebt die Hand, als wolle er zuschlagen. Sie zuckt zusammen. Er tut nichts. Sie entspannt sich. Er schlägt sie mit der flachen Hand.]

Simon: Für wen zum Teufel hältst du mich eigentlich, für einen Trottel? Hohl im Kopf, Lady? Wir sprechen hier von Hobbs! Dieser Mann kauft schön langsam Hollywood und New York und China auf. Er verspeist kein Essen, er verspeist *Menschen!* Er verspeist dich! Und du bist hingerissen, du kannst gar nicht genug kriegen, richtig? Ich hab den Mund von diesem Mann gesehn. Der Mann hat eine Zunge wie ein Farmvieh! Ich weiß, was ihr beiden treibt. Ich weiß, daß er mit dir redet und dir das Gefühl von Sicherheit gibt, als hättest du 'nen richtigen *Daddy* …

Caroline [mit bitterer Verachtung]: Das tut weh, Simon – damit hast du mir wirklich sehr weh getan.

Simon: Hier, nimm das Messer hier. [Versucht Caroline ein Messer aus seiner Hosentasche aufzudrängen. Sie nimmt es einfach nicht. Er grapscht nach ihren Fingern, schiebt das Messer hinein, drückt die Finger zu.] Hier, stich auf mich ein. Mach schon. Ich fordere dich auf, es zu tun. Mach schon! Stich zu, du Fickfotze!

Du hast es nicht in dir, du kannst rein gar nichts! Komm schon, tu's! Was? Was seh ich denn da? Ich sehe ja, wie dein Grips sich rührt, Caroline, ich sehe, wie dein Gehirn arbeitet! Zwischen diesen blonden Fransen drehen sich die kleinen Räder! Woran denkst du denn? Du denkst jetzt, ich muß ihm den Code für den Aufzug abluchsen! Das stimmt! Den brauchst du, um hier rauszukommen. Null Problemo! Der Code ist dein Geburtstag. Februar, der einundzwanzigste. Zwei-zwei-eins. Töte mich, Caroline, und du wirst für den Rest deines Lebens an deinem Geburtstag meiner gedenken! Also, *das* ist vielleicht ein Trick, findest du nicht? Ich bin auf Tricks spezialisiert, meine Süße. Also dann, wo waren wir gerade? O ja, du warst drauf und dran, mich zu töten. Ich geb dir mal 'nen Tip – beeil dich lieber. Je früher, desto besser, weil ich sonst vielleicht den Spieß umdrehe. Oh, mach schon, ha, ha, ha. Warte, warte! Wir haben den Schlüssel vergessen! Du hast den Schlüssel vergessen! [Er hält einen kleinen Schlüssel in die Höhe.] Wir brauchten doch einen Schlüssel, um beim Nebeneingang reinzukommen, weißt du noch? Wenn du mich erstichst und weggehst, ohne das Vorhängeschloß wieder abzusperren, dann könnte sofort irgendwer hier raufkommen und mich finden. Solange die mich ein paar Tage lang nicht finden, ist alles paletti, Baby, weil die nämlich den Scheiß aus diesem Haus rausreißen und dein Kumpel, dein Ehemann, dann wie eine Stoffpuppe in dem Schutt herumplumpsen wird. Kein schlechter Plan, findest du nicht? Bis auf ein Problem. Schau mal her. Das habe ich extra geübt. [Läßt den Schlüssel in den Mund fallen, greift nach dem mit Wasser gefülltem Milchkarton, wobei er ein wenig Wasser verschüttet, wirft den Kopf nach hinten, nimmt einen ausgiebigen Schluck, wirft den Karton auf den Boden, beugt den Kopf wieder vor, macht den Mund auf, hat den Schlüssel runtergeschluckt.] Bin ich das Böse in Menschengestalt oder was? Nein, das ist zu großspurig. Ich strebe nicht nach Bösem, ich strebe nach Wahrheit, ich strebe es an, dich in die Enge zu treiben, bis du mir dein Innerstes preisgibst, Caroline. Gib es mir, ich will es haben. Ich will die Geschichte vom kleinen Mädchen kriegen. Ich will wissen, wie das kleine Mädchen, das in L. A. herumhing und Profi-Basketballer gefickt hat und dann in New York gelandet ist, um in einer Bar vom genialsten jungen Filmregisseur seit Scorsese aufgelesen zu werden, wie sie eigentlich überlebt hat. Sie will's mir einfach nicht erzählen, mir, ihrem Ehemann? Hat sie's denn Hobbs erzählt? Nein, vermutlich nicht. Ich vermute mal, daß sie zu sehr damit beschäftigt war, seine oralen Zauberkünste zu genießen. Aber weißt du was? Die Antwort liegt bei Hobbs. Dein Mann ist dahintergekommen. Ja! Wie hat sie überlebt? Das ist ganz leicht, liebe Leute. Sie will geliebt werden! Sie geht dort hin, wo sie die Liebe vermutet, und wenn sie herauskriegt, daß die nicht mehr da ist, dann wandert sie weiter. Sie ist großartig darin, die Männer dazu zu bringen, daß sie ihr verfallen! Aber irgend etwas, irgendwas Unerklärliches bringt die Männer soweit, sie allmählich zu verabscheuen! Wie kann das nur sein, mein schönes Weib, du, die Frau mit dem Goldring in ihrer singenden Möse? Sie ist von ihrem liebevollen Ehemann zu Sir Hobbs weitergezogen. Und wie lange wird das wohl dauern? Oh, vielleicht nicht lange. Er wird etwas an dir entdecken, und er wird sich abwenden, oder vielleicht siehst du ja seinen Abscheu, bevor er ihn selber bemerkt, und du verläßt ihn. Dann wirst du dieselbe traurige kleine Geschichte jemand anderem erzählen. Welch Weh und Leid! Et cetera, et cetera. Du bist gut, Lady. *Gut.* Du hast mich verarscht! Du hast mich an die Leine gekriegt. Die haben meine Unterschrift. Ich hab dran geglaubt, o ja! Der Künstler hatte eine Muse gefunden! Dann hat sich die Muse mit ihrem Fickarsch abgemeldet. Na schön, leck mich am Arsch, Baby. Hier melde *ich* mich nämlich ab. Hier werf ich das Handtuch. Ich bin weg. Aber vorher – ja! Ja, natürlich habe ich die Absicht, dich zu töten, das muß ich natürlich, siehst du das nicht? Was bleibt mir denn sonst für eine Wahl? Lebewohl sagen, sollen doch die Anwälte die Details ausarbeiten? Nein, nein, nein, Baumelt-am-Galgen! Baumelt-am-Galgen! Armer Tom! *Lear,* ein Drama, das du nie gelesen hast!

Es ist das Ding mit der Muse, Babe, das amerikanische Musending. Du bist was ganz Besonderes, mein amerikanisches Babe. Schaut sie euch doch an, schaut euch mal diese Zähne und Haare und blauen Augen und Brüste an. Mit Mais ernährt! Kann doch nicht von bösartigen amerikanischen Männern umgelegt werden! Die sollten lieber einen Film über sie machen! Einen verdammten Film machen! Sie ist durch und durch amerikanisch. Mit Mais ernährt! Das *Playboy*-Pin-up-Mädchen. Ist auf der falschen Seite der Bahngleise aufgewachsen! Ja, wieso, ihre verfickte Fotze besteht ja aus lauter Cheerios! Die singt mit Willie Nelson mit! Bloß ist sie auf dem neuesten Stand, ist bereit für die Jahrtausendwende! Das postmoderne amerikanische Babe! Auf beiden Küsten von der Sonne verbrannt worden! Kann 'nen neuen Chevy aus der Toyota-Produktion in Mexiko fahren. Tausend verschiedene Kanäle gesehen! Hat einen Superstar gefickt! Ihre Beine für einen Milliardär breit gemacht! So jemand ist sie nämlich! *Aber das ist nicht gut genug!* Sie will Liebe, immer noch mehr und noch mehr Liebe! Sie hat nie genug gekriegt! Ihre Mutter hat für Visa gearbeitet, und ihr Vater kam vom ARCO-Geld. Sie hat den Kapitalismus direkt in den Genen! Siehst du nicht die Tragödie daran? Du bist die Tragödie in Menschengestalt! Du hast alles, was Amerika dir bieten kann, und trotzdem bist du hungrig! Trotzdem bleibst du ungeliebt, mein amerikanisches Babe! O bitte, mach der Sache ein Ende, meine Süße, stich mir dieses Messer rein, stoß es mir direkt in die verfluchte Kehle oder meinen Magen oder die Eier oder sonstwohin, um mich zum Schweigen zu bringen. Tu's! He, amerikanisches Babe! Komm schon. Komm schon komm schon komm schon! Muß ich dir's erst befehlen? Töte mich. Mach schon. Ich fordere dich heraus. Leg's auf einen Stich an. Warte! [Er huscht in die Zimmerecke und hebt etwas auf. Kommt zurück, einen manischen Ausdruck im Gesicht.] Ich hab einen Revolver, ja! Hab ich dir den schon gezeigt? Hab ich dir gezeigt, daß ich einen Revolver habe? Wenn du mich dann umgelegt hast, schlag ich vor, nimmst du ihn lieber mit und schmeißt ihn in den nächsten Fluß – so läuft es doch immer. Oder wisch ihn ab und schmeiß ihn auf die Straße! Gib ihn dem neunjährigen Jungen an der Ecke. Er kann ihn gebrauchen. Er will ihn haben. So, jetzt hör mir mal gut zu, mein süßer Schatz, in jeder Kammer dieses Revolvers sind Patronen drin, und ich feuer dir gleich eine Kulturfontäne in deinen Schädel, wenn du mich nicht erstichst. Mach schon, find heraus, ob du dem Druck gewachsen bist. Kannst du dich da noch rauswinden, amerikanisches Babe? Hier, mach schon, stoß zu, halt's mit beiden Händen fest, schieb's rein, stoß mal selber zu! So viele Männer, die auf dich einstoßen, Schwänze und Finger und Zungen, die sie dir in deinen Mund und deine Fotze und dein Arschloch schieben! Schieb das Messer rein! [Hebt den Revolver hoch.] Tu's. Tu's jetzt. Ich drück gleich ab. Jetzt, okay? Ich puste dich gleich bis zum John F. Kennedy Airport rüber, Süße. Ich zähl jetzt rückwärts. Bring deine Cheerio-Moleküle in Stellung, amerikanisches Babe, die Muskeln in deinen Armen, fünf, vier, meine Fingermuskeln sind schon in Stellung, Süße, drei ... zwei ... nicht mehr viel Zeit, um rauszufinden, ob – [Er scheint einen neuen Einfall zu haben und senkt die Waffe. Sie starren einander an. Er atmet aus. Genau in diesem Moment stößt Caroline Simon das Messer direkt in die Gurgel.] Ha ... aaah. [Simon steht kerzengerade da, das Messer tief in seinem Hals. Er zieht es heraus. Blut spritzt etwa einen Meter weit seitlich aus seiner Kehle, dann taumelt er nach hinten. Seine Mütze fällt herunter. Das Messer fällt klappernd auf den Boden.] O mein Gott. [Er zeigt auf die Pistole, fingert daran herum, um zu demonstrieren, daß sie nicht geladen war. Dann stürzt er, eine Hand an seinem Hals, zu Boden. Blut breitet sich rasch quer über den Boden aus. Er blickt zu Caroline hoch. Sie weicht zurück.] Caaah ... Caah! [Sie beginnt sich auf ihn zu zu bewegen, doch er bäumt sich krampfartig auf, und ein nasses Sauggeräusch entweicht seiner Gurgel. Er hat so viel Blut verloren, daß er sich nicht auf die Knie hochrappeln kann. Jetzt rollt er auf den Rücken, und mit dieser Bewegung scheint ihn die

Kraft zu verlassen; sein Körper hat etwas Schlaffes an sich, er stöhnt oder zuckt nun nicht mehr. Sie kniet sich neben ihn hin. Seine Augen sind offen. Ihre Schultern zittern heftig. Minutenlang sitzt sie so da. Der Raum ist ruhig. Da ertönt ein Quieken, und sie reißt den Kopf herum. Die Silhouette einer Ratte rennt durch den Vordergrund. Minuten vergehen. Simon ist still, Arme und Beine von sich gestreckt. Sie schluchzt, hört dann wieder auf und schluchzt von neuem. Sie hockt mit hochgezogenen Knien da und wiegt sich auf den Hinterbacken hin und her. Schließlich steht sie auf.]

Caroline: Oh, der Schlüssel. [Ihre Worte sind nur ein Flüstern. Sie hebt das Messer auf, schiebt Simons rotes Hemd hoch. Sie weint. Sie drückt ein wenig auf seinen blassen Bauch. Dann erhebt sie sich wieder und bewegt ihre Hand an ihrer Kehle entlang, zwischen ihren Brüsten hinunter und dann direkt unter ihr Zwerchfell. Sie stupst und tastet versuchsweise daran herum. Dann kniet sie neben Simon nieder. Sie sticht das Messer in seinen Bauch, wohl zwei, drei Zentimeter tief. Es bleibt senkrecht stecken. Sie steht abrupt wieder auf und geht zum Bett. Dort stößt sie ihre Schuhe von sich, zieht dann ihr gelbes Kleid über den Kopf und legt es sorgfältig auf das Bett nieder. Ein farbiges Gebilde ist auf ihrem Schulterblatt zu sehen, ein Schmetterling. Sie streift ihren Büstenhalter ab, dann ihre Unterhose. Sie legt beides ebenfalls auf das Bett. Dann hebt sie Simons Baseballkappe vom Boden auf und steckt ihre Haare darunter hoch. Ihr nackter Hintern ruht nun auf ihren Fersen. Eine nackte Frau mit einer Baseballkappe. Dann kehrt sie zu Simon zurück. Das Messer steht noch immer aus seinem Bauch hervor. Sie beugt sich über den Körper, wendet die Augen ab, drückt dann mit vollem Gewicht auf das Messer. Es gleitet mit einem lauten Aufzischen von Luft und Blut hinein. Jetzt ist sie naß. Sie schaut hin und seufzt. Dann sägt sie an dem Fleisch herum, schneidet einen Lappen heraus. Während sie den Fleischlappen mit der einen Hand festhält, schneidet sie tiefer hinein. Nun sickert Blut heraus, während sie nach unten auf den Leib drückt, es sickert aus der Wunde heraus und über Simons Bauch und an beiden Seiten hinunter, malt zunächst Streifen seine Rippen hinunter, bedeckt sie dann völlig, während Caroline mit dem Messer herumstochert. Sie zieht ihre Hand heraus und schüttelt heftig ein Stück Fleisch davon ab. Dann langt sie mit der Hand in die Höhle und fischt darin herum. Nichts. Sie seufzt. Ihr Bauch und ihre Arme und Knie glänzen vor Blut. Auch an ihren Brustwarzen ist Blut. Jetzt schneidet sie einen größeren Lappen heraus. Dann setzt sie sich wieder an die eine Seite von Simon und rollt ihn auf den Bauch. Deutlich ist ein Tröpfeln zu hören, während der Mageninhalt herausfließt. Sie rollt ihn wieder auf den Rücken. Sie stochert mit dem Messer in dem Inhalt des Magens herum, blickt auf. Ratten sind im Dunkel erschienen.] Verschwindet! [Sie macht sich wieder an die Arbeit. Sie steckt ihre Hand erneut in die Bauchhöhle und zieht dann plötzlich etwas heraus, schaut auf den blutigen Gegenstand in ihrer Hand. Der Schlüssel. Nun steht sie auf, legt den Schlüssel auf den Tisch und geht zum Bett zurück. Dort entfernt sie einen Kopfkissenbezug und wischt sich damit sorgsam die Hände und den Bauch ab. Ein wenig Blut ist auch auf ihren Schenkeln, ihren Knien. Sie reibt jede Stelle kräftig ab. Sie untersucht ihre Schamhaare auf Blut, indem sie ihren Bauch einzieht und beide Hände gegen ihre Hüftknochen stemmt. Dann wischt sie sich die Finger und Hände ab und überprüft die Rückseite ihrer Beine, ihren Hintern. Sie schlüpft wieder in ihre Unterhose und Schuhe, zieht sich dann ihren BH und das gelbe Kleid an, knöpft es hinten zu mit jener ungeschickt wirkenden Anmut, die Frauen an sich haben. Sie nimmt die Baseballkappe ab, inspiziert sie, schüttelt sie, inspiziert sie noch einmal, wirft sie dann neben Simon auf den Boden. Sie schiebt den Schlüssel vom Tisch herunter und steckt ihn in ihre Handtasche. Sie hebt den leeren Milchkarton auf und wirft das Messer und die Pistole hinein. Sie sieht sich prüfend um. Jetzt entdeckt sie etwas außerhalb des Kamerabildes, etwas Kleines auf dem Boden, näher an der Kamera. Sie hebt es auf. Es ist ein

Stück von der grünen kleinen Figur. Sie geht zu Simon zurück und steht nun über ihm mit einer Miene, die sowohl Reue als auch Siegesfreude auszudrücken scheint. Sie kniet nieder, reibt das Stück an ihrem Kleid ab, steckt es in die Brusttasche seines Hemds, fischt dann mit einem Finger in dem Blut an seiner Kehle und berührt ihre Zunge. Sie richtet sich schnell auf, packt den Milchkarton oben am Rand und marschiert direkt in den Fahrstuhl hinein.]

Caroline [mit dem Gesicht zur Kamera, aber gesenkten Blickes, offensichtlich auf die Liftknöpfe konzentriert]: Zwei-einundzwanzig. [Ihre Stimme ist ein Flüstern.] Zwei. Zwei. Eins. [Sie schaut sich um.] Nach unten. [Nichts passiert.] O Scheiße. [Sie bemerkt, daß die Fahrstuhltür offen ist, zieht sie zu.] Nach unten. [Der Lift bewegt sich knirschend abwärts. Die Leiche von Simon Crowley und die Etage, auf der sie ruht, beginnen nach oben zu gleiten. Die Nummer sieben taucht an der Wand des Fahrstuhlschachts auf, dann Dunkelheit. Dann, in dem schwachen Licht des Aufzugs: eine Sechs, dann eine Fünf, Vier, Drei, Zwei. Jetzt bricht Caroline zusammen, hustet plötzlich und gibt halb erstickte kleine Schluchzer von sich. Als der Aufzug das Erdgeschoß erreicht, stößt sie die Kabinentür auf und rennt einen Korridor hinunter, bis ihre Schritte verhallen. Die Fahrstuhltür faltet sich langsam wieder ein Stück auseinander, bleibt halb geschlossen stehen. In dem Korridor mit seinen Schatten rührt sich nichts. Dann das Geräusch, wie eine schwere Tür geöffnet wird, ein rasches Aufflackern von Helligkeit, undeutlich, von mehreren Wänden reflektiert, der letzte Bote des Lichts, und dann ist alles finster. Die Tür wird nicht zugestoßen. Es gibt keinen Ton. Nur Finsternis. Es gibt keinen Ton. Nur Finsternis.]

Morgen in Manhattan. Strahlend und klar. Frischgewaschene Taxis, die Richtung Innenstadt preschen. Mexikanische Männer, die draußen vor koreanischen Delikatessenläden Tulpen in Ordnung bringen. Die frühen Fußgänger, die zur Arbeit gehen und mit sich selbst zufrieden sind. Untergrundbahnen, die wie Informationstexte aufblitzen. Helligkeit, die sich fast wahrnehmbar die Fassaden der Häuser hinunter entfaltet. Hinten in den Bars, Klubs und Restaurants werden hunderttausend Gespräche aufgefegt, weggespült, davongeschafft. Eine Mutter bürstet ihrer Tochter die Haare. Millionen sind heute zu verdienen, mein Freund. Der griechische Chor der Großstadt liest die Titelseite. Ein Straßenreinigungswagen fährt vorüber, greift sich eine leere Brieftasche. Sonnenlicht durchdringt die Iris. Das Vergnügen, zu blinzeln. Ein Mann schaut auf seinen Bauch, sieht einen Haufen Verderbnis. Eine Frau hat Freude an ihrem Lippenstift. Welche Schuhe zieht sie heute an? Kaffeeträume von Sonne und Wiedergutmachung. Zerbeulte Lieferwagen voller Fisch, die nach Nord-Manhattan rasen. Entstehung und Zerfall. Ich verliere hier bloß Geld. Sieh zu, daß du früh ins Büro kommst. Das könnte heute der Tag sein. Das ist nicht der richtige Tag. Schick's per Kurier. Eine Chinesin sitzt an ihrer Industrienähmaschine. Ein Stapel Fotos von Models, den Seitenweg hinter der Agentur hinuntergeweht. Jemand hat den Laden an der Ecke überfallen, hat zwei altbackene Bagels mitgehen lassen. Ich fax es Ihnen rüber. Rauchentwicklung an der Neunundvierzigsten Straße.
Vielleicht Feuer.. Fahrradkurier im Schlepptau eines Stadtbusses, der mit über sechzig Sachen den Broadway entlangfährt. Die haben mir einfach die Miete erhöht. Gefängniswärter auf Rikers Island gibt An-

weisungen an den Fang der letzten Nacht aus: »Die Arme hoch, Achseln herzeigen, Mund aufmachen, Zunge zeigen, Nüsse hochheben, dann nach vorne beugen, Arsch auseinanderspreizen und fünfmal kräftig husten.« Bitte am Apparat bleiben. Ich versuch jetzt ein neues Antidepressivum. Ein Buchhaltungschef mustert die Visitenkarte, die ihm eine Frau am Abend zuvor gereicht hat. Feuer in Harlem, sechs Tote, fünf Kinder. Ich stell Sie eben durch. Ewing wird langsam alt, Mann. Bitte mach doch und geh zum Arzt, Harry. Welche Kreditkarte wollen Sie für diesen Geschäftsvorgang benutzen? Hier spricht Sal aus Brooklyn. Die Fähre aus Staten Island stößt gegen das Pfahlwerk. Keiner hat mehr Respekt vor irgendwas. Auf dem großen Grundstück am West Side Highway füllt ein Mann die Reifen von Müllabfuhrlastern mit Luft auf. Vergiß deine Lunchdose nicht. Eine Frau sitzt am Rand des Bettes und denkt wieder daran, daß der Aids-Test gestern positiv war. Ich kann dir sagen, das Verkehrsreferat der Stadt verschwendet doch Millionen. Bei der Methadonklinik stehen sie bis auf die Straße Schlange. Der Times Square ist auch nicht mehr das, was er mal war. Wir haben ernste Rassenprobleme hier in der Stadt. Der Präsident ist heute in New York; der Verkehr wird bestimmt ein Alptraum. Sie schulden uns das Geld. Es hat kein Geld reingebracht. Es ist nicht wegen dem Geld. Du kannst das Geld haben. Ich hab kein Geld. Es kostet eine ganze Stange Geld. Touristenbusse voll von Leuten aus dem Mittleren Westen. Die sind nach New Jersey umgezogen. Der Gerichtsmediziner zieht sich die Gummihandschuhe an, macht das Radio an. Ich bin nicht schwul, ich bin andersherum, erklärt ein Mann seiner Mutter in ihrem Apartment am Riverside Drive. Das Kokain ist sicher an seinem Ziel, und Spanish Harlem wirkt heute wie das reine Paradies. Ich sitze zuviel vor der Glotze. Eine sehr schöne Wohnung in dieser Preiskategorie. Bitte unterschreiben Sie hier. Das ist eigentlich gar keine echte Demokratie mehr. In einem Büro in Midtown sind alle Türen geschlossen: Der Boß ist gefeuert worden. Ruf an und besorg Karten, sei doch so lieb. Vor dem Plaza-Hotel betrügt ein Taxifahrer seinen Kunden lächelnd beim Wechselgeld. Ich werd mir die Lippen voller operieren lassen.

Ein Mann läuft auf der Lafayette energisch in südlicher Richtung, kann in der einen Hosentasche einen Schlüssel spüren, ein Edelsteinfragment in der anderen, betritt dann ein Restaurant an der Ecke, ist der erste Gast. Er ist nicht rasiert. Er ist mit verkrustetem Schmutz besudelt. Er hat ein kleines Päckchen in der Hand. Ein Kellner faltet die frische Tischdecke.

»Guten Morgen, Sir.«

»Guten Morgen.« Ich überprüfte demonstrativ mein Bargeld. »Ich weiß, daß ich verdammt dreckig bin.«

»Wir lassen's mal durchgehen.«

Ich saß da und beobachtete, wie die Welt an mir vorbeizog und ein paar Gäste hereinkamen. Das Frühstück ist die optimistischste aller Mahlzeiten, und das konnte man den Gesichtern der Männer und Frauen ansehen. In der Herrentoilette blickte ich in den Spiegel. Der Schmutz saß in meinen Haaren, in den Falten meiner Augenwinkel, in meinen Ohren. Mein Zahnfleisch ließ nach, meine Zähne wurden allmählich braun, meine Haare grau. Es gibt bloß eine einzige Richtung.

War es Mord? Caroline hatte Simon in den Hals gestochen, als er einen ungeladenen Revolver sinken ließ. Das war keine Notwehr. Zweifellos war es ein Augenblick extremer Erregung, mit all dem Geschrei und verrückten Verhalten von Simon, aber ich frage mich, weshalb sie nicht zum Aufzug ging und ihn benutzte, nachdem Simon ihr die Geheimzahl genannt hatte, die den Lift in Gang setzen würde. Oder vielleicht hätte sie zu einem Fenster hinaus um Hilfe schreien können. Das Verschlucken des Schlüssels war Effekthascherei. Simon muß einen anderen Weg gewußt haben, um aus dem Gebäude hinauszugelangen. Alles, was er dazu gebraucht hätte, war ein Bolzenschneider, der in irgendeinem Versteck parat lag. Wenn er sich schon die Mühe gemacht hatte, das Wasser in dem Milchkarton bereitzustellen und das Bett und die elektrische Batterie und die Lampe und das Videogerät, dann wäre es keine große zusätzliche Anstrengung gewesen, einen Bolzenschneider dabeizuhaben. Billy Munson hatte gesagt, daß es alle möglichen Werkzeuge im Lieferwagen von

Simons Vater gab. Von Caroline hätte man nicht erwarten können, gerade in jenem Moment an all diese Dinge zu denken, aber genausowenig hätte man damit gerechnet, daß sie Simon erstechen würde, bloß weil er sich wie wild aufführte. Ich hatte diesen Moment in meinem Büro zehn- oder zwölfmal von neuem ablaufen lassen. Da war eine Pause, ein langer Taktschlag, zwischen dem Augenblick, in dem Simon den Revolver wieder sinken ließ, und dem Augenblick, in dem Caroline mit dem Messer vorschnellte. Es war eine Pause, in der jeder den anderen beobachtete, um herauszufinden, was wohl als nächstes kommen würde. Es war zudem eine Pause, in der er verwundbar war, und sie nutzte die Gelegenheit. Genau so sah ich die Sache; genau so hatte sie es schon immer gemacht.

Und was war anschließend geschehen? Ich stellte mir vor, daß sie, solange sie konnte, in dem dunklen Gewölbe unterhalb des Liefereingangs darauf gewartet hatte, bis die Stunde so weit vorgerückt war, daß kaum mehr Leute draußen herumliefen. Dann, als sie kein Geräusch mehr vernahm, hatte sie das Schloß mit dem Schlüssel aufklicken lassen, hatte eine der Türen geöffnet und war klammheimlich mit ihrem kleinen Milchkarton, mit dem Revolver und dem Messer darin die Stufen hinaufgesprungen, hatte die Türen von außen abgesperrt und war dann um die Ecke davongesaust. Man konnte das in weniger als einer Minute bewerkstelligen. Dieser Vorgang mußte sich entweder in den letzten Stunden des 6. August oder in den frühen Stunden des 7. August zugetragen haben. Wenn es spät genug in der Nacht geschehen war, war es gut möglich, daß niemand sie bemerkt hatte oder sich später daran erinnern konnte. Schließlich war man erst am 15. August auf Simons Leiche gestoßen, und diese Zeit war gewiß lang genug, damit jemand wieder vergaß, was er womöglich gesehen hatte. Aber Carolines unmittelbares Verhalten nach der Tat war nicht der einzige Hinweis auf ihre Schuld. Sie hatte sich die allergrößte Mühe gegeben, zu vertuschen, was geschehen war. Sie hatte die Polizei hinsichtlich der Umstände von Simons Verschwinden angelogen. Sie hatte den Beamten weisgemacht, sie kenne das kleine Bruchstück der Jadefigur nicht. Sie hatte den schlauen Einfall, einen Privatdetektiv zu engagieren, der den Auftrag erhielt, herauszufinden, was Simon zugestoßen war. Das war sehr geschickt, denn der Detektiv hätte ihr ja ungewollt Informationen liefern können, die den Verdacht womöglich auf sie lenkten, was ihr die Chance gab, Schwierigkeiten im voraus zu begegnen. Sogar noch genialer war der Umstand, daß diese Aktion, falls die Polizei davon erfuhr, als Indiz dafür herhalten würde, daß sie nicht die Schuldige war. Natürlich fand der Detektiv nichts Brauchbares heraus, denn falls er die Eigentumsverhältnisse des Hauses 537 an der East 11th Street überprüft hatte, so hatte er nur erfahren, daß es im Besitz eines Koreaners, nicht aber der Segals war. Falls er genau wie die Polizei mit dem Koreaner gesprochen hatte, so hatte ihm der Eigentümer nichts mitteilen können, weil er sich mit dem Gebäude, das kurz vor dem Abriß stand, nicht auskannte und daher nichts von den eigentümlichen Seiteneingängen wußte. Genausowenig wußte dies der Vorarbeiter der Abbruchfirma Jack-E Demolition, der sich auf ein Stück Seil versteifte, das er gefunden hatte. Die Ermittler hatten keinen Anlaß, Mrs. Segal aufzusuchen, und Mrs. Segal hielt es für besser, wegen ihres fragwürdigen Geschäfts mit den Koreanern nicht selbst die Ermittler aufzusuchen. Die Polizei verhörte zwar den Hausverwalter von 535, aber bei dieser Unterredung war es im wesentlichen um den Zugang zur Dachtür von 535, nicht aber um den Liefereingang zu Nummer 537 gegangen. Es stimmte zwar, daß die Polizei, hätte sie nur die Unterlagen zu Simons Nachlaß durchgeschaut, Mrs. Segal möglicherweise auf die Spur gekommen wäre, so wie auch ich daraufgekommen war. Ich hatte jedoch nach einem bestimmten Gegenstand gesucht, nämlich dem Hobbs-Videoband, als ich auf sie stieß, und nicht – wie die Polizei es getan hatte – nach Hinweisen zu der Frage, wie Simon sich Zugang zu einem Gebäude verschafft hatte. Es war eine verrückte logische Konstruktion aus Zufall und Absicht. Keiner der Beteiligten hatte in voller Kenntnis der Lage agiert; keiner hatte die Ereignisse so eingeschätzt, wie sie dann tatsächlich eintraten, einschließlich Caroline. War es also Mord? Meiner Meinung nach: Ja.

Eine wunderschöne Frau in einem Nerz und Jeans betrat, von der

Sonne angestrahlt, das Lokal. Während ein schwarzer Eidechsen-Cowboystiefel vor den anderen trat, lächelte sie selbstbewußt die Welt an, den Kellner, mich. »Hallo, Baby«, sagte sie und hielt mir ihre kühle Wange hin, und die küßte ich mit großem Interesse, da ich noch nie zuvor bewußt eine Mörderin geküßt hatte, und die Zartheit ihrer Haut schien angesichts der Härte der Frau sogar noch zarter zu sein. Ich kann nicht sagen, daß es mich ekelte. Nein, das kann ich keineswegs behaupten.

»Hast du dich im Schlamm gewälzt?«

»Ich bin ein dreckiger Kerl, das weißt du doch.«

»Was war denn los?«

Ich befühlte den Kopf der zerbrochenen kleinen Figur in meiner Hosentasche. »Das ist eine lange Geschichte.«

»Kann ich sie hören?«

»Natürlich.«

Das Restaurant wurde allmählich voll. »Erst wollen wir Frühstück bestellen.«

Wir saßen da, und ich konnte sehen, wie froh sie war. Ich hatte sie gestern von Hobbs befreit, und heute brach sie nach China auf; es war das erste Mal, seit wir uns kannten, daß sie glaubte, sie müsse sich um nichts mehr Sorgen machen. Ihre Augen leuchteten, und ihr Mund lächelte bereitwillig. Sie brauchte mich nicht mehr; sie brauchte es nur noch problemlos zu Ende zu bringen. Aus dem Hintergrund des Restaurants war Musik von Vivaldi zu hören, hell und klar, und ich wußte, daß wir beide in nur wenigen Minuten gänzlich verändert sein würden, und so beobachtete ich sie einfach nur. Es war ein nicht unbedeutendes Vergnügen, wie sie so über dieses oder jenes sprach, ein bißchen Lippenstift am Rand ihres Wasserglases zurückließ, und während sie redete, malte sich mein Bewußtsein aus, ein silberner Tümpel der Lust zu ihren Füßen zu sein, ein Tümpel, der sich in einen strömenden Dunstschleier des Verlangens verwandelte und ihr an den Schuhen und Knöcheln hinauffloß, über ihre Knie und Schenkel zwischen ihre Beine strömte und direkt bis tief in sie hinein, der tief in sie eintauchte und wieder und wieder tief hineintauchte und

dann beim Zurückweichen an der winzigen geheimen Narbe vorbeistrich, sich dann weiter nach oben wandte, über ihre Hüftknochen und ihren Bauchnabel an den Konturen ihres Rückens und Magens entlang, bis er hilflos in der tiefen Einbuchtung zwischen ihren Brüsten vor ihrem Brustkorb hängenblieb, doch dann davon weg- und hinauf- und darüber hinwegströmte, der die Handflächen meiner Phantasie ihre Brustwarzen streifen ließ und dann weiterzog, hinauf zu den zarten Knochen ihres Halses, hinaus zu den Schultern und um sie herum und die Arme hinunter bis zu den Fingern, die das Messer gehalten hatten. Bis zu den Fingerspitzen. Zu den hübschen, sauberen, gepflegten Fingernägeln. Um dann in einem Schwung wieder die Arme hinaufzugleiten, ihr Kinn und ihren Kiefer zu umfassen, tief in ihren Mund vorzustoßen, an ihrer rosafarbenen Zunge vorbei, die mich ihrerseits schon berührt hatte, und mich dann aus ihrem Mund zurückzuziehen und den hell leuchtenden Dunstfilm meines Verlangens langsam über ihre Wangenknochen und Augen gleiten zu lassen – während ihre Augen blinzeln, die Wimpern mich sanft streicheln –, um dann hinauf an der Stirn vorbei und wie Finger durch die süße volle Länge des blonden Haares zu streifen, und dann weiter hinan, auf daß mein Verlangen nach ihr für immer auf und davon fließe, sie auf ewig gehen ließe. Das war es, was ich tat, während ich sie dort ansah. Sie würde mir fehlen. Wenn ich einmal ein alter Mann war, dann würde diese Frau mir fehlen.
»Ich habe etwas, das ich dir zeigen will«, sagte sie.
Es war eine dieser Hochglanzbroschüren, wie sie die Immobilienmakler in den besseren Wohngegenden drucken ließen. »Ich hab's mir gerade im Taxi angeschaut.« Sie klappte die Broschüre auf. »Schau dir das mal an.« Es war ein Farbfoto von einem großen weißen Haus mit einem ausgedehnten Rasen, einer Menge Fenster, Veranden, Dachtraufen, Giebeln. Es sah wie eine Yacht aus, vielleicht auch wie ein Hochzeitskuchen. »Charlie gefällt das bestimmt«, bemerkte sie. »Der Makler sagt, es sind bloß sieben Minuten zu Fuß bis zum Bahnhof.«
Sie fuhr fort, das Foto zu studieren, und als ich zu ihrem Gesicht auf-

blickte, sah ich, daß die Zeit rings um ihre Augen Fuß zu fassen begann. Ich war nicht wirklich überzeugt davon, daß sie in einem großen weißen Haus zur Ruhe kommen wollte oder daß sie sich wirklich ein Leben mit Charlie wünschte. Ich glaube, daß die Vorstellung von diesen Dingen eine Art Vergessenheit darstellte, in die sie sich für eine Weile verlieren konnte. Aber Gelüste kehren stets zurück, und wenn es irgend etwas gab, das ich an Caroline Crowley wirklich verstand, so dies, daß ihre Gelüste sie auch weiterhin von dem, was es noch an wohlbehüteten weißen Häusern in dieser Gesellschaft gibt, hinwegtragen und nicht dorthin führen würden. Andererseits begriff ich nun, wie inständig sie sich wohl nach einem neuen Leben sehnte; hier war es, direkt vor ihr, und ich konnte sehen, daß es fast so nahe war, daß sie meinte, es berühren zu können, und daß sie vielleicht wirklich glaubte, ihre lange, sonderbare Reise sei vorbei. Sicherlich ist es nicht zeitgemäß für eine junge Frau, vollständig von der Unterstützung eines Mannes abhängig zu sein, und für eine Frau, wie meine es ist, der eine erstklassige Ausbildung zugute kommt, schmeckt die Vorstellung einer solchen Abhängigkeit verständlicherweise nach einer Art von existentiellem Tod. Doch falls Caroline einen Wunsch nach einer Karriere oder generell nach Arbeit hegen sollte, so war dieser einem weit tiefer sitzenden Trieb untergeordnet, nämlich, sich einem neuen Leben auszuliefern, das mit dem, das sie lange geführt hatte, nichts zu tun hatte, einem Leben, in dem sie vielleicht zum erstenmal in Sicherheit sein mochte – vor anderen und vor sich selbst.

»Ich habe auch ein paar Sachen, die ich dir zeigen will«, sagte ich.

»Ach wirklich? Sind die so interessant wie das, was ich dir gezeigt habe?«

»Schwer zu sagen.«

»Laß mal sehen.«

Ich fuhr mit der Hand in die Hosentasche, griff nach dem Jadefragment. Ich hätte genausogut an diesem Punkt einhalten können, einfach erklären, ich hätte bloß einen Witz gemacht, und alles hätte sich einfach zerstreut. Ich legte das Jadestück auf den Tisch. Die Ohren

waren abgebrochen, aber die Augen und der Mund waren noch unversehrt.
Sie runzelte die Stirn, griff dann nach dem Stück. »Es ist sehr schön«, sagte sie. »Was ist das denn? Ich meine, woher stammt es?«
Ich betrachtete dieses bezaubernde Gesicht, diese blauen Augen, diese Maske, und hatte das Gefühl, daß ich sie nie gekannt hatte und auch nie kennen würde.
Ich flüsterte: »Lüg mich jetzt nicht an, Caroline.«
Sie schlug die Augen nieder, wandte den Blick ab.
»Es war ein Geschenk«, sagte ich. »An dich, meine ich.«
»Ja.«
»Von Hobbs.«
»Ja.«
»Sehr wertvoll.«
»Wahrscheinlich. Es war schon lange in seinem Besitz.«
»Simon hat es rausgefunden und wurde total sauer.«
»Ja. Das hab' ich dir schon erzählt.«
»Du wolltest Simon einfach nicht die Geschichte erzählen, die du Hobbs erzählt hast, weil das etwas war, das du ihm vorenthalten konntest, etwas, das nur dir gehört hat.«
»Ja.« Sie nickte. »Wir haben gestern abend darüber geredet, Porter.«
»Er hat es in dem Haus an der Elften Straße nach dir geworfen, und es ist gegen die Wand des Aufzugs geknallt, aber du hast dir nicht die Mühe gemacht, dieses Stück hier aufzuheben.«
Jetzt blickte sie mir direkt ins Gesicht, und in ihren Augen war alles zu lesen: Furcht, Haß, Verwunderung und sogar so etwas wie Liebe, denke ich, wohl, weil ich sie endlich durchschaute. »Ja«, sagte sie.
Ich hielt ihrem Blick stand, ohne etwas zu sagen. Dann widmete ich meine ganze Aufmerksamkeit meinem Omelett, schob kleine grüne Zwiebelstücke auf meine Gabel. Um uns herum war das Kratzen von Besteck auf Porzellan zu hören, das Gerede und das Gesellschaftsleben, die große Bühnenszenerie des Lebens von Manhattan.
»Porter?«

Ich blickte auf. Dann schob ich den Schlüssel über den Tisch.
Sie starrte ihn an. »Ein Schlüssel?«
»Der Schlüssel.«
Sie starrte mir offen ins Gesicht. Blaue Augen. Dann berührte sie ihn mit einem Fingernagel, nahm ihn spitz zwischen Zeigefinger und Daumen, hob ihn auf.
»Hobbs hat mir diesen Schlüssel zurückgegeben«, erklärte ich. »Seine Männer hatten –«
»Ich weiß, ich weiß.«
Die Kellnerin brachte mir ein Glas Tomatensaft.
»Hast du gewußt, daß es ein Videoband gab?« fragte ich schließlich.
Sie nahm einen Happen Rührei zu sich. »Wovon?«
»Er hat eine kleine Kamera in die Schalttafel des Fahrstuhls eingebaut. Das Objektiv selbst war hinter der Etagenanzeige verborgen.«
Sie stand ganz kurz davor, sich auf alles einen Reim zu machen.
»Im siebten Geschoß des Gebäudes hielt der Fahrstuhl an, und bei offener Tür zielte das Objektiv direkt auf den angrenzenden Raum. Das war der Raum, in dem –«
»Was willst du damit sagen?«
»Die ganze Bandaufzeichnung ist da, Caroline, die ganze Sache.« Ich beugte mich vor, damit die Leute um uns herum es nicht mitbekamen. »Sekunde für Sekunde. Der Streit, das Messer, der Schlüssel.«
Sie nickte, diesmal nachdrücklicher.
»Ich vermute, daß er seinen Vater wegen der Verkabelung gefragt hat, es war ja ein alter Aufzug.«
»Ich verstehe.«
»Ich glaube, das Ganze war bloß Theater, was Simon anging. Um zu sehen, was er auf das Band draufkriegen würde.«
»Er hat mich reingelegt.«
Ich schaute sie an. »Meinst du das wirklich?«
Sie antwortete nicht. Es gab keine Antwort.
»Es gibt das Originalband«, sagte ich, »und jetzt auch eine Kopie. Das Original ist an einem Ort, von dem du nichts weißt, und die Kopie ist hier.« Ich ließ meine Hand unter den Tisch gleiten. Ihre Augen folg-

ten wachsam. Ich legte das Video auf den Tisch und schob es zu ihr hinüber. »Hier, das ist deins. Du kannst es dir zu Hause anschauen, wo dich keiner stört.«
Carolines Finger berührten das Viodeoband.
»Das alles ist eine Überraschung«, sagte ich.
»Für mich war's auch eine Überraschung.«
»Also, was ist nun mit der Geschichte?« fragte ich.
»Was?«
»Die Geschichte, die Simon unbedingt wissen wollte.«
»Ach, das ist bloß eine Geschichte, die ich Hobbs erzählt habe. Über damals, als ich noch klein war.«
»Warum?«
»Er wollte es wissen.«
»Versteh ich nicht.«
Sie verzog ihr Gesicht. »Er hat mich einfach verstanden – es war wirklich ganz seltsam. Wie niemand je zuvor. Das war's ja, was Simon so gehaßt hat. Du hast doch das Video gesehen, du hast gesehen, wie es ihn zur Weißglut gebracht hat.« Sie blickte zum Fenster hinaus auf die Leute, die vorbeigingen, und ich spürte, wie unsere ganze Affäre jetzt von mir abzufallen begann; es war eine Sache von einer halben Stunde, vielleicht noch weniger. »Ich weiß nicht – es ist wirklich keine große Geschichte. Er wollte einfach wissen, was mich stark gemacht hat, und ich erzählte ihm dann von damals, als ich ein kleines Mädchen war.« Sie habe sich nach einem Pferd gesehnt, sagte sie, doch Ron sei nicht daran interessiert gewesen, ihr eins zu schenken, und ihre Mutter habe nicht die Kraft gehabt, sich für ihre Tochter ins Zeug zu legen. Sie führten nämlich eine von diesen verheerenden Ehen, erzählte Caroline, die wie ein einziges Gewebe aus Haß sind. Ron war obendrein in seiner Fixierung auf Jackie Onassis schon weit fortgeschritten und hatte eine beträchtliche Sammlung von Büchern und Zeitschriftenartikeln über sie zusammengetragen. Es gab sogar einen kleinen Sammlermarkt für Jackie-Andenken, und er war ein eifriger Käufer und versprach seiner Frau ständig, das Zeug werde eines Tages eine Menge Geld wert sein. Wenn sie protestierte, schlug

er sie manchmal. Aber da gab es noch mehr Dinge, die eine Rolle spielten: Alkohol, ein marodes Transportunternehmen, ein blutendes Magengeschwür. Es war durchaus möglich, daß der Mann im stillen bereits den schmalen Grat zum Wahnsinn überschritten hatte. Und dennoch belagerte die zehnjährige Caroline Ron mit ihrem Wunsch nach einem Pferd, das sie so gern zu ihrem Geburtstag im Februar gehabt hätte. Er schlug sie ein paarmal, aber das meinte er nicht wirklich ernst, fand sie, nicht im Vergleich zu dem, was er ihrem jüngeren Bruder im Sommer zuvor angetan hatte – den er einfach vom Motorboot warf, so daß er sich überschlug, bevor er bei einer Geschwindigkeit von fast fünfzig Stundenkilometern auf das Wasser prallte und sich einen Arm brach. Ein Pferd, sie wollte ein Pferd haben. Jeden Tag bat sie darum. Also sagte Ron eines kalten Februarmorgens zu ihr, steig in den Kombiwagen, wir machen eine kleine Tour. Sie fuhren schweigend über die gefrorene Prärie von Dakota, ein resignierter Mann in den Vierzigern, in einem alten schwarzen Mantel, der bis unter seine Knie reichte, und ein kleines blondes Mädchen, dessen Anblick bereits beunruhigend war, und achtzig Kilometer und vierzig Minuten später fuhren sie auf eine Koppel zu, mit einer halbzerfallenen Scheune mitten im Niemandsland, und Ron stieg aus, schlug die Wagentür zu und stapfte knirschend durch den Schnee. Sie folgte, zog ihren Kopf unter dem Balken eines Zauns ein und blieb der schwarzen massiven Gestalt im Schnee vor ihr so gut es ging auf den Fersen. Es gab Hufspuren und gefrorene Pferdeäpfel auf dem Boden, und sie sah ein Stück weiter seitlich eine alte Mähre, die ihre Beine hob und versuchte, sich warmzuhalten. Das war ein gutes Zeichen, dachte sie, doch wo war ihr Pferd? Der Gaul war zu alt und heruntergekommen, als daß noch irgend jemand das Tier hätte reiten können, und litt zudem an einer Krankheit, die den Hufen zusetzte, und dennoch ging Ron auf die Mähre zu, und so folgte sie ihm und holte ihn ein, als er bei dem Pferd ankam, das vor Kälte so sehr zitterte, daß es sich kaum bewegen konnte. Sie standen eine Weile da. Sie begriff nicht. »Glückwunsch zum Geburtstag, Caroline«, sagte Ron. »Da ist dein Pferd.« Dann zog er eine große alte Pistole aus seinem Mantel, spannte den Hahn und schoß dem Pferd in den Kopf. Und dann nochmal, bevor die Stute fiel. Caroline sprang zurück, als der Körper auf dem Boden aufschlug und sich Blut über das gefrorene Gras ergoß.

»Das ist alles«, sagte Caroline nun zu mir. »Das war die Geschichte.« Ihre Augen waren klar; sie war über die Sache hinaus.

»War es das, was Simon wissen wollte?«

»Er hatte mir schon alles andere weggenommen, Porter. Ich hatte ihm alle meine Geschichten erzählt.«

»Du hast ihn wegen einer Geschichte getötet?«

»So sehe ich es eigentlich nicht.«

»Es ist alles auf dem Band da drauf.«

Die Kellnerin brachte mir die Rechnung, und ich bezahlte bar. Es würde nie einen Beleg zu unserem Frühstück geben.

Sie spielte mit ihrem Löffel. »Warum hast du danach gesucht?«

»Ich glaube, du hast es von mir erwartet, Caroline.«

Sie schwieg.

»Du wolltest es irgendwem erzählen.« Ihr Kopf war gesenkt; der Scheitel in ihrem Haar war makellos. »Manchmal passieren Dinge, und die Menschen müssen es irgend jemandem erzählen. Du warst in Wirklichkeit nie darauf angewiesen, daß ich das Hobbs-Video finde. Du wußtest, wo es war. Im Prinzip. Es galt nur herauszufinden, daß aus Simons Nachlaß für eine seltsame Geschichte Geld überwiesen wurde. Ganz bestimmt hast du mich nicht für Sex gebraucht. Du hast mich für etwas anderes gebraucht, Caroline, und zum Teufel mit mir, daß ich es nicht von Anfang an begriffen habe. Herrgott, Caroline, du hattest doch bloß das Bedürfnis, irgendeinem Menschen davon zu erzählen, bevor du Charlie heiratest.«

Als sie aufblickte, waren Tränen in ihren Augen. Ich glaubte ihnen nicht.

»Ich will nichts mehr damit zu tun haben, verstehst du das?« sagte ich zu ihr.

Sie nickte.

»Ich habe ein gewisses – ich hatte ein gewisses Gefühl ... aber jetzt kann ich das nicht mehr tun. Du hast dir nie etwas aus mir gemacht, sondern bloß erkannt, daß ich dir nützlich sein könnte. Du konntest mich hineinziehen und dann die Geschichte langsam, Stück für Stück, preisgeben. Hobbs war bloß ein Teil des Ganzen.«

Sie holte eine normale Zigarette aus ihrer Handtasche.

»Miss«, sagte ein Kellner im Vorbeigehen. »Rauchen ist nicht erlaubt. Die haben doch das neue Gesetz gemacht.«

»Ja, ja«, erwiderte sie gereizt und fuchtelte mit der Hand durch die Luft. »Ich konnte es Charlie nicht erzählen, weißt du, und wenn ich ihn heiraten würde, ohne vorher klar Schiff zu machen ...« Sie brauchte den Satz nicht zu beenden. Ich begriff, daß Charlie sie umgehend verlassen würde, falls er von solch einer Angelegenheit je Wind bekam; nicht nur würde er sie zu Recht verabscheuen, weil sie es ihm nicht gesagt hatte, sondern er würde auch befürchten, daß ihre Vergangenheit seine Karriere irgendwie beschmutzen könnte, und wenn es irgend etwas gab, das er in Schutz nahm, so war es sein Berufsweg. Und sobald sie mit Charlie die Ehe einging und seinen Namen übernahm, wurden ihre Probleme auch zu seinen. Die Tatsache, daß Hobbs' Konzern einen Teil seiner Finanzierung durch Charlies Bank erhielt, bedeutete, so sagte sich Caroline, daß Hobbs Charlie aus dem Kundenkreis streichen, ja vielleicht sogar um seinen Job bringen konnte. Nun wurde mir klar, warum sie Charlie gewählt hatte. Hier war der vollkommene Mann, vollkommen in seiner gefälligen Leere, seiner verläßlichen Milde.

»Wie konntest du dann zu der Party gehen, die Hobbs veranstaltet hat?«

»Ich ging hin, weil ich die Chance haben wollte, noch einmal mit ihm zu reden, ihm zu schwören, daß ich das Videoband nicht hatte. Daß Simon irgend etwas damit angestellt haben mußte ... aber ich kam nicht an ihn heran. Da waren alle diese Leute um ihn herum. Lauter Leute, die mit ihm reden sollten und so. Ich stand bei Charlie, hab aber ständig aufgepaßt ... also, ich sah, wie du Hobbs vorgestellt wurdest, ich sah, wie sie dich holten und zu ihm brachten ... Ich habe dich wegen des Fotos erkannt.«

Bei ihrem Blick quer durch den Raum, gestand mir Caroline, hätte sie einen Typen wahrgenommen, der im Leben anderer Leute herumschnüffelte, doch das letzte, was sie wollte, war, einen Zeitungsbericht über die von Hobbs begehrte Videokassette heraufzubeschwören. Wenn sie mich zu dem Versuch bewegen wollte, das Hobbs-Video aufzuspüren, dann war es unerläßlich, daß ich selbst den Wunsch dazu verspürte. Dies alles war ihr bereits bewußt, als sie aufblickte und mich zu ihr herüberschauen sah. Daraufhin hatte sie sich bei Charlie und seiner kleinen Gruppe von Managern entschuldigt und war auf mich zugekommen. Schon innerhalb der ersten ein oder zwei Minuten unseres Gesprächs wußte sie, daß sie mit mir schlafen konnte, wenn sie es nur wollte. Sie mochte ja kolossale Fehler begangen haben, aber wie man sich einen Mann angelt, wußte sie. Vielleicht, räumte sie ein, vielleicht fühlte sie sich ja auch von mir angezogen. Nicht, daß das ihre Absicht gewesen wäre. Ihr gefiel die Art und Weise, wie ich bei jener ersten Unterhaltung pariert hatte, hart konterte, auch wenn ich bereits im Begriff war, vollkommen den Kopf zu verlieren, soweit ich ihn noch besaß. Ihr gefiel auch die Tatsache, daß ich verheiratet war; das gab ihr ein zusätzliches Maß an Kontrolle.

Unsere Kellnerin brachte noch Kaffee.

»Du willst wissen, ob ich eine Kopie dieses Videos der Polizei übergebe.«

Sie schaute mich mit vor Angst geweiteten Augen an. »Ja«, flüsterte sie.

»Hier ist meine Antwort. Wenn meine Frau auf irgendeine Weise von dir erfährt, was zwischen uns beiden vorgefallen ist, dann kriegt die Polizei das Video. Gott allein weiß, was die dann daraus machen. Hast du Simon ermordet? Das ist eine knifflige Frage. Ohne Zweifel hat er dich bedroht. War es Notwehr? Sehr knifflig. Das ist sehr schwierig, würde ich meinen. Du hättest einfach in diesen Fahrstuhl steigen und versuchen können, wegzulaufen. Du hättest dich weigern können, ihn zu töten –«

»Er wollte mich aber töten.«

»Nein, das stimmt nicht. Er wollte eine Szene drehen. Eine kranke

Szene. Er hätte sich nicht erst die Mühe gemacht, die Kamera hinter den Liftknöpfen zu verstecken, er hätte nicht …«

»Ich schwöre, daß er genau in dem Moment im Begriff war, mich zu töten.«

»Schau dir das Band an, Caroline. Er nimmt den Revolver wieder runter. Es gibt eine lange Pause. Dann stichst du auf ihn ein. Es ist da, auf Band.«

»Nein, das ist nicht …«

Mit einem Mal war ich meiner selbst sehr überdrüssig. »Good-bye, Caroline.«

Ich erhob mich und legte ein paar Geldscheine als Trinkgeld auf den Tisch.

»Geh nicht einfach so. Sag was zu mir.«

Ich schaute sie an, und mir wurde klar, daß ihr in Wirklichkeit nichts an dem lag, was ich dachte, sondern lediglich daran, daß sie, sobald ich aufbrach, wieder mit sich selbst alleine sein würde, wie sie es schon immer gewesen war. Ich beugte mich herab und küßte sie sanft auf die Wange. »Laß es dir gutgehn«, sagte ich zu ihr. »So gut du kannst.«

Und dann ging ich, schob mich an den übrigen Gästen vorbei, ohne mich umzudrehen, froh, wegzukommen, bereit, wieder auf die Straße zu gelangen, bereit, mein Leben wieder aufzunehmen. Ich mußte eine Kolumne schreiben, über das Fellows-Video. An der Tür hatte ich den Gedanken, noch einmal zurückzublicken, und verspürte sogar den Wunsch, noch ein letztes Mal Caroline zu sehen, aber ich ließ es bleiben, und als ich um die Ecke gegangen war, sagte ich mir, daß ich mich schon viel besser fühlte.

Am abscheulichsten ist die ganze Sache, das, was ich gewesen bin und was ich jetzt bin, wenn ich mit meiner Frau und den Kindern zusammen bin. Wenn sie am Strand spielen, wenn wir gemeinsam zu Abend essen. Während ich Tommys Narbe berühre. Ich könnte meiner Frau die Affäre mit Caroline erzählen, und sie würde mir, glaube ich, mit der Zeit verzeihen. Sie hat ein echtes und wahrhaftes Herz. Doch wenn sie an irgend etwas glaubt, dann an die Familie, und wie bei einer einmal reparierten Teetasse würde die Bruchstelle immer zu sehen, immer da sein. Vielleicht bin ich einfach nur ein Feigling. Aber ich möchte meine Schuld lieber ganz mir selbst aufladen, als meine Frau dazu zwingen, sich mit der Sache auseinanderzusetzen.

Ich habe mich bemüht, Geschick bei der ganzen Angelegenheit zu entwickeln und herauszufinden, was an der Vereinbarung, die Caroline und ich getroffen haben, schieflaufen könnte. Wir haben beide eine Trumpfkarte in der Hand. Wir könnten beide das Leben des anderen zerstören. Ich habe mich gefragt, ob ich damit, daß ich Caroline nicht angezeigt habe, die Menschen betrüge, die Simon Crowley einst geliebt haben und ihn auch jetzt noch lieben. Es ist eine schwierige Frage. Mrs. Segal hatte ihn geliebt, wie es nur eine Ersatzmutter tun konnte. Sie litt noch immer unter seinem Tod und würde bis zu ihrem eigenen Tod darunter leiden, aber ich vermutete, vielleicht aus Bequemlichkeit, daß der Tatbestand seines Todes sie angesichts seiner Lebensweise wohl nicht allzusehr überrascht hatte. Was wäre gewonnen, wenn sie erfuhr, daß Simon von seiner eigenen Frau getötet worden war? Sie schien alt genug zu sein, um allen Kummer mit der schwereren Bürde, ein Mensch zu sein, verschmelzen zu lassen, und ich zweifelte daran, daß das Wissen einen großen Einfluß auf ihre Trauer gehabt hätte, die bereits für sich genommen vollständig war.

Was Simons Vater betrifft, so habe ich keine Antwort. Der Mann, dem ich begegnete, siechte bereits dahin; was hätte der Versuch, ihm die ganze Sache zu erklären, wohl an Gutem bewirken können? Er hatte sich abgemüht, diesen einen Hinweis auf die Todesumstände seines Sohnes beizusteuern – gebührt ihm Anerkennung dafür? Oder sollte man ihn lieber in Ruhe lassen? Er kann jederzeit sterben, heute oder morgen oder nächste Woche – es wird eine Erlösung sein, wenn nicht für ihn, so doch für mich.

Und während ich dies alles noch einmal überdenke, wird mir klar, daß ich mich nicht darauf festlegen kann, wo die Geschichte anfängt oder wirklich endet. Ist es Simons Geschichte? Wie ein Junge ein genialer Filmemacher wurde, der dann zu einer Leiche wurde? Ist es die Geschichte über das, was sich zugetragen hat, weil ein koreanischer Geschäftsmann einen alten jüdischen Rechtsanwalt und seine Frau in Queens auf die Anklagebank brachte? Ist es die Geschichte einer auf Hände spezialisierten Chirurgin, die eigens daran dachte, einen Smoking in den Wagen ihres Mannes zu legen, damit er zu einem Geschäftsempfang gehen konnte? Die Geschichte eines etwas minderbemittelten Jungen aus Bay Ridge, Brooklyn, der aufwuchs, um für eine »Sicherheitsfirma« zu arbeiten, und der, weil er durch den Bizeps eines achtzehn Monate alten Jungen, des Sohnes der Handchirurgin, eine Kugel gejagt hatte, drei Wochen später – wie ich nach einiger Zeit erfuhr – von der Polizei eine Treppe hinuntergestoßen wurde, wodurch er sich beide Arme brach und mehrere Zähne verlor? (Was für ein seltsam elendes Gefühl mir das vermittelte.) Oder ist es die Geschichte von Officer Fellows' Witwe, die auf den Anruf der Kriminalbeamten hin, sie hätten den Mann gefaßt, der ihren Ehemann umgebracht hatte, in der Küche stand und weinte? Ich weiß davon, weil ich eine Kolumne darüber geschrieben habe. Oder ist es letztlich die Geschichte eines alternden, überaus dicken Milliardärs, der eines Nachts in einem Hotelzimmer in New York City einer hinreißend schönen Frau sein Herz ausschüttete und dies später bereuen sollte? Nach den Worten jenes alten trunksüchtigen Reporters, den ich einst kannte, ist alles eine einzige große Geschichte, und vermutlich ist es auch so, doch die Folge der Ereignisse, die mich nicht losläßt, betrifft natürlich Caroline, und nachdem ich sie der Reihe nach rekonstruiert habe, bleibt sie mir nach wie vor ein Rätsel. Wie nur, frage ich mich, wird aus dem kleinen Mädchen, das auf einem Feld in South Dakota über einem toten Pferd steht, das junge Mädchen, das von Merk vergewaltigt wird, dann die junge Frau, die in einem Gebäude, kurz bevor es abgerissen wird, mit einem Schlüssel in der Hand mit dem Fahrstuhl nach unten fährt, und schließlich die gepflegt gekleidete Begleiterin eines Bankmanagers in einem Flugzeug nach China? Die gleiche Frage könnte man natürlich auch bei mir stellen, und obwohl mein Leben vergleichsweise undramatisch verläuft, muß ich mich doch einfach darüber wundern, wie der ruhige Junge, der einst in dem dunklen Loch eines zugefrorenen Sees fischte, fünfundzwanzig Jahre später zu dem Mann wurde, der in einem Lokal in Manhattan einer Mörderin einen Abschiedskuß gab – zu dem Mann, der sie ungestraft davonkommen ließ. Caroline und ich wirbelten mit wahnwitziger Hektik durch das Leben des jeweils anderen, mit – wie Hal Fitzgerald es ausdrücken würde – unkontrollierter Geschwindigkeit. Warum habe ich Caroline nicht hinter Schloß und Riegel gebracht? Es liegt nicht etwa daran, daß sie mir am Herzen liegt, letzten Endes nicht. Es liegt daran, daß ich die Vorstellung nicht ertragen kann, sie im Gefängnis zu wissen. Doch wie auch immer – das Viodeoband hebe ich jedenfalls im Safe einer unauffälligen New Yorker Bank auf. Ich habe die Bank angewiesen, nicht jährlich mit mir abzurechnen, statt dessen habe ich auf einen Schlag für die Vorauszahlung der nächsten vierzig Jahre gesorgt. Die Bankangestellte fand das merkwürdig, aber ich wies darauf hin, daß ich der Bank de facto eine erhebliche Summe Geld zinslos zur Verfügung stellte, und diese Bemerkung fanden die Leute dann überzeugend. Und so liegt nun die Videoaufzeichnung von Caroline Crowleys Mord an ihrem Mann Simon in der East 11th Street Nummer 537 in der Zweigstelle der Greater New York Savings Bank an der Seventh Avenue in Brooklyn, die ich nicht etwa deshalb ausgesucht habe, weil sich meine Konten dort befinden, sondern weil ich sie *nicht* dort habe und weil ich zufällig während der Recherchen für eine Story darauf stieß, daß es eine eben erst aus der Taufe gehobene Bank war und daß man sie daher wohl kaum in Kürze wieder abreißen oder verkaufen würde; zwei Plastikspulen, die eine mit einem Videoband umwickelt, beide in einem schwarzen Plastikbehälter, die eine Seite in Simon Crowleys Handschrift mit BAND 78 (WIEDERBENUTZT) markiert, die Kassette selbst eingewickelt in die Plastiktüte eines koreanischen Lebensmittelladens, das gesamte Päckchen innerhalb eines engen Raumes aus Metall. Und wo ist der Safeschlüssel? Wo hab ich *den* nur hingetan? Ich mußte darüber ziemlich gründlich nachdenken. Er ist klein – vielleicht zwei, drei Zentimeter lang, drei Millimeter dick und aus

Messing hergestellt. Ich mußte in der Lage sein, ihn eines Tages wieder herbeizuschaffen, vielleicht schleunigst herbeizuschaffen. Aber ich wollte ihn nicht im Hause haben; nicht nur mochten Lisa oder eines der Kinder ihn entdecken, sondern es hätte auch etwas Obszönes an sich gehabt, ihn dort aufzubewahren. Doch wohin nur damit? überlegte ich. (Wo hat denn Caroline *ihren* Schlüssel hingetan?) Nicht in noch einen Banksafe natürlich; das führt nur zu einem weiteren Schlüssel. Und nicht im Büro; er könnte gestohlen werden, oder, was wahrscheinlicher war, ich konnte ihn verlieren. Ich überlegte, ihn draußen im Garten des Hauses zu vergraben, vielleicht mit einem Kupferdraht verbunden oder so etwas; aber wiederum konnte ich den Gedanken nicht ertragen, meine Kinder im Gras darüber spielen zu sehen. Nein, der Garten lag zu nahe. Ich erwog es, den Schlüssel irgendwo in Manhattan, vielleicht unter einem Felsen im Central Park, zu verbergen, aber dieser Plan sagte mir genausowenig zu. Die Insel Manhattan wird täglich von einer wahren Menschenflut überspült; alles und jedes kann passieren und passiert auch tatsächlich.

Erst durch Zufall kam ich auf die Lösung, was mit dem Schlüssel zu tun war. Eines Samstags überprüfte ich das Tor am Ende des Tunnels, und mir fiel nicht nur auf, daß es frische Farbe nötig hatte, sondern auch, daß der Schlüssel möglicherweise in einen schmalen Spalt zwischen zwei angelöteten Stangen in der Nähe der unteren Scharniere passen könnte. Ich holte den Schlüssel und probierte es aus. Er ließ sich perfekt zwischen die Stangen klemmen. Wirklich *perfekt!* Fast so, als hätte der alte Eisenschmied gewußt, daß ich eines Tages solch eine schmale Stelle benötigen würde. Von jeder Perspektive aus war der Schlüssel unsichtbar. Fünf- bis sechsmal schloß ich mit Schwung das Tor. Der Schlüssel blieb stecken. Dann knallte ich das Tor zu, so fest ich konnte. Der Schlüssel regte sich nicht. Ich sagte Lisa, ich ginge eben zum Eisenwarengeschäft, und dort kaufte ich dann einen Liter dicken, glänzenden schwarzen Lack, Marke Rust-Oleum, und strich anschließend das gesamte Tor, direkt über den Schlüssel hinweg. Sobald die Farbe trocken war, pinselte ich erneut dick über den Schlüssel, so daß er nun selbst bei einer – eher unwahrscheinlichen – genauen Inspektion wie ein Teil des Tores erscheinen würde, eine kleine Unebenheit aus Metall, Farbe und Rost. Ich schaue von Zeit zu Zeit nach; jedesmal ist er noch an Ort und Stelle. Er ist zu einem Teil der Vorrichtung geworden, die die Welt fernhält oder vielmehr mich in meiner Welt bewahrt.

Wenn alles wie geplant läuft, dann werde ich zu irgendeinem Zeitpunkt in ferner Zukunft, vielleicht, wenn ich über fünfzig oder sechzig bin, die Videokassette wieder hervorholen und vernichten. Es wird interessant sein, herauszufinden, ob ich mir das Band dann noch einmal anschauen will, vorausgesetzt, ich bin dann in der Lage, einen mittlerweile sicher veralteten Videorekorder aufzutreiben. Ich werde mich dann gefragt haben, ob Caroline ihre Kopie wohl aufgehoben hat, und wo, und ob sie das Band jemals oder auch mehrere Male betrachtet hat oder es je irgendeinem Menschen gezeigt hat; das sind Fragen, die aller Voraussicht nach nicht zu beantworten sein werden. Viele andere Dinge werden in Zukunft geschehen, und einige davon werden nicht gut sein. Natürlich wird es einmal soweit sein, daß meine Familie unser kleines verborgenes Apfelbaumhaus verläßt. Wir werden umziehen, und unser Bett wird man auseinandernehmen, und die Umzugsleute werden die Matratze und den Untersatz die Stufen hinuntertragen. Die Fotos auf dem Kaminsims und die Sachen der Kinder werden dann weggepackt sein, zusammen mit den Eßzimmerstühlen und allem übrigen. Ich habe einen Horror vor diesem Tag, denn das bedeutet dann entweder, daß uns eine Katastrophe heimgesucht hat, oder daß viel Zeit, *unsere Zeit,* vergangen ist. Das Haus wird wieder leer sein, von neuem ruhig, bis jemand anderer dort steht und die Fenster und Wände und Böden mustert und dabei vielleicht die Überlegung anstellt, daß es für die letzten Bewohner, meine Frau und meine Kinder und mich, nur eine Durchgangsstation war.

Nur eine Durchgangsstation. Diese Worte hätten eigentlich mein Schlußstrich unter dieser Angelegenheit sein sollen. Ich schrieb sie vor ein paar Monaten nieder, als ich mir sicher war, daß die Sache in meinem Herzen zur Ruhe gekommen war. Doch dem war nicht so. Und so folgt hier nun meine letzte Beichte, nicht so schlimm wie die anderen zuvor, aber wohl doch bezeichnend, fürchte ich, für eine grundlegende Schwäche in meinem Charakter, eine verkommene Sentimentalität, eine Unfähigkeit, Dinge ihr Ende finden zu lassen.

Es war erst kürzlich im September, und die Story, an der ich gerade arbeitete, handelte von einem zwar traurigen, aber dennoch uninteressanten dreifachen Mord in Spanish Harlem. Es war ein Überfall zweier Kerle mit Knarren auf ein Feinkostgeschäft. Das Besondere daran wurde von einer alten Frau bezeugt, die sich auf den Boden geworfen hatte: Einer der bewaffneten Männer feuerte, nachdem er die Kasse geleert und den Ladenbesitzer hingerichtet hatte, auf die Glastür des Geschäfts, weil er glaubte, die Polizei sei im Anmarsch. Dem war nicht so – er hatte sein eigenes Spiegelbild gesehen. Statt dessen traf er seinen Komplizen – seinen Bruder – und tötete ihn auf der Stelle. Der Täter sah voller Entsetzen seinen Bruder sterben, richtete dann die Mündung der halbautomatischen Waffe auf sein eigenes Herz und drückte ab. Am nächsten Morgen erreichte ich ein gutes Interview mit der Großmutter, die sich Schallplatten von Tito Puente anhörte, Wellensittiche hielt und an die beiden Männer als kleine Jungen zurückdachte. Die Kolumne war am Nachmittag fällig, und als ich mit runtergekurbeltem Fenster die Fifth Avenue wieder zurückfuhr, kam ich an der grün und weiß gestreiften Markise in der Sechsundsechzigsten Straße vorbei. Die Erinnerung an Caroline stieg mit erbarmungsloser Deutlichkeit wieder in mir auf. Ich sehnte mich mit törichter Verzweiflung nach ihr. Der Verstand ist grausam in dieser Hinsicht. Ich parkte neben einem Hydranten und blieb im Auto sitzen. Nur von Zeit zu Zeit warf ich einen Blick in den Rückspiegel. Ich bezweifelte, daß Caroline noch in dem Gebäude wohnte; vermutlich war sie inzwischen mit Charlie verheiratet und längst aus der Innenstadt weggezogen. Ich griff nach dem neuen Mobiltelefon in meinem Wagen, und da ich mich an die Gegend mit dem dreistöckigen weißen Haus, dessen Foto mir Caroline gezeigt hatte, erinnerte, rief ich die Auskunft an und erkundigte mich nach ihr. Es gab keinen Eintrag für eine Caroline Crowley, aber es gab einen für Charlie und Caroline Forster, und ich erhielt die Adresse.

In weniger als einer Stunde war ich angekommen und ließ den Wagen durch die von Herbstlaub bedeckten Straßen rollen, hielt zweimal für Schulbusse an. Jedes Anwesen saß selbstbewußt auf seinem Grundstück; jedes war schön oder prächtig; gelegentlich fuhr ein Lieferwagen in Grün oder Rot vorbei, mit dem Namen irgendeines Handwerksbetriebs fein säuberlich auf die Seiten gemalt. Ich fand das Haus: Es war genauso wie auf dem Foto. Zwei Rotbuchen säumten links und rechts einen Wintergarten, eine Einfahrt zog sich auf einer Seite empor, der Rasen ein wunderbarer langer Grasteppich, der über vierzig Meter weit bis zur Straße reichte. Ich hielt an. Ein großer Wagen stand in der Einfahrt, aber ich konnte keinen Menschen entdecken. Natürlich würde ich nicht bis zu dem Haus hochfahren. Ich saß da und dachte, wie töricht ich doch war, wie dumm meine Sentimentalität, wie gefährlich meine Neugier. Der Wind fuhr durch das Laub der Buchen und schüttelte sie, ein Anblick, der Kindern sicher gefallen würde.

Ich weiß nicht, wie lange ich dort in Gedanken versunken saß. Die Geschichte ruhte ausladend und schwer in mir und würde immer dort bleiben. Doch das hatte ich schließlich mir selbst zu verdanken, sagte ich mir. Was für ein Arschloch war ich doch gewesen, daß ich Lisa nach ihrer Rückkehr mit den Kindern aus Kalifornien nicht die Wahrheit gesagt hatte, sondern die schlimme Zeit hinter einer Fassade von Kindern, Arbeit und Alltag verbarg und sie so nach unten, in den Bodensatz der Ehe, sinken ließ. An vielen Abenden hatte Lisa mich abwartend angeschaut, wann denn das Gespräch einsetzen würde, und einmal sah es sogar so aus, als wolle sie selbst davon anfangen, doch ich glaube, daß sie schließlich entschied, daß das, was jetzt in mir arbeitete, dunkel und häßlich sein mußte und deshalb besser

bliebe, wo es war. Auf diese Weise hat die Ehe, so wie es aussieht, Schaden genommen.
Der Wind begann nun stürmisch zu wehen, wirbelte Blätter in die Luft, und da ich plötzlich das Bedürfnis nach Bewegung verspürte und an die Rückfahrt und die heute noch fällige Kolumne dachte, ließ ich den Wagen langsam anrollen, und genau in dem Moment erfaßte mein Blick eine Gestalt bei den Rhododendronbüschen an der hinteren Ecke des Hauses – eine Frau, mit blondem, hochgestecktem Haar, die in Gartenkleidung, mit einem kleinen Spaten und einem Korb versehen, auf dem Boden kniete. Ich hätte sie beinahe übersehen. O Caroline. Sie war auf ihre Arbeit konzentriert und bemerkte das Auto nicht. Sie grub in der Erde, schob den Handspaten hinein und griff dann in ihren Korb. Ich konnte mir nur vorstellen, daß sie Blumenzwiebeln für das kommende Frühjahr pflanzte. Sie arbeitete ein paar Minuten lang, setzte sich dann zurück und wischte sich über die Augenbrauen. Ich konnte an ihrer Schulterhaltung ablesen, daß sie sich hier sicher und anonym fühlte. Wir erfahren mehr über andere Menschen, wenn sie nicht merken, daß wir sie beobachten. Genau das hatte Simon Crowley so gut erkannt. Welch verschlungene Pfade der Ironien; bei dem Versuch, seine Frau näher kennenzulernen, wirklich herauszufinden, wer sie im Grunde sein mochte, hatte Simon Crowley möglicherweise am besten dokumentiert, wer er selbst war. Es war sein letztes Werk, und er bekam es nicht einmal zu sehen. Nun zog sich gerade seine frühere Frau, die Frau, die ihn getötet hatte, sie, die ich ebenfalls auf meine eigene törichte Weise geliebt hatte, ihre Handschuhe wieder an und ging an ihre Arbeit zurück; ihre Bewegung setzte meine eigene frei, und während ich meinen linken Fuß vom Bremspedal nahm, die Räder zu rollen begannen, wünschte ich mir mit einem letzten süßen Schmerz, Caroline möge trotz ihres harten Herzens doch noch einen Versuch zur Wiedergutmachung unternehmen und ich selbst möge trotz meines Betruges an den Menschen, die ich am meisten liebe, mich ihrer Zuneigung dennoch wert erweisen. Ist wohl besser, dachte ich, wenn unsere jeweiligen Geständnisse ungehört bleiben, wenn sie mit dem

Zeitenlauf dahinschwinden. Es würde, wie ich wohl wußte, neue Fragen und Sorgen geben, andere Krisen des Herzens und der Hoffnung; früher oder später bringt das Leben uns allen in irgendeiner Form Leid. Mögen wir ihm stets gewachsen sein.

Aber vielleicht war dieser Gedanke nichts weiter als eine sentimentale Lüge. Vielleicht sind wir heute eine Gesellschaft von Mördern – von Mördern und Komplizen.

Danksagung

Ich fühle mich Michael Daly, dem Kolumnisten der *Daily News,* zu Dank verpflichtet, ebenso Peg Tyre und Paul Moses von *Newsday,* Karen Van Rosen, ehemals Bibliothekarin bei *Newsday,* und Mark Lasswell; Kristin Juska und Pat Friedman, den Verfassern des Schreibens auf Seite 81; Rahul Mehta, Nora Krug und Hilary Davidson; meinen Kollegen Susan Burton, Clara Jeffery und Ben Metcalf; Babo Harrison, Jack Hitt, Don Snyder, Dr. med. John Bradford, Mark Costello, Greg Critser, Tony Early, Earl Shorris und Richard Zacks; Kris Dahl, Karen Rinaldi und Ann Patty.
Und Kathryn.

Die Geschichte auf den Seiten 465 bis 467 hat mir eine Frankokanadierin erzählt, als ich in einem billigen Hotel in Cozumel, Mexiko, im Januar 1986 krank im Bett lag. Sie war etwa dreißig, blond und weit über ihre Jahre hinaus lebenserfahren. Ich hatte noch ihre Geschichte, aber nicht mehr ihren Namen im Gedächtnis.